U0033455

陳映真現象。
關於陳映真的家族書寫及其國族認同
陳明成——著

代序

這不是陳映真

當看清那個魔界，不要被牠的手段所迷惑。唯有你一再地面對牠，你才無懼於牠。你會一剎那間覺悟魔界手段的強大，而天堂之梯的軟弱。你會覺悟沉沒的容易，逆流的艱難。你必要在面對牠之時，感到世界的滔滔，而你的信憑是唯一的砥柱。

——宋澤萊，《熱帶魔界》

長久以來，台灣隨著歷史的進程而帶來了不斷的記憶撕扯，所有由此衍生的傷痕，至今都鮮明地烙印在島嶼的每個角落，更迫使每個族群與世代不停地進行分類、斷裂、磨合……週而復始，即使是從上個世紀的八〇年代以降便各自形構了相互競逐的「大敘述」，乍看之下像是來到了一個國族想像大解放的年代，可是卻也缺乏一個彼此足以長期眺望的共同遠景，那是一種住在家裡的更本質的漂泊與不安。我個人便是基於對上述現象的關注和近似的學術興趣，遠自碩士班階段便在林瑞明教授的門下，致力於考察台灣戰後知識分子，特別是經典作家的認同議題及其浮游心影，希望能透過掌握作家們完整而特殊的際遇，抓住社會的變遷脈動，進而經由作家個人的帷幕來投射時代的內蘊。

大約也就是在陳映眞愈趨密切往來中、台兩地的1994年，我的業師有次與作家鍾肇政通信時，即已明白地指出「『陳映眞現象』是台灣文學不能不正視的問題」，就目前所知，這應是國內最早發出的呼聲！原本，陳映眞就是陳映眞，只有在他的家族書寫及其國族認同與大的歷史趨勢形成一定的典型性關係下，陳映眞才成爲一種「現象」！而多年下來，各界將「陳映眞現象」做爲一個跨領域的作家現象加以探討的學術成果，確實也積累了不少，但遺憾的是，就在我同時也不斷藉由各種論題的操練試圖尋求「陳映眞研究」的突破點時，卻深覺在眾多相關論述中，已普遍存在著一種「標準故事」（standard story）的危機。因此，針對歷年來的「陳映眞研究」及陳映眞本身的論述世界，個人擬以爲數不少卻又從來不會也未曾被討論的檔案文獻，來進行一場又一場的爆破——有如本雅明（Walter Benjamin）所宣稱的，電影的出現「以十分之一秒的炸藥摧毀了這個牢籠世界」——俾使我及所有後來者都可以抓住那最富暗示性的時刻在「四處飛散的廢墟間從容地進行歷險旅行」，將那易逝性的「陳映眞」碎片放入諸如家族書寫、國族認同等永恆的議題，徹底地重新敲打拼貼，期待最後能夠庖丁解牛似地將「標準故事」從既有的裂縫中割離出來，讓歷來修辭敘事裡受到壓抑與變異的部分全給解放出來，並利用經由一片片碎片重構的「陳映眞現象」，得以透過陌生化的方式重獲寓言般的力量，進一步體現當代台灣社會的盲點與方向。

本書在形式上，預計是由七個帶有環狀敘事圈性質的章次，以向心的姿態，來結構乙本命名為《陳映眞現象》的「橘瓣式」專文，其中的每一個章次，在論述空間上就像一片橘瓣，可獨自開裂剝落又能對稱合抱；而在書寫的策略上則採「剝洋蔥」的方式，每剝掉一層遮蔽，就會多露出一些歷史曙光。第一章：挖掘了一首陳映眞的生父，即陳炎興先生，在日治時期親自譜曲的愛國軍歌和一連串曾經確實發生過的歷史現場，明確地打破了陳映眞長期以來營造的一則政治神話。第二章：持續出土了陳映眞的養父，也就是他的三伯父陳根旺先生，於日治時期是殖民政權刻意培植的台灣人高階警官、於戰後擔任過縣議員的舊史料，使得陳映眞得再次面對自己一直理直氣壯卻荒謬異常的立場與立論。第三章：由於陳映眞幾十年來總是試圖「以家喻國」地一再「記憶」一個百年來絕對聖潔的台灣家族，本章將透過「舊家」、「皇國少年」、「戰爭犯罪性」、「魯迅」、「左翼」、「社會主義」等幾項實證的資料與分析，總結我們在陳炎興與陳根旺的身上看到了歷史、陳映眞卻製造歷史的獨特現象。第四章及第五章：以有限卻異常珍貴的五十七封「陳映眞致鍾肇政書簡」做爲論述核心，「再現」一段從六〇年代親密的「文學諍友」，進而決裂爲九〇年代的「認同論敵」的歷程，最後並標示出鍾、陳二人書信因緣的聚散本質。第六章及第七章：當實現所謂社會主義理想與中國統一成爲陳映眞解讀世界的唯一視角和最高道德時，筆者試著接連透過「紅色中國」、「少年中國」、「『人間』中國」、「『文選』中國」、「白色中國」、「文革中國」、「六四中國」以及「回歸中國」等八個横切面，來評價將文學視作政治婢女的陳映眞。

從「芥川」的體質一路刻意裝扮成「魯迅」的陳映眞，是值得我們特別珍惜的，但這一切並不代表就此認同或不需進行批判。陳映眞的問題當然不在擁抱崇高的理想，卻是出自他把理想當成不可議價、不可挑戰的「目的」，再根據理想來尋求證據、選擇證據，甚至如有必要，也可以抹除證據、變造證據，去證明被當成「目的」的理想，「目的與手段」之間，不得不在急盼彌賽亞的心理下，失去了一種起碼的道德均衡感，最後終究避免不了「異化」爲自身言說的囚徒。正因如此，本書所論證的整套被「政治化」了的家族史書寫記憶／技藝，它的書寫策略——即爲了某種先驗的政治理想或目的而不惜「工具化」書寫對象——恰恰也就是陳映眞長期下來習以爲常的論述策略，其政治性的操作與宗教性的救贖，共構了一生的「中國情懷」。「陳映眞現象」的本質，在其現實性上，是一切兩岸關係的總和，不但說明了陳映眞的生命史或精神史就是整個台灣特定社會裡關於身分認同、左翼視野、統獨立場……等眾多分歧的產物之一，也直接證實了在台灣的眾多國族論述中，尚且存在著許許多多「手段vs.目的」／「表象vs.眞理」被有計畫地進行倒錯而充滿遮蔽與無奈的結論。

如今時值台灣文學史淪於當前政治表述的附庸，充斥著各種機巧的議論，刻意排除理解先人各個時期不同精神面貌的相關史料……說是百家爭鳴卻早已失去從容的時刻，我個人深信本書不止是一個「陳映眞研究」再生的界面，也將有效地見證一段現存於台灣文學史的荒謬書寫，如果各界不願儘快正視「陳映眞現象」所持續擴散的效應及產生現象的社會現狀，總有一天，「陳映眞現象」所帶來的「國王的新衣」這則寓言，將會演變成一道又一道的「陳映眞問題」，屆時本書初步的結論，說不定反倒會成了名副其實的「台灣的預言」！

最後，請容許我再度向恩師林瑞明教授、張良澤教授、陳萬益教授、應鳳凰教授、鄭梓教授、林淇瀁教授、陳建忠教授、游勝冠教授、錢鴻鈞教授以及前衛出版社林文欽社長、周俊男主編、陳淑燕小姐等致上萬分的敬意與感激，倘若沒有他們的指導、包容與協助，此書無由誕生。

陳明成

二〇一二年年底寫于台南

第七章　親愛的同志……　357

0

緒論

台灣的寓言

所有決定性的敲打都來自於左手。

——本雅明，〈單行道：中國古董〉[1]

前言　鏡子與槌子

半個世紀以來，陳映眞的「精神」（spirit）／「幽靈」（spirit）一直是飄盪在戰後的台灣文學史上！他的小說和文論，在政治禁忌的年代裡，是尋求台灣解放的反體制聲音，他的進步形象，也正是由這樣的歷史脈絡形塑出來。很多人大抵和筆者一樣，不免都成了他的俘虜。然而，當他的紅色中國結，置放在兩岸強權相互「連結」的現實時空裡，似乎連同他自己，所有的人都被這幅倒錯的作家風景迷亂了，無疑地，他是台灣文學中一個意義重大的「病人」，「陳映眞現象」的問題性，至此不能不引發進一步的省思和檢視了。

在台灣，陳映眞前前後後擁有老靈魂、台灣良心、出走使徒、末世聖徒、海峽兩岸第一人、永遠的薛西弗斯、最後

1　引自：本雅明（Walter Benjamin）著，陳永國、馬海良編譯，《本雅明文選》，北京：中國社會科學出版社，1999.08，頁349。此段譯文另可參閱：瓦爾特・班雅明（Walter Benjamin）著，李士勛、徐小青譯，〈單行道：中國工藝品〉，《班雅明作品選：單行道・柏林童年》，台北：允晨文化實業股份有限公司，2003.04，頁40。蘇珊・桑塔格曾在〈在土星的星象下〉乙文裡，針對這句話進一步指出：由於本雅明知道反對淺薄的一般性理解之重要性，所以這句話可做為代表他極為反感一般人對事物僅能做出平庸反應或理解的普遍現象之意。（收錄於《班雅明作品選：單行道・柏林童年》，頁15）

的馬克思、最後的烏托邦主義者……之稱，最近最新的說法則是「地藏王菩薩」[2]。自然地，筆者也一向是正襟危坐看待陳映眞長期以來如何被記憶、「陳映眞」如何被敘事建構。可是從多次的閱讀，例如，來自閱讀陳映眞幾篇自剖性文論的經驗中，文學、眞理、良知雖向我顯現，只不過是以「斷裂、編造、偏執」這種另類的形式：筆者感知到的，便不是傳統上的一位作者自我漫步在逝去的遺跡裡，更多的是刻意遙指不可動搖的「未來」王國，文本裡所透露的「政治的」信仰更勝於「文學的」本質。但不幸的是，本應對文本的另一種存在具備敏感度的相關論述，不但沒有帶領我們穿越迷霧，反倒不自覺地又陸陸續續加重一層又一層的「迷思」，以致寫的越多，我們卻知道的越少？！更具體而言，就是對於過往長篇累牘的「陳映眞研究」，總有一股好比扣第一個扣子時就沒扣對的感覺……，筆者甚至一度悲觀地質疑，再也無法另闢蹊徑，找出將陳映眞引向「陳映眞現象」的更深層力量，除非我們試著解除之前所謂的文學陳映眞、歷史陳映眞以及眞實陳映眞與台灣社會之間長期以來的定擇關係，徹底地剝落我們習以爲常的陳映眞課題，然後才能清醒地認知到研究者是要捕捉「陳映眞」而非陳映眞、在「去陳映眞」的前提下面對陳映眞——因爲「陳映眞」總是陳映眞的「陳映眞」，離開了陳映眞，就無從捕捉「陳映眞」。於是自我提問：關於「陳映眞」，我能知道什麼？我能做什

2　朱天心，〈莫忘初衷〉，《聯合報》「聯合副刊」，2010.08.22，D03版。

麼？我可以希望什麼？它是什麼？探究「陳映眞現象」才成爲一種新的可能。

「陳映眞現象」事實上早在1994年時，業師林瑞明教授在與作家鍾肇政的私人通信中，即已明白指出「『陳映眞現象』是台灣文學不能不正視的問題」[3]，尤其在台灣的歷史情境裡，使用「現象」理應是一種適切的考察視角，若台灣人對「陳映眞現象」失去批判視野，自然也意味著對台灣社會失去了反省的能力……，就目前所知，這應是國內最早發出的呼聲！而做爲一個跨領域的現象，所有關於陳映眞的心懷意念、智性活動，舉凡文學創作、藝文身影、社會運動以及政治行動等具體參與或關懷層面所形構的精神史或生命史，特別是陳映眞在一次又一次的歷史困境中的價値抉擇和其林林總總生成的一切效應，都必然是「陳映眞現象」所考察的對象與指涉的內涵；更値得警醒的是，「陳映眞現象」也確實是愈到後來愈不單只是陳映眞個人的抉擇命題，而有逐漸演變成反映台灣戰後矛盾且複雜的認同趨勢，它備受爭議，雖不至成爲台灣主流，但絕對是令人無法忽視的歷史產物，特別是它終將驗證台灣一段史無前例又前途未卜的國族命運。今日距離陳映眞首次以小說〈麵攤〉（1959）涉入文壇，足足已有半個世紀之久，或許早有人認爲，陳映眞的故事總是不易下筆，這不難理解，因爲我們對陳映眞的投射太多，幻想太深；可是，如果我們願意面對陳映眞與「陳映

3 見：鍾肇政，《鍾肇政全集27・書簡集（五）》，桃園：桃園縣文化局，2002.11，頁604。

眞」做出區別的話，那鐵定又是另一回事了。更重要的是，本書意不在成爲反映「陳映眞現象」的鏡子，畢竟當個搥擊「陳映眞現象」的槌子、在研究的基礎上透過「現象」抓「本質」，繼而窺探一則超越時空的台灣的寓言（Allegory）與預言（Prediction），才是筆者最終追求的核心價値。

第一節　憂鬱的台灣

曾經，筆者在逛書局時有過一次奇特的經驗。先是看到陳芳明在《夢境書》裡提到：「提出『東亞文學』的觀念，爲的是使現階段的台灣文學研究脱離困境。畢竟台灣文學的文獻全部集合起來，質與量還是相當有限。近十年來已逐漸發現一個事實，那就是同樣的作家、同樣的題目已有不少人重複在做。長此以往，有許多題目都將投入過多、過剩的精力去經營。對於一個社會有限的學術心力來看，這將造成浪費。」[4]當筆者對於這樣的看法尚在遲疑時，視線恰好落在旁邊《天使墜落的城市》[5]乙書的封面，上面正好有句廣告詞：「關於威尼斯這個城市，當眞沒有什麼可以談了？」確實，面對網路上排山倒海的訊息、學院裡長篇累牘的論文，關於陳映眞這位台灣文學的經典作家，「當眞再無餘事可

4　陳芳明，《2007／陳芳明——夢境書》，台北：爾雅出版社有限公司，2009.07，頁184。

5　約翰．伯蘭特（John Berendt）著，杜默譯，《天使墜落的城市》（*The City of Falling Angels*），台北：時報文化出版企業股份有限公司，2006.08。

寫？」一直到現在，我都是這樣反問自己。不過，筆者想到的不是「浪費」的問題，而是「標準故事」（standard story）的危機。無可置疑，陳映眞是台灣文學這門學科的史詩英雄之一，雖然無數個陳映眞「碎片」朝我們迎面而來，但大部分論著，包括中國第一本以陳映眞爲對象的博士論文《台灣的憂鬱》，卻總是背對著陳映眞，急於依照自身目的來「想像」陳映眞，論述的過程中又缺乏一種對集體想像的強勁的「抗拒」姿態，以致早已牢牢束縛於陳映眞及先行者預設的框架，「解魅」往往變「附魅」，「形塑」反倒被「形塑」，多的是不脫其既存的範疇，令人更擔心的是這一大片「同質化」的研究成果，實際上還有造成「取消」陳映眞之虞，而進一步引發意義危機。就某種面相而言，近一、二十年來的所有關於「陳映眞研究」的演進歷程，本質上可以說是勾勒了一部兩岸社會的焦慮史；而「陳映眞現象」的重點，或許不止是陳映眞而已，說不定還要包括所有談論陳映眞的相關作者與著作？正因如此，筆者事實上一點也不敢輕忽先前的研究成果，在毋需刻意依違的情形下，它們的結論都是筆者思考的起點；但筆者同時也不願淪爲它們的奴僕，如有必要時則進行懸置、中止判斷，期許自己在面對陳映眞時，能像個煉金術士般，從厚重的文本「薪柴」與輕渺的行動「灰燼」中，牢牢盯住一道又一道的火燄，重讀、重估、重新質疑已妥協的「標準故事」。

關於「陳映眞研究」的危機，除了深陷既有框架之外，再則建立在舊史料、舊視野以及大多時候只能操作陳映眞長期餵養的資材……向來也是論者所面臨的最大挑戰，因爲論述一旦離開史料太遠或缺乏新史料，說不定會使自己出醜，更不可能對論述的對象達到「入室操戈」的功效，最直接的後果就是使得眾多論述無法進一步伸展想像力。就像個信奉「唯物」史觀的回收業者，筆者一直致力於從巍峨街道的暗巷中梭巡撿拾／拯救那些長期遭到論者漠視或遺忘的塵封史料，譬如：《台灣民報》、《台灣日日新報》、《台灣總督府及所屬官署職員錄》、《ポケット最新軍歌集》、《台北州警察衛生展覽會寫眞帖》、《台灣警察協會雜誌》、《台灣警察時報》、《台灣事情》、《海山郡要覽》、《台灣省行政長官公署檔》、《續修台北縣志》、「台北縣議會多媒體導覽系統」、「警總判決書全文」以及「陳映眞致鍾肇政書簡」等等——這些從來不會也未曾在相關「陳映眞研究」中被提交討論的檔案文獻；如果可以，筆者打算運用這批「新」史料對相關的「陳映眞研究」及陳映眞的論述世界進行爆破——有如本雅明（Walter Benjamin）所宣稱的，電影的出現「以十分之一秒的炸藥摧毀了這個牢籠世界」[6]——俾使筆者及所有後來者可以抓住那最富暗示性的時刻在「四處飛散的廢墟間從容地進行歷險旅行」[7]，將易逝性的「陳映

6　引自：本雅明（Walter Benjamin）著，王炳鈞、楊勁譯，〈可技術複製時代的藝術作品〉，《經驗與貧乏》，天津市：百花文藝出版社，1999，頁284。此段譯文另可參閱：本雅明著，許綺玲、林志明譯，〈機械複製時代的藝術作品〉，《迎向靈光消逝的年代：本雅明論藝術》，桂林：廣西師範大學出版社，2004.08，頁87；本雅明著，王才勇譯，〈機械複製時代的藝術作品〉，《攝影小史＋機械複製時代的藝術作品》，南京：江蘇人民出版社，2006.07，頁88、139。

7　引自：本雅明著，王炳鈞、楊勁譯，〈可技術複製時代的藝術作品〉，頁284。

眞」碎片放入諸如家族書寫、國族認同等永恆的議題，徹底地重新敲敲打打、拼拼貼貼，期待最後能夠庖丁解牛似地將「標準故事」從既有情境的裂縫中割離，讓歷來修辭敘事中受到壓抑與變異的部分解放出來，並利用經由一片片碎片重構的「陳映眞現象」，得以透過陌生化的方式重獲寓言般的力量，進一步體現當代台灣社會的盲點與方向。

第二節　橘瓣與洋蔥

本書在形式上，預計是由七個帶有環狀敘事圈性質的章次，以向心的姿態，結構乙篇命名爲〈陳映眞現象〉的「橘瓣式」專文，其中的每一個章次，在論述空間上就像一片橘瓣，可獨自開裂剝落又能對稱合抱；而在書寫的策略上則採「剝洋蔥」的方式，每剝掉一層遮蔽，就會多露出一些歷史曙光，雖不致像鈞特．葛拉斯（Gunter Grass）的回憶錄[8]那般，在層層剝落之間早已淚溼衣裳，但其嗆鼻難受的程度應也不遑多讓，最要緊的是，剝到核心之處，絕對不會是空無一物。以下是本書主要章次的簡扼說明：

第一章　在「台灣行進曲」的年代
——重讀陳映真〈父親〉乙文

8　鈞特．葛拉斯（Gunter Grass）著，魏育青、王濱濱、吳裕康譯，《剝洋蔥：鈞特．葛拉斯回憶錄》，台北：時報文化出版企業有限公司，2009.01。

在日治時期的「戰時體制」裡，「軍歌」儼然在社會動員的環扣裡擔任了非常重要的角色。台灣青年陳炎興藉由總督府所舉辦的愛國歌曲甄選活動而譜出一時傳唱的「台灣行進曲」，這項台灣史上屬於空前絕後的殖民傷痕儘管「殘酷」，但不應、不能、也無法湮滅，特別是在台灣已走過白色恐怖的年代。可是，這一切曾經確確實實發生過的歷史現場與發聲過的歷史跫音，卻在戰後遭到人爲的遮蔽，進而造成台灣共同的殖民記憶永久被掩埋滅跡的可能。本章將透過歷史文獻的挖尋、比對與連結，細部檢證陳映眞〈父親〉等文所提供的家族史，期使揭開一頁不爲人知的台灣文學史，並在打破經典神話之餘，讓一個時代的面貌回歸到它應有的表情，將「陳映眞研究」呈現在一個更具知性意義的新背景中。

第二章　在「大刀進行曲」的晚會
——反思陳映真〈後街〉等文

面對生父、養父以及整個「皇民世代」的台灣人，陳映眞在家族書寫的背後選擇了「最正確」也是「最拙劣」的敘事策略，枉顧其家族史也是台灣史裡特有的且更值得辯證的認同現象，企圖使台灣文學史淪爲政治表述的附庸。日治時期的巡查部長陳根旺，就是戰後初期的縣議員陳根旺；戰後初期的縣議員陳根旺，就是陳映眞〈後街〉裡的慈父，這些原本看似生動的歷史，卻在回溯時完全模糊了起來，只因其中包藏著「難以啓齒」的眞實？當然不是，除非它們被置於「崇高」的道德與「正確」的政治相互結合的考量下。人們往往遮蔽歷史眞相，其實就是爲了遮蔽現實眞相，透過本章持續的史料挖掘和論述延伸，陳映眞如今不得不再次面對自己一直理直氣壯卻異常荒謬的立場與立論。

第三章　在「義勇軍進行曲」的回聲
——傾聽陳映真父子的「瘖啞」對話

自1975年「遠行」歸來，陳映眞由於面對中國人時的那股台灣人原罪感揮之不去，幾十年來便一再「記憶」一個百年來絕對聖潔的台灣家族，「論述」一個自始至終萬惡不赦的皇民階級，最後形塑了一套「以家喻國」的「標準故事」。從日治時期生父陳炎興爲殖民政權譜塡「台灣行進曲」，到戰後陳映眞與國府同台怒吼「大刀進行曲」，直至今日再和中國共產黨並肩齊唱「義勇軍進行曲」，呈現台灣人向來身分的轉變皆非出於己願的無奈，往往一夕之間母國／敵國變敵國／母國，貫穿百年的陳映眞家族史（1895-1997），事實上道盡了「台灣歷史」的荒謬。本章除詮釋小說文本之外，更擬透過「舊家」、「皇國少年」、「戰爭犯罪性」、「魯迅」、「左翼」、「社會主義」等幾項實證分析，俾利聆聽陳映眞父子彼此作品中的聲音，特別是隱匿在意識夾層中的「瘖啞」（Mutism）對話，試著將「眞相」和「事實」還給當事者；最後總結我們在陳炎興與陳根旺的身上看到了歷史、陳映眞卻製造政治神話的獨特現象。

第四章　「失落」的台灣文學史
——尋找「書簡台灣」的陳映真（上）
第五章　台灣文學史的「寄語」
——尋找「書簡台灣」的陳映真（下）

歷來各界在談論陳映眞的文學身影時，幾乎毫無例外總是將陳映眞早期的文學活動完全納編在「筆匯・文季」家族的脈絡下，究其背景，除了長期以來陳映眞自個「有意爲之」，族繁不及詳載的論者歷來不遺餘力地推波助瀾也是主要原因，卻直接造成早期陳映眞與鍾肇政等本土作家們一段彌足珍貴的文學歷程幾近隱諱地被排除。這兩章擬以有限卻異常珍貴的五十七封「陳映眞致鍾肇政書簡」做爲論述的核心，再擇選部分陳映眞與其他作家，以及其他作家彼此之間往來的相關書信，適時地對十道「問題化」的「文學性現場」予以解讀參證，最後除了標示出鍾、陳二人書信因緣聚散的本質之外，也期使「貼近」一段台灣作家們殊爲可貴也最逼近心靈對話的告白、「再現」一段從六〇年代親密的「文學諍友」進而決裂爲九〇年代的「認同論敵」的歷程，將「陳映眞」一次又一次從原被壟斷與綁架的台灣文學史裡適度地解放出來。

很多人都說自己受陳映眞的小說影響很大，也確實有人幾乎是無條件地信任他的「美麗新世界」掌握了某一條眞理；可是，當紅色的「民族主義」成爲陳映眞解讀世界的唯一視角，當實現所謂社會主義理想與中國民族統一就是陳映眞最高也是唯一的道德標準時，我們又要如何評價將文學視作政治婢女的陳映眞？第六章與第七章就是打算透過八個橫切面的單元，包括「紅色中國」、「少年中國」、「『人間』中國」、「『文選』中國」、「白色中國」、「文革中國」、「六四中國」以及「回歸中國」八個主要矛盾的掃描結果，再儘可能配合一些經筆者統計處理過的物質資料以及相關影像，來勾勒陳映眞四分之三個世紀以來鮮活的側像，並且更進一步地批判與審視其在一次又一次的歷史困境中的價值抉擇及意味深長的文學現象。

結語　當「王者進行曲」響起時

2004年9月18日當天，當「陳映眞・風景」的舞碼在國家劇院的首演結束時，現場同時也響起了「王者進行曲」，林懷民捧著一束玫瑰花，以傳遞的方式，經前雲門舞者羅曼菲獻給了觀眾席中的陳映眞，陳映眞三度起身答禮，掌聲久久未歇。然而筆者以爲，同樣是要置放在聚光燈下的「陳映眞現象」，未來必將難逃逐漸褪色，以致成爲廢墟；只不過筆者也寧願相信，本書將不止是一個必死的見證，也是一個再生的界面與莫名的召喚，我主張包括本書在內的任何「陳映眞研究」，都應時時刻刻保持開放、反思的狀態，否則「陳映眞熱」若只是每隔一陣子才轟轟烈烈「發作」一次，將只會導致陳映眞及「陳映眞」被封存起來而已，成就不了一則寓言。細菌學家巴斯德（L. Pasteur，1822-1895；法人）最有名的，莫過於將人們長久以來認爲「腐壞產生微生物」的錯誤觀念，糾正成「微生物導致腐壞」的事跡，此事不但說明了「現象」與「本質」的差別，也指出「眞理」經常被倒錯的荒謬；同樣的，本書基於新史料的挖掘與新視野的開拓，是筆者對陳映眞及「陳映眞」的一種再認識與再詮釋，期盼能夠在新的價值和意義上，繼前人之後，又再一次解除和解放「陳映眞」，並且有效地見證一段現存於台灣文學史的荒謬書寫，爲知識界增添個墊腳的「小鬼」[9]。

9　作家龍瑛宗曾說，日本文壇的前輩作家經常會告誡新進作家：「不要變成墊腳的小鬼。」不過，在這裡筆者卻衷心期待本書能夠為台灣的學術界提供些微的助益，至少發揮墊腳小鬼的功效。參見：龍瑛宗著，林至潔譯，〈越幾個山河〉，收錄於陳萬益主編，《龍瑛宗全集・隨筆集（2）》中文卷第七集，台南：國家台灣文學館籌備處，2006.11，頁211。

1

第一章
在「台灣行進曲」的年代

——重讀陳映真〈父親〉乙文

遺忘抹滅一切，

回憶改變一切。

——米蘭·昆德拉，《簾幕》[1]

前言　台灣青年陳炎興是「誰」？

昭和13年（1938），台灣總督府以「國民精神總動員本部」名義，首次以「台灣行進曲」爲題，公開舉辦愛國行進曲的詞曲甄選。最後，作詞、作曲分別由在台日人三栗谷櫻和台灣青年陳炎興奪冠；隨後由於台灣總督府透過唱片發行、放送局廣播、音樂會演奏、學校教唱以及歌謠印製等策略的大力運作與推行，使得「台灣行進曲」在日治末期的戰爭年代曾盛極一時，榮登當時放送節目裡十首出現頻率最高的「軍歌」中的第四名。然而隨著戰後政治環境的丕變，不僅「台灣行進曲」在台灣社會完全銷聲匿跡，台灣人同時再也不復憶起那位在日治時期唯一透過甄選而譜下人人傳唱的所謂「軍歌」的台灣作曲家陳炎興。如今透過音樂界／唱片界許多人多年的努力挖尋，少數人終於有機會重新聆聽「台灣行進曲」，但即使如此，多數也已不知作詞作曲者，更沒人說得出來陳炎興是「誰」；藝文界此刻經筆者一提，尤其

1　米蘭·昆德拉（Milan Kundera）著，翁德明譯，《簾幕》（*Le rideau*），台北：皇冠文化出版公司，2005.11，頁82。

是熟識長期以來在台灣文學裡佔有巨大形象的陳炎興老先生的人士，想必會相當錯愕，更是始料未及。台灣青年陳炎興到底是「誰」？為何「台灣行進曲」與陳炎興先生兩者之間如此令人難以產生聯想？本文將透過歷史文獻的挖尋與比對，細部檢證陳映眞〈父親〉等文所提供的家族書寫和家族史，進而揭開一頁不為人知、長期遭到作家刻意掩滅的殖民傷痕，期使在打破經典神話之餘，讓一個時代的面貌回歸到它應有的表情，將「陳映眞研究」呈現在一個更具知性意義的新背景中。

第一節　在「台灣行進曲」的年代

大河作家鍾肇政在寫有關鄧雨賢故事的《望春風》時，曾經敘及中、日開戰之後，社會上出現了一種獨特景象：

> （日本）舉國上下，被擲進「戰時體制」之中。在台灣，情形也毫無兩樣，不論大城小鎮，窮鄉僻壤，經常有民眾與學生的遊行。攻佔了某重要據點，便來個「旗行列」，打下了某大城，或者來個「提燈行列」，大家歡呼皇軍萬歲、大唱軍歌。此外，還經常地有軍人應召「出征」或者入營，每逢這樣的時候，民眾與學生們又被驅趕出來，人手一枝「日章旗」，大張喉嚨唱軍歌呼萬歲，以為歡送。[2]

此時的台灣總督府顯然有意結合「遊行」與「軍歌」[3]來激揚群眾情緒、鼓動民族意識，「軍歌」儼然在社會動員的環扣裡已經擔任了非常重要的角色，除了融爲當時生活的一部分，日後勢必也形成台灣人不可磨滅的記憶。若是參酌論者有關「軍歌」所發表的研究成果，我們可以得知當時的台灣社會已逐漸形成兩個現象：（一）學校的音樂教育全面將「軍歌」列爲補充樂曲的教唱活動，「軍歌」明顯地成爲校園裡一種音樂類型；[4]（二）在台灣的放送台所播放的節目裡，自中日戰爭之後，「軍歌」無論在天數或次數上均呈成長趨向，直至大量充斥於各類節目。[5]另外，筆者要進一步指出：在皇民化時期另一項專屬音樂界的獨特現象，即在誘脅或志願配合時局需要的情況下，許多已經成名的音樂團體及個人，大都頻繁地出現在放送台演出「軍歌」或創作相關

---

2 鍾肇政，《望春風》，台北：前衛出版社，1986.10，頁50-51。

3 據專研日治時期「軍歌」的論者許凱琳綜合各方文獻之後，指出：「關於軍歌一詞的定義大致可分爲兩類，一爲狹義的軍歌，即限定於軍隊中使用，由軍方所製作的軍歌；一則爲廣義的軍歌，無論是半軍方半民間製作，或是媒體招募，只要是符合戰爭時局，以提振國民士氣，團結民心的樂曲均可稱之爲軍歌。現今研究軍歌學者大多以廣義軍歌作爲軍歌定義，而放送局亦傾向於廣義的軍歌定義。」（頁26）許凱琳更進一步歸納出流行於當時台灣社會的「軍歌」，依性質可分為四類，分別是狹義軍歌（如：太平洋行進曲）、式典歌（如：君が代）、少國民之歌（如：日の丸の旗）、戰時歌謠（如：出征兵士送る歌）；其中所謂的「戰時歌謠」，即是由戰場後方所產生、為貼近一般國民的時局歌、國民歌謠或流行歌曲，此類「軍歌」的數量最多，歷來在台灣放送局播放的曲目與次數也是最高（頁45-57）。以上引文皆引自：許凱琳，〈日治時期放送節目音樂內容之研究（1937~1941）——以軍歌放送為中心〉，台北：國立台灣大學音樂學研究所碩士論文，2005，頁26、45-57。

4 許凱琳，〈日治時期放送節目音樂內容之研究（1937~1941）——以軍歌放送為中心〉，頁114-132。

5 許凱琳，〈日治時期放送節目音樂內容之研究（1937~1941）——以軍歌放送為中心〉，頁42。

詞曲；單以1937年12月12日爲例，聲樂家吳成家、純純與愛愛當天在放送局就現場演唱了包括「台灣軍の歌」、「台灣國防歌」以及「慰問袋」等幾首「軍歌」；[6]就連早已名聞遐邇的鄧雨賢，除了原有的創作如〈月夜愁〉、〈望春風〉、〈雨夜花〉陸續被日人重新填詞、編曲而轉爲帶有行進曲風、鼓舞迎戰的〈軍夫の妻〉、〈大地は招く〉、〈誉れの軍夫〉的「軍歌」外，後來改名爲「東田曉雨」的鄧雨賢，更是以「唐崎夜雨」的化名，交出〈月のコロンス〉、〈鄉土部隊之勇士から〉這樣激昂、悲雄的助戰歌謠。

當時擔任台南師範學校音樂教諭的清野健就曾託言海軍大佐平出英夫而喊出：「音樂是軍需品」[7]的口號，認爲音樂本是文化戰和心理戰的武器，一種重要的宣傳利器；也就是變相地主張具有魔術力量的音樂是戰爭的武器，是國家的事業，必須由國家控制。事實上，自1937年中日戰爭正式爆發以後，日本內地就立刻實施「國民精神總動員運動」，近衛文麿的內閣情報部即以「愛國行進曲」[8]爲題，公開甄選

6　當天的放送節目單就特別以〈軍歌と歌謠曲〉為文，介紹說：「爲了因應時局，燃起愛國心的本島人聲樂家吳成家、純純、愛愛三人將在全國放送中演出激振人心的軍歌，以及充滿南國風味的民謠。」引文引自：《台灣日日新報》，1937年12月12日，第4版。

7　清野健，〈新台灣音樂運動について〉，《台灣時報》第26卷第8號，昭和18年（1943）8月15日發行，頁99。

8　「愛國行進曲」當初之所以徵選的目的，就是要「以這次施行的國民精神總動員爲契機，作出讓國民可以永遠愛唱的國民歌」（頁80），在歌詞上要求「1、符合優美、明朗、雄壯的行進曲風；2、內容是詠嘆日本的眞實面貌，可象徵帝國恆久的生命與理想，足以助益振興國民精神」（頁80），獲第一名「一等總理大臣賞」者可獨得獎金1000圓（頁81）。最後勝出是由森川幸雄填詞、瀨戶口藤吉（即「軍艦行進曲」作曲者）作曲（頁81）。除了國歌「君が代」之外，此曲是戰爭時期台灣放送台演出次數最頻繁的一首「軍歌」。以上引文皆引自：津金

了可做爲第二國歌的戰時歌謠，據說前後就灌錄了超過一百萬張的唱片，強力動員使之成爲人人耳熟能詳的「軍歌」。當時的台灣總督府不僅明白音樂所擁有的魔力，甚至也計畫如法炮製。總督府最早是在1937年9月10日就頒訂了「國民精神總動員實施要綱」與「國民精神總動員本部規程」，府內特別設立「國民精神總動員本部」爲執行機關，分別由情報部、內部官房調查課、內務部地方課、文教局社會課等單位統籌負責，亦在各州、廳設立地方支部，俾使全力配合日本內地的動員。[9]由於具體指示的實施內容裡，「音樂」擔任著舉足輕重的角色，[10]總督府於是從昭和13年（1938）便一方面開始透過各級政府、學校、會社、青年團等團體，成立各式大規模的樂團，在各地舉行各種名目的音樂演奏會，以實踐所謂「音樂報國，推動皇國文化」的工作；[11]另一方面如前文所述，不但動員已有成就的詞曲創作者及演唱家、更進而改編台灣社會裡原已熟悉的曲子爲戰事服務。

澤聰廣，〈メディア・イベントとしての軍歌・軍国歌謠〉，收於佐藤忠男等著《戰爭と軍隊》，東京：岩波書店，2001，頁80-81。

9 可參閱：台灣總督府編，《台灣社會教育概要（昭和13年）》，台北：台灣總督府，1938，頁135-136。至於對「國民精神總動員」運動的評價，有論者研究指出：就戰時動員組織的發展脈絡而言，國民精神總動員組織可說是日本殖民當局企圖集結非官方勢力以為戰爭效力的開始，而一直要到「皇民奉公會」成立之後，整個戰時動員組織的發展才宣告成熟。（見：江智浩，〈日治末期（1937-1945）臺灣的戰時動員組織——從國民精神總動員組織到皇民奉公會〉，桃園：國立中央大學歷史學系碩士論文，1996）

10 譬如包括映畫、文藝、音樂、演劇、廣播等相關事業，以及運用巡迴映畫與發行唱片等手段，都在協力支援的實施之列。可參閱：台灣總督府編，《台灣社會教育概要（昭和13年）》，頁137。

11 黃裕元，〈戰後臺語流行歌曲的發展（1945～1971）〉，桃園：國立中央大學歷史研究所碩士論文，2000年，頁40-41。

緊接著，總督府鑑於日本內地徵選「愛國行進曲」的成功模式，責成「國民精神總動員本部」也舉辦以「台灣行進曲」爲題的「募集」活動。先是在昭和13年（1938）5月1日預告說，將甄選針對台灣特殊情勢而能與內地「愛國行進曲」同樣受島民永久愛唱的國民歌謠，詳細辦法會在二、三天之後公佈。[12]根據後來的5月4日所正式公佈的辦法，該活動有以下數點「要項」[13]：

1、歌詞：

（1）必須符合明朗、勇壯的行進曲風。

（2）內容爲讚詠受皇化澤被的台灣的眞正面貌，包含有永續生成發展的理想、象徵帝國南進的意象氣度、以及振作堅實的國民精神。

（3）不論平時戰時、內臺之別，男女老少均可經常唱和。

（4）段落必須三節以上，每一小節必須四行以上。

（5）歌詞中的漢字必須同時附上假名。

2、截止及審查發表：

（1）截止日期是5月25日。

（2）審查發表日是6月4日，將於《台灣日日新報》、

12　〈懸賞「台灣行進曲」・一等賞は五百圓・一般から歌詞を募集〉，《台灣日日新報》，1938年5月1日，第7版。

13　〈「台灣行進曲」・募集規定極る・締切は來る廿五日〉，《台灣日日新報》，1938年5月4日，第7版。

「ラヂオ」等發表第一名的歌詞以及佳作的作者姓名。

3、獎金：

（1）第一名一篇，獲「國民精神總動員本部長賞」，獎金500圓。

（2）佳作三篇，獲「國民精神總動員本部長賞」，獎金各100圓。

（3）無限制參賽者資格，但一人最多兩篇。

（4）第一名及佳作的歌詞其著作權歸「國民精神總動員本部」所有。（以下從略）

4、作曲：

將配合第一名的歌詞內容來譜曲。（以下從略）

經過特別委員會審查之後，「國民精神總動員本部」6月4日如期公佈甄選結果，由在台日人三栗谷櫻獲得「一等當選」[14]。獲獎的「台灣行進曲」歌詞如下：[15]

14 獲得第一名的三栗谷櫻當時家住台南州嘉義郡大林庄日糖社宅，其餘佳作三人分別是寺田四郎（新竹州大湖郡大湖135）、木本森太郎（台北州海山郡土城公學校）、宮崎重人（花蓮港廳花蓮港街北濱41）。根據報導所載，這項活動共有來自台灣、日本內地、滿洲、朝鮮等一共946篇應募作品參加。請參閱：〈躍進日本わが台灣・一等は台南の三栗谷君へ・台灣行進曲の當選發表〉，《台灣日日新報》，1938年6月5日，第7版。

15 〈一等當選歌〉，《台灣日日新報》，1938年6月5日，第7版。

語文／段落	原日文歌詞	筆者譯文
第一段	亜細亜は光る　いまぞ朝	當陽光照耀在亞洲的早晨
	すめらみことの　治しめす	觸目所及
	大和島根の　伸ぶる處	都將是大和島國統治紮根的領土
	湧く白雲や　靖臺の	毋論那騰湧的白雲
	宮鎮まれり　いや崇く	或鎮守宮殿的靖臺
	仰げ護國の　御柱を	令人仰拜的護國之柱們
	皇國日本　わが臺灣	這就是皇國的日本、咱們臺灣
第二段	輝く御稜威　地に溢れ	燦爛的皇威充溢著大地
	わかき民草　茂り合ひ	新附的台民茂盛似草
	文化の潮も　南に	文化之潮以澎湃之勢
	澎湃として　躍りゆく	向南方躍進
	いざ日の丸を　高らかに	讓我們高舉那日章旗
	揚げよ皇道　布け平和	發揚皇道、廣佈和平
	躍進日本　わが臺灣	這就是躍進的日本、咱們臺灣
第三段	われら島民　大御代の	我們是承繼光榮偉業的島民
	光栄ある偉業　承け継ぎて	是爲堅固正義出生的一代
	強く正義に　生きんかな	
	あゝ萬世の　大君に	啊、萬世一系的天皇呀
	水漬く草むす　殉忠の	即便是水滏旁的小草都會爲您
	赤誠かたく　まもれこゝ	殉死盡忠、如此赤膽忠誠
	神州日本　わが臺灣	這就是神州日本、咱們臺灣

值得注意的是，在評審的「選評」[16]中除了讚賞第一名作品符合之前的選拔標準、非常適合行進曲之外，也特別肯定了第二小節其意象巧妙地象徵著皇國南進的氣魄；相形之下，佳作的第一篇，即寺田四郎的作品，「選評」表示雖然詩句曲調最爲完整優雅，但詞義上卻缺乏帝國南進的意象及氣度，筆者推測這點應是導致其落敗的最大因素。

「國民精神總動員本部」接著也在報上同個版面公佈了「台灣行進曲」作曲部分甄選的相關「要項」[17]：

1、目的：

譜出本島人永遠愛唱的國民歌謠。如今針對第一名歌詞，甄選作曲的作品。

2、作曲：

（1）譜出島上不論男女、老少、內台皆能唱和，又適合優美、明朗、雄壯的行進曲曲調。

（2）曲子是齊唱時，需附上伴奏。可自由選取附或不附上前奏及尾奏。

（3）樂譜須使用五線譜。（以下從略）

3、截止日期與審查發表：

（1）截止日期是7月5日。

16 〈南進の氣魄を・たくみに象徵〉，《台灣日日新報》，1938年6月5日，第7版。
17 〈當選歌作曲を・一般かり募集〉，《台灣日日新報》，1938年6月5日，第7版。

（2）審查發表日是7月30日，將在《台灣日日新報》、「ラヂオ」等發表第一名的樂曲以及佳作作者姓名。

4、獎金：

（1）第一名一首，獲「國民精神總動員本部長賞」，獎金500圓。

（2）佳作三首，獎金各100圓。

（3）另外，無限制參賽者資格，但一人最多兩首。第一名及佳作的作曲其著作權歸「國民精神總動員本部」所有。作品審查均委囑東京音樂學校辦理。（其餘略）

由於此次活動相當程度地受到官方重視，《台灣日日新報》不久就先行報導說，台灣總督府「國民精神總動員本部」一共收到了「**在五線譜上表現出愛國至情的應募作品**」[18]達301首之多，除來自本島外，也有遠自日本內地包括北海道、以及朝鮮等處的作者。

最後，甄選的結果終於在7月30日揭曉，由台灣青年陳炎興拔得頭籌，獲「一等當選」，當時他正設籍「**新竹州竹南郡竹南庄竹南二六九**」；其餘佳作分別由平岡照章（東京市世田ケ谷區北澤一一五五）、富田嘉明（基隆市入船町四

18　〈台灣行進曲の應募・三百餘に達す・發表は來る三十日〉，《台灣日日新報》，1938年7月13日，第7版。

ノー）、山中正（台北市旭小學校）獲得。[19]陳炎興獲獎的曲譜，**如下圖：**[20]

「台灣行進曲」曲譜

19 〈我等の台灣行進曲・愈よ完成を告く・當選作曲の選定終る〉，《台灣日日新報》，1938年7月31日，夕刊第2版。

20 圖片引自：〈「台灣行進曲」詞曲〉，《台灣日日新報》，昭和13年（1938）8月1日，第6版。

《台灣日日新報》在隔天的7月31日還特別刊載了陳炎興的「專訪」以及個人獨照，**如下圖**（先前歌詞部分的獲獎人三栗谷櫻尚無此殊遇）。[21]

《台灣日日新報》的「專訪」報導說：

> 做爲獲得文教局「台灣行進曲」甄選榮冠的青年作曲家，陳炎興以年僅32歲就登上正式舞台大顯身手。如今他任職於竹南郡役所社會係（按：略同今日的社會科或課），曾努力自學通過公學校教員資格檢定，四年前才投入公務員生活。因受限於境遇，對於藝術的憧憬迄今仍無法如願以償施展開來。音樂方面因興趣使然，陳炎興向竹南前郡守富田嘉明學習吉他，此後在樂理和技巧上一直受到富田氏的薰陶與指導。陳君身爲竹南「月亮合奏團」（マヒナアンサンブル）[22]的成員，曾經數度登上音樂會、廣播電台的舞台。獲知得獎後，陳炎興受訪時如此謙遜地說：「我是在30日接到正式通

青年陳炎興

21　圖片引自：〈歌へ！台灣行進曲・無名の青年獨學して・一躍檜舞台へ〉，《台灣日日新報》，1938年7月31日，第5版。

22　「マヒナ」即「mahina」，為夏威夷語言的「月亮」之意。

知，因爲投遞了兩首曲子，並不知是哪一首入選。作品遞交前是有先請富田老師過目。今後我會更努力學習，這回實在僥倖啊。」[23]

根據以上的報導及陳炎興說法，顯然日人富田嘉明對於他踏上音樂創作之路具有啓蒙之功；富田嘉明從昭和9年起至12年（1934-1937）曾擔任新竹州竹南郡守，陳炎興參加「台灣行進曲」作曲獲獎時（1938），富田嘉明已調至交通局遞信部庶務課長，當時竹南郡守已換成天岩旭。[24]《台灣人士鑑》介紹富田嘉明時，說他明治32年（1899）出生，東京帝大法學部政治科畢業，興趣是「讀書、音樂」[25]，當時傳唱的「芽ぐむ大地」是他的代表作之一。富田嘉明算是當時台灣樂界的名人，最有名的一件事就是引發30年代「米粉音樂」一系列論爭，有論者認爲「米粉音樂的論戰在無風無雨的音樂運動歷史上還屬一般良好的刺激劑，從此以後本省的音樂進入盛行時期，各地陸續開了大大小小的演奏會」[26]。這次「台灣行進曲」募集活動竟出現富田嘉明與陳

23 專訪內容引自：〈歌へ！台灣行進曲・無名の青年獨學して・一躍檜舞台へ〉，《台灣日日新報》，1938年7月31日，第5版。

24 詳見：台灣總督府編，昭和13年的《台灣總督府及所屬官署職員錄》，頁503。

25 參閱：（1）台灣新民報社編，〈富田嘉明〉，《台灣人士鑑》，台北：台灣新民報社，1937，頁298；以及（2）興南新聞社編，〈富田嘉明〉，《台灣人士鑑》，台北：興南新聞社，1943，頁285。

26 「米粉音樂」論爭發生在昭和7年（1932）。「米粉音樂」是指當時「台灣的音樂幼稚底像米粉那樣不值錢」（頁5）之意；前引文及論爭的詳情，請參閱：劉敏光，〈台灣音樂運動概略〉，收於《台北文物（季刊）》第4卷第2期，台北：台北市文獻委員會，1955年8月，頁4-5。

炎興師徒二人同台競技的美談，而且結果還是青出於藍（如果撇除總督府刻意營造「内台人共作」考量的可能性）、一舉成名，由此便不難說明陳炎興確實獨具作曲的才氣。

「台灣行進曲」的首度正式演奏，是在昭和13年（1938）8月10日午後9時40分，透過電台於台北放送局向全島轉播。[27]13日在東京首先由「コロンビア」（即Columbia，古倫美亞）唱片公司完成灌錄工作。[28]16日，「國民精神總動員本部」於晚間8點在台北市公會堂舉辦「台灣行進曲晚會」（台灣行進曲の夕べ）[29]。9月3日，台北的唱片業者先是早上9點動員160餘名樂隊於市區進行街頭的遊行宣傳，**如下圖：**[30]

「台灣行進曲」的街頭宣傳

然後晚間7點半，各家唱片業者再在「國民精神總動員本部」的後援下，於台北市公會堂進行「台灣行進曲」的競賽演奏，現場並且邀請了兩位原創者三栗谷櫻以及陳炎興蒞臨對談。[31]截至目前爲止，台灣總督府當年任命唱片業者灌錄的「台灣行進曲」，已被發掘到九個版本（詞曲皆同，只是編曲、「卡司」之間的差別），分別是：[32]

---

27 《台灣日日新報》，1938年8月11日，夕刊第2版。事實上，根據筆者所了解，台灣史上歌名叫「台灣行進曲」的曲子前後就有三首，除了本文所論及之外，尚有：（1）山口充一作詞、池田玉子作曲，1929年台灣教育會徵選「台灣之歌」活動的入選作品之一，收錄在台灣教育會編選、出版的《台灣の歌》（昭和5年）；（2）西條八十作詞、弘田龍太郎作曲，收錄在南國青年協會編選、出版的《青年歌集》（昭和5年）。

28 根據報導是由奧山貞吉編曲（〈「台灣行進曲」．コロンビアで吹込みを終る〉，《台灣日日新報》，1938年8月14日，第7版）。

29 〈台灣行進曲の夕．台北市公會堂で〉，《台灣日日新報》，1938年8月16日，第7版。

30 圖片引自：〈台灣行進曲の街頭宣傳．けさ市內を行進〉，《台灣日日新報》，昭和13年（1938）9月4日，夕刊第2版。

31 參閱：（1）〈台灣行進曲．圓盤コンクール．來月三日に賣出し〉，《台灣日日新報》，1938年8月17日，第7版；（2）〈台灣行進曲．レコード發表會〉，《台灣日日新報》，1938年9月2日，第7版；（3）〈台灣行進曲の街頭宣傳．けさ市內を行進〉，《台灣日日新報》，1938年9月4日，夕刊第2版。

32 部分資料參閱自：（1）站主林太崴，〈青春美與老青春〉，「桃花開出春風」網站，2007/07/20。來源：http://blog.sina.com.tw/davide/article.php?pbgid=28994&entryid=572230。（檢索日：2009.07.03）；（2）站主林太崴，〈行進中的行進曲〉，「桃花開出春風」網站，2007/03/31。來源：http://blog.sina.com.tw/davide/article.php?pbgid=28994&entryid=398737。（檢索日：2009.07.03）；（3）站主秦政德，〈小草NB018抗戰勝利60年及日治110年〉，「阿德的相簿」網站，相簿建立時間：2005.11.19。來源：http://photo.pchome.com.tw/peter601017/113240340055。（檢索日：2009.07.03）；（4）站主張勝凱，〈台灣行進曲-兒童版〉，「話夾子黑手的留聲機轉盤世界」網站，2009/12/21。來源：http://tw.myblog.yahoo.com/gladiator_maxman/article?mid=178&prev=179&next=169&l=f&fid=1。（檢索日：2010.05.27）；（5）「歌謠大全」網站，來源：http://www005.upp.so-net.ne.jp/tsukakoshi/kayoudaizenn/kayou041.html。（檢索日：2010.09.02）

（1）Columbia（古倫美亞）版本，由霧島昇、二葉あき子主唱。

（2）Columbia（古倫美亞）版本，由飯田ふさ江、椎木玲子、今泉みどり主唱。

（3）Victor（勝利）版本，由中村淑子、波岡惣一郎主唱。

（4）Victor（勝利）版本之兒童版，由尾村まき子、鈴木安江、平山美代子主唱。

（5）大日本蓄音器公司（泰平與日東合併後的日本公司）版本，橋本一郎主唱，**如下圖：**[33]

大日本蓄音器公司版本的台灣行進曲

33　圖片引自：林太崴，〈青春美與老青春〉，「桃花開出春風」網站。

（6）King版本，由永田絃次郎、長門美保主唱。
（7）King版本，由キング愛國合唱團主唱。
（8）Polydor版本之吹奏版，由帝國海軍軍樂隊編曲、演奏。
（9）Polydor版本，由東海林太郎、關種子主唱（亦由帝國海軍軍樂隊編曲、演奏）。

特別是自從創作以來，島內凡具官方性質的音樂會，幾乎都會被安排一開始就演奏「台灣行進曲」，[34]「台灣行進曲」甚至也曾遠征至日本內地的日比谷公會堂演出。[35]從現今尚存的少數日治末期所發行的軍歌集或流行歌集，例如：《ポケット最新軍歌集》[36]（如下圖）、《最新流行愛唱歌集》[37]，大都收錄此曲的情形來看，可以想見「台灣行進曲」確實盛行一時。根據論者的研究統計，台灣地區日治時

34 以1939年6月10日及8月26日在新公園音樂堂所舉辦的「台北音樂會」為例，在同樣安排有11首演奏的曲目中，皆以「台灣行進曲」開頭、以「愛國行進曲」作結。可參閱（1）〈台北音樂會の演奏曲目〉，《台灣日日新報》，1939年6月11日，夕刊第4版；（2）〈台北音樂會の演奏曲目〉，《台灣日日新報》，1939年8月27日，夕刊第4版。

35 〈「台灣行進曲」を帝都で御披露．來月四日日比谷公會堂で〉，《台灣日日新報》，1939年11月20日，第7版。

36 黃宗葵編，《ポケット最新軍歌集》，台南市：南進出版社，昭和18年（1943）。全書128頁，62首歌。資料及圖片參引自：燁子（本名楊燁），〈日治時期台灣軍歌〉，「北投虹燁工作室」網站，2008/07/16。來源：http://tw.myblog.yahoo.com/jw!kQQmrf6fGQWXX4lSrdgc81Xl/article?mid=4599&prev=4627&next=4535&l=f&fid=12。（檢索日：2009.07.04）

37 田中富雄編，《最新流行愛唱歌集》，台北市：文益堂出版部，昭和18年（1943）。全書128頁，64首歌。資料參引自：燁子，〈日治時期台灣流行歌集〉，「北投虹燁工作室」網站，2008/08/18。來源：http://tw.myblog.yahoo.com/jw!kQQmrf6fGQWXX4lSrdgc81Xl/article?mid=5041。（檢索日：2009.07.04）

期自1937年至1941年現場製作的放送節目中，扣除日本國歌「君が代」外，出現頻率最高之十首「軍歌」依序是：「愛國行進曲」、「島民歌謠」系列、「軍艦行進曲」、「台灣行進曲」、「紀元二千六百年」、「露營の歌」、「大日本の歌」、「海ゆかば」、「太平洋行進曲」以及「千人針」，其中「台灣行進曲」位居第四。[38]可是，這一切曾經確確實實發生過的歷史人事、歷史情感、歷史場景、歷史曲盤、歷史跫音，卻在戰後徹徹底底因爲某種歷史欲望而出現遭到「割裂」、「掩滅」直至「遺忘」的現象。

《ポケット最新軍歌集》封面

38　許凱琳，〈日治時期放送節目音樂內容之研究（1937~1941）——以軍歌放送為中心〉，頁58。

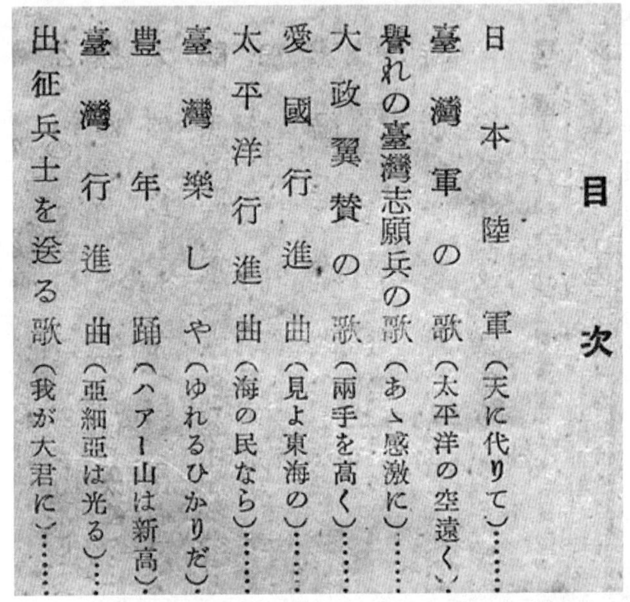

目次

日本陸軍（天に代りて）……
臺灣軍の歌（太平洋の空遠く）…
譽れの臺灣志願兵の歌（あゝ感激に）……
大政翼賛の歌（兩手を高く）……
愛國行進曲（見よ東海の）……
太平洋行進曲（海の民なら）……
臺灣樂しや（ゆれるひかりだ）…
豊年踊（ハアー山は新高）…
臺灣行進曲（亜細亜は光る）…
出征兵士を送る歌（我が大君に）……

《ポケット最新軍歌集》目次

第二節　重讀陳映眞〈父親〉乙文

按上述《台灣日日新報》對陳炎興先生所報導的「專訪」所言：「如今他任職於竹南郡役所社會係，曾努力自學通過公學校教員資格檢定，四年前才投入公務員生活」，再經筆者進一步查詢《台灣總督府及所屬官署職員錄》[39]資

39　筆者查詢的依據是紙本版，事實上亦另可利用中研院台灣史研究所「台灣總督府職員錄系統」線上資料庫（http：//who.ith.sinica.edu.tw）來查詢。唯此資料庫在「就職單位」、「工作俸給」等訊息上存有重大缺漏，使用者必須留意它的侷限性。

料，顯示陳炎興先生戰前不僅通過公學校教員資格檢定，先後也實際擔任過至少七年的公學校教員，較為詳細的資料如下表：

項目／年代	就職單位	工作職稱	工作俸給	資料出處	備註
大正14年（1925）之前					**※在《台灣總督府及所屬官署職員錄》裡查無紀錄。**
大正15年（即昭和元年）（1926）	大園公學校（桃園郡大園庄大園）	教員心得[40]	月給32圓	台灣總督府編，昭和元年的《台灣總督府及所屬官署職員錄》，頁300。	
昭和2年（1927）	龜山公學校（桃園郡龜山庄新路坑）	同上	同上	昭和2年的《台灣總督府及所屬官署職員錄》，頁316。	

40　日治時期至戰後初期教師職稱的變化，如下表。引自：蔡元隆、侯相如，〈日治後期至光復初期（1939-1951年）台灣嘉義地區初等教育薪俸制度之口述歷史研究〉，「文化研究月報」第82期，2008年7月25日。來源：http://hermes.hrc.ntu.edu.tw/csa/journal/82/essay01.htm。（檢索日：2009.07.08）

年　代		合格教師	代用教師
1899年	明治32年	教諭（日籍）、訓導（台籍）	雇教員（囑託、雇）
1918年	大正7年	教諭（日籍）、訓導（台籍）	訓導心得、教諭心得
1922年	大正11年	訓導、准訓導	教員心得
1941年	昭和16年	訓導、准訓導	助教
1945年	民國34年	教員	

昭和3年（1928）	同上	同上	月給34圓	昭和3年的《台灣總督府及所屬官署職員錄》，頁336。	
昭和4年（1929）	同上	准訓導	月給35圓	昭和4年的《台灣總督府及所屬官署職員錄》，頁352。	
昭和5年（1930）	竹圍公學校（桃園郡大園庄）	同上	同上	昭和5年的《台灣總督府及所屬官署職員錄》，頁378。	
昭和6年（1931）	同上	訓導	月給37圓	昭和6年的《台灣總督府及所屬官署職員錄》，頁390。	
昭和7年（1932）	桃園公學校（桃園郡桃園街）	同上	同上	昭和7年的《台灣總督府及所屬官署職員錄》，頁387。	
昭和8年（1933）					**※在《台灣總督府及所屬官署職員錄》裡查無紀錄。**
昭和9年（1934）					**※同上**
昭和10年（1935）	竹南郡役所（竹南郡竹南庄）	庶務課雇	月給40圓	昭和10年的《台灣總督府及所屬官署職員錄》，頁420。	※郡守爲富田嘉明

昭和11年（1936）	同上	同上	月給42圓	昭和11年的《台灣總督府及所屬官署職員錄》，頁443。	
昭和12年（1937）	同上	同上	月給44圓	昭和12年的《台灣總督府及所屬官署職員錄》，頁473。	※中日正式爆發戰爭
昭和13年（1938）	同上	同上	月給46圓	昭和13年的《台灣總督府及所屬官署職員錄》，頁503。	**※參加「台灣行進曲」甄選活動** ※郡守改為天岩旭
昭和14年（1939）	新竹州	內務部雇	月給50圓	昭和14年的《台灣總督府及所屬官署職員錄》，頁527。	
昭和15年（1940）	同上	同上	月給51圓	昭和15年的《台灣總督府及所屬官署職員錄》，頁430。	
昭和16年（1941） ≀ 昭和20年（1945）					**※在《台灣總督府及所屬官署職員錄》裡查無紀錄。**

目前筆者尚無法證實，在日治末期陳炎興先生除「台灣行進曲」之外，是否仍有其他正式發表的作品。可是正如上述表格中的「空白」，自從昭和16年（1941）至戰爭結束

（1945），在官廳的記載或公開資料中，突然間再也尋訪不到「陳炎興」的任職蹤跡；特別是在戰後一大段時間裡，青年作曲家「陳炎興」與愛國軍歌「台灣行進曲」自此完全消失於台灣歷史的記憶長河；一直要等到台灣文學大家陳映眞的作品陸續發表後，陳炎興先生才被以一種截然不同的巨大形象再度出現。**當年的青年作曲家陳炎興究竟是「誰」？他就是陳映眞的尊翁，「台灣行進曲」發表時，陳映眞時值兩歲**。

陳映眞最早在文中述及父親，是在〈鞭子和提燈〉乙文，那是他「遠行」（因「民主台灣聯盟案」繫獄，1968-1975）回來後的隔年（1976），陳映眞回憶說：

> 初出遠門作客的那一年，父親頭一次來看我。在那次約莫十來分鐘的晤談中，有這樣的一句話：
> 「孩子，此後你要好好記得：
> 首先，你是上帝的孩子；
> 其次，你是中國的孩子；
> 然後，啊，你是我的孩子。
> 我把這些話送給你，擺在羈旅的行囊中，據以爲人，據以處事……。」[41]

41 引自：陳映真，〈鞭子和提燈〉，《父親》（台北：洪範書店，2004.09），頁13。原載於：陳映真，〈鞭子和提燈——代序許南村：「知識人的偏執」〉，《中國時報》，1976年12月1日，第12版；後收入於氏著，《知識人的偏執》（台北：遠行出版社，1976）。

1976年，此刻正值陳炎興先生剛自中台神學院的教職退休，卻由於陳映眞這段生動的家國轉喻所傳達的意象，瞬使陳炎興先生成爲台灣文學裡長期以來的經典父親之一。二十年後（1996）的陳炎興老先生在堅信的信仰中安息。兩千年時，陳映眞發表〈父親〉乙文紀念——其中，最膾炙人口的「首先，你是上帝的孩子。其次，你是中國的孩子。最後，你才是我的孩子。」[42]三句話再度被敘事銘刻、放在更寬廣堅實的修辭背景中，毫無疑問已成功地形塑出一位相當具有代表性的、崇高的、巨大的「中國父親」，可是相對的也因此更侷限及遮蔽了讀者的視線，進而也造成台灣共同的殖民記憶永久被消音，以致被掩埋滅跡的可能。

陳炎興先生曾經在陳映眞主持的「人間出版社」出版了在台唯一的文集《在基督裡的一得》，其自序說：「這是一本看似雜湊的集子。然而，其中還是略略暗貫著一些，作者對於台灣的教會，久久切感在心而至今猶未得舒解的沉重心事。」[43]綜合言之，由於「基督信仰」與「中國情懷」以及彼此的辯證關係皆係全書的論述核心，所以作者對於戰前的點點滴滴絲毫沒有觸及。不過，倒是在文集的底部封面仍附有作者陳炎興的簡略介紹，內容如下：

1905年12月生

42　引自：陳映真，〈父親〉，《父親》，頁146。原載於：陳映真，〈父親〉，《中國時報》，2000年1月21日，第37版。

43　陳炎興，〈序〉，《在基督裡的一得》，台北：人間出版社，1989.12，頁1。

> 日據時代小學畢業
> 日據時代高小正教員試驗檢定合格
> 光復後曾任縣教育科中等教育股長
> 桃園國小校長
> 中台神學院總務長、教師（1951～1976）
> 衛理宗聯合高級神學班結業

如果將之對照於陳映眞更深入、更廣博評介父親一生行誼——包括日治時期——的〈父親〉乙文的相關內容，兩者內容大抵皆能符應；但最令筆者不解的，就是唯獨對於「台灣行進曲」輝煌的創作事蹟完全付之闕如、三緘其口，遑論陳炎興先生所特具的音樂長才。

陳映眞於〈父親〉乙文是這樣評介日治時代的陳炎興先生：

> 取得高小正教員資格的父親，以教育和幫助像自己的少時一樣、受到貧窮的桎梏而無法充分發展自己才智的學子爲職志，輾轉在桃園、竹南任教。……在日本對外擴張的年代，父親先後在新竹郡役所户政部門、茶葉統制會社和台灣放送局（廣播公司）工作，迎來了台灣的光復。[44]

44 引自：陳映真，〈父親〉，《父親》，頁137。

其中的「新竹郡役所戶政部門」說法，應該就是泛指本文前述表格中所列舉的「竹南郡庶務課雇員」與「新竹州內務部雇員」的職務。按昭和13年（1938）、14年（1939）排印本的《台灣事情》及昭和14年、17年版的《竹南郡要覽》所載，眞正負責推動、落實及獎懲「國民精神總動員」活動的執行機關，在總督府就是文教局社會課（社會教育係），在各州就是內務部教育課（社會教育係），在郡即是庶務課；[45]以當時竹南郡役所的「郡職員」編制表來看，庶務課底下只設置「森林主事、土木技手、建築技手、產業技手、社會教育書記、物產檢查員」，並共同配置雇員若干名，[46]其中顯然只有「社會教育書記」乙職最有可能直接負責「國民精神總動員」活動的執行；假若再參考當時《台灣日日新報》的「專訪」所稱的陳炎興「任職於竹南郡役所社會係」[47]的籠統說法來推測，記者應該就是指陳炎興先生正擔任「社會教育書記」所配置的雇員乙職；同理，陳炎興後來調任新竹州內務部的工作性質，推測起來應該也是類似的情形。

至於說陳炎興先生在「茶葉統制會社」與「台灣放送局」的任職情況，由於這兩個單位皆屬半官半私、非官非私的社團法人性質，加上目前筆者所能掌握的極爲有限的資料

45　見：台灣總督府編，據昭和13年排印本影印《台灣事情》，台北：成文出版社，1985，頁196；台灣總督府編，據昭和14年排印本影印《台灣事情》，台北：成文出版社，1985，頁212。

46　見：竹南郡役所編，據昭和14年、17年版影印《竹南郡要覽》，台北：成文出版社，1985，頁95。

47　〈歌へ！台灣行進曲・無名の青年獨學して・一躍檜舞台へ〉，《台灣日日新報》，1938年7月31日，第5版。

裡尙無法判讀進一步的結論，所以前述的昭和16年（1941）至戰爭結束（1945）這段期間的表格都只能暫時任其呈現「空白」的狀態。其中，「茶葉統制會社」的正式名稱應該是「台灣茶輸移出統制會社」，它的設立背景是昭和13年（1938）日本軍部在第37屆國會中提出「國家總動員」法案，獲得通過後於3月31日公佈實施。「國家總動員法」主要是爲滿足戰爭需要而規定一切資源和生活所需等皆由國家統一管制；台灣總督府隨後也宣佈「國家總動員法」於5月3日起完全適用於台灣。在日治時代的台北州（包括今日的台北、基隆、宜蘭）與新竹州（包括今日的桃、竹、苗）都是台灣茶的主產地，1923年總督府殖產局命令各地茶行和生產合作社聯合組織「台灣茶檢查所」及設立「台灣茶共同販賣所」於大稻埕，這兩個組織「雖明爲改善台灣茶的交易方式和獎勵台灣茶業，但實爲統一茶價和確實掌握台灣茶業前途的機構。當時能深入茶生產地的茶販大多爲台灣人，藉此機構亦可以阻滯台灣中小商人的累積資本」並且「進而控制茶價，俾能配合日本茶的出口利益」[48]。但是，同時台灣茶的出口一向也是總督府的外匯寵兒，因此1941年太平洋戰爭爆發以後，殖產局爲因應戰局的擴大、國際經濟情勢及物資絕對掌握，遂根據「國家總動員法」的授權，決定對台灣茶實施完全的統制，先是在1941年6月10日發佈「茶輸移出統制規則」，再於6月14日強制茶葉業者聯合組成「台灣茶輸移出

48 以上引文皆引自：陳慈玉，《台北縣茶業發展史》，台北：稻鄉出版社，2004.06，頁39。

統制會社」[49]，最主要目的就是「藉以統籌調節茶葉的供需和加強出口事宜，冀謀以多獲外匯來鞏固經濟。於是所有輸出茶葉所需之包裝器材和運輸工具，概由統制會社統籌辦理和調配」[50]；從同業組合台灣茶商公會的機關誌《台灣の茶葉》當時刊載的〈台灣茶輸移出統制會社創立總會終了——鶴社長以下各重役決定〉乙文，可知悉首任的社長由原為澎湖廳廳長鶴友彥先是辭官後再出任，副社長則為茶商公會會長陳清波，另外在二二八消失的台灣菁英王添灯先生則被指名擔任八名董事（監查役）之一；[51]至於陳炎興在此任職的情況及起訖年分，實則無法進一步聞悉。

再說，「台灣放送局」的稱呼也是一種較含糊的說法。1928年12月22日，由台灣總督府交通局遞信部成立了「台北放送局」（代號JFAK），正式開啓了台灣的廣播事業。然後遲至1931年2月1日（另說是1930年1月）再成立「社團法人台灣放送協會」，台北放送局便交由協會來負責營運，但所有相關技術與硬體設備卻仍是由官方無償提供及負責。[52]南部

49　參閱：（1）河原林直人，《近代アジアと台灣——台湾茶葉の歴史的展開》，京都市：世界思想社，2003，頁160-161；以及（2）許賢瑤，〈台灣分館藏日本時代台灣茶業資料及其價值〉，《國立中央圖書館台灣分館館刊》第4卷第4期，1998年6月，頁103-104。

50　引自：陳慈玉，《台北縣茶業發展史》，頁41。

51　參閱：（1）〈台灣茶輸移出統制會社創立總會終了——鶴社長以下各重役決定〉，《台灣の茶葉》第24卷第3號，昭和16年（1941）8月30日，頁4-5。（2）許賢瑤，〈王添灯的台灣茶葉經營事蹟〉，《台北文獻》直字第139期，2002年3月，頁242。

52　呂紹理，《水螺響起：日治時期台灣社會的生活作息》，台北：遠流出版事業公司，1998.03，頁168；呂紹理，〈日治時期台灣廣播工業與收音機市場的形成〉，《國立政治大學歷史學報》第19期，2002.05，頁304-305。

與中部地區分別於1932年4月與1935年5月陸續成立「台南放送局」（代號JFBK）與「台中放送局」（代號JFCK）；直到終戰（1945）時，台灣總督府事實上已經建立了一套完備的全島廣播網。[53]根據學者呂紹理的綜合整理指出，「台灣放送協會」的節目製作有三個方針：「一是要兼顧日本人及台灣人在語言、習俗和興趣嗜好等方面的差異，因此節目的編製就要朝向將此二者綜合統一的目標，以達成『內台融合』；二是廣播節目必須達到『國語普及』，以符合統治台灣的根本目標；第三是要達成連結在台日人與母國之間的精神樞紐，以及實現政治經濟連結與國民精神統合等『特殊使命』。」[54]至於廣播的內容大致可分爲報導、教育及娛樂三大類。1937年7月中日戰爭正式爆發以後，放送局更是抱持「根據廣播國策，把國家使命當根基，實現國家精神總動員的意義，盡最大的心力在本島的皇民化上……」[55]的宗旨，全面執行總督府的政策、配合軍部進行大東亞戰爭宣傳。從國民精神總動員運動到皇民化運動期間，協會轄下的放送局一直是扮演活躍的社會教化、國族塑造以及戰爭動員的角色，不但被定位爲日本第一個殖民地廣播電台，而且也是日本對所謂「南方」的主要戰爭宣傳電台。[56]質言之，總督府

53 何義麟，〈日治時代台灣廣播事業發展之過程〉，收錄於台師大歷史系、台灣省文獻委員會編《回顧老台灣．展望新故鄉：台灣社會文化變遷學術研討會論文集》，2000年9月，頁298-299。

54 呂紹理，〈日治時期台灣廣播工業與收音機市場的形成〉，頁306。

55 日本放送協會編，昭和13年《ラヂオ年鑑》（東京：大空社據昭和十六年本重印），頁264。

56 周兆良，〈戰爭與媒體——日治時期臺灣國際廣播媒體「臺北放送局」角色變遷

在整個放送系統的建立、運作、執行與指導中，都可以很肯定地扮演了關鍵的角色，完全顯現日治時期放送工業與統治工具之間的緊密關係。透過1941年的「台灣放送協會人事組織（1941）」[57]幹部名單，可看出所有幹部全爲「日人」，並且高級主管中同時具有官方高階身分的比例極高，譬如理事長固定由現任總督府交通局總長兼任、理事佐佐波外七爲專賣局鹽腦課課長等；至於更中、低職稱的人員，目前尚無確切的名單可供查考，難怪乎許常惠只提到當時台人在放送協會中工作的目前所知者有留日著名音樂家呂泉生而已，呂氏曾於1943年起任職放送部，專司音樂節目的設計。[58]果眞戰爭末期那幾年陳炎興先生確曾服務過放送局相關單位又不曾離家遠行的話，那麼筆者推測其服務的單位較有可能就是放送局位於新竹州的收信所，[59]而且此事很有可能與前述的富田嘉明已於1941年起就任交通局遞信部庶務課課長有關。[60]

筆者之所以對陳炎興先生的工作情形抱著異常興趣而想

之初探研究〉，《傳播管理學刊》第4卷第1期，2003年4月，頁53-61。

57　轉引自：呂紹理，〈日治時期台灣廣播工業與收音機市場的形成〉，頁325。

58　見：許常惠，《台灣音樂史初稿》，台北：全音樂譜出版社，1991.09，頁267；呂紹理，〈日治時期台灣廣播工業與收音機市場的形成〉，頁302。

59　1934年6月起，日本放送協會東京中央放送局利用「國際電話株式會社」的短波設備，開始進行短波放送，台灣亦於新竹州設立「收信所」，原先由於電波不穩的因素而造成每年4月至10月放送效果不佳的問題終於獲得解決。如果陳炎興先生不是北上台北放送局或南下台中放送局、台南放送局就職，推測起來這個「收信所」最有可能是他的工作單位。參見：放送文化研究所20世紀放送史編輯室編，《放送史料集：台灣放送協會》，東京：放送文化研究所，1998，頁20。

60　筆者注意到，昭和16年時，與陳炎興先生有師徒關係的原竹南郡郡守富田嘉明已高昇為交通局遞信部庶務課課長，恰好是放送局的主管機關；筆者推測當初陳炎興先生透過這層關係至放送局的相關單位任職的可能性很高。參見：台灣總督府編，昭和16年的《台灣總督府及所屬官署職員錄》，頁256。

一探究竟，起因於一開始對陳映眞的說法——「在日本對外擴張的年代，父親先後在新竹郡役所户政部門、茶葉統制會社和台灣放送局（廣播公司）工作，迎來了台灣的光復」——直覺感到缺乏說服力，因爲上述這些工作的性質，按常理判斷，難免或多或少無法脫離一般所謂「協力者」的角色；當陳炎興先生1945年8月15日收聽日本天皇的「玉音放送」而得知「國家」敗戰時，趨近於騷動的心境在轉換上豈會是使用「迎來了台灣的光復」這樣的表述？筆者不得不適度質疑。反倒是當時佳里的文人醫師吳新榮在日記中一再透露出自己被敗戰乙事「嚇了一跳」[61]、內心「難免一陣不安，無限動搖」[62]、問及友朋看法時「總是時局未定，個個都感覺不安」[63]的記錄，可能要來得較符合一般歷史實情。然而，就在如此瑣碎查考陳炎興先生戰前、戰後可能的境遇的過程中，卻「**意外**」地在接下來的戰後部分出現了重要聯結，以致筆者能夠有機會將其遺漏在日治時代最精彩、最活躍的人生時刻補足起來。

第三節　歷史很多漏洞[64]

對於陳炎興先生戰後初期的教育志業，陳映眞在〈父

61 吳新榮著，張良澤總編撰，〈（1945年）8月15日日記．日本投降〉，《吳新榮日記全集8》，台南：國立台灣文學館，2008.06，頁171。

62 吳新榮著，〈（1945年）8月16日日記〉，《吳新榮日記全集8》，頁174。

63 吳新榮著，〈（1945年）8月17日日記〉，《吳新榮日記全集8》，頁175。

親〉乙文是有著這樣的說明：

> 不久，父親受到甫從大陸還鄉的、戰前台灣的農民運動家劉啓光[65]昔日的同志所物色，應薦到劉所主持的桃園縣政府，負責高等教育股的工作。……當時四十幾歲的父親在教育界受到桃鎮父老的推愛，幾度向縣政府要人，讓父親接桃鎮的國小的校長。[66]

按戰後初期，原日治時期的新竹州（包括現在的桃園縣、新竹市、新竹縣、苗栗縣）於1946年1月11日正式分立為新竹市、新竹縣（即所謂大新竹縣，仍包含桃、竹、苗），市長是郭紹宗、縣長則由劉啓光接任；2月15日新竹縣（大新竹縣）政府遷設於桃園鎮；一直要到1950年新竹縣（大新竹縣）再分立為現在的桃園縣、新竹縣、苗栗縣。陳炎興先生是在劉

64　「歷史很多漏洞」乙語，引自台灣文學先輩吳濁流非常具有反思力道的短文篇名：〈歷史很多漏洞〉。吳濁流曾謂：「我想，歷史很多漏洞。連我自己親眼看過的還不知道其眞正的眞相……」（吳濁流，〈歷史很多漏洞〉，《台灣文藝》第1卷第2期，1964年5月，頁25）

65　劉啓光即是侯朝宗（1905-1968），嘉義縣六腳鄉人，曾任公學校教員。日治時期曾參與簡吉、楊逵、趙港等人領導的農民組合運動，多次被捕，致使教職遭撤免。經人協助偷渡中國，改名劉啓光投效重慶政府，後出任中國軍事委員會台灣工作團少將主任，專職策劃台灣接收事宜。終戰後，劉啓光率領工作團來台，不久與其餘「半山」人物如連震東、謝東閔等人分別被派任為新竹縣（當時尚包括桃、竹、苗）縣長、台北縣長、高雄縣長。1946年冬，旋即又轉任華南銀行董事長，自此仕途受阻只能在金融界發展，據說種因於早期參加農民組合的緣故。劉啓光從左翼抗日青年而轉為國民黨高官，尤其是在戰後初期傳聞其大力配合國民黨政策對左翼人士「威脅利誘」，台人一直以來對其褒貶共有、評價落差極大。參閱：莊嘉農，《憤怒的台灣》，台北：前衛出版社，1991.06，頁114-117；黃錦城，〈閒話劉啓光〉，《中外雜誌》第32卷第5期，1982年11月，頁60-62。

66　陳映真，〈父親〉，《父親》，頁137、138-139。

啓光主持「新竹縣」（大新竹縣）縣政時擔任「中等教育股股長」[67]，後被派任接掌新竹縣縣治所在地的桃園鎮桃園國小。[68]陳映眞對於父親陳炎興這段時期做為一位具有遠識及盡責的校長有很詳盡生動的描述。[69]可是非常不幸的，由於在1946年5月間和陳映眞同為小學二年級的雙生哥哥因急病而過世，陳炎興先生「一個人和喪子的猛烈的傷痛苦苦掙扎了四年，直到1951年因皈依了基督，才能把自己從傷懷中釋放出來。」[70]當時適值屬基督教福音派、持守衛斯理神學信仰的台灣聖教會要到台中市創建中台神學院，誠如陳映眞所說：「1951年秋，（父親）他以喜悅的心到台中協助創建一所神學院，擔當總務和教員的職司，一直到1976年退休。」[71]因此，總計戰後陳炎興先生在教育界服務過桃園國

67 據黃旺成監修的《台灣省新竹縣志．第四部卷七教育志》（新竹：新竹縣政府，1976.06）所載，陳炎興擔任中等教育股股長的時間只在民國35學年度（約是1946年8月至1947年7月），但確切起迄年月並未詳記（頁177）；另據許中庸纂修的《桃園縣誌．第5卷文教誌》（桃園：桃園縣政府，1988.06）所載，陳炎興是「民國35年到任，同年離職」（頁446）。

68 據〈桃園縣桃園市桃園國民小學學校概況表〉（《桃園縣誌．第5卷文教誌》，頁138）所載，陳炎興是戰後第二任校長，任期是民國38年4月（1949.04）至民國40年8月（1951.08）；可是，桃園國民小學網頁上的校史（桃園國小「學校簡介」，來源：http://www.tyes.tyc.edu.tw/，檢索日：2009.07.04），卻載明「民國35年4月15日（1946.04.15）光復後第二任校長陳炎興到任」、「民國40年10月1日（1951.10.01）光復後第三任校長陸明器到任」；前後兩種記載雖然在到任時間彼此有出入，但是對於離職的時間點大致是一致的。

69 陳映真，〈父親〉，《父親》，頁139-141。

70 陳映真，〈父親〉，《父親》，頁141-142。從喪子至皈依基督的心路歷程，陳炎興先生亦曾娓娓道來，可詳閱：陳炎興，〈我曾咒詛過天〉，《在基督裡的一得》，頁176-184。

71 陳映真，〈父親〉，《父親》，頁142。另據〈中台簡史〉及〈中台神學院五十年大事記〉所記，「1951年10月中台神學院正式創立了，11月7日六位教師（吉博文夫婦、王錦源、高進元、蕭維元、陳炎興）33位新生，舉行歷史性的第一次開學典禮，中台就此開始了她的歷史」、「1976年6月。設校二十五週年校慶，由陳

小與中台神學院兩所學校，然而就在筆者核實兩校的記載資料時，「**意外**」地注意到陳炎興先生其實特別具有「音樂」的專才，可是爲什麼在台灣文學界尤其是陳映眞的相關文章裡卻一直缺席？

首先，陳炎興先生服務過的桃園國小，其校歌作曲者就是註明爲「陳炎興」[72]，連陳映眞與其雙生哥哥就讀的台北縣鶯歌國民小學的校歌也都是同樣情形。[73]筆者原以爲有可能只是當時職位上的酬庸掛名，可是緊接著又注意到曾擔任過中台神學院院長的劉瑞賢牧師，在其〈懷念逝世恩師〉乙文裡提及陳炎興老師時，說：

> 陳老師原是桃園國小的校長，信主之後熱心事奉主。中台神學院建校之初，他也參與創校事工，因他也是總務主任，所以大家都稱呼他「陳主任」。記得我入學中台時，他是我們的男學監，**另教授「國文」與「樂理」**，我畢業後返校服事，所以約有七、八年之久，我們成爲同事，住在校園裡成爲鄰居……[74]
> （按：上文粗體且畫有底線部分是筆者所加）

炎興主任編輯紀念特刊，陳主任也結束中台25年的服事辦理退休。他盡忠職守，默默耕耘，留下佳美腳蹤」。參閱：蔡榮姬主編，《中台神學院五十週年紀念特刊》，台中：中台神學院，2002.06，頁12-13、18。

72　參見：桃園國小「學校簡介」，來源：http://www.tyes.tyc.edu.tw/。檢索日：2009.07.04。

73　參見：鶯歌國小「校歌」，來源：http://100.ykes.tpc.edu.tw/modules/tinyd2/index.php?id=4。檢索日：2009.07.04。

74　劉瑞賢，〈懷念逝世恩師〉，《中台神學院五十週年紀念特刊》，頁244。

顯然，創作譜曲、教授樂理一直都是陳炎興先生的專業。由於「音樂」專才這個面相的意外浮現，自此才眞正開啓了筆者將日治時期熱血奮進的青年作曲家「陳炎興」與戰後擁有巨大形象的中國父親「陳炎興」彼此聯結起來的「契機」。

目前對於「台灣行進曲」與「陳炎興」／「三栗谷櫻」訊息的掌握及瞭解程度，約略有以下幾種情形：

（一）完全沒有提及「台灣行進曲」與「陳炎興」／「三栗谷櫻」相關訊息的專書，例如計有：

（1）楊麗仙，《台灣西洋音樂史綱》（台北：橄欖基金會，1986.01）。

（2）許常惠，《台灣音樂史初稿》（台北：全音樂譜出版社，1991.09）。

（3）莊永明，《台灣歌謠追想曲》（台北：前衛出版社，1994.09）。

（4）陳郁秀編，《音樂台灣》（台北：時報文化出版事業公司，1996.12）。

（5）楊碧川，《台灣歷史辭典》（台北：前衛出版社，1997.05）。

（6）陳郁秀編，《百年台灣音樂圖像巡禮》（台北：時報文化出版事業公司，1998.12）。

（7）長田曉二編，《日本軍歌大全集：軍歌・愛國歌・戰時歌謠》（東京：全音樂譜出版社，1998）。

（8）莊永明，《台灣世紀回味：時代光影（1895-2000）》（台北：遠流出版事業公司，2000.12）。

（9）倉田喜弘，《近代歌謠の軌跡》（東京：山川出版社，2002.05）。

（10）楊麗祝，《歌謠與生活：日治時期臺灣的歌謠采集及其時代意義》（台北：稻鄉出版社，2003.04）。

（11）呂鈺秀，《臺灣音樂史》（台北：五南圖書出版公司，2003.10）。

（12）許雪姬總策畫，《臺灣歷史辭典》（台北：行政院文建會，2004.07）。

（13）黃裕元，《台灣阿歌歌》（台北：遠足文化出版公司，2005.08）。

（14）陳郁秀總策畫，《臺灣音樂百科辭書》（台北：遠流出版事業公司，2008.11）。

（二）知道「台灣行進曲」，但卻不標示或不知道「陳炎興」／「三栗谷櫻」訊息的情形，例如計有：

（1）前述九張不同唱片公司所發行的版本，都只標示主唱者、樂團。

（2）前述兩冊日治末期所發行的軍歌集及流行歌集。

（3）田中一二編，《朗嘯集》（台北：台灣出版文化，1943）。

（4）葉龍彥，《台灣唱片思想起：1895~1999》（台北：博揚文化事業公司，2001.12）。[75]

（5）薛宗明，《台灣音樂辭典》（台北：台灣商務印書館，2003.11）。[76]

（6）片倉佳史，「古い記憶のメロデイ」網站。[77]

（三）獲悉「台灣行進曲」，卻胡亂誤植作詞、作曲者的情形：

例如，2008年10月17日是台灣文化協會成立87週年紀念日，台北市文化局舉辦「傳唱台灣心聲：日據時期台語流行歌特展」，現場播放了許多珍貴的曲子，包括「台灣行進曲」。「國立教育廣播電台」網站17日當天所發佈的「文教新聞」，竟出現了這樣的報導：「特展中，最珍貴的是李臨秋先生創作『望春風』的手稿，另外，**蔣渭水、蔡培火等人投入社會運動創作的『台灣行進曲』、『台北市民之歌』、『咱台灣』、『台灣文化協會會歌』**以及鄧雨賢『雨夜花』、音樂大師張福興製作的『清閒快樂』等當年膾炙人

75 作者葉龍彥在該書頁94的地方有順道提及了「台灣行進曲」乙詞，但據筆者判斷，葉氏並不知道該曲的作詞、作曲者背景，也完全沒有意思要進一步提及或討論日治末期「軍歌」盛行的情形；並且該書在書末所附上的「古倫美亞唱片總目錄」，竟遺漏該唱片公司確實曾經發行過的「台灣行進曲」曲目，實在有點令人費解。

76 薛宗明在「台灣行進曲」詞條上，全文注解說：「日本內閣情報部爲配合強徵『臺籍軍夫』任務，於1938年公開徵求『台灣行進曲』，並灌製成百萬張唱片竟日放送，進行其軍國主義思想洗腦工作。」（頁370）這段說明顯然與事實存有多處出入和錯誤，在此便不再詳述。

77 片倉佳史，「古い記憶のメロデイ」網站，2009.03.10更新。來源：http://www.geocities.jp/abm168/index.html。檢索日：2009.07.04。該網站專門列有衆多日本戰前的軍歌，其中就有「台灣行進曲」曲目，但唯獨在詞、曲的作者欄上卻呈現「空白」狀態。

口的珍貴唱片都是相當經典的展出作品。（按：上文粗體且畫有底線部分是筆者所加）」[78]此文道聽塗說的程度，事實上已到了牛頭不對馬嘴的地步。

（四）最後一種情形，就是既知道「台灣行進曲」的創作，也知道作詞、作曲者的眞實姓名：

目前筆者只能確定一位是音樂學論者許凱琳，[79]另一位是網路上自稱「撐渡伯」的曲盤專家。[80]但是非常可惜，當時兩位可能因爲沒有具備足夠的台灣文學背景，所以都沒能及時將日治時期的青年作曲家「陳炎興」與戰後的中國父親「陳炎興」彼此聯結起來。

當年的總督府、唱片公司曾經爲著刻意推廣「台灣行進曲」而舉辦大規模的樂隊「遊行」，某種程度它進行了影像上的「想像族群」，也促成音樂上的「族群想像」；質言之，「台灣行進曲」不僅在敘事層面的召喚、音律美學的要求……有它藝術上的優異表現，對於物質性基礎、歷史性演繹以及身分認同的塑造更具敏銳度。即便是今日，當我們重

78 張毓芹，〈日據台語流行歌展登場．回顧台語歌黃金時代〉，「國立教育廣播電台」網站，2008年10月17日。來源：http://web.ner.gov.tw/culturenews/culture/culture-detail.asp?id=94026。（檢索日：2009.07.04）

79 許凱琳，〈日治時期放送節目音樂內容之研究（1937~1941）——以軍歌放送為中心〉，頁73。

80 請參閱：〈行進中的行進曲〉，「桃花開出春風」網站，2007/03/31。來源：http://blog.sina.com.tw/davide/article.php?pbgid=28994&entryid=398737。（檢索日：2009.07.03）

新聆聽，都不得不承認在營造一個特定的歷史想像上，「台灣行進曲」是一首成功的所謂「愛國歌曲」[81]。依目前所知的情形來看，台灣人藉由應募而譜出一時傳唱的「軍歌」行進曲，陳炎興先生與「台灣行進曲」很有可能都是空前絕後的例子，在台灣史上可謂彌足珍貴。

鍾肇政在《望春風》裡「踏話頭」先說：

> 敬愛的讀者們，如果你是中年以上的人，讓我提提〈月夜的鼓浪嶼〉（〈月のコロンス〉）吧。或者〈軍夫の妻〉、〈誉れの軍夫〉吧。也許可以引起你一段遙遠遙遠的記憶——時當「支那事變」、「大東亞戰爭」的時期。或許那時你還是個孩童、青年，想來這些歌曲你一定也唱過，至少也聽得很熟很熟的。是不是？……這裡容我趕快聲明：這些歌曲，當然不是爲這一類歌詞而譜的，它們原本就有，亦即〈雨夜花〉、〈月夜愁〉、〈望春風〉那些，只不過是日閥給這些早已膾炙台灣民間的曲子，配上那種宣傳歌詞而已。作曲者當然未同意，但是不表同意又如何呢？只因這些曲調實在是純粹的「台灣的」，是與當時的

81 所有的音樂創作，其實不管是處在自由民主或專制獨裁的體制下，都具備潛在的政治意涵，也可以說沒有一種音樂是不具意識形態的；特別是「愛國歌曲」這類政治性強烈的政治音樂，它就是要能「傳達對國家的熱愛、忠誠和頌揚國家，以便使國民感受到曲中所強調的訊息，進而受其影響，增加愛國情操，使國家更加穩固。」參引自：徐玫玲，〈音樂與政治——以意識型態化的愛國歌曲為例〉，《輔仁學誌．人文藝術之部》第29期，2002年7月，頁211。

> 台灣人的血液之流同其節拍、同其旋律的，因而配上了那些日語歌詞之後，仍能大爲風行。日閥看準的也正是這一點，這大約也可說是他們的聰明處、毒辣處。然而，這是對一個藝術作品的強姦，以一個藝術家而言，情又何以堪呢？[82]

如果說，鄧雨賢當年因爲盛名而被迫得在卑躬屈膝的痛苦心情下，譜寫許多無奈的時局歌謠；那麼，陳炎興先生呢？九○年代初期，小野等人挖掘出一首周添旺作詞、鄧雨賢作曲，但從未發表過的作品：「想要彈同調」，也許，正如小野對該曲背景所作的如下理解——另一種台灣人的歷史感知，完全迴異於鍾肇政的說法——他說：

> 當我們反覆唱著這首歌的時候忽然捕捉到了一種台灣人很深沉的心情，這種心情其實是根植在台灣人心靈很深的地方；那就是一代又一代，他們想和統治他們的人唱著同一個調子，想和那些可以左右著他們命運的人跳著同樣的舞步，他們辛勤的唱著、賣力的跳著，悲哀是別人看到的，他們自己卻不這樣想，因爲他們早已習慣了，習慣就成了自然。[83]

82　引自：鍾肇政，〈前言〉，《望春風》，頁4-5。

83　引自：小野，〈一首沒有發表過的歌：「想要彈同調」〉，《想要彈同調》，台北：皇冠文化出版公司，1992.09，頁57。該文原先題為：〈跟命運合奏一曲吧〉，發表在《聯合報》（1992年4月25日，第24版），但並沒有上文最後的「習慣就成了自然」一句。

按一般的認知，當一首歌在忠實精準地呈現其愛國歌曲的政治意涵時，旋律就是歌詞的最佳仲介者。尤其是「台灣行進曲」是先有了歌詞再甄選作曲，當時的日本母國、殖民現代性、南進政策，甚至是後來的大東亞共榮圈宣傳，至少都不會也不可能是被青年作曲家陳炎興視爲敵性的對象，否則當年如何會主動交出「在五線譜上表現出愛國至情的應募作品」[84]呢？遑論作品尚且獲得「一等當選」。可是話說回來，陳炎興先生如果只因爲這首被總督府拿來當「內台人共作」最佳範例的「台灣行進曲」就被視爲殖民地的「協力者」，這樣的評斷或許又太嚴肅也太嚴重了，因爲其中透露的情思，或許不過就是一位音樂愛好者出自一次鄉土情懷大於國族意識的行動；或許就像是供職於「州廳」、「郡役所」、「放送局」、「統制會社」等，終究都是爲了糊口，所以即便後來的陳炎興若稱說當時只是單純誘於相當一年薪水的高額獎金（500元）而奮力參賽，也能獲得多數人的理解的！置身在大時代的戰事氛圍，誰能完全置身事外呢？差別的大概就是游移不定的慾望以及必須面對的多重困境的強度而已，歷史也有無能爲力的時候吧！如果說音樂已然成爲政治的手段，那麼最令人感到戰慄的，無非就是再利用部分的虛假事例企圖塗蓋過往的史實，爲特定預設的歷史提供邏輯，致使「歷史」又淪爲眾人的政治工具。

84 〈台灣行進曲の應募・三百餘に達す・發表は來る三十日〉，《台灣日日新報》，1938年7月13日，第7版。

結語　以父之名

作家鍾文音推崇說，陳映眞整本《父親》裡的〈父親〉乙文，「獨自撐起了這本書的全體重量」[85]，指它「正面談親情，背面談的是歷史」[86]；正因陳映眞有意指涉「歷史」、更可能是重構「歷史」，所以更需要讀者縝密的檢證。在〈父親〉乙文裡，陳映眞大致不失詳實地介紹了父親一生的志趣與經歷，並且藉由皮鞋物件以及腳踝上的外八承襲來暗喻著父子家國之間的骨血傳接，至今讀之仍令人爲此動容。可是，學院的訓練與閱讀的經驗告訴我們，譬如：當人們在檢證《馬可波羅遊記》作者馬可波羅到底有沒有長期待過元朝或者到過「中國」時，不會也不應該只注意他「寫了什麼」，更在乎他「遺漏了什麼」，例如他全書完全沒有提到茶和筷子，就很令人懷疑他到底有沒有見過忽必烈或者「中國人」？！而實際上，陳映眞一直「遺漏」了自己父親一生最意氣風發的一段日子！明明是最閃亮精彩的人生時刻，何以陳映眞（以及陳炎興先生）選擇絕口不提甚至重構，任憑它風逝在歷史的記憶裡？筆者本人對於陳炎興先生個人的宗教情懷非常敬仰，尤其是他在〈做主所做的事〉[87]乙文宣揚要實踐及落實「上帝的愛和公義」的理念，更是推崇！

85　鍾文音，〈時間之幕與空間之墓——讀陳映真《父親》〉，《文訊》第238期，2005年8月，頁36。

86　鍾文音，〈時間之幕與空間之墓——讀陳映真《父親》〉，頁37。

87　陳炎興，〈做主所做的事〉，《在基督裡的一得》，頁309-351。

然而日本「軍歌」一向在台灣是個大時代的記憶，這樣的殖民傷痕儘管「殘酷」，但不應、不能、也無法湮滅，特別是台灣已走過白色恐怖。正因如此，「青年作曲家陳炎興」與「台灣行進曲」遠不啻爲個人家族史，而已是台灣歷史上殖民記憶的共同資產，之所以迅速被遺忘、被遮掩甚至被轉移，與其說是有可能一開始出於閃避戰後改朝換代中最尷尬的所謂「忠誠」檢驗，筆者推測更多的是陳映眞後來的立論與立場問題。摧毀經典作家是不道德的；但打破經典神話卻有其必要。因此，我們即便熟讀了車載斗量的「陳映眞」，至今在面對陳映眞任何一篇作品，諸如〈父親〉這樣至情至性的散文，我們的認識還只是剛剛開始。

2

第二章
在「大刀進行曲」的晚會

——反思陳映真〈後街〉等文

極力去理解時，彷彿原本應該譴責的罪行，卻變得不是那麼應該譴責了；努力去譴責時，好像本來可以理解的罪行，卻變得不是那麼可以理解了。

——施林克，《朗讀者》[1]

前言　時代「背叛」歷史

1979年7月7日是中國抗日作戰42週年紀念日，由《中華雜誌》等十個民間文化團體，共同發起在台北市的實踐堂隆重舉行「七七抗戰四十二週年紀念會」。據記者報導，當晚人潮將整個場地擠到水洩不通、盛況空前，尤其是「當中華合唱團將抗戰名歌『大刀進行曲』唱到第二遍的末尾時，整個實踐堂的一千多名自動前來參加『七七抗戰四十二週年紀念會』的中國人……都異口同聲地發出了一聲怒斥——如裂帛、如斷劍、如那銀瓶乍破、鐵漿迸射——『殺』！」[2]。

1　原譯文為：「每當我極力去理解時，我就有一種感覺，彷彿原本應該譴責的罪行，卻變得不是那麼應該譴責了；每當我努力去譴責時，我又有另外一種感覺，好像本來可以理解的罪行，卻變得不是那麼可以理解了。」引自：（德）本哈德．施林克（Bernhard Schlink）著，錢定平譯，《朗讀者》，南京：譯林出版社，2009年，頁150。

2　〈重唱大刀進行曲．新仇舊恨一齊來．七七抗日、紀念晚會．聲聲喚起、民族靈魂〉，《中國時報》，1979年7月8日，第3版。這首〈大刀進行曲〉的詞曲是作曲家麥新（原名孫培元）於1937年8月8日的作品，又名〈大刀向鬼子們的頭上砍去〉，歌詞為：「大刀向鬼子們的頭上砍去！/全國武裝的弟兄們！/抗戰的一天來到了，/抗戰的一天來到了！/前面有東北的義勇軍，/後面有全國的老百姓，/咱們中國軍隊勇敢前進，/看準那敵人！/把他消滅，/把他消滅！/衝啊!/大刀向鬼子們的隨後，陳映眞登台發表演講，他說：

> 我是在七七抗戰開始的那一年，生於日本佔據下的台灣。從小，我的父親就告訴我們幾個孩子，我們有一個叔祖父，在割台後日軍登陸向島內進軍的時候，和同鄉的青年撿起清王朝遺留下來的，還不知道如何使用的槍械，到鄰鄉去抵抗日本軍隊。一上陣，我的叔祖父就被打死了。我的祖父到夜裡才把自己弟弟的屍體，揹回家來。[3]台灣光復那一天，父親在物資極端缺乏的條件下，叫母親弄了一桌比較好的晚飯，拿著「漢和字典」，把孩子們的名字逐字找了出來，告訴我們，我們的名字，是中國字寫成的名字——因爲我們是中國人。植民地的歷史；受帝國主義侵辱的民族的歷史，就是這樣自覺地把握了像這類諸事件所連鎖起來的歷史。……正是這些事件，構成了近代中國的歷史。也正是這些事件，構成近代中國文學的文學主題。在帝國主義下的台灣，日本植民體制下受害者的

頭上砍去，/殺！」。值得注意的是，1979年這年的1月1日起，美國與中華民國正式斷交；4月21日，當時的日相大平正芳前往靖國神社悼念日本陣亡將士，掀起軒然大波（〈大平不顧反對．前赴靖國神社〉，《中國時報》，1979年4月22日，第5版）；3月，日本在釣魚台列島興建了水道測量站（〈日竟在釣魚台建水道測量站〉，《中國時報》，1979年3月21日，第2版）；5月，日本在釣魚台列島建造直升機場，在台灣島內皆引發激烈的反對聲浪（〈日竟在釣魚台建造直升機場〉，《中國時報》，1979年5月23日，第2版）。年底12月10日國際人權日當天，爆發「美麗島事件」。

3　叔祖父當年抗日的事蹟，陳映真後來在〈安溪縣石盤頭〉與〈父親〉等文裡都曾一再提及。見：陳映真，《父親》，台北：洪範書店有限公司，2004年9月，頁72、147。

> 心靈和反抗，構成了植民地抵抗文學的主題。……成爲我們民族永遠的鼓舞、啓示和教育。但是，如果也要把「皇民文學」當做「受害者的文學」的一部分，加以粉飾，是不能答應的。不錯，記錄了以自己的民族的血液爲污濁，以「精神的系圖」爲言而欲奮力成爲「皇民」的文學，當然是受害者——民族自尊受盡摧折——的文學。但是，我們也不能忘記，這種「受害者的文學」，在鼓舞「翼贊」日本南侵的「天業」的一刻，變成了加害者——不僅加害於中國，也加害於南洋人民——的文學。把這樣的文學翻譯出來刊載，當做反面的好教材，是可以的，但決不能以它是同爲「受害者的文學」，做爲存在的價值。否則，我們怎麼面對瘐死在日本特務獄中的台灣抵抗運動的志士們？[4]（按：以上底線部分為筆者所加）

陳映眞試圖要人們記得的是，他特別以家族裡的祖輩與父親們自「乙未」以來都能夠堅決地爲後代子孫牢牢「守住了一個祖國」、「一個實在的祖國」[5]而感到驕傲，尤其像是賴和身上那股「萬生反」的反骨傳統，如今也正理所當然承繼在他的筋脈裡。正因如此，所以陳映眞歷來對所謂由「三腳仔」所構成的「皇民階級」、「皇民文學」的道德與靈魂，

4 陳映真，〈中國人任人恣意侮辱的日子已一去不返了〉，《中華雜誌》，第17卷第193期，1979年8月，頁35-36。此文正是陳映真1979年7月7日當晚於台北市實踐堂的演講內容。

5 以上兩句引文，皆出自：陳映真，〈父親〉，《父親》，頁149。

總是套用中華民族主義的仇日史觀加予抨擊而展示一種大是大非、明明白白的論斷；然而，類似於大是大非的說辭、明明白白的辨識，其展示的往往反而多是表面的掩飾功夫，不見得全然是實情。在台灣，雖然陳映眞的議論常帶有「不證自明」的民族情緒，可是很少人會對於陳映眞爲自己的信念而戰乙事感到質疑，但他終究無法襟懷坦白一切；因爲他起始時似乎在有意無意之間總是遮飾了些看似不要緊卻挺關鍵的歷史「碎片」——攻擊論敵前由於沒有先將自己「狠揍一頓」，以致於如今不得不一次又一次地得面對自己一直理直氣壯卻有可能自我形構了異常荒謬的立場與立論。事實上，身爲小說家的陳映眞，理應曾經有機會、有時間去反思甚至動搖他向來堅持的「是非」、「明白」，從而以一種人性的高度、時代的變異與政權的纏繞，更寬悠地來理解自己的生父、養父以及那一整代的台灣人原本就俱在的精神面貌；可是，他選擇了「最正確」也是「最拙劣」的敘事策略，刻意枉顧家族史——也是台灣史——裡特有出現的、其實更値得辯證的認同轉向／轉折的幽微現象，反倒將自己置身在「大刀進行曲」單一視角的熱血狂潮下，不僅無法成就批判性的後殖民，更不可能誠懇地面對台灣國族或身分認同的流動、複雜與曖昧。以陳映眞經常提及的中國作家魯迅爲例，魯迅就曾針對1934年當時的國民政府閉口不談兵燹、癘疫、水旱、風蝗四處爲虐，卻大力從事孔廟重修、雷峰塔再建、四庫珍本發行、根據《禮記》男女分隔行路等文化「盛事」的現象，深感痛心地揭露國府的最終目的是意圖在歷史上製造太平盛世的假象；[6]魯迅要警惕世人的，不就是指出人們往往遮蔽歷史眞相，其實是爲了遮蔽現實眞相？追問事情的眞相往往是沒有詩意可言，如果一位作家無法坦誠面對甚至迴避、遮掩自己的家族史，又如何能夠冀望他懇切地面對家國的眞面貌？縱使曾經高聲「吶喊」過，終究也要落入無地「徬徨」的困窘。筆者以爲，此刻確實有必要將「陳映眞研究」重新寫成問題，一問再問，特別是當陳映眞當年在講台上「現身說法」、「以家喻國」地宣稱：「植民地的歷史；受帝國主義侵辱的民族的歷史，就是這樣自覺地把握了像這類諸事件所連鎖起來的歷史」，這些原本以爲再彰顯不過的話語，如今卻愈見隱晦的時刻……

第一節　南無警察大菩薩

大正14年（1925）11月21日至25日，在台灣總督府的主導下，台北州警務部破天荒地「主催」了一場「警察及衛生展覽會」，舉凡三個展場的時間地點、主題功能、教化精神以及參觀人數等相關訊息，《台灣日日新報》早在數天前就緊鑼密鼓透過諸如〈警察展覽會場一瞥〉等專欄大幅地報導，據說盛況空前、圓滿落幕。可是，標舉「台灣人唯一之言論機關」的《台灣民報》，雖然原則上深表贊意，卻也語

6　魯迅，〈算賬〉，收錄於《魯迅全集》第5卷，北京：人民文學出版社，2005年11月，頁542-544。

帶戲謔地說：「聞自二十一日起在台北開警察展覽會、警察全盛之台灣、想必大有開拓世人之眼界、但未知我島警察界的特許拷問手段、如灌水法、彫龍蝦法、插肋骨法等亦肯展覽於公眾否？」[7]並且質疑當局：既然說是民眾化的警察展，何以仍會出現「用閻羅王面的正帽警官爲看守、私服刑事爲接待客、可謂矛盾之極」[8]的怪現象？

不過，最特別的是這場展覽會出現了一張挪用「千手觀音」造形、轉化而成的「南無警察大菩薩」海報，**如下圖：**[9]

「南無警察大菩薩」海報

海報裡端坐的是警察，筆者推估應是穿著冬季制服的「巡查」[10]，他的背後只伸出六隻手，手的附近除了圖樣外還附有漢字說明。如果依順時針的方向來觀看，第一個是右上方手握針筒的「惡疫豫防」，中間是手抓錦袋的「蕃人授產」，右下角是上下兩手相互牽引的「救助救護」，左下角這邊則是拋執繩索的「犯人逮捕」，中間是單手按壓著一個帶眼鏡的人頭，想必意味對知識分子的「思想取締」[11]，最後是左上方的「左側通行」交通宣導。警務部當初之所以將「警察」與「菩薩」兩個看似截然不同的屬性以極具創意的構圖

7　〈編輯餘話〉，《台灣民報》，第81號，1925年11月29日，頁16。

8　〈警察衛生展覽會：高等館專用諷刺．衛生館廣告賣藥〉，《台灣民報》，第82號，1925年12月6日，頁16。

9　這張海報當時並未於任何的報章上刊載過，而是編入《台北州警察衛生展覽會寫真帖》乙書：台北州警務部編，《台北州警察衛生展覽會寫真帖》，台北：台北州警務部，1926年，無頁碼。

10　1895年總督府基於協助日本憲警的警務與語言需求，便開始以臨時僱傭的性質錄用台灣人為「警吏」和「巡吏」。1899年改警吏和巡吏為「巡查補」，正式輔助日本巡查的警務執行。大正9年（1920）配合地方制度大改革（全台改制五州三廳），總督府廢止「巡查補」制度，一律改採以「巡查」任用，巡查又分甲種巡查及乙種巡查。甲種由警察官訓練所畢業生選用，乙種由州廳巡查養成所畢業生選用，入學及選用皆各有一定標準。在巡查之上，尚有巡查部長、警部補、警部、警視等職稱。詳情請參見：（1）李崇僖，〈日本時代台灣警察制度之研究〉，國立台灣大學法律學研究所碩士論文，1996年，頁104；（2）台灣總督府警務局編，徐國章譯註，《台灣總督府警察沿革誌（第一篇）中譯本Ｉ》，南投：國史館台灣文獻館，2005年12月，頁61-64。

11　事實上，《台灣日日新報》於會前就曾事先介紹了一幅放在高等警察館的觀音像海報，在觀音像四周拉出的幾條彩帶的上方標有「外事、集合結社、政治、勞資、思想、出版」六項高等警察主要工作範疇，下方則說明了其法令依據，諸如刑法、台灣保安規則、治安維持法、治安警察法、匪徒刑罰令等。海報上並且附有「音なきに聽き聲なきに觀る」字句，亦即「聽於無音，觀於無聲」之意，大概就是期許高等警察的工作最高境界就是達到洞燭機先、防患於未然的程度吧。參閱：〈寫真說明：警察展覽會第一會場高等警察館の觀音像からテープで高等警察の主働作用を示したもの〉以及〈「音なきに聽き聲なきに觀る」．高等部出品の誇る觀音像〉兩篇報導，《台灣日日新報》，1925年11月17日，第5版。

結合起來，無非就是意圖將「警察」形塑爲聞聲救苦、度化眾生，甚至是「無所不包」的發願「菩薩」；可是綜觀整個日治時期的殖民統治，恰恰相反地，「南無警察大菩薩」強烈反映了當時警察無論是在身體上、心靈上或是自然與社會需求上，反而「無所不在」的凝視事實。[12]更令人匪夷所思的是，台灣總督府向來貶抑台灣的民間信仰、斥爲迷信，如今卻爲了要轉化台灣民眾皈依「警察」這個新的信仰中心而挪用了舊有的觀音崇拜，不僅呈現出代表殖民統治者的「警察」與被殖民者的「民眾」不對等的關係，連原本刻意營造的「警察民眾化」氛圍，瞬間被「警察神明化」的心跡取而代之；而且海報上端坐的「巡查」大菩薩，其正面是一手拿劍、一手持佛珠，更顯得荒謬異常。曾親至展覽會場的張我軍便相當不以爲然地嘲諷說：「這次的警展、說是獲了最大的成功。我簡直不知道成功在那裡……倘能把刑事的拷問室和種種拷打方法也畫出來給大家看、最好、可是沒有如此誠實。如今警察又自己說是佛、而手卻揶一把刀、正所謂『口念阿彌陀、手拿一把刀』的表象嗎！」[13]某種程度，張我軍的確一語道破了當時的警察——或者說殖民政權——口是心非的本質。

事實上，當時一般人慣稱警察（無分內、台人）爲「大

12 當時警察的存在，對於殖民地統治幾乎已達到如矢內原忠雄所說的「有了警察的力量，則無事不可爲」的地步。矢內原忠雄著，周憲文譯，《日本帝國主義下之台灣》，台北：帕米爾書店，1985年7月，頁195。

13 張我軍，〈看了警察展覽會之後〉，《台灣民報》，第83號，1925年12月13日，頁11-12。

人」而不是「大菩薩」，私下則視爲「土皇帝」[14]、「地下總督」[15]，有時背後連「四腳仔」、「三腳仔」的喊法也會出籠，由此可知普遍觀感並不佳；賴和和吳濁流都曾經提及台灣人多不願出任的現象。[16]《台灣民報》就常常針對「警察」的諸多弊病提出針砭，例如其中一篇社論說到：「在臺灣植民地的警察制度、不僅沒有趨於民眾化、而且養出的警吏、大都是沒有理解警察的天職、只曉如何纔可使人民恐懼、得展其威嚴而已。……就中千名的台灣人巡查、也大半是朋比爲虐、很缺了親切心、以爲警察是隨便可以拿人或打罵人、對於農工商階級、若稍有不稱意的時候、便加以巴掌而沒有忌憚了。」[17]連《台灣日日新報》的漢文版上也常見民眾投稿控訴警察作威作福、假公濟私或挾怨報復的內容，可謂集「既貪、且暴、又色」[18]於一身的社會形象；如果再就台灣文學的主題與敘事中涉及警察警務的情形，更是不勝枚舉，曾有論者從日治時期的眾多短篇小說中挑出具代表性的三十餘篇作品，歸納出當時警察四種深入人心的形象，包括「橫暴欺壓」、「貪得無饜」、「荒淫好色」以及「傲慢自大」。[19]

---

14 黃昭堂，《臺灣總督府》，台北：前衛出版社，1994年4月，頁230。

15 葉榮鐘，《小屋大車集》，台中：中央書局，1967年3月，頁167-168。

16 請參閱：（1）賴和著，林瑞明編，〈無聊的回憶〉，《賴和全集（二）：新詩散文卷》，台北：前衛出版社，2000年6月，頁243-244；（2）吳濁流著，鍾肇政譯，《台灣連翹》，台北：前衛出版社，1988年9月，頁17。

17 〈警察制度的改善〉，《台灣民報》，第111號，1926年6月27日，頁3。

18 李幸真，〈日治初期臺灣警政的創建與警察的召訓（1898-1906）〉，國立台灣大學歷史學研究所碩士論文，2008年，頁65。

19 陳嘉齡，〈日據時期台灣短篇小說中的警察描寫——含保正、御用紳士〉，國然而即便如此，仍然有台灣人警察在當時的警務方面有守有爲、被時人所敬重的，譬如在二二八事件罹難的台南律師湯德章（巡查出身）[20]以及台灣文學家許丙丁。以許丙丁爲例，在擔任巡查期間，曾經爲使地方上能夠安居樂業，親自追緝人稱「殺人放火鬼」的楊萬寶而差點喪命；據學者呂興昌所載，許丙丁在「戰爭末期（1944）辭去了警察工作。由於在職期間，清廉自守，絕不濫行刑訊，甚至替一時不方便繳罰款之嫌犯代墊，人多感念，辭職後，常有被其移送法辦者，挑擔致贈農產品。」[21]至於內地人警察，也有像南投郡

立政治大學中等學校教師在職進修國文教學碩士學位班，2002年，頁54-74。論者所選取的具代表性的三十餘篇作品，包括賴和的〈一桿稱仔〉、〈不如意的過年〉、〈惹事〉、〈不幸的賣油炸檜的〉、〈阿四〉，蔡秋桐的〈保正伯〉、〈奪錦標〉、〈新興的悲哀〉、〈理想鄉〉、〈王爺豬〉，楊守愚的〈十字街頭〉、〈斷水之後〉、〈罰〉、〈顛倒死〉、〈嫌疑〉，楊雲萍的〈光臨〉，陳虛谷的〈無處申冤〉、〈放炮〉、〈他發財了〉、〈榮歸〉，涵虛的〈鄭秀才的客廳〉，吳希聖的〈豚〉，自滔的〈失敗〉，李泰國的〈細雨霏霏的一天〉，楊逵的〈送報伕〉、〈模範村〉，呂赫若的〈牛車〉，吳濁流的〈陳大人〉、〈先生媽〉、〈糖扦仔〉等。

20 湯德章的父親是日本人，與台灣女子湯玉生了德章與其姊、弟，姊弟三人都從母姓。噍吧哖事件（1915年，大正四年）時，余清芳等人率領民衆夜襲南庄官吏警察派出所，湯父遇害，同時被殺的警政人員共20人，時年八歲的湯德章被派出所的工友黃木貴背負救出。19歲時湯德章承繼父業通過巡查考試，後又通過普通文官考試，回台南市開山派出所擔任主管職務，後再被派往中國廣東擔任警察顧問。32歲時因感台籍身分在工作上備受差別待遇而辭職赴東京進修，36歲時通過日本高等文官司法及格、行政及格，回台在台南市執行律師職務。二二八事件時遭國民政府於民生綠園（1998年2月28日改為湯德章紀念公園）當衆槍決。詳情可再參閱：黃建龍，〈文武雙全的二二八先烈──湯德章〉，《城鄉生活雜誌》50期，1998年3月，頁8-12。

21 呂興昌，〈許丙丁先生生平著作年表初稿〉，收錄於呂興昌編《許丙丁作品集（下）》，台南：台南市立文化中心，1996年5月，頁669。許丙丁先生也是台灣文學的重鎮，尤其是台語文學史上更有他重要的地位，戰前他曾經以實際參與偵辦的幾件社會鉅案的實戰經驗，用日文寫成《實話探偵祕帖》（二二八事件時受難的湯德章曾為此書作序），此外他也以緝捕楊萬寶的背景寫成通俗小說《廖添丁再世》，後來連載於《中華日報》。欲進一步認識許丙丁先生者，可再參閱：

的小川警察課長這樣的例子：小川曾經在巡查召集日時，訓示眾人說：「做警察的職務、不要被人民看做怨府、警察是以保民爲天職、來維持治安、圖社會的幸福、若有暴行非爲、就大失墜了警察的聲價、所以警察對待人民要以親切爲本、重視民眾的人格、應除去官尊民卑的態度、急宜去圖自己人格的修養。」[22]此事當年《台灣民報》獲悉後認爲殊爲難得，因而披載在報端上，公開表揚其爲「明理的警察課長」。

雖然在這次史無前例的「警察及衛生展覽會」中出現的「南無警察大菩薩」海報普遍是被視爲殖民當局的宣傳伎倆而已；可是隨之也出現了令人無法忽視的現象，即「警察」是「菩薩」或者「警察」可以是「菩薩」這個鮮明的形象，卻出乎意料地在部分的警察官吏心裡起了作用，台南出身的許丙丁和內地人長野鶴吉就是個例子。長野鶴吉在台擔任巡查工作長達二十年，在他看來，巡查這個工作的性質，尤其是身處鄉下的派出所，就如同是台灣民間信仰的「土地公」一般，不但要執行交辦事務，更重要的是他要自許成爲地方的守護神。[23]許丙丁則是有一年隨團至日本內地進行考察觀

呂興昌，〈寫在「許丙丁百歲紀念展」之前〉，「台灣文學研究工作室」網站，2000.11.06。來源：http://ws.twl.ncku.edu.tw/hak-chia/l/li-heng-chhiong/khou-piann-teng-tian.htm。（2009.12.05瀏覽）

22 〈明理的警察課長〉，《台灣民報》，第119號，1926年8月22日，頁7。

23 長野鶴吉，〈警察生活二十年〉，《台灣警察時報》，第283期，1939年6月，頁96-97。不過這裡同時要注意的是，長野氏在回憶文中所提及的「土地公」和「守護神」的形象及功能，若是實際對照他的巡查施為，究竟這只是他為文時的一種自我吹噓或者確有其事，便不得而知了。因為在蔡秋桐的〈理想鄉〉裡就出現一位自許是該村「慈父」的中村大人，然則卻是衆人眼中的「霸者」的情節。見：

光時，見到大阪該地的巡查正在十字路口指揮交通、保障過往數千人的生命安全，事後他畫下當時的執勤即景，並且將之奉爲「南無交通大明神」，**如下圖：**[24]

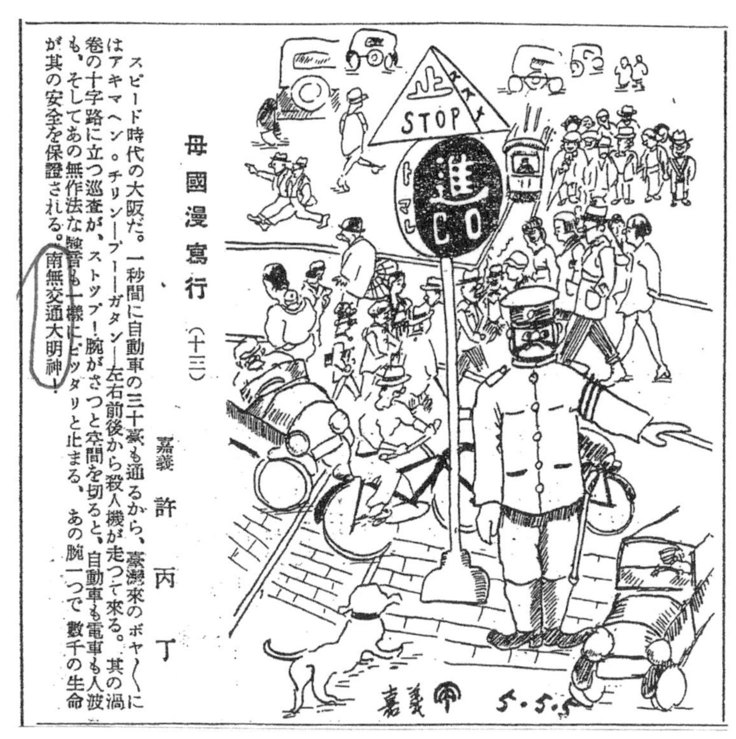

「南無交通大明神」漫畫

這幅趣味橫生的漫畫與當年的「南無警察大菩薩」海

蔡秋桐，〈理想鄉〉，收於楊雲萍、張我軍、蔡秋桐合著，《楊雲萍、張我軍、蔡秋桐合集》，台北：前衛出版社，1991年2月，頁222、224。

24　圖片引自：許丙丁，〈母國漫寫行（13）〉，《台灣警察時報》，第166期，1930年9月15日，頁35。

報，不但在創作的意象上具有異曲同工之妙，想必多少也是投射出許丙丁及其部分同僚們平日對自己執行勤務時的一種自我期許吧。

第二節　島人及第「巡查部長」

就在「警察及衛生展覽會」舉辦過後不到一年，亦即大正15年8月27日（1926.08.27）當天，《台灣日日新報》刊載了一則並不顯眼的警務新聞，報導說：上個月22日有62人參加台北州警務部所舉辦的「巡查部長」升等考試，初步筆試通過者有16名，本月16日再經過口試之後共有13人合格，名單分別是村上義逸、伊藤哲二、長尾忠信、大谷仁八、日下由吉、吉村庄平、宮本亥一郎、高地千秋、宮本與作、山崎宗吉、村上勝藏、山下秀南、陳根旺（如次頁左上圖）[25]。這則新聞卻在相隔三天之後，《台灣日日新報》特別又做了進一步的處理，標題是：〈島人及第・巡查部長〉（如次頁右上圖），全文說：

> 海山郡鶯歌庄鶯歌派出所勤務巡查陳根旺氏，自奉斯職以來，頗具熱心研究，者番應巡查部長之試驗遂及

25　圖文引自：〈巡查部長合格者〉，《台灣日日新報》，大正15年8月27日（1926.08.27），第5版。

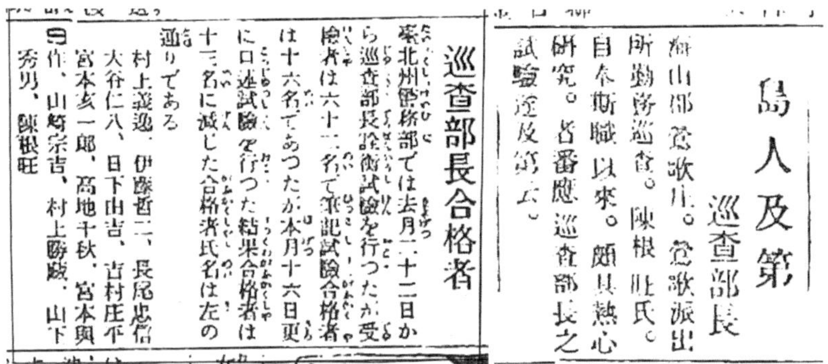

島人及第

巡查部長

海山郡鶯歌庄。鶯歌派出所勤務巡查。陳根旺氏。自奉斯職以來。頗具熱心研究。各番應巡查部長之試驗逐及第云。

巡査部長合格者

臺北州警務部では去月二十二日から巡査部長銓衡試験を行つたが受験者は六十二名で筆記試験合格者は十六名であつたが本月十六日更に口述試験を行つた結果合格者は十三名に減じた合格者氏名は左の通りである

村上義逸、伊藤哲二、長尾忠信、大谷仁八、日下由吉、吉村庄平、宮本亥一郎、高地千秋、宮本與作、山崎宗吉、村上勝蔵、山下秀明、陳根旺

第云。[26]

本島人及第「巡查部長」乙事，在此之前並非空前絕後之事，但確屬稀有，然而較特別的是，這年截至八月底時，罕見地一下子已知有三位本島人位列新科的巡查部長，除台北州的陳根旺之外，另兩位分別是台南州的楊克紹[27]及

26　圖文引自：〈島人及第．巡查部長〉，《台灣日日新報》，大正15年8月30日（1926.08.30），夕刊第4版。在日治時代台北州轄下的「海山郡」，包括：板橋街（相當今天板橋區）、中和庄（相當今天中和及永和二區）、土城庄（相當今天土城區）、三峽庄（相當今天三峽區）、鶯歌庄（相當今天鶯歌及樹林二區）。「鶯歌派出所」從早期稱「鶯歌石警察官吏派出所」配有警部補一名、巡查部長一名、甲種巡查一名、乙種巡查一名的編制年代，到大正14年4月改置為巡查部長一名、甲種巡查二名、乙種巡查一名時，自此就沒有什麼大變革了（參閱：今澤正秋（時任鶯歌庄庄長）編，昭和9年排印本影印《鶯歌鄉土誌》，台北：成文出版社有限公司，1985年3月，頁29-30）。另據《台灣民報》大正14年10月18日（1925.10.18）第75號第6頁的報導所稱，9月底文化協會諸人，如蔣渭水、蔡式穀、王敏川、張我軍，首次至鶯歌地方開設文化講演會，盛況空前、聽衆大為感動。或許，我們可以合理推測陳根旺巡查當時也是現場嚴陣以待的衆多警察之一。

27　參見〈台南州．試驗巡查部長．本島人及第一名〉乙文報導：「台南州警務部本年度巡查部長甄拔，已於月初舉行。初回筆記合格者十五名，二次口述試驗及第者八名，經於日前發表。就中有台人楊克紹氏，亦以第三名及第，是爲台南州台人巡查部長之嚆矢。楊氏現供職新豐郡，平時對於人民，極見嚴厲云。」（《台

新竹州的鍾日紅[28]；隔年（1927）台南州的許丙丁也高昇爲巡查部長了[29]。事實上，在這波台灣人昇任較高階警察熱潮之前，按官方的統計資料〈地方警察職員定員增減一覽表〉顯示，直到大正十五年（1926）時全台各官職警察人員的數額，依最高階至最基層爲警視15名、警部220名、警部補270名、巡查部長652名、甲種巡查4310名、乙種巡查1941名、警手1979名，其中警視、警部及警部補全由日人擔任，台灣人最高也只當到巡查部長（僅兩名，姓氏無法確知），絕大部分都是充任乙種巡查與警手。[30]由於長期以來高階警察率由日人壟斷，致使台灣人警察出路有限、薪俸低微而產生諸種弊端，《台灣民報》先前就一直促請當局能爲台灣人警察廣開「一條上進之路。台灣人巡查、成績優秀的得昇爲巡查部長、警部補、警部。」[31]或許就是由於社會輿論強烈期待，

灣日日新報》，大正15年6月26日，1926.06.26，夕刊第4版。）此部長名單亦可見於：〈台南州巡查部長銓衡試驗〉，《台灣警察協會雜誌》，第110號，昭和元年8月1日（1926.08.01），頁146。

28 由當時的專文報導可間接得知鍾某由於近日新科及第巡查部長之後，已於6月12日赴任湖口監視區。參見：〈露骨的內台人差別待遇〉，《台灣民報》，第117號，1926年8月8日，頁7。

29 〈赤崁・刑事更迭〉所言：「新豐郡永康派出所取締許丙丁榮昇該郡特務刑事（按：部長職），氏號鏡汀，爲南社吟友，前途頗受囑目云。」（見：《台灣日日新報》，昭和2年5月3日（1927.05.03），夕刊第4版）

30 台灣總督府警務局編，吳密察解題，《台灣總督府警察沿革誌（一）：警察機關の構成》，台北：南天書局，1995年6月，810頁／3。另據戰爭末期被調派至海南島的台中人乙種巡查蔡新科受訪時指出：「甲種巡查通常是日本人，一州通常象徵性的只用一個台灣人當巡查部長，而且必須是擔任特務或刑事特勤人員之類的。巡查部長一職是帶有鼓勵性質的。」參閱：蔡慧玉訪問，〈蔡新科先生訪問記錄〉，收錄於蔡慧玉主編《走過兩個時代的人——台籍日本兵》，台北：中研院台灣史研究所籌備處，1997年11月，頁408。

31 〈小言〉，《台灣民報》，第78號，1925年11月8日，頁9。類似的呼籲同時也可見於：〈台灣人材登用究竟還是口頭禪〉，《台灣民報》，第108號，1926年6月6

總督府才勉強順應民意，陳根旺等人適時搭上了這波昇官熱潮。但是，即便如此，到了昭和8年（1933）時台灣人實際能擔任高階警官者仍然「屈指可數」[32]，正應驗了論者所謂台灣的警察政治是以「日本人爲主體的警察官吏」的特殊性格。[33]

陳根旺身爲屈指可數的巡查部長，顯然事後也繼續受到了當局的刻意栽培。根據《台灣警察協會雜誌》[34]於昭和4年5月（1929.05）所刊載的〈第一回本島人巡查內地視察〉乙文報導，總督府首次從各州（包括台北州、新竹州、台中州、台南州、高雄州）各自選出了兩名「勤務勉勵、身體壯健、素行善良」、足堪擔任「模範」的本島人秀異警察，包

日，頁1。

32　根據統計，當時台灣人擔任的職稱有警部補2名、巡查部長6名、甲種巡查165名、乙種巡查1039名，共計1212名，參見：〈本島人警察官の數〉，《台灣警察時報》，第208號，昭和8年3月1日（1933.03.01），頁109。另據論者調查，台灣人警察在日本時代最高只能升至「警部」，計有四位：福佬籍的蔡國珍、客家籍的黃炳成、徐秀蘭、鍾日紅。參見：黃榮洛，〈日據時代，本島四警部〉，《客家》，第20期，1991年9月，頁76。

33　論者陳煒欣認為，台灣的警察政治具有兩項特殊性格：一是日本人為主體的警察官吏，二是「警察萬能」導向的警察制度（參見：陳煒欣，〈日治時期台灣「高等警察」之研究〉，國立成功大學歷史學研究所碩士論文，1998年6月，頁29-36）。另外，若由今日觀之，該文所指出的「警察萬能」導向，似乎也頗能說明當年之所以會出現「南無警察大菩薩」海報的設計背景。

34　《台灣警察協會雜誌》是日治時期「台灣警察協會」發行的重要雜誌，該協會以總督為總裁，以民政長官為會長，發行雜誌除訊息流通之外，旨在提升全台警政人員的素質及裝備精神。大正6年6月20日（1917.06.20）發刊，每月月初發行，發行至昭和4年11月1日（1929.11.01）第149號。從昭和5年1月1日（1930.01.01）名稱改為《台灣警察時報》發行第1號（總號第150號），半月刊，每月1日、15日發行。從昭和8年1月1日（1933.01.01）總號206號開始又改回月刊。昭和19年2月23日（1944.02.23）第336號起，改名為《台灣警察》第1號，然後陸續出版了第2號（總號337號，1944.03.23）、第3號（總號338號，時間未標）之後，就無疾而終。

含帶隊的警務局長官榊原壽郎治一行總共11人所組成的「本島人巡查內地視察團」（如下圖）[35]，已於4月16日至日本內地三府八縣（東京、京都、大阪、山口、廣島、兵庫、奈良、三重、靜岡、神奈川、栃木）視察，視察團特別是要針對日本內地各級警察事務的文物制度展開爲期25天（4月16日至5月10日）的見學觀摩；其中台北州被選拔出線的兩名本島人之一，就是隸屬海山郡的巡查部長陳根旺。[36]

本島人巡查內地視察團

35 圖片引自：《台灣警察協會雜誌》，第143號，昭和4年5月1日（1929.05.01），無頁碼。

36 詳細報導請見：〈第一回本島人巡查內地視察〉，《台灣警察協會雜誌》，第143號，昭和4年5月1日（1929.05.01），頁176-177。前面引文，皆出自頁176。

視察團返台之後，帶隊官榊原壽郎治發表了〈第一回本島人巡查內地視察團紀行〉乙文，詳細報告了行前準備、分配工作的細節以及途中見聞。依照榊原壽郎治的登載資料，陳根旺當時才29歲（據此可推斷陳根旺出生於1900年左右），已由鶯歌派出所調至柑園派出所（亦屬海山郡鶯歌庄），[37]在十位本島人團員之中，藉由互選方式，以七票當選該團此行的最重要幹部——「班長」，其個人被分配到屆時需特別留心考察的重點有：（1）與民眾接觸狀況（2）交通取締狀況（3）地方警察對「青年團」[38]等團體的管理及協調。另外，在行前會議上，視察團也統一決議了一路上大夥不得使用台語的規定。[39]

37　「柑園派出所」的沿革與「鶯歌派出所」大同小異，兩者皆在昔日鶯歌庄範圍。參閱：今澤正秋（時任鶯歌庄庄長）編，《鶯歌鄉土誌》，頁31-32。

38　青年團原為全日本境內半官半民的自治團體，但誠如論者所言：「日本在進入1930年代後，陷於軍方逐漸主導國內政局的情況，而開始走向對外軍事擴張的道路。青年團正是政府掌控青年人力資源和灌輸皇國思想的最有利工具，爲戰爭動員所不可或缺。」（見：楊境任，〈日治時期台灣青年團之研究〉，桃園：國立中央大學歷史研究所碩士論文，2001.07，頁161-162）青年團最後終究淪為集教化、掌控及軍事動員於一身的法西斯組織。也就是在「台灣行進曲」傳遍台灣大街小巷的時刻，日、德兩國的青年團彼此同時進行了為期近三個月的互訪、交流，當一九三八年八月十六日「希特勒青年團」從橫濱進港、十七日到達東京車站時，包括台灣在內的來自全日本三千名男女青年團代表列隊歡迎，著名詩人北原白秋還特別為此趕製了乙首軍歌〈万歳ヒットラー・ユーゲント〉（按：「希特勒青年團萬歲」之意，又稱〈独逸青少年団歓迎の歌〉）來歡迎德國青年團的到訪，據說這支「独逸（ドイツ）」派遣團的著裝與動作當年風靡了全日本年輕人。詳情可進一步參閱：（1）〈來朝した盟邦ドイツの若き友〉，《台灣日日新報》，昭和13年8月19日（1938.08.19），日刊第7版；（2）〈訪獨青年團代表一行東京に歸る〉，《台灣日日新報》，昭和13年11月16日（1938.11.16），夕刊第2版；（3）熊谷辰治郎著，《大日本青年団史（據昭和17年刊本複製）》，東京都：不二出版，1989.06，頁422-431。

39　榊原生（按：即榊原壽郎治），〈第一回本島人巡查內地視察團紀行（一）〉，《台灣警察協會雜誌》，第144號，昭和4年6月1日（1929.06.01），頁140-144。榊原生此文，前後分五次才刊載完畢，其餘分別是：第145號（1929.07.01，頁實際上，不止是帶隊官「榊原生」事後有寫下鉅細靡遺的「紀行」，其他團員可能也因規定而陸陸續續發表了此行或長或短的見聞心得，無意之間竟也爲台灣史留下了許多當時台灣人警察的某些精神面向；陳根旺當然也沒有例外地留下一篇相較於其他人字數更多的「紀行」，尤其重要的是，這篇紀行很有可能是陳根旺先生現今唯一公開留世的文字紀錄。[40]

由日本內地返台數月之後，從《台灣警察協會雜誌》的〈第二回台北州巡查部長講習會開催〉乙文所羅列的「講習員」名單、單位及官職資料裡，我們可以獲悉陳根旺已隸屬海山郡戶口係的巡查部長。[41]半年後，陳根旺由於「學術試驗優良」[42]受到總督府警務局表彰，此時官階仍是巡查部長。1937年，7月中、日兩國正式爆發戰爭，稍早時海山郡的陳根旺巡查部長才因爲已連續服勤15年而受到表揚，[43]

139-151）、第146號（1929.08.01，頁122-133）、第147號（1929.09.01，頁80-90）、第148號（1929.10.01，頁99-112）。

40 陳根旺，〈春の江ノ島と東都の名勝〉，《台灣警察協會雜誌》，第146號，昭和4年8月1日（1929.08.01），頁175-182。其餘團圓的見聞心得，刊登的情形分別是：劉金、徐秀蘭、王清國，《台灣警察協會雜誌》，第145號，昭和4年7月1日（1929.07.01），頁166-178；陳紹亨、涂賞，《台灣警察協會雜誌》，第146號，昭和4年8月1日（1929.08.01），頁169-182；梁榮興、李昆源，《台灣警察協會雜誌》，第147號，昭和4年9月1日（1929.09.01），頁120-126；郭炎塗、莊鴻明，《台灣警察協會雜誌》，第148號，昭和4年10月1日（1929.10.01），頁113-118。所有團員的文章都是放置在總標題「吾等の観た母國」之下。

41 〈第二回台北州巡查部長講習會開催〉，《台灣警察協會雜誌》，第148號，昭和4年10月1日（1929.10.01），頁205。

42 〈海山郡警察職員及保甲役員表彰〉，《台灣警察時報》，第5號（總號154號），昭和5年3月1日（1930.03.01），頁37。

43 〈警察記念日をとして十五年勤續会員に記念を贈呈す〉，《台灣警察時報》，第257號，昭和12年4月1日（1937.04.01），頁104。

由此也可推知陳根旺早在1922年時已進入警界服務。可是三年後，有點令人感到意外的是，在《台灣警察時報》第296號（1940.07.05）的「任免異動」欄上，出現了台北州海山郡「依願免・巡查部長・陳根旺」[44]的發佈紀錄，亦即表示警政仕途上一直被看好的陳根旺先生，至此已自動辭職了（而不是另一種不名譽的「懲戒免」）。只是爲何離職？之後直至戰爭結束其去處又如何？這部分留待第三章再進一步處理。

但再一次令人詫異的是，在戰後陳根旺先生曾經當過台北縣第二屆的「縣議員」。國民政府自從1950年（民國39年）4月實施「各縣市地方自治綱要」後，全台於12月17日舉行第一屆縣市議員選舉，任期兩年。1952年12月28日，台北縣舉行第二屆縣議員選舉，陳根旺是第二選舉區（包括三峽鎮、鶯歌鎮、樹林鎮）的鶯歌鎮所選出的縣議員，該屆三峽鎮選出李梅樹，許丙丁則是當選台南市市議員，任期都是自1953年1月16日至1955年1月15日，共兩年。一般說來，戰後初期能選上民意代表的人士大抵得是地方上素孚眾望的一時之選，根據《續修台北縣志：卷七・選舉志》所登載的基本資料顯示，陳根旺縣議員當時「52歲。（從事）交通業。國校畢業。曾任臺陽礦業公司秘書課長，臺北汽車貨運公司董事兼經理」[45]、台北縣車輛動員委員會執行長，籍設鶯歌鎮

44　〈「任免異動」專欄〉，《台灣警察時報》，第296號，昭和15年7月5日（1940.07.05），頁143。

45　引自：戴寶村、張勝彥撰述，《續修台北縣志：卷七・選舉志》，台北：台北縣政府，2006年6月，頁174；亦可參考台北縣議會，〈歷屆議員・第二屆〉，「台北縣議會多媒體導覽系統」網站，來源：http://guide.ttcc.gov.tw/old_assemblyman_

東鶯里217號，**如下圖**。[46]

陳根旺

然而，所有上述有關陳根旺先生的種種訊息，卻足以令我們開始感到異常地困惑，因爲陳根旺先生就是陳映眞的養父，也是他的三伯父——生父陳炎興先生的三兄。[47]陳映眞以往敘及養家概況的篇幅極爲有限，約略僅集中在〈鞭子和提燈〉、〈試論陳映眞〉、〈後街〉以及〈父親〉四篇自剖性的散文，尤其是〈後街〉對養父的形象有著短短的特別的著墨：

> 該初中畢業的那年（按：時為1953年6月，陳根旺先生已就任議員乙職），他竟留級了。在學校公告欄上確認之後，一個人頂著暑天的太陽，從濟南路走到今日中

single_php.php?councilor_id=TTCC0214&range=1&election=2。（2009.11.15瀏覽）另外，附帶說明的是，（一）台北縣改制成新北市後，網站更新內容大同小異，譬如只是將「國校畢業」改為「日據時代國校畢業」；（二）臺陽礦（按：應為「鑛」字）業公司是基隆顏家（即顏雲年、顏國年兄弟所創）的本業，臺北汽車貨（按：應為「客」字）運公司是顏家戰後的關係企業。顏雲年早年曾擔任瑞芳地區的巡查補兼守備隊翻譯，與陳根旺祖籍同為福建安溪人，詳情可進一步參閱：陳慈玉，《臺灣礦業史上的第一家族：基隆顏家研究》，基隆市：基隆市立文化中心，1999年6月，頁7、55、136-139。

46 圖片取自：台北縣議會，〈歷屆議員．第二屆〉網頁，「台北縣議會多媒體導覽系統」網站，來源：http://guide.ttcc.gov.tw/old_assemblyman_single_php.php?councilor_id=TTCC0214&range=1&election=2。（2009.11.15瀏覽）

47 陳映真，〈鞭子和提燈〉，《父親》，頁7。

崙一帶，去找他的慈愛的養父。

「沒關係。你先回去吧。」

一向語言不多的他養家的父親，這樣對他說。他於是又走到火車站，搭車回到鶯鎮。養家的姐姐正忙著做裁縫。對於他的留級，沒有半句責備。

……………………………………

五六年春天的一日，養父忽然和他說起要把當時賃居的房子設法買下來的事，他自然什麼主意也沒有，只是詫異養父竟把他當成一個大人，同一個高二的兒子合計像要不要買下房子那麼大的事。那年夏天，他的養父病倒了，而後，終於在他瘦小的懷中死去。本已並不富有的家，乃益發衰弱。[48]

究竟陳映真在這些極為有限的文本以及他預設的修辭中，想要傳達或暗示什麼訊息給讀者呢？日治時期的巡查部長陳根旺，就是戰後初期的縣議員陳根旺；戰後初期的縣議員陳根旺，就是陳映真〈後街〉裡的慈父；可是正當我們打算倒回去將過往的三種身分連結起來時，才赫然發現所有聯結各個時期的「蛛絲馬跡」，由於長期以來遭到官方訊息的不當割裂（例如履歷上就不登載戰前「不光彩」的「巡查部長」乙職）以及陳映真文脈裡若有似無的隱匿，以致「幾乎」所有的「線索」都快憑空蒸發。筆者之所以認為蒸發程度尚且未

48　陳映真，〈後街〉，《父親》，頁53-54。

到徹底消失的地步，最大的理由之一是早期學者尉天驄在寫給劉紹銘的信上曾提及，由於陳映眞的「伯父沒有兒子，他很小的時候便過繼了過去。這位伯父本來留給他一些遺產，但一方面他根本不會管錢，二來也被別人騙了很多，到他讀大學的時候家境已經不大好。在〈故鄉〉一開始：『吃光了父親的人壽保險金……』實在是那時的寫照。」[49]尉天驄一直是陳映眞的摯友，這段描述想必是直接從陳映眞那裡得知，對於廓清陳映眞養家早期經濟富裕的一面是非常有幫助的；但筆者要進一步指出的是：同樣是〈故鄉〉裡繼「吃光了父親的人壽保險金……」[50]之後而隔行出現的「自從房產和家具被那些曾向父親陪笑鞠躬的債權人運走以後……」[51]這段文字，事實上也有可能是作家無意中在創作上折射了養父曾經擁有過的不凡身分吧？！在陳映眞自述「家道遽爾中落」[52]的背後，實則有更逼近不欲人知的眞實心影。1975

49 引自尉天驄寫於1972年的〈木柵書簡（之二）〉，此時陳映真尚在「遠行」之中。見：尉天驄，〈木柵書簡（之二）〉，收錄於劉紹銘編《陳映真選集》，香港：小草出版社，1972年，頁421-430；現今以〈木柵書簡〉之名亦收錄於封德屏主編，《人間風景．陳映真》，台北：文訊雜誌社、財團法人趨勢教育基金會，2009年9月，頁52-53。

50 陳映真，〈故鄉〉，《陳映真小說集1：我的弟弟康雄》，台北：洪範書店有限公司，2001年10月，頁47。

51 引文中的底線是筆者為強調該處而添加上去的，引自：陳映真，〈故鄉〉，《陳映真小說集1：我的弟弟康雄》，頁47。

52 原引文為：「一九五八年，他的養父去世，家道遽爾中落。這個中落的悲哀，在他易感的青少年時代留下了很深的烙印。」見：陳映真，〈試論陳映真〉，原為《第一件差事》、《將軍族》二書的自序文，後收錄於《陳映真作品集9：鞭子與提燈》（台北：人間出版社，1988年4月，頁3-4）。另外，據〈後街〉所記：陳映真小學時應為地下黨人的吳老師，「在五年級時爲了班上一個佃農的兒子摔過他一記耳光」（《父親》，頁52）；果真有此人此事的話，顯然地陳映真在此已暗示自己年少時就已受教了一記「階級耳光」了，但很奇怪地十多年來都沒人問年「遠行」歸來的陳映眞，在台灣人盡皆知是一位強力批判「殖民地協力者」（如：巡查部長）、「買辦資本家走狗」（如：戰前戰後台陽企業高幹）、以及「雙戰（國共內戰加東西冷戰）架構下幫凶」（如：黨籍民意代表）的左翼精神領袖，這些原本看似正確、巨大、生動的，卻在回溯史料時便模糊起來的所謂大是大非，只因其中包藏著「難以啓齒」的眞實？當然不是，問題絕不在陳根旺先生，最有可能的是陳映眞自認結論會相當尷尬，以致於無法保持眞誠而構築了一道道屏障。

第三節　吾等の觀た母國

據前述史料推計，陳根旺約略生於1900年前後，大正4年（1915）畢業於鶯歌國小（當時稱為尖山公學校）第2屆，陳炎興（1905年生）爲第7屆（1920）校友，陳映眞則是第37屆（1950）。[53]陳根旺應是1922年踏入警界服務；而與其同齡的許丙丁則是早他兩年（1920）考入台北警察官練習所特別科，據學者呂興昌考訂許丙丁生平時所說，當時在「三千應考者之中，僅錄取二名台灣考生，先生（按：指許丙丁）爲其

起是為了何事。

53　鶯歌國民小學，〈歷屆校友〉，「鶯歌國民小學」網站，來源：http://100.ykes.tpc.edu.tw/modules/tinyd3/content/1-70.swf。（2009.11.05瀏覽）另外，亦可參閱：林生復主編，《台北縣鶯歌鎮鶯歌國小百週年校慶紀念特刊》，台北縣：台北縣鶯歌國民小學，2007年11月24日，頁338、345。

中之一」，結訓後「以總督府巡查身分任台南州巡查，月俸40圓。」[54]由此可見，1920年警察制度大修改後台灣人要當基層的巡查已並非易事，至於他們的薪資應該是比一般初仕的教員及役員高些。[55]當時處在殖民統治者與同胞夾縫中的台灣人警察，想必有其難爲及爲難之處，然而簡單來說就是當殖民當局召募警察時，台灣人陳根旺、許丙丁等人做出選擇，提出申請報考；誠如論者所言，大部分的殖民地知識分子（指接受過殖民地教育者）會「從容自然地接受殖民意識形態，將它徹底地內在化」[56]，陳炎興在某種程度上應是如此，陳根旺、許丙丁大抵也不例外，但他們是否就會直接「進而利用殖民知識體系，反過來壓迫殖民地民眾，蔑視殖民地人民」[57]，由於都沒有實證的資料便不能妄下斷言，他們連同當時的大部分台灣人最有可能面對的情況，不過就是「基於自己（當時所處）的身分地位，自己的觀念，對時

54 以上引文引自：呂興昌，〈許丙丁先生生平著作年表初稿〉，《許丙丁作品集（下）》，頁650。又根據1929年台北州招考台灣人乙種巡查為例，應考者共162位，經過筆試學科測驗初步有37名合格，再經過口試之後只有8位被錄取。參閱：〈台北州乙種巡查採用〉，《台灣警察協會雜誌》，第143號，1929年5月1日，頁177。

55 以陳根旺的胞弟陳炎興先生為例，陳炎興大正15年（即昭和元年，1926年）初任大園公學校（桃園郡大園庄大園）的「教員心得」時，月給32圓，直至昭和10年（1935）服務於竹南郡役所（竹南郡竹南庄）庶務課時，月給才有40圓；所以筆者才會初步認為當時台灣人擔任警察的待遇比一般教員及役員來得好些。可參閱本書第一章第二節內容。

56 宋承錫，〈抵抗和協助之間的寫作──以殖民時期台灣日文作家為中心〉，收錄於邱貴芬、柳書琴主編，《東亞現代中文文學國際學報：台灣文學與跨文化流動》，第三期（台灣號），2007年4月，頁202。

57 宋承錫，〈抵抗和協助之間的寫作──以殖民時期台灣日文作家為中心〉，頁202。

代、現實自行做判斷，而根據於自己的判斷選擇了自己的路線」[58]，然後在時代的生存道路上各自力爭上游罷了！這種必須放棄自我、無法堅持我族立場、甚至犧牲自我的生存哲學，固然是台灣人的悲哀，也是台灣的歷史資產，毋需美化稱許，更不應閃躲剔除；尤其當徹底清算已不再可能、反思工作卻未曾徹底時，稍一不愼就會因爲思辨的偏執而遭受莫名的歷史「土石流」——以致民族面貌愈趨模糊。

昭和4年（1929）陳根旺入選「第一回本島人巡查內地視察團」的成員，對他個人職場上的表現而言，當時應屬榮光之事（許丙丁則是隔年入選為「第二回本島人巡查內地視察團」的成員；至於1894年生，出身雲林的「佩劍詩人」陳錫津則與陳根旺同一年開始服務於警界，但遲至1934年才入選為「第六回本島人巡查內地視察團」的成員）。視察團的行程前後長達三個星期之多（4月16日至5月10日），陳根旺在〈春の江ノ島と東都の名勝〉乙文中，選擇性地只記載了部分行程，其中包括：（1）遊歷各地風景名勝，如江の島、熱海溫泉、淺草觀世音堂；[59]（2）閒逛現代繁華市容，如東京銀座；[60]（3）參與帝國重要活動，如目睹「天長節」（天皇生日）慶典的進行，陳根旺當年就寫道：

58　宋承錫，〈抵抗和協助之間的寫作——以殖民時期台灣日文作家為中心〉，頁199。

59　陳根旺，〈春の江ノ島と東都の名勝〉，《台灣警察協會雜誌》，第146號，昭和4年8月1日（1929.08.01），頁175、181。

60　陳根旺，〈春の江ノ島と東都の名勝〉，頁179。

> 今天（4月29日）是現今陛下即位大禮之後第一個天長佳節，我們身在帝都恰可由衷地表達祝福之意，奉頌陛下萬萬歲。並且於上午十點幸運地見到大元帥陛下親臨代代木練兵場校閱軍隊的閱兵式以及儀仗隊，對我們一行人來說這是何等的幸福啊。[61]

另外，陳根旺還記載了參觀帝國的政府機構以及文物古蹟的行程。譬如在到達東京的第一天便前往帝國的最高民意機構，陳根旺說當天一行人：

> 稍事休息後，下午兩點三十分在塚田屬的引導下赴貴族院、眾議院參觀。聽取相關人員的詳細說明，首先參觀天皇玉座，接著從議長室到演講廳、記者席、國務大臣席、政府委員席、書記官席、各黨派席等院內各處，之後近距離地目睹安奉在休息室的明治大帝及現今陛下御用的座椅，看到皇家生活之簡樸，大家都深受感動，胸中百感交集地退出。[62]

在遊記裡陳根旺似乎是特別喜歡提及與帝國近代史息息相關的古蹟，這些地方包括靖國神社、乃木神社、赤坂御所、明治神宮等。在靖國神社單元，他的筆調仍維持全文貫有的平樸，介紹說：

61　陳根旺，〈春の江ノ島と東都の名勝〉，頁178。
62　陳根旺，〈春の江ノ島と東都の名勝〉，頁176-177。

> 靖國神社又稱爲招魂社，祭祀著嘉永以來在伏見戰爭、東征戰爭、佐賀戰爭、西南戰爭、日清戰爭、台灣戰爭、日俄戰爭中戰死的軍人軍屬的靈位。……春秋二季的大型祭典中當然有敕使和軍隊的參拜，就是平常也有一般參拜者，人潮總是絡繹不絕。[63]

但是，對於乃木神社的著墨，顯然陳根旺已摻雜了更多的個人喜好，開頭便說：

> 大正元年9月13日，明治大帝大葬的當晚，伯爵陸軍大將乃木希典與靜子夫人一起爲大帝殉死，聲名遠播，就連三歲兒童也沒有不知道的。乃木大將曾經在日俄戰爭中擔任第三軍司令官，攻陷了久攻不下的旅順要塞，又在奉天會戰中大獲全勝，這位被譽爲世界古今名將的將軍其官邸現在仍保留著當年的樣子，參觀的人們也還津津樂道當時的事蹟……平時固然到此參拜的軍人極多，一般百姓也不少。將軍偉大的才德可見一斑。因此傳言將軍死後成爲護國之魂，受到大家十分的景仰。古來偉人雖多，但最值得一提的就是此人了。[64]

63　陳根旺，〈春の江ノ島と東都の名勝〉，頁178-179。

64　陳根旺，〈春の江ノ島と東都の名勝〉，頁179。關於乃木希典（1849.12~1912.09），被多數日本人奉為「軍神」。1894年中日甲午戰爭中任第一旅團長，據傳是旅順大屠殺中應負責的旅團長。之後乙未戰爭時，首任總督樺山資紀請求援軍，日本調派第四混成旅團以及第二師團來援，乃木希典就是第二師團的指揮整體而言，陳根旺的遊記內容不提警政業務的考察活動，記載遊歷之處特重四周景觀及其由來背景的交代，雖不近流水帳卻恭謹有餘，至於較情緒性的評論語句也甚少出現。同樣有著「本島人巡查內地視察團」經歷的許丙丁，返台後則在《台灣警察時報》陸續發表了23幅〈母國漫寫行〉漫畫，[65]前文所引的「南無交通大明神」就是這個系列的傑作。相較於陳根旺與許丙丁有點顯得隨興而不完整的紀錄方式，出身雲林的陳錫津當年倒是很有計畫地將沿途所見所聞逐一吟詠而完成詩作147首，後來輯爲《東遊雜詠詩集全》出書，從此蜚聲詩壇，贏得「佩劍詩人」的雅稱。事實上，當年台灣總督府爲何要煞費苦心自1929年開始，每年刻意安排「本島人巡查內地視察團」的活動？除了職務慰勞外，一言以蔽之，最主要就是想透過台灣人巡查的眼睛宣告帝國的強盛偉大、母國的文明先進，日後返台能夠藉由業務之便向同胞宣傳台灣人應以身爲日本臣民而感到與有榮焉、得以進一步認同及穩固日本殖民台灣的正當性。[66]**然而，「視察團行程」這套殖民者精心規畫堪稱生動實用、寓教於樂的殖民論述，效果究竟如何呢？無可諱言，一趟日本之行下來，我**

官，從屏東枋寮一帶登陸，一路掃蕩北上，任台南守備隊司令。後被任命為第3任台灣總督（1896.10~1898.02），期間實施過「三段警備法」。參閱：王曉波編，《乙未抗日史料彙編》，台北：海峽學術出版社，1999年9月。

65 許丙丁的〈母國漫寫行〉系列陸續發表於《台灣警察時報》第12、15、16、17、19、26號（1930年7月1日至1931年2月15日）。

66 殖民地警察，尤其是龐大地配置在地方的台灣人警察，向來是殖民當局對殖民地進行社會控制及殖民教育的利器，舉凡政治、社會、經濟、文化、教育及衛生等各個庶民生活領域，基層警察對之無不有效管控和滲透。

們確實從〈春の江ノ島と東都の名勝〉看到陳根旺時而流露的欣羨之情，更讓見識到各項近代文明以及感受到現代性生活的陳錫津在其《東遊雜詠詩集全》的〈自序〉文稱道：

> 甲戌（1934）仲春，台灣出身警察官，五州三廳，凡一千餘人選拔十一名，往內地視察，鄙人忝居末席之一人也，蒙石垣警務局閣下，特派督府屬官，杉山正平殿，引率介紹三府九縣，到處均受歡迎，且殷勤指導，得見所未見，聞所未聞，欣幸莫可言喻，其間山川之秀麗，景物之稀奇，適値嬌櫻滿開，綠柳含煙，益助吾人之豪興也。及觀警政之嶄新，文學之精粹，農業之改良，工業之進步，商業之發達，交通之輻輳，洵堪爲台地之模範也。拜觀御陵及寺院，構造宏壯，佈置幽雅，足以興起愛國敬神之觀念也，陪覽天長佳節觀兵式，其軍容之嚴肅，步武之堂堂，大和魂之結晶，武士道之精神，良有以也，爲是興之所至，情之所鍾，自出發迄歸來，率成東遊沿途雜詠一四七題，亦知下裡巴音，不足言詩，然爲紀實計，就本地風光，而摹寫之，宛然東渡視察之竹枝詞也，因略敘梗概，而弁諸簡端。[67]（按：以上底線部分為筆者所加）

67　陳錫津，〈自序〉，《東遊雜詠詩集全》（自印本，1934年）。轉引自：莊坤霖，〈陳錫津及其詩研究〉，國立中正大學台灣文學所碩士論文，2008年，頁42。

陳錫津個人的「堪為台地之模範」與「足以興起愛國敬神之觀念」的結語，顯然與殖民當局的目的更是不謀而合，今日觀之，大可輕率搬用類似陳映眞所謂的大是大非、明明白白的「民族」立場而輕易地將其歸爲皇民階級的「阿諛諂媚」或協力者的「趨炎附勢」，但這絕不是研究文學史與台灣史的信實態度及前提。陳映眞歷來批判所謂的「皇民階級」、「皇民文學」的論述，前後可以〈思想的荒蕪──讀「苦悶的台灣文學」敬質於張良澤先生〉[68]、〈精神的荒廢──張良澤皇民文學論的批評〉[69]二文爲代表，恰好都與學者張良澤先前所發表的兩篇文章有關，陳的前文係針對張1979年的〈苦惱的臺灣文學──孕育「三腳人」心聲之系譜、深刻反映崎嶇曲折的歷史〉[70]乙文，陳的後者係針對張1998年的〈正視台灣文學史上的難題──關於台灣「皇民文學」作品拾遺〉[71]乙文。張良澤這兩篇文章大致上都是以文學性的高度略敘「在孤獨的歷史命運、社會背景與獨特的風

68 〈思想的荒蕪──讀「苦悶的台灣文學」敬質於張良澤先生〉，《中國結：陳映真作品集11》，台北：人間出版社，1988年5月，頁103-116；該書文末記載該文原出處為「一九八一年二月二十二日《中國時報》人間副刊」，歷來眾多引用者（包括多篇學位論文）也都一再直接襲用這個「原始」出處，但經筆者查證結果，事實上1981年2月22日的「人間副刊」並沒有刊登該文。

69 〈精神的荒廢──張良澤皇民文學論的批評〉，《聯合報》「聯合副刊」，1998年4月2日~4日，第41版。

70 〈苦惱的臺灣文學──孕育「三腳人」心聲之系譜、深刻反映崎嶇曲折的歷史〉，本文原以日文刊載在1979年11月5日的日本《朝日新聞》夕刊文化欄，後來由陳玉燕譯成中文刊載於《淡水牛津文藝》第2期（1999年1月15日，頁101-103）。

71 〈正視台灣文學史上的難題──關於台灣「皇民文學」作品拾遺〉，刊於《聯合報》「聯合副刊」，1998年2月10日，第41版。

土人情中孕育出來的作品奠築了台灣文學基礎」[72]的歷史脈絡，以及台灣人長期以來在國族認同上的苦惱情感，主要目的都不外是提醒台灣人對於曾經發生的歷史歷程，大可「不必否認事實。問題在於如何捫心自問、如何解讀而已」[73]這個核心概念。〈苦惱的臺灣文學〉是張良澤在日本報刊以日文發表的，文中申論日治時期的台灣人是掙扎於「皇民和漢民的中間人種」——亦即「爲了存活下去而百般隱忍」的「三腳仔」[74]，後來被中國流亡來台的政權強迫接受中文教育以及反共思想，以致戰後世代「提早從幼蟲的三腳仔蛻皮蛻變爲成蟲的三腳仔。但這樣的蛻變也不過是從苦惱的河游到苦惱的大海去罷了」[75]，而台灣文學就是在這種不斷痛苦的「三腳仔」思考中反覆地苦惱著。結果跨海引來了陳映眞對張良澤的說法發出嚴厲的批判。陳映眞先是表明殖民地的知識分子只存在兩種類型：

> 其一、對殖民者的進步和文明、高尚，產生無限的崇拜，相對地對自己民族的落後與卑下，產生極深的厭惡。於是他一味要按著統治者的形象改造自己，努力斷絕和自己民族的各種關係……其二，殖民者的教育

72　〈苦惱的臺灣文學——孕育「三腳人」心聲之系譜、深刻反映崎嶇曲折的歷史〉，頁102。
73　〈正視台灣文學史上的難題——關於台灣「皇民文學」作品拾遺〉。
74　以上引文均見：〈苦惱的臺灣文學——孕育「三腳人」心聲之系譜、深刻反映崎嶇曲折的歷史〉，頁101、102。
75　〈苦惱的臺灣文學——孕育「三腳人」心聲之系譜、深刻反映崎嶇曲折的歷史〉，頁102。

> 使他開眼，使他能更認識到瀕於滅絕的自己民族的悲慘命運，洞識殖民體制的榨取結構，從而走上反抗的道路，以尋求自己民族的解放。[76]

第一類的知識分子才是眞正的「三腳仔」，他們介乎於「統治的、少數的異族征服者」與「廣泛的被支配的殖民地土著民族」兩者之間，猶如被豢養的鷹犬、民族巨大的傷口，這樣的知識分子在台灣應被喚成「漢奸」，而「台人警察」就是爲數眾多的「漢奸」、「三腳仔」之一。[77]陳映眞又補充說：

> 在日據時代的臺灣，從來沒有介於大和「皇民」和中華「漢民」的「中間」的文學，只有以漢民族的立場尋求民族解放的、反對日本帝國主義的民族主義文學，而在它的對立面，也只有一味想洗清殖民地人「卑賤」的血液、一心一意要改造自己爲皇民的「大東亞文學者們」或「決戰臺灣文學」的「文學家」們的，眞正的「三腳仔」文學。[78]

---

76 〈思想的荒蕪──讀「苦悶的台灣文學」敬質於張良澤先生〉，頁108-109。

77 陳映真並且進一步認為，不管是出自何種力量的壓迫，由於「三腳仔」選擇偷生隱忍、不反抗，所以「三腳仔」過的是「奴隸的人生」、抱持的是「奴隸的哲學」，今日雖然三腳仔「他們破廉恥、兇殘的惡跡已成過去」，他已無意也不忍心再施以嚴厲的指責了，「因爲，只要良心尚存，他們的苟活，已是漫長而無從假借的懲罰了。」以上引文見：〈思想的荒蕪──讀「苦悶的台灣文學」敬質於張良澤先生〉，頁105-107、110-113。

78 〈思想的荒蕪──讀「苦悶的台灣文學」敬質於張良澤先生〉，頁112-113。

因此對陳映眞而言，所謂的「三腳仔」、「『三腳仔』文學」，便是令人鄙夷的皇民階級、皇民文學，張良澤的「三腳仔說」，簡直「是對於本省人最放膽的侮辱和對臺灣抗日歷史最無恥的謊言」[79]；尤其最令陳映眞無法接受的是，張良澤竟將「大陸」與台灣的傳統切斷、進而將祖國的接收與殖民政權並置、錯亂地製造一種分離主義的脈絡……，張良澤的全文可說滿紙全是荒蕪的思想。然而無獨有偶地，十八年後又因張良澤發表了〈正視台灣文學史上的難題——關於台灣「皇民文學」作品拾遺〉[80]而再度馬上引來陳映眞的抨擊。張良澤的文章其實很短，全篇文脈就是希望世人「將心比心」，以「愛與同情」[81]的態度來解讀這些所謂皇民作家的皇民文學；而陳映眞則是借題發揮、長篇大論，毫無令人意外地，就是無法超越民族情結、回到歷史情境來思索歷史課題，就是不願去正視台灣人在認同中有抵抗、抵抗中有認同的曖昧性，只顧一味地以世界的殖民歷史、本質化的中國意識來整編及否定殖民地台灣特定的社會結構，最後便不免歸結出：張良澤此舉乃是出自一位分離主義者「殖民主義幽靈的作祟」，其最終的目的就是要爲背負幫凶、共犯罪

79　〈思想的荒蕪——讀「苦悶的台灣文學」敬質於張良澤先生〉，頁115。

80　事實上，1998年2月10日當天「聯合副刊」在同一版面上也刊載了張良澤輯譯的數篇作品，計有楊千鶴的〈台灣的孩子們〉、楊雲萍的〈參加大東亞文學者大會感言〉、龍瑛宗的〈山本元帥悼歌〉；然後，在4月2日又陸續刊出吳瀛濤的〈黎明〉、吳濁流的〈南京的明朗色——南京雜感之五〉。

81　以上引文見：〈正視台灣文學史上的難題——關於台灣「皇民文學」作品拾遺〉。

責的皇民階級、皇民文學「除罪化」[82]。但依筆者之見，面對皇民文學、皇民論述的檢視，其首要之道根本毋關「除罪化」，而是首重視角上的「除魅」工作；因爲試想半世紀的殖民期間，殖民者固然有壓迫手段、擺優越姿態，但自1895年起台灣主權已處在「永遠讓與日本」[83]的歷史處境下，法律上早屬日本國民的台灣人即使沒有積極追求統合認同，但到底還會有多少人曾料想有朝一日能夠掙脫這個歷史宿命？即使是戰時體制時期，到底還會有多少台灣人曾事先想到戰敗後會有「歸還」問題？面對即將敗戰的命運，是不是也有不少的台灣人其預期的心理是準備與殖民母國共同面對未來？而不像陳映眞所寫的：「忽而有一天……大人們轟傳：『日本仔打輸，台灣光復了！』」[84]？當年台灣人嘗試自我改造成爲日本人的過程，不也可能是試圖擺脫被統治的命運？如果以上這些質疑的答案都不是那麼肯定的話，那麼台灣人縱使戰爭期間靠攏「國策」，戰後又何須背負或哪來的幫凶、共犯的罪責？責在日、中的天朝，罪卻由台民一肩

82 參閱：〈精神的荒廢──張良澤皇民文學論的批評〉，《聯合報》「聯合副刊」，1998年4月2日~4日，第41版。

83 日清甲午之役所簽署的「馬關條約」（1895.04.17），根據日本「外務省外交史料館」所藏的日文版和中文版彩色影印本，中文版的第二款記載：「中國將管理下開地方之權併將該地方所有堡壘軍器工廠及一切屬公物件永遠讓與日本……臺灣全島及所有附屬各島嶼……」；日文版則記載：「第二條 清國ハ左記ノ土地ノ主權並ニ該地方ニ在ル城壘兵器製造所及官有物ヲ永遠日本國ニ割與ス……台灣全島及其ノ屬スル諸島嶼……」；顯然，相較於中文版，日文版更清楚地規定將台灣全島及所有附屬各島嶼的主權「永遠割與日本」。中、日文版條約內容轉引自：連根藤，〈馬關條約真本〉（《自由時報》「自由廣場」，2010.02.04）。另中文版條約全文可參閱：〈馬關條約〉，「維基文庫」網站，網址：http://zh.wikisource.org/wiki/%E9%A6%AC%E9%97%9C%E6%A2%9D%E7%B4%84。

84 陳映真，〈鞭子和提燈〉，《父親》，頁9。

挑起？如果皇民文學是殖民地情境最「寫實」的見證，「皇民作家也是受害者」的辯解，是不是已變得多餘？該受譴責的，不就是法西斯政權的主事者嗎？**像陳映眞那樣動輒搬弄民族主義的幽靈，無視於台灣人在變動的年代裡所要面對的「日本意識」、「中原意識」或「台灣意識」、甚至是階級位置的差異與混雜實況，而輕易地將那顆「騷動的靈魂」此一時彼一時地予以畫清界線、互不相容，事實上才眞正是漠視也抹殺台灣人主體能動性的可能。**[85]以本章所討論的議題來說，恐怕更值得關注的，應該是持續去理解兼及考察陳錫津這篇接受殖民者爲我台民造象、自我認知扭曲的序文，到底對陳根旺、許丙丁這樣歷屆視察團成員的本島人警察及當時的台灣人，究竟有多高的眞確性與代表性？尤其是面對著「現代性」中混雜「殖民事實」這樣前所未有的「殖民現代性」（colonialmodernity）歷史現象時，研究者更需跳脫個人先驗的「民族」審判、掀開「偏見」這頂醜陋的斗篷，避免再讓類似所謂「非『日』即『中』」的做法所滋生的錯謬與盲點，持續虛耗台灣的認同議題。

85　此處有關台灣人複雜的認同策略和多元的抵抗形式之概念，參考了學者張良澤、游勝冠以及業師林瑞明等人的部分學術成果，見：（1）張良澤，〈素朴之心〉，收錄於《台灣文學評論》第10卷第1期，2010年1月，頁226；（2）林瑞明，〈國家認同衝突下的台灣文學研究〉、〈騷動的靈魂——決戰時期的台灣作家與皇民文學〉，皆收錄於《台灣文學的歷史考察》，台北：允晨文化實業股份有限公司，1996年7月，頁81、294-331；（3）游勝冠，《殖民主義與文化抗爭：日據時期台灣解殖文學》，群學出版有限公司，2012.04。

結語　看・不見・最關鍵

在台北市實踐堂舉行的「七七抗戰四十二週年紀念會」上，緊接在陳映眞後面上台演講的是李南衡，他首先歸納了日治時期用中文書寫的台灣新文學作品中最常見的三種題材：「一、反抗日本帝國主義者的作品。二、諷刺嘲笑日本統治者的代表人——巡查大人的作品。三、諷刺責罵投靠日本統治者，而輕視同胞者的作品。」[86]然後接著大聲疾呼：

> 當年有皇民文學或漢奸文學，我們寧可相信那些作者可能有難言之痛，或一時糊塗，但時間已過了那麼久，我們不忍舊事重提，希望時間能將這些人這些作品沖洗掉，不要讓我們和我們的後輩、子孫知道有這種令人羞愧的東西，我們應該寬恕他們、原諒他們。[87]

事實上，李氏的上述觀點，**包括陳映眞長期以來的言論，**[88]確實都代表著一個時期一部分人士的做法，只是如此

---

86 李南衡，〈日據下台灣新文學的抗日精神〉，《中華雜誌》，第17卷第193期，1979年8月，頁37。此文是李南衡1979年7月7日當晚於台北市實踐堂的演講內容。

87 李南衡，〈日據下台灣新文學的抗日精神〉，頁39。

88 陳映真最近一次提及類似的言論，是在2004年時擔任香港浸會大學駐校作家的演講會上。他說：「要怎麼看待皇民文學運動呢？台獨派和我們在看法上有所不同。我們覺得這些文學雖然是為戰爭服務的，但也是被害者，雖然他們自己不知道自己是被害者，我們從來不主張點名批判，指責為漢奸，我們只能將之抹

急於掩滅過往的殖民傷痕、刻意排除一部分史料的出土、無視於先人各個時期的不同精神面貌而置台灣文學史淪爲政治表述的附庸，就算原本初衷看似宅心仁厚，實則心態上極爲粗暴又危險。殊不知歷史眞相是個程度問題，材料多寡決定了眞相的深淺；歷史也從不客觀，誠如陳映眞自己也說的：「架空、抽象、絕對的歷史，恐怕是從來就沒有的」[89]；在殖民地支配／被支配這種純然二分法的關係中，必然尙存著一大片深淺不一的模糊地帶，筆者相信起因於各種歷史結構的緊張與矛盾，相較於從僵硬的意識形態而得的堅信力量，不論是在文學創作或時代意義上，其所獲致的價值與影響愈加可貴強烈；否則，抱持全然收奪壓迫或全然拒合抵抗的視角，都只會讓歷史跌入重層的假象而自欺欺人！學者陳建忠在談到所謂「皇民文學」時就曾指出：「以民族主義之名進行的文學批評我們所見多矣，且不論是以中國或台灣民族主義進行審判，身爲後殖民時代的被殖民者後代，我們自家的父祖是否也純潔到使我們擁有審判他們同一代人的權力？一如吳念眞所導演的電影《多桑》，類如劇中具有『日本精神』的多桑可能都是我們的父祖，而他們卻未必要像作家一樣承受歷史的審判。在那些作品中高昂的協力戰爭、尋求同化的叫喊聲中，能不能也聽到作家痛楚與掙扎的瘖啞聲音？

殺。」（引自：陳映真，〈我的寫作與台灣社會嬗變——陳映真香港浸會大學演講（2004.03.31-04.21）〉，《INK印刻文學生活誌》，第12期，2004.08，頁55）當時的陳映真話雖如此，但事實上他數十年來在台灣對皇民文學、皇民作家、皇民階級的批判與指責，可說是最不遺餘力的人之一。

89　陳映真，〈臺灣史瑣論〉，《歷史月刊》，第105期，1996年10月，頁48。

如果沒有意識到戰爭暴力對被殖民者的壓迫性，我們就無法總結這場戰爭經驗而爲台灣的文化認同找到出路」[90]，最後只能落得急急然擺弄一種缺乏台灣主體性的大是大非、明明白白的姿態，然後爲某些人貼上反抗或皇民的標籤而已；這席話今日思之，尤其對照於遮掩在陳映眞個人「中國人」立場與「民族主義」立論背後的家族書寫，可謂適切的當頭棒喝。可是非常遺憾的，即使是到後來已歷經無數次論戰與面對各種學術研究成果，陳映眞對殖民地時期的台灣歷史情境仍舊是堅持：「一旦從台灣歷史中抽去反割台鬥爭、反日農民游擊抵抗、非武裝抗日運動、霧社蜂起……的歷史，試問台灣還剩下什麼歷史？教會和士紳開城門投降的歷史嗎？還是辜、陳、許……這些和異族統治者合作，累致巨富，迭次受勛，當上日本貴族院議員的『精英』豪族的歷史？」[91]這樣不容分說、不容置疑地直逼虛幻的「抗日」史觀、「仇日」立場，有時眞令人懷疑其越是毫不妥協的高亢，更像是來自於教科書上的「定義」。今日尙且不提在歷史篝火中愈是隱晦之處反倒是文學書寫、照見人性發光的普遍認知，事

---

90 陳建忠，〈末癒的殖民創傷——再論台灣文學史上的「皇民文學」議題〉，收錄於氏著《日據時期台灣作家論：現代性、本土性、殖民性》，台北：五南圖書出版股份有限公司，2004年8月，頁277。筆者在此仍需補充說明的是，緊接在本段引文的後面，學者陳建忠同時也做出小結提到：「然而也必須強調，無權審判不代表無是非，因爲壓迫本身不會事過境遷，反省與批判應該具有某種程度的包容，但卻不是遺忘或美化。」（頁277）筆者十分認同以上說法，正因為要進行批判、回顧省思，所以就更應先掌握全面的史實與認識，然後在不同的層次與領域中細膩地做出區別，即使有所譴責，也必須是由台灣現實環境出發加以面對，而絕非拿中國尺度來丈量，歷史的辯證味於此也才能逼顯出來。

91 陳映真，〈評《中國不可以說不》論〉，《父親》，頁107。

實上如果按照陳映眞的檢視分類，他的生父陳炎興先生及養父陳根旺先生斷非抗日志士、社運賢達，也不盡屬「精英」豪族或朋比爲虐的「三腳仔」、「漢奸」，恰恰都要在他所預設的台灣史裡遭受不當「污名」與被迫「缺席」的命運！就目前筆者所知，包括第一章〈在「台灣行進曲」的年代〉與本章前述所能掌握的出土資料，他們的的確確都曾經在自己的人生舞台「風光」地「出席」過；如今只有當他們也能在後殖民的歷史現場被公正地對待以致「從容」地「在場」時，台灣人才有辦法更加辨別自己的面孔、台灣也才能更貼近自己多元的面貌。陳映眞最推崇的魯迅，不也說過類似「因爲眞實，所以有力」[92]這樣的話？歷史地去理解歷史並不等於認同，但假使陳映眞刻意封印養父陳根旺先生與生父陳炎興先生的「污名」、迫其「缺席」、進而「變造」記憶，那就只能更加嘲諷了自己所獨厚的「歷史」本質，特別是當他們被置於「崇高」道德與「正確」政治相互結合的歷史考量下。

92 筆者在不至於歪曲原意的情況下，將魯迅名句：「因爲眞實，所以也有力」裡的「也」字略去了，在此予以說明。詳見：魯迅，〈漫談「漫畫」〉，《魯迅全集》第六卷，北京：人民文學出版社，2005.11，頁242。

3

第三章

在「義勇軍進行曲」的回聲

——傾聽陳映真父子的「瘖啞」對話

一切的一切都如墮霧中。過去已被抹殺掉，被抹殺的事物也早給遺忘了，因此謊言就變成了真理。[1]

——喬治·歐威爾，《一九八四》

在日常生活中任何一個小店主都能精明地判別某人的假貌和真相，然而我們的歷史編纂學卻還沒有獲得這種平凡的認識，不論每一時代關於自己說了些什麼和想像了些什麼，它都一概相信。[2]

——馬克思和恩格斯，《德意志意識形態》

前言　怎樣「國仇」？哪來「家恨」？

右上圖是1926年「台北州警察衛生展覽會」上的一幅海報，旨在宣傳警察是推動「地方行政」的最前線人員；[3]畫面的正中央是位「警察官」，左、右兩側各是「小、公學校教員」及「市、街、庄職員」，他們三人的攜手合作大致上便共構了殖民者在地方上的權力網絡；進一步說，假使海報上

1　喬治·歐威爾（George Orwell）著，邱素慧譯，《一九八四》，台北：遠景出版事業公司，1981.08，頁48。

2　馬克思和恩格斯，《德意志意識形態》，收錄於：中共中央馬克思恩格斯列寧斯大林著作編譯局編，《馬克思恩格斯選集：第一卷》，北京：人民出版社，2001.07，頁102。

3　圖片引自：台北州警務部編，《台北州警察衛生展覽會寫真帖》，台北：台北州警務部，1926，無頁碼。

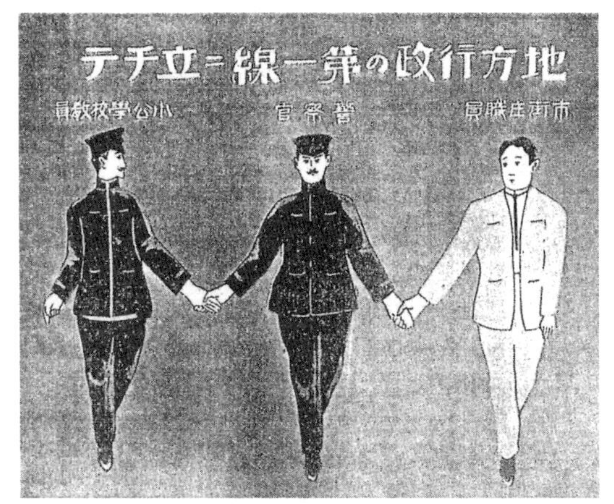

的三種身分全是由本島人擔任，按陳映真向來所堅持的「民族」大義的標準，他們都難脫日帝「協力者」的罪責。特別是這樣的景象很容易令人憶起楊逵的〈送報伕〉，小說裡有一幕是日籍的會社人員及警部補對著村民發表恫嚇賣地的演講場面，當時幫他們翻譯的分別是該村本島人陳姓訓導以及林姓巡查，兩人共同的特徵，就是都把殖民統治者在演說中所提到的「陰謀」、「共謀」、「非國民」、「決不寬恕」[4]等字眼，在譯成本島話時又擅自加重了語氣，使得村民們格外驚恐。楊逵不僅由此讓我們見識到了操用殖民者的語言就是掌握權力的象徵之外，更生動地揭露了由「協力者」遂行的「殖民地裡的『殖民地』，殖民者裡的『殖民者』」的權力現象。如今如果透過先前兩章已檢視的出土史料——曾經擁抱過皇民夢的「台灣行進曲」作曲者陳炎興役

4　楊逵著，張恆豪編，〈送報伕〉，《楊逵集》，台北：前衛出版社，1999.11，頁37。

員（亦曾擔任公學校訓導），以及位居本島人極少數高階警官之一的陳根旺巡查部長——那麼，或許許多人就會注意到陳映眞的生父陳炎興及養父陳根旺，當年都不約而同地選擇成爲殖民地基層權力網絡裡的乙員這個相當値得深究的台灣人家族現象。

不過，這樣一個日本色彩濃厚的家庭背景，原本是有可能形成陳映眞論述位置上所無法療癒的「傷口」；可是後來的事實卻顯示，「傷口」不但長期遭到掩蔽，而且還非常意外地反倒被陳映眞成功地轉喻爲立場決絕的「藉口」。因爲自1975年陳映眞「遠行」（1968-1975）歸來後不久，他在寫給聶華苓的信上就已明白提及：經他思索後的結論，日後「重要的是，我怎樣同自己的民族和歷史合一，作爲反映我們民族和歷史的一個卑微的器皿……」[5]。從那個時刻開始，陳映眞就非常有自覺地試圖將家族史與國族認同綁在一起，自最早的1976年〈鞭子和提燈〉[6]，到近來爲了被中國批准加入「中國作家協會」而寫的「致謝函」[7]，幾十年來從不間斷強調父祖們「不忘祖國的愛國之心」[8]、百年來爲

5 轉引自：聶華苓，〈踽踽獨行——陳映真〉，《讀書》總號第300號，2004.03，頁23。後收入聶華苓，《三生影像》，北京：生活．讀書．新知三聯書店，2008.06。

6 陳映真，〈鞭子和提燈〉，《中國時報》，1976.12.01，12版。後收錄於：陳映真，《父親》，台北：洪範書店有限公司，2004.09。

7 陳映真，〈陳映真：促進海峽兩岸文學更多交流〉，中國作家協會「中國作家網」網站，2010.07.07。來源：http://www.chinawriter.com.cn/news/2010/2010-07-07/87314.html。（檢索日：2010.09.06）據「中國作家網」所言，此文乃陳映真親筆所寫的「致謝函」，果真如此，它便成為陳映真自2006年9月重病之後唯一公開的文字稿。

8 陳映真，〈陳映真：促進海峽兩岸文學更多交流〉。

兒孫們牢牢地「守住了一個祖國……一個實在的祖國」[9]，意欲透過眾多不同形式的敘事化過程，將「中國父親」與「愛國家族」兩大元素的心理投射及愛憎經驗……全都納入特定的敘事模式，藉此令特塑的內容「被記憶」，以便達到任何與中國認同可以連結起來的可能，最後陳映眞確實完美地形塑了一個「標準故事」（standard story）[10]。在一定程度上，陳映眞這套「以家喻國」[11]的國族版「標準故事」，一方面基於遮掩自認難以啓齒的「家族原罪」的需要、另一方面是爲了回應當下的論述困境而一再「被轉述」、「再銘刻」，然而期間幾無任何可以對應的實證基礎，於是形成了陳映眞向我們說的越多、我們知道的越少的現象。換句話說，陳映眞的家族羅曼史，有時近乎一種政治神話！

尤其長期以來，陳映眞也部分藉由此舉成功地爲自己塑造了在台中國民族主義者的巨大形象，事實上更早已爲他掙得了不少來自中國官方或者某些台灣文教媒體所給予的「殊榮」[12]。譬如，1997年7月1日零時在中、英香港主權的交接

9　陳映真，〈父親〉，《父親》，頁149。

10　本文在「問題化」某些架構及觀念時，部分的「啓發」參考自：蕭阿勤，〈民族主義與臺灣一九七〇年代的「鄉土文學」：一個文化（集體）記憶變遷的探討〉，《台灣史研究》6卷2期，2000.10，頁77-138。

11　作家鍾文音曾提及：即使是再有政治色彩的人在讀陳映真的《父親》時也都不免要折服於小說家把個人命運嵌進大歷史的敘述魅力，遑論一般人更能自然而然地產生「生家與養家……台灣和中國的骨血相連」這樣通俗的「以家喻國」的聯想效果了。引自：鍾文音，〈時間之幕與空間之墓──讀陳映真《父親》〉，《文訊》238期，2005.08，頁37。

12　陳映真受到中國官方禮遇的「殊榮」，不只是1997這年7月1日成為香港回歸中國大典上的唯一台灣作家，事實上在1999年12月20日凌晨的「澳門政權交接儀式」上，陳映真也是台灣各界應邀出席觀禮數十人當中的唯一台灣作家。相關內容可參考：王銘義等人專電，《中國時報》，1999.12.20，1、3、4版。

儀式上，當中國五星旗和香港特區洋紫荊旗在中國國歌「義勇軍進行曲」的吹奏下緩緩升起時，陳映眞是唯一受邀坐在現場貴賓席享有觀禮「殊榮」的台灣作家。而就在陳映眞「歡歡喜喜前往祝賀」[13]的前幾天，台北「誠品」敦南店也以破天荒的手筆舉辦了「香港：一個半世紀的滄桑」照片展（06.27~07.06），總共規劃了十個單元，時空橫跨中英鴉片戰爭以來一百五十年。據記者轉述，這些總數達三百多張的香港照片都是陳映眞耗費心力至日本、中國、香港等地蒐集而來，爲的就是陳映眞一直認爲「台港的文化互動關係密切，但我們對香港的整個發展與歷史所知卻很有限」[14]，策展就是要爲祖國的統一大業做出更遠大的貢獻；其實在更早的半年前，陳映眞也說，爲了要讓發生在台灣這座島上瞬間留下的影像能夠告訴我們「千言萬語所不能盡、意識形態所不能曲折的歷史感和歷史認識」[15]，已先行以「台灣光復節」的名義大張旗鼓地在北市「新生畫廊」推出了共計350幅的「五十年枷鎖：日本帝國主義下的台灣」照片展（1996.10.25~12.19）。[16]這回中、英舉行香港主權交接儀式，

---

13 〈辜振甫是否出席，仍有變數．統盟包括陳映真等九人獲邀，將「歡歡喜喜前往祝賀」〉，《聯合報》，1997.06.26，4版。

14 〈陳映真為一個歷史事件做圖像紀錄〉，《聯合報》，1997.06.19，41版。

15 引自：陳映真，〈虛施懷柔，實為誘殺── 從一九〇二年雲林「歸順式」大屠殺說起〉，《聯合報》，1996.10.25，37版。「聯合副刊」為配合「五十年枷鎖：日本帝國主義下的台灣」照片展活動，先後刊出7篇陳映真的專論，除前文外，另有：〈日本人在台灣的「三光政策」〉，1996.10.26、〈李友邦和「台灣獨立革命黨」〉，1996.10.28、〈台灣的「義和團」運動〉，1996.10.29、〈永遠不居上位的領袖人物── 蔣渭水〉，1996.10.30、〈歌唱「同期之櫻」的老人們〉，1996.11.19、〈台灣女性革命家〉，1996.12.12。

16 〈目擊日本殖民台灣真相〉，《中國時報》，1996.11.24，24版。記者報導說，

國內的「兩大報」當時可能為了炒作「回歸」大戲，便在7月1日的前前後後暗自較勁，又像是接力地，各自在「人間副刊」、「聯合副刊」上一連好幾天同時都刊載了陳映眞針對香港而提出的各式議題。[17]「誠品」更是宣稱展場將史無前例空出「一九九七年七月一日」的單元，「虛位以待」陳映眞當天親自拍攝的作品來塡補空白。[18]**毫無疑問的，直至7月1日當「義勇軍進行曲」揚起、整個大會堂響徹著雄壯樂音的回聲時，正忙著拍攝以便適時趕上「七月一日」單元的陳映眞，過去這一年來可以說是殫精竭慮、依他長期積累的歷史唯物史觀再套上中國民族主義框架，不間斷地強行形塑台灣與香港的「前世今生」**。

筆者一向敬佩陳映眞為了自己的理念而投入如此龐大的心血，可是筆者也不得不為此感到不解與遺憾。**首先，我們可以觀察到從日治時期陳炎興為殖民政權譜塡「台灣行進**

也是三峽人（按：更精確的說法，陳映真應是靠近三峽、鶯歌間的「中庄」人）的陳映真從許多反割台鬥爭、武裝抗日等事件照片引覽中，指著從日文書籍找到的三峽前輩畫家李梅樹為三峽抗日三名人蘇力、蘇俊、陳小埤所畫的肖像，說他覺得格外感動（按：該役即為1895「乙未戰爭」中的「三角湧之役」，主要戰場為三角湧、大嵙崁、龍潭陂，即今日的三峽、大溪、龍潭一帶，陳映真多次在文章、訪談、講演中皆提及當年他的叔祖父夥同同村許多青年參與該次戰役，不幸當場捐軀。可參閱：陳映真，〈父親〉，《父親》，頁147；王明義總編纂，《三峽鎮鎮誌》，台北：三峽鎮公所，1993，頁1291-1299）。

17　陳映真當時針對香港而提刊的各式議論，「人間副刊」方面計有：〈殖民地香港華人的沉浮〉，1997.07.01、〈日軍佔領下的香港：「三年零八個月」的夢魘〉，1997.07.02、〈香港的文化大革命〉，1997.07.05。「聯合副刊」方面計有：〈貿易和鴉片貿易〉，1997.06.27、〈祖鄉的召喚〉，1997.07.03、〈香港的腐敗和廉政〉，1997.07.04、〈香港的擴大和再發展〉，1997.07.05。

18　〈目擊香港150年的滄桑．誠品「虛位以待」陳映真「中英交接大典」照片〉，《中國時報》，1997.06.24，25版。

曲」，到戰後陳映眞與國府同台怒吼「大刀進行曲」，直至今日和中國共產黨並肩齊唱「義勇軍進行曲」，貫穿百年的陳映眞家族史（1895-1997）**恰好呈現台灣人在國族認同上主體缺位的現象；而一向被視爲台灣失去的左眼的陳映眞，由於家族的獨特境遇，在台灣的國族論述上或許起始時極有可能是位解鈴人，然而最終他卻成爲問題不可分的繫鈴人；在台灣步入所謂的大衆消費社會時，陳映眞確實一度啓蒙了台灣社會，如今自個卻又一步步深陷神話之中。**再者，陳映眞所精心策劃的，無論是「一個半世紀的滄桑」抑或「五十年枷鎖」的照片展，雖然一面進行大量展演又同時藉由綿密的敘事，試圖一再建構他獨特的殖民史觀，然而基於一種對歷史的眞誠，我們顯然發現「遺漏」了幾個眞正非得「虛位以待」陳映眞本人才能回答的單元，譬如「『日本多桑』何以成爲『中國父親』」——這道足以撐起台灣近代史高度的提問、這項最需補白早該回答卻遭到忽略的單元！不管是基於「理性抉擇」[19]或出自「台灣人的事大主義性格」[20]，包

19 政治學學者吳乃德提醒我們，一個人的許多重要選擇，「都同時受到兩個力量的牽引：情感的和理性的。國家的選擇也是如此。一方面，有些人將國家的選擇視爲情感性的終極價值。它代表的是一種心理的感情取向，一種歸屬感。另一方面，有些人對國家的選擇則是基於理性的利益考慮。他要不要成爲一個國家的國民，端視那個國家能帶給他何種現實的利益。」引自：吳乃德，〈省籍意識、政治支持和國家認同〉，收錄於張茂桂等著《族群關係與國家認同》，台北：業強出版社，1993.02，頁44。

20 歷史學學者陳翠蓮認為：台灣人的事大主義性格，一方面固然部分來自理性衡量與利益算計，不願採取激進行動、付出代價；但另一方面，也是肇因於殖民主義的遺害。她說：「在殖民統治所建構的殖民論述下，台灣人接受了殖民者爲自己所造的形象，產生扭曲的自我認知，認爲自己落後、無能、低人一等，這樣低等的人類是沒有能力、也沒有資格成爲主人統治自己的。」引自：陳翠蓮，《台灣人的抵抗與認同（1920-1950）》，台北：遠流出版事業股份有限公司、曹永和文

括陳映眞家族在內，眾多的「日本多桑」們戰後轉向「中國父親」並非絕不可能，可是一位作家面對自己時常刻意提及且涉及國族認同的家族史時，如果幾十年下來還說不清楚那當然是能力的問題，但不說清楚便是道德問題了。每個人難免都有秘密，有時還會透過置換的方式發展出違背現實的欺瞞謊言；但是也都有選擇的能力，例如要如何同時批判皇民協力者又面對身邊親近的人？這原本不應該成爲陳映眞最大的夢魘，特別是在過去這一年（1996）來他同時也正遭逢喪父之痛的時刻（按：陳炎興，1905-1996）。**如果我們對逝者仍有最低的責任，筆者以爲責任之一就是選擇透過聆聽陳映眞父子彼此作品中的聲音，特別是隱匿在意識夾層中的「瘖啞」**（Mutism）[21]**對話，將「眞相」和「事實」試著還給當事者，如此一來，本章除了可預期從內在顛覆陳映眞整套國族論述的敘事修辭外，同時也有助於我們更加理解和接納台灣近百年來的精神面貌與歷史進程。**

教基金會，2009.10，頁32。

21 據學者所言，「瘖啞」（mutism）是種不說、不會說或不能說的狀態，可是「作爲一種症狀，『瘖啞』這種『不説』也有一種『意義』（Bedeutung）——借用德希達對這個詞的翻譯——也是一種『要説』（vouloir dire）、『訴説』」的狀態，只不過是需要人們的「傾聽」。由於長期以來閱聽大衆都只能單向接收陳映真的言說，生父及養父只有被動地無聲地被形塑，筆者因此主張，試著進一步使用「大寫瘖啞」（Mutism），除了表達它的否定性外，更要緊的是同時也顯示：陳映真的家族史書寫便是處在一種「不可言喻的狀態」（the unspeakable），若能找出書寫與實情的對應之處，無聲的瘖啞也能夠被傾聽。參引：沈志中，《瘖啞與傾聽：精神分析早期歷史研究》，台北：行人文化實驗室，2009.06，頁21。

第一節　「父親」做爲一個隱喻

〈父親〉裡有這麼一段陳映眞對養家以及生家在情感上隱存著本質差異的抒發，他說：

> 我深深地向著我的養家父母，是由於他們對我百般疼愛。生家對我的招喚，卻是骨肉的血潮。只有在像父親來到跟前時，那血潮才開始逐漸騷動。一等他走了，那骨血的波紋，也逐漸歸乎寧靜。而在少小的我的心湖中，這寧靜的過程，往往也是一段刻骨的寂寞。而我便懷著那寂寞，凝望著父親在料峭的春寒中隱去。[22]

有一次約是小學五年級時，儘管平日養父母都疼他，但陳映眞回憶當時說：「幾天來，我都以複雜的心情盼著這一天，讓父親帶我回生家小住」[23]，然後在臨出門時，「我向她（按：指養母）搖了搖手，安心地跟在高大的父親的身後，走出養家的大門。」[24]**就這樣長期一次又一次的「走出養家／生家的大門」的陳映眞，無論就認知或心理而言，反覆離家／回家又回家／離家，都使得擁有兩個家的他成爲眞正**

22　陳映真，〈父親〉，《父親》，頁138。
23　陳映真，〈父親〉，《父親》，頁133。
24　陳映真，〈父親〉，《父親》，頁134。

無家可歸的「孤兒」[25]，這種難以排解的憂傷和寂寞的「孤兒」基調，事實上也可以說是他早期作品的潛流。這種「孤兒」現象在處女作〈麵攤〉的筆名被折射爲「陳善」乙事也可以得到印證，既是陳映善／陳永善也不是陳映善／陳永善，既孤立無援也毫無包袱，不管是「映」或「永」，雖遭到取消，卻使得作者日後在敘事修辭上反倒擁有了更寬廣的「介入」特權。譬如由生父而養父，由養父而「無父」，由「無父」而「尋父」，使得不在場的「父親」不再缺席而是無所不在，創作時處在「孤兒」狀態的陳映眞由此獲得了充分機會控制「父親」這個概念，因而可以透過意識形態的「父之名」進入父親及家族的世界，最後獲致了個人家庭羅曼史的滿足。[26]

---

25 「孤兒」乙詞在此當然不是指陳映真現實裡是孤兒，而是說他在創作時得到了一個「特權」：可以脫離現實，任意地形塑父親的形象、安排家族史的發展。論者曾指出：孤兒的特質之一就是個失望的理想主義者，一個夢想破滅的天真者，他繼之而起的就是「反抗」；在孤兒原型的最高層次中，孤兒會很清楚再沒有比自己更強而有力的力量，唯有靠自己治療創傷；某種程度而言，孤兒面對創痛以及體會創痛，是產生力量的泉源，他會企盼創造一個更美好的世界。參閱：卡羅·皮爾森（Carol S. Pearson）著，張蘭馨譯，《影響你生命的十二原型：認識自己與重建生活的新法則》（*Awakening the heroes within: twelve archetypes to help us find ourselves and transform our world*），台北：生命潛能文化事業有限公司，2009，頁84-86。

26 佛洛伊德以「家庭羅曼史」指稱神經官能病患的某種幻想，在其幻想中病患希望能逃離自己鄙視的親生父母，而由某些具有較高社會地位的人取而代之。在佛洛伊德的學說中，家庭羅曼史屬個人心理層次，是個人美化社會位階的方式，是較屬負面的界定。到了拉岡，他吸收了佛洛伊德的潛意識概念，進而提出「父之名」（Name of the Father）的概念，這是拉岡精神分析學中的核心架構，泛指某種意識形態佔據了主宰性、指導性位置的現象（又可稱作「父方的比喻」，譬如殖民者意識形態佔據「父之名」位置、決定了被殖民者的慾望、認同與理想），亦即拉岡將原屬或事涉家庭的想像及家庭內部之衝突層面的「家庭羅曼史」，進一步提升到與「社會秩序」及「國家認同」發生連結。參考自：（一）王國芳、郭本禹，《拉岡》（*Lacan*），台北：生智文化事業有限公司，1997年5月，頁152-

舉凡孤兒的第一步就是找到家，尋父就是爲了回家，如何「回家」成爲陳映眞終日思索的課題。在〈鞭子和提燈〉裡，陳映眞首先就提及：「我有過一個形貌、心靈都酷似的雙生的哥哥。我們曾在共同編織的幻想中馳騁……」，總是在每天上學的途中沿路一塊嬉遊，「往往都得遲至早晨的第二節課，才到達那所古老的鶯歌國小。」[27]平常總是不斷地會有親戚和長輩問著他們這對雙胞胎兄弟：「告訴我，你們哪個是阿眞？哪個是阿善？」[28]於是兄弟兩人都得不勝其煩地做一番解釋。換句話說，當七、八歲的陳映眞不斷說明自己是弟弟、是胞兄「陳映眞」的弟弟時，唯獨他還要再補充自己已不叫原先的「陳映善」，現在改叫「陳永善」了，相對於胞兄「陳映眞」，陳映眞幼小的心靈隨著次數愈多、時間愈長，越是解釋確認，其實困惑干擾越深，「回家」的路

161；（二）杜聲鋒，《拉康結構主義精神分析學》，台北：遠流出版事業股份有限公司，1988年10月，頁132-146。

27 以上皆引自：陳映真，〈鞭子和提燈〉，《父親》，頁5。陳炎興夫婦共育有八位兒女，分別是陳映美、陳映真、陳永善、陳映三、陳映徹、陳映朝、陳映和以及陳映紅。關於陳映真與雙胞胎小哥平日的互動情形，與其父親陳炎興的說法有出入。譬如，陳炎興在〈我曾咒詛過天〉提到，比夭逝的長子大一歲的大女兒（按：陳映美），「因著年齡只差一歲，性情也很融洽，而且從幼稚園到小學，都是一起出入一起玩耍；因此也有她突然失去事事與共的弟弟，所加予她的稚兒之苦。」（陳炎興，《在基督裡的一得》，台北：人間出版社，1989.12，頁179）在陳炎興的說法中，與雙胞胎小哥一起出入、一起玩耍的是小姊姊陳映美，不是陳映真。在《在基督裡的一得》乙書最後附錄的一篇英文訪問稿中也提到：「Carol（按：卡洛兒，歡唱頌歌之人，即陳映美） and Ying Jen were just a year apart and had been devoted friends and playmates. Of all the children, she had been most deeply affected by the death of her brother.」（卡洛兒映美和小哥「映真」只相差一歲，彼此原是很要好的同伴。在孩子當中，「映真」之死她最受打擊。）（〈I Cursed Heaven〉，《在基督裡的一得》，頁1）。

28 陳映真，〈鞭子和提燈〉，《父親》，頁6。

就越遠越模糊。**筆者以爲，陳映眞自使用「陳善」以至長期丟棄養父所取的本名「陳永善」而代之以「陳映眞」爲固定筆名，事實上不止是他自承的只是用來「紀念」[29]小哥，更重要的是內心吶喊著想「取代」小哥——一種擁有的慾望，「孤兒」終於以另一種形式「回家」，藉此再度成爲父親眞正的兒子。**

可是，當一位長久離家又時刻想家的孩子一旦有朝一日回家，竟驚覺實質的父親完全不是他原先設想的那般「巍峨岸然」、尤其是那顆「孤兒」類型的心靈早被推進政治／社會實踐的漩渦時，這會是個什麼樣的情景？人要如何同時愛一個人又譴責他呢？於是，一股面對中國人時的台灣人原罪感揮之不去，一場走樣的「弒父」戲碼於焉上場，一個絕對聖潔的台灣家族終於「誕生」。

第二節　猶大與蔡千惠的合體

1、一股面對中國人時的台灣人原罪感

首先，就以陳映眞爲了配合「五十年枷鎖：日本帝國主義下的台灣」照片展（1996）而登載的〈歌唱「同期之櫻」的老人們〉乙文爲例，在該文裡陳映眞對於「在具體生活

29　陳映真，〈鞭子和提燈〉，《父親》，頁8；〈黑松林的記憶〉，《父親》，頁122。

中，殖民地台灣到處充滿著對台灣本島人的制度性歧視」[30]的分析與批判都還相當中肯，可是一到了要評價走過「台灣行進曲」年代的皇民化世代時，字裡行間便立刻暗竄一股濃濃的怨毒之氣，好像在「台灣行進曲」的年代裡，台灣人除了少數是不甘屈服的抵抗者（亦即具有所謂「中國意識」的人）之外，剩餘的就只能是些規避清算的「協力者」精英（暗指如基隆顏家、鹿港辜家之類），或是被消滅中國意識且當「皇民煉成」時會歇斯底里的皇民（暗指如陳火泉〈道〉裡的本島人青楠）、或是被國際法庭判處死刑的台灣人志願兵、或是二月事件時殘殺「支那人」的原台灣人日本兵（暗指如鍾逸人等）、或是八〇年代後期散播反中脫華與反共的舊「協力派」精英（暗指李登輝等）、或是與日本復員軍人往來無知又好笑的「戰友會」成員，又或者是台北街上頭戴日本軍帽踽踽而行的老人……這些「同期之櫻」的世代，全被陳映眞視爲台灣社會曾經挫傷、蓄膿而「至今不曾癒好的傷口」[31]。文章裡陳映眞以嘲諷譴責取代了過往的悲憫筆觸，毫不保留地凸顯了抵抗者／協力者、中國意識／皇民意識、隨府至台中國人／原台灣人日本兵、反日／獨台等二元對立的關係，不消說其簡化了歷史情境致使台灣人的主體性不見了，同時也反倒強化了族群對立的情緒，然而更微妙的是，隱藏在這些對立論述的背後，事實上卻是一股不折不扣的「台灣人原

30 陳映真，〈歌唱「同期之櫻」的老人們〉，《聯合報》「聯合副刊」，1996.11.19，37版。
31 陳映真，〈歌唱「同期之櫻」的老人們〉。

罪」的憎恨情結。

解嚴前夕，陳映眞有次評論由黃春明小說〈沙喲娜拉·再見〉改編而來的同名電影（黃春明親自編劇）時，由於原先小說裡並未出現主人翁黃君的父親，但電影卻臨時增添了這位對日本懷抱無知傾慕的「父親」乙角，陳映眞對此竟而感到一股巨大的欣慰，只因他認爲整部片子經過這樣的安排後才能「對台灣當下殘存的少數人（按：即指皇民化世代）親日感情做出最深刻的反省與批評，也因而使本片的日本批判加深了它的眞誠與深度。」[32]不久後，台灣開放日片進口，其中以「聯合艦隊」乙片特別令陳映眞不以爲然，他認爲該片明目張膽宣揚軍國主義，更爲當年的侵略罪責翻案、隱匿戰爭犯罪本質，而其中可能最讓陳映眞感到悲愴、無法忍受的是「在『聯合艦隊』的電影院中，整場聽著一些聽懂日語的中老年觀眾興奮地竊竊私語」，這件事被他認爲「是這個地球上，尋遍每一個角落都找不到的……奇譚怪事！」[33]事實上，陳映眞難道眞的無法理解在父執輩日本情結的背後，有著千絲萬縷的歷史脈絡？難道無法理解林文義〈黃昏歌聲〉[34]裡那位在酒館拿著麥克風唱著唱著日本軍歌，眼淚就無以抑止、泣不成聲的幼桑（楊君）的心境嗎？

從「同期之櫻」世代走過來的台灣人裡，陳映眞最貼

32　陳映真，〈台灣第一部「第三世界電影」：電影「沙喲娜拉·再見」的隨想〉，《中國時報》「人間副刊」，1986.01.26，8版。
33　以上引自：陳映真，〈台灣內部的日本——再論日本戰爭電影「聯合艦隊」〉，《中國時報》「人間副刊」，1987.03.27，8版。
34　林文義，〈黃昏歌聲〉，《中國時報》「人間副刊」，1987.04.28，8版。

近也是眞正第一個接觸到的，就是他的父親（包括生父及養父），他意識裡所認知的台灣人形象，無疑地就是以日治時期所謂「協力者」的父親爲藍圖，他或許以爲當中國人浴血奮戰時，像他父親那樣「協力者」的台灣人可能爲數不少，因此台灣人歉疚於中國人、簡直無地自容，尤其是在面對他心中長期供奉的陸家小姐那尊「女神」時，台灣人更是背負著「民族」罪責，質言之，陳映眞內心深處所隱藏的那股濃烈的「台灣人原罪觀」，泰半是源自於對父親們過往歷史的憎恨，更不幸的是，這種憎恨情結卻是陳映眞一切認同發展的背景之一，因此在類似〈歌唱「同期之櫻」的老人們〉這類歷史論述裡，我們總會嗅到他對島國充溢著忿怒、羞惡以及一絲「厭棄」的氣味。再者，數十年來陳映眞創作台灣、論述台灣，譬如先前藉由「華盛頓大樓系列」架構台灣高度依賴性的殖民地體制，又或者後來藉著在〈歸鄉〉、〈夜霧〉、〈忠孝公園〉形塑殖民化的漢奸、特務、皇民等等，儘管他關懷社會、也贏得「台灣良心」、「人道主義者」的稱號，然而終究不免由於對父親們的歷史僅憑觀念化的推論來理解，致使這些作品事實上都不脫其一再試圖總體化台灣社會的墮落底蘊，以及更本質的台灣人的原罪性。有時筆者不免認爲，八〇年代初期獲時報推薦獎的〈山路〉裡的「蔡千惠」[35]這個角色的背後，異常巧妙地閃藏著陳映眞爲其家

35 〈山路〉中的蔡千惠因為自己的二哥蔡漢廷背叛中國共產革命、背棄了李國坤、黃貞柏，為了贖回家族的罪愆而志願至李家勞苦數十年，論者一般將此情節視為陳映真為己樹立貞節牌坊或記錄左派理想主義的奮鬥小史、替中共地下黨人形塑聖徒列傳等。

族「救贖」的心影。

2、一場走樣的「弒父」戲碼

誠如學者尉天驄所說：「在陳映真的小說人物身上，見到三十歲以前的各式各樣的陳映真」[36]，陳映真創作的背後總是緊扣眞實生存的拷問，尤其是早期作品的經典人物都是陳映眞的「自畫像」，像是〈我的弟弟康雄〉中的姊姊與弟弟、〈加略人猶大的故事〉中的猶大與耶穌、以及〈故鄉〉中的弟弟與哥哥，多少源於變形的陳映眞及其自我嫁接，總是擺盪在理想與背叛之間，其掙扎的雙重性或許可以說是反映出一種「愛著也因而同時恨著」的「弒父」心理。筆者以爲：爲了尋找新而理想的父親，陳映眞在〈加略人猶大的故事〉[37]留下最完備的「弒父」儀式。

一般我們從《聖經》（或是教會）所接收到的猶大是個背叛者形象，但在小說中陳映眞卻將猶大塑造成一位反對耶穌的順服羅馬、期盼耶穌從事猶太復國運動的「正面」人物。之所以發表這麼奇特的文本，筆者認爲至少有兩點理由，第一是，陳映眞認爲我們所能接收到的訊息都是《聖經》記載的片面之辭，這是一種複製信仰霸權的書寫方式，

36　尉天驄，〈理想主義者的蘋果樹——瑣記陳映真〉，《回首我們的時代》，台北：印刻文學生活雜誌出版有限公司，2011.11，頁231。

37　〈加略人猶大的故事〉最早發表於1961年7月的《筆匯》（2卷7期），現收錄於：陳映真，《陳映真小說集1：我的弟弟康雄》（台北：洪範書店有限公司，2001.10），頁105-133。

猶大永遠只能淪爲一個「再現客體」，從沒機會發言與辯駁，陳映眞出自一種「移情作用」，他要讓那個在《聖經》裡失語的猶大回到歷史情境爲自己發聲。再則，因爲在現實中生父陳炎興、養父陳根旺就某種程度而言，應該就是小野所說的想要與掌權人士一起生活、共同呼吸的那類型的人（即日治時順服日人殖民、戰後順服國民政權），可是心中早有自己政治信仰的陳映眞在現實中必然與其父親產生極大的衝突，精神上勢必出現抗拒，他必須將不願服從父親的內在需要轉移到更高層次上，就像陳映眞自言青年時期便開始在信仰上只相信不必依賴教會組織、直接閱讀《聖經》來接觸上帝意旨的「無教會論」一樣，因此〈加略人猶大的故事〉的書寫可以被視爲留下當時父子兩人思想背道而馳的痕跡，也可被看作針對父權地位的否定，陳映眞的「叛離教會」不能說沒有「叛離父親」的意謂。平日熟稔《聖經》故事的陳映眞，難免對「背叛」主題異常敏感，差別在於他自認爲自己「背叛」的背後有更深的民族之愛，亦即背叛者的背後往往有更崇高的理由！如果他想要爲背叛者發聲，替自己辯駁，選擇「猶大」借題發揮便顯得再自然不過了。〈加略人猶大的故事〉是陳映眞早期最成功也是最失敗的作品。[38]

38　陳映真「遠行」歸來後不久，在遠景出版社所出版的《將軍族》（1975）與《第一件差事》（1975），雖是結集先前作品之舉，但很意外地就只有處女作〈麵攤〉及〈加略人猶大的故事〉未被收錄；若說〈麵攤〉因技巧不甚成熟因而未予收錄，大抵是可理解，但〈加略人猶大的故事〉的情形，就頗耐人尋味了。

第三節　被湮滅的歷史的寂寞[39]

前文提到陳映眞在懷抱著一股「台灣人原罪感」的情形之下，在創作上以生動的形象及驚人的敘事，鋪陳一場又一場的「弒父」情節；特別是，當陳映眞一旦決絕獻身中國國族的認同工程時，進一步打造一個絕對聖潔的台灣家族終究淪爲他論述上的「必要之惡」，對於過往進行有系統的「遮蔽」與「連結」，更是一項必要的技藝／記憶。

1、鶯歌與舊家

陳映眞父祖輩的本居之地，是現在介乎新北市鶯歌區與桃園縣大溪鎮的「中庄」，先前一直屬「海山堡」的範圍，日治時代雖然後來劃歸新竹州大溪郡大溪街所轄，可是一般人民在民俗活動或經濟關係上，反而是都跟台北州「三鶯」（包括三峽及鶯歌）地區息息相連；這說明了陳映眞的生父陳炎興和養父陳根旺爲何先後都就讀鶯歌國小（當時稱尖山公學校）的原因，更進一步也就能理解爲何陳根旺選擇從22歲（大正11年，1922）進入警界至40歲（昭和15年，1940）退職時，全在鶯歌地區服務的背景。

39　本節標題引自陳映真的文章題目，見：陳映真，〈被湮滅的歷史的寂寞〉，《聯合文學》第4卷第10期，1988年8月，頁10-13。該文又再一次提及：「二次大戰末期，生家和實際上是我三伯父家的養家，一起疏散到以陶瓷著名的鶯鎮。」（頁10）

陳映眞說他兩、三歲時過繼給三伯父，所以從小離開了生家，但由於爲躲避盟軍的空襲：「光復前的一年罷，生家和養家都疏散到鶯歌」[40]，「對我的雙親而言，回到鶯歌，就等於回到故鄉」[41]。經筆者查證，陳映眞確實是在1944年時入學鶯歌國小（當時尚稱尖山公學校），可是按幾位鶯歌耆老的說法，鶯歌區於戰爭末期因爲有礦脈及位處輸送樞紐，因此老是成了飛機轟炸的目標之一，死傷不輕；[42]耆老說法如果屬實，那麼假設本已在他處定居的養家（或生家）是不是還有必要因躲空襲而避居鶯歌呢？突然避居鶯歌，只因「中庄」與其地緣關係？按先前所知的資料判斷，陳映眞自從過繼給三伯父陳根旺之後直至上大學之前，他與養家絕大部分時期應該都沒有偏離過鶯歌的生活圈；而對當時「避居鶯歌」乙事最合理的推斷應是，生父陳炎興一家接受長期以來已在鶯歌地區累積一定政經實力的養父陳根旺的建議而遷來會合，以便戰時彼此有所照應。

綜觀陳映眞的所有文本，從不提及養父陳根旺曾經歷練過殖民地巡查、巡查部長、台陽鑛業高階幹部以及戰後縣議員的生平，反倒似乎一直有意塑造自己出身貧困的「小資產階級」家庭的形象，再加上陳映眞刻意凸舉出於戰亂才避居鶯歌之事，一切的舉措恐怕都反映出陳映眞最在乎、同時也

40 陳映真，〈鞭子和提燈〉，《父親》，頁6、8。

41 陳映真，〈黑松林的記憶〉，《父親》，頁119。此文是特別為了鶯歌國小的九十週年校慶而作。

42 台灣省文獻委員會採集組編，《台北縣鄉土史料（上）》，南投：台灣省文獻委員會，1997.07，頁379-380。

試圖在一連串虛虛實實的文本中，技巧地切斷養家與鶯歌之間不欲人知的深厚連結。[43]在〈故鄉〉中「我不回家。我沒有家呀。」[44]這種魯迅式的「吶喊」——對故鄉的棄絕，某種程度上同時是對其生父及養父的歷史的更直接「否定」！一九九二年時，陳映眞首次引領記者拜訪鶯歌故里，同時在「舊家」的門前留下珍貴的身影[45]，並再度標準化閱聽者已耳熟能詳的家族史。根據陳映眞的摯友施善繼的說法，2006年1月6日當天，「陳映眞先生伉儷陪著《台灣的憂鬱》作者黎教授重訪鶯歌」[46]舊家。這次的重返故里，有可能是陳映眞於該年9、10月相繼病倒前的最後巡禮；然而非常遺憾地，特別是在隨行的中國友人黎湘萍教授的面前，陳映眞仍然保持「緘默」，以致讓黎教授失去了重新理解一頁台灣史的機會。

2、皇國少年與漢和字典

就先前第一章與第二章分別出土的資料中，我們已知陳

---

43 在鶯歌區上確實存在一個現象：筆者曾走訪鶯歌當地的幾位文史工作者（及團隊），他（她）們幾乎不知道鶯歌出了一位台灣文學的經典作家，即使有所耳聞的人，也完全沒有一個人對於陳映真家族的「前世今生」說得上來。

44 〈故鄉〉原發表於1960年9月《筆匯》二卷二期，今見：《陳映真小說集1：我的弟弟康雄》（台北：洪範書店有限公司，2001.10），頁56。

45 這幀珍貴的照片刊於：邱婷，〈陳映真：夜裡驚坐起，鶯歌夢已遠〉，《民生報》，1992年5月16日，第28版。請讀者自行參閱。

46 施善繼，〈我的陽台〉，「大眾時代」網站，2007.05.22，來源：http://mass-age.com/wpmu/blog/2007/05/22/%E6%88%91%E7%9A%84%E9%99%BD%E5%8F%B0/。（檢索日：2011.08.12）

氏昆仲幾乎都在昭和十五年（1940）前後毫無預警地分別自「新竹州內務部役員」及「台北州海山郡巡查部長」的職務或消失或離職，[47]之後持續至昭和二十年（1945）日本敗戰爲止，這段期間兩人的活動概況，在前兩章的討論中均因筆者能力有限而無法進一步查證到更確切的史料，以致都呈現「空白」的狀態；但無論是消失或離職，這項長達五年左右的「空白」現象，事實上頗値得我們從旁關切與探討！

一般來說，日治時期所實施的「皇民化運動」是在昭和12年（1937）正式開展，昭和15年（1940）的「改姓名」（姓名變更の途を開く）運動也是其中的一環。當時的台灣總督小林躋造發佈了「昭和15年府令第32號」（1940.02.11），公佈「改姓名」辦法，規定由各州負責改姓名許可事務。按規定，改姓名的申請必須由戶長提出，這項運動並非強迫性質，但也不是人人都可提出申請的，譬如學者周婉窈指出，改姓名家庭必須要符合：（1）是「國語常用家庭」以及（2）符合皇民資格且富於公共精神等兩項要件。[48]假定，「日本殖民政府在政策上鼓勵更改姓名，其表面上的目的雖是在於使台灣人變成日本人，但是更根本的原因是因爲姓名象徵祖先的思維，所以殖民政府想在文化上就此切斷台灣人

47 分別見於第一章第二節、第二章第二節。

48 間宮定吉，《台灣改姓名の相談——改姓名に伴ふ名義書換書式》（台南：自印，1941），頁7-9；《台灣日日新報》，1940年2月11日，第3版。以上資料轉引自：周婉窈，《海行兮的年代：日本殖民統治末期台灣史論集》，台北：允晨文化實業股份有限公司，2003年2月，頁56。

與祖先之間的關連」[49]這樣的說法成立，顯然「改姓名」運動就是殖民政權精心籌畫的一套皇民戲碼，而更重大的意義則是背後隱藏著台灣人被迫必須調適混雜的文化認同及現實利益的抉擇。按昭和十九年（1944）排印的《台灣事情》所載：截至1941年年底，全島約有1% 的戶數，或佔人口總數的1.2%左右更改了他們的姓名。[50]基於以下的三點觀察，筆者推測陳氏昆仲當時之所以會相繼出現消失或離職等「空白」現象，是不是與那些所佔比例甚低、非常積極配合時局政策並決定「成為日本人」的1% 的戶數以及1.2%的人口這樣的歷史現象有所關聯？

首先是，早在1977年當時的《婦女雜誌》便曾刊出陳映眞戰前那幀比日本小孩更似「皇國少年」的照片，[51]可惜多年下來未曾引起論者們的特別注意及討論。但當我們掌握了「改姓名」運動的大時代背景後，再回頭凝視照片中的陳映眞，與後來頂著巨大的「中國」形象的陳映眞相較之下，是不是瞬間更能感受到照片裡所飽含的另一股歷史況味？

其次，1979年7月7日當晚，陳映眞於台北市實踐堂對著來參加「七七抗戰四十二週年紀念會」的聽眾說：「台灣光

49　見：伊原善之助，〈台湾の皇民化運動〉，收於中村孝志編，《日本の南方関与と台湾》，（奈良県天理市：天理教道友社，1988），頁366。

50　台灣總督府編，昭和19年排印本影印《台灣事情》（台北：成文出版社，1985），頁134。

51　這幀異常珍貴的照片，最早刊於：胡為美，〈追求自由與愛的作家——陳映真〉，《婦女雜誌》7期，1977.07，頁42。請讀者自行參閱。第二次刊出時則是被收錄於由封德屏主編的《人間風景．陳映真》（台北：文訊雜誌社、財團法人趨勢教育基金會，2009.09，頁14、21）。

復那一天，父親在物資極端缺乏的條件下，叫母親弄了一桌比較好的晚飯，拿著『漢和字典』，把孩子們的名字逐字找了出來，告訴我們，我們的名字，是中國字寫成的名字——因爲我們是中國人。」[52]事實上這是一段至今都啓人疑竇的內容，因爲本來它是陳映眞要用來表態父親從頭至尾不失中國人立場的一段軼事，但似乎也同時不經意地洩露了孩子們先前是處在自認爲有著日本姓名、說日語的「日本小孩」的狀態。

最後是，照陳映眞所言：「在日本對外擴張的年代，父親（按：指生父陳炎興）先後在新竹郡役所户政部門、茶葉統制會社和台灣放送局（廣播公司）工作，迎來了台灣的光復」[53]，以及《續修台北縣志》上所載：陳根旺縣議員在日本時代及戰後「曾任臺陽礦業公司秘書課長，臺北汽車貨運公司董事兼經理。」[54]可是，爲何我們在《台灣總督府及所屬官署職員錄》、〈台灣茶の一元的統制機關として台灣茶輸移出統制會社設立〉[55]、〈台灣茶輸移出統制會社創立總會終了——鶴社長以下各重役決定〉[56]、1941年的「台灣放送協會人事組織（1941）」[57]以及台陽鑛業公司的「歷任各

52 見：陳映真，〈中國人任人恣意侮辱的日子已一去不返了〉，《中華雜誌》，第17卷第193期，1979年8月，頁35-36。這段話正是陳映真1979年7月7日當晚於台北市實踐堂對著來參加「七七抗戰四十二週年紀念會」聽衆的演講内容。

53 引自：陳映真，〈父親〉，《父親》，頁137。

54 戴寶村、張勝彥撰述，《續修台北縣志：卷七．選舉志》，台北：台北縣政府，2006年6月，頁174。

55 見：《台灣の茶葉》第24卷第2號，昭和16年6月30日，頁112。

56 見：《台灣の茶葉》第24卷第3號，昭和16年8月30日，頁4-5。

57 轉引自：呂紹理，〈日治時期台灣廣播工業與收音機市場的形成〉，《國立政治

臺陽鑛業股份有限公司用牋

臺北市中華路八號　電話三三一一一至三三一一六號

單位主管姓名表」[58]……這些這麼重要的訊息中，找不到他們呢？反倒只見成串的日人姓名？難道是陳映眞的說法及縣志的記載同時都出現了重大訛誤？但就以陳根旺「曾任臺陽礦業公司秘書課長」乙說爲例，筆者發現：陳映眞早期（自1962年2月21日起）與鍾肇政通信時，其使用的信紙上常常就是印著「臺陽鑛業股份有限公司用牋」的字樣（如上圖）[59]。

大學歷史學報》第19期，2002年5月，頁325。

58　見：台陽鑛業公司四十年週年慶典籌備委員會編輯組編撰，《台陽鑛業股份有限公司四十年誌》，台北：台陽鑛業股份有限公司，1958年6月，頁16-26。

59　引自：編號第十五封（1962.09.11）的「陳映真致鍾肇政書簡」，寄自板橋。關於「陳映真致鍾肇政書簡」的說明，請參閱第四章。

由此可知陳根旺議員任職過「臺陽鑛業」的資料應不致有誤，那麼，之所以令我們遍找不著陳炎興、陳根旺蹤影的可能性，除了很有可能與「改姓名」運動這樣的歷史現象有所關聯之外，是不是還存在著其他更值得探討的情形？

從「皇國少年」身影，到「漢和字典」事例，以至「臺陽鑛業」用牋物證，其中雖然不乏積極性的連結線索，但筆者最後也不得不面對「查無實證」的現況而無法得出陳氏昆仲是否曾經及時響應了當時殖民政權正在推行的「改姓名」國策的結論，上述的推測終究都只能令其停留在「提出問題」的假設階段，一切留待日後更實證的資料出土時再進一步處理。然而就本書向來所關切的另一個面相而言，當台灣人面對「改姓名」運動而處於是否「成爲日本人」的抉擇時刻，除了少部分人因各種緣由（包括主動想要藉由「改姓名」的自我日本化中博取較多的社會資源與利益的情形）必得響應之外，對大部分的台灣人來說他們起碼多少都還具備選擇的餘地，這是殖民歷史中非常具體而眞實的一部分，恰恰是陳映眞最不願意坦然面對與接受的面貌。戰後沒多久，台灣省行政長官公署便公佈了《台灣省人民回復原有姓名辦法》（1945年12月9日），「強迫」台灣人回復「原有」姓名，與日本殖民政權的思考無甚差別地一樣採用「抹除」的粗暴方式，不同的是，這回所有台灣人反倒連選擇的權利都喪失了。

3、台灣行進曲與戰爭犯罪性

昭和13年（1938）台灣總督府以「國民精神總動員本部」名義，首次以「台灣行進曲」爲題，公開舉辦愛國行進曲的詞曲甄選。先是由在台日人三栗谷櫻獲得作詞「一等當選」，然後包括陳炎興在內的眾多角逐者再根據「一等當選」的歌詞來譜曲，當時《台灣日日新報》曾報導說共收到了301首「在五線譜上表現出愛國至情的應募作品」[60]，決選結果如第一章所敘：最後是由陳映眞的生父陳炎興奪冠。這首「台灣行進曲」後來由多家唱片業者灌錄了不同版本（按：詞曲皆同，只是編曲之間的差異），値得注意的是，其中「Polydor」版本的兩款發行都是由「帝國海軍軍樂隊」所編曲及演奏，[61]由此可見該曲目同時也受到軍方的重視；根據論者的研究，它還是當時在放送節目中出現頻率頗高的「軍歌」[62]。「台灣行進曲」共分三段，其歌詞確實完全符合總督府當初對於詠嘆皇化澤被、鼓動南進氣魄的要求，[63]尤其是在「支那／蘆溝橋事變」（1937年7月7日）爆發後，兼具敘事與音律強度的「台灣行進曲」在強力放送下，沒有人

60　〈台灣行進曲の應募・三百餘に達す・發表は來る三十日〉，《台灣日日新報》，1938.07.13，7版。

61　兩款分別是純由帝國海軍軍樂隊演奏的吹奏版，以及另由東海林太朗、關種子擔綱主唱的詞曲版。參見：「歌謡大全」網站，來源：http://www005.upp.so-net.ne.jp/tsukakoshi/kayoudaizenn/kayou041.html。（檢索日：2010.09.02）

62　許凱琳，〈日治時期放送節目音樂內容之研究（1937~1941）——以軍歌放送為中心〉，台北：國立台灣大學音樂學研究所碩士論文，2005，頁58。

63　〈「台灣行進曲」・募集規定極る・締切は來る廿五日〉，《台灣日日新報》，1938.05.04，7版。

能否認它對重塑台灣人身分認同、召喚族群軍事動員想必激化了不少效應，對台灣總督府而言，它更是一首成功的「愛國歌曲」。作家小野曾經就一首周添旺作詞、鄧雨賢作曲，但從未發表過的作品「想要彈同調」，提出他個人的理解：他認為長期以來台灣人的心靈深處存在著一種深沉的心情，「那就是一代又一代，他們想和統治他們的人唱著同一個調子，想和那些可以左右著他們命運的人跳著同樣的舞步，他們辛勤的唱著、賣力的跳著，悲哀是別人看到的，他們自己卻不這樣想，因為他們早已習慣了，習慣就成了自然」[64]；確實不是每個人與生俱來都是反抗者，這種「想要彈同調」的心理，或許人人或多或少都曾有過。**陳炎興約在昭和10年至13年**（1935-1938）**任職竹南郡役所，這段期間他拜當時的郡守富田嘉明為師，學習樂理及吉他等技巧，當年師徒兩人便曾聯手積極地投入「台灣行進曲」的甄選活動，**[65]**若從後殖民的意義來看，應可視為陳炎興的一種積極「想要彈同調」的心理現象。**

若按常情判斷，一位會主動應募具有濃烈軍國意涵的愛國歌曲的作曲者，尤其又有特優的表現時，作曲者很難不是該意識形態的認同者，至少不會也不可能視其為敵性對象。所以，像陳映真所提及的，諸如：「父親常常說起他小時候我的祖父告訴過他，大清的國旗是『五色旗』，比日本的

64 小野，〈一首沒有發表過的歌：「想要彈同調」〉，《想要彈同調》（台北：皇冠文化出版公司，1992.09），頁57。
65 詳情請參閱第一章第一節。

『紅膏藥』旗強多了」[66]，又或者「在我們兒女的心中守住了一個祖國……重新給了我們兒女一個實在的祖國，讓我們的心穩如磐石，幸福而又滿足」[67]等情節，誠然比較像一則政治神話。陳映眞曾經在一篇不甚引人注意的「讀者投書」中提到，他期盼對於「在日據下，違背自己民族利益，與日本當局『協力』合作」[68]戰爭事業的參與機關、事業所有者，以及所有相關的台灣人士……的來龍去脈，政府與民眾都有責任進一步清理和揭露。這篇「讀者投書」最值得注意的是，陳映眞特別提到了「戰爭犯罪性」這個名詞，究其文意，就是泛指只要與日本統治者協力合作的事項中有可能導致或必須承擔「戰爭罪責」的醜惡史實，都算是染有「戰爭犯罪性」，他建議無論是人、是事或物，都必須將之公諸於世、徹底清算……。果眞如陳映眞所寄望的，那麼今日當我們再次聆聽「台灣行進曲」以及凝視著附有該曲的「街頭出征」明信片（例如：以下圖組中的第三張）[69]時，不禁要嘆問：戰時曾經扮演過類似鼓舞台灣青年走上南方戰場的「吹笛

66　陳映真，〈父親〉，《父親》，頁147。

67　陳映真，〈父親〉，《父親》，頁149。

68　陳映真，〈明確日本國家犯罪責任〉，《聯合報》，1999.07.09，15版。

69　這套總共三張的明信片現為筆者所收藏，發行者為日本「共同印刷株式會社」，發行時間應在昭和13年（1938）至20年（1945）之間。圖案下方的標題，依序為附有「台灣行進曲」第一段歌詞的「從明治橋往台灣神社望去」圖、附有第二段歌詞的「台灣總督府廳舍」圖，以及附有第三段歌詞的「街頭出征風景」圖。明信片的背後一律附有「南進の據點台灣」字樣。若以圖組中的第三張「街頭出征風景」明信片為例，此張明信片拍攝地點是台北市博愛路，圖中左方建築為當時台北電話局，建於1938年，位於今日台北市中正區博愛路168號，今屬中華電信公司，為市定古蹟；右方紅色建築為遞信部，森山松之助所設計，位於今日台北市長沙街一段二號，是今交通部，亦為市定古蹟。

(明治橋より臺灣神社を望む)

(臺灣總督府廳舍)

三張附有「台灣行進曲」的明信片

手」陳炎興，究竟需不需要背負「戰爭犯罪性」的罪責？難道只因「一切的一切都如墮霧中。過去已被抹殺掉，被抹殺的事物也早給遺忘了」？**當陳映眞面對家庭羅曼史時，它不會只是親情問題，更是個歷史問題！一位異常強調要遵循寫實主義道路的作家，實際上卻又掩飾眞正的事實，不只無法爲台灣釐清國族認同所涉及的複雜層面，更是嚴重遮蓋了問題的本質、徹頭徹尾封存了父親的「聲音」！**

4、小結

透過上述的剖析，不免令人感到台灣人歷年來的國族認同總是被一股超越個人而由外力所支配的力量由上而下強力壓制，總是不脫國家暴力與政治角力聯袂襲擊的挫辱！這種在國族認同的荊棘之道備嘗艱苦的境遇，事實上《雙鄉記》[70]的主人翁葉盛吉醫師終其短暫的一生恰恰也提供了生動的見證。《雙鄉記》原是葉盛吉自青少年時期所結交的摯友楊威理以日文書寫刊載在日本《世界》雜誌，[71]中文譯文則是交由陳映眞擔綱，陳映眞在報上陸續發表〈雙鄉記〉譯文後，[72]想必是深感像葉盛吉這樣做爲中共地下黨員而在白色恐怖初期仆倒在刑場的台灣人歷史竟然長期遭到湮滅，所以特別再另撰專文強調：「對於這歷史的暗部，如若一天不做深刻的社會科學的清算，我們就一天不能做好眞實的自我認識，也就一天不能解放自己，向前發展。」[73]陳映眞意在凸顯出台灣仍存在著一大塊被刻意掩埋的歷史（顯然陳映真是專指認同紅色中國的那一大塊），他甚至嚴肅做出呼籲：時至今日「我們應該如何越過道德論和感情論，更縱深地看待『那個時代』和『那些人』，成爲我們自那無條理的歷史

70 楊威理著、陳映真譯，《雙鄉記——葉盛吉傳：一台灣知識分子之青春．徬徨．探索．實踐與悲劇》，台北：人間出版社，1995.03。

71 楊威理最初以〈二つの故郷——ある台湾知識人の悲劇〉（〈兩個故鄉——一位台灣知識分子的悲劇〉）為名於1992年3月在日本岩波書店《世界》雜誌發表。楊威理原與葉盛吉同為台灣大學醫學部同學，1949年前赴中國北京大學經濟系就讀，中共建國之後便長期擔任北京中央編譯局圖書館館長，1989年六四事件以後由北京暫時移居英國，後再至日本定居，對紅色祖國與中國共產黨是具有長遠的親身體察及深刻反省的立場。

72 楊威理著、陳映真譯，〈雙鄉記——某台灣知識分子之悲劇〉，《中國時報》，1992.06.01~17。

73 陳映真，〈啊！那個時代，那些人……（下）〉，《中國時報》「人間副刊」，1992.06.22，27版。本文並未收錄在《雙鄉記》乙書。

倖活下來的一代人的重要的功課」[74]。1994年在一場由「人間副刊」主辦的「兩岸三邊華文小說會議」上，陳映眞老調重彈再度呼籲：「台灣知識界對台灣的歷史與文化多作『科學』的研究，避免動輒訴諸『道德』與『感情』，以提升討論品質。」[75]大哉斯言！可是非常遺憾的，如今回頭觀看這段發言紀錄，言猶在耳，卻顯得格外尷尬及諷刺：陳映眞爲何沒能反求諸己，用同樣的視野與同樣的標準來討論各個時期、各個面相包括自己家族史在內的台灣人歷史？透過陳映眞家族史的三代演義（叔祖父－父親－陳映真），台灣人某種相當具有代表性的面相更能精確捕捉，進而露骨呈現歷來台灣人身分的轉變皆非出自己願，往往一夕之間母國變敵國，國族身分的糾葛事實上道盡了台灣歷史的荒謬與無奈！

按佛洛伊德的說法，人常常進行有目的性的記憶，而記憶會自己進行選擇，當重要的、眞實的記憶受到「阻抗」（resistance）影響時便會產生「置換過程」（a process of displacement），由另外的記憶來成爲替代品（substitutes），這些與重要、眞實的記憶存有「關聯」（an associative relation）的記憶，便是一種「掩蔽性記憶」（screen memory）。[76]而記憶經驗之所以被「歪曲」（distortion）、被「置換」

74　陳映真，〈啊！那個時代，那些人……（上）〉，《中國時報》「人間副刊」，1992.06.21，35版。

75　轉引自：廖咸浩，〈激情與道德夾殺下的文學討論〉，《中國時報》「人間副刊」，1994年1月24日，39版。

76　以上參閱：Sigmund Freud, *The psychopathology of everyday life*. Harmondsworth, Eng.: Penguin Books, 1975, p. 83.

（displacement），是出自於童年之後的無數日子裡有著許多強烈的力量在拉扯，它們始終在形塑人們對童年經驗的記憶質素。[77]佛洛伊德認爲：「個體的童年記憶普遍有著『掩蔽性記憶』的意味，非常類似於一個民族的記憶是保留在傳說與神話的情形。」[78]陳映眞爲了個人一向的立場與立論，而刻意將「父親」的歷史進行不分時期的無限「歪曲」與「置換」，這種近似「弒父」的現象雖然與佛洛伊德所說的「掩蔽性記憶」不盡相同，但在產生讀者對其家族史以至台灣史全貌造成掩蔽性的認知和形成一則中國神話的效果，卻是一致。

第四節　渴望中國・製造台灣

1、魯迅信徒與左翼光環

按〈父親〉乙文的說法，陳炎興戰後「受到甫從大陸還鄉的、戰前台灣的農民運動家劉啓光昔日的同志所物色，應

77 Sigmund Freud, *The psychopathology of everyday life*. Harmondsworth, Eng.: Penguin Books, 1975, p. 87.

78 Sigmund Freud, *The psychopathology of everyday life*. Harmondsworth, Eng.: Penguin Books, 1975, p. 88. 原文如下：Thus the 'childhood memories' of individuals come in general to acquire the significance of 'screen memory' and in doing so offer a remarkable analogy with the childhood memories that a nation preserves in its store of legends and myths.

薦到劉所主持的桃園縣政府，負責高等教育股的工作」[79]。劉啓光（即侯朝宗，1905-1968）在台灣史裡，是一位由日治時期參與左翼農民組合運動卻在西渡中國後「轉向」重慶政權，戰後以少將的身分參贊高層政經的典型「半山」。陳炎興後來轉任桃園國小校長，〈父親〉裡說陳炎興在許多校務方面進行了不少改革，包括教學空間及教師薪津，其中最具特色的是「中國語文和史地」教學的推行，陳映眞說：

> 父親堅決以爲，中國語文和史地，最好請熟達語文，對史地有具體學養的省外老師擔任爲好。於是他四處求賢尋才，找到了幾位能說、能教標準漢語，受過史地教育的省外老師來。……桃鎮國小不久便成了全省國語文教育最優異的小學。以遊藝會、話劇演出、演講比賽等形式推行的語文教育，很快地使桃鎮國小成爲全校師生都能流暢地說寫普通話的小學。記得就是父親來鶯鎮帶我去生家的那一回，我趕上了學校的遊藝會。有一齣短劇，當時只鮮明地記得舞台上演著幾個農民在屋外乘涼吃飯，但他（她）們的名字竟是「七斤」、「六斤」和「九斤」之類的重量名，而且還有一個演老太太的小朋友，不斷地在台上用字正腔圓的普通話，以誇大的嘆息說，「……我，活夠了……一代、不如——一代！」許多年以後，我才恍然

79　陳映真，〈父親〉，《父親》，頁137。

> 明白，那竟而是根據魯迅著名小說〈風波〉改編的小小戲劇。[80]

這些事多少間接說明了爲何陳炎興日後至「中台神學院」時能夠負責教授「國文」課程之外，[81]也造成讓讀者能夠再度藉由此事自然地將中國的陳校長與進步的魯迅放在一塊的效果。事實上，根據筆者對陳映眞所有文本的觀察，「魯迅」與「父親」的連結存在著一種「跳躍」的現象。譬如陳映眞最早提到魯迅的《吶喊》這本破舊的、有著暗紅色封皮的、自稱伴他度過寂寥的青少年時光的、終於成爲他最親切最深刻的老師，是在1976年的〈鞭子和提燈〉，當時陳映眞還只是寫說：「大約是快升上六年級的那一年罷，記不清從那裡弄來了一本小說集」[82]，之後有一段很長的時間，有關魯迅與《吶喊》在其生命中的重要性的說法依舊，但尚未與父親

80 陳映真，〈父親〉，《父親》，頁139-140。〈風波〉最初發表於1920年9月《新青年》八卷一號。文中以使用重量的名稱來當名字的出場人物有「九斤老太」、「曾孫女兒六斤」、「七斤」男主人、「七斤嫂」、「八一嫂」、「趙七爺」。〈風波〉原收在《吶喊》乙書。可參閱：魯迅，《吶喊》，台北：桂冠圖書股份有限公司，2001.02，頁59-68。

81 據曾擔任「中台神學院」院長劉瑞賢牧師所言，陳炎興先生在校擔任「國文」及「樂理」的授課（見：劉瑞賢，〈懷念逝世恩師〉，收錄於蔡榮姬主編《中台神學院五十週年紀念特刊》，台中：中台神學院，2002.06，頁244）。陳炎興在日治時期僅以公學校學力靠自修通過「高小正教員」的文官資格，可見其善於自我督勵、講求學習方法。陳映真曾在〈我的文學創作與思想〉乙文特別提及，父親陳炎興曾在戰後初期懷著很高的熱情靠「漢」、「日」文上下欄對照學習中文，教材裡「有很多的故事，其中包括魯迅的《阿Q正傳》」，結果學習效果很好，發音又特別準，甚至一度還被誤以為他曾至中國，引起不必要的麻煩（參見：陳映真，〈我的文學創作與思想〉，《上海文學》總第315期，2004.01，頁63。該文是陳映真2003年8月應邀至中央研究院演講的全文內容）。

82 陳映真，〈鞭子和提燈〉，《父親》，頁11。

陳炎興有關。可是，差不多到了1993年的〈後街〉時，就已出現「一次，在書房中找到了他的生父不忍為避禍燒毀的、魯迅的小說集《吶喊》。他不告而取……」[83]這樣的版本，自此之後在所有相關的專訪、演講的內容裡便再也沒有偏離過。然而，實情會不會就像電影「蘭花賊」（Adaptation）裡在映至75分42秒時所出現的一句對白：「凡是回答的太標準／千篇一律，必有謊言」呢？

筆者提出以上的說明，絕非意在否定陳炎興校長及其辦學的苦心，而是質疑以當時的時空條件，一位校長若是執意在校園裡上演一齣魯迅人盡皆知的〈風波〉，難道其餘的師長們會無懼於事後校園裡掀起巨大的「風波」？就目前筆者掌握的資料而言，陳炎興戰後初期原是新竹縣政府（按：所謂大新竹縣，1950年改制前包括現今的新竹縣、桃園縣、苗栗縣，縣府就設於桃園鎮）教育科的科員，[84]最遲在1946年11月就接到人事升遷命令「調代中等教育股股長」[85]，很快地大約在1948年5月以後便又被拔擢出任當時縣治所在地桃園鎮最大

83　陳映真，〈後街〉，《父親》，頁53。類似說法另見：陳映真，〈我的文學創作與思想〉，頁63。

84　國史館台灣文獻館-台灣省行政長官公署檔，〈件名：鄭澤松等新竹縣政府教育科人員委代案〉（1946.04.23~1946.05.23），「卷名：新竹縣政府人員任免（775）」，「檔案管理局－檔案資源整合查詢平台」網站。來源： http://across.archives.gov.tw/naahyint/search_detail.jsp?pid=hpsv001/1318757&use_id=5&genre=article&hyint_id=10074。（檢索日：2010.09.10）

85　國史館台灣文獻館-台灣省行政長官公署檔，〈件名：陳連堪等新竹縣政府人員異動案〉（1946.11.05~1946.11.24），「卷名：新竹縣人員任免（782）」，「檔案管理局－檔案資源整合查詢平台」網站。來源： http://across.archives.gov.tw/naahyint/search_detail.jsp?pid=hpsv001/1318757&use_id=5&genre=article&hyint_id=10074。（檢索日：2010.09.10）

型的指標性學校桃園國小的校長（至1951年6月左右離職）。[86] 這樣的經歷除了證明陳炎興從小科員力爭上游當上校長的事實外，也同時讓我們注意到陳炎興出任校長時，震動台灣的「228事件」足足已過了一年多，社會在一連串的動亂、逮捕、清鄉後鷹犬四佈，完全籠罩在一片肅殺氛圍與噤若寒蟬的效應，縱使陳炎興校長個人發自內心敬仰魯迅的風範，但當時的校園還容得下上演〈風波〉的辦學空間嗎？以下是陳映眞2003年在台灣的中央研究院演講時自己所說的：

> 我記得很清楚，五十年代的時候，我爸爸的那個小學就失蹤了很多老師。後來我爸爸跟我講，當時的年輕老師總有點幼稚，常常把馬克思的政治經濟學夾在腋下，表示他很進步，我爸爸因爲是窮人家的孩子，所以他也受到了三十年代左翼思想的影響，可是他力勸這些年輕的老師不要這樣做，太危險了，但還是有好幾個老師失蹤了。[87]

另外，陳映眞接受記者專訪時也曾好幾次描繪了父親「燒書」情節，例如：在桃園國小的日式宿舍裡，少年陳映眞深

86 國史館台灣文獻館，〈件名：新竹縣政府教育科陳炎興等任免通知書〉（1948.05.21），「卷名：新竹縣市各學校任免」，「檔案管理局－檔案資源整合查詢平台」網站。來源： http://ds2.th.gov.tw/ds3/Query1.php?KW=%E9%99%B3%E7%82%8E%E8%88%88&submit=Search&APP%5B%5D=th004&APP%5B%5D=th005&APP%5B%5D=th006&APP%5B%5D=th007&PG=&ID=&AC=1&RecKW=1。（檢索日：2010.09.10）

87 陳映真，〈我的文學創作與思想〉，頁63。

夜起來上廁所，偶然間瞥見父母親在廚房裡燒書——父親把書一頁頁撕開投進爐火中，「火光在廚房門口的布簾上安靜地跳躍」[88]。凡此種種跡象，與那些「有點幼稚」的年輕老師們相較，恰好都顯示出陳校長在辦學熱誠之餘，事實上相對地他也比誰都更時時刻刻地保持謹言慎行的狀態。

當時全台透過戲劇的演出來達到推行中國語文、史地教學的事例，應該是錯不了也少不了，只是在「228事件」過後，各級學校所上演的劇本不大會是改編自魯迅的作品，即便是當時確有學校曾經膽大地選擇上演〈風波〉，那麼，大概也是另有他校、另有其人吧？！否則，當同校許多熱情的年輕老師只因持有進步書籍而相繼坐實了思想罪案仆倒刑場時，陳校長如何還能在事前事後都一直安然無恙？

更有些不可思議的，陳映真還提及：每每在談到三〇年代日本迅速地奔向軍國主義而時有左翼人士「轉向」（意指在思想層面或政治立場上的投降）時，父親向他「不止一次地說到所謂『墮落幹』（日音darakan）的問題」[89]。陳映真說：

> 父親說，青年時代的自己，就看到過自己心儀的左派文化人大剌剌地宣告轉向，而受到沉重的打擊。在父親看來，政治高壓下容有不得已之處。但有一些理直氣壯的「墮落幹」，較之一個向來的「反動派」恐怕

88　楊澤、唐蕙韻訪談，〈思想，是一切形式的主體〉，《聯合報》，1997.03.31，41版。類似的說法也另見：陳映真，〈我的文學創作與思想〉，頁63。

89　陳映真，〈父親〉，《父親》，頁144。日文裡有「だら幹」（だらかん）乙詞，是指在日本工會、政黨裡的工賊，或腐化墮落的幹部之意。

是更其不堪了。[90]

陳映眞的本意原是要表達他在1968年「遠行」之前，父親其實早已透過類似「庭訓」的方式，示意他在走向險路之際切記不可失去靈魂的潔白；如果說，做爲父親的陳炎興擔心陳映眞入獄後中途橫遭各種因素因而被迫「轉向」、以致淪爲不名譽的「墮落幹」，對於此時早已皈依天主而具備堅信特質的陳炎興會出現如此的反應，確實是有可能也比較合於情理；可是，陳映眞弄巧成拙，硬是錯置時空地說成父親陳炎興在殖民時代時就頗能堅持左翼立場，並且曾經數次表示對於當時不少左翼的知識分子、文化人或黨幹部，由於法西斯的酷壓而理直氣壯地轉向，以致成爲一位「墮落幹」的諸般現象而感到非常不齒。顯然陳映眞有意在修辭上塑造父親於殖民時代的「左翼」傾向與原則，可是證諸我們先前已知的事蹟來理解，陳映眞此刻所援引的「父親說……」，內容應該與實際情形存在著巨大的「反差」現象。[91]事實上，從日治時代跟隨直屬長官學習新式樂理、主動應募愛國歌曲，到

90 陳映真，〈父親〉，《父親》，頁144。

91 陳映真援引「父親說……」而令人感到不知所措的例子，也發生在父親談及馬克思主義經濟學家兼主張「無教會主義」的基督徒矢內原忠雄乙事。矢內原氏揭發日本帝國在台灣的糖業掠奪體制以及公開反戰言論，終致被褫奪教職、投獄的事蹟及其信仰主張，皆與陳炎興在日治時代事蹟與戰後1951年投身「中台神學院」的生命歷程的抉擇，事實上都有段不小的距離。反倒筆者觀察到，這整套說法在日後〈生死〉（2004）乙文裡，當陳映真在回顧自己信仰歷程時，幾乎又重複了一遍內容，不禁令人要懷疑這到底是「父親說」？還是陳映真夫子自道呢？詳細內容可參考：（1）陳映真，〈父親〉，《父親》，頁143；（2）陳映真，〈生死〉，《父親》，頁199。

戰後透過轉向的「半山」人物的引介而重返杏壇、積極執行國府的教育政策……，所有這些有稽可查的事證都一再顯示，陳炎興其實就只是一介身處戰亂之中爲了求生存盡可能配合統治者而彈著同樣的曲調、踏著一樣的步伐的尋常書生罷了。做爲一位盡責的教育家[92]與虔誠的皈信者，陳炎興必定有其受到敬愛的一面，也必然有其自戰前至戰後長期下來「自在」與「自爲」的思想軌跡，陳映眞實在沒有必要三番兩次執意將父親與「魯迅」[93]或者是「左翼」進行不必要的連結。想必陳炎興本人並不特別需要成爲「魯迅」的信徒或頂著「左翼」的光環，需要的恐怕都是陳映眞！在陳炎興的身上我們看到歷史，陳映眞卻製造歷史！

2、中國意識與中國認同

七〇年代初期鄭鴻生被派駐在綠島機場服預官役，那段期間正逢陳映眞、柏楊、柯旗化等人都被監禁在綠島，有次他遇到陳炎興老先生來探監，他對這位長者有著如下生動的描述：「身材高大的父親頭髮雖已花白，卻仍保持著英挺的容顏與自若的神態。……從這位老者雍容自在的神情，我似乎可以看出，他對發生在兒子身上的這一切，必然有著

92　陳映真，〈父親〉，《父親》，頁140-141。

93　陳映真又說，在他被國家機關暴力囚禁之前，出自一片憂心的父親「甚至以魯迅爲例，說魯迅以他的小說，在中國的改造中發揮了頂得上多少個軍團的力量」，意在苦勸他：一個人必須有足夠的智慧來判斷和選擇自己最擅長的工作來完成他的事功。參見：陳映真，〈父親〉，《父親》，頁145。

了然於心的胸懷。」[94]對一位長年問道、德術有成的皈信者而言，鄭鴻生的觀察應無誇大。可是，如果陳映眞事後又硬要將「做爲『上帝的孩子』和『中國的孩子』，父親希望我以潔白的良心，坐完囚繫的日子！」[95]如此聖哲般的形象套往1968年時期的陳炎興，甚至百年的家族史，事實上只會造成父親與家族過重的歷史負擔。〈父親〉乙文最早是刊載在2000年1月20~23日的「人間副刊」，到了2003年時這段內容在王安憶的專文〈英特納雄耐爾〉裡已被她理解成：「當他（按：指陳映真）判刑入獄，一些海外的好心人試圖策動外交力量，營救他出獄，老人（按：指陳炎興）婉拒了，說：中國人的事情，還是由中國人自己承擔吧！」[96]聖哲形象已由「中國父親」再擴大到「受難的中國人」，而更顯得一股意有所指的民族主義。可是，實情應非如此。

聶華苓就是當年「一些海外的好心人」之一，她在2004年時回憶說：1968年陳映眞出事時，她和夫婿Paul想在台灣找律師爲陳映眞辯護，但沒人敢接案子，後來終於找到一位在台的美國商務律師願意收錢接案，只是當初Paul電匯給律師的那筆錢，不意「給那個隱而不見的最高權威扣下了」[97]。這件事聶華苓在此打住並沒有再往下寫，該位美國

94 鄭鴻生，《荒島遺事》，台北：INK印刻出版有限公司，2005.03，頁198-199。

95 陳映真，〈父親〉，《父親》，頁146。此句尚有前文，原文為：「父親對他囹圄中的孩子的祈禱是明白的：做為『上帝的孩子』和『中國的孩子』，父親希望我以潔白的良心，坐完囚繫的日子！」

96 王安憶，〈英特納雄耐爾〉，《聯合報》，2003.12.22，E7版。

97 聶華苓，〈踽踽獨行——陳映真〉，《讀書》總號第300號（2004.03），頁23。

律師由於沒收到費用，以致於後來到底有沒有接案子也不得而知。但是，陳映眞與王安憶「神化」陳炎興當年拒絕「外援」乙事，事實上從尉天驄的記載就可得到反證。尉天驄說：案發後「美國國務院很關心陳映眞案件，請了一個美國律師和一位華人律師參與訴訟。由於『陳案』是軍事案件，正式出庭由華人律師王善祥處理。」[98]可知當時即便洋人律師（可能與聶華苓夫婦所指的同一位）不能全權出庭、只取得列席監聽機會，在形式上雖被阻擋主打官司而由華人律師統籌出庭，但很明顯全案從頭至尾都有所謂「外」力介入。1983年陳映眞獲准前往愛荷華作家工作坊，陳炎興正好也依親在美國女兒家住，便前往愛荷華與陳映眞相聚。聶華苓回憶說：

> 陳伯父在飯桌上起立講話，聲音哽咽：十幾年前，映眞出事，親戚朋友全不來了。那是我家最黑暗的時期。那時候，一個美國人（按：指Paul），一個中國人（按：指聶華苓），素不相識，卻給我們很大的支持，這是我一輩子也無能忘記的。[99]

98　尉天驄，〈理想主義者的蘋果樹——陳映真的旅程〉，《INK印刻文學生活誌》，2007年12月，頁213（有關情形亦可參閱：林麗雲，〈遠行〉，《INK印刻文學生活誌》第99期，2011年11月，頁53）。當時在美國的劉大任對於營救陳映真等人的過程有一定的參與程度，他也說：「如果不是聶華苓和她後來的夫婿保羅・安格爾絞盡腦汁，用盡一切辦法透過美國政府的關係施壓，這個冤案所牽涉的人可能早已全部槍斃。」（引自：劉大任，〈雪恥〉，《冬之物語》，台北：INK印刻出版有限公司，2004.12，頁21。）另外，同時收錄於《冬之物語》的〈舊信〉（頁27-28）、〈見光〉（頁37-39）二文尚有更詳細的說明。

99　聶華苓，〈踽踽獨行——陳映真〉，頁28-29。

這番話正反映了當時陳炎興爲了家裡一時之間兩個兒子（陳映真與其么弟陳映和）橫遭囚禁而正求助無門時，聶華苓夫婦願意及時雪中送炭也就格外珍貴了。如今透過聶華苓的回述，終於多少恢復了陳炎興做爲一位父親出自眞性情的慈愛面目，[100]據此也可以推想1968年時的陳炎興尚不至於不近人情婉拒任何可以營救的機會，或則竟說出「中國人的事情，還是由中國人自己承擔吧！」這種像似政治自瀆的教條。

在陳炎興唯一傳世的《在基督裡的一得》裡，有篇他寫於1989年的自〈序〉文，文中他確實已有提出一項願景，亦即希望能基於中國文化來理解基督教教義，以便塑造中國化教會和中國化神學。然而我們同時也必須注意的是，在該文中他提到了一件往事：推算起來約略1965年左右，他就曾遇過一位借助中國四書五經來傳揚聖經的眞正實踐者，可是此人此事在當時都仍未曾特別引起他的注意，陳炎興坦言，事實上當時的他「還不很具體地」會去留意這種諸如「建立具中國文化色彩的基督教於中國」[101]之類的願景。1967年時，適逢「中台神學院」建校十七週年，陳炎興特地也寫了〈神

100 以1969年「陳中統案」為例，當陳中統因為「台獨」案而遭國家機器逮捕時，不管是在宣判刑度之前或入獄之後多年，陳中統的家人包括其父和年輕的妻子都持續不放棄尋找任何國內外的援救或提早出獄的機會，筆者認為「陳中統案」中家人想盡辦法的援救情形，比起陳映真或者王安憶的敘述實在是合乎常情多了。詳情請參閱：（1）周美華編輯，《戰後台灣政治案件：陳中統案史料彙編》，台北：國史館及文建會，2008.01。（2）陳明成，〈白色檔案．黑色故事——陳映真在「陳中統案」的角色爭議及該案所反映的政治文化〉，《台灣文學評論》，第9卷第3期，2009.07，頁179-203。

101 以上引自：陳炎興，〈序〉，《在基督裡的一得》，台北：人間出版社，1989.12，頁2-3。

行萬事，各適其時，成爲美好〉[102]（文末有說明是完成於1967年冬）乙文來抒發個人日後對於開展道業的願景，我們仍然看不出在1967年至1968年之際（亦即陳映真「遠行」前夕）的陳炎興，絲毫有要將「中國」與基督教信仰相互結合的傾向！

另外再舉一例說明，《在基督裡的一得》裡收有陳炎興在1976年寫就的〈我曾詛咒過天〉，這是一篇直接觸及陳映眞雙胞胎兄長過世及個人皈依天主歷程的專文，陳炎興爲了要表達愛兒過世時的年代是在戰後的第二年，當時他並沒有使用部分學者及陳映眞等人會堅持的類似「台灣光復後的第二年」或「抗戰勝利後的第二年」這種寫法，而是寫說「時在太平洋戰爭（1941-45）終戰的第二年，算來該是三十年前的事了」[103]。對部分的人來說，選用「終戰」或「光復」代表一種堅定的立場及史觀，尤其是陳映眞絕不會用「終戰」兩字，也絕不接受「終戰」兩字。[104]可是「終戰」兩字的使用，對1976年的陳炎興而言，意義究竟又是如何？**筆者能夠**

102 陳炎興，〈神行萬事，各適其時，成為美好〉，《在基督裡的一得》，頁256-257。

103 陳炎興，〈我曾咒詛過天〉，《在基督裡的一得》，頁176。

104 陳映真一向將「終戰」兩字的使用內涵和「台獨」形式畫上等號，2005年接受「中國台灣網」所謂台灣光復六十週年的專訪時，就曾表示：「現在的『臺獨』派，也跟『臺灣地位未定』一樣。他們如果慶祝臺灣光復，就等於承認臺灣是屬於中國的，所以用『終戰』、不放假，這種形式抵制、淡化，這個是很要命的。日本佔領臺灣的時候也通過教育手段來抹消你的民族意識，現在『臺獨』當局呢，也是用教育、社會輿論的方法來淡化你對中國民族歷史的記憶。『臺獨』派的倒行逆施，肯定也不會成功。」引自：陳映真，〈臺灣著名作家陳映真暢談臺灣光復重大意義〉，「中國台灣網」，2005.10.25。來源：http://big51.chinataiwan.org/zt/lszt/kangzh/renwuzhf/200801/t20080102_528963.htm。（檢索日：2011.01.12）

找到有關該文最早被刊載的版本，是收錄於1979年6月「宇宙光出版社」出版的見證選集《我找到了愛》，只是題目已「被」改成〈我的突破〉，而且該段內容也「被」改爲「太平洋戰爭（1941）**結束的第二年」**[105]**。1976年的「終戰」二字，當然是作者不經意的初衷，1979年以後的「結束」兩字，很有可能是好事者的傑作。**

所以，當陳映眞「遠行」（1968-1975）時，中國意識理應尚未發展明顯遑論強烈的陳炎興，我們實在很難想像他會要求陳映眞以「首先，你是上帝的孩子。其次，你是中國的孩子。最後，你才是我的孩子」[106]來進行自我定位。至於〈父親〉裡後半段還寫說早在1968年「遠行」之前，父子之間已進行多次談論，令陳映眞留下深刻印象的內容譬如還有：「具有三十年代左翼知識的父親，對於社會主義有不止乎口耳之學的理解。對於中國的社會主義道路，他有深的同情，也有一份期許。……」[107]、「父親對於台灣的教會一般地忌惡社會主義，以爲是信仰認識上的一個缺口……」[108]、「父親認爲中國的基督教應該和中國的文化、人文傳統、民族心性、社會和倫理體系等具體條件相糅合，從而探索和建

105 題目與內容有所異動，筆者認為出自出版社編審的更刪的成分較大。見：陳炎興，〈我的突破〉，收錄於彭海瑩等著《我找到了愛》，台北：宇宙光出版社，1979.06，頁107。另外，〈我的突破〉乙文後來也收錄在陳映真等著，康來新、彭海瑩合編，《曲扭的鏡子（陳映真的心靈世界）》，台北：雅歌出版社，1987.07，頁24-30。

106 陳映真，〈父親〉，《父親》，頁146。

107 陳映真，〈父親〉，《父親》，頁142。

108 陳映真，〈父親〉，《父親》，頁143。

立有中國獨自性的神學和信仰的話語……」[109]，筆者雖然不認爲以上內容全屬虛構，例如左翼思想是成長於三〇年代的台灣知識分子普遍具備的知識，但陳映眞父子果眞曾經對談過這些內容，按前文所推論的，那麼對談的時間點最有可能也應該要在陳映眞「遠行」歸來之後；陳炎興即使是後來因「轉向」而成爲一位「中國父親」，但對於「日本多桑」及「台灣阿爸」的角色，畢竟也曾身歷其境吧。

3、小結

陳映眞爲了內心先驗的結論而更改實質內涵，事實上也發生在《雙鄉記》的譯文處理。學者吳叡人在評論《雙鄉記》時，認爲葉盛吉就像絕大多數富於理想的知識青年一樣，在戰後再一次於政治衝突的對立面、在烏托邦的許諾中尋找安身立命的支柱，葉基本上就是一個浪漫的人道主義者，其「對中共，也只有『觀念上』的認識（原文如此，陳映真卻譯為「一般的」）」[110]而已。原來，日文原書中有一段原是：「ただ、大陸に住んだことのない葉盛吉たちは、共産党の実情を知る術がなかった。彼らはただ共産党の宣傳小冊子と共産党の大陸での戦果から、共産党を見ていたのであった。それ故に、彼らの中共観は相当観念的なもの

109 陳映真，〈父親〉，《父親》，頁149。
110 吳叡人，〈認同的囚徒輾轉歸屬的牢籠？〉，《中國時報》，1995.04.27，42版。

にならざるを得なかった。」[111]陳映眞將之譯爲：「只是，沒有在大陸居住過的葉盛吉們，是無從了解共產黨的眞實情況的。他們僅僅是從共產黨的宣傳小冊子和共產黨在大陸取得的戰果，來看待共產黨的。因而他們的中共觀就不能不是相當一般化的了。」[112]吳叡人雖然在此只是輕輕一筆帶過，但筆者以爲，如果我們確實閱畢《雙鄉記》全書之後，就更能明白吳叡人等於是間接在指責陳映眞不僅是在譯文處理上有所欠當，更重要的是像葉盛吉這樣一位基本上不屬行動派的人物，由於受限於歷史條件非此即彼的制約，所以遠從殖民時代到紅色祖國都仍舊受苦於認同的分裂與不確定感，陳映眞的譯筆等於是一筆抹除了葉盛吉一向試圖從「觀念」上解決認同矛盾的窘境。**然而筆者以爲更可議的卻是，陳映眞在譯後文〈啊！那個時代，那些人……〉裡，刻意不提貫穿日文原書裡自始至終最想傳達的台灣人認同苦惱與追求自主身分的精神，反倒將葉盛吉一生壯烈的青春全集中置放在身爲「學生工作委員會」地下黨人的脈絡下，然後再長篇大論「雙戰」**（中國內戰加東西冷戰）**結構下的左翼白色歷史**。葉盛吉做爲一本書寫認同困局的傳記主人翁，陳映眞所謂「葉盛吉感人而短暫的一生，源於他那表現在做爲黨人的高度倫理力量和崇高的人格……」[113]的評價，彷彿只是在自個「家族史」之外又再一次與逝者進行了一場「瘖啞」的對話。

111 楊威理，《ある台湾知識人の悲劇》，東京：岩波書店，1993.02，頁217-218。
112 楊威理著、陳映真譯，《雙鄉記》，頁218。
113 陳映真，〈啊！那個時代，那些人……（上）〉。

李維史陀（Claude Levi-Strauss）曾經在閱讀佛洛伊德（Sigmund Freud）的《圖騰與禁忌》（*Totem und Tabu*）後，試著指出一種類似「補充」的修正看法，他說：

> 對母親或姊妹的慾望、弒父，或是兒子的懺悔，無疑地並不在歷史記載中出現。但是，這些可能象徵性地表現了某種古老而延續的夢想。此夢想的神奇之處，在於這些行爲從未被實行過，因爲所有時空的文化都抑制它們。象徵性的滿足，亂倫衝動在此夢想中得到象徵性的滿足，體現了人類恆久對於失序或顛覆秩序的慾望。顛倒社會秩序的儀式慶典之所以存在，不是因爲那樣的狀態曾經存在過，而是因爲日常生活永遠不會，也不能有任何改變。[114]

李維史陀顯然認爲，許多時候出現在創作裡的情節，在現實生活中幾乎是不會眞的發生，然而也正因可以從中得到「象徵性的滿足」，反而體現了它們不曾存在的本質。如同前文所述，如何「回家」一直是陳映眞的重大課題，而一個正處在「認同危機」風暴中的文學青年，當他回家後，長期幻想中的父親形象卻因具體而逐漸崩塌，除了那股被轉化的台灣

114 Claude Levi-Strauss, *The Elementary Structures of Kinship*（《親屬的基本結構》）, trans. James Harle Bell and John Richard von Sturmer (Boston: Beacon Press, 1969), p. 491. 轉引自：林・亨特（Lynn Hunt）著，鄭明萱、陳瑛譯，《法國大革命時期的家庭羅曼史》（*The Family Romance of the French Revolution*），台北：麥田出版、城邦文化事業股份有限公司，2002.03，頁230-231。

人原罪而導致陳映眞長期惱怒地批判所謂皇民化、協力者之外，當事實與說法不符時就改變事實，因而透過無數的創作與論述巧妙地塡補個人慾望以及彌補心裡原罪，部分的緣由都是爲了解決這個危機。當陳映眞出自「私人情愫」而一再藉由散文書寫改寫家族史——就是改寫台灣史——以符合預設的中國民族主義認同時，這位台灣文學史上意義重大的作家，最後得到的都只能是一種「象徵性的滿足」，他的文學形式或許也可以說是另類的「救贖美學」。

第五節　「日本多桑」何以成爲「中國父親」？

然而，前述的〈加略人猶大的故事〉雖然暗示著陳映眞父子緊張對抗的狀態，但小說「結局」[115]的安排同時也暗示了彼此「盡棄前嫌」的可能。正如猶大之於耶穌，陳映眞既「弒父」又「戀父」，特別是在陳映眞1975年出獄後，當「回家」的旅程再度啓動時，陳映眞將個人「回家」現象擴大到把家族三代的際遇和更廣大的國族命運連繫起來，在「以家喻國」直至「家國互喻」[116]的框架下，一個絕對聖潔

115 陳映真自承他想像的猶大原是一個改造者、一個想要解放人的人，但寫作當時終究「因爲我非常愛我的父親，我怕我父親看了這個故事難過，說這個兒子離經叛道」，所以最後在「結局」的部分，他還是「終於按照《聖經》的文本去寫猶大」。引自：陳映真，〈我的文學創作與思想〉，頁70。

116 一九九〇年二月，「六四」剛過半年而已，陳映真便帶著「中國統一聯盟」

的「中國」家族便被形塑出來；相對地也是值得注意的，陳炎興於是也有了與從小送養出門的兒子重新進行「和解」的機會，對陳映眞而言，父親所背負的「原罪」終究得從他的政治信仰上得到淨化與救贖，直至認同有了全然的轉向，父子之間才有彼此「解放」的可能。而這趟長年的「和解」之旅，我們大略可從《在基督裡的一得》探窺密碼與歷程。

以陳映眞的《父親》情形爲例，說的雖是台灣人的故事，卻是由「中國父親」薪傳「中國兒子」所構築的「中國家族」史，即使全書寫作時空已長達三十年，相關的情節都非常一致；反觀陳炎興的著作集《在基督裡的一得》卻不是這樣，它比較像似鬆散地匯集了陳炎興在宗教上多年來求道問學的成果，部分且兼及家族成員的信仰過程，除了極少數篇章的文末記有書寫年代，例如〈我曾咒詛過天〉寫於1976年、〈序〉寫於1989年，其餘有關出處或年代等訊息大多闕如，因此想要精確推究陳炎興思想軌跡的演進實非易事。不過，就其中一些內容曾提及1979年「美麗島事件」與1980年韓國「光州事件」，再加上多篇觸及北京與西安考古成

二十多人首度來到他魂牽夢縈的中國，受到中國政府所謂最高規格的接待，還見了江澤民。2003年陳映真對來訪的文字工作者吳錦勳說：「我第一次感到一個大國的規格跟氣勢」、「飛機飛過海峽中線看到中國河川時，我很激動，流了眼淚……」。吳錦勳這樣描述陳映真：他仰起臉來，溫習著一種遼遠的痛苦，說：「那不是一個外省人回到故國的激動，而是本來我以爲這輩子都搆不到的一個……我認爲那是我的祖國。我很早就意識我們是被拆散的民族，也許這跟我的雙胞胎歷程有關，我過繼給別人，但我知道還有一個家。因爲兩家都疼我，我也孝敬兩個家。」（引自：吳錦勳，〈只有香如故：陳映真〉，台灣《壹週刊》第131期，2003.11.27，頁60）誠如本章「註11」所引鍾文音之言，陳映真「以家喻國」直至「家國互喻」的敘事與修辭策略是相當清楚的。

果的文章（按：1986年陳炎興先生經美國至中國的那趟短期旅行曾專程至北京與西安）[117]，我們仍然可以大約推算陳炎興結集在《在基督裡的一得》的篇章多數寫於八〇年代，特別是集中於後期。

前文曾述及1976年陳炎興寫〈我曾咒詛過天〉時尚且使用「終戰」乙詞，不過到了1989年陳炎興在爲《在基督裡的一得》寫自〈序〉文時，除了已提出「建立具中國文化色彩的基督教於中國」的願景外，最值得注意的現象就是，他已完全改用「台灣光復後」[118]乙詞來取代「終戰」的用法了。另外，在書裡的其他地方，陳炎興也已經寫著「我們中國（人）……」如何如何了，例如他會寫出：「我國晉朝的文人……」、「我們中國，有句最現實的老俗語說：『民以食爲天』……」[119]、「我們中國人是最講究吃的……」[120]這樣的字句。**筆者以爲，戰後陳炎興的國族認同想必發生過數度的「滑動」，滑動的時間點，最有可能也最明顯約在1976至1989年這段陳映眞參與台灣社會最爲活躍的時期——即「遠行」歸來後歷經鄉土文學論戰、「黨外」運動、台灣意識論戰，直至創辦《人間》雜誌、組建「中國統一聯盟」**。

117 從陳映真的專文（〈望穿鄉關的心啊〉，《中國時報》，1988.04.14，18版）可以得知：陳炎興於1986年自美國至中國短期旅行時，曾經特地為了考古興趣而將北京與西安列為目的地之一。

118 陳炎興，〈序〉，《在基督裡的一得》，頁4。

119 以上引自：陳炎興，〈從全球食物的地理分佈，看造物主仁慈化育的工夫〉，《在基督裡的一得》，頁163。

120 陳炎興，〈從各地食物的月令出產，看上帝造化的奇妙和美意〉，《在基督裡的一得》，頁170。

約略而論，陳炎興在《在基督裡的一得》提出了希望基於中國文化來理解基督教教義，以便塑造中國教會和中國神學的願景；同時，他也在寫於1989年的〈我實實在在的告訴你們我所作的事，信我的人也要作〉裡，針對當年「美麗島事件」後國府全島大搜捕的動作，語重心長地批評說：「在台灣也曾有某教會的幾位弟兄姐妹和一位牧師（按：指高俊明牧師），明知會惹來非同小可的牢獄之災，還是掩護了逃亡中的一位爭民權的政治要犯（按：指施明德）。結果，事敗露了。他們個個都被下在牢裡，但卻救了教會免於陷入不義。唯可惜，未見有其他的教會或基督徒個人因這事而有所反省。」[121]在他看來：「基督的救贖是透過救人以救世的。承受基督生命的教會，在關心個人的靈魂之外，對於世間的黑暗，理該有一份深重的關懷」[122]，可是，憑藉著他「近四十年來出入好些不同宗派的教會所見，並未被教會或由各個基督徒個人所立起。……活在『主的愛和公義裡，去愛人愛大眾。並在不公不義的社會，去伸張主公義』這方面的造就，可說幾乎全然缺如。」[123]對於處在急待伸張基督公義的台灣社會，教會反倒處處表現出「腳步躊躇、口舌囁嚅、見義不為」[124]的現象，陳炎興在書裡提出了一連串深刻的反

121 陳炎興，〈我實實在在的告訴你們我所作的事，信我的人也要作〉，《在基督裡的一得》，頁346。

122 陳炎興，〈從原始初期教會的形態與活動，看今日教會的需要〉，《在基督裡的一得》，頁43。

123 陳炎興，〈序〉，《在基督裡的一得》，頁6-7。

124 引自《在基督裡的一得》書背的編者按語。筆者推測，出自陳映真之手的可能性很高。

省。看得出來陳炎興後來在社會關懷和實踐層面上受到陳映眞非常深遠的影響，可是如果要說自此之後「中國父親」陳炎興便完全隨著「左派兒子」陳映眞的「弒父」儀式而起舞也不盡公允，就以對「社會主義」及「六四事件」的省思而言，父子之間仍然存有根本上的差異。

對於由社會主義所打造的理想國度，陳炎興所持的態度及理解是從聖經的教義，也就是宗教信仰出發，不同於陳映眞是基於社會改革的立場堅持。聖經上說到：「信的人都在一處，凡物公用，並且賣了田產家業，照各人所需用的分給各人。」（徒二：44-45）又譬如在使徒行傳四章裡也提到：「那許多信的人，都是一心一意的，沒有一人說，他的東西有一樣是自己的，都是大家公用。」（四：32）陳炎興認爲這種「照各人所需用的分給各人」的分配，雖然他們以同爲主耶穌肢體之愛而彼此關懷互助共濟，可是要注意到：「在那時候只是行在『那許多信的人』的小圈子裡，而且未經多久，就因著耶路撒冷大遭逼迫，除了使徒以外的所有門徒，都分散到各地去了之故，即告消失。即或不然，也可能會因著只有變賣，沒有增殖，於後繼無力而消逝。所以還談不上是基於什麼主義或什麼制度。」[125]顯然陳炎興很清楚考慮到這種集體生活的型態尚且缺乏近代社會主義思想中的生產資料、分配以及再生產等積極條件。不過，他也指出：「由於『照各人所需用的分給各人』之中，含有『愛的體恤』和

125 陳炎興，〈從原始初期教會的形態與活動，看今日教會的需要〉，《在基督裡的一得》，頁30。

『正義的理想』與『個體的自由之尊重』，這樣，自然就成爲社會主義終極的指標。但要能恆久如此，即必須整個社會（不能以『那許多信的人』的小圈子為單位）的生產力，在各部門都具有足敷消費需求的發展。而且，還需要社會的每一個成員，各具極高的道德水平，且能完全彼此相愛，一如原始教會的基督徒們所具有的，那種爲體恤別人的缺乏和需用，至自動、自主地變賣自己的田產和家業，輸將予人那種眞眞實實的愛人如己的社會愛，才能實現。」[126]綜觀陳炎興的信念，他的說法相當中肯、務實，大致上仍是在尊重個體意志、以社會現況需求及包容合作爲前提來踐履上帝的愛與公義，完全異於陳映眞強烈的先驗、集體與政治性的思維導向。

至於寫作年代與「六四事件」（1989）同年的〈我實實在在的告訴你們我所作的事，信我的人也要作〉乙文，雖然陳炎興在該文末了的「基督徒參與社會運動應有的謹慎」單元稍有提到：「如六．四天安門的學運、民運中，就有目標在社會主義體制內的民主、自由和法治，以此逼使對方溝通，見好即收的；但也有趁時趁勢以全盤西化爲長期目標，擴大矛盾，期引發外力干與成事的」[127]，但全文脈絡最主要擔慮的，還是廣大民眾在面臨軍警武力鎮壓下的生命安危，與陳映眞出自一種中國百年前因受害遭難而被無限放大的民

126 陳炎興，〈從原始初期教會的形態與活動，看今日教會的需要〉，頁30-31。
127 陳炎興，〈我實實在在的告訴你們我所作的事，信我的人也要作〉，《在基督裡的一得》，頁349。

族主義——即將國家的價值放在壓制個人「普世」權利之上而形成「國家穩定至上」的極權思維——有著基本性質的不同，在大方向及大原則上，陳炎興乃對「六四」爭取「普世」權利持贊賞的立場。他認爲，人是上帝按著祂自己的形象所造：

> 所以，就同樣不容許在人的位格以外，以別的任何標準或條件，來劃分人的尊卑或貴賤。六．四北京天安門學運的學生領袖，維吾爾族的吾爾開希，年不過二十一，爲天安門示威問題，與中共國務總理李鵬的對話中，打斷李鵬的話，要求正面回答；後來新聞記者問其何能如此勇敢時，他說「我是共和國的公民，他雖爲總理，仍是公民」。誠然這是十分值得稱是的態度。因爲人需有這樣的認識，才能眞正地懂得，自他（自己和他人）的人的尊嚴；也才能靈敏地，發覺人權的被侵犯、與侵犯的根源，而勇於起來維護自他的人權。[128]

從這段話可以看出，陳炎興把美日、西方帝國主義的政府舉措與西方社會長期以來所代表的「自由、民主」人權理想各別區分出來，完全異於陳映眞大半指責參與「六四」的知識分子們對於「自由、民主」的爭取只是無知地淪爲被西方所

128 陳炎興，〈我實實在在的告訴你們我所作的事，信我的人也要作〉，頁336。

利用的買辦文人的說法。[129]陳炎興曾經分析說：

> 吾爾開希是非基督徒，從他在學運上，主張共和國體制內的、法治和民主的改革看，他還可能是個共產黨員。因此，他和其他非基督徒的人權觀，就必是建立於法律上的主張；即「人在世界上生活，一生下來就應該享有人身的自由、平等和免於匱乏、以及各種民主的權利」。……他們對於人權的重視和維護，雖然是出自法律上的主張；或激自社會思想上的主義；卻都是誠而有徵。其在爲人權苦鬥中的捨己，和慘烈的犧牲之可歌可泣處，卻常是在自以爲有上帝的愛和公義的教會和基督徒以上。[130]

至此，明顯可以感受到陳炎興即使是後來的關懷層面和國族認同有所轉移和滑動，卻傾向立基於一種宗教上的人道主義和祖鄉血源的溫情質性，遠非一般所謂的、全面的、徹底的政治性「**轉向**」[131]，更與陳映眞將中共、中國、中華民族與

---

129 可參閱：（1）陳映真，〈悲傷中的悲傷：寫給大陸學潮中的愛國學生們〉，《人間》第44期（1989.06），頁19-24；（2）陳映真，〈等待總結的血漬〉，《人間》第45期（1989.07），頁70-73。

130 陳炎興，〈我實實在在的告訴你們我所作的事，信我的人也要作〉，頁337。

131 八〇年代初，與劉大任、郭松棻同在聯合國機構服務的漁父（即殷惠敏）曾針對小說集《雲》以及〈鈴璫花〉、〈山路〉而寫了一篇剖析陳映真小說的長文〈憤怒的雲——剖析陳映真的小說〉（《中國時報》「人間副刊」，1984.01.21~23，8版）。結果，數月之後陳映真以一篇更長的專文回覆漁父（見：陳映真，〈「鬼影子知識分子」和「轉向症候群」——評漁父的發展理論〉，《中國時報》「人間副刊」，1984.04.08~13，8版）。陳映真一路從帝國殖民主義政經剝削史的剖析入手，文末不忘以「『鬼影子知識分子』和『轉向症候群』」小結回敬漁父——

社會主義（甚至是毛主席）全都綁在一起的情況，無法全然混爲一談。因此，當陳映眞在香港回歸中國的會場上跟著中共領導人江澤民高唱「義勇軍進行曲」，特別是當路人皆知這個高度民族主義象徵的場合是同時配合雙手沾滿血腥的中共政權在向台灣人民展示一場如同香港「一國兩制」的統戰戲碼時，傾聽陳映眞父子一場「不可言喻」的「瘖啞」（Mutism）對話，更是當務之急。

結語　從國族神話回歸國民歷史

記憶是政治的，特別是關於政治的記憶；陳映眞接受郝譽翔訪談時，他指出一項非常嚴肅的說法：「沒有一個絕對聖潔的台灣人，也沒有一個天生萬惡不赦的外省人。」[132]可是事實上，證諸他所有文本的論述，反倒一再透過回溯來「記憶」一個百年來絕對聖潔的台灣家族，一個自始至終萬

譬如說「一度狂信過『革命神話』（按：指第三世界普遍反帝、革命的、左翼知識分子所信仰的）的漁父，在理論貧困的原點上，迅速地向著『成長的神話』（按：指歐美發展理論和現代化理論者所信仰的）狂熱地轉向」（1984.04.13）而「右旋」到法蘭茲・范農所謂的「鬼影子知識分子」。此處筆者無意深入探討陳映真與漁父論辯之間的曲直，可是最值得注意的是陳映真在回應文裡使用了「轉向症候群」（conversionist syndrome）來貶斥漁父的「心態與營為」這個舉動，由此我們可以看得出來，陳映真似乎對於「轉向」——意謂著失德背叛後反倒以更激狂的方式逼迫原信仰，以便掩飾潛在的負罪之心——賦與高度道德意涵而相當不以為然，甚至可以說基本上陳映真鄙夷、不接受或根本不信任曾經（遑論二度）轉向之人，陳映真的這種認知，事實上多少也能補充說明陳映真為什麼要一開始就塑造一個神聖台灣人家庭的緣故，而不取徑於曲折的歷史面貌。

132 郝譽翔，〈永遠的薛西弗斯：陳映真訪談錄〉，《聯合文學》第201期，2001.07，頁30。

惡不赦的皇民階級；對於生父陳炎興與養父陳根旺的過往事蹟，除了「派編」與中國、魯迅、左翼、社會主義的連結之外，其餘眞相陳映眞一概三緘其口。後殖民學者敏米（Albert Memmi）說：殖民者會替受殖者塑造形象，受殖者的回應之一就是「試圖通過改變膚色來改變處境」[133]，他會以己爲恥、自我怨恨、摧毀自我，力求在各方面——包括腔調、思維以及立場——與殖民者「一模一樣，再也認不出原來的自己」[134]；「陳炎興」、「陳根旺」及其整個「家族史」之所以是如此「正確」，並非它「本身」如此，而是《父親》等被陳映眞「如此書寫」（such as it was written）使然，當「過往」反倒都成了陳映眞標舉中國民族主義最有力的論述策略時，台灣這塊「殖民地」的情景猶像敏米所稱的：「受殖者爲了同化，總是掩蓋自己的歷史、傳統，乃至一切本源，因爲那一切都已變成恥辱。」[135]陳映眞的尷尬在於太多物質性的存在仍然足以瓦解他長期以來建構的「本事」，這些藏在語言文字之外的祕密，一旦被揭露，它就可以無堅不摧；陳映眞半生以來以批判本土論述中「皇民」血統的奴性、宣揚自個家族守住「祖國」的聖潔而驕其信眾，如今透過本書的全面檢視，其整套論述的敘事修辭不得不徹底從內在自行顚覆。

---

133 敏米（Albert Memmi）著，魏元良譯，〈殖民者與受殖者〉，收錄於香港嶺南學院翻譯系文化／社會研究譯叢編委會編，《解殖與民族主義》，香港：牛津大學出版社，1998，頁9。

134 敏米（Albert Memmi）著，魏元良譯，〈殖民者與受殖者〉，頁9。

135 敏米（Albert Memmi）著，魏元良譯，〈殖民者與受殖者〉，頁10。

一連三章探索陳映眞家族史書寫，並非筆者不能以同理心來看待陳映眞家族在國族認同上的曲折轉向；相反的，筆者衷心盼望包括陳映眞在內的每一個關注台灣命運的人，都能以同理心共享所有的歷史記憶，共譜一部有血有肉的台灣史詩。筆者認爲，台灣有異於全世界殖民地經驗及極其特殊的後殖民境遇，只有當陳映眞的家族史及家族史書寫是被放置在台灣的歷史經緯來討論時，台灣才有可能產生並發展自己的主體性，建設自己的國家文學道路。可是，目前台灣文史界的詮釋，幾乎對有關的一切都有近乎黑白分明的解釋，之間的區別只是近乎黑白相互顚倒過來而已；像藍博洲說的：「歷史事實明白地告訴我們，日據以來，台灣人民一直表現著光榮的愛國主義精神；台灣人民爲中華民族取得全面抗戰勝利作出了不可磨滅的貢獻；台灣的命運和祖國大陸緊緊地連在一起。」[136]這種完全站在中日對戰的仇恨史觀反倒令台灣失去了自己的面孔，同時筆者也無法同意部分的論者那種貌似客觀地說台灣人「未必親日或接受殖民史觀，但是在痛恨中國或國民黨的情緒下，他們寧願以日本史觀作爲『替代史觀』」[137]這種不歸中即歸日、無視台灣人自有台灣立場而又實則無意識地已預設中國視角的論調；林林總總的辯護或攻擊的論斷雖然不同，所持的價值尺度卻都一樣，處處體現台灣文史在詮釋上欠缺獨立、自主的不徹底性，台

136 藍博洲，〈相逢一笑泯恩仇——關於鄭鴻生的〈台灣人如何再作中國人〉讀後隨想〉，《台灣社會研究季刊》第75期，2009.09，頁174。
137 吳典蓉，〈誰說歷史不重要〉，《中國時報》，2010.09.17，a30版。

灣的文史界不應只是去想像某種眞實的自主性史觀，而是要能夠眞實地想像如何才能建立本土的自主性史觀。像陳炎興這樣戰時洋溢音樂才能的台灣青年，又或者如陳根旺如此精進本職學能的台籍警察，其所取得的成果儘管因殖民的從屬關係而被消融於殖民系統之中，然而就因爲他們表現得一點也不遜色於殖民者，光這樣的歷史現象與史實就値得後人有計畫地研究和保存。但是陳映眞爲了使其家族書寫拉抬至預設的國族認同的高度，而將之掩蔽在歷史的暗角，進而形同綁架台灣一般阻擋我們全面接收和理解自己的歷史文化！從「父之名」到「以父之名」，本文揭露的正是這樣一則荒謬的政治神話，然而或許就因爲它荒謬，眾人才至今深信不疑。這事讓筆者憶起了〈國王的新衣〉這則童話寓言：發現眞相不難，承認眞相最難。

4

第四章
「失落」的台灣文學史

——尋找「書簡台灣」的陳映真（上）

> 知道在音樂院的那一晚至今依然在你心中留下愉快的記憶，我是多麼歡喜呼！我們彈四重奏的幾個人，從來沒有彈得那樣好。這證明了：那怕一對耳朵，要是它們屬於像你一樣偉大的藝術家的話，就會比一千雙普通的耳朵，更能鼓舞起音樂家的。你是這樣的一個作家——他愛自己，恰如愛自己的作品。至於我，知道了我的音樂竟能感動你，迷住你，我是多麼高興和驕傲呵！
>
> ——柴可夫斯基給托爾斯泰的回信（1876年聖誕節前夕，莫斯科），引自：《柴可夫斯基書簡集》[1]

第一節　從「失落的1962年」論起

「完備的文學史都一樣；不完備的文學史每部都有其獨特的原因。」沒錯，這是套用托爾斯泰《安娜·卡列尼娜》著名的開場白；假使，我們一般所謂的「完備」的台灣文學史，如果只是意謂著取悅主流或者習焉不察，總是擺盪在

1　見：柴可夫斯基著，B. Mcck & C. Bowen編譯，吳心柳校訂，《柴可夫斯基書簡集》，台北：樂友書房，1972年9月，頁55。一八七六年聖誕節前夕，托爾斯泰到訪莫斯科音樂院，當時任職於院方的柴可夫斯基首次與托氏結識，並且夥同其他同事們以舉辦音樂晚會的形式來歡迎他。當晚柴可夫斯基在日記上記載著：「我從來不曾這樣子的感動過，為的是：托爾斯泰坐在我身旁，傾聽我〈第一部四重奏〉的〈行板〉時，他竟哭出來了。」（轉引自：《柴可夫斯基書簡集》，頁53）

「單一的欺騙性」與「統一的虛僞性」兩極之間，那麼某些被刻意暗示「不可言說」的或特別顯得「不太正確」的「文學性現場」，在多年後遭致「保持沉默」的命運，就變得不可避免了！特別是對「陳映眞現象」的研究現況而言，筆者以爲，與其接受各家不斷「完備」的台灣文學史的餵食，毋寧追求一段又一段夾縫之中獨特散發人的況味的「小插曲」來得饒富意義。「完備」向來便顯得極其諷刺，「獨特」於是成爲文學史唯一得以持續書寫的理由。

譬如歷來各界在談論陳映眞的文學身影時，論者幾乎毫無例外都是從陳映眞那句「總覺得自己是『筆匯的人』；是尉天驄的『班底子』」[2]出發，總是將陳映眞早期的文學活動史完全納編在「筆匯・文季」家族的脈絡下（當然有時也會兼顧一下過渡的《現代文學》階段），之所以造成「如此」、「這般」的論述現象，究其背景除了長期以來陳映眞自個「有意爲之」[3]，族繁不及詳載的論者們歷來不遺餘力地推波助瀾也是主要原因。[4]若以文學生產場域的精神系譜而

2　陳映真，〈那殺身體不能殺靈魂的，不要怕他〉，《出版家》，57期，1977.5，頁65。

3　除「註腳2」的引文外，陳映真在《陳映真小說集1：我的弟弟康雄》的〈序〉言也寫說：「我感謝以尉天驄所主編的《筆匯》、《文學季刊》和《文季》所形成的、年輕的文學小圈，在那裡享受了文學的友情、啓蒙、鼓勵和成長。」（台北：洪範書店有限公司，2001.10，頁1）其餘較具代表性的另有〈我輩的青春〉（收於白先勇等著《現文因緣》，台北：現文出版社，1991.12）、〈試論陳映真〉（該文為《第一件差事》、《將軍族》自序文，1975.10）以及〈後街〉（發表於《中國時報》「人間副刊」，1993.12.19~23，第39版）等文，陳映真都曾詳述其創作歷程與文學團體的互動梗概，然而卻很明顯地完全不提及60年代初期其與鍾肇政、「台灣文藝」社成員等熱切互動的過往。

4　例如論者羅秀菊完成於1997年的學位論文〈「文季」文學史地位之探究〉（國立政治大學中國文學系碩士論文）便是典型地將陳映真的文學生命史徹底且過度膨

言，重複的形塑書寫一再銘刻在任何一部「完整」的台灣文學史事實上都不令人意外，可是，「後果」卻是造成一段又一段的台灣文學史——例如陳映眞與鍾肇政等本土作家們一段過從甚密、彌足珍貴的文學歷程——由於過度地被置放在某種書寫脈絡下，以致長期以來幾近隱諱地被刻意排除！

就以「坊間」充滿訛誤的「陳映眞年表」爲例。在最新的「文訊版」〈年表〉裡，其中「1962年」乙欄差強人意地只塡上「進入軍中服役」[5]六個字，然後緊接著在「1963年」欄裡交代「退役，9月任台北市私立強恕中學英文教師」[6]；至於最早的「人間版」〈年表〉[7]（1988）以及後來的「洪範版」〈年表〉[8]（2001），更是乾脆直接從「1961年」跳接「1963年」，中間憑空「被」消失／音的「1962年」成爲陳映眞生平裡第一宗「失落」的一年。然而，恰恰就是「被」消失／音的「1962年」那年所牽引的文學因緣，無論是對陳映眞個人、鍾肇政等本土作家或對台灣文學發展

脹地置放在「文季」脈絡來定位。文中事實上也出現了不少顯而易見的錯亂，譬如「陳映眞爲了實踐他知識分子的理想，參與了黨外的民主政治運動，而終因民主台灣同盟案遭致了七年的牢獄之災」（頁142）這段內容。

5 李文媛，〈陳映真大事年表〉，《文訊》第287期，2009年9月，頁105。

6 李文媛，〈陳映真大事年表〉，頁105。實際上，陳映真1961年6月自改制後的淡江文理學院外文系畢業後，約略在7月底應召入伍；隔年（1962）的9月便退役，旋即至強恕中學擔任英文教師。當時的兵役，凡是大專畢業生都是「預官」，服役時間一年半，扣除暑期入成功嶺受暑訓3個月，實際進入部隊只服役年餘（暑訓約可抵半年役期）。

7 〈陳映真寫作年表〉，《陳映真作品集5：鈴璫花》，台北：人間出版社，1988.04，頁191。

8 〈陳映真寫作年表〉，《陳映真小說集1：我的弟弟康雄》，台北：洪範書店有限公司，2001.10，頁224。

史而言，無疑地「1962年」都是極其値得追索及紀念的一年；更何況在陳映眞橫跨台灣文壇的半個世紀裡，尚且還存在著許許多多「失落」的年份。

因此本章與第五章擬以有限卻異常珍貴的五十七封「陳映眞致鍾肇政書簡」[9]做爲論述的核心，再擇選部分陳映眞與其他作家，以及其他作家彼此之間往來的相關書信，適時地對於每一個過往的「文學性現場」予以愼重參證，期使能夠「貼近」一段台灣作家們殊爲可貴也最逼近心靈對話的告白、「再現」從六〇年代親密的「文學諍友」進而決裂爲九〇年代的「認同論敵」的歷程，將「陳映眞」一次又一次從原被壟斷與綁架的台灣文學史裡適度地「解放」出來，俾使不完備的文學史繼續保有獨特的基因、持續得予書寫下去！

9　（一）「陳映真致鍾肇政書簡」現存於「鍾肇政六百萬字書簡電子檔案」，管理人為真理大學教授錢鴻鈞。本書承蒙錢教授慨然借閱如此寶貴第一手史料，才得以進一步開展有關陳映真與鍾肇政等作家一系列文學身影的相關研讀，不論是對鍾肇政老師或錢鴻鈞教授，筆者都有著道不盡的感謝與說不出的幸運。（二）根據錢鴻鈞教授當初執行「蒐集鍾老寄出書簡」計畫時所遇到的三種無法回收情形──收信者不願意提供、因白色恐怖已自行毀去、不經意地流失，筆者判斷，陳映真大抵應屬第一類者。再者，2002年時有次鍾老受訪時也表示：「我寫給他的（按：指寫給陳映眞的信函），他如果留下來也不太可能提供出來。」因此本文在書信方面的史料運用，遂不得不出現欠缺「鍾肇政致陳映真書簡」的遺憾。分別參考及引自：錢鴻鈞，〈《情深書簡》編後記〉，《台灣文學的萬里長城：鍾肇政六百萬書簡研究》，台北：文英堂出版社，2005年11月，頁343；莊紫蓉採訪、整理，〈鍾肇政專訪：談第二代作家〉，《台灣文藝》第180期，2002年2月，頁56。

第二節 渴切地盼望您的更大的鑽石

1959年5月1日的《聯合報》「聯合副刊」刊出了鍾理和的作品〈草坡上〉，當天鍾肇政便忙著將剪報寄去美濃給鍾理和，寫著：「今者〈草坡上〉已見報，趕快剪一份寄上給兄，也算是個好消息吧。」[10]幾天之後（1959.05.05），鍾肇政再度捎信給鍾理和：

> 適才，林海音女士寄來了這樣一張明信片。我先看過了，我禁不住眼含淚水。這不止是爲了兄的大作得到讀者的讚美，同時也是由於發現到讀者當中仍有不少具有慧眼的人。……[11]

接信的當天（1959.05.07），鍾理和在日記上如此記說：「肇政來信。附來〈草坡上〉的剪報，另外一紙『一讀者』的明信片。明信片係林海音女士再經肇政轉到。表面投寄地址，旁註有：『五、一，〈草坡上〉作者』字樣。肇政信中抄有陳火泉兄對〈蒼蠅〉及〈做田〉的獎詞。讀著火泉兄及『一讀者』的信，不禁令我有『抱其璞而哭於楚山之下』的和氏的哀感！」[12]5月10日時，鍾理和幾乎同樣是以一種「自

10 寫於1959.05.01，引自：鍾理和、鍾肇政著，錢鴻鈞編，《台灣文學兩鍾書》，台北：草根出版事業有限公司，1998.02，頁190。

11 寫於1959.05.05，引自：《台灣文學兩鍾書》，頁192。

12 寫於1959.05.07，鍾理和著，張良澤編，《鍾理和全集・卷6——鍾理和日記》，

況」的心情回信給鍾肇政：「讀者的信，給我很多感觸，我幾乎爲此又一夜失眠。我想起一個故事。就是韓非子『和氏之璧』的故事。……和氏之得玉璞寧無悔心？」[13]並且也提及自己觀察到的一個有趣現象，說：

> 又一「讀者」之信，不用封信而用明信片，卻又特意煩報社編輯轉交，其中豈別無用心？它也許要讓握著文藝的生命的那些刊物的主持人明白，社會的批評怎樣！也許它是一種極溫婉的抗議，你以爲如何？[14]

經鍾理和這麼一問，我們不禁也要好奇：究竟是哪位「讀者」的明信片，既能夠具備高度政治性的巧妙，又令鍾理和油然而生「抱其璞而哭於楚山之下」的哀感？幸好如鍾鐵民所述：「先父非常珍惜文友們的來信，即使是一張明信片，他都一樣愼重的收藏整理起來，每一位文友的信裝訂成一本。」[15]**因此，今日我們得以一窺當年明信片的內容，以及驚訝於明信片上署名「一讀者」的作者，竟是後來的陳映眞！如下圖：**[16]

台北：遠行出版社，1976.11，頁225。

13　寫於1959.05.10，引自：《台灣文學兩鍾書》，頁193。

14　寫於1959.05.10，引自：《台灣文學兩鍾書》，頁193。

15　鍾鐵民，〈心靈的慰藉──《台灣文學兩鍾書》序〉，收錄於錢鴻鈞編《台灣文學兩鍾書》，頁8。

16　圖片引自：（1）〈珍貴資料〉，鍾鐵民總編輯《鍾理和全集》，高雄：高雄縣立文化中心，1997年10月，無頁碼；以及（2）〈珍貴資料〉，鍾鐵民總編輯《鍾理和全集》，台北：行政院客委會，2003年12月，無頁碼。

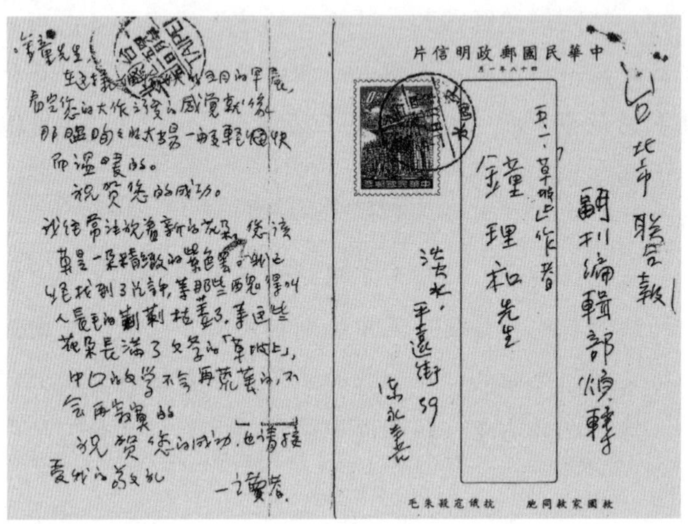

這張明信片寄出的日期，若依郵戳，當是「5月2日」，明信片的正面寫著「淡水平遠街39號・陳永善」，然後「收件人」指明「台北市聯合報副刊編輯部煩轉・五.一「草坡上」作者鐘（按：應為「鍾」）理和先生」。背面的內容如下：

> 鐘先生：
>
> 在這樣一個愉快的五月的早晨，看完您的大作之後的感覺就像那溫煦煦的太陽一般輕快而溫暖的。
>
> 祝賀您的成功。
>
> 我經常注視著新的花朵，您該算是一朵精緻的紫色羅。我已經找到了幾種，等那些醜得叫人長毛的荊蕀枯萎了，等這些花朵長滿了文學的「草坡上」，中國

的文學不會再荒蕪的、不會再寂寞的。

祝賀您的成功，也請接受我的敬禮。[17]

一讀者

這張具有文學史意義的明信片雖是由鍾肇政轉交，但殊爲可惜地當時鍾肇政並未由此同時與陳映眞取得連繫，彼此暫時擦身而過，經過兩年多後，兩人才又因緣際會藉由〈沉淪〉的刊載，開始密集通信，展開一段台灣文學史上堪稱最動人之一的文藝「對話」，也正因爲透過通信，陳映眞獲悉鍾肇政就是鍾理和生前最親近的文友「鍾正」而更加促進彼此的信任。據鍾理和的日記所載，接信三天後（1959.05.10）鍾理和就回信給陳映眞了；[18]然後，5月21日收到陳映眞回信。[19]今日我們固然已「不太可能」見得到當年鍾理和殷殷回信的內容，可是從以下陳映眞的回函多少仍可推想其中一、二。陳映眞回信的全文，如下：

17　在1997年10月由高雄縣立文化中心出版以及在2003年12月由行政院客委會出版的兩套《鍾理和全集》版本中，針對此明信片皆只註明：「一讀者在閱讀〈草坡上〉後透過報社表達敬意，給長久寂寞的創作心靈，莫大安慰，本信由理和先生珍重收藏，並與之續有通信。」書中皆未進一步指出明信片正面的「一讀者」——陳永善，就是後來的作家陳映真。究竟這是總編輯鍾鐵民有意為之？抑或無心之失？多少令人有些費解

18　日記（1959.05.10）記載：「與招郡，肇政，『一讀者』陳永善信。」引自：《鍾理和全集——卷六（日記）》，頁225。鍾鐵民也曾說：「我還記得先父收到來自北台灣的這些信件時的喜悅，也總是立刻回覆，我讀過這些回信既熱情又誠懇。」（引自：鍾鐵民，〈心靈的慰藉——《台灣文學兩鍾書》序〉，頁8。）

19　日記（1959.05.21）記載：「肇政，陳永善來信。」引自：《鍾理和全集——卷六（日記）》，頁226。

鐘先生：

來信收到，謝謝您。

接到您的信眞使我興奮，但另一方面也使我很惶惑。記不清我在那封短信上寫了些什麼，依稀只記得我拜讀您的「草坡上」以後，禁不住一種美的愉悅，隨手抓住一張明信片，寫完了就在上課的途中投遞了。——我那封信一定寫得很放肆無禮，唉，我往往在激情裡做錯事的。請您原諒。相信你的心地比文學更美。請您原諒。

您的敘述很使我喫驚。編輯們竟而寧可在六七年間刊登一些低能的作品，而無視於這樣一篇佳作。在文壇上搞圈子的文界官僚不肖（按：應為「屑」）去論它，就是彷彿水準和氣息都要高一些的聯副也免不了遺珠的。這使人感覺到，做一個編輯眞應該戰戰兢兢，因爲自從文學從富有、貴族階級的資助和贊助下獨立以來，報章雜誌便承受了向世人保舉一些眞正有才能的作家的責任。它因而直接對作家的天才，整個的歷史、文學負有責任的。

所以您這六七年來的奮鬥，除了說明我們的編輯人、「出版家」（如果我們也有出版家的話）的不完全（外國的出版家除了金錢的打算以外，似乎有相當的智識修養。日本的岩波的出書使我有這麼一種感覺）之外，更證明了您的作品是經（按：應為「禁」）得起試煉的。只要這個上尚（按：應為「世上」）有人有心尋求美，那麼偉大藝術終竟是會發芽、掙扎著生長的。由此我對您的才華和奮鬥深致敬意。這也給我這後生小子一個極大的鼓勵。

四月十四日的〈蒼蠅〉也拜讀過，對這篇由烈日和〇（按：無法辨識）情構織起來的短文，確乎使我感到一種唯美的朦朧的美感。但那時候我沒有注意到作者的名字。〈做田〉很可惜沒有拜讀過。而這些既是數年以前的舊作，那麼最近的作品必定更加進步更加優美無疑了。我，一個文學的營養不良患者，渴切地盼望您的更大的鑽石。晶亮的。

五四以來，我們沒有過像伊利沙白時代，路易十四時代的那種太平康樂，文章鼎盛的時代，但也有不太少的作家掙扎著爲我們留下悲壯的刻痕。我以一個關心文學，特別是中國的，五四以後的文學的普通讀者祝福並期待您的勝利。

此外，我是個記不清是21或22的台籍青年學生。我所以提到這，原因是大凡人們對於年青（按：應為「輕」）小子，特別是個學生的無禮，錯謬，淺薄都很容易寬恕，而且甚至縱容他們的狂妄和愚昧。當然您也必因而更加不見怪我了。

再會　祝您

有更多的太陽，更多的泥土的芳香給您源源不絕的靈感。

書草不敬，請您原諒。

後生小子

陳永善 敬上

五月十四日[20]

從明信片上的「我經常注視著新的花朵，您該算是一朵精緻的紫色羅。我已經找到了幾種……」，到回信裡的「這也給我這後生小子一個極大的鼓勵……我，一個文學的營養不良患者，渴切地盼望您的更大的鑽石」，我們可以探知此時的陳映眞已是個長期留心文壇動向的文藝青年；更不可忽略的是，他在當年9月的《筆匯》（1卷5期）上刊載號稱初登台灣文壇處女作的〈麵攤〉，其文末所註明的「寫於5月24日」幾個字，創作〈麵攤〉的時間點正是接續於與鍾理和通信之後，如果將此番魚雁往返之舉——鍾理和之於陳映眞的意義——稱爲開啓陳映眞與台灣文壇眞正的「第一類接觸」也不爲過；若是再針對整個通信內容的文脈進行嚴肅分析，陳映眞日後之所以涉入台灣文壇之深之廣，恐怕就變得不是那麼難以理解了。

1960年8月4日鍾理和不幸過世，距離陳映眞託寄明信片表達敬仰之意不過一年多的時間。陳映眞隨即在12月發行的《筆匯》上發表〈介紹第一部台灣的鄉土文學作品集：《雨》〉[21]乙文，雖然該文曝露出作者對於台灣過往的文學

20 引自：「鍾理和數位博物館」。http：//cls.hs.yzu.edu.tw/zhonglihe/06/iframe/i_062_1.asp。（瀏覽日：2011.05.14）

21 陳映真，〈介紹第一部台灣的鄉土文學作品集：《雨》〉，《筆匯》2卷5期，1960年12月，頁37-39。《雨》乙書是1960年10月由「鍾理和遺著出版委員會」

發展特別是日治時代毫無所悉的缺失，但如扣除馬各等人先前8月時已在《聯合報》發表的悼念文，仍不失爲第一篇較完整與全面評論鍾理和作品的紀念性專文。陳映眞這時已在《筆匯》發表了多篇引起矚目的作品，包括〈我的弟弟康雄〉、〈鄉村的教師〉等對生命、情慾、信仰、罪惡有著深刻悲憤和思考的作品，當時他曾將介紹《雨》的專文寄了一份給鍾鐵民，彼此也曾書信往返過。[22]有一回，鍾鐵民在「聯合副刊」發表了〈帳內人〉，當天陳映眞特別在信上對鍾肇政說：「今天讀鐵民〈帳中人〉（按：應為〈帳內人〉），深覺得斯子觸角敏銳，大有可期，希望您時常勉勵他。我希望他不染上現文的惡習，獨自開出一朵清秀的花，理和先生在天有知，必定心滿意足了。」[23]另外，我們也可以經由「陳映眞致鍾肇政書簡」編號第三封（1962.03.13）、第十三封（1962.08.03）以及第三十二封（1963.03.18）的書信內容，得知陳映眞曾經多次在信紙上格外表達對鍾鐵民的生活及創作充滿關愛的摯情。

（林海音、鍾肇政、文心等人組成）出版、文星書店發行，總頁數有272頁，內收一中篇及十五短篇。

22 根據陳映真日後寫給鍾肇政的編號第二封（1962.03.05）的信件所說：「鐵民與我也有過一來覆的文通。那是他先父去世的時候，我在《筆匯》誌上發表了一篇紀念性的文章也寄了一本給他。聽他說，他是個駝背的孩子，不知現在的情況怎樣，關於他家目前的情況以及他升學的事一直都掛念著。」

23 引自編號第十三封（1962.08.03）的「陳映真致鍾肇政書簡」。另：鍾鐵民，〈帳內人〉，《聯合報》「聯合副刊」，1962年8月3日，第8版。

第三節　沒想到您便是鍾正先生

1962年，陳映眞剛結束了不久前在《筆匯》那段蒼白傷感、具有知識分子自戀／自殘傾向的「自傳期」創作，從起始的滿是激忿、焦慮和孤獨，到「因創作而得到了重大的解放」[24]，這段歷程爲青年陳映眞「打開了一道充滿創造和審美的抒洩窗口」[25]。這年2月下旬，當鍾肇政的長篇小說〈濁流〉已在《中央日報》連載過半時，[26]某天他突然接到一封讀者來函，這位署名「陳永善」的讀者先是自我介紹說：

> 我是個24歲的省籍青年，不幸的也是個懶惰、無思想，而且在某些方面有些虛無地任性的人。這類的青年往往自份（按：「自認為是…」之意）藝術或文學青年，但我想這些人在很多方面是比不上您們那一代的——不論在意識上、思想上，乃至於自律上都是如此。[27]

24 引自：陳映真，〈後街〉，《父親》，頁56；原發表於《中國時報》「人間副刊」，1993.12.19~23，第39版。

25 引自：陳映真，〈後街〉，《父親》，頁56。

26 鍾肇政的長篇小說〈濁流〉，自1961年12月31日至1962年4月22日於《中央日報》連載。

27 引自編號第一封（1962.02.21）的「陳映真致鍾肇政書簡」。

當時的陳映眞正在內壢的某個軍事單位服役，從他日後接獲鍾肇政的回信之後才獲知鍾肇政的筆名是「鍾正」——〈魯冰花〉的作者——的情形，可推知此時陳映眞實際上對「鍾肇政」其人其作非常陌生，之所以寫信給鍾肇政是因爲偶然之間讀到〈濁流〉，他寫道：時下的文壇「時常也有這樣以日治時代的台灣爲背景的小說，但是可惜他們的語言的、文學的條件都還不太成熟，因此在文學的價值上還不夠分量。先生的大作（按：指〈濁流〉）雖然只讀過斷片的兩三段，卻使人覺得驚喜。」[28]並且進一步提及爲什麼會爲此而感到驚喜的因緣：

> 據我猜測，您我之間至少相差十多年，但我幾乎可以想像到您們那一代的生活，因爲我的父親也是屬於那一類無法深造而勤於獨學的省籍知識者之故。在許多方面，我到這麼大了而且狂傲的氣質足夠去侮慢上一代的時候，還是十分地熱烈地敬愛著我的父親。他曾是個講習所的教師，後來娶了他班裡的學生，我的母親。所有這一切，也許是我對大作有一種奇妙的親切感的理由之一罷。[29]

透露出陳映眞除了因爲〈濁流〉的人物背景與陳映眞的生父、養父的成長及時代背景類似之外，其實最有可能是陳映

28　引自編號第一封（1962.02.21）的「陳映真致鍾肇政書簡」。
29　引自編號第一封（1962.02.21）的「陳映真致鍾肇政書簡」。

眞在〈濁流〉主人翁陸志龍與作者「鍾肇政」身上試圖捕捉父親那一代「應有」的形象，特別是信上所提到的「在許多方面，我到這麼大了而且狂傲的氣質足夠去侮慢上一代的時候，還是十分地熱烈地敬愛著我的父親」這段內容，對陳映眞而言，事實上反倒折射出百般複雜的「補償」情結。

信裡頭陳映眞也說出往事：「大約一年多以前，聯合報曾深情地悼念過一個稱爲鍾理和的省籍作家。在他尚未爲人注意的數年前，我也曾和他有過一來覆的文通。[30]他在文學上的那種近乎梵谷的對藝術忠勤的精神，（作品中的陽光的成份也頗類梵谷，但當然不同的地方較多）一直到現在都很使我敬重。」[31]在第一封信上從自介到粗淺的文學觀，甚至連家中境況（如：「還有半年便要退伍了，而且更糟的是一退伍就要立刻負起生活的擔子，想起來有些惶恐」）、新近悲楚的戀情（如：自比「心裡漫無條理，荒廢得像一座死的花園」），在彼此尚且都陌生的情形下一一觸及，不能不說陳映眞這段基於「文學」而長達二、三十年的書簡因緣，打從一開始即是出自一片誠懇與熱情。

鍾肇政也沒有令陳映眞失望，在編號第二封（1962.03.05）的信上，陳映眞對於能夠接到鍾肇政的回音有著說不出的喜悅：「沒想到您便是鍾正先生。記得很清楚，您曾經有一篇訪問理和遺族的文章在聯副上（按：指〈美濃

30 其實鍾肇政看到陳映真這位署名「陳永善」的「讀者」，說不定不會感到全然的陌生，因為當年有「一讀者」陳永善寫明信片給鍾理和時，那張明信片恰恰就是由鍾肇政轉去的。

31 引自編號第一封（1962.02.21）的「陳映真致鍾肇政書簡」。

行——訪理和故居種種〉乙文）。我從那文章得了一個印象，彷彿您是個多眼淚的人。」[32]信中陳映眞說到自己：「修的是文學，但是現在的大學文學系，與其說是學文學毋寧說是學語言更爲妥當，……講授的只是語言學的轉化，而不是文學的欣賞批評和討論。這便是爲什麼每年六月間有大批文學系學生畢業而沒有一小朵花在他們之中綻開來的緣故。我便是這其中一個不幸的廢料之一。」[33]同時也批評說：「現代青年在思考上的無能，除了不可免的壓力因素之外，我想大部分是現時代特有的虛無與徬徨的普遍疾疫之故。」[34]顯見陳映眞，事實上很早就對現代主義文風普遍呈現的虛無現象和政治禁錮的氛圍感到警覺和不滿了！信末除再次向鍾肇政表示：「很感謝您那麼大度地應允了我乞求友誼的手」[35]，並要求：「只是希望你來信時再不要有一點點衿（按：應為「矜」）持和保留，在來信裡我感覺到它。我倒是覺得我們像熟知甚久了。」[36]

想必是鍾肇政在回信中問及陳映眞有無與台籍作家往來，同時也熱切地在信上向陳映眞介紹自己所熟知的台籍藝文圈，以致陳映眞在編號第三封信裡回說：「來信收到，眞

32 引自編號第二封（1962.03.05）的「陳映真致鍾肇政書簡」。另外，鍾肇正那篇〈美濃行——訪理和故居種種〉是刊在1961年3月9日的「聯合副刊」（第7版）。

33 引自編號第二封（1962.03.05）的「陳映真致鍾肇政書簡」。另外：陳映真於1957年9月入學淡江英語專科學校日間部三年制英語科（該年郭松棻考上台大哲學系，白先勇、王文興、陳秀美，考上台大外文系），於1961年6月畢業（畢業時該校系已改制為淡江文理學院外國語文學系，淡江在1958年改制為文理學院）。

34 引自編號第二封（1962.03.05）的「陳映真致鍾肇政書簡」。

35 引自編號第二封（1962.03.05）的「陳映真致鍾肇政書簡」。

36 引自編號第二封（1962.03.05）的「陳映真致鍾肇政書簡」。

是高興極了。特別是你提起那麼許多名字，使我多年寂寞的心油然地熱鬧起來」[37]，並自承自己：「一直生活在寂寞之中，唯一認識的只有一個筆名叫做葉笛的教文（按：應為「員」字）作家（外省朋友倒是不少）」[38]，以致於作品長期以來「缺乏一種台灣的タッチ（按：即「touch」）」[39]——或許指的就是諸如《筆匯》末期〈那麼衰老的眼淚〉等篇所關注的「大陸人在台灣」的主題吧，陳映眞客氣地推說他大概要令鍾肇政大失所望了。

由於一下子拓展了許多前所未聞的藝文動向，可能一時觸發了高昂的興致，陳映眞便在信裡透露自己原本就有寫台灣文學史的打算：

> 不怕你笑話，有一日和平臨到人間的時候，我要好好的對台灣的文學下一番史的研究，如果有足夠的資料，我想應連同以日語寫作的那一代也算進去。但這些都得等待一切政治的偏見和禁忌遠去的時候罷。但是，是否會有那樣的一天，而縱或有之，在這樣的戰爭年代裡，我能活著去著手我愛的工作嗎？這是個不很愉快的問題，可不是嗎？[40]

陳映眞的這項構想，事實上鍾肇政一直牢記在心。譬如，

37　引自編號第三封（1962.03.13）的「陳映真致鍾肇政書簡」。
38　引自編號第三封（1962.03.13）的「陳映真致鍾肇政書簡」。
39　引自編號第三封（1962.03.13）的「陳映真致鍾肇政書簡」。
40　引自編號第三封（1962.03.13）的「陳映真致鍾肇政書簡」。

幾年後鄭清文有次寫信向鍾肇政抱怨說：從葉石濤刊載在《文星》的〈台灣的鄉土文學〉[41]乙文來看，雖然葉的感覺相當敏銳，但葉至少犯了只大膽假設、沒小心求證（按：文中葉石濤將鄭清茂與鄭清文混淆）以及批評作家時老喜歡引用外國作家做比較這種方便卻不夠嚴謹的兩大毛病，如果葉石濤真想寫台灣文學史（按：應該是之前鍾肇政曾向鄭清文提及葉石濤想寫台灣文學史乙事），原則上他希望鍾肇政能夠向葉提醒。[42]鍾肇政立刻回信說：

> 葉君的事，我的看法與你差不多，我已強烈地指責他所犯的錯誤。不過我仍然鼓勵他完成他的心願，寫台灣文學史。我的理由，第一該舉出，這件工作必需有人來做，而放眼看去，怎麼也想不出有此力量，而兼有此心願的人。以前永善曾與我談起過他有意研究本省作家的作品，整理出一個系統的記錄來。可是這兩年他已有了他鶩，並且我也看出對咱們文壇他已完全失望。於是我就無法想起第二位了，直到葉出現。以他在《文星》那一文上所表露出來的草率與獨斷（這是史家大忌吧），從事這工作顯然是危險的事，可是歷史終歸是歷史，史實之外執筆的主觀色彩必無可掩

41　葉石濤的〈台灣的鄉土文學〉乙文原發表於《文星》第97期（1965.11）；後收錄於葉石濤著，彭瑞金主編，《葉石濤全集13．評論卷1》，台南：國立台灣文學館、高雄：高雄市政府文化局，2008.03，頁73-86。

42　寫於1966.01.18，引自：鍾肇政著，陳宏銘、莊紫蓉、錢鴻鈞編，《鍾肇政全集26．書簡集（四）：情真書簡》，桃園：桃園縣文化局，2002.11，頁158-159。

> 蓋的。因此我也更願意給他幫助與合作，僅（按：應為「儘」）量減少他的錯誤。[43]

顯然，鍾肇政對陳映眞寫史乙事原本是寄予高度的厚望。

鍾肇政後來應陳映眞的要求，迅速將其過往的作品包括〈魯冰花〉等長篇的「剪貼」寄去給他，陳映眞事後也陸陸續續利用公餘寫就了一封近五、六千字的分析文於3月29日寄出。整體而言，他在這封編號第五號（1962.03.29）的信上，對鍾肇政的眾多作品，約略有：「讀了作品之後，使我對你油然的生起一種肅然起敬的感覺」、「〈濁流〉幾乎使我上癮了」、「證明作者是一個很善於敘述故事的人」[44]等贊賞之辭；但缺失方面倒也提供了不少意見，諸如：部分作品「還缺少一點一些大作品所能留下來的『某些東西』，這是美中不足的」、「形式勝乎其內容」、「可惜的也是淺嘗即止，不夠深刻」、「我以爲都不是成功之作」、「但就故事與技巧上來説，沒有特殊的成就」、「它（按：指〈魯冰花〉）的目的——對於時下美術教育的批評——的價值高過它藝術的成就。」[45]最後還附上三點建議，第一，建議鍾肇政必須善加運用在題材上已能勝任的創造才能，然後「予以更高度藝術化」[46]；第二，認爲鍾肇政的寫作風格已受「一些在寫作上的確熱心地幫助過您的雜誌或個人的作風所

43 寫於1966.01.20，引自：《鍾肇政全集26・書簡集（四）》，頁160。
44 以上引文，皆引自編號第五封（1962.03.29）的「陳映真致鍾肇政書簡」。
45 以上引文，皆引自編號第五封（1962.03.29）的「陳映真致鍾肇政書簡」。
46 引自編號第五封（1962.03.29）的「陳映真致鍾肇政書簡」。

束縛」[47]，建議鍾肇政必須改以世界水準爲其努力目標；第三，雖然語言上已頗能擺脫日文的影響而純粹使用由造句練成的國語，但建議鍾肇政「應該是表現自己的個性的時候了」[48]。事實上關於最後一點，早在陳映眞致鍾肇政的第一封信（1962.02.21）裡，便已提及語言日文化的問題，他說：

> 數年前，我在一份新近休刊的同人雜誌上認識了一個也是30年代上下的省籍文學青年（按：指《筆匯》時期的葉笛），[49]由於他的翻譯和介紹，我才始從芥川龍之介窺見了日本的文學，但不論知識和修養都是十分稚幼的。然而我感覺到日文移（按：應為「迻」）譯到中文來的時候，在文字上有一種魅力，這種魅力不因譯者之異而有所遜褪。鍾理和與您的字裡行間，也可以找出這種特殊的句法和氣氛。個人很喜歡這種氣氛，我想中國文字從日本文學上注入這種我尚無以形之的美是可能的（理和與您的創作便是一例）。[50]

相對於鍾肇政這一代急於擺脫日文的影響的做法，反倒是鍾肇政對陳映眞往往能夠反其道而行地刻意將日本語詞和諧地

47 引自編號第五封（1962.03.29）的「陳映真致鍾肇政書簡」。

48 引自編號第五封（1962.03.29）的「陳映真致鍾肇政書簡」。

49 有關葉笛（本名：葉寄民）在《筆匯》的譯介作品，詳情可參閱：林瑞明，〈《筆匯》的創刊、變革及其影響〉，收錄於東海大學中文系編《戰後初期台灣文學與思潮論文集》，台北：文津出版社有限公司，2005.01，頁301-303。

50 引自編號第一封（1962.02.21）的「陳映真致鍾肇政書簡」。

融入中文的小說語體，初時除了被嚇一跳外，也異常欣賞這種筆觸。[51]

這時候的陳映眞免不了有其自負的一面，可是當他3月29日的信寄出去之後，多少感到懊惱，不等鍾肇政回信便再度去信：「關於我對大作大膽昏妄的批評，使我在發信後一直覺得十分不安，希望你不要見怪。何況作品與批評之間，不可免的有其距離的，若從批評的創造性說，批評與創造並不是必然相交的兩線。更何況我那些話是夠不上嚴格意義的批評的。」[52]鍾肇政事後如何回應，如今詳文雖不得而知，但從陳映眞後來的回信可以推測，鍾肇政不但不以爲意，還對陳映眞過往的作品大加讚賞。所以陳映眞回說：

> 來信收到了，謝謝你。《筆匯》確是很叫我懷念的雜誌。關於我寫給你的那些「意見」，是基於我這樣的信心而發的，即：（1）鍾老師一定不是個只喜歡聽他的成就的一面的那種人；（2）鍾老師現在所須要的也不是這些（也許數年前的習作時代就需要了）；（3）就同時代的諸作家的標準而言，鍾老師是個傑出的作家，但就他的可能說，他實在不應長久停在這個水準上，我感覺到我有權利以世界的文學水準去

51 莊紫蓉採訪、整理，〈鍾肇政專訪：談第二代作家〉，《台灣文藝》第180期，2002年2月，頁55-56。

52 引自編號第六封（日期不明）的「陳映真致鍾肇政書簡」。這封編號第六號的信，其發信日期不明，當在編號第五封（1962.03.29）與第七封（1962.04.09）之間。

> 要求你（這個「權利」是得自你的作品的）；（4）我看出來你獨學的努力而走出來的路，必然是遁（按：應為「循」）著目前的雜誌和文藝水平的路途過來的，但是你不該老是在這條路上ㄉㄡ（按：即「兜」字）圈子，你得走上你康莊大道。「作品」誌每期供應許多許多故事，但這些故事中畢竟有若干是可以歸於文學的呢？一個小說家不止是個說故事的人，他還必須是一個藝術家，這藝術便表現在他的語言、結構、情感、感性等等之上。寫《金銀島》的史蒂文生、寫偵探小說的柯南道爾，都是世界一流的說故事者，但他們很少被列入重要的文學藝術者的系列中去。我自醒於文學以來，便痛感到我們的「文學」缺少了成爲「文學」的某些東西，但你是不同的，因此我便份外地苛求了。[53]

就在這段鍾、陳二人過從甚密的時期，筆者特別注意到了當時的《中央日報》刊出了一篇署名「沙漠」的人所寫的評介專文〈讀「濁流」〉（全文見【附錄一】），一回刊畢，全文約近五千字。該文末尾提及：「在我讀〈濁流〉的時候，曾不止一次地連想到理和先生，……在鍾理和先生的書簡中，他曾透露過將以台灣五十年來的歷史做背景，寫一個長篇，並把書名預定爲《大武山之歌》，不幸這願望已

53　引自編號第七封（1962.04.09）的「陳映真致鍾肇政書簡」。

永無實現的可能，因爲他短命死矣！現在〈濁流〉的作者——也是鍾理和先生的摯友，截取了每一個台灣人最值得記念，最受影響的歷史的一片段，寫成了他的小說，雖不同於理和先生計劃的全部，終算也補足了他一部分的願望，對於作者本人，對於死去的他的朋友，對於讀者，都是非常有意義的。」[54]就是這麼一大段「內幕」內容，加上全文分析犀利且深富感染力的文字，筆者判斷此文爲陳映眞所作，並且可視爲早期鍾、陳二人緊密友誼的有力見證！之所以會斷定「沙漠」就是陳映眞，最主要的根據是上述《大武山之歌》的寫作計畫，正是鍾理和早自1958年至1960年8月過世之前，與鍾肇政私下通信時屢屢提及的雄心大志；[55]在當時「鍾理和書簡」尚未被整理出版之前，他寄出的信函按理也

54　署名「沙漠」，〈讀「濁流」〉，《中央日報》「中央副刊」，1962年5月19日，第7版。

55　最早是在1958年時，由於先前鍾肇政曾向鍾理和表示：「深覺兄才華在於中長篇鉅著」（寫於1957.12.05，頁72），而鍾理和自己也深有同感地表示：「所以本年決計拋開短篇試將全力向長篇發展。頭一篇定爲《大武山之歌》，內容描寫一家三代人在起自光緒末葉，至今約七十年間生活和思想的演變。分三部。第一部，自開首至七七事變前後一段，字數暫定二十萬字。……」（寫於1958.01.03，頁75-76）之後，鍾理和又曾數度在信裡再度與鍾肇政提及有關《大武山之歌》的計劃（如：寫於1958.02.04，頁80；寫於1959.08.08，頁214），最後一次提及長篇計劃是在1959年年底（距離理和先生過世不到八個月）：「寫長篇《大武山之歌》是我放在本年內的希望，不過我不敢說一定要寫多少？還有——前信已經說過——又要看我的養雞是否成功。如果眞能寫，那麼暫時我將不會有或者多少短篇發表了。此篇在我大略的構想中可能由上中下三部而成，字數約在五六十萬之間，這將是我所有作品中最大最長，也是有最大野心的一部書，我將把我全部的精力傾倒在這上面，如能在五年之內完成，我將認爲滿意呢。」（寫於1959.12.27，頁259）鍾肇政回信時尚且直呼：「《大武山之歌》有這麼長，眞使我一驚，兄魄力不凡，謹預祝成功！」（寫於1960.01.03，頁262）以上所有引文內容，皆引自：鍾理和、鍾肇政著，錢鴻鈞編，《台灣文學兩鍾書》。另外，按最新版的《鍾理和全集（五）·散文與未完稿卷》（鍾怡彥主編，高雄：高雄縣政府文化局，2009年3月）所載，〈大武山之歌〉只完成了兩章（頁289-301）。

只有鍾肇政看得到；「沙漠」若不是鍾肇政本人，又如何會知道呢？顯然，另一種可能就是「沙漠」先生必定是鍾肇政當時密切交往的文友之一，而且由於熟悉並熱切於鍾理和的作品與文學活動，以致於鍾肇政樂於將之前與鍾理和魚雁往來時的相關點滴在追思之餘與之分享；在無任何文友曾經自承其爲作者「沙漠」、又不見鍾、陳二人留下的文獻對此有何著墨的情形之下，陳映眞卻曾在認識鍾肇政不久後便特別在第二封信上要求說：「關於理和先生，我確是很想多知道一些關於他的事。如果將來時間餘裕等等許可的話，我倒有意對這個作家做個較比（按：即「比較」）系統的理解。希望你能幫助我。」[56]更進一步說，以當時陳映眞對鍾肇政的推崇與期待的程度，5月時適時地刊登其分析大作，一點也不會顯得突兀之舉。因此，陳映眞成爲「沙漠」先生的最可能人選。[57]**果眞〈讀「濁流」〉的作者是陳映眞的話，那麼，此文將比〈介紹第一部台灣的鄉土文學作品集：《雨》〉更適合稱作陳映眞的第一篇正式文學論述。**

鍾、陳二人這段初期通信的熱切與誠摯，尚不止於此。

56 引自編號第二封（1962.03.05）的「陳映真致鍾肇政書簡」。

57 事實上，「沙漠」乙詞似乎可以一直與當時的陳映真做出適當的連結。譬如，陳映真那篇刊在《筆匯》的〈介紹第一部台灣的鄉土文學作品集：《雨》〉（2卷5期，1960年12月，頁37-39）乙文的最後，由於陳映真以為向來台灣文壇的生態猶如「沙漠」，而喊出「這沙漠上，終於要下起雨來的罷！」做為結論。再者，稍早時《筆匯》由「編輯部」發出的〈高中生的朋友們〉一文裡，宣示說：「《筆匯》便是一群不甘渴死於沙漠的青年所培植的一枝嫩綠的細草」（2卷4期，1960年11月，頁31）；「沙漠」乙詞似乎也已成為陳映真這批對戰前台灣文學活動幾近隔絕的戰後第二代作家對當時台灣藝文界的總體評價，筆者更推測〈讀「濁流」〉此文當是出自陳映真之手。

鍾肇政又馬上力邀陳映眞4月22日來參加以《文友通訊》爲班底的台籍作家聚會，地點就在陳火泉這位日治時期便以日文創作的作家家裡舉辦。

第四節　如果我只是蛙，我寧不參與蛙鳴

依鍾肇政的說法，《文友通訊》眾文友曾聚首過兩次，頭一次是在施翠峰家（1957.08.30），第二次則是在陳火泉家（1962.04.22），[58]陳映眞正好躬逢其盛。獲邀參加台籍作家的聚會，當時陳映眞興奮地表示：

> 關於你們的年會，我十分榮幸能被邀請，我將十分高興遇見他們。我盼望我們能夠早一天有相當的成果貢獻給我們中國的新文學裡去。在音樂、繪畫上，本省人有不少的成績，唯獨在文學上我們的位置仍是空白的。對於你們，我是後輩，雖未見面，但我已十分敬佩你們了。不過屆時見面的時候，希望不要談到拙作，因爲那很難爲情。[59]

58 鍾肇政，〈往事二三（代序）〉，收錄於鍾理和著，張良澤編，《鍾理和全集·卷7──鍾理和書簡》，台北：遠行出版社，1976.11，頁4。另外，《文友通訊》自1957年4月23由鍾肇政發起，是戰後台灣作家第一份聯誼性的通訊，至1958年9月9日發出最後一次通訊，維持一年四個月之久，共計16期，先後參加者有鍾肇政、陳火泉、鍾理和、李榮春、施翠峰、廖清秀、許炳成、許山木、楊紫江等九位。

59 引自編號第七封（1962.04.09）的「陳映真致鍾肇政書簡」。

這次不大不小的聚會，再加上會中突如其來闖進一段軍警監探的「小插曲」[60]，不論對陳映眞或出席的台籍作家們而言，特別在逐漸引發戰後第二代作家陸續出現與集結這層意義上，更凸顯出它在台灣文學史上的意義。但很不尋常的，從會後又陸陸續續發送了多封書信來看，陳、鍾兩人像似很有默契地始終都未曾針對該次聚會有所描述及評價，一切必需等到隔年（1963）鍾肇政又倡議聚會時，陳映眞才毫不客氣道出自己的感受，讓鍾肇政足足四十年後仍然印象深刻。

大約就是在鍾肇政、陳映眞兩人通信交往滿一周年（1962.02.21~1963.02.21）左右的前夕，鍾肇政偕同曹永洋、文心等人至陳映眞板橋的家中探望，閒談之中可能是鍾肇政有提議準備再舉辦一次大聚會（按：預定日期應是4月14日，地點則在鄭清文家），陳映眞當場的態度應是「不置可否」。恰好是在鍾、陳兩人通信滿一周年的當天，陳映眞終於寄出編號第三十一封（1963.02.21）的信函，對此表示：

> 聚會我並非不贊成，只是根據上次在火泉先生家的印象，覺得很不像文人雅集。世故，snob的氣氛尤其不

60　參加這次聚會的，計有：陳火泉、鍾肇政、陳映真、廖清秀、施翠峰、李榮春、文心、黃娟、陳有仁、劉兆祐、翁登山、賴傳鑑等一、二十人。結果，陳火泉家中附近一時偵騎四佈，聚會中途管區警察還藉口上門「查戶口」，幸賴主人陳火泉鎮定得以化解「危機」。詳情請參閱：錢鴻鈞，〈論鍾肇政與陳火泉的戰後文學歷程〉，《戰後台灣文學之窗──鍾肇政六百萬字書簡研究》，台北：文英堂出版社，2002年11月，頁511-512。

> 像一群不重名位的熱誠文人的討論會。……您是早矣（按：應為「已」字）參與這集會的人，而且名望也較重，我想您應該著手領導一個活潑的群集，不使這群集歸於虛空。遠道而來參加的人一定抱有某種希望，看見大家噤然，他們也不作聲了。[61]

聚會前夕，陳映眞再度表明：「我愛，比什麼都敬愛那些將聚首的人，然而也因此感到我所愛的人們，包括我自己在內，都是些臆病物，一些不敢應藝術的良知的呼聲的，生長在被示惠的，故裝糊塗的，虛榮得無比的空間裡。」[62]結果，4月14日的聚會如期在鄭清文家舉辦，陳映眞並未前往，事實說明了陳映眞後來的心意仍很堅定。當天他特地寫信給鍾肇政：

> 如果您在我的信上，我的語言裡受傷，我眞抱歉。但是，以您既有的地位和可能的影響，您實在不應只有現在這樣的姿（按：即「すがた」，有姿態、身段之意）。我們都生活在欺罔之中，生活在固閉之中；做爲一個藝術者不應該揭發這一切的欺罔，讓每個人都能過一種誠實、獨立、強大、自由公正的生活嗎？我幾乎日日對自己說，如果我只是蛙，我寧不參與蛙

61　引自編號第三十一封（1963.02.21）的「陳映真致鍾肇政書簡」。
62　引自編號第三十三封（1963.04.10）的「陳映真致鍾肇政書簡」。

鳴，因爲這一片蛙鳴不已夠熱鬧了嗎？[63]

話雖如此，他仍然請求鍾肇政能將當天聚會的情形轉告給他。事實上，鍾肇政等人的聚會本有聯繫作家情感、凝聚台灣認同的用意，卻被陳映眞使用「世故」、「snob」（按：有「俗不可耐」之意）批評陳火泉一群人，[64]雖說有可能是出自更高的一種期許心情（更有可能只是遮掩一時尚未完全明朗化的「民族立場」而已），但事隔四十年後鍾肇政對此尚且「耿耿於懷」：例如2002年時，有次鍾老受訪還特別舊事重提，表示由於他覺得陳映眞的小說非常特別，1962年《文友通訊》第二次聚會時便特地拉來陳映眞參加，結果沒想到「那

63　引自編號第三十四封（1963.04.14）的「陳映真致鍾肇政書簡」。

64　另一個可以查考的參考面相是，以《文友通訊》為主的這批台籍作家們「一輩子通信都以中文，而談話卻都滿口日語。尤其陳火泉考慮很少，或者他就是故意生不知哪門子的台灣人悶氣，尤其喝酒以後，日文談話更是大剌剌毫無顧忌」（引自：錢鴻鈞，〈論鍾肇政與陳火泉的戰後文學歷程〉，頁508）。而「據傳」陳映真公開場合不喜操說「台語」（參閱：謝里法，〈十年台灣文學研究會之回首－2〉，《自立晚報》「本土副刊」，1993.09.01，第19版）或日語，筆者以為，或許對青年陳映真而言，當時的陳火泉、鍾肇政一行人喜用台灣話、日語來談論文學、歷史以至生活瑣事，這就意味著他們多少具有反「中國」的味道、對「中國」充滿敵意，陳映真當時使用「世故、snob」的字眼來指責，只是遮掩一時尚未完全明朗化的「民族立場」而已。再者，陳映真對台灣話、台語文學一向也是持反對立場，他在八〇年代初期發表的〈大衆消費社會和當前台灣文學的諸問題〉中就曾說：「因爲對台灣的認同感有加強的趨勢，許多人在作品中加入大量的台語，造成漢文更大的災害。」（見：《中國時報》「人間副刊」，1983.08.18，第8版；後收入《孤兒的歷史‧歷史的孤兒》，台北：遠景出版事業公司，1984.09，頁373）在此姑且不提陳映真在文學語言的豐富性上所犯的謬誤，事實上真正引發當時正大力主張「第三世界文學」（亦即沒有明說的中國民族主義文學）的陳映真極為不悅與焦慮的主因，是這些作品往往凸顯了「台灣認同」或飽漲的「台灣意識」；在陳映真的潛意識裡，世界上不存在著具有民族形式、國家層級的「台灣意識」、「台灣人」，即便是戰後台灣處於來自「中國」的政權所實施的內部殖民體制的狀態下，台灣人也只有一種命運──學做中國人，成為中國人。

個聚會以後，他寫給我的信裏面用了一個英文snob，說《文友通訊》那些人snob」[65]。按常理推測，當年鍾肇政接連收到陳映眞的上述信函後，應該是會將自己原初的構想或眾人的計劃一再與陳映眞疏通，力勸其與日漸集結的台籍作家們攜手開展文學的領地。可是，或許由於先前獨自的「閱讀視野」再加上後來接受的「政治品味」，一切正如錢鴻鈞所言：「陳永善或許瞭解，不過路線已然不同」[66]了！

第五節　一個開眼底人是何其不幸呵

1962年大部分時間仍在服役的陳映眞，面對個人思想的絕困，就像〈第一件差事〉中的胡心保，「年輕有為，可是忽然找不到路走了」[67]。由於足夠的信任和敬仰，在許多封的信紙上陳映眞吐露了極私密的內容，鍾肇政都適時地成為陳映眞進行內在對話時的重要對象。據陳映眞寫給鍾肇政的編號第15封（1962.09.11）的書信所言，他是在「九月八日退伍」[68]，這封信也異於以往由「內壢」而改為「板橋」住家發出。結果退伍不到幾天，陳映眞就決意放棄以往留學、上

65 引自：莊紫蓉採訪、整理，〈鍾肇政專訪：談第二代作家〉，《台灣文藝》第180期，2002年2月，頁56。
66 錢鴻鈞，〈論鍾肇政與陳火泉的戰後文學歷程〉，頁513。
67 陳映真，〈第一件差事〉，《陳映真小說集2──唐倩的喜劇》，台北：洪範書店有限公司，2001.10，頁171。
68 引自編號第十五封（1962.09.11）的「陳映真致鍾肇政書簡」。

研究所的念頭，前往台北市私立強恕中學報到，當起英文教師。就在如此時而喪志、時而奮起的掙扎下，灰黯悲愁的陳映眞對鍾肇政說：

> 對於生的苦惱，尼采也寫過。如今自己在生的機械的流轉中，想起來那曾是多麼淺薄呵。許多的人都在爲我惋惜。這很使我喫驚。原來我尚是個值得人惋惜的人嗎？我想過或許果然我會在生活中銷化壯志，甚至於自己也流於我所一向惡恨的鼠蛇一流的罷。果眞如此，那或並不是一樁壞事。主說，凱撒的歸給凱撒。爲什麼不呢？然而，不幸的是，我尚年青（按：應為「輕」），至少在目前是還難於倒下，或著（按：應為「者」）也不甘於倒下的。我一點兒也不想吞下自己的承諾，但我日甚一日地在想，如果我不敢、不能寫出一個藝術者的良心所召使的，我便一筆也不要寫。我不願意再作一個懦弱、自欺，故意漠視痛苦底眞理和社會底公正與正義的「作家」。[69]

就是那股不甘倒下、不想吞下承諾、不願當個犬儒作家的自覺，陳映眞如飢似渴地尋探各種鍛造的管道，急於替糾結的不安的靈魂覓找棲身之地。然而，即使是他自己也始料未及，由於不久之後的一連串境遇，將對他的命運開展出一

69　引自編號第十六封（1962.09.16）的「陳映真致鍾肇政書簡」。

個徹底轉變的人生格局。大約是任教後的第一個學期下來，陳映眞在來信中淨是充滿著負面、否定的詞句，諸如：「矛盾」、「不調合」、「很煩亂」、「欺騙地生活著」、「過著欺罔的生活」、「十分的瞧不起自己」、「一個被閹割的公雞」、「我厭惡，因爲我愛的緣故」、「對於所愛且因而所恨的」、「愛著也因而同時恨著」、「十分非基督徒底」、「是個十分犬儒而又僞善的傢伙」、「越來越恨惡自己，嘲笑自己，鄙視自己」……。[70]正如前述單元所敘，1963年4月14日鍾肇政、鄭清文等人打算再辦一次台籍作家聚會，力邀陳映眞未果。應該是鍾肇政來信「關心」，陳映眞於是在4月26日特別回了一封長信，擇要如下：

> 來信收到，謝謝您。我雖不安，但卻一直不相信你會介意我的魯莽；儘管您說我們不太接近，實際上，在靈魂的基本上，在作爲一個藝術作家的基本上，其契合是不許懷疑的。讀您的信使我快樂，因爲它使我嗅及硝煙的氣味。I like it, you know....現在您已經了然於我是如何的一個靈魂的重病者；那麼您大約也便能了解到我的語言，我的聲音，我的虛張的姿，我的一切ポーズ（按：即「pose」，有姿態、身段之意）是有其病底表裡的意義的罷！我時常在想，而且十分恐懼地

70 以上引文，分別引自編號第二十六封（1962.12.30）、第二十八封（1963.01.19）、第三十三封（1963.04.10）及第三十四封（1963.04.14）的「陳映真致鍾肇政書簡」。

> 想，這一切的pose只不過是我底無能的（impotential）逃避的僞裝罷了。而且大半是如此的罷！[71]

可是，陳映眞語鋒一轉，意有所指地又說：

> 我們所生活的一切基礎，無不是欺罔的，無不是狹隘的（narrow-minded），無不是偏見，愚，殺戮，落後，封建，自私和可怕的長久的盲目與痲痺，長久的良心之死亡和腐敗。如果一個自命獻身於藝術，文學與知識的人居然無視於此，居然能不痛苦地戴著文藝、知識者的袍和冠冕飲酒歡樂，世上還有比這些人更可鄙、更不作嘔、更可恥、更可惡的呢？最大的苦痛是，我看見這一切下流，自己卻正是這下流之中的一個。我攻擊，卻正是一掌一拳的打在自己的臉上。姑不論這一掌一拳是我底下流的僞裝也罷，逃避也罷，它卻使我覺得安逸了一些痛苦。[72]

接續在這段近似宗教告解的內容的後面，陳映眞本著兩人原就文學因緣而認識的初衷，道出對鍾肇政的期待：「致（按：應為「至」）於說您的姿，除了您自己以外，誰也不能有權利要您有如何的姿。這豈非矛盾嗎？但我想一個讀者的看法和作者的姿之間的矛盾是不可免的，而就整個說來，這

71　引自編號第三十五封（1963.04.26）的「陳映真致鍾肇政書簡」。
72　引自編號第三十五封（1963.04.26）的「陳映真致鍾肇政書簡」。

並沒有矛盾的意義。我對於您的作品讀的不多，除了短篇和三部曲中的一部多一點，現在想起來可說是認識不足的；但我的感覺是，比以往更實在地覺得三部曲是您的藝術的到目前的最高成就，由於其Construction，其epic breath，其『水水◯（按：無法辨識）』筆，其風物畫家的眼。但我卻看不出一部長篇小說的更深的靈魂的聲音，更深的人類的貴族的影子和目光。這些話雖是抽象的，然而當您讀福樓拜，托翁，Dostoevsky，IBSEN（按：Henrik Ibsen，亨利·易卜生，1828-1906，挪威劇作家）乃至於近人卡夫卡，卡繆，您定會讀出這些『抽象』的東西。」[73]這是陳映眞給鍾肇政的最後一次「長信」，就像之前他好幾次或明或暗以魯迅爲例，[74]這回

73 引自編號第三十五封（1963.04.26）的「陳映真致鍾肇政書簡」。

74 陳映真喜談魯迅，幾乎已是人人皆知之事。1993年陳映真在〈後街〉談自己的創作歷程時就數度提到魯迅，作品中可能就以《筆匯》時的〈鄉村的教師〉（1960）及《現代文學》時的〈淒慘的無言的嘴〉（1964）最為接近魯迅風格。在陳映真與鍾肇政初期的通信過程中，陳映真的第一封（1962.02.21）便暗示說：「我常想五四以後的中國白話文學能對白話文字與以藝術之美的作家並不多（有一位是我十分尊敬而崇拜的，而且我想予白話文以靈以美的，捨他之外沒有別人了），因此白話文學，特別是文學語言上的建設上，還有一大片處女地待人去墾拓的。而我希望您會是這墾拓的工人之一。」在編號第五封（1962.03.29）的信上評論鍾肇政作品時，也提到：「作者（按：指鍾肇政）熱愛著農村，但作爲一個知識人卻不能不給予一些農村中所不免的習俗或人物以揶揄——但這揶揄中仍有作者的愛情。這樣的傾向在此作（按：指〈柑子〉乙文）之中更爲明顯。但若與大作家ろじん（按：魯迅）比起來，他的揶揄尤其顯得薄弱，相對的也顯得他的愛也是稀薄的。這個比較無疑的是不公平的，但我想也應該是一個意見罷。」在編號第二十三封（1962.11.21）的書信裡，陳映真進一步表示：「日前得了一稿，不論好壞，總算沒有交白卷。實在我不知道我的路在那裡。但我必懷抱文學終生。而且也一定要成爲像◯◯（按：無法辨識）ろじん那樣對良識對愛都有貢獻的人。……我曾有一個意見，認爲您的文字缺乏一種我所說不清楚的殊感，比方說這種殊感的要求，我在讀了ろじん時便可得到滿足。然而這種要求是膚淺的，是輕浮而急進的。現在我的想法是，這種無殊感本身便是您的殊性。」不過，即使陳映真當時一再拿魯迅的成就期許鍾肇政，表現出來的仍然是非常敬重鍾肇政，認為他是台籍作家中「最好中的一個，而且是最早的一個」（編號第二十三封，1962.11.21）。

則「嚴厲」舉了福樓拜、托翁、Dostoevsky、IBSEN、卡夫卡、卡繆鼓動自己，也警醒著鍾肇政。

自從這封「長信」在4月26日（1963）寄出之後，雙方將近有50天沒有往來，打破了首次書信（1962.02.21）往返以來間隔最久的一次紀錄。陳映眞爲這出奇的「沉默」而探問：「好久沒有寫信去，眞抱歉。近況如何？工作進行得如何？一直都在掛念著。……我是個魯莽的人。我希望您能體諒我的這一個缺點。或者由於我的天性，或者由於我的年輕，但無論如何，我怎也不能相信您底沈默會是由於我的氣盛所致。……」[75]事實上，鍾肇政的「沉默」，最大的成分應該是生病而不是生氣，按《鍾肇政全集37》裡的〈年表〉所載，鍾肇政此刻正好患上氣喘大病，「一連五次傷風後吃藥看名醫都未見好」[76]，病症後來長達十年才完全停藥；陳映眞從鍾肇政的回信獲知之後，吃驚之餘也放下心頭「疑慮」說：「不料您竟一直欠安。……不管怎樣，我一度也不曾懷疑您的友情，也一寸都沒有失去我對你的尊敬。關於這一點，不必多說。」[77]隨即趁馬上到來的暑期，陳映眞偕同曹永洋一起去龍潭探望鍾肇政。當夏天過去、開學的前夕，陳映眞寫信來說：「上次與永洋去看您後，心裡一直對您有說不明白的歉疚之感。我不住地因此對自己罵著『馬鹿野郎！』我是個無知、幼稚、驕狂、膚淺的青年。我簡直難過

75　引自編號第三十六封（1963.06.16）的「陳映真致鍾肇政書簡」。
76　鍾肇政著，莊紫蓉、錢鴻鈞編，〈年表〉，《鍾肇政全集37——年表、補遺、演講大綱》，桃園：桃園縣政府文化局，2004.11，頁148。
77　引自編號第三十七封（1963.06.24）的「陳映真致鍾肇政書簡」。

死了。所好的是，您一定能寬恕我的，您一直縱容著我，便是証明。」[78]與此同時，九月也標記著陳映眞的文學身影進入了另一個階段：在白先勇等人主持的《現代文學》刊登了〈文書〉，自此更深化、更成熟結合「大陸人在台灣」與「知識分子的失落感」兩種主題，〈一綠色之候鳥〉是代表作之一；雖是處處披覆著現代主義的「象徵」技藝，卻也宣告陳映眞正從虛無、苦悶的色調，即將踏上明朗、嘲諷的寫實路線。

然後一整個學期又即將過去了，兩人並不因上次的會晤而更加緊密，反倒出現疏於通信的現象，此時的鍾肇政心裡大概也很「納悶」，只是尚未察覺陳映眞的世界已發生了本質性變化。正當學期末時（1964.01.21），陳映眞突然來信：「原諒我底沈默。並沒有戀愛，更非消沈。只是不知何以忽然的疏於書信了，幾乎所有底信件來往都停了。但我熱烈地生活著，……從來不曾像現在那樣熱心地生活著。」[79]幾天後（1964.02.01），陳映眞再次去信，鍾肇政心裡「納悶」的謎底也終於有機會一點一滴撥雲見日了。陳映眞說：

> 匆忙間介紹一位日本朋友池田維君，君甫帝大出身，考取外交官，現外放實習中。我和您是文學的朋友。在政治上，似乎有一點點距離。但我以爲您是以代表台灣某一歷史段階（按：即「階段」之意）底インテリ

78　引自編號第三十八封（1963.09.03）的「陳映真致鍾肇政書簡」。
79　引自編號第三十九封（1964.01.21）的「陳映真致鍾肇政書簡」。

> （按：知識分子），又是目前有力底台籍作家，我想您可以和他談談，自由、開放地談談。再者，希望你能再轉輾介紹一些你認爲可以、應該談談的台灣人。各階級、各社會群均可。[80]

原來當時日本首相池田勇人（執政時間：1960.07.19~1964.11.09）的內閣左傾，欲與中共建交，卻分批派了多位的實習外交官來台學中文，並且諭令這些實習外交官得以利用各種機會及活動，廣泛地與台灣的智識階層接觸，以便獲得民間「情報」，池田維（後來任日本交流協會駐台北事務所所長）便是其中一位；但是，眞正利用外交豁免權夾帶大量左派書籍與陳映眞等人分享的是另有其人。[81]接著三月下旬（1964）陳映眞來信，說他「最近讀書頗勤。但課業也忙。感觸和傷疼也多，也深」[82]，如果不是兩人離得那麼遠，眞想找鍾肇政「聊聊」[83]；之後，又是半年以上沒有再與鍾肇政連繫。

80　引自編號第四十封（1964.02.01）的「陳映真致鍾肇政書簡」。

81　池田勇人下台後，繼任者佐藤榮作（執政時間：1964.11.09~1972.07.07）是前首相岸信介的胞弟，與國府交好且具右傾性格，再加上當時中國文革運動風起雲湧、政局動盪，於是原來的池田內閣的外交政策遭到逆轉，日本轉而暫時與蔣介石合作。

82　引自編號第四十二封（1964.03.24）的「陳映真致鍾肇政書簡」。

83　引自編號第四十二封（1964.03.24）的「陳映真致鍾肇政書簡」。據筆者研判，陳映真應該有一段時間曾經試圖影響鍾肇政的政治及社會經濟思想，但鍾肇政終究缺乏陳映真那批「讀書會」成員的「非共享經驗」，諸如小時候後院陸家小姊姊被抓、廣泛接觸三〇年代左翼書刊、收聽「匪區」電台、閱讀「匪區」書報等等，所以不久隨即放棄這個念頭，以致陳映真才會認為他與鍾肇政只能維持「是文學的朋友。在政治上，似乎有一點點距離」（第四十封，1964.02.01）。這種情形，同時也能部分說明為何《筆匯》、《現代文學》、《文學季刊》的衆多同仁（除劉大任例外）在當時並沒有成為「讀書會」成員的緣由。

十一月（1964）時，因爲出版事務而回信給鍾肇政，陳映眞已帶著極大的暗示口吻說：「我正在重新學習之中。我們之間不會寂寞得太久的。」[84]

此時鍾肇政如果將陳映眞自進入中學當起英文老師之後的信函再仔細找出來對照一番，一方面很快地就會發現這些信從淨是充滿著負面、否定的情緒（約從1962.09~1963.04），到自認「有一段很長的心底闇夜，到最近才有康明的樣子」（第36封，1963.06.16）、「熱烈地生活著……從來不曾像現在那樣熱心地生活著」（第39封，1964.01.21）、「最近讀書頗勤」（第42封，1964.03.24），到最後說出「我正在重新學習之中。我們之間不會寂寞得太久的」（第44封，1964.11.01）這樣一種在生活態度上的大轉變；另一方面也能敏銳發覺截至目前爲止，陳映眞的信裡不知不覺開始多了「鬪爭」（第22封，1962.11.14）、「反動」（第33封，1963.04.10）、「封建」（第35封，1963.04.26）、「辯證」（第36封，1963.06.16）、「進步者」（第37封，1963.06.24）、「小布爾喬亞」（第38封，1963.09.03）等左翼份子喜用的字眼；甚至細心一些，都能在〈將軍族〉裡讀到陳映眞憧憬的「理想」顏色；[85]所有的跡象都指向這段時間以來，陳映眞的世界已

84 引自編號第四十四封（1964.11.01）的「陳映真致鍾肇政書簡」。

85 1964年1月在《現代文學》發表〈將軍族〉時，陳映真已在小說裡使用了兩處「象徵」來寄寓其憧憬的「理想」顏色：其一「用一個紅漆的破乒乓球，蓋住伊唯一美麗的地方——鼻子……」（頁191）；其二「鴿子們停在相對峙的三個屋頂上，恁那個養鴿的怎麼樣搖撼著紅旗，都不起飛了。」（頁196）引自：陳映真，〈將軍族〉，《陳映真小說集1：我的弟弟康雄》，台北：洪範書店有限公司，2001.10，頁191、196。

天翻地覆地進行著改造。如果要說是一位民族主義者，陳映眞有可能早在中學「劉自然事件」（1957.05.24）中就直接挑戰美帝了！以致於留下一個最核心的問題：他是如何成爲一個社會主義者、馬克思主義者？其根源於何時何事何因？

二〇〇九年十一月，原《筆匯》的核心同仁許國衡出席了政大舉辦的「從陳映眞的文學創作思考當代知識分子的問題」專題講座（2009.11.13），他表示：有一回聚會時，陳映眞找他私下講講話，說自己很痛苦，他以爲就是失戀一類的，但是沒想到陳映眞是說他「發現沒有上帝」[86]，原因是陳映眞透過日本朋友的介紹，讀了一些關於唯物主義的書。許國衡所指的日本朋友，就是吉田重信（後來曾任日本外務省中國課課長）、淺井基文（後來曾任日本駐上海領事館總領事），季季在《行走的樹》裡已交代的很清楚，本文不擬贅述；[87]可是，問題在於陳映眞與這些日本友人是如何認識？居中牽線的關鍵人物是李作成。1993年李作成過世時，陳映眞寫了一篇悼念文，文中詳述：1962年9月進入強恕中學任教之後，不久便與同事李作成訂交，隨即「在他的引介下，我遇見了嚴厲的政治氛圍下處於『半地下』的一群與國民黨『持不同政見』的精英知識圈。……也是經由這個圈子作成先生與我得以和一位年輕優秀的日本青年淺井先生結爲知交，而在嗣後我與作成先生的知識與思想生活上，起到了深

86　轉引自：林家慶，〈從陳映真的文學創作思考當代知識分子的問題──「陳映真．人間特展」座談會紀實〉，《文訊》，第291期，2010.01，頁91。

87　可參考：季季，《行走的樹》，台北：INK印刻出版有限公司，2006年11月，頁84-86。

遠的影響」[88]。「日本青年淺井先生」就是季季書裡的日本左派實習外交官淺井基文，也就是陳映眞1993年〈後街——陳映眞的創作歷程〉乙文所提及的那位影響一生轉折的「年輕的日本知識分子」[89]。**透過淺井基文的交友圈子，陳映眞終於在「筆匯-文季」、「現文」以及以鍾肇政等台籍作家爲主的《台灣文藝》等藝文團體之外，與一群志同道合的人另闢一座相濡以沫的「同溫層」；終於從一位上帝，走向另一個「上帝」。**

第六節　事實上，今天的文壇上不會有省籍的壁壘的

就在陳映眞退伍（1962.09.08）後不久，有一回

88　引自：陳映真，〈哀思畏友李作成先生〉，《海峽評論》第34期，1993年10月，頁63-64。另外，據陳映真所述：李作成生於1931年，中國內蒙古綏遠省歸綏市人，1949年隨父親李蔚瑛將軍來台（李蔚瑛旋即再入中國為接家眷而陷共，遂致父子終生揆隔），台大法律系畢業後進強恕中學任教。1968年，由於參加「讀書會」與陳映真等人一起因「民主台灣聯盟」乙案被捕入獄。然而，上述的〈哀思畏友李作成先生〉乙文，依筆者判斷，陳映真當時因有著「某種現實」上的考量而反倒在李作成先生最重要的生平事蹟上寫得「扭扭捏捏」，其一是：對李作成而言，其一生付出最慘痛的代價也是他最終追求的目標就是社會主義（共產主義）的信仰與國度，但是全文數千字裡從頭到尾看不到社會主義（共產主義）四個字，凡是該使用社會主義（共產主義）字眼之處，陳映真全部改以「社會科學書刊」、「進步主義」、「愛國主義」替代；其二是：發生在1968年的「民主台灣聯盟」，國府當局就是以閱讀馬列史毛等左傾的社會主義著作及預謀從事叛亂等罪名大肆逮捕，陳映真卻只說成「一九六八年，我與作成先生等十餘人以主張中國之統一而遭逮捕入獄」（頁64）？李作成先生地下有知，真不知做何感想。

89　陳映真，〈後街〉，《父親》，頁58。

（1962.11.27）鍾肇政興奮地寫信給時在成大中文系就讀的張良澤：「告訴過你陳永善其人嗎？他是新近加盟我們陣容的伙伴。今年（按：1962.04.22）在火泉兄宅聚會，他也參加了，軍官訓練剛結束不久，目前在強恕中學（北市）執教，淡江文理學院英文系畢。是我矚目中的大將之一」[90]，當時台籍作家們應該是早有打算共同辦一份文藝雜誌的計劃，看得出來鍾肇政心裡一直對陳映眞寄予厚望。就在鍾肇政那次偕同曹永洋、文心至陳映眞家探望的場合（約在1963.02.21之前幾天），當天可能是眾人建議屆時（1963.04.14）大夥更多人聚會時就由陳映眞提出辦雜誌的計劃，結果事後陳映眞在信上不但出言批評去年陳火泉家的聚會（1962.04.22）很不像文人雅集，給他有種世故、俗不可耐的感覺，他更表示：

> 關於雜誌的事，我想如果我們顧慮的那麼多——或者本來就應該有許多顧慮的——那倒不如不辦。事實上，今天的文壇上不會有省籍的壁壘的。只要有水準的作品，發表的機會不會有多大的出入的。同人雜誌這種花錢吃力賠本的事，如果不出於不可抑止的熱情和需要，是不會也不必產生的罷！……我不能想像在那樣的聚集上由我這個無名後生提出雜誌計劃會有什麼效果。[91]

90　鍾肇政著，張良澤編，《肝膽相照：鍾肇政‧張良澤往返書信集‧（鍾肇政卷）》，台北：前衛出版社，1999，頁37。

91　引自編號第三十一封（1963.02.21）的「陳映真致鍾肇政書簡」。

陳映眞之所以會有「事實上，今天的文壇上不會有省籍的壁壘的」[92]觀感，除了原本就抱持著絕不「撕裂」省籍的固著心態外，最直接的經驗部分還是來自於他個人早年的族群接觸以及在《筆匯》、《現代文學》的境遇，但他的經驗很遺憾地卻不能普遍代表整個台灣藝文界的實際生態，對他或對台籍作家們而言，彼此都失去進一步深刻交流的機會，未嘗不是台灣文學的不幸。儘管陳映眞對於台籍作家們的動態，一貫在態度上總是採取被動、消極，但是當他1963年9月3日寫信給鍾肇政時，提及：「最近『現代文學社』硬要我參加編務。我想了想，也終于沒答應。他們的Pettit Bourgeoise的味道太重了。然而卻拗不過要爲他們寫稿。九月份大約會登我的近作（按：指〈文書〉，《現代文學》，九月）。約一萬字。」[93]鍾肇政仍然一方面替退伍之後足足已經過一年潛藏的陳映眞的再出發感到振奮，[94]另一方面，似乎是過於樂觀

92 陳映真對鍾肇政說：「文壇上不會有省籍的壁壘的」諸如此類的話，事實上已經不是第一次了；早在編號第九封（1962.05.31）的信裡他也說過：「我一直不能相信在台灣的文學有地域之囿。」這些內容都反映著他個人種種的「成長」背景，但同時這並不表示他對社會上「省籍壁壘」、「地域之囿」，尤其是在他較為熟知的藝文界的嚴重情形，會天真到一無所知。「在台灣的文學」到底有沒有「省籍壁壘」、「地域之囿」？這是大哉問，但是往往提問就是答案，證據之一就是陳映真在編號第3封（1962.03.13）的回信上，便曾向鍾肇政探問：「〈濁流〉的插繪者是誰？在台灣除了張英超氏的若干插繪，我沒見過比爲你插繪的作者更好的畫人，而且很可能他也是個省籍人，也許他就是你自己也說不定，因爲文與美術是一對姊妹。」（引文中的底線是筆者為了強調而加上去）陳映真在信上不僅打探插繪者是誰？重點是，他還特別詢問是不是台籍人士？顯見他心中恰恰好因為很清楚省籍的資源分配很不公而非常在乎！為了自認某種崇高或特別目的而發出違心之論、言不由衷的現象，是我們閱讀陳映真這批書簡時所必須警醒的。

93 引自編號第三十八封（1963.09.03）的「陳映真致鍾肇政書簡」。

94 事隔一個禮拜，鍾肇政帶著很期待的心情通知鄭清文：「聽說永善開始給《現代文學》供稿了，九月份會有作品發表，聽到未？」（寫於1963.09.11，引自：《鍾

地想到了既然陳映眞已推辭了「現代文學社」的編務，那麼對於將來爭取他參與吳濁流先生正在申辦的《台灣文藝》，也就持續抱持著更大的希望。[95]

可是，陳映眞私下對於吳濁流卻觀感不佳、對《台灣文藝》的前景也表示懷疑。陳映眞先是對鍾肇政說：

> 「台灣文壇」（按：指《台灣文藝》）如蒙許可，未始不是件契機罷。進行得怎樣了呢？濁流先生底書我都收到了。作爲先輩，我尊敬他。但我覺得他的舊士大夫的氣味太重，很不喜歡。台灣文壇所需要的，斷不是這樣底人。這話是我同你說的，因爲你知道我很眞誠地這樣說，斷不是氣盛而已。[96]

後又來信表示：「關於『台灣文壇』（按：指《台灣文藝》）底出刊，弟甚歡喜。如蒙不棄，弟當衷誠支持。只是我是否有能力應付兩處（另《現代文學》），尚難逆料。關於我批評了子惠和濁流兩先生，我實在有些懊悔。我知道我是個毒氣很重的人，嫉世，憤激，心胸狹小。這一點限定了我不能成爲一個偉大底藝術者。我十分明白這一點。但我總以爲，

肇政全集26．書簡集（四）》，頁81）

95　吳濁流在創刊《台灣文藝》前非常看重陳永善的參與，一再寫信叮囑鍾肇政要向陳永善等人邀稿（一封寫於1964.02.09；另一封寫於1964.03.21），並且促其三月一日如期來參加創刊前的「青年作家座談會」（寫於1964.02.24）。參引自：吳濁流著，黃玉燕譯，錢鴻鈞編，《吳濁流致鍾肇政書簡》，台北：九歌出版社有限公司，2000.05，頁79、86、89。

96　引自編號第三十九封（1964.01.21）的「陳映真致鍾肇政書簡」。

『台灣文壇』（按：指《台灣文藝》）在同人和編輯上若沒有某種同一性，是很難期有所發展的罷。」[97]鍾肇政如何回應如今雖不得而知，但可以確信的是，他仍然在出刊前夕信心十足地對鄭清文提到他的近期規劃：

> 吳濁流氏的《台灣文藝》已許可了，四月上旬中出創刊號，這一期小說，他們決定由海音，文心，林鍾隆，李子惠，我執筆，我答應爲他邀第二期的，我的名單除你之外，是永善，鄭煥，奔煬，江上，黃娟等。……我決定爲它全力以赴，一定要讓它發展下去。因爲這總是純由台灣文人辦的第一個刊物啊。[98]

如此說來，陳映眞想必是有接到鍾肇政強力而持續的邀稿了。

1964年3月1日下午1時，《台灣文藝》假台北市懷寧街70號台灣省工業會四樓會議室召開創刊前的「青年作家座談會」，陳映眞倒是如期赴約，**如右圖：**[99]

97 引自編號第四十一封（1964.02.08）的「陳映真致鍾肇政書簡」。

98 寫於1964.02.07，引自：《鍾肇政全集26．書簡集（四）》，頁89。

99 陳映真與早期《筆匯》、《文學季刊》或《現代文學》同仁皆未曾留下較為完整的團體照，反倒與他「無甚贊同」的文學團體「台灣文藝」社創刊同仁們留下這張異常珍貴的照片。可是很奇怪的是，就目前所知包括《台灣文藝》第1卷第2期（1964年5月，無頁碼）及《施翠峰回憶錄》（施翠峰著，台北：台北縣政府文化局，2010年11月，頁91）雖都曾先後刊載過此張照片，但不知出於何種原因，皆未明確標示或察覺出畫面上第三排最左邊的站立者就是陳映真（第二排及最上排的最右邊者分別是鍾鐵民及鍾肇政）。這張類似社員大會的照片，是當年《台灣文藝》創刊初期所刊載的，竟意外地保存青年時期的陳映真影像，以及他早年和《台灣文藝》的淵源的證據，它不但能讓後來的陳映真無法任意扭曲台灣文學史

「台灣文藝」社創刊同仁合影，第三排最左邊站立者為陳映真

由於鄭清文是臨時未到，鍾肇政多半是出自關心，隔天便去信略述當天情形：「與會者有三十多人……盛況，發言也多、好，我以爲這在台灣文學史上是值得記下一筆的事。而不說別的，大家見見面，認識認識，單單這一點就已經是成功的。有幾個朋友也都問起你何以未到，永善，鐵民更關切，對於這些友人，我幾乎禁不住抱歉起來。」[100]另外，台南的張良澤可能路遠未到，鍾肇政也特地寫信告之：「三·一座談會與會者約有三十多名，我們這一夥人都參加了，此外還有五、六個日治時期的老腳

和自己藝文生命，也能提醒世人過往既存的歷史。

100　寫於1964.03.02，引自：《鍾肇政全集26·書簡集（四）》，頁97。

色，新面孔也不少。這會在台灣文學史上是值得一筆的事……」[101]不過，最令人好奇的，恐怕還是陳映眞的說法。他告訴鍾肇政：

> 那天去開會，很不開心，這未始沒有影響了我投稿底熱心。老的老了，新的狂妄，幼稚，臆病（包括我在內），使我又遺憾又憤憤。[102]

而事實也說明，《台灣文藝》四月正式發行之後一直有按期寄書給陳映眞，陳映眞倒是眞的遲遲不願供稿；不過他完全沒有閒著，因爲在1964這年，陳映眞就持續在《現代文學》發表了〈將軍族〉（1月）、〈淒慘的無言的嘴〉（6月）、〈一綠色之候鳥〉（10月），同時與黃華成、劉大任等人籌辦即將於隔年（1965）元月出刊的《劇場》，尤其是投入更多心神開始組構他的社會主義「同溫層」。鄭清文就曾對自己所觀察到的現象，對鍾肇政含蓄地分析：**「我在街上也碰過他**（按：指陳永善，以下皆同）**一兩次，他都好像很匆忙。他不肯給台文**（按：指《台灣文藝》）**寫文章，一定不是時間不許。一樣沒有稿費，《現代文學》上卻常常看到他的文章，他不替台文寫文章，可能是意見上的問題。」**[103]讀者如

101 寫於1964.03.06，引自：《肝膽相照：鍾肇政．張良澤往返書信集．（鍾肇政卷）》，頁43。

102 引自編號第四十二封（1964.03.24）的「陳映真致鍾肇政書簡」。

103 寫於1964.10.24，引自：《鍾肇政全集26．書簡集（四）》，頁110。

果要在《台灣文藝》看見陳映真的身影，將是十幾年後的事了。

第七節 我總共才寫不到20篇，選都沒法選，怎麼能出？

1964年時，「文壇社」的負責人穆中南先生打算在隔年（1965）適逢台灣「光復」二十週年時，推出一套「台灣省籍作家叢書」，便找上鍾肇政來主持大計。某種程度上，在戒嚴時期這是一件如履薄冰的任務，鍾肇政自是愼重其事，但同時也認爲對台籍作家而言，無非是千載難逢的機會。最初的規劃共十冊，其中兩冊是個人專集，鍾肇政屬意陳映眞及鄭清文。鍾肇政先是給陳映眞去信「遊說」，再寫信告訴鄭清文：

> 明年台灣光復二十周年，我要編一套台灣作家叢書，已決定由文壇社出版，本期該誌有預告，請參閱。一共有十冊，多數是四、五人合一集，但有個人集兩冊，是你的和永善的。希望你能同意我爲你出這一本書……又及：我怕永善不同意，故希你給他一信，鼓勵他參加這套叢書的出版。[104]

104 寫於1964.10.21，引自：《鍾肇政全集26・書簡集（四）》，頁107-108。

幾天後鄭清文回信表示，要他出書倒使他有點膽怯，不過仍很感激鍾肇政如此愛護他……，隔天他會去陳映眞家，盡量勸陳也開始準備出書乙事。[105]但沒想到陳映眞已早一步來信拒絕，鍾肇政便把希望寄託在鄭清文的登門拜訪，隔天就急著寫信問道：「永善處去了嗎？結果呢？不出所料他已有信來，表示拒絕。一嘆！」[106]陳映眞的第一封「拒絕信」先是表示：「這世界上能像你這樣縱容我、愛護我的人，除了你以外，是很難於見到第二人的罷。對於你，我一直是懷著一個被慣溺的、任性的、親切感的。而且我竟一直很泰然地接受你給我的自由。實在我是應該爲此羞恥而且乞求寬恕的。——雖然你對我一直便是這樣親切。」[107]便即刻切入正題，表明之所以推辭的理由：

> 關於出書的事，最近篤恭兄也來信提到過。但我想關於我這一部份，似乎不必列入計劃裡罷。我給他的信中是說這樣作未免有些宗派主義的氣味，是我所不好的。但更大的理由是，我總共才寫不到20篇，選都沒法選，怎麼能出？況且我一向眞的不很重視自己的勞作（比方說我身邊一篇也沒留下，倒是永洋（按：即曹永洋）在很熱心地為我收集著），這不是什麼「謙虛」的封建美德，而是我自己有許多超不過的偶像如ろじ

105 寫於1964.10.24，引自：《鍾肇政全集26・書簡集（四）》，頁110。
106 寫於1964.10.25，引自：《鍾肇政全集26・書簡集（四）》，頁110-111。
107 引自編號第四十三封（1964.10.22）的「陳映真致鍾肇政書簡」。

ん、卡繆、……。我是連個minor writer都撈不到的。既然，就實在不該浪費物質去印什麼書了。我一點也不忽視自己在台灣這塊荒蕪的文壇上的那麼一丁點兒稍爲與別家不同的文章上的氣味，而且也因此被關愛我的一些朋友（比如你）所承認。我覺得我可以得到僅只是這些，而且便夠了。但我也十分十分清楚自己缺乏一個巨家的偉大性（greatness）。出了書也不能對於這個我的實際有所幫助。你說對罷？便是這個「氣持」，我很婉然地拒絕幾個願意爲我出書的書店和出版團體，以及許多熱心朋友（比如永洋）的慫恿。肇政兄，我絕不是個什麼不好名利的人，而是我很明白我是不可能因出書而得到什麼我應得以外的東西的——比如說像青年李敖那樣一夜成名。好罷，既便是那樣成了名，我也知道誰也逃不脫「時間」這個公正而殘忍的批評家的批判而又復歸於藉藉了。最後的一個理由是，我的作品中不少表達了我過去了的，或者現在還有但自己還沒法克服過來的壞情調和不健康的思想和感情的態度。自己批評都來不及，怎好印成書流行起來呀？總之，請你了解我這個似乎很做作的心情罷。至少暫時間不去考慮出書。也許我萬一在未來的時日中能寫出較好的東西，到了可以有所選擇的時候，再純只是爲了個人的紀念性那樣地出他一個小薄本兒也說不定。但卻不是現在罷。但我對你的感謝和敬愛卻是一樣的。也只有你這樣豪情的人，我才敢這麼安心地任性著，總之，謝謝你。緊密地握手。[108]

想必鍾肇政在回函中有將其爲何執意編「台叢」的苦心再度詳加剖析，陳映眞閱畢直說：

> 一直爲之有一種欲哭底感覺。我從不曾見著你的這一悲忿面。我深切地認識到，不了解您這一代インテリ（按：知識分子）的由於歷史的軋鑠而來的創傷，是無權批評的。特別是近半個月來，尤有些感。我是個相當自以爲是，而且故意偏見的人。但唯獨這一次我覺得我錯了，使我痛苦不堪。[109]

可是，一提到「台叢」的計畫，陳映眞仍然堅持：

> 關於出書的事，我還是沒有改變初心。這或者便是「兩代」的差異罷。我知道我的筆有一點兒力量，卻斷不是那可以叱吒、可以使人膽顫的那一種。我須要不斷地鍛鍊，而且最近我才眞的認眞地想到把自己的筆當正事去磨礪呢！請假我以時罷，肇政哥。請您了解我的心情，再容我一次任性罷，兄貴（按：即「大哥」之意）！[110]

108 引自編號第四十三封（1964.10.22）的「陳映真致鍾肇政書簡」。
109 引自編號第四十四封（1964.11.01）的「陳映真致鍾肇政書簡」。
110 引自編號第四十四封（1964.11.01）的「陳映真致鍾肇政書簡」。

儘管姿態擺到最低，但陳映眞對於出版乙事絕不鬆口。這封信另外值得注意的是，不知是否鍾肇政在陳述的內容上出現了較爲敏感的字句，或純粹出自陳映眞高度的警覺，陳映眞首次在信末附上了提醒字樣：「**P.S.您的信直到二十九日才到我手。用語請謹慎。**」[111]此事間接坐實了鍾肇政往來的書信確實受到檢查的說法，[112]而陳映眞當時就已察覺被監控了！

1965年1月28日的下午，陳映眞有可能趁短期兵役受訓的結束（地點在中壢）而順道去龍潭探望鍾肇政，「文壇版」的十輯「台叢」終於沒有納入陳映眞的作品。可是，鍾肇政惜才愛才，仍然不忘在《本省籍作家作品選集‧第七輯》的〈編輯的話〉裡，特別對其簡敘一番，說：

> 應該收在本輯裡的，尚有陳映眞其人，因故沒有能寄作品來。他是台北縣人，淡江文理學院英文系畢業，曾任中學英文教師，現服務於美國某藥廠在台分支機構。早期作品多在《筆匯》發表，近年則均在《現代

111 引自編號第四十四封（1964.11.01）的「陳映真致鍾肇政書簡」。

112 鍾肇政於1999年8月25日寫給葉石濤的信上，亦曾提及他「往來書信全部受過嚴密檢查」（引自：鍾肇政著，陳宏銘、莊紫蓉、錢鴻鈞編，《鍾肇政全集29‧書簡集（七）：情純書簡》，桃園：桃園縣政府文化局，2004.03，頁535）乙事。另外，按錢鴻鈞的研究指出，由於「彭明敏事件」（1964）、「廖文毅歸台」（1965）引起特務對台獨的敏感，1966年時從中部的作家李篤恭、張彥勳、陳韶華、林衡茂等一路牽連到北部作家陳火泉（1966年2月3日下午三點半上班時，無緣無故為警總帶走，審問至凌晨）、鄭清文，都被警總約談問及有關與吳濁流、鍾肇政《台灣文藝》接近事宜，席間警總向被約談的台籍作家出示了與鍾肇政往來信件的照相版。詳情請參閱：錢鴻鈞，〈論鍾肇政與陳火泉的戰後文學歷程〉，頁500-502。

> 文學》刊露。他有一副敏銳的嗅覺，對於目前社會諸相，另有一番領略，行文含有濃重的傳染性，令人心靈顫動。他可說是目前我國文壇強有力的新選之一。[113]

字裡行間完全顯現鍾肇政的氣度與器識！三月時，鍾肇政爲台籍作家爭取出版的機會似乎再度降臨，鍾肇政對鄭清文說：「幼獅的朱橋（按：指《幼獅文藝》的主編朱橋）今天來看我，爲的是談第二個台叢的事，看情形，很有成功希望，雖還只是希望，可是我很有把握再出另十本書……二叢是火泉，黃娟，鐵民，鄭煥，七等生，魏畹枝，李喬，葉珊，許達然，你等十冊。」[114]可能是鍾肇政去信詢探陳映眞此番是否願意就「幼獅版」的「台叢」重新思考出版專冊的意願，但此時在精神意識上與鍾肇政已各處平行軌道的陳映眞，半年來未曾與鍾肇政通信及謀面，對於出版舊事再起仍是辭意甚堅，他回信說：

> 關於出書之事，我仍了無興味。自問未有絲毫成就，實在不敢擠十家之一。而且年來壯志已消損殆盡，加以才思兩竭，已碌碌然安爲一白領階級矣。寫作之事，徒以欺罔此心，俾便厚顏無恥地生活下去而已。

113 鍾肇政，〈編輯的話〉，《本省籍作家作品選集・第七輯》，台北：文壇社，1965年10月，頁3。「第七輯」分別收錄了陳若曦、歐陽子、鄭恒雄、七等生及李泉源、李篤恭、李文顯、李子奇四兄弟的作品。

114 寫於1965.03.07，引自：《鍾肇政全集26・書簡集（四）》，頁121。

> 故弟從不曾有一刻夢想到要圖什麼業績。您說對我「另有意義」，是我完全不能領會的。……希常賜教聯繫——唯此後請不再談出書之事。然而亦不能不知我對於您厚愛獎掖之深切銘感也。[115]

一個月後，陳映眞實在不放心，再度去信：「昨天朋友拿《幼獅文藝》告訴我出書的事，覺得十分詫異。您來信邀我出書，我已去信表示在作品未有理想成就以前不想出書。我想那封信您不致沒有收到罷？對於出書之事，目下尚無此意向。請吾兄憫我愚拙，成全我藏拙之心，我會十分感謝您的。」[116]並且附上「P.S.」，特別叮嚀：「我十分擔心這事，所以請回信。」[117]

關於「幼獅版」的「台叢」計劃，鍾肇政的原先構想是準備要請十位台籍青年作家中較有成就又未有專著問世的人參加，一人一冊，結果煞費一番苦心策畫之後仍不盡人意，只好向讀者特別提及「作品的質與量都足可出一本（甚至數本）集子而又未曾出過書的，實在不少」[118]，其中包括了陳映眞、七等生、張良澤等人！至此，1965年由鍾肇政策畫、編輯，在台灣文學史上具有時代意義的兩大套「台叢」，終

115 引自編號第四十六封（1965.06.19）的「陳映真致鍾肇政書簡」。

116 引自編號第四十七封（1965.07.19）的「陳映真致鍾肇政書簡」。

117 引自編號第四十七封（1965.07.19）的「陳映真致鍾肇政書簡」。

118 鍾肇政，〈由《台灣省青年文學叢書》的印行，看光復二十年來台灣文學的成長〉，收錄於鍾肇政著，陳宏銘、莊紫蓉、錢鴻鈞編，《鍾肇政全集20．隨筆集（四）》，桃園：桃園縣政府文化局，2002.11，頁295。

於在陳映眞執意的迴避下，缺漏了他這位經典作家。

同時在1965年10月25日以慶祝台灣「光復」二十週年爲名義而出版的兩大套「台叢」，叢書全名幾經斟酌之後，一爲「文壇版」的《本省籍作家作品選集》，共有十輯、作者168位（最後兩輯為新詩選集）；另爲「幼獅版」的《台灣省青年文學叢書》，一人一冊，共計10位作者，分別是鄭清文、鄭煥、鍾鐵民、李喬、陳天嵐、黃娟、劉慕沙、魏畹枝、呂梅黛、劉靜娟。學者錢鴻鈞認爲，由於被視爲是配合國民黨的政策才有的應景之物，以致於兩大「台叢」的編成及其促成戰後二十年本土作家詩人們集結出發的重大意義（尤其不久前《台灣文藝》、《笠》也已相繼創刊），在台灣文學史上至今不夠彰顯，但其實正因爲「鍾肇政與當時統治者的『鬥爭』又『合作』關係」[119]，恰恰凸顯出版過程中「弱小者的反抗、煎熬、突破恐懼危險」[120]的過人之舉！當時，穆中南在《文壇》發表了〈出版『本省籍作家作品選集』〉便曾特別強調：「本集原訂名爲『台灣省籍作家叢書』，有時爲了簡稱而名爲『台叢』，竟有人把它扯入『台獨』方面去。……搞台獨的份子即使現在歸了正（按：應是指1965年廖文毅回台乙事），在我這種讀死書的人眼裡，不值一文而且痛心疾首。給我扣上這頂帽子，我只有大笑。……在鍾肇政先生邀稿的時候也曾遇到一些困難……這件事肇政兄的解釋

119 引自：錢鴻鈞訪談、筆錄，〈與趙天儀閒談「《台叢》、前輩作家及台灣文學」〉，《台灣文學評論》，第2卷第2期，2002年4月，頁143。

120 錢鴻鈞訪談、筆錄，〈與趙天儀閒談「《台叢》、前輩作家及台灣文學」〉，《台灣文學評論》，頁153。

和說服工作相當成功！」[121]錢鴻鈞據此進一步推論，連一向黨政關係良好的穆中南都必須爲出版乙事交心表態了，更足以說明鍾肇政獨自編輯時所承受的壓力及甘冒的風險。

穆中南特別要撇清外界所傳戴的「台獨」帽子，事實上有可能就是陳映眞刻意迴避的原因，但其最主要的理由恐怕並非畏懼惹禍上身，而是在政治思維上恰好已是處於相反的民族立場。因爲在早期陳、鍾兩人交往時，陳映眞就曾在編號第3封（1962.03.13）的信上表示：「最近朋友極力要爲我出集子，我因時間太早而且作品都未成熟，一直拗著不願意。現在一想，爲了紀念或許也可以考慮的罷。」[122]後來在編號第14封（1962.08.14）的信上也說：「《筆匯》在『計畫』著出刊叢書，也予（按：應為「預」字）定爲我出一集子，爲此我很惶惶，好在這『計畫』十分渺茫，財力是一大問題。」[123]顯然當時對於《筆匯》時期的作品如要結集出版，陳映眞並不會太排斥，何以到了1964、1965年之際，態度變得如此堅決？不管是基於「宗派主義的氣味，是我所不好的」，還是「總共才寫不到20篇，選都沒法選」，其實都只是藉口；我們必須等到數年之後，從尉天驄寫給劉紹銘的

121 穆中南，〈出版『本省籍作家作品選集』〉，《文壇》，1965年10月，頁6。轉引自：錢鴻鈞訪談、筆錄，〈與趙天儀閒談「《台叢》、前輩作家及台灣文學」〉，《台灣文學評論》，頁154。

122 引自編號第三封（1962.03.13）的「陳映真致鍾肇政書簡」。

123 引自編號第十四封（1962.08.14）的「陳映真致鍾肇政書簡」。陳映真不但對過往作品的出版並不是那麼排斥，還曾經一度認為〈鲁冰花〉雖不是好作品，但卻建議既然有出書機會，鍾肇政就該把握！當時的陳映真如此寫說：「〈魯〉文我仍不以爲是好作品，但出書，即（按：應爲「既」字）有機會當然要出。」（引自編號第九封，1962.05.31）

親筆信裡，才能獲得理解與印證。

尉天驄的文章被命名爲〈木柵書簡〉的有兩篇，皆與劉紹銘有關；前一篇是1972年劉紹銘編《台灣本地作家短篇小說選》時，囑託尉天驄表示點意見，尉天驄便將他長年觀察到的「客居」台灣的中國作家對生居地普遍缺乏一種「愛憎感」以及台灣本地作家在成名或有了地位之後往往也失去「誠懇」創作的熱情等等現象，寫成一封書簡寄給了劉紹銘，劉紹銘後來把它放在該書的「附錄」，我們暫且稱之〈木柵書簡（之一）〉（寫於1972年5月23日）；[124]隔不了多久，則是尉天驄聽到劉紹銘在香港爲刻在獄中的陳映眞編選小說集時寫給劉紹銘的一封長信，大致回憶陳映眞在入獄前與其交往的種種情誼，後一篇我們暫且稱爲〈木柵書簡（之二）〉（寫於1972年6月）。[125]就是在〈木柵書簡（之二）〉裡，尉天驄寫說：

> 他（按：指陳映真）告訴我（按：指尉天驄本人），台北某出版社要出版十巨冊的《本省作家選集》，主編人要選他的一些作品，卻被他拒絕了。他問那位主編：中國文學能夠劃分這是山東文學、那是山西文藝嗎？

124 尉天驄，〈木柵書簡（之一）〉，收錄於劉紹銘編《台灣本地作家短篇小說選》，台北：大地出版社，1976.07，頁223-226。

125 尉天驄，〈木柵書簡（之二）〉，收錄於劉紹銘編《陳映真選集》，香港：小草出版社，1972年，頁421-430；曾經以〈談陳映真〉之篇名，收錄於尉天驄著《衆神》，台北：遠行出版社，1976.03，頁115-124；現今以〈木柵書簡〉之名，收錄於封德屏主編《人間風景・陳映真》，台北：文訊雜誌社、財團法人趨勢教育基金會，2009年9月，頁50-61。

> 既然不能，台灣文藝這個名詞除了狹隘的地方主義外，就沒有多大的意義了。因此，這部選集出版以後就沒有他的作品。[126]

假設尉天驄的轉述沒有偏離陳映眞原意太多，那麼我們對於陳映眞之所以一直不願供稿給《台灣文藝》、百般婉拒「台叢」計劃，便可以得到本質上約略相同的結論。**事實上，陳映眞這段時期自始至終不願接納台灣文學／《台灣文藝》這樣的稱呼、那樣的刊物，都是有跡可循的，例如陳映眞早知《台灣文藝》的正式刊名，可是在信裡卻都寫成「台灣文壇」**（第39封，1964.01.21；第41封，1964.02.08）、**「文壇」**（第42封，1964.03.24）**，一而再、再而三就是不願直呼其名**。從「台灣文壇」（被陳映真界定為地區文學生態之意）到「台灣文學／《台灣文藝》」（被陳映真認定有國家文學位階之名）的距離有多遠，當時陳映眞與鍾肇政等台籍作家們的認同距離就有多遠！

大概是等兩套「台叢」的出版諸事已塵埃落定了，鍾肇政主動寫信問候陳映眞，陳映眞事實上有些訝異，他說：「來信收到了，謝謝。眞沒想到您會再給我信，令我感動。」[127]然而似乎也就再也找不到話題可聊了。只是兩人千萬沒想到下一回通信時，已是鄉土文學的風暴來臨的前夕。

我們若以一般書信字體的標準來看，早期的陳映眞即使是與

126 尉天驄，〈木柵書簡〉，《人間風景・陳映真》，頁59。
127 引自編號第四十八封（1965.09.19）的「陳映真致鍾肇政書簡」。

他所敬重的鍾理和、鍾肇政通信，字跡可說是異常凌亂，或許由此可看出其平日行筆快速、思緒敏銳的特質；書信的內容更常常是帶有耽溺自我又習於自我批判的哀歌調性，對於洞察社會疏離、道德磨難甚至信仰存在的困境，謙卑裡似乎又都帶有某種美學與政治的視野，以至於在其眾多自剖或推辭之中，往往也同時洩露了他自負的痕跡，這是陳映眞特有的高度（當然也稍帶一點點言不由衷的高調）。當我們讀到陳映眞長期以書信「審視」自己、「述說」自己、「表現」自己，試圖與更寬廣的天地連結時，也許便認爲從信裡諸多的虛實即能窺知陳映眞的一切，雖未必盡然，不過可以確定的是，「書簡台灣」的「陳映眞」毋庸置疑已是藝術、同屬歷史了。正因如此，我們更不得不去思考：在陳映眞逐步被經典化的過程中，到底曾經還有多少文學性現場——諸如「失落」的1962年——被當事人及論者有心或無意排除及改造呢？因爲所有這些敘事都關係到「陳映眞」將如何被記憶、如何被建構，論者們實在仍有責任持續挖掘與求證，拒絕繼續成爲綁架台灣文學史的從犯。

5

第五章
台灣文學史的「寄語」

——尋找「書簡台灣」的陳映真（下）

我不能寫短信給你。我有那麼多的話要說呼！這因爲我覺得在精神上和你這麼靠近，才使我有力量向你打開了我的靈魂。

——梅克夫人給柴可夫斯基的信（1877年3月30日，莫斯科），引自：《柴可夫斯基書簡集》[1]

第一節　聯副有新人「七等生」者，老師是否認識

從現存的書信檔案來看，歷經了與本土作家聚會時遭軍警騷擾、積極投入左派讀書會運作、迴避「台灣文藝」社邀約或者力拒兩大「台叢」邀稿等一連串人事變遷的陳映眞，約自1965年9月之後直至入獄（1968.05）這段期間就再也沒有寫信給鍾肇政了！當時跨國企業「美商輝瑞藥廠」剛至台灣的淡水設廠，陳映眞適時轉換職場。就在《劇場》活躍的那兩年（1965-1966），陳映眞也開始對現代主義的流弊「開火」，竟至「鬧翻」，明顯地對台灣的「現代派」已到了宗

1　見：柴可夫斯基著，B. Mcck & C. Bowen編譯，吳心柳校訂，《柴可夫斯基書簡集》，台北：樂友書房，1972年9 月，頁39。梅克夫人是柴可夫斯基音樂創作生涯的金主，但更重要的是，她憑著過人的音樂素養與德性，總是在柴氏的創作歷程中予以鼓勵及影響，兩人之間的冰潔軼聞，早已傳為樂史美談。

派般的反感！[2]這段期間，頗有延續《筆匯》香火的《文學季刊》也創刊了，從1966年10月發表在《文學季刊》第一期的〈最後的夏日〉開始，[3]陳映眞的文字漸轉明朗，從自憐到嘲諷，對現實越具敏銳度、越走向寫實，此時的「文學創作像一場及時的、豐沛的雨水，使他因意識形態的烈日劇烈的炙烤而瀕於乾裂的心智，得到了浸潤，使他既能保持對歷史唯物主義基本知識與原理的信從，又能對人類心靈最幽微複雜的存在，以及它所能噴發而出的創造與審美的巨大能

2　說「開火」，是因為陳映真強力批判：西方的現代主義是對工業化社會中的人的價值被齊一化的一種「反抗」，但反觀台灣的現代派是在疏離中國的脈絡下囫圇鯨吞西潮卻連個反抗的對象都沒有……，盡是表現「顧影自憐、受虐狂和醜態展覽」等主題，現代主義文學也只顧脫離現實、盲目模仿西方，作家們妄樹形式主義的空架子、成天寫著矯揉造作的語言，以致於在美學取捨上更是缺乏人道主義和倫理健康力量，最後總的來說不得不在思考上和知性上流於亞流性格和貧弱症（詳情可參閱：〈現代主義底再開發──演出「等待果陀」底隨想〉、〈期待一個豐收的季節〉，收錄於《陳映真作品集8：鳶山》，台北：人間出版社，1988.04，頁1-8、9-15；原各自發表於1965年3月第四期的《劇場》及1967年11月的《草原雜誌》創刊號）。至於說「鬧翻」，是指不久後，陳映真由於不滿《劇場》裡邱剛健、黃華成等濃厚的現代主義實驗精神、《劇場》內容十之八九都是翻譯作品，而此時在精神及編輯方面都與《劇場》有很大不同的《文學季刊》適時創刊，便與劉大任等人退出《劇場》的運作（詳情可參閱：劉大任，〈蒙昧的那幾年──懷念與映真一道度過的日子〉，《文訊》287期，2009.09，頁58-60；林麗雲，〈遠行〉，《INK印刻文學生活誌》8卷8期，2011.11，頁52）。陳映真曾自稱自己一直沒有出過「現代主義的疹」，雖然論者對此一直有不同的見解，倒是陳映真任教強恕中學時的學生蔣勳對此提出了一種「平衡」觀點，值得參考，他認為：陳映真「早期小說中頹放自苦的主角，理想墮落之後的自戕毀滅，那種蝕啃生命的本質上的絕望，放之於台灣現代主義所有的作品中，至今亦仍然是不可多得的佳作」，陳映真現代主義時期的作品之所以不同於他同時期的作家，就在於他不但較早反省到了台灣現代主義的虛假性，更重要的是「『現代』對於他，並非外在形式上的造作，卻來自於政治禁閉年代對那苦悶的反彈」（引自：〈求真若渴．愛人如己──我的老師陳映真〉，《陳映真作品集8：鳶山》，台北：人間出版社，1988.04，頁22）。

3　陳映真被捕之前，尚有發表小說：〈唐倩的喜劇〉（第二期，1967.01）、〈第一件差事〉（第三期，1967.04）、〈六月裡的玫瑰花〉（第四期，1967.07）。

量，保持高度的敬畏、驚詫與喜悅……」[4]；這時期的陳映真即使將馬克思主義抑壓到曖昧不明，然而所有的藝文參與都是在宣告「現代主義的創作者」陳映真正以渴求實踐價值的百米之姿急速奔向「現實主義的意念先行者」陳映真。雖然陳、鍾二人不再頻繁通信，但是1966年時鍾肇政在寫給七等生的信上，仍然不忘請求他如果有機會「**見了永善，請為我致意**」[5]，只是鍾肇政還不知道，其實不久之後，七等生也決意離開與尉天驄、陳映真他們一起創辦的《文學季刊》。

七等生原是師範學校畢業、擔任小學教員，1962年4月3日在林海音主持的「聯合副刊」以小說〈失業・撲克・炸魷魚〉初登文壇即受到矚目；不久，5月11日開始刊登一系列的〈黑眼珠與我〉，七等生的獨特風格馬上引起陳映真的注意，隔天便詢問鍾肇政：「**聯副有新人『七等生』者，老師是否認識？此人前途未可限量。**」[6]事實上，鍾肇政要到1964年《台灣文藝》創辦以後才進一步認識七等生，七等生後來由於投稿也先後以〈回鄉的人〉、〈灰色鳥〉獲《台灣文藝》舉辦的第一屆（1966）及第二屆（1967）「台灣文學獎」。1965年七等生辭去教職，打算專職寫作；1966年參與《文學季刊》的創辦，自此才與陳映真等人締結了一段不甚愉快的文學因緣。七等生曾經憶及他在六〇年代的中期尋求

4 陳映真，〈後街〉，《父親》，頁57。

5 寫於1966.07.28，引自：鍾肇政著，陳宏銘、莊紫蓉、錢鴻鈞編，《鍾肇政全集28・書簡集（六）：情誠書簡》，桃園：桃園縣政府文化局，2004.03，頁551。

6 引自編號第八封（1962.05.12）的「陳映真致鍾肇政書簡」。

志趣相投的文學團體：「記得那些年和愛寫作的年輕朋友在一起，大家一致喜愛把托爾斯泰和理想主義和共產思想連在一塊，推舉托氏打出托牌，然後歸結於馬克思思想的眞理。問我怎樣了？我只能說：我實實在在不懂這些。」[7]他不習慣作家自以爲是某種特定社會階級的代言人，也嫌惡集體主義和「僞善」的既有道德，對於自己將現實生活中被壓抑的意識底層的一切都轉換成具高度文學性的作品是有著自信的，所以對於部分《文學季刊》的同仁過分武斷地以爲他的作品缺乏社會性的說法自有諸多不滿。[8]1983年3月23日，七

7　七等生，〈俄羅斯家變〉，《思慕微微》，台北：台灣商務印書館股份有限公司，1997.10，頁128。

8　同樣是面對《文學季刊》同仁們對於自個創作的集體評斷及取向，小說家黃春明的心態及反應顯然與七等生截然不同。黃春明說他自己「由七等生的介紹，認識了文學季刊的朋友，並答應創刊號交一篇小說。心裡想，要寫一篇比〈男人與小刀〉更現代的小說。我很快很認眞的寫了一篇叫做〈跟著腳走〉，我希望要現代嘛，連題目都不能土。第一期創刊號的文季出爐了，同仁人手一冊，看完了約定在姚一葦先生家見面，當時尉天驄連家都還沒有。那時我期待著朋友談我的作品，但是好像被跳過似的，特別是陳映眞的眼神，像是有很多話要說，而由於怕傷害朋友的諸多設想吧，也就沒說什麼。我很多地方是粗線條的，但碰到顏面的事纖細得不得了，經過這次的聚會，我受到很大的挫折，我回到家想了又想，卻沒悟過來，還以爲寫得不夠現代。於是乎更用心思，寫了第二篇交給第二期的文季，題目是〈沒頭的胡蜂〉。雜誌出來了，還是沒有在同仁之間引起迴響。尉天驄爲我焦急的說，我爲什麼不把平時說給他們聽的那些故事寫出來。第三期寫了〈青番公的故事〉，第四期寫了〈溺死一隻老貓〉，姚老師看了，像是比我高興，拍拍我的肩膀說：春明，這就對了。……我眞正的爲自己高興，像是到勒戒所戒毒，經過一番痛苦後戒毒成功，我放聲大哭一場……」（上文引自：黃春明，〈羅東來的文學青年〉，《中國時報》「人間副刊」，1994年1月6日，第39版）業師林瑞明教授也曾針對黃春明這種獨特的創作歷程而指出：初期參與《文學季刊》的黃春明，由於還處在彷徨猶疑的階段，以致留下像〈男人與小刀〉、〈跟著腳走〉、〈沒有頭的胡蜂〉、〈他媽──的，悲哀！〉和劇本〈神、人、鬼〉等等他後來未收入皇冠版集子的作品，後來之所以令黃春明得以自我發現、自我肯定的原因之一，便是「他的說書人（story teller）特質受到《文季》同人驚喜地注意，許多人（包括姚一葦）肯定他的語言魅力，著迷於他口中的鄉下小人物。」（上文引自：林瑞明，〈目的與手段之別──試論黃春明與陳映真〉，收

等生爲了讓楊牧在美國指導的學生安若尼·典可進一步瞭解他的創作生平，寫信告訴典可：

> 我眞正的失業不久，他們（尉天驄等）就邀我於鐵路餐廳談創辦《文學季刊》的事。在最初的一至五期我都有實際參加編輯和選稿；我和老尉在他的政大宿舍一起工作，他去服役受訓時，我完全做那些瑣碎工作（跑印刷校對設計版面）。有一次大家去訪問兩位美國青年，一位是留學生，一位是地理雜誌的攝影和撰稿記者。那時是越戰和美國國內的學園反戰的時代。這兩位美國人向我們大談嬉皮和大麻煙的境界，以及放披頭四的歌並分析它們。由於陳永善設計的這次訪問的居心是想藉美國人來反對美國（他的作品可以看見這點，那次的訪問記錄亦可證明），因此我在這次的訪問之後，內心即有所決定，不再和他們在一起。當然不只爲了這樣的訪問，還有很多他們的言行讓我看出他們內心的跋扈。當我發表〈精神病患〉、〈放生鼠〉時，他們都表稱讚；我隨著發表〈我愛黑眼珠〉、〈灰色鳥〉等作品，他們就搖頭，以爲我走的路線不對，以爲我沒有理想和使命感，而且不寫實。……從此之後，我就不再和其他的作家有熱切的交往。……

錄於國立成功大學《歷史學報》第25號，1999.12，頁325）面對同樣的文學團體、同樣的價值取向，但小說家們各自按照自己的體質而各有取捨，應該是再自然不過了。

> 參加《文學季刊》使我對寫作界有較廣的認識，也懂一點中國文人的某些可鄙的野心。我在離開文季後寫的作品更多更順手，更能表現我個人的風格。……所以有人認爲我不是文季的人是完全正確的，那不是什麼光榮，反而是一個陷阱。……[9]

這段往事早在七等生1977年出版的《放生鼠》〈序〉言就曾憶敘。[10]信中所指的「訪談」，就是登在《文學季刊》第五期（1967年11月）的〈大地之歌〉對談（由陳映真策畫，主要是談美國民歌的發展），該期同時登有陳映眞自己寫的採訪心得〈最牢固的磐石〉。〈大地之歌〉的對談於1967年9月16日下午在台北天母舉行，由李南衡錄音，雷驤筆記，列席

9　七等生，〈給安若尼・典可的三封信〉，《台灣文藝》總號第96期，1985.09，頁76-77。第一封寫於1982.11.02、第二封寫於1983.02.02、第三封寫於1983.03. 23。

10　七等生在《放生鼠》〈序〉言：「那時是民國五十五年初……因爲早在聯合報副刊發表了許多短篇作品而引起在政大執教的尉天驄的注意，便連絡陳永善和施叔青約我在鐵路餐廳吃飯討論創辦文季。……當文季第二期發表〈精神病患〉後，他們認爲我完全走對了途徑，對我讚譽和鼓勵。其實不然，事實上我還在摸索，我的心靈產生很大的徬徨，對於掛在他們口中宣揚的所謂使命頗表疑問，在我未充實知識檢視自我的秉性之前，我不能冒然依從某種文學的主張。……文季第三期我發表了〈我愛黑眼珠〉和〈私奔〉便引起他們的猜疑和失望了。正巧不久文季安排去訪問兩位美國知識青年……這篇訪問稿後來亦發表在文季上，極明顯的它有攻擊的企圖，指出美國的知識分子爲何要吸毒逃避現實，和掀起反戰的民謠運動。……我看出他們熱衷於那些心懷不善的論題，我的感覺十分不安，他們的作爲與我的志趣難以投合……我只做沉默的離開的打算，我私下向雷驤表示不再在文季發表作品。而事實上我還是和他們維持朋友關係，我在咖啡店工作時，他們亦來看我。我不知道他們是否能明瞭我爲何不再支持文季的理由，我似乎變成一個使人難以瞭解和接近的怪物，但我們翻閱所有文季的本子，後期的那能與一到五期之間的平穩和實在相比呢？而我們之間都沒有爲那些事爭吵，沒有任何一句惡言。……我從不反對別人善意的作爲和寫作者的文學主張，但起碼他們也應對我尊重。」（引自：七等生，〈序〉，《放生鼠》，台北：遠行出版社，1977.03，頁1-4）

的有尉天驄、七等生、曹永洋、陳映眞。兩位對談者一是Douglas A. White（白中道），當時就讀台大中文所碩士班，另一位是Thomas Davenport（戴文博），當時是《國家地理雜誌》記者。七等生不甚喜歡的〈大地之歌〉乙文，楊蔚（季季的前夫，也是陳映真等人「民主台灣聯盟」乙案的「關鍵人物」）反倒出自志趣相投而對季季說：「大頭（按：陳映真的綽號）這傢伙眞是聰明……弄這麼個對談，我們才知道美國民歌對美國社會原來有那麼大影響。」[11]

1967年1月第二期的《文學季刊》刊出了陳映眞的〈唐倩的喜劇〉，陳映眞透過「唐倩」這個善變、慧黠的女子與眾情人結合的戀愛史，影射兼諷刺當時台灣廣大的知識分子面對現代主義以降的西方理論，失去了批判精神而流於隨波逐浪的盲從。「唐倩」雖然也可以當作陳映眞對自己過往學思歷程的救贖對象，可是創作的原型應該是出自尉天驄〈木柵書簡〉裡提到的那位主張女「性」至上的女詩人。[12]這時的陳映眞已是全心全意信仰著「最具人性」的社會主義、共產主義，他讓流轉於男人床第之間的唐倩對著存在主義、新實證主義，乃至於美帝的拜金、科技主義的「非人性」，含沙射影地說：「知識分子的性生活裡的那種令人恐怖和焦躁不安的非人化的性質，無不是由於深在於他們的心靈中的某一種無能和去勢的懼怖感所產生的。胖子老莫是這樣；羅大

11 轉引自：季季，《行走的樹》，頁147。
12 詳情請參閱：尉天驄，〈木柵書簡〉，《人間風景・陳映真》，頁57-58。

頭是這樣；而喬治・H.D.周更是這樣。」[13]可是一向對陳映眞的作風與文學主張無法認同的現代主義信徒七等生大概會反駁：包括社會主義在內，陳映眞對西方各種思潮也有可能跟唐倩一樣——剝去內涵，單純視爲一種流行物——只能算是表象的理解。終於，七等生爲了提出反證，而在1972年創作小說〈期待白馬而顯現唐倩〉[14]，除了在開頭與結尾各自添補一段半敘半議的文字之外，便是把〈唐倩的喜劇〉全文加以濃縮、刪減甚至挪移，然後巧妙地鑲嵌於他的作品。相對於文中的「我」對「白馬」[15]的再度降臨有著堅定的信念，七等生實則認爲「唐倩」以及〈唐倩的喜劇〉所暗示的必然眞理，終究都只能是荒謬與傲慢而已；陳映眞創造了「唐倩」，七等生則頗不以爲然地變裝了陳映眞的「唐倩」加以戲謔一番，兩篇小說所涉及的，不僅只是兩人對於文化抉擇或生活模式的對峙，更可視爲七等生長期以來對陳映眞敵視現代主義的現象的一種「最優雅」的回應！

不過，後來當鄉土文學論戰方興未艾時，七等生藉回覆一位叫「周世禮」的學生讀者來信而發表〈七等生書簡〉，

13　陳映真，〈唐倩的喜劇〉，《陳映真小說集2・唐倩的喜劇》，台北：洪範書店有限公司，2001.10，頁155。

14　七等生，〈期待白馬而顯現唐倩——陳映真〈唐倩的喜劇〉之變奏〉，收錄於七等生著，張恆豪編，《七等生全集4・離城記》，台北：遠景出版事業有限公司，2003.10，頁75-85。

15　欲追溯「白馬」意象，必須參考七等生原有的短篇小說〈白馬〉（《聯合報》「聯合副刊」，1962.06.23，第6版）。按其全旨，張恆豪認為：「白馬」，就是七等生認為在漸次淪落的大地上，他所要重建的「耕作者田園，使純樸的人類努力種植，追求一種與世無爭、腳踏實地的生活情調」（張恆豪，〈七等生小說的心路歷程〉，收錄於《七等生全集6・城之迷》，頁405），簡言之，「白馬」就是七等生憧憬的「樂園」。

意有所指將自己過往的親身經驗再結合對文壇的觀察，毫不客氣指出：此時在社會上有少部分文藝界的所謂知識分子懷抱著一些理想主義和使命，「這種理想的確令人喜悅，如果它是那麼純粹和單純的理想的話，而我相信我自己亦抱持這種思想……前面提到一個使命口號的提出並不意味著它有同等的內涵實質，美麗的，而事實上懷有詭詐的居心的口號，歷史上所展陳的事實不僅令我們心身懼怕，尤其當我們有機會去認識和考察他們的言論與生活行爲做一比照時，我們應該在受那種美麗的使命號召之前有所警惕……就像一個理想主義如果是霸道蠻橫的，那麼它可能只是一個美麗的謊言……」[16]緊接著在八〇年代中期，七等生又不忘在其著名的書信體小說〈譚郎的書信：獻給黛安娜女神〉裡，更進一步以譚郎之筆「借題發揮」：

> 前幾日報載，有關當局約談了某作家……十幾年來，甚至遠推至三十年前攻打美國大使館的劉浩然事件，就表露了他的思想和抱負，他的作品在柔美感性的外衣下掩護和培植的就是這類排斥西方文化建立社會主義中國的思想意識，那麼在台灣與他一夥的，或景仰他的，大都推崇他的作品，把他視爲優秀的作家，也就以爲他的思想必定是正確的。但他們的情懷大都居於對作家敬重的單純理念，而沒有進一步去了解他。

16　七等生，〈七等生書簡〉，《聯合報》「聯合副刊」，1978.04.13，第12版。

> 事實上他的政治理想的抱負和他本人情感習性之間是充滿矛盾的，他的才華本性都是好逸惡勞的文人氣質，但所謂愛國的理性及領袖慾使他遵循三十年代文人作家的作風，並且奉文藝爲政治的工具的法則行事；在他的小說作品裡，他的技巧極好，但在他的論文裡就處處可見到他的思想的偏激。基本上他是個令人惋惜的人物，他的生活腐敗，因此使他的眞情難以諧和思想……[17]

雖然小說作品與現實無需相聯、更不必對號入座，可是某種程度上「情節的巧合」還是可以從本質意義上去捕捉！那麼，上述被描繪成「排斥西方文化建立社會主義中國的思想意識」的「某作家」，大抵創作原型的來源就非歷經「五二四劉自然事件」（指：1957年5月24日駐台美軍槍殺台民卻被判無罪而引發群衆抗議乙事）**以及「十・三事件」**（指：1979年10月3日陳映真被警總扣留約談36小時乙事）**的陳映眞莫屬了！從這些作品中，我們可以感知到七等生長期下來似乎對當年與《文學季刊》一群人，特別是陳映眞，在文學理念和行動實踐上由開辦而分歧以至分道揚鑣乙事顯得格外耿耿於懷，也被刺傷得特別深。**「筆匯－文季」系列的刊物後來再也沒有出現七等生的作品，當年離開陳映眞一群人的消息在

17　引自：七等生著，張恆豪編，〈譚郎的書信：獻給黛安娜女神〉，《七等生全集9・譚郎的書信》，台北：遠景出版事業有限公司，2003.10，頁98-99；原刊於《中國時報》「人間副刊」，1985.09.07~10.27。

文壇傳開後，葉石濤曾在寫給鄭清文的信上表示：「七等生君和《文學》（按：指《文學季刊》）鬧翻了，這也太可惜。我很掛念七等生君的生活，不過他不能同常人一樣活下去，恐怕外面世界的迫害以外，他本身與生俱來的個性有相當關係吧！」[18]

遠景版的《七等生全集7・銀波翅膀》（2003）收錄了一張七等生「1983年在美國愛荷華與國際作家合影」的相片[19]，這幀相片仔細一找，讀者會發現人群中站立著當年度兩位來自台灣的作家：七等生與陳映眞，當大夥一字排開時，他們各自分據兩端。**原來1983年這年，兩人同時受邀赴美參加愛荷華大學（University of Iowa）的「國際作家工作坊」（Writers' Workshop），可以想見的是，再次的異鄉會面讓過往許多不快的回憶如潮水般湧現，以致於如今我們翻遍兩人事後追述此行的相關文章，彼此都不約而同地迴避了對方──隻字不提，更妙的是，聶華苓也很貼心地儘可能不在憶文中同時述及兩人。這幀難得的歷史鏡頭不只道出比事實更多的訊息，更精準地測出作家的距離。**[20]

18 葉石濤著，彭瑞金主編，《葉石濤全集12・隨筆卷7》，台南：國立台灣文學館、高雄：高雄市政府文化局，2008.03，頁129。

19 這幀珍貴的圖片請參見：七等生著，張恆豪編，《七等生全集7・銀波翅膀》，台北：遠景出版事業有限公司，2003.10，無頁碼。該圖站立者左邊數來第八位為七等生、右邊數來第五位為陳映真；前排蹲者左邊數來第二位為保羅・安格爾、右邊數來第三位為聶華苓。

20 關於陳映真與七等生彼此互動中更具體而深入的文學現象，請進一步參閱：廖淑芳，〈國家想像、現代主義文學與文學現代性──以七等生文學現象為核心〉，新竹：國立清華大學中國文學系博士論文，2005年7月，頁119-125、149-160、167-170。

第二節　也許到外面跑一年，或者不無幫助罷

七等生在寫給「阿平」的信上點評過各路作家，當說到劉大任時，七等生認爲：「劉大任是個悶沉沉的好將，不過我很怕一種『文章背後又有暗示』的作品。……我常常看見劉大任那欲言又止的意圖，所以不太感動。但他很好。我很自然的將陳映眞和劉大任連在一起。」[21]爲什麼？出國前的劉大任除了創作及活動的圈子與陳映眞幾乎一模一樣之外，最重要的是政治上的意識形態彼此能夠相濡以沫。六〇年代中期劉大任去了美國，不僅仍是《文學季刊》的作者，也持續與陳映眞的「同溫層」成員互通聲息。就在陳映眞「出事」的前一年，陳映眞以匿名的方式寄信給劉大任：

> 他老人家（按：指特務）據說可能因公到美國，順便要特意去訓你一頓，你小子可好好預備著。職是之故，我想你也甭爲《文季》寫稿了，至少暫時是這樣。……還有，你們寫的信，都是熱情洋溢，使台灣的朋友吃不消。你那同房的姓障的（按：指張系國），也是這樣。這很邪門，我們不懂。……不要忘了，咱

21　引自：七等生，〈兩種文體——阿平之死〉，收錄於七等生著，張恆豪編，《七等生全集10．一紙相思》，台北：遠景出版事業有限公司，2003.10，頁114。據稱文中的「阿平」即為作家三毛（本名為「陳平」）。

們一髮一膚都是息息相關的。你們扯爛汙，我們也沒希望，反之，也是一樣。[22]

據劉大任的說法是，陳映眞已敏銳地感到周遭氛圍的緊張，因此希望身處海外的人員能更謹愼。1968年的年初，陳映眞接到了聶華苓夫婦主持的愛荷華「國際作家工作坊」的邀請，不論從何角度來看，這件事對陳映眞個人而言都是千載難逢的機會。[23]**二月時，陳映眞特地爲此寫了一封信給林海音：**

海音女士：

這樣冒昧地打擾您，請原諒。

一個月前，聶華苓小姐通過我在美國的一個朋友說，她或許可以安排一個機會讓我到她的International Writing Program去走一趟。這以後，我們陸續通了幾封信。現在他們要一些拙作的翻譯，我自己的英文尚不足以自己翻東西，又覺得這個機會和它背後的好

22 陳映真的這封信寫於1967年7月18日，引自：劉大任，〈斯人獨憔悴〉，《晚晴》，台北：INK印刻出版有限公司，2007.03，頁101-102。

23 按劉大任的說法，此事是由他直接促成。劉大任說：1967年的聖誕節，在一個宴會上聶華苓向我表示隔年愛荷華想請一位台灣有代表性的作家來美，「你能不能推薦一位？」結果，「我向她鄭重推薦了陳映真，並大致介紹了我對他一些小說的印象，聶大姊表示很有興趣，但提出了條件，要我找他的一些代表作作品寄給她，並將其中兩、三篇譯成英文，因爲保羅．安格爾當時是愛荷華國際作家工作坊的主持人，他看不懂中文。」（引自：劉大任，〈舊信〉，《冬之物語》，台北：INK印刻出版有限公司，2004.12，頁26）

意，很值得珍貴，所以決定想辦法翻出兩篇東西寄給她。

在於梨華歡迎會上，我記得有您的一位朋友——殷張蘭茜（按：「茜」為「熙」字之筆誤）女士，據說曾翻過這裡的詩人的東西。我記得她，是她在會中第一次讓我曉得了台灣也有美國folksong revival的幾位歌人的唱片，也引起了《文季》在上一期談美國民謠的動機。我不曉得我可不可以請她幫我這個忙。我有過她的地址，可惜不慎弄丟了。您是她的好朋友，所以我想您可以先告訴我好不好去打擾她，等等。

最近在寫作上遇到一個不大不小的停滯。也許到外面跑一年，或者不無幫助罷。請原諒我的唐突，並預先謝謝您的安排。

敬候擲覆　敬祝

安好

弟

映眞　敬上[24]

這封信事實上充滿了陳映眞的「算計」，原是無可厚非，不

24　此信寫於1968年2月20日，為筆者於國立台灣文學館所舉辦的「林海音文學展：穿越林間聽海音」（2009.08.08~2010.03.01）的展覽現場上所抄錄，書信的捐贈者為夏祖焯、夏祖美、夏祖麗、夏祖葳；信紙上印有「Pfizer」（輝瑞藥廠的標誌）。台文館在展期結束後出版了《穿越林間聽海音——林海音文學展展覽圖錄》（封德屏主編，台南：國立台灣文學館，2010.03）乙書，筆者卻發現該書在「書簡」類的呈現上竟獨漏了這封「陳映真致林海音函」信紙，為避免該封珍貴的書簡從此淪於「失落」的命運，特地於上述本文裡全文引述之。

過還是讓人聯想到當年陳映眞刻意寄了一張公開內容的「明信片」給「聯合副刊」的主編林海音、再由林海音透過鍾肇政轉給鍾理和之舉。陳映眞的請託，後來如何，如今已無從詳知；[25]倒是預計的愛荷華之行，「據說」[26]讓當局決定或加快逮捕「同溫層」的夥伴。給林海音的信寄出去沒多久，陳映眞似乎就預感一場風暴或許即將到來，四月下旬時有位到台灣從事有關中國歷史研究的美國學者Ronald Hayden寫信給遠在美國的劉大任，便說：

> 菲律浦（按：陳映真在外商輝瑞藥廠上班時所使用的英文名字）昨晚到我家來。他告訴我，政治警察正在調查他。第一件事發生在兩個星期前，他們找菲律浦工作的輝瑞藥廠的司機問話，要他注意菲律浦，並把他發現的任何事向他們報告。幸虧這位司機是個朋友，立刻通知菲律浦，他正被注意。從那次以後，警察又找過這位司機一次。……毫無疑問，他正被注意，我們最害怕的是，警察正試圖阻止他赴美到愛荷

25 在寫給劉大任的信上，陳映真曾提及：「我已將你譯好的蘋果樹（按：指陳映眞的作品〈蘋果樹〉）和這裡譯好的候鳥（按：指陳映眞的作品〈一綠色之候鳥〉）寄聶小姐了，但一直還得不到回音……」文中的「這裡」是否指殷張蘭熙，實不得而知。以上信件內容，是筆者自劉大任刊在《文訊》287期（2009.09）的〈蒙昧的那幾年：懷念與映真一道度過的日子〉（頁58-60）乙文中所附上的「陳映真信函」附圖裡自行判讀的內容（頁59）。

26 這是根據同為「民主台灣聯盟」乙案被捕的丘延亮（阿肥）向季季分析的說法之一。他認為由於當時他本人已獲得美國堪薩斯州立大學獎學金及陳映真獲愛荷華「國際寫作計畫」邀請，先後向境管局遞送出國申請案，遂導致警總怕人給溜了，便為了搶功而展開追捕行動。詳情可參閱：季季，《行走的樹》，頁86。

華學習。……[27]

一個月後，Ronald Hayden再度來信：「我昨晚與菲律浦見過一面……菲律浦要我告訴你，他很高興有可能比他預期的十二月更早便可以去美國。……我實在不願這樣想，但是，如果警備總部確實要對付他，至少，這樣一來，年底前便可揭曉。對菲律浦而言，這種等待一定是一種酷刑。」[28]Ronald Hayden寫信的最終目的，就是要劉大任轉告聶華苓等人，務必在美動用政界的影響力來對國府施加壓力。蔣勳也回憶說：有一天「在明星咖啡屋，為了現代詩，我竟和他論辯起來。那是我覺得他少有的焦躁與憤怒的一次。沒有幾天，他就被逮捕入獄了。」[29]就在陳映真被捕前夕，葉石濤在寫給鄭清文的信上，說出他對陳映真長期的觀察：「陳映真的一些論說，我覺得很有趣。我想，他有缺點的話，大概就是過於敏感和聰明了。一個人光芒畢露也有好處和壞處。……觀念在先，生活在後，這一種作法是他們這一群人的錯誤……」[30]，雖是寥寥幾句，卻意味深長。1968

27　Ronald Hayden當時在台灣，也在台北美國學校教書，這封信是在1968年4月25日發出，中文譯文出自劉大任。全文引自：劉大任，〈舊信〉，《冬之物語》，頁24。在劉大任〈蒙昧的那幾年〉所附上的「陳映真信函」附圖裡，陳映真也有提及：「最近他們（按：指情治人員）又在外面查問我的事，但願不影響出國才好。」（頁59）不過，陳映真也同時對劉大任說：「這是這一代台灣的中國青年的命運，也是他們的challenge，出國，很好，出不去，也不會影響我的幹勁。」（頁59）

28　這封信是在1968年5月23日發出，中文譯文出自劉大任。全文引自：劉大任，〈舊信〉，《冬之物語》，頁27。

29　蔣勳，〈求真若渴．愛人如己——我的老師陳映真〉，頁22-23。

30　寫於1968年5月16日，引自：《葉石濤全集12．隨筆卷7》，頁128-129。

年夏天陳映眞入獄後不久，尉天驄在陳映眞的案子還在「訴訟」的過程時便不畏牽連之險，向軍法局寫了一封名爲**〈爲陳永善作證〉**[31]的親筆信函，目的就是要爲陳映眞開脫「叛亂」之罪。在這封做爲法律文件呈給軍事法庭的長信裡，尉天驄首先請求庭上能「從作品中去了解一位像我的朋友陳映眞那樣的作家的思想」[32]，然後他提到陳映眞早期作品中以「康雄」爲代表的小說人物們，雖然「他們滿帶著虛無的、浪漫的氣質，不滿意於某些現實。陳君也是一個這樣的人物。然而他的憤怒、不安，也就是青年人青春期中必然的現象」（頁74）；而在〈鄉村的教師〉吳錦翔身上所看的「一個富於理想的窮苦青年，在現實中所表現的情緒上的反抗；一個熱愛祖國的本省青年，在中國混亂中的迷失」現象，陳映眞之所以具備對這種現實的了解，「如果說是建基於『思想上的認知』，不如說是建基於『情緒的反應』；因此他所流露的意識是屬於美學的病弱的自白，而非政治或社會的主張」（頁75）；同時也由於年歲增長和對現實的體認，陳映眞陸續批判、揚棄了自己過往那種頹廢蒼白的、悲憤病弱的現代主義症狀，轉而主張文藝必須是奠基於愛、正義、憐恤這些「人道主義」的倫理條件上，繼而對中國的文學前途充滿了信心，也由於「了解到『國家』的重要性，所以他反對世界主義，主張民族主義」（頁77），「這樣他就必然地要

31 〈為陳永善作證〉乙文，後來尉天驄以〈一個作家的迷失與成長〉之名，發表在第46期的《大學雜誌》（1971年10月，頁73-77）。

32 尉天驄，〈一個作家的迷失與成長〉，《大學雜誌》，頁73。以下引文皆引自本文，為避免贅述，只在引文後面標示頁碼。

反對曾經侵略中國的日本帝國主義的復活」（頁77）、「這樣他就由以往的否定中肯定了中國的價値和方向，也由此而肯定了以往否定的四周的環境，肯定了執政黨所領導的政策」（頁77）。最後，尉天驄舉了陳映眞在《文學季刊》第六期所發表的〈新的指標——國民黨的文藝政策〉裡對新文藝政策的高度企盼乙事，作結說：「西哲亞里士多德說『詩（文學作品）比歷史更眞實』，從以上看來，我們可以發現陳君像眾多年輕人一樣，如何由理想之追求而趨於頹廢，如何在生長中肯定了他的國家、民族、同胞和政府。……他比誰都更具有愛心和信心。而社會上無數這樣的信心和愛心的結合，也正是我中華民族光復的保證吧！」（頁77）當身繫縲絏之中的陳映眞接到摯友奮不顧身要爲他開脫「叛亂」罪的辯護信時，「鼻塞眼熱……簌簌淚下」[33]自是不待多言。事實上，那年稍早的3月以及幾乎同時的6月，柏楊與中廣廣播劇導演崔小萍也都相繼以「叛亂」的罪名被捕，似乎殘酷地印證了六〇年代的知識分子不是在街頭、就是在監獄的說法。然而如新馬克思主義者泰瑞・伊格頓（Terry Eagleton）所說：縱然全球六〇年代紛爭不已，倒仍不失「天使的成份多過惡魔……一個充滿愛與『花的力量』的時代」[34]；面對十年刑求如「洗禮」儀式的陳映眞，此刻或許胸中亦有著如是

33　陳映真，〈那殺身體不能殺靈魂的，不要怕他〉，《出版家》，57期，1977.5，頁65。

34　引自：泰瑞・伊格頓（Terry Eagleton）著，李尚遠譯，《理論之後——文化理論的當下與未來》，台北：商周出版、城邦文化事業股份有限公司，2005.04，頁64。

的覺悟吧！

曾是《文學季刊》同仁的雷驤，其〈作家與風土〉系列第一個描繪的就是陳映眞；雷驤表示，根據日期的推算，陳映眞「失去自由前最末的投寄」[35]——壹張只寫著寥寥數語的明信片——極有可能是由他收到，而紙上說的不過就是事發前不久他到陳映眞服務的輝瑞藥廠晤談的未盡之事。從陳映眞初次接觸台灣作家到暫別台灣文壇，他都是以最公開的明信片方式投寄，其中容或有他各自的考量，但不會只是個巧合，這個現象不僅展現了陳映眞的某種強烈特質（政治性），也透露了他的侷限。

第三節　在這個再認識的過程中，我也是一個學生

嚴格說，陳映眞並不算暫別台灣文壇，因爲當他被羈於獄中時，仍不時有舊作刊登或出版。[36]但是就在陳映眞被迫輾轉流徙於新店看守所、台東泰源監獄以及綠島「綠洲山莊」的那些年，台灣社會正值風起雲湧：1970年代初「釣魚

35　雷驤，〈作家與風土1：陳映真〉，《台灣文學評論》第1卷第1期，2001年7月，頁95-96。

36　1970年2月，繫獄前的舊稿〈永恆的大地〉以「秋彬」之名刊於第十期的《文學季刊》；1972年11月，繫獄前的舊稿〈纍纍〉由香港主編也斯（梁秉鈞）以「陳南村」之名刊於香港不定期的刊物《四季》；1972年，劉紹銘編選了《陳映真選集》在香港的「小草出版社」出版；1973年8月，繫獄前的舊稿〈某一個日午〉以「史濟民」之名刊於第一期的《文季》季刊。

台主權爭議」事起、「保釣」運動展開；1971年10月國民黨政府所代表的中華民國在聯合國喪失中國代表權；1972年2月尼克森與中國簽定「上海聯合公報」、9月日本與台灣斷交轉而日中建交；一連串的內憂外患衝擊也促使台灣的知識分子在企盼打開國際困境、確認本身歷史處境之餘，回頭審視他們當下立足的「中國」社會——台灣鄉土——的過往以便展望未來，成為一股蓬勃的回歸潮流。這股潮流當中，也包括了戰後「回歸現實世代」[37]所推動的日治時期台灣新文學挖掘與探討運動，其中就以陳少廷較早、較具代表性；陳少廷1972年5月在《大學雜誌》發表〈五四與台灣新文學運動〉乙文，基本上不超脫當時國府所建構及允許的集體記憶模式，他界定台灣新文學運動發展的「歷史意義」與「歷史任務」：

> 台灣的文壇，在日據的後半期，也曾有過轟轟烈烈的新文學運動。這個運動是受到祖國五四新文化運動的浪潮之影響而產生的。台灣新文學運動，在本省的啓蒙運動和抗日民族運動上，均有過重大的貢獻。台灣新文學運動是台灣新文化運動的一環，也是台灣同胞抗日民族運動的一個支流。同時，我們還應該了解的是，台灣的抗日民族運動，是認同祖國的中國民族主

37　關於七〇年代所謂戰後「回歸現實世代」與中國民族主義敘事模式下的「抗日」基調，有關詳情可參閱：蕭阿勤，〈第三章 回歸現實世代、日據時期台灣新文學與抗日集體記憶〉，《回歸現實：台灣一九七〇年代的戰後世代與文化政治變遷》，台北：中央研究院社會學研究所，2008年6月，頁141-200。

> 義運動。所以，從大處著眼，台灣新文學運動可以說是中國新文化運動的一環，也是五四前後的文學革命的一個支流。……顯然，台灣新文學運動也因台灣光復，重歸祖國而永遠結束了。因爲台灣的文學就是中國的文學，所以再也沒有所謂「台灣文學」可言了。（「鄉土文學」應當別論）這也就是說，獻身於台灣新文學運動的先輩，已經光榮地完成了他們的歷史使命。[38]

根據蕭阿勤的研究，所有七〇年代有關台灣日治時期的文史研究，幾乎都不脫所謂「抗日」的基調，全被「中國民族化」。換句話說，我們只能將所有的台灣文學發展歷程全部理解成中國文學敘事的歷史情節而已。就在同時，伴隨著後繼的許多文化界人士、「黨外」新生代的刊物及創作所推動的這波「中國性」再確認潮流，「陳映眞傳奇」也在知識界持續半公開流傳著、期待著，七〇年代的前半段，陳映眞其實在台灣社會並不缺席。1975年7月，由於蔣介石百日祭頒布特赦，陳映眞提早3年出獄。宋澤萊說，當年他大學畢業（約1975年）後有一小段時間曾透過楊逵的介紹去烏日的一家專收政治犯的塑膠鞋工廠做工，這些政治犯在廠內也如同在綠島時，竟然不忘劃分陣營，分成「統一派」與「獨立派」，彼此不合：「我在他們的談話中，常聽到他們談起陳

38 陳少廷，〈五四與台灣新文學運動〉，《大學雜誌》第53期，1972年5月，頁18、24。

映眞，如果我的記憶沒錯的話，陳映眞在他們的口中就是綠島裡統一派精神上的領袖。」[39]這時陳映眞的出獄正好遇上了這波對日治時代台灣新文學「中國性」的再確認風潮，引領風潮、成爲文學社會運動的旗手，儼然已是遲早之事。1977年4月，陳映眞出獄後第一次給鍾肇政寫信，迥異於先前的稱謂，很客氣地稱鍾肇政爲「鍾先生」，寫道：

> 最近新一代文學界對於先行代本省文學史和作家的再認識、再評價的運動，令人興奮。在這個再認識的過程中，我也是一個學生——帶著過去耳食不學，忽略了前行代本省文學家卓越成就的負疚之心的學生。讓我向您致敬。[40]

言下之意，陳映眞似乎已對鍾肇政作品及其文學活動在再認識之中有了再評價的認知。半個月後（1977.05.01），葉石濤在《夏潮》第14期發表了〈台灣鄉土文學史導論〉，此文是七〇年代「鄉土文學論戰」的第一篇重要文獻，當時擔任《台灣文藝》主編的鍾肇政爲此寫信向張良澤「抱怨」說：「原本葉說要寫（按：指動筆寫台灣文學史乙事），我早即知他有意於此，近閱《夏潮》上的〈序論〉（按：即指〈導論〉），使我氣得七竅生煙，眞不知他何以把這樣的東

39　宋澤萊，〈我與陳映真的淡泊情誼——並以此文給陳映真先生與吳晟先生〉，《INK印刻文學生活誌》第6卷第3期，2009年11月，頁115。

40　引自編號第四十九封（1977.04.16）的「陳映真致鍾肇政書簡」。

西交別人。」[41]可見鍾肇政當下即看出葉文的重要性與時代性。一個月後（1977.06.01），由於陳映眞嗅出葉文對於中國民族主義敘事模式隱含「敵味」，便立即針對葉文所高舉的「台灣意識」而發表〈鄉土文學的盲點〉來批判其「用心良苦的分離意識」，該文耐人尋味地選擇發表在《台灣文藝》革新號第2期，到底是出自鍾肇政的邀約抑或陳映眞基於某種「有意思」的考量，雖不得而知，卻「意外」地成爲陳映眞第一篇在《台灣文藝》刊登的大作。繼上述的燃火之作，七月時陳映眞再「左右開弓」，一方面在《仙人掌》上發表〈文學來自社會反映社會〉，總結了七〇年代以來的「回歸」成果：

> 七〇年代以後，因著國際政治和國內社會結構的變化，開始了檢討和批判的時代。「保釣」運動激發了民族主義和愛國主義的熱潮，掀起了社會服務和社會調查運動；社會良心、社會意識首次呈現於戰後一代的青年之中。在這個變化下，文學在創作上以現實主義爲本質的所謂「鄉土文學」的文學思潮，展開對西方附庸的現代主義的批判，提出文學的民族歸屬和民族風格，文學的社會功能；在文學史上，前行代台灣省民族抵抗文學的再認識和再評價，使日治時代民族抵抗文學中反帝、反封建的意義得到新一代青年的認

41　寫於1977.05.19，引自：《肝膽相照：鍾肇政．張良澤往返書信集．（鍾肇政卷）》，頁223。

識。……而我們也從而可以肯定，新一代青年，將沿著這一條曲折迂迴的道路，開發一種以台灣的中國生活爲材料，以中國民族風格和現實主義爲形式，創造全新的文學發展階段，帶來中國新文學在新階段中的一次更大的豐收！[42]

另一方面，在《現代文學》復刊號發表〈原鄉的失落——試評「夾竹桃」〉，逕自將鍾理和的作品硬生生地納入中國民族主義的歷史框架，然後再賦予它一種負面教材的身分加以評斷，最後竟得出鍾理和由於「看不見他自己民族的立場，從而拒絕和自己的民族認同」[43]，因此寫出了殖民地裡喪失中國人立場的「被殖民者文學」這樣的結論，一反前述文中的深情理解與大力推崇。同時也非常明顯地，自陳映眞針對葉石濤與鍾理和所展現的意識偵防之舉開始，我們從此以後將會長期持續閱聽到他十足「用心良苦」地四處對於任何不符中國敘事標準的文論進行防微杜漸的工事。

1978年3月號的《台灣文藝》終於刊載了陳映眞出獄之

42　陳映真，〈文學來自社會反映社會〉，《仙人掌》，第1卷第5期，1977年7月，頁78。

43　引自：陳映真，〈原鄉的失落——試評「夾竹桃」〉，原刊於《現代文學》復刊號第1期，1977年7月；後收錄於陳映真著，《孤兒的歷史．歷史的孤兒》，台北：遠景出版事業公司，1984.09，頁99。值得注意的是，就在這波「回歸」現實的行動中，當時在成大任教的張良澤於1976年出版了《鍾理和全集》，而這就是促使陳映真重新偵防鍾理和作品中所謂殖民地作家情結的直接因素之一；學者應鳳凰曾對陳映真上文相關的偏執說法有過精闢的分析，請參閱：應鳳凰，〈鍾理和文學發展史（代序）〉，《鍾理和論述：1960-2000》，高雄：春暉出版社，2004.04，頁1-28。

後的第一篇小說創作〈夜行貨車〉，鍾肇政在《鍾肇政回憶錄（一）》便曾說，當時刊物正由自己主編，早想有所突破，便「慫恿陳映眞復出，並採刊他出獄後的第一篇創作〈夜行貨車〉」[44]。同時他也不忘在該期「編輯報告」裡興奮地向讀者報告：陳映眞、宋澤萊、李喬這些作家「把他們最得意的新作交給台灣文藝了」[45]。

「早起，讀陳映眞發表於《台灣文藝》第五期的〈夜行貨車〉。感動深刻。大頭畢竟是大家，十年的沉寂，封筆，再出發，更能寫出我們的心聲。」[46]當時正在服役的詩人林梵（即業師林瑞明教授），1978年3月12日當天的日記如此記載著。在鄉土文學論戰至美麗島事件爆發的這段時期（1977.10.08~1979.08.06），正是林梵服役的時間，他在軍旅日記《少尉的兩個世界》的自序文裡曾致意：服役時台灣社會的統獨問題尚未激化，以致自己有機會「與文化界左右統獨各方人馬多少有所接觸。至今猶感謝陳映眞、鍾肇政曾經給予我的知心之談，做爲一個文壇後輩，這是何等幸運！」[47]當時的林梵常至陳映眞服務的溫莎藥廠找他談創作問題，免不了會觸及時局，日記上有次就記說：「與永善談

44 事實上，1978年3月時陳映真也同時在蔣勳主編的《雄獅美術》3月號發表了〈賀大哥〉。引文出自：鍾肇政，《鍾肇政回憶錄（一）：徬徨與掙扎》，台北：前衛出版社，1998年4月，頁213。
45 該期作家尚有宋澤萊、李喬等人。引自：鍾肇政著，陳宏銘、莊紫蓉、錢鴻鈞編，《鍾肇政全集22．隨筆集（六）》，桃園：桃園縣政府文化局，2004.03，頁447。
46 寫於1978年3月12日的部分日記內容，引自：林梵（林瑞明），《少尉的兩個世界》，台南：台南市立文化中心，1995.04，頁133。
47 林梵，〈自序：昔日的鏡子〉，《少尉的兩個世界》，無頁碼。

到現階段與T.I.（按：應指「台獨」而言）異中求同的態度。尋求台灣的出路，是我們這一代青年無推諉的天職。」[48]自然地也常常至陳家，有一回：「晚上到永善家吃飯、聊天。批評中年一輩的作家，建議他讀讀葉石濤的小說。」[49]有可能是陳映眞約略對本土作家的所謂分離意識說了一些不滿或不解的話，林梵中肯地提出如上建議吧。

1978年《中國時報》舉辦第一屆「時報文學獎」，小說獎項的決審委員有：葉石濤、姚一葦、夏志清、梁實秋、顏元叔。六月時，鍾肇政將自己的看法寫信告知葉石濤：「我想推薦台文的陳作〈夜行貨車〉參加時報文學獎，想借用你的評選委員的名義。」[50]葉石濤則回信說：「我之所以會被推選爲評選，據說是楊青矗的推薦。……此間若證實眞有此事，我當然會推薦〈貨車〉。不過這篇小說並不是在中國時報上發表的，屆時會把獎頒給它嗎？這樣做到底對或不對呢？」[51]過了兩個多星期，葉石濤再度寫信給鍾肇政：「聽說中國時報最近要開評審會議，可是到目前爲止我還沒有接到任何通知。其實我早就看出人家這回請我不過是去當個花瓶點綴一下而已，所以受到這般冷淡的待遇，也並沒有特別生氣。等後天會議上了解推薦作品方式之後，我會再跟你商

48　寫於1978年3月24日的部分日記內容，引自：林梵，《少尉的兩個世界》，頁144。

49　寫於1978年9月9日的部分日記內容，引自：林梵，《少尉的兩個世界》，頁197。

50　寫於1978.06.30（原書上的年份有誤），引自：《鍾肇政全集29．書簡集（七）》，頁257。

51　寫於1978.07.03，引自：《鍾肇政全集29．書簡集（七）》，頁273。

量。陳映眞的〈夜行貨車〉字數超過一萬八千字，所以不符推薦條件，你若有其它想推薦的作品，你、我當竭盡可能爲推選最好的人選而努力。」[52]此時鍾肇政這邊原先的連繫工作事實上面臨了窘境，他無奈地回信告知：

> 關於推薦〈夜行貨車〉的事，作者陳先生已經拒絕了。並說感謝你的好意。理由是本人不滿兩大報的作風，所以即使得獎也不準備領獎，更何況根本就沒有得獎的希望。所以這件事也就就此作罷了。[53]

結果隔年，《台灣文藝》主辦「吳濁流文學獎」徵選時，這回反倒是曾被斥扣「分離意識」帽子的葉石濤主動寫信給鍾肇政，表示：「這回吳濁流文學獎我想推薦的作品，正獎兩名：〈夜行貨車〉、〈打牛湳村〉，兩作平分秋色。」[54]當年文學獎評選時，林梵恰好就在現場，當天的日記留下了這麼一段頗爲傳神的記載：「吳濁流文學獎今天在吳濁流家評選。與李昂一起去湊熱鬧，稍後偉竣（按：即廖偉竣，宋澤萊本名）亦來。文學獎候選四篇：陳映眞的〈夜行貨車〉、宋澤萊的〈打牛湳村〉、七等生的〈白日惡夢〉、季季的〈雞〉，幾乎是一團和氣的頒給陳映眞、宋澤萊。」[55]兩人事後各得一萬元獎金。

52 寫於1978.07.22，引自：《鍾肇政全集29．書簡集（七）》，頁274。
53 寫於1978.07.24，引自：《鍾肇政全集29．書簡集（七）》，頁275。
54 寫於1979.01.21，引自：《鍾肇政全集29．書簡集（七）》，頁294。
55 寫於1979年4月1日的部分日記內容，引自：林梵，《少尉的兩個世界》，頁144。

在八〇年代初期——中國民族模式化的集體敘事開始轉變——尤其是「台灣意識論戰」之前，台灣的獨統問題尚未激化到涇渭分明，不止是政治人物，即使是藝文界，為了對抗國民黨的專制腐敗、爭取民主自由空間，在共同的敵意下，大夥仍能不分左翼、右翼、統派、獨派地共聚一室，彼此奧援！在此可舉兩例說明。第一件是1979年年底「美麗島事件」前夕，10月3日發生了陳映眞的「十・三事件」，經過36小時審訊後始得交保候傳的陳映眞，於事後發表了〈關於十・三事件〉乙文，其中尤其對於過程中海內外不分獨、統、左、右各立場人士的奔走及聲援，特別表達謝意，他說：「王拓兄、作成兄、明德兄、艾琳達小姐、廷朝兄、聰敏兄、陳菊小姐以及許許多多其他我所認識與不認識的朋友們為我多方奔波、聯絡。我也聽說張俊宏議員為我質詢於省議會。……我也特別感謝台灣民主政治促進會的朋友們，超乎政治之見解所做的無私的支援……」[56]在「十・三事件」感恩餐會上（1979年10月15日），陳映眞還曾與陳菊有過一張合照。[57]

56　陳映真，〈關於十・三事件〉，《美麗島》雜誌1卷3期，1979年10月，頁49；亦收錄於《人間風景・陳映真》，頁89-90。另據陳芳明所稱，當陳映真突然被拘捕偵訊的消息傳到海外時，刻在美國的他也與國際人權組織的人士合打了一份中英文營救傳單在校園到處散發，希望引起國際視聽的注意（見：陳芳明，〈死滅的，以及從未誕生的〉，《鞭傷之島》，台北：自立晚報社文化出版部，1989.07，頁148）。

57　根據劉峰松的日記所載：「1979.10.15（一）下午6：30參加春風雜誌社舉辦的宴會，地點在重慶南路『復興園餐廳』。宴會的目的有三，一是祝賀施明德夫婦結婚一週年，一是慶祝李慶榮、陳永善保釋，一是《春風》將出版。有三桌客人，大部分是春風雜誌社的人，許多平時知道的名字，今晚才看到，如江春男、王君（津）平、蔣勳等。」（轉引自：新台灣研究文教基金會、美麗島事件口述歷史第二件是1980年初陳若曦因「美麗島事件」而代表海外人員返台面見蔣經國，1月12日國內的藝文界在新北投松林飯店特地爲她開了一個歡迎會，當時的《中華雜誌》刊出了一張合照[58]，照片裡的人物，自左至右，前排有：黃得時、巫永福、陳若曦、楊雲萍、郭水潭；後排有：齊益壽、黃春明、王昶雄、龍瑛宗、鍾肇政、陳映眞；另外，會場上尙有王詩琅、姚一葦、尉天驄、趙天儀、梁景峰、王津平、蔣勳、吳晟、施善繼、洪醒夫、吳念眞等人；出席者以台籍作家居多，陳映眞就站在鍾肇政的身旁。

1981年時，楊祖珺因爲參選而自行出版錄音帶《黨外的聲音．新生的歌謠》專輯，裡頭有一段口白：

> 我們所熱愛與敬仰的朋友，在一夕之間竟成了罪犯。
> 朋友，還記得他們硬朗地走進法庭的模樣嗎？
> 還記得他們掏心剖腹所吐露出的每一句話嗎？還記得他們充滿憂傷、寬恕和愛心的眼淚嗎？
> 但是，我們都咬緊了牙，和他們一起承受審判的結果；我們也強忍著眼中的淚水、默默地等待著他們的歸來。

編輯小組總策劃，《沒有黨名的黨——美麗島政團的發展》，台北：時報文化出版企業股份有限公司，1999.11，頁308）陳映真與陳菊的合照（陳博文攝影），請參見：新台灣研究文教基金會、美麗島事件口述歷史編輯小組總策劃，《歷史的凝結——1977~79台灣民主運動影像史》，台北：時報文化出版企業股份有限公司，1999.11，頁179。

58 圖片請參見：徐惠蘭，〈文藝界歡迎陳若曦女士餐會記事〉，《中華雜誌》第18卷第199期，1980年2月，頁46。

長久以來沒有人知道唸的人是誰、寫的人又是誰，終於在2008年楊祖珺出版《關不住的歌聲：楊祖珺錄音選輯，1977-2003》時，才對此有所說明：

> ……爲了突破當時在黨外已經相當嚴重的省籍夾雜著統獨的矛盾心結，我刻意在「黨外的聲音」閩南語歌曲的一面，使用國語（普通話）的口白錄製，而另一面則用閩南語的口白錄製國語版本的「新生的歌謠」。整捲錄音帶的口白內容，則是在錄製前幾天的某個半夜，偷偷地到小說家陳映眞家中煩請他撰寫的！……爲了保護所有參與錄音工作的相關人士，在其後1983以及1985黨外時期所錄製的錄音帶中，除了我的名字，人們永遠找不到參與工作的人員姓名。[59]

原來寫的人就是陳映眞，較令人意外的是，「雙語」朗誦口白的人則是後來具備民進黨籍又當過新竹市長的蔡仁堅，所以，譬如同爲「黨外」的蔡仁堅與陳映眞冒險替楊祖珺撰稿朗讀，陳菊和陳映眞一起合照、陳菊也和《夏潮》的蘇慶黎一生情同姊妹等諸般現象，都反映了當時政治社會的發展實情，也爲人性的良善保留了最好的註腳。

1984年1月15日《台灣文藝》第86期刊出了宋冬陽（即

59　楊祖珺，〈再．見美麗島〉，收錄於《關不住的歌聲：楊祖珺錄音選輯，1977-2003》專輯內頁，台北：大大樹音樂圖像，2008年。

陳芳明）的〈現階段台灣文學本土化的問題〉，由於宋文指出陳映眞「行文之際，凡提到台灣文學之處必然是以『在台灣的中國文學』來概括。……」[60]，遠在加拿大的東方白閱此頗爲感慨，便立刻寫了一紙信函給仍滯留美國的陳芳明，大意是說：「眞是奇怪，未聞『在上海的中國文學』、『在香港的中國文學』、『在東北的中國文學』、『在四川的中國文學』……獨見『在台灣的中國文學』！我眞不能理解我們的小說家，愛『中國』愛得剖心相向；恨『台灣』恨得歇斯底里，非得在『台灣』的屁股阿Q式地硬替他裝上『中國』的尾巴，否則食不下咽，睡不成眠，鎮日不得安寧。」[61]陳芳明的這篇論文，原本就是針對1983年至1984年間當時甚囂塵上的台灣文學「本土文學論」與「第三世界文學論」之爭所進行的脈絡化分析，這次的爭論是一向將矛頭指向國府的「黨外」陣營內部自行所引爆的「台灣結」與「中國結」之爭（亦有「南北分裂」之稱，南北各以葉石濤、陳映真為首），本質上是延續著七〇年代中期「鄉土文學論戰」一項未完成的國族建構工程，一般以「台灣意識論戰」稱呼，[62]也正因爲這一場論戰，自此之後各界的獨統立場便

60 宋冬陽（陳芳明），〈現階段台灣文學本土化的問題〉，《台灣文藝》第86期，1984年1月15日，頁18。

61 東方白，《真與美（六）》，台北：前衛出版社，2001.04，頁192。

62 雙方關於這場論戰的重要論點與文論，可參閱施敏輝（陳芳明）編的《台灣意識論戰選集——台灣結與中國結的總決算》，台北：前衛出版社，1988.09；如欲進一步掌握論戰前後的發展脈絡，可再參閱：高天生，〈新危機與新展望——鄉土文學論戰後台灣文壇發展的考察〉，《台灣小說與小說家》，台北：前衛出版社，1985.05，頁223-235（原刊於1984.07.30~31的《自立晚報》「自立副刊」）。

愈趨僵硬、割裂以至激化，[63]而一路走來堅持將台灣歷史納入中國近百年的脈絡來拆解的陳映眞，顯然都是這些林林總總的論爭中指標性、爭議性最高的一位。

第四節　把作品讓宣傳民族分離論的出版社出版，對自己實難交待

八〇年代中期，陳映眞創辦《人間》雜誌（1985.11~1989.09），恰好橫跨台灣社會「解嚴」（1987.07）前後，這段期間，站在陳映眞意識形態對立面的台灣民族主義卻漸次地獲得確立，過往的殖民歷史反倒成爲異質於原先中國性敘事的論述資產，國族認同的轉折現象在藝文界也不斷出現

63　1987年2月15日「台灣筆會」於台北耕莘文教院成立，由120餘位會員選出楊青矗為首任會長、李魁賢為副會長；緊接著筆會於3月21日在該院舉辦「鄉土文學論戰十年來總回顧」演講會，由李敏勇擔任主席、廖仁義主持，然而曾經是論戰中要角、不久前才針對論戰後台灣文學獨立論提出質疑的陳映真（可參閱：陳映真，〈關於台灣文學的一島論〉，《中國時報》「人間副刊」，1987.03.07），雖獲邀與會，卻只「指派」夫人陳麗娜女士出席。著有《黃春明前傳》的劉春城大致認為那是一場值得肯定的講演會，他本以為當天在會上可以聽到陳映真發表「更高明的省思，可以解讀者大眾之惑」，結果由於陳映真的「刻意」未能前往，劉春城除了當時若有憾焉地徒呼「兄爲何竟不來呢」，更在會後特地於報端發表乙封「公開信」，欲向陳映真求索論戰十年來種種現象的圓滿腹案（上述引文皆引自：劉春城，〈台灣文學不是一窩虎頭蜂——致陳映真〉，《自立晚報》「自立副刊」，1987.08.08，第10版）。平心而論，陳映真不可能不關心該演講會活動（想必恰恰相反，因為除了陳麗娜女士回去會向他述說會上種種之外，陳映真也曾在會後與劉春城的通話中一一詢及與會者的發言要旨），或許他更在意的是演講會是由哪個單位來主辦、哪些人主持及主講、哪些人會出席、自己出不出席所帶來的象徵效應吧。筆者在此雖只略舉上述乙例往事，但對當時文藝界的統獨態勢，實則已足以一葉知秋。

擴大的效應，表態、選邊、對抗幾乎成為作家們必修的技藝。陳映眞繼七〇年代後期展開的「華盛頓大樓系列」小說之後，八〇年代先後也陸續發表了〈鈴璫花〉（1983.04）、〈山路〉（1983.08）、〈趙南棟〉（1987.06）等有關「白色恐怖」題材的作品。1988年元月，久未與鍾肇政通信的陳映眞，這回是爲了《人間》的營運，捎信給鍾肇政：

> 久未通問，常在急（按：「急」應為「念」之筆誤）中。弟創辦《人間》雜誌，已屆兩年。爲進一步擴大社會對拙□（按：無法辨識）的支持，我們想請您爲我們寫100字以內的推薦的話。您的清譽，是對《人間》全體同人莫大的鼓勵與支持。[64]

結果兩個月後，《人間》的第29期同時刊出了多位社會名流的推薦語，雖然不見鍾肇政的內容，葉石濤倒是有寫，他推薦說：

> 在巨大台灣工商業社會的陰影下，沉默的無數勤勞大眾爲自己的溫飽，爲社會的繁榮，付出了心血。這些卑微的小人物應該是高貴的地上之鹽。但是他們很少出現在資訊媒介上。《人間》是唯一代表台灣社會的「良心」和「正義」替他們說話的雜誌。《人間》永

64　引自編號第五十六封（1988.01.11）的「陳映真致鍾肇政書簡」。

遠站在被壓迫、被欺凌的這一群人同一條陣線上。我爲《人間》兩年艱辛的奮鬥致由衷的敬意。[65]

到了下一期，《人間》換刊各家對「陳映眞作品集（共15冊）」的推薦語時，則見鍾、葉兩人連袂出力共襄盛舉，其中鍾肇政寫說：

「出不起」作家個人的全集本，正表現出台灣文壇、台灣出版界的貧瘠與荒蕪。際此台灣社會的全面變局，貧瘠與荒蕪也到了該「推翻」的時候。陳映眞作品全集之刊行，堪稱適得其時。[66]

從上述的事例，可以看出即使是社會上統獨問題已是沸沸揚揚、陳映眞個人「傾中」色彩濃厚之際，台灣文學界的「大佬」如「北鍾南葉」者，仍能珍惜昔日情誼、秉持文學本位的立場，一路一再「不計前嫌」公允地挺護陳映眞這位台灣

65　引自《人間》第29期，1988年3月5日，頁95。

66　引自《人間》第30期，1988年4月5日，頁56。葉石濤的部分，則寫說：「陳映眞是現今海峽兩岸中國作家中，最富於思想性的傑出作家。他的小說，論評和隨筆都表現了罕見的銳利的知性和洞察。把他所有散佚的作品收集在一起，刊行完整的全集，這是對八〇年代台灣知識界的一大貢獻。」（頁56）1988年4月，陳映真的「人間出版社」出版全套15卷《陳映真作品集》時，葉石濤為其小說卷寫〈序——論陳映真小說的三個階段〉（收錄於《陳映真作品集1：我的弟弟康雄》，台北：人間出版社，1988年4月，頁19-22），陳映真還特別在其〈小說卷自序〉裡說到：「當今葉石濤先生受到一些『革命青年』粗糲不文的攻擊。而雖然這攻擊的一部分原因，是由石濤先生始終不肯依『革命青年』們的意願與我劃清界線而來，但他仍然應編輯部的敦請，慨允寫序。其中艱難的情誼，動人至深。」（收錄於《陳映真作品集1：我的弟弟康雄》，台北：人間出版社，1988年4月，頁24）

文學經典作家的一切文學志業。

八〇年代末，鍾肇政受「前衛出版社」之託，擔任《台灣作家全集》編輯委員會的總召集人，如果他將陳映眞的作品歸劃爲收錄的對象之一，是再自然不過的事；可是，正當八九年中國「六四民運」（1989.06.04）剛過了三個月，陳映眞終於寄來了給鍾肇政的「最後」一封書簡：

> 大函敬悉。猶憶少時蒙吾兄格外抬愛，必欲爲弟在「省籍作家作品集」中書出一冊，年少失禮，不肯伏從，至今思之，感動與愧怍兼之，但恨無機會補贖少時魯拙。現在您出來編書，於情於理、於禮，皆應欣然玉成。今又再思而恨不能相從，於我實痛苦不堪。
> 弟以「民族立場」，數年來備受誤解、攻訐、侮辱，卻始終未肯逞文筆口舌之快以爲駁論者，以深知歷史傷痕，其來有自，且必不欲兄弟相殘也。
> 但際此天下人不分朝野嗡嗡然，必曰民族應該分離的時代，不辭孤獨，堅守「民族立場」的自己，把作品讓宣傳民族分離論的出版社出版，對自己實難交待。何況，同出版社曾欲出布農族詩人莫那能詩集，只因該書由我寫序，便拒絕出版，只好另由他社去出。似此，出版社既自有立場，吾兄也請再讓弟任性一次，守住這小小的、無用的立場。但因此沖犯吾兄，實爲弟所千萬不願者。知我如兄，尚請寬諒。[67]

在陳映眞爲莫那能的詩集《美麗的稻穗》所寫的那篇序文〈莫那能——台灣內部的殖民地詩人〉[68]裡，非常典型地呈現他一貫「迴避－模糊－掩飾」戰後台灣內部有外來中國政權壓迫島內被殖民者的「內部殖民」現象，轉而強烈「聚焦」島上所謂「漢人」（特別是戰前移民族群）壓迫原住民的事實，試圖藉由凸顯內部族群的壓迫來消解外部國家的認同，致使島內中國政權的非法性被默認，致使島內中國政權的殖民本質被遺忘；[69]並且，由於堅守「（中國）民族立場」，對陳映眞而言，也意謂著當他面對任何具備「台獨」意識的對象（譬如「前衛出版社」）時，陳映眞只有「鬥爭」策略的考量，而別無其餘選擇，特別是他更須注意到不久之後將親自率領「中國統一聯盟」到北京晉見江澤民時，對岸究竟會如何評估他的「（中國）民族立場」的純度。總之，

67　引自編號第五十七封（1989.09.12）的「陳映真致鍾肇政書簡」。

68　陳映真，〈莫那能——台灣內部的殖民地詩人〉，收錄於莫那能著，《美麗的稻穗》，台中市：晨星出版社，1989年8月，頁169-192。最新版本已改由「人間出版社」出版，2010年5月，頁179-203。

69　陳映真的相關論述可參閱：陳映真，〈莫那能——台灣內部的殖民地詩人〉，收錄於莫那能著，《美麗的稻穗》，台北：人間出版社，2010年5月，頁201。此外，對陳映真而言，台灣昔日為日本殖民地，假使有所謂的「新殖民」或「再殖民」問題，新殖民主也絕不能說是帶有中國政權屬性的國民黨政權，而是「美帝」、「日帝」；更令人訾議的是，陳映真對於在兩岸經濟相互依存度持續提升下，島上居民（漢系族群、原住民族群、外籍配偶等）對於是否為「中國人」或是否「贊成統一」的比率仍然繼續滑落、對於兩岸歷史歷經幾百年社會演變，在文化、制度甚至於國族認同由於彼此價值共享空間有限，早已質變成「異己關係」的諸般現象，陳映真卻仍長期刻意全然無視、仍舊自顧彈奏著其一貫「雙戰」（國際「冷戰」加中國「內戰」）架構下的台灣消費社會論調以及「科學」的台灣社會性質論，意圖將台灣的未來命運在排除住民自決的情形下徹底鎖進中國的框架；然而異常弔詭的，每當陳映真構織他的中國大一統志業時，其筆下的原住民卻又頓時消失的無影無蹤，名副其實地成為他在《人間》稱謂的「沒有臉的人」，或者也可以換個說法——直接「自來的」都搖身變為「中國人」了。

不管是出自眞正態度或推諉理由，這封在「民族立場」大旗下交相掩藏了虛相與實相的私人信函，最後都迫使鍾肇政只得在《全集》的〈總序〉裡交代：「另有數家或因版權問題，或因其他緣故，未能應邀參加者，計有黃春明、陳映眞、王禎和、白先勇、王文興、林懷民等，亦爲美中不足的憾事。」[70]1990年8月24日，東方白寫信給鍾肇政，問說：

> 剛讀畢你爲「台灣新文學全集」（按：指「台灣作家全集」）寫的總序。你這序也夠長夠磅礡澎湃了，特別欣賞你的開宗明義：「台灣文學是世界文學的一支！」你這聲明將十年來「台灣文學是不是在台灣的中國文學？」的奴言婢語一把掃光，在文學奧林匹克大會上堂堂昇起台灣的國旗，而不必像奧林匹克運動會上可憐兮兮地手拿荒天下之大唐的奧林匹克大會旗，唱奧林匹克會歌！讚！！！有一點小疑問：全集中爲何缺了黃春明、王禎和與陳映眞三人的集子！（我的答案是因為他們三人不願參加這全集，或版權轉移發生問題。）再者如果全集放進非台灣生的大陸人士如張系國者，爲什麼白先勇獨被排除？（是否又是版權與作者意願的問題？）[71]

---

70 鍾肇政，〈血淚的文學、掙扎的文學——七十年台灣文學發展縱橫談（總序）〉，收錄於《台灣作家全集・賴和集》，台北：前衛出版社，1991年2月，頁27。

71 鍾肇政、東方白著，張良澤編，《台灣文學兩地書》，台北：前衛出版社，1993.02，頁282。

鍾肇政則回信告知：

> 全集未參加的，你提到的春明、映真、禎和、先勇等人，都接洽過，黃、王自是版權問題無法解決，陳另有理由：陳說曾爲莫那能的詩集寫序，前衛以此爲由拒絕出版，所以未能把作品交給前衛云。文欽（按：前衛出版社的負責人林文欽）則否認有這種事。可能是誤傳云。總之，陳未參加乃因「心結」問題。取外省人（如張系國）乃因張作品有不少涉及台灣，且我們也必須不分省籍，拙序中已略有交代。拙序你是第一個在信中提到的朋友。寫得也不怎麼樣，我畢竟非研究者。不過我確實把它當台灣文學的獨立宣言來下筆的。謝謝你的捧場了。[72]

對於陳映真的缺席原委，鍾肇政並未明講，而以「心結」總結，回答的既曖昧又精準，想必東方白能完全領會。後來，當鍾肇政在爲《劉大任集》寫序言時，先是引了劉大任說過的一段話：

> 我一直自認是個知識分子。既是知識分子，那就必須堅持兩件事：其一是不管什麼場合，都應該站在民間這一邊；另一是絕不使自己成爲一名政客。我以爲這

72　見：《台灣文學兩地書》，頁286-287。

樣才能當一個批評家，並且從事著述時，也才能經常保持客觀的心情。但是，我想陳映眞大概是不一樣的吧。他好像是把自己當做是政治人物、社會革命家。故此，如果他要去中國，那麼他會考慮在那邊可以會見階層有多高的、多重要的人士，並爲有利於自己未來在台灣的政治地位而苦思焦慮，這一點大概錯不了。至於知識分子如何，農民、勞動者又怎樣等等，他恐怕不會想知道的吧。我想，這就是我和他不同之處。[73]

然後，鍾肇政終於對陳映眞的「（中國）民族立場」做出表示：

此處忍不住地要順便提提文中所言及的有關陳映眞的事。劉陳兩人曾經有過共同的「理想」，是此間許多人所熟知的，在經過二、三十年之後，他們之間終究

---

73 鍾肇政，〈「知識分子」的文學——劉大任集序〉，原收錄於《劉大任集》，台北：前衛出版社，1993.12，頁9；後收錄於《台灣作家全集．短篇小說卷別冊》，台北：前衛出版社，1994.03，頁143。關於這段引言，鍾肇政緊跟著表示：「以上這段話，是將劉大任的長篇小說《浮游群落》翻譯成日文（研文出版，一九九一年）的日本學者岡崎郁子爲此書所寫的〈解說——劉大任和他的時代〉裏的一段話。這篇洋洋達兩萬數千言的長文裏就只有這幾行字用括弧括起來，並言明是一九八九年她在台北訪問劉大任時，劉氏所說的話。而這話大概也可以看做劉大任作爲一名作家的基本態度，也透露出他的文字（應該也包含他的社會批評文學在內）的精神基礎。」（頁9-10；頁143-144）據筆者查證，鍾肇政的引言出處，即：岡崎郁子，〈劉大任とその時代〉，收錄於劉大任著、岡崎郁子譯，《デイゴ燃ゆ——台湾現代小說選．別卷》，東京：研文出版，1991年1月，頁372-373。

> 有了「不同之處」，這恐怕不僅僅是人間滄桑、白雲蒼狗等說法所能解釋的吧。可異的是劉君在那一番話裏所預言的，竟然在兩年多之後成爲事實。陳君在一九九二年初（按：應是一九九〇年二月），以「中國統一聯盟主席」身份赴中訪問，會見了江澤民，彷彿一夕之間成了在台灣的「政治要員」。在這套《台灣作家全集》裏劉陳兩君一出席一缺席，恰巧也透露了兩君的「不同之處」。[74]

陳映眞自從1990年2月訪中之後，在台灣內部與藝文同好之間區分你、我，在台灣外部與中國黨政泯除敵、友的言論舉止，更是變本加厲；「一出席一缺席」道出了鍾肇政對陳映眞從六〇年代的「台叢」以來，一再刻意「缺席」台灣的譴責與失望！而陳映眞自1993年以後也開始毫不客氣對昔日文友展開抨擊：認爲鄉土文學論戰時，對於形勢險峻的他，**「今日在台獨文學論壇上無任意氣風發的作家、理論家，在當時似乎一致採取了識時務的緘默」**[75]……；認爲在他的學思生涯以及「十．三事件」時，啓發、激勵他的正是胡秋原、鄭學稼、徐復觀「**這些胸懷遼闊，具有真知灼見的『外省人』和『中國人』，不但翼護了我，更整體地保衛了台灣的鄉土文學。而今日被冊封於廟堂的台灣人文學『大**

74　鍾肇政，〈「知識分子」的文學──劉大任集〉，《劉大任集》，頁10；《台灣作家全集．短篇小說卷別冊》，頁144。

75　陳映真，〈後街〉，《父親》，頁63。

佬』、『小佬』，當時一概噤聲不語」[76]……；認爲「**許多曾經以反日愛國、宣揚政令為題材寫過成篇累牘的小說的大作家們，今天卻都成了台獨文學界的大老和導師；……如今一概不做交代，不表反省，就把自己裝扮成自來民主，自來自由，自來敢言的鬥士和英雄。哦，親愛的兄弟，這齣醜戲，叫人怎生看得下去？**」[77]……；對於陳映眞以上的諸般批評，實情如何社會自有公評，更何況本文前述的全部內容事實上也已提供了不少可資查考的脈絡與背景，在此不擬再行一一辯駁。倒是多年之後，有次鍾肇政演講提到了這套出版於九〇年代初的《台灣作家全集》時，語重心長表示：

76 引自陳映真，〈懷想胡秋原先生〉（《聯合報》「聯合副刊」，2004年6月21日，第E7版；後全文收錄於《父親》，頁174）。隔年，陳映真接受中國的「中國台灣網」副總編武世明專訪時又舊調重彈說：「他（按：指胡秋原）老人家很了不起，當時鄉土文學論戰的時候，國民黨要抓人，他以他老人家的地位立刻召見我，讀我的東西，然後就力勸國民黨不要動刑，可以說用他老人家的衣袖把我遮住了。……所以其實，在臺灣的有很多眞正優秀的、進步的外省人都非常愛護本省青年，都非常愛護鄉土文學。保護了鄉土文學，不只保護了這些作家。」見：〈臺灣著名作家陳映真暢談臺灣光復（六十周年）重大意義〉，「中國台灣網」，2005.10.25，網址：http://big51.chinataiwan.org/zt/lszt/kangzh/renwuzhf/200801/t20080102_528963.htm。

77 引自：陳映真，〈十句話〉，收錄於隱地編《備忘手記（「十句話」完結篇）》，台北：爾雅出版有限公司，1995年1月，頁171；後收錄於《父親》，原文最後一句「叫人怎生看得下去？」被改成「什麼時候才收場哟！」，頁99。2004年陳映真接受中國「新華網」訪問，談到正享受肥厚的資源、當官領獎所謂倒向「台獨」的作家時，似乎是對準了鍾肇政而再次意有所指地表示：「他們過去寫過一些東西，過去寫的東西也沒有什麼『臺獨』意識。他們有些年紀大的一代就寫當時在日據時代怎麼樣的被日本人壓迫，但基本上站在中華民族主義，更沒有什麼特殊的作品突出地主張『臺獨』思想。說我突然覺醒了：我是臺灣人，我不是中國人，也沒有那一類作品。另外，當前他們得到很大好處，得獎、封官，當『總統府資政』。能不能稱爲作家，取决于文學成就，不取决于政治投機。」見：〈臺灣的文化人需要反省〉，「新華網」，2004.03.20，網址：http://big5.xinhuanet.com/gate/big5/news.xinhuanet.com/book/2004-03/20/content_1375705.htm。

「我是編輯委員會的總召集人，有些明明是台灣土生土長的作家，可是他不同意把他的作品提供出來參加《台灣作家全集》裏面，他認爲他的作品是中國文學而不是台灣文學，那麼我們就不能勉強他。」[78]文學歸屬之事或許勉強不來，可是文學情誼卻能爲之損傷，因爲長期以來，本土作家們只要稍微提及「台灣認同」的凝聚，就會嚴重挑起陳映眞不自主的焦慮感。

九〇年代中期，由於有位關心台灣文學的日本友人森秀樹正，透過陳千武要鍾肇政幫忙編一套共五冊的「台灣文學選輯」（日譯本），再交由「株式會社五月書院」印行，鍾肇政打算讓日本讀者「藉此套叢書除了懂台灣文學之外，也能初步懂台灣這個國家，易言之即從文學來看台灣之意」[79]，因此視此舉爲台灣文學界大事，便特意捎信給林梵、陳萬益、葉石濤、彭瑞金、張恆豪、施淑等人，期待他們能夠在主題範疇和作家人選上給予協助和建議。林梵則是回信說，除了贊同鍾肇政的看法之外，也對時代源流及作家質性表示了若干意見。但最值得注意的是，可能有感於之前曾經長期與陳映眞接觸，對其才思特別具備近距離的觀察，以及陳映眞逐漸活躍於兩岸社會的事實，林梵這回特別提醒鍾肇政說：「陳映眞的作品無論如何需收入。『陳映眞現

78　鍾肇政著，陳宏銘、莊紫蓉、錢鴻鈞編，《鍾肇政全集30．演講集》，桃園：桃園縣文化局，2002年11月，頁514。

79　寫於1994.07.22，引自：鍾肇政著，陳宏銘、莊紫蓉、錢鴻鈞編，《鍾肇政全集27．書簡集（五）：情摯書簡》，桃園：桃園縣文化局，2002.11，頁601。

象』是台灣文學不能不正視的問題。」[80]這是島內最早發出「陳映眞現象」的聲音。但可想而知，林梵賦予了鍾肇政一項「不可能的任務」。

第五節　寄語「以一生反芻島的記憶」

2009年是陳映眞正式涉入文壇的第五十個年頭，就在9月，正當各界紛紛舉辦「向大師陳映眞致敬」活動時，「文訊」雜誌社出版了《人間風景・陳映眞》乙書，做爲陳映眞創作半世紀的回顧，整本書收錄了二、三十位相關人士的文章，除了業師林瑞明（詩人林梵）的一封「公開信」之外，在本書中曾列舉的早期與陳映眞有所交往的本土作家竟無一列名！早已是疾病王國成員的林瑞明，先是祝禱這位「尊敬的大頭兄長」說：「好久不見了，時在念中。知道你病得嚴重，一直無從問候，偶爾從文壇大老得知你在北京養病的一鱗半爪，只有在心裡默默地祝禱你能掙脫病魔摧折。」[81]然後娓娓歷數三十多年來與陳映眞在文學上的諸種因緣，這期間有景仰、提攜，也時有往返的討論與激盪，可是終究最後出現了無言與遺憾的時刻，特別是當林瑞明在回溯自己的生命經驗時，對照於兩人成長的過程中「同樣」都是深受父親

80　寫於1994.07.26，引自：《鍾肇政全集27・書簡集（五）：情摯書簡》，頁604。
81　林瑞明，〈理想繼續燃燒〉，收錄於封德屏主編《人間風景・陳映真》，台北：文訊雜誌社、趨勢教育基金會，2009.09，頁155。

影響的現象，不無質疑地提及了一段完全迥異於陳映眞家族書寫的往事：

> 如果不是因我父潛移默化，可能會忘了從台灣思考。我父生於1924年，正是戰爭受害的世代。小時候，我常看到他勤於閱讀日文的太平洋戰爭之戰史，懷念命喪南洋的朋友；因家居窄小，有時候和我母在我們小孩面前「公開的講悄悄話」就用日文交談；小學時代，老師告訴我們講日語是受日本奴化教育的影響，我曾當面指責父親：「日本人都已離開那麼久了，還講日本話，奴化教育的影響。」他愕然地看著我，而沒賞我一巴掌，只淡淡地說：「長大了，你就會知道。」我長大了，當然知道了，他用小時候學來的「國語」講話，只是我的「國語」跟他不一樣。我是受國民黨黨國教育長大的人，中國深印腦海深處，而且也以泱泱大國民自居（少我一、兩歲的林毅夫不是發揮得淋漓透徹嗎？）。我父跟令尊不一樣，他一直教育我：「我們是台灣人」，甚至在重修祖墳時，也將刻在祖先墓碑上的祖籍，落地生根刻爲「台南」。美麗島事件及軍法大審時，他已病重，受困於斗室，每天爲我剪輯新聞資料，父子之間關於台灣的命運有了深刻的交談。[82]

82　林瑞明，〈理想繼續燃燒〉，《人間風景·陳映真》，頁159。

相對於林瑞明父子的「長大說」，儘管陳映眞的父執輩也深具日治時代的生活背景，甚至在力爭上游中努力學習成爲日本人；儘管陳映眞在1962年之後有機會接上像陳火泉、吳濁流、鍾肇政、葉石濤等一個橫跨戰前戰後的跨語世代；儘管早期陳映眞仍對鍾肇政說出：「我一直不能相信在台灣的文學有地域之囿」[83]，青年陳映眞仍有可能轉變爲台灣認同的捍衛者；然而五十年過去了，在親愛與悲憤之間卻萌生出一種緊張關係，最後使得他由一群本土作家的交往中游離出來，不但自身終於成爲問題不可分的一部分，也與鍾肇政從六〇年代親密的「文學諍友」[84]進而決裂爲九〇年代的「認同論敵」；然而正因爲擁抱與棄絕的全是「台灣」兩字，恰恰標示出鍾、陳二人書信因緣聚散的本質，以及台灣文學發展史的部分見證與縮影；然而，難道一切都只因「自來」的「民族立場」嗎？筆者不以爲然，部分來自陳映眞家族史的生活經驗所延伸出的一種曖昧情愫，自始至終起著一定的作用。「同樣」是父與子之間關於台灣命運深刻交談的代間薪傳，林瑞明父子與陳映眞父子卻存在「不一樣」的認同書寫，在「公開信」裡林瑞明最後筆鋒一轉——似乎是對已長

83 引自編號第九封（1962.05.31）的「陳映真致鍾肇政書簡」。

84 在當時鍾肇政交往的文友中，陳映真應該要算是扮演著一位嚴厲的「文學諍友」的角色，而且有可能是唯一給予酷評的！譬如他在編號第42封（1964.03.24）的信上，針對鍾肇政的〈溢洪道〉和〈殘照〉等，就曾直陳：「找不到早時我讀您那些短篇時的感動。肇政兄，我以爲如果您再不對自己的創作做一個誠實的分析和內省，是十分危險的。最近的作品，嗅不出一點兒味道來，貧乏，傭（按：庸）俗。我很爲您急，也爲您憂。」而所有這些提醒，即使是今日看來，還是能感受到它的真誠與關注。

期寓居中國的陳映眞意有所指、更有所期待地——吟詠出：「啊！宿命的島嶼，我們生在台灣，一如江文也即使離開，也要以一生反芻島的記憶」[85]作結。如果林瑞明的這封「公開信」，最後終究沒有成爲陳映眞病中閱讀的「失落」對象，那麼無疑地，筆者以爲它將是陳映眞這位具有某種深度「缺陷」的重要作家，近年來最值得一再反芻的書簡。

85　林瑞明，〈理想繼續燃燒〉，《人間風景・陳映真》，頁159。

第六章

認同的身影……

——追記「情懷中國」的陳映真（上）

第一節 陳映眞的「紅色中國」

> 還有什麼樣的制度，比逼著人們向自己的良心說謊的制度更野蠻呢！
> 還有什麼樣的知識分子，比用謊言來掩蓋謊言的人更懦弱更無恥呢！
> 還有什麼樣的民族，比這種權力與知識相互结盟的說謊更墮落呢！
>
> ——劉曉波，《向良心說謊的民族》[1]

「一個獨立的、批評的作家，應該認同於自己的人民、文化與歷史，而不是認同於哪一個個別的政黨或政權」[2]，其「最高誥命，來自人民」[3]；至於一位「知識分子在權力之前，要堅持良知、眞理，爲民請命，條刻時政」[4]；總之「作家和知識分子在野，才能對生活、對人民貼近，也從而靠眞理近些」[5]……；以上這些立誓要「當永遠的在野

1 引自：劉曉波，〈書前：向良心說謊的民族〉，收錄於氏著《向良心說謊的民族——劉曉波文集》，台北：捷幼出版社，2002年1月，頁iv-v。

2 陳映真，〈陳映真來函〉，《陳映真作品集6：思想的貧困》，台北：人間出版社，1988.04，頁10。

3 陳映真，〈答友人問〉，《陳映真作品集8：鳶山》，台北：人間出版社，1988.04，頁36。

4 陳映真，〈無盡的哀思——悼念徐復觀先生〉，《陳映真作品集8：鳶山》，頁36。

5 韋名，〈陳映真的自白——文學思想及政治觀〉，《陳映真作品集6：思想的貧困》，頁50。

派」[6]、做個「抵抗體制的知識分子」[7]的自我抉擇和定位，都是曾經擁有「台灣良心」、「台灣魯迅」、「人道主義者」美譽的陳映眞夫子自道過的內容。可是曾幾何時，不但陳映眞的「最高誥命」從「來自人民」，已轉變成替政權「維持國家民族的統一」才是他作家身分的「最高命令」[8]，繼而陳映眞又在1996年台灣首次民選總統卻遭中國以封鎖海峽、飛彈演習恫嚇之際，竟於〈序章：如果十五天・七階段的戰爭終結中華民國的紀年〉與〈終章：歷史呼喚著和平〉這樣的文字中徹底漠視台灣深受武力要脅，「見獵心喜」地藉由一堆軍事術語「警告」台灣人民放棄獨立自主的願景，甚至將必要時中國應在外力干預前以最快的速度征服台灣的「暗示」不加遮掩地充斥全文以至全書。[9]後來更趁著2005年在中國參加所謂「紀念台灣光復六十週年」座談會時，當眾喜形於色表示對中國此刻能夠頒佈《反分裂國家法》來展現遏止台獨的決心感到莫大欣慰，因爲「台灣問題

6　韋名，〈陳映真的自白──文學思想及政治觀〉，《陳映真作品集6：思想的貧困》，頁50。

7　陳映真，〈嚴守抗議者的倫理操守〉，《陳映真作品集12：西川滿與台灣文學》，台北：人間出版社，1988.04，頁37。

8　以上引自：陳映真等，〈突破中國結與台灣結的困境〉，《中國論壇》290期，1987.10.25，頁23。

9　1995~1996年之際，台灣第一次直接民選總統，中國卻不斷以封鎖台灣海峽、飛彈演習的實際行動來恫嚇台灣人民。陳映真「見獵心喜」地遂找來一批號稱海內外中國專家、軍事專家，大肆為中國武力犯台做一連串合理化的推演及推銷，然後再以「許南村」為筆名添寫了上述的〈序章〉（頁1-37）及〈終章〉（頁297-322），之後編輯出乙冊《戰雲下的台灣》（台北：人間出版社，1996.03），該書美其名說是要讓台灣人民處在危機中擁有「知之權利」（〈序〉，頁7），實則代表中共政權對台灣日益成熟的民主政治進行威嚇。

一日不解決，我們的民族就一日無法安枕」[10]。幾乎愈到後來，陳映眞爲了順遂自己「紅色中國」的政治烏托邦，持續販賣恐懼和廉價的「民族」情緒，其發言愈背離絕大部分台灣人民的情感，可說已到了「怨台」、「罪台」直至「棄台」的窘境！只是，不知陳映眞是否仍記得早年曾說過：「知識人按著他們既有的教養、知識和癖好，去解釋世界，去評斷一切的事物。而這些教養、知識和癖好，又無不有其強烈的階級和黨派性」，因此知識分子對於主張最好切記不要教條化，否則不但阻礙了自己也成爲人類絆腳石……這段原屬自我惕勵的空谷跫音？[11]很多人都說自己受陳映眞的小說和文論的影響很大，筆者不禁也好奇：陳映眞的小說和文論究竟又對自己產生過什麼樣的影響呢？

約略是在1989年「六四」民運、1990年率團晉見中共領導人之後，陳映眞漸趨活躍於兩岸之間。1997香港回歸中國的那年，不但獲邀成爲回歸大典上唯一的台灣作家，中國作家協會又特別在11月10日舉辦了一場「陳映眞作品研討會」，做爲陳映眞60歲的厚禮，當天晚上還特地在作協的一樓大廳舉行盛大的燭光晚宴爲其慶生，《人民日報》事後報

---

10 此段內容，引自陳映真2005年10月23日參加中國「台盟」中央、「全國台聯」在北京人民大會堂台灣廳所舉行的「紀念台灣光復六十週年」座談會上的發言紀錄。全文可參閱：陳映真，〈為反對霸權主義、達成民族真正統一而努力〉，「華夏經緯」網站，2005.10.25。http://big5.huaxia.com/zt/pl/05-087/601951.html（瀏覽日：2010.11.14）。

11 以上整段引述的內容及原意，可參閱：陳映真，〈知識人的偏執〉，《陳映真作品集8：鳶山》，頁16-17。此文原發表於1968年2月15日《文學季刊》第六期。

導說：「陳映眞在祖國大陸過了一個非同尋常的生日。」[12]這場研討會是中國首次以陳映眞作品爲對象的學術會議，主辦單位則是具備官方身分的中國作家協會，但陳映眞當時仍非作協的正式會員。十二年後的2009年，海峽兩岸爲紀念陳映眞創作五十年而分別在台北、新竹與北京三地舉行學術研討會，[13]由於陳映眞早在2006年重病後一直寓居中國，因而皆未親臨會場接受大家的致意。不過，夫人陳麗娜女士倒是代表了陳映眞出席了北京那場盛會，首先她感謝各界在新中國成立60週年時爲陳映眞隆重舉辦此次研討會，接著她表示：

> 陳映眞讓我告訴朋友們，少年時代讀到了魯迅的小說，對他最大最根本的影響是對祖國的認同。從那個時候開始，他爲自己身爲一個生在台灣的中國人而驕傲。他是帶著猛烈的「中國情結」寫作的，念念不忘自己是中國作家隊伍中的一員小兵。今天他的文學創作50年研討會能在北京舉行，他高興、激動，他爲自己是一位中國作家而自豪。[14]

12　見：劉全應，〈不尋常的生日〉，《人民日報》，1997.12.08，第11版。

13　台北與新竹兩場，分別由台北文訊雜誌社與新竹交通大學各以「陳映真創作50週年國際學術研討會」及「陳映真思想與文學學術會議」名稱於9月26~27日及11月21~22日陸續舉行；至於北京這場「陳映真先生創作50年學術研討會」則由中國作家協會與「全國台聯」於9月18日聯合主辦。

14　引自：〈台作家「陳映真先生創作50年學術研討會」在京舉行〉，「你好台灣網」網站，2009.09.18。http://www.hellotw.com/zt1/ztfl/jlzt/dbldzghw/dblzx/200909/t20090918_493460.htm（檢索日：2009.09.22）。關於陳麗娜女士的致詞內容，由於中國的相關網站譬如「中國作家網」網站、「台胞之家」網站等輾轉所刊載的這場研討會與台北、新竹所召開的研討會最大的差別在於，主辦單位與致詞人員全帶有官方性質，分別是由中國作家協會與中華全國台灣同胞聯誼會（簡稱「全國台聯」）聯合主辦，全國政協原副主席兼「全國台聯」名譽會長張克輝、「全國台聯」會長梁國揚、作協副主席陳建功等人代表致詞。戰後六十幾年來，台灣出身的作家大抵再也沒有人能像陳映眞那樣同時在兩岸的不同領域上享有如此「殊榮」。但最令人驚兀的，莫過於隔年（2010）便「突然」傳出以陳映眞爲首的三位台灣作家「破天荒」正式加入／納入中國作家協會乙事了。

不知是有意還是巧合，就在7月7日（2010.07.07）這個高度具備「民族」意識的日子，陳映眞透過中國作家協會的官網發佈入會「感言」，表明他「很高興並很榮幸地成爲正式會員」[15]，這篇前後不到七百個字的文字稿，坦白說較像是從陳映眞過往的幾篇自述文裡東拼西湊出來的，不過大致上沒有違反陳映眞向來的說法。結果過了一個多月（2010.08.18~19），消息再度傳來，中國作家協會第七屆主席團第十次會議的成員一致通過進一步聘請陳映眞擔任該會「名譽副主席」[16]，任何人都看得出來整件事情的發展不脫

內容皆「大同小異」，本文在相互對照之下則擇一採引。

15 引自：陳映真，〈陳映真：促進海峽兩岸文學更多交流〉，「中國作家網」網站，2010.07.07。http://www.chinawriter.com.cn/news/2010/2010-07-07/87314.html（檢索日：2010.07.07）。

16 相關訊息參閱：〈文學相融了，兩岸更近了〉，「中國作家網」網站，2010.08.24。http://www.chinawriter.com.cn/news/2010/2010-08-24/89000.html（檢索日：2010.08.24）。會後作協人員相偕探望陳映真的圖片請參見：〈鐵凝、李冰、

中共對台尤其是針對藝文界前所未有的「統戰」策略。這個協會清清楚楚載明由中國共產黨領導，主要任務是組織作家學習馬列主義、毛澤東思想和鄧小平理論、並遵從黨的方針等，目前約有六、七千名的成員，除了每月可領取津貼之外也享有一些優惠，雖然有人認爲物質上的補助不多，但筆者認爲事實上那已足以構成權力依附的象徵，陳映眞不會天眞到毫無所悉；然而即使以陳映眞長期所抱持的文學主張／政治情懷爲判準，對於此番他寧將文學視作政治婢女之舉，我們仍然可以強烈地感受到陳映眞那股自年少以來的「紅色」理想其實正逐漸地「**反噬**」著他自己。一樣是許多人耳熟能詳、懷抱「中國情懷」的「人物」，歷史最終可能記得的會是陳映眞小說中略帶虛無又激越的角色，而不是游走兩岸、雖堅稱向來是意識形態霸權所專政的對象卻盡是政治表態的陳映眞吧？

在台灣沒有人會質疑或不承認陳映眞的台灣作家身分，但由於在他的政治意識成長過程中，就做爲一個範型或典範的意義而言，當年中共革命建國的成功對他何其重要，以致上述那些近乎「荒腔走板」的現象，可說都是指向「紅色．中國」這項橫跨半世紀的歷史意識而來，因此陳映眞的政治抱負／事業不止是和他的文學成就互爲因果，評價時也應等量齊觀。一般而言，他的思想和理想，其論述既不像當權者出於赤裸裸的政治鬥爭，也不像大眾源自淺薄的功利目的，

陳建功看望名譽副主席陳映真〉，「中國作家網」網站，2010.09.03。http://www.chinawriter.com.cn/news/2010/2010-09-03/89385.html（檢索日：2010.09.03）。

卻都是經過他及志同道合之士一番精心的「社會」調查與「科學」整理——十足的學術包裝和道德修飾——因而更具一種迷惑性，雖然很多的時候不見得在台灣（甚至中國）能獲得多數人的共鳴，但陳映眞的美麗新世界確實有人「幾乎是無條件地信任他，信任他掌握了某一條眞理」[17]，有時也確實是比旁人更能道出一部分的時弊；可是，一旦當陳映眞將原屬政經、社會及文化上的階級和黨派性轉化為文學上的信仰，公開宣稱自己的文學創作是意念先行、不惜當作宣傳「紅色．中國」的載體、倒把民族主義和馬克思學說當作證明自己的工具時，他便越來越有可能是坐困自己論述的「囚徒」，也越來越像實境生活中的「賭徒」，無論面臨多大的質疑或勸誡時，他不是慣用更深更有系統的偏執來掩飾偏執，就是顯現「我不以為意」的傲慢！或許陳映眞一生「情懷中國」頗為完整，然而背後卻是以殘缺做為代價！

舉凡作家一切的文學身影和智性活動，都是他的精神史，在某種意義上也是作家的生命史；本章與第七章就是打算透過八個橫切面的單元，包括「紅色中國」、「少年中國」、「『人間』中國」、「『文選』中國」、「白色中國」、「文革中國」、「六四中國」以及「回歸中國」的掃描結果，再儘可能配合一些經筆者統計處理過的物質資料以

17 譬如曾經以陳映真為原型人物寫了〈烏托邦詩篇〉小說的中國作家王安憶就曾如此表白過，引自：王安憶，〈英特納雄耐爾〉，《聯合報》「聯合副刊」，2003.12.22，E7版。此文是「聯合副刊」因為前一天（2003.12.21）陳映真甫得馬來西亞《星洲日報》第二屆世界華文文學獎時，特別以刊載第一屆得主王安憶新作來向陳映真致敬的。

及相關影像，來勾勒陳映眞鮮活的側像，並且更進一步地批判與審視其在一次又一次的歷史困境中的價値抉擇及意味深長的文學現象。人文攝影大師喬治．尼爾遜（Geroge Nelson）曾拍過一組大樓與鳥的相片，他指出：同一架相機在同一位置拍攝時，由於對焦的焦距不同，「若我對那棟大樓有興趣，我看不到鳥；反過來說，如果我對鳥有興趣，我就看不到那棟大樓。我們看見的乃是那些吸引我們，使我們感到興趣的。」[18]當陳映眞的論述世界充滿了單一向度的「中國」情懷、「左」的視野時，喬治．尼爾遜的這段話分外値得包括陳映眞在內的每個知識分子自我警惕，特別是穿梭於兩岸的知識分子！雖與喬治．尼爾遜的說法不同，但艾德華．薩依德（Edward W. Said）亦曾異曲同工之妙地提到了知識分子特別是流亡者，認爲他們普遍「有著雙重視角（double perspective），從不以孤立的方式來看事情。新國度的一情一景必然引他聯想到舊國度的一情一景。就知識上而言，這意味著一種觀念或經驗總是對照著另一種觀念或經驗，因而使得二者有時以新穎、不可預測的方式出現：從這種並置中，得到更好、甚至更普遍的有關如何思考的看法……」[19]，目前寓居中國正調養著身子的陳映眞雖不似「流亡者」，但進出中國也已二十餘年了，筆者雖是時刻以嚴肅的目光注視著

18　喬治．尼爾遜（Geroge Nelson）著，胡致薇、許麗淑、覃月娥等譯，《如何看：人為環境閱讀引導手冊》，台北：尚林出版社，1984年10月，頁24。

19　引自：艾德華．薩依德（Edward W. Said）著，單德興譯，《知識分子論》（*Representations of the Intellectual: The 1993 Reith Lectures*），台北：麥田出版股份有限公司，1997，頁97-98。

他，但對其是否能再度以一位知識分子的「雙重視角」，像薩依德所說的那樣對任何權力者說眞話乙事，毋寧是抱著熱切的期待。

當紅色的「民族主義」成爲陳映眞解讀世界的唯一視角時，陳映眞終究成了「中國情懷」的俘虜了嗎？也許吧，然而，愛它，就先「背叛」它吧！

第二節　陳映眞的「少年中國」

> 我們知道在現實生活中是不能有任何含糊不清的事體，否則會有爭執和打戰。但是在思考的世界裡，語言變得十分詭譎和有趣。……所幸還有一些認真和能掌握感覺的人，他們明白沒有幻想的部分是無法釐清現實真相的。[20]
>
> ——七等生

1、劉自然事件

1957年5月24日的台北街頭，爆發戰後首見也是最嚴重的所謂「抗美反暴」之舉，事出兩個月前（3月20日）在陽明山革命實踐研究院任職的劉自然遭駐台美軍雷諾（R. G.

20　七等生，〈《七等生全集》總序〉，收錄於《沙河悲歌》，台北：遠景出版事業有限公司，2000.07，頁2。

Reynolds）連開兩槍斃命，結果5月23日負責審理此案的美國軍事法庭卻以「殺人罪嫌證據不足」爲由，宣判雷諾無罪釋放，並於當日將其遣送回美，隔天（5月24日）台灣媒體，包括廣播及報紙等，一反過往的「鞏固中美邦誼」或「大事化小，小事化無」的做法，競相報導本案始末和抨擊美方判決不公等，最後引發了大批民眾的聚集、繼而搗毀美國大使館及新聞處，史稱「五二四」或「劉自然事件」。[21]事件距今超過半個世紀，眞相不明也眾說紛紜，可是可以確定的是，事件爆發的背後有一股民族主義被煽風點火，現場有一群青年學生被「衝」當行動的催化者，陳映眞與許曹德正是當年這群戰後第一批接受完整黨國教育、政治洗腦的學子之一。

5月24日當天，成功中學的朝會上，爲了前一天雷諾脫身乙事，「一反往例」[22]地讓該校的老師路逾（即紀弦）登台演講，呼求學子：「偉大的時刻正召喚著大有爲的青年，老美吃定了我們，我們也受盡了氣，讓我們抓住這千載難逢的時辰，來表達我們赤誠愛國之情。」[23]台下熱血上騰的結果，就是該校許多學生採取行動，前往美國大使館示威遊行去。陳映眞的高中同學單培（按：應該是學弟）追記當時：

21　有關「劉自然事件」的經過、處理及相關分析，可參閱：（1）張淑雅，〈藍欽大使與1950年代的美國對台政策〉，《歐美研究》28卷1期，1998.03，頁232-242；（2）栗國成，〈1957年台北「劉自然事件」及1965年「美軍在華地位協定」之簽訂〉，《東吳政治學報》24期，2006.12，頁1-66。

22　單培，〈我所認識的陳映真〉，原刊於1981年9月5日的《美麗島》雜誌，後收錄於《陳映真作品集6：思想的貧困》，1988.04，頁141。

23　單培，〈我所認識的陳映真〉，頁141。

> （高三戊班）陳永善及陳中統同學，愛國不落人，在一位體育組管理人員的幫忙下就地取材，用一塊四尺見方的計分黑板，貼上紅色紙，用蒼勁有力的正楷，寫下抗議的心聲，上面寫道「我們強烈抗議，劉自然事件」。他倆人拿了抗議牌，翻牆而去，叫來一部人力三輪車，把牌子正放在跟前，直放北門口大使館前去。……（事件過後）先是訓導處的調查，然後是刑警總隊的傳訊。……（刑警總隊）隊長從抽屜裡提出一疊卷宗，並拿出一張十二吋放大的黑白照片，面容嚴肅地指著照片說：「這兩個被群眾高抬在肩膀上，可是你們嗎？」他倆想不到這歷史鏡頭也有人那麼熱心拍攝下來，不覺地也笑了，那笑容正與照片一樣，是那麼自然、自信的微笑……最後兩人也不例外，各自交上一份家長簽名的悔過書，願重新做人，總算暫時了斷了這場風波。[24]

單培此文發表於1981年，應是最早公開披露陳映眞曾經參與「劉自然事件」乙事的文本，[25]不過當時的讀者仍無緣目睹刑警隊長手上的那張黑白照片。十二年後，陳映眞終於第一

---

24 同上註，頁142-143。

25 嚴格說，早在1969年陳中統因「台灣青年獨立聯盟」台獨案繫獄時所「寫」的〈自白書〉就曾提及此事：「因劉自然被殺之事，當時在成功中學高三下的我曾聽公民老師路逾之激憤的演講，並和陳永善（同班）共抬一標語同僱一三輪車爲同學遊行隊伍之前導，並於暴動開始後將標語掛在大使館樹上而回校。曾爲台北刑警總隊警官組傳訊。」（參閱：周美華編，《戰後台灣政治案件：陳中統案史料彙編》，台北：國史館，2008年1月，頁106-107）

次在〈後街〉裡對此事略作交代，他說：「純粹出於頑皮，他打造一個抗議牌參加『五二四』反美事件，不數月，他被叫去刑警總隊，問了口供，無事釋回。」[26]再將近十年後，陳映眞爲了替陳中統所著的《生命的關懷》寫〈序〉文時，才又舊事重提：「一九五七年，台北爆發了劉自然事件所點燃的群眾反美運動。我們學校居然由老師帶隊到美使館去抗議。適巧那天下午我倆遲到，沒跟上大隊，靈機一動，我們拆下教室裡的佈告牌，製作了抗議標語，參加了人山人海的抗議現場。這就可見我們的調皮和少年兄弟的情份。」[27]這回陳中統倒是在這本自傳色彩濃厚的回憶錄裡，首次提供了當年中央社記者蘇培基在現場所攝下的「少年英雄」之姿，**如下圖**[28]：

26　陳映真，〈後街——陳映真的創作歷程〉，《中國時報》「人間副刊」，1993年12月19日，第39版；後收錄於《父親》，台北：洪範書店有限公司，2004.09，頁54。

27　陳映真，〈序〉，收錄於陳中統著《生命的關懷》，台北：書香文化事業股份有限公司，2002.06，頁9-10。

28　影像內容與單培所述存有一段落差，相片裡右邊戴帽者為陳映真、左邊戴帽者為陳中統，可參閱：《生命的關懷》，頁2。事實上，此影像的最原始資訊及出處為：中央社記者蘇培基拍攝，相片原標題為「台北美國大使館被搗毀」，收藏於「好望角－中央社數位照片平台」網站，1957.05.24，網址：http://www.cnavista.com.tw/shop/stores_app/Browse_Item_Details.asp?store_id=103&Shopper_Id=74173121&page_id=23&Cat_id=&IndexNo=19570524010501&path1=&sno=195705240105010036L%2EJPG&p=3（檢索日：2011.09.15）。附帶說明的是，原件由《中央日報》典藏，數位作品由華藝數位藝術股份有限公司及行政院文化建設委員會分別典藏；事件當時的報章雜誌並未刊載此張相片，當時以學生身分被用特寫方式處理的影像似乎也唯有此張相片；2005年「財團法人陳文成博士紀念基金會」主辦「解密政治檔案：戒嚴時期政治案件展」活動時，陳中統配合其文宣冊子而第二次提供此張相片（頁32）；2009年文訊雜誌社在其出版的《人間風景・陳映真》裡收錄了單培之文，陳中統也同時第三次提供了相片（頁34）。

從影像中我們大抵可以得到一個初步印象：做爲國府「中原－黨國」教育政策下的本省籍學生——相較於外省籍學生而獲致的一種「他者」身分——陳映眞與陳中統事實上表現得比同校任何人都更積極、更搶眼。當年站在美國大使館前一起示威、舉牌、呼口號的本省籍青年，還有正讀延平補校高三的許曹德，他甚至在打倒帝國主義的聲浪中，跟著前頭少數的群眾一起衝進大使館，「見東西就踢打」[29]，最後憤怒地「扯下繩上高掛的星條旗，撕成粉碎」[30]。

29 許曹德，《許曹德回憶錄》，台北：前衛出版社，1990.06，頁184。
30 許曹德，《許曹德回憶錄》，頁184。

在事件爆發時，國府巧妙地透過媒體及輿論，成功地將自己「偷渡」成無奈的受害者，譬如美軍的「治外法權」明明是自己的奴顏婢膝、喪權辱國，卻只說帝國主義欺壓民眾，同時又有計畫地縱放警民參與打砸。事件平息之後，雖然不意外地向美道歉、賠償、抓人、革職，但也沒有擴大株連的跡象，陳映眞等人當年才能「問了口供，無事釋回」。於是幾十年來針對事件的各種揣測、分析——諸如蔣介石意在趁亂竊奪使館機密、蔣經國密除接班障礙、有按表操課也有擦槍走火的成分——便不曾間斷。**這些林林總總的陰謀論或許不無可能，可是卻完全喪失從台灣視角看事件的本質，筆者倒是以爲國府是順勢操作，藉由跨國的「法律」案件來撩撥強烈的「中國」民族主義，這項佈局我們從「事件」那一、兩天媒體報導的敘事及修辭便可一目了然，**[31]**但事實上這僅僅只是一種測試的手段而不是目的，其背後眞正的「政**

31　以《聯合報》為例，在事件隔天的眾多報導中，就有一篇「假借」被害人劉自然的遺孀奧特華的嘴，數度說出了國府刻意激揚的「民族」情緒（事實上，事件當天《聯合報》所刊登的奧特華聲明稿——〈我向社會哭訴〉——內容也達到同樣的效果）。第一回是警員發現奧特華站在美國大使館前持牌抗議時，勸她入內商談，奧特華回說：「我不進去，門外是中國的領土，我有權利在這兒站，我不踏入他們的範圍！」；第二回是當警員對她的遭遇表示同情時，奧特華義正辭嚴回說：「這不僅是我個人的悲哀，而是全中國人的悲哀！」；第三回是台北市警局局長責問她時，奧特華淚眼訴說：「我丈夫被人白白打死，難道連在自己領土上作一個無言的抗議都不行嗎？」；第四回是中國廣播公司的記者趕來現場要她向人們講講她此刻的心聲時，奧特華斷斷續續說了：「……這是美國一個圈套，做給我們中國人看的。……我今天不光是爲我無辜死去的丈夫作無言的抗議，我是爲中國人抗議！……除非美國人給我們中國人一個滿意的答覆，我是不會離開這兒的。」以上詳文可參閱：〈雷諾案引起軒然大波，國人包圍美使館，演成打人砸汽車，群眾激憤難平不幸發生悲劇，警民相持一日終至不可收拾〉，《聯合報》，1957.05.25，第3版。

治」意圖，卻是在統合戰後年輕世代的「黨國」認同、消弭台人日起的「獨立」意識，事實證明最後整個「五二四」的驗收行動，無疑地給了國府一個滿意的答案。難怪幾十年來陳映眞從不主動評論該事件，也刻意輕描淡寫當年的熱血——說是純粹出於「頑皮」或「調皮」，因爲陳映眞日後非常清楚也備感「尷尬」，當年的「少年英雄」終究只是一顆被擺佈的棋子而已。

許曹德事後也認爲自己不過是國府點燃民族烈火下的「政治乾草」[32]，他說：「（攻擊使館後的）第二天，報紙翻開一看，五・二四事件突然變成國內外大新聞，美國政府強烈抗議，報紙口氣忽然一轉，開始譴責暴民，蔣介石驚慌之餘，立刻發表道歉、賠款、懲兇聲明。昨天落單的部份民眾被抓了一批，做懲兇的替死鬼。我看完報紙，心中突由疑惑轉不滿，由不滿轉懷疑，這一懷疑要到大學才獲得清楚解答，而懷疑的破解埋下了我思想巨變的種子……」[33]很顯然地，當年這批被國府教育及宣傳出來的新乾草堆中，畢竟仍然有人漸漸地從焚燒瀰漫的民族煙霧中，看清了國家機器被操控爲一人一黨的私慾、瞭解到公平正義本非自然狀態存在著，從此他們由一時的激昂行動沉澱爲一生的質疑思考，紛紛展開脫胎換骨、彼此迴異的政治覺醒。

以下是筆者就陳映眞與許曹德兩人在成長背景資料、對「二二八事件」回溯、對參與「五二四」事件的自我評價、

32　許曹德：《許曹德回憶錄》，頁186。
33　許曹德：《許曹德回憶錄》，頁185-186。

索讀禁書的名單及其影響、入獄性質等各個不同的生命階段及歷程所進行的初步整理與比較，如下表：

比較對象／比較項目	陳映真	許曹德
兩人背景資料	（1）台北鶯歌人，1937年出生於苗栗竹南的一個市鎮中產智識階級家庭。 （2）畢業於台北鶯歌國小、台北成功中學初中部、高中部。	（1）新竹市人，1937年出生於基隆市，八個月後父親過世，靠母親四處兜售醬菜、雜物撐持家計。 （2）畢業於基隆南榮國小、台北開南商工初中部、延平補校高商部。
兩人對於1947年「二二八事件」的記憶回溯	（1）先是看到：五、六個故鄉復員的台灣人原日本兵，穿著破舊的、不齊套的皇軍軍服，耀武揚威地四處在關門閉戶的街道上踩軍步、唱軍歌！（〈後街〉，《父親》，頁51） （2）又記得：「在鶯鎮的小火車站前，一個外省客商被人打在地上呻吟，穿著長襪和黑布鞋的腳踝，漿著暗紅的血漬。」（同上，頁51）	（1）事件發生後，「台灣人組織自衛隊、保衛團……基隆市面上，從戰後以來，第一次看不到中國軍警，看不到大陸內地人，看到的是自動維持秩序的武裝青年……」（《許曹德回憶錄》，頁115） （2）3月8日中國軍隊登陸基隆港後，基隆「南榮市區方向便傳來可怖的槍聲、人群奔逃嘶叫聲、軍隊對行人吆喝站立聲、不斷的雙方向射擊聲。從店門口的縫隙看出去，看到軍隊舉槍對任何起疑的人物，無

		論大人小孩一律射殺的恐怖鏡頭。」（同上，頁116-117）
	（3）大人們噤聲談論國民黨軍隊橫掃台北，眼中充滿憂懼。（同上，頁51-52）	（3）「我們偷偷看到馬路上一批批青年在槍尖下押向市區，看到一輛輛軍用卡車載著面露恐懼的青年駛向市區……看到比戰爭時期被轟炸、被飛機射殺的場面，更驚怖百倍的鏡頭……」（同上，頁117）
	（4）繼而復員的小學吳老師、後院的陸家外省兄妹因參與共黨地下組織被情治人員帶走、台北火車站天天貼著一張又一張加入朱毛匪幫被明典正法的名單……（同上，頁52）	（4）聽人說「基隆火車站前的淺水碼頭，撈起幾百具屍體」，結果許曹德跟著奶母一家找到了奶母的親生兒，也是他兒時的玩伴「旺仔哥哥」；紅粉知己「哈路」的父親（一位留學日本的台灣老師）也於事後被射殺。（同上，頁118-119）
	（5）上述「少年陳映眞」的敘事視野中——台民皇化殘暴、非「中」即「左」——台灣全面退位的修辭，非常典型地貫穿陳映眞長期的論述內涵。	
	（1）曾自述約是小六時從生父書房不告而取魯迅的《吶喊》小說集，往後此書成了他最親切最深刻的國族認同老師，說：	（1）自述就學後，因爲在教育上長期被宣傳與被灌輸，漸漸對中國近代的屈辱史「開始感同身受」（《許曹德回憶錄》，頁163）、「開始認爲

兩人對參與1957年「五二四」事件的自我評價	「於是才知道了中國的貧窮、的愚昧、的落後，而這中國就是我的；我於是也知道：應該全心去愛這樣的中國——苦難的母親……」（〈鞭子和提燈〉，《父親》，頁11-12）	台語是種低劣語言、一種方言……開始感到講『國語』才有優越感，我覺得我比那些北京話不流利、社會上不會應用『國語』的台灣人高一等……我似乎恥於生爲台灣人。」（同上，頁166）「我開始認爲自己是一個中國民族主義者……我漸漸又強烈認爲台灣人是中國人，台灣是中國的一部分，我們應爲全中國人的偉大富強而努力。」（同上，頁170）
	（2）自述「一九五七年，台北爆發了劉自然事件所點燃的群眾反美運動。我們學校居然由老師帶隊到美使館去抗議」，適巧那天下午和班上的陳中統倆人因爲遲到沒跟上示威遊行的大隊，然而只因「純粹出於頑皮」、「調皮」而靈機一動，將教室裡的佈告牌拆下打造了一個抗議標語，扛去參加人山人海的抗議現場；事件平息後還被叫去刑警總隊問口供，無事釋回。（陳映真，〈序〉，收錄於陳中統著《生命的關懷》，頁9-10；陳映真，	（2）自述就是基於中國「這個民族主義立場，使我放下書包，於一九五七年五月二十四日，參與攻擊美國大使館，扯下美國國旗，及攻擊美國新聞處，提供國民黨教育成功的一個鮮活樣板。」（同上，頁170-171）

	〈後街〉，《父親》，頁54）	
兩人自述大學期間索讀的禁書名單及其影響	（1）1957年考上淡江英文系	（1）1957年考上台大政治系
	（2）自述上了大學後，在文學上對魯迅、巴金、老舍、茅盾的書，「耽讀竟日終夜」，「而命運不可思議的手，在他不知不覺中，開始把他求知的目光移向社會科學。」（〈後街〉，《父親》，頁55）	（2）繼中學時代從牯嶺街書攤買來郭沫若詩集、茅盾與巴金小說、周作人作品之後（《許曹德回憶錄》，頁162），大學期間也陸續購讀社會主義、共產主義等「禁書」，包括列寧、托洛斯基、馬恩、考茨基、毛澤東、列漢諾夫、普魯東、聖西蒙、無政府主義等著作……，自述：「我都買來看。可以說，在那個白色恐怖時代，我所擁有的社會主義書籍，使我涉讀之廣之深，不是一般台大學生所敢想像的。」（同上，頁221）
	（3）自述：「二十一歲時的一九五八年，在台北市牯嶺街舊書攤上尋找中國三十年代文學作品之餘，極其偶然地接觸了三十年代的社會科學書，改變了半生命運。《大眾哲學》、《政治經濟學教程》、《聯共黨史》、《馬列選集》（莫斯科外	（3）但更關鍵也更重要的是，許曹德因質疑中國史、懷疑蔣介石的民族主義而開始追索台灣人的歷史，便不斷向圖書館、「馬路圖書館」牯嶺街搜購史料及日文著作來自行閱讀：「從讀荷蘭東印度公司的歷史記載，到台灣名稱譯音之出現於《東蕃記》，從大衛生（Davidson）的《台灣島

	語出版社．第一卷）、《中國的紅星》（即《西行漫記》日文本），抗戰期間出版的毛澤東論文小冊子（如《論持久戰》、《論人民民主專政》）乃至六十年代初發表的《關於正確處理人民內部矛盾》（日譯本），完全改變我對於人、對於生活、對於歷史的視野。」（陳映真，〈我在台灣所體驗的文革〉，《亞洲週刊》，1996.05.26，頁50） （4）上述的書單，縱然還是屬於「外圍」的、還是比較「淺薄」的書，但陳映眞說：「已經足以全面顚覆我在台灣的教育養成過程中所接受的一切『內戰－冷戰』的價值。」（陳映真，〈馬先生來了？〉，《中國論壇》第364期，1991.01.01，頁48）	的過去與未來》，到喬治．柯爾（George Kerr）發表在美國東亞刊物的《國民黨接收台灣記》，從日本學者伊能嘉矩的考證、到連雅堂的《台灣通史》，從《日本帝國主義之下的台灣》到國民黨學者扭曲的《台灣與大陸》一書，雖然感覺資料不足，但爲我所拼湊出的台灣歷史，卻不同於統治者的說法。」（同上，頁205-206）
兩人因案入獄的紀錄	（1）1962年9月，從內壢退役，至台北市強恕中學任教、後轉輝瑞藥廠任職。	（1）1962年9月，從金門退役，自行經商；1963年結婚生女。

	（2）1968年5、6月，因**「民主台灣聯盟」**之赤色思想案，第一次被捕入獄，判刑十年。1975年7月14日，因蔣介石過世而獲減刑，從綠島出獄。	（2）1968年1月，因台北市議員林水泉等**「全國青年團結促進會」**之台獨案，[34]第一次被捕入獄，判刑十年。1975年7月14日，因蔣介石過世而獲減刑，從綠島出獄。在景美看守所時，與陳中統同一押房，當陳映真與陳中統通條子時，許曹德自述曾以衛生紙與陳映真辯論台灣問題（《許曹德回憶錄》，頁327）。
	（3）1979年10月3日，在沒有預警及跡象的情況下遭調查局以「涉嫌叛亂，拘捕防逃」爲名逮捕，結果36小時後交保候傳。	（3）1987年8月30日，在「台灣政治受難者聯誼總會」成立大會上，因爲提案將「台灣應該獨立」六個字列入章程、堅持「台灣人有主張獨立的自由」，於10月與蔡有全被判刑七年，二度入獄，直至1990年4月4日假釋出獄。

從上表，我們可以得知：陳、許二人，同樣出生於1937年，一個出身市鎮中產階級家庭、一個自小失怙並且得四處寄居營生的商人家庭，一個讀的是黨國教育體制完備的中學、一個讀的是私人興學自由學風的補習學校，二人同樣身歷「二二八」，事後回溯卻存在著不同版本的餘悸、同樣參與「五二四」，事後自我評價卻出現截然不同的態度、同樣是去牯嶺街卻因爲視野不同而蒐讀迥異的禁書，同樣拼湊出不同於國府的史觀，同樣追求一個沒有壓迫和剝削的國度，同

樣在1957年上大學、1961年畢業服役、1962年退役進入社會，同樣持續為那糾結的靈魂摸索道路、尋找出口……，然而令人感到不可思議的是，幾年後兩個人竟然也都在1968年同樣因為「叛亂罪」而被捕判刑，只是各自選擇了不同的道路：一個「左統」案、另一個則是「台獨」案。

許曹德在回憶錄裡很清楚地表露自己確實在劉自然事件時，即使是就讀學風較自由的學校，但仍不免被大環境灌輸、洗腦成一位十足的中國民族主義者，是國府戰後在台施行黨國教育成功的鮮活樣板之一。**筆者以為，陳映真也並無例外。筆者研判，陳映真最晚在中學時期，應該就已長期陷於「認同危機」[35]的掙扎，之所以異常積極地投入「千載難逢」的「五二四」，事實上我們可視為因為該事件恰好提供了陳映真一個自我解決危機的絕佳時機！**

陳映真的「認同危機」主要源自：（1）不盡己意又「錯亂」的家族史、（2）自幼從學校教育接受的那套黨國「內戰－冷戰」價值體系，以及（3）對於「陸家小姊」的

34　關於「全國青年團結促進會」乙案的始末、定位及影響的相關討論，可參閱：曾品滄，〈一九六〇年代知識青年的政治反對運動——以「全國青年團結促進會」為例〉，收錄於胡健國主編《二十世紀台灣民主發展——第七屆中華民國史專題論文集》，台北：國史館，2004，頁407-434。

35　愛力克森（Erik Erikson）指出，所謂的「認同危機」（identity crisis）的產生，是由於每一個青少年都必須在童年的殘留與對成年的憧憬中，製造出一個自己的重心感與方向，與一個行得通的統一感，他必須在自己對自己的看法與別人對自己的判斷和期望之間，找到一個有意義的相同點，這樣的組合由遙遠過去培養出來的能力與現在的機遇混合而成，也是由個人成長過程無意識的先決條件與各代之間不穩定的互動製造與再製造出來的社會條件混合而成，危機的產生就是這一鏈條斷裂、失衡所致。參閱：愛力克森著，康綠島譯，《青年路德》，台北：遠流出版事業股份有限公司，1989.07，頁8-9。

兒時記憶，三者長期交相顯隱、競逐纏繞。1957年時，首先藉由劉自然事件，陳映眞確立了他的中國本位、民族立場；然而，當事件過後，許曹德開始因爲懷疑蔣介石的民族主義而回過頭來追索台灣人的歷史、與舊時的國家意識決裂時，或許有人會問：爲何陳映眞並沒有同樣也因爲藉由閱讀牯嶺街的禁書、舊有價値瓦解之餘而拋棄「中國」框架隨之朝向島嶼？認同通常有比表面上看來更深層的理由，除了前面章節所述及的揮之不去之「台灣人原罪感」外，陳映眞日後之所以僅是由「右」轉「左」，筆者以爲，「陸家小姊」事件當年的「啓蒙」與日後所引發的「效應」，應是個根源性的關鍵。

2、陸家小姊事件及其效應

中國學者陳思和曾評論：「陳映眞的小說裡的每一個人物和情節很可能包含了很大的歷史隱喻。」[36]筆者個人認爲即使是在散文或論述的創作中，事實上陳映眞往往也不忘賦予最大的「政治喻意」，「父親」、「陸家小姊」都是其中最爲人所知，可能也是最重要、最典型的事例之一。「陸家小姊」最早是在1976年的〈鞭子和提燈〉登場，陳映眞說：

> 小哥死後幾年，屋後遷來一家姓陸的外省人。陸家小

36 陳思和，〈陳映真獲「花蹤」大獎〉，《明報月刊》第39卷第2期，2004.02，頁64。

> 姑，於今想來，是二十上下的年紀罷。直而短的女學生頭，總是一襲藍色的陰丹士林旗袍。豐腴得很的臉龐上，配著一對清澈的、老是漾著一抹笑意的眼睛。她不懂台語，養家的大姊不識國語，但是藉著手勢和有限的筆談，她們竟成了閨中膩友。她陪我爲一小畦我所種植的綠豆澆水；幾乎每日，她看著我做功課；她教給我大陸上的兒歌……。曾幾何時，她成了我生活的中心。放學回家，扔下書包，就找到屋後去看陸家大姊，嘮嘮叨叨地述說一日間的種種。一個索漠的、冷冽的早晨。我大約因爲發了高熱早退。回到家，高燒已使我昏昏沉沉的了。但仍下書包，幾乎習慣地往屋後跑。陸太太懷抱著那方甫出生的嬰兒，哀哀愁愁地哭著。陸家小姊在一邊絮絮地、溫婉地勸慰著些什麼。然後，她跟著兩個陌生的、高大而沉默的男人走出房門。就在她跨出門檻的時候，她看見了我。她的豐腴得很的臉，看來有些蒼白。然而她還是那麼迅速地笑了笑，右手使勁地按了一下我的頭，走過幽暗的走廊，走出屋子……。這以後的幾日，我再也不曾看見陸家大姐。接著，陸太太也搬走了。[37]

陳映眞後來又在1993年的〈後街〉略微提到了「陸家小姊」：「（一九五〇年）冬天，他家後院住的外省人陸姊姊

37　陳映真，〈鞭子和提燈〉，《父親》，頁10-11。

兄妹倆，分別在鶯鎮和台南糖廠被人帶走……」[38]；按筆者所知，陳映眞最近一次公開提及「陸家小姊」，應是在2004年擔任香港浸會大學駐校作家時的演講場合。[39]若不是陳映眞日後爲了要追溯其左翼淵流而加以編造的話，「陸家小姊」除了姓「陸」乙事之外，[40]其人其事可能有一定程度的可信度，特別是在陳映眞年幼時一度還成爲他「生活的中心」，儼然是家中的成員。按陳映眞自述，上學時多次在車站讀到一批又一批紅色黨人的槍決名單（在當時的時空這是許多人的共同記憶，譬如尉天驄、許曹德、陳中統都曾自述過），幼時周遭有人在白色恐怖的年代仆倒刑場，尤其是目睹「陸家小姊」突然被壯碩的情治人員抓走以致音訊全無乙事，在他幼小的心靈毋寧是投下了巨大的陰影。**詹明信（Fredric Jameson）曾說：「心理的結構乃是歷史的，並有其歷史」[41]，筆者推測，在消失的「陸家小姊」的背後，除了**

---

38 陳映真，〈後街〉，《父親》，頁52。

39 見：陳映真，〈我的寫作與台灣社會嬗變——陳映真香港浸會大學演講（2004.03.31~04.21）〉，《INK印刻文學生活誌》，第12期，2004.08，頁29。

40 2005年在國家台灣文學館曾經舉辦過由「財團法人陳文成博士紀念基金會」所主辦的「解密政治檔案：戒嚴時期政治案件展」活動，當時筆者曾在會場上借得一本與活動名稱同名的文宣冊子，裡頭「白色恐怖被槍決部分名單」單元（頁76-113）裡，就詳細羅列了歷年來1000多名受難人的名字、案發時間、年齡、性別、地點、職業等資料，其中只有3人姓「陸」而且皆為男性，但是從其綜合資料判斷之後，此三人都不會是陳映真筆下的陸家兄長。另外，筆者檢索了自1945年至1954年總共2000多條當時中央日報、聯合報等相關報導新聞，報上前前後後所出現的兩、三百個被槍斃的「匪諜」名字中，就是沒有一個姓「陸」的。據此，筆者研判陸家小姊及其兄長應該不會那麼剛好姓「陸」，有可能是陳映真刻意取「中國大陸」中的「陸」字來權充象徵，而且兩人的「兄妹」關係也有可能只是一種掩護的身分而已。

41 該句的整段話，原為：「That the structure of the psyche is historical, and has a history, is, however, as difficult for us to grasp as that the senses are not themselves natural

可能有陳映眞不足爲外人道的痛切記憶與渴望的替代作用外，筆者進一步認爲「陸家小姊」事件，特別是對於日後歷經「認同危機」的陳映眞的「中國認同」、「紅色傾向」以及對於「外省人」的濃厚情愫等，都起了決定性的影響。「陸家小姊」不僅將會是讀者永遠的謎，最要緊的是成爲陳映眞心中最初供奉的一尊「女神」。1975年陳映眞遠行歸家之後，其關於集體「記憶與遺忘」的論述已不止是社會上政治學和歷史學的問題，更有其個人心理上安頓的需求，對於「女神」原鄉的追崇再也無法抑止，甚至於父親們所背負的「原罪」，都得透過他的「女神」信仰方能得到淨化與救贖。

陳映眞的小說擅寫堅毅卓絕的女性是出了名的，但在散文及論述上，長期以來卻獨鍾「父親」乙角而幾乎不寫生母與養母，唯獨多次對「陸家小姊」表白了孺慕之情。對於三歲起就過繼給養父、一直寓居養家、渴求母愛的少年陳映眞而言，「陸家小姊」這股暗藏的終生情結——猶如佛洛伊德的「原慾」（libido）觀——事實上，以迂迴的方式主導了他日後的認同意識。多年來陳映眞不斷地告訴我們，他之所以自然地免於分離主義這個「疾病」[42]而成爲一個「死不悔

organs but rather the results of a long process of differentiation even within human history.」（筆者譯：心理的結構乃是歷史的，並有其歷史，很難被我們所理解；無論如何，就像意識本身並非天生器官而是人類歷史長期變異下的結果那般難以理解。）引自：Fredric Jameson, *The Political Unconscious: Narrative as a Socially Symbolic Act*, Ithaca, N.Y.: Cornell University Press, 1981, p. 62。

42　韋名，〈陳映真的自白——文學思想及政治觀〉（原載《七十年代》，1984年1月），收入《陳映真作品集6：思想的貧困》，台北：人間出版社，1988年4月，頁35。

改的『統一派』」[43]，小時候的魯迅閱讀史是個關鍵、他的即時閱讀「魯迅是一個重要因素」[44]，因此總括起來：魯迅對他的影響「是命運性的」[45]、魯迅自他幼時便給了他「一個祖國」[46]！就像台灣許許多多的作家那樣，陳映眞當然也受魯迅影響，可是筆者認爲如果將上述的「魯迅」名字直接換上「陸家小姊」、「閱讀」兩字改成「接觸」，結論也是成立的！進一步說，陳映眞更有可能是由於「陸家小姊」之故，而在摸索中國近代「禁書」時探觸到了包括魯迅在內的三〇年代左聯作家，「閱讀魯迅」乙事於是就變得可能是「果」而不是「因」了！

第三節　陳映眞的「『人間』中國」

> 我再告訴你一件事，台獨對我很有意見，可他們拿我沒辦法，他可以說任何人不愛台灣，可他們不能說我不愛台灣，證據就是這本雜誌（呵呵呵）。……對陳映真一點辦法也沒有，所以從台獨

43　蔡源煌，〈思想的貧困——訪陳映真〉（原載《台北評論》第2期，1987年11月），收入《陳映真作品集6：思想的貧困》，頁128。

44　韋名，〈陳映真的自白——文學思想及政治觀〉，頁35。

45　韋名，〈陳映真的自白——文學思想及政治觀〉，頁35。

46　鍾麗明，〈陳映真：魯迅給了我一個祖國！〉，香港《大公報》，2004.02.23。本文是陳映真在2004年擔任香港浸會大學駐校作家時出席「魯迅節座談會」上的講話內容。

來的批評沒有，很過癮。[47]

——陳映真

面對上個世紀八〇年代初期社會上的不滿與焦慮，陳映眞除了較早已指出大眾消費時代對文學、文化等將產生重大的影響，以及投入「黨外」自行引爆的「台灣結」與「中國結」之爭（即「台灣意識論戰」）之外，更由於1983年受邀前往愛荷華國際作家工作坊訪問，從而讓他有機會大量接觸西方社會具有巨大批判能量的報導攝影；這些林林總總的體察和背景，都與陳映眞後來之所以創辦《人間》不無關聯。而且值得注意的是，《人間》的發行時間（1985.11~1989.09）恰好橫跨了「解嚴」前後，正值台灣脈動——如黨禁報禁、國家定位、社會運動等——處於再編成、再反思的激盪時刻。整體而言，《人間》自始至終展現了批判性、戰鬥性以及緊密相隨的敏銳性，正是抱持宗教特質、初次具體實踐「社會－國族」信念的陳映眞的特徵，它／他不斷挑觸知識分子內心的罪惡感，也因此拓荒了不少此後不斷爭議的話題；《人間》發光發熱的四年發行期，在一定的意義上已成爲台灣上個世紀八〇年代中、後期的集體記憶，那是陳映眞最有活力、最有影響力的幾年。

47　引自：劉依潔訪談記錄，〈陳映真訪問稿〉，收錄於劉依潔著《《人間》雜誌研究》，台中：印書小鋪，2010.01，頁172。訪談時間：1999.12.08，地點：人間出版社（台北市潮州街91之9號5樓）。《《人間》雜誌研究》這本著作，原是作者2000年東吳大學中國文學研究所同名碩士論文。

1、《人間》雜誌的創辦及其「中國」意象

（a）「對土地人民的熱愛，不被時代所需」[48]？

《人間》創刊號，當初是以陳映眞親自採訪當時紅遍港台的藝人鍾楚紅做爲壓軸單元，諸如此類的資本主義行銷策略，[49]《人間》這群理想性極高的社會主義文化工作者一開始在考慮雜誌的生存空間時，事實上就一直沒有缺席過，可是，《人間》四年不到便停刊了。包括陳映眞在內，[50]一般的說法就是「《人間》因不堪虧損」[51]而停刊，就連第一本也是目前較完整研究《人間》雜誌的專著《《人間》雜誌研究》同樣也認爲：「刊行了四年後，《人間》因財務困難而停刊」、「由於財務困難而結束了四年的出刊歲月」、「最終畢竟敵不過殘酷的商業機制，在財務困難的情況下倉促停刊」[52]；**但筆者以爲，「經濟因素」從來不是第一個也絕不**

48 此標題引自：吳錦勳，〈只有香如故：陳映真〉，收錄於台灣《壹週刊》第131期，2003.11.27，頁60。

49 《人間》發行期間除了多次借力「美帝」、「日帝」雜誌上的火熱素材外，某種程度上它「運用」了弱勢對象的「醜」與紙質印刷的「美」所形成的閱讀市場取向，與歐美傳統左派刊物的素樸、低價大異其趣。陳映真曾說過自己是個小資產階級作家，正如他的演說、小說想要爭取的都是同一階層的人士，《人間》事先設定的讀者也同樣是無意通俗化到讓「黑色靈魂」、「沒有面目（faceless people）」的農民礦工等看得懂、有興趣看或者買得起。

50 譬如陳映真在〈後街〉說：「《人間》在一九八九年深秋因不勝財務虧損而休刊，但至今受到讀者歷久不衰的評價。」（見：〈後街〉，《父親》，頁65）

51 吳錦勳，〈只有香如故：陳映真〉，頁60。

52 以上引文引自：劉依潔，《《人間》雜誌研究》，頁2、39、117。由於《人間》雜誌曾經在第22期的「編輯室手札」（頁7）表明刊物在廣告的選取上自有一套嚴苛的標準（事隔多年，在劉依潔所附錄的訪問稿上陳映真也有類似說法），所以

是最主要的原因，所有的說法都只是指出最後的「結果」，話只說了一半、甚至還流於「倒果爲因」。究其實，原先的《人間》其所有的題材所設定的對話對象，似乎隱約之間都是指向「永遠的執政黨」國府的失德、失政，尤其適值解嚴之後，按理說陳映眞原被「封鎖」的空間理應變大、雜誌本身的論述從此更是天寬地闊了，但後來的事實發展卻是陳映眞反倒被自己給「自我封鎖」了，而《人間》在面對本土意識高漲的台灣社會時，也連帶地逐次自陷於打擊台獨／分離意識的急迫性，而自廢其人文社會的關懷、自縮其議題的揮灑空間。1999年陳映眞受訪時，雖曾略微提及當年有感受到雜誌銷售日漸下挫的趨勢，但他沒能坦認眞正的原因事實上就出在主其事者的意識形態使然，只淡淡地表明：「到現在，我還不知道這個原因。」[53]如今若眞要替陳映眞回答問題的答案，其實並不困難，因爲：《人間》後來「不堪虧損」、「財務困難」的現象，都只是銷路逐期下挫的積累後果，雜誌的整體言論逐漸失去了「台灣市場」，才是背後最直接、最重要的元凶。[54]

劉依潔據此推測雜誌的「廣告收益不佳」（頁115）現象也有可能就是雜誌賠本、財務困難以致停刊的原因之一，然而：（一）按當年香港專業的文化媒體人申楚棣的觀察，他倒是認為當年的《人間》「廣告情形頗佳」（見：申楚棣，〈台北檔案〉，《九十年代月刊》，1989.10，頁52）；（二）國內媒體人莫昭平也分析過《人間》的「廣告相當多（每月約二十個）」（見：莫昭平，〈暫失「人間」樂園．重回「寫實」世界〉，《中國時報》，1989.09.12）；因此，劉文的說法是較不能成立的。

53　引自：劉依潔訪談記錄，〈陳映真訪問稿〉，《《人間》雜誌研究》，頁166。

54　《《人間》雜誌研究》乙書亦略微有提及雜誌停刊的內緣因素之一就是後來讀者接受度已大不如前而導致銷售量較差；但作者卻沒有注意到該雜誌一向就是陳映真思想與實踐的延伸之事實，竟而「善意地」將責任都推給新任總編輯楊憲宏的

（b）著眼中國・著手台灣

陳映眞在創辦《人間》時，雖然內心醉慕著中國大一統的社會主義國度，但其編輯取材一開始不免仍然從本土的社會性議題著手，於是台灣的土地與人民理所當然都成爲雜誌緊密相連的命題。可是很明顯也可以說是刻意的，漸漸地，每期有關「中國」意象的歷史中國、地理中國、文化中國的篇幅愈來愈多，通常是透過各種題材，包括事件、沿革、人物、血緣、藝文、宗教等，將「中國」元素、語境、史觀等直接置入，更多的時候是以動人的圖像與深情的筆觸隱藏於「在台弱勢族群」等報導（以上事涉「中國」意象的相關篇章，請參見本書【附錄三】）。在總共47期的《人間》「編輯室報告」或「發行人的話」裡，到處可見「中國」（例：1期，頁2）、「中國人」（例：12期，頁7）、「中國民族」（例：42期，頁9）、「在台灣的中國人」（例：17期，頁8）、「在台灣之中國人民」（例：18期，頁5）、「在台灣的中國民眾」……這樣的語彙，但絕找不著當時已能在其他刊物普遍看到的「台灣人」、「我們台灣人」、「台灣民族」、「台灣意識」、「台灣人意識」……這幾個詞。[55]《人間》的確有

編輯風格（頁137-138）。

55 不只是「編輯室報告」、「發行人的話」具有本文所提及的現象，連各期刊載的「讀者來信」也出現唱和情形，譬如第10期「台南游智勝」讀者呼籲每個「中國人」必須不忘七七抗戰的歷史紀念（頁4）、第16期「台北李德卿」讀者自許我們每個人要扛起發揚「中國」的重責大任（頁10）、第18期「台北麗真」讀者認

意讓台灣的讀者經由認同圖文背後的「中國」而將台灣社會體系「自然地」整編於所謂中國人的社群脈絡，進而試著消解台灣人的獨台及台獨念頭。**總體而言，整本雜誌的編輯取向雖以台灣為起點，卻是以中國為前提；題材常常雖是台灣的，觀照的座標卻擺明是中國！所有的「台灣本土」議題最終都要透過「現實中國」來詮釋與定位，事實上這就是《人間》背後向來所隱蔽的邏輯，譬如陳映眞在雜誌上「探索」台灣社會性質時的編輯取向，就是一個明顯的例子。**

〈望穿鄉關的心啊！〉是陳映眞發表在「人間副刊」乙篇不甚引人注意的小品，原是主述兩個因國共內戰導致離散的中國家庭，然而陳映眞神來一筆地在末尾鋪陳了一小段他眼下的台灣社會，在他眾多相關的論述中倒也不失代表性：

> 因為內戰，因為二次戰後的世界冷戰構造，中國以海峽為界，民族分斷，家庭離散，前後四十年。在這些漫長的歲月中，台灣社會經濟有巨幅的發展，形成中

為介紹大陸風土民情的意義對於「在台灣地區的中國人」來說已不僅是好奇或興趣而已（頁4）；就連日本環保攝影大師樋口健二都看得出《人間》特派「鍾俊陞等人到大陸去採訪，是有很深遠的意義的」（34期，頁7）。長久以來，在陳映真「宏觀」的歷史架構下，世界上不存在「台灣意識」、「台灣人」（如果有人堅持，那就是倡導台獨／分離主義），在大中華文化的規訓下（其實就是相當於一種內部殖民的體制），台灣人只有一種「選擇」、一樣命運，那就是「學做中國人」、成為中國人。在《人間》發行期間，對於上從國民黨下至民間言必稱「我國一千八百萬人」的現象，陳映真就曾大表不滿與無法理解（見：〈何以我不同意台灣分離主義？〉，《中華雜誌》286期，1987.05，頁24）；甚至於2004年以〈文明和野蠻的辯證〉乙文回應龍應台時，陳映真稱呼台灣人已到了必得加上框框寫成「台灣人民」的地步了（見：陳映真，〈文明和野蠻的辯證——龍應台女士〈請用文明來說服我〉的商榷（下）〉，《聯合報》「聯合副刊」，2006.02.20，E7版）。

> 國社會經濟史上頭一個現代資本主義大眾消費社會。在對於貨物商品的「飢餓—滿足」的永不間斷的循環中喘息、狂奔、倦怠的台灣社會，我們以自然環境、文化和人的破壞等重大代價，交換了一個飽食富裕的時代。對於民族分斷、家庭離散的冷漠，不以國家的分裂，民族的分離爲悲哀，爲羞恥的反民族／非民族的傾向，究其實，是喪失了夢想、失去了生之意義、慾求的雪崩、幸福崇拜、人的單向度化、市場，以及商品與行銷的國際化所帶來的「國際主義—民族認同的消萎」……這些現代「消費人」的一個屬性吧。民族主義的喪失，其實是我們和生態破壞、人間破壞等同時爲民族分斷構造下的畸詭的成長與富裕支付出去的，鉅大的社會代價吧。[56]

陳映眞的這段評論，不僅削頭砍尾地去脈絡化，更是徹底採單一的中國框架以及社會主義的修辭來論述近現代台灣社會的進程，正因爲是出自陳映眞創辦《人間》期間所展現的思維，因此同樣的前提與視野便毫無意外地也同時直接反映到他在《人間》雜誌探索台灣社會性質時的編輯邏輯。「社會性質」乙詞，原是上個世紀三〇年代的中國於「中國社會性質」等三次論戰中所發展出來的革命概念；陳映眞先是在《人間》第17期介紹了當年在論戰中分別屬於托派的嚴靈

56 以上為全文引用，引自：陳映真，〈望穿鄉關的心啊！〉，《中國時報》「人間副刊」，1988.04.14，第18版。

峰與國民黨左派的胡秋原；[57]繼而以慶賀雜誌創辦三周年爲名，在《人間》的第37期製作了一系列以十年爲斷限的單元，來探究戰後台灣不同社會階段的發展概況；[58]後來又在停刊前夕，陳映眞親自發表了自己造訪南韓後所紀錄的韓國八〇年代社會運動中的「社會構成體論爭」，深含「他山之石」的寓意；[59]最後隨著《人間》的停刊，陳映眞遂把從事探索／建構台灣社會性質論的任務轉移至「人間出版社」的叢書刊行，直至2000年以後才將台灣六十年來飽食富裕的「社會性質」定調爲所謂「新殖民地．半（邊陲）資本主義社會」[60]。**雖然一路走來陳映眞其中的許多相關分析都堪稱擲地有聲，可是他急於不驗自明地預設中國規格或仿襲三〇年代「中國社會性質論」的模式來「檢視」**（或者應該說是「綁架」）**台灣特有的歷史經驗，除了顯現「台灣社會性質論」本質上只是個與「統一論」緊密結合的論述策略外，在某種意義及一定的程度上更暴露了當年創辦《人間》是爲了**

57　請參閱：（1）撰文：翁佳尹，攝影：林禾，〈坎坷磨折，寸心似鐵——嚴靈峰的青年時代〉，《人間》17期，1987.03.05，頁76-85；（2）撰文：宋江英，攝影：梁辰，〈赤心巨筆的知識分子——胡秋原的青年時代〉，《人間》17期，1987.03.05，頁86-95。

58　請參閱：《人間》37期，1988.11.01。

59　請參閱：陳映真，〈因為在民衆中有真理：韓國社會構成體性質的論戰和韓國社科界的英姿〉，《人間》44期，1989.06.01，頁123-127。

60　陳映真，〈李友邦的殖民地台灣社會性質論與台共兩個綱領及「邊陲部資本主義社會構造體論」的比較考察〉，收錄於嚴秀峰編《紀念李友邦先生論文集》，台北：世界綜合出版社，2003.01，頁52。另外，關於陳映真如何發展其所謂的「台灣社會性質論」概念，詳情可參考：邱士杰，〈從中國革命風暴而來——陳映真的「社會性質論」與他的馬克思主義觀〉，收錄於《陳映真創作50週年國際學術研討會會議論文（一）》，台北：財團法人台灣文學發展基金會，2009.09，頁157-195。

因應與反擊當時島嶼此起彼落的台獨聲浪。[61]

相較於前人許多的單篇論著，前述已提及的《《人間》雜誌研究》在整理及探討《人間》的諸多面相上，實際已累積了一定的成果，可是仍然千慮一失地在介紹《人間》編輯在處理十足「政治性」題材的實踐立場時，嚴重失誤地出現「姑不論《人間》雜誌的政治傾向為何」[62]這樣的關鍵聲明，以致該書終其結論果不其然都未正視也未直接處理《人間》的「政治傾向」。確實，對於台灣人文社會各種問題的關切，毋須特別訴諸政治傾向，然而恐怕是論者始料未及的，恰恰就是因為《人間》一開始就具備將兩岸歷史血緣、國族認同以及打擊台灣獨立自主等目標強烈又細膩地加以連結的「政治傾向」，《人間》因此才成為陳映真民族主義論述的一項物質基礎！**《人間》既然當時就是做為陳映真民族主義的批判性銳器，在本土議題的前導下，它內外兼修的策略是「外打美日新帝國主義」**[63]**、「內主兩岸統一」，總精**

61 事實上，2004年陳映真在香港浸會大學的演講上便透露了兩者之間的關連性，他說：「一九七九美麗島事件以後，非但沒有把資產階級民主化運動壓下去，反而引起台灣住民廣泛的同情……我們只能眼巴巴地眼看著右翼獨立派取得極高的正當性，他們的言論一波高似一波，在那樣的時期，我們左翼的統一派無法出手批判台獨理論，因為兩方都受壓迫，如果我們出來指責台獨一方，這在道德上是不可行的，只能眼睜睜看著台獨言論不斷在台灣翻滾如滾雪球一般。這時我們想到了以紀實文學與紀實攝影結合的方式，討論台灣社會問題、內部階級的問題，而不講統一或獨立。這是一九八五年到一九八九期間我們辦《人間》雜誌的原由。」話雖如此，但實際上陳映真是除了拚命將「中國意象」置入《人間》行銷之外，還不遺餘力在雜誌上反擊台獨聲浪、歪曲本土議題。引自：陳映真，〈我的寫作與台灣社會嬗變——陳映真香港浸會大學演講（2004.03.31~04.21）〉，頁47。

62 劉依潔，《《人間》雜誌研究》，頁45。

63 總共四十七期的《人間》，前後也刊載了不少篇譯自外國的報導攝影作品，表面

神就是反對台獨／分離主義；《人間》四年的發行期間，也是陳映眞打擊台獨／分離主義最密集、最賣力的時期，特別是「解嚴」那年。

（c）陳映眞的《人間》與台灣的人間

1977年陳映眞在〈「鄉土文學」的盲點〉裡指出葉石濤關於「台灣人意識」／「台灣文化民族主義」的說法「是用心良苦的，分離主義的議論」[64]，不僅葉石濤自此成爲陳映眞「分離主義者」的頭號名單，在那場隨後爆發的「鄉土文學論戰」中，有可能陳映眞是第一個且唯一公開「指名道姓」說別人有「分離主義」傾向的作家，在當時那是非常嚴重的「指控」。十年後（1987），正值台灣的解嚴年，此時的陳映眞因開辦《人間》早已聲譽鵲起，可是社會上反中、要求自決的聲浪愈趨高漲，陳映眞一貫「屈台從中」的立場也就愈趨焦切地反映在雜誌的編輯取材以及他對外的言論，他的「分離主義者」名單無可避免地越來越長。例如這年的3月適逢「228事件」四十週年，遠在美國的謝里法基於對歷史發展軌跡的觀察而發表〈從二二八事件看台灣知識分子

上是檢視處於世界體系的冷戰格局其資本主義所形塑的幻象與實相，但更大的作用，不外乎是想藉由反資本主義的訴求來批判美日跨國資本體系對包括台灣在內的第三世界所施加的政經、文化支配與殘害，但最終都不免是要連結到彼岸（中國）所施行的社會主義是有其歷史上的正當性及正確性。

64　許南村，〈「鄉土文學」的盲點〉，收於尉天驄主編《鄉土文學討論集》，台北：遠景出版事業公司，1978.04，頁97。（原載於1977年6月《台灣文藝》革新第二期）

的歷史盲點〉[65]，他強力主張台灣人若要避免歷來遭辱被屠的惡運，就必須拋棄長期以來對中國的依賴心理而靠自己的力量追求自我解放；結果立刻引來陳映眞以〈「台灣」分離主義「知識分子的盲點」〉[66]回應，文中陳映眞指控謝里法「一心一意要按照殖民者的形象改造自己」[67]，其反華蔑華的言論除了充分表現人格殖民化的卑下外，這位新入列的分離主義者「完全沒有政治經濟學、台灣史、台灣文學史的最粗淺的語言和知識，根本沒有辦法做知識上的討論」[68]。也幾乎就在同一個時間，陳映眞針對日本學者松永正義在〈八〇年代の台湾文學〉[69]所提出的「台灣文學一島論」等問題

65 見：〈從二二八事件看台灣知識分子的歷史盲點〉，收錄於謝里法著《重塑台灣的心靈》，台北：自由時代出版社，1988.07，頁77-94。此文最早發表於美國《台灣公論報》（1987.03.02），旋即被轉載於當時剛創刊不久的《民進報》第2期（1987.03.11）。

66 見：〈「台灣」分離主義「知識分子的盲點」〉，收錄於《陳映真作品集13：美國統治下的台灣》，台北：人間出版社，1988.04，頁61-64（本文原發表於1987年3月20日《遠望》雜誌創刊號）。按陳芳明的說法，從謝里法的〈從二二八事件看台灣知識分子的歷史盲點〉一經刊登之後，立即引來許多回響以及統派的「圍剿」，其中以陳映真的〈「台灣」分離主義「知識分子的盲點」〉首先發難，前後延燒了近半年；由於謝里法的論述讓戰後台灣統派運動份子在意見上顯現出從來沒有過的「團結」，謝里法可說「厥功甚偉」，所以陳芳明將之暫時名為「謝里法事件」（可參閱：陳芳明，〈序：荒蕪與豐饒——寫在書前〉，收錄於《重塑台灣的心靈》，頁3-11）。

67 引自：陳映真，〈「台灣」分離主義「知識分子的盲點」〉，頁61。

68 引自：陳映真，〈「台灣」分離主義「知識分子的盲點」〉，頁63。陳映真此時對謝里法知識水平的評價，若與十年前（1977）他替謝里法的《珍重！阿笠》寫序時，稱其乃為台灣戰後美術界「啓瞶振聾」第一人相比，實有天壤之別（詳文可參閱：許南村，〈序：台灣畫界三十年來的初春〉，收錄於謝里法著《珍重！阿笠——在信中與阿笠談美術》，台北：雄獅圖書公司，1977.07，頁2）。

69 見：松永正義，〈八〇年代の台湾文學〉，收錄於《台湾現代小說選 II：終戰の賠償》，東京：研文出版（山本書店出版部），1984.07，頁183-222。中文譯文則見：松永正義著、鍾肇政譯，〈八十年代的台灣文學〉，收錄於李雙澤等著《台灣現代小說選 II：終戰的賠償》，台北：名流出版社，1986.08，頁117-150。

點，而在報刊以〈關於台灣文學的一島論〉乙文提出「台灣文學的一島論，其實鮮明地是一九七九年以後發展起來的」[70]、並歸納這種反民族現象與當年鄉土文學論戰中所含涵的任何論述方向絕無從屬關係，來加以駁斥松永正義的說法。

然而無論陳映眞的說法到底有幾分的依據，處於八〇年代中期的陳映眞不得不面對的事實是，「中國」已經不是台灣視野的一切，固有的「中國」影像正在持續混亂、風化中，論者在面對台灣社會的變化時，已無法單從「毫無爭議」的「我們都是中國人」的概念出發，台灣自己的版圖在各個領域，特別是政治與知識圈，有越來越清晰的前景。或許是感受到謝里法等「台美人」在海外積極宣揚228史觀的刺激，或許是因爲眼見剛成立不久的民進黨（1986.09.28~）二月時便「熱熱鬧鬧」舉辦「228和平紀念會」，《人間》此刻爲了搶奪與主導歷史詮釋權，再也顧不了不久前才對讀者承諾《人間》「永不會變成一本政治反對派的政治性雜誌」[71]，當四月決定推出「〈228事件：台中風雷〉特集」時，便改口說《人間》「決不政治化，但在必要時刻也不迴避政治」[72]；爲了「特集」，陳映眞還特別寫了〈爲了民族

70　引自：陳映真，〈關於台灣文學的一島論──讀松永正義「八〇年代的台灣文學」書後〉，收錄於陳映真著《趙南棟及陳映真短文選》，台北：人間出版社，1987.06，頁108。（本文原發表於1987年3月7日的《中國時報》，8版）按陳映真在文中引用松永正義文章的情形來判斷，陳映真所閱讀和論述的依據對象應是日文版內容。

71　引自：「編輯室報告」，《人間》第16期，1987.02.05，頁11。

72　引自：「編輯室報告」，《人間》第18期，1987.04.05，頁5。

的和平與團結〉[73]這篇引言，該文雖未明講，卻經由該期的「編輯室報告」指出：透過本雜誌對於民眾史證言的詳細調查與分析結果，「我們發現，不但在整個事變過程，甚至事變之後，當時都沒有台灣分離主義的因素。……都是爲了光復後台灣的民主化、自由化而抗爭，決沒有所謂『台灣人意識』或其他分離主義的政治成份。」[74]由於意圖壓制日漸高漲的本土意識／台獨主張，不免就有一起替國府當年的暴行辯護甚至掩護之嫌。結果，五月份馬上就有讀者來信表達不同的看法，說：「陳先生欲以『民族大義』來強調和平與團結恐怕太過於天眞！我們不管歷史眞相如何，可以肯定的是過去和現在，『中國政權』所在都沒有充分的人權存在……要解開『分離主義』下的結不能老拿『民族團結』這種東西來醫，必須全面改善人權狀況……」[75]雖是各言其志，倒不失善意地提醒陳映眞在思慮上過度流於「一廂情願」的盲點。可是，意猶未盡的陳映眞仍然另借《中華雜誌》版面，再進一步發表〈何以我不同意台灣分離主義？〉，表示自己

73 見：陳映真，〈為了民族的和平與團結〉，《人間》第18期，1987.04.05，頁64-67。

74 引自：「編輯室報告」，《人間》第18期，1987.04.05，頁5。

75 引自：署名「台南鄭健新」讀者，「讀者信箱」，《人間》第19期，1987.05.05，頁7。另外，當時仍滯留海外的陳芳明，也曾針對陳映真此文及「專集」，而在意識形態上與《人間》已數次短兵相接的《台灣新文化》上發表〈如果是為了和平與團結——與陳映真談二二八事件〉乙文，予以辛辣辯駁，他批評陳映真及其專集內容「既沒有社會，也沒有科學。他的整個理論內容，其實只不過是他一貫所提倡的『中華民族主義』……當做政治立場則可，若是拿來做爲學問的代用品，那就是災難了」、「陳映眞主持下的『人間』，主動尋求和平與團結，這種提法相當好。……令人痛心的是，『人間』所採取的步驟與方向，竟是製造分裂與仇恨。做爲肇事者的國民黨，看在眼裡，恐怕竊喜不已。因爲，它終於看到受害者在惡毒咬噬受害者了。」（見：《台灣新文化》第9期，1987.06，頁11、22）

之所以無法苟同，最主要是因爲「台灣分離主義和戰後新帝國主義，有密切的關係。……在依附美日新帝國主義、甘爲新帝國主義鷹犬，甘爲逐漸破產的『兩極對立』冷戰構造服務，盲目『反共』、『恐共』和反華，可以推想，萬一『台灣民主共和國』成立，它也不過是一個極端法西斯的、美日附庸的『國家』」[76]，對當時民進黨的主流意見，陳映真表現出極度的不安和不信任。

七月時，國府宣佈世上最長的戒嚴令正式解除。八月，陳映眞參加由《中國論壇》所舉辦的「『中國結』與『台灣結』研討會」以及專題座談；研討會（1987.08.22~24）上，陳映眞提交了〈國家分裂結構下的民族主義國家——「台灣結」的戰後史之分析〉這篇足以貫穿他一向堅持的角度及立場的論文，**與謝里法恰恰相反的是，**[77]陳映眞認爲島上只有「台灣結」的荒謬，而不實存著所謂「中國結」的盲點，他直接歸咎「國共分裂－東西冷戰－安全依賴」體制以及因此而形成的「冷戰心智」爲荒謬的總根源，[78]並且對於文化人在反共氛圍下缺乏「中國」整體意念的現象，不以爲然地寫

76　引自：陳映真，〈何以我不同意台灣分離主義？〉，收錄於陳映真著《陳映真作品集13：美國統治下的台灣》，台北：人間出版社，1988.04，頁76-77。本文原發表於1987年5月《中華雜誌》286期。

77　謝里法在〈從二二八事件看台灣知識分子的歷史盲點〉中認為台灣人自有史以來，與中國的關係不論是處在對立或依賴的狀態，在內心底處永遠都有個「解不開的中國結」（頁81），也因這種糾纏給台灣帶來數百年來的不得善終，台灣人若想避免屈辱與責罰的不斷循環的悲慘命運，就必須毅然決然擺脫中國情結，因為只有徹底「割斷臍帶，成爲自己的領航者」（頁93），台灣才有未來。

78　陳映真可說是通篇佈滿著此種論調，參閱：陳映真，〈國家分裂結構下的民族主義國家——「台灣結」的戰後史之分析〉，《中國論壇》289期，1987.10.10，頁69-79。

說：

> 四十年來，多少文藝工作者在創作上浪得名利，卻沒有人想過，做爲一個中國文藝創作者，站在中國千古文化藝術的傳承和去向中，自己的作品，在民族統一之日，或民族統一之後百千年，是否尚能無愧地面對我民族優秀豐厚的傳統。……祖國的分裂、民族的離散已經被廣泛地接受，不以爲怪，當然更不爲傷痛。[79]

在座談會（1987.08.24）上，陳映眞更是直接針對座談會的主題：「突破中國結與台灣結的困境」，一開頭發言就批評說：

> 我以一個搞文學的人來回想這三天的會議，有一個很強烈的感覺，文學上叫「荒謬」，這「荒謬」沒有罵人的意思，覺得這是非常奇特、怪異的一個會，怎麼說？做爲一個中華民族、中國人，這原來是一個不成

79 引自：陳映真，〈國家分裂結構下的民族主義國家——「台灣結」的戰後史之分析〉，頁75。與此相同的敘事與修辭，也刊載在當年九月份的《自立晚報》論壇，陳映真幾乎重複地寫說：「在文化上，三十七年來，文化工作者早已喪失了全中國的焦點。文學家和藝術家，很少或者沒有人從長遠的中國未來的歷史，即統一之後的中國文學和藝術的全景，去思考自己作品的意義。沒有人這樣想過：在中國歷史上統一，當一切當前的政治是非成爲過去的一日，自己的作品，是否無愧於整個中國的文學和藝術的傳統。」（見：陳映真，〈習以為常的荒謬〉，《自立晚報》「社會論壇」，1987.09.09，第3版）

問題的事實……可是我們這三天來大家談中國人台灣人，談這兩個結，好像平常之事，見怪不怪了，甚至於當它是可以講價、可以磋商、可妥協的東西，我想這根本是不必討論的事……[80]

緊接著陳映眞當場又宣示：

做爲一個中國作家，他是整個中國數千年來文學工作的一部分。……不管是什麼立場，做一個中國人應該是去克服任何外來勢力所加予我們民族國土的分裂，來取得維持國家民族的統一才是，這對我個人而言是「最高的命令」……這東西對我們搞文學的人是太重要了……[81]

上述頗能代表陳映眞個人立場的言談，坦白說雖然論及的全是有關文學文化，但在本質上徹底地服務於政治。陳映眞說自己以「維持國家民族的統一」（而不是人的解放）做爲他作家身分上的「最高的命令」，這種立場如果只是他私人政治情操倒也罷，但荒謬的是，陳映眞實際上是誤以個人關懷當作台灣作家的天職來訴求台灣社會，特別是當中國的民族主義愈來愈無遠弗屆地高漲時，陳映眞此刻不僅僅是運

80　陳映真等，〈突破中國結與台灣結的困境〉，《中國論壇》290期，1987.10.25，頁22-23。
81　陳映真等，〈突破中國結與台灣結的困境〉，《中國論壇》，頁23。

用其在文學上的「資本」來遂行政治目的，也表現出十足的文化暴力！再者，誠如前文某位《人間》讀者所言，陳映眞不能老拿「民族大義」與「民族團結」來抑壓台灣異議、迫使社會沉默；一位負責任的中國民族主義者更應該思考：在過去四百年或更早的歷史，中國拯救過台灣人了嗎？（更不要說掠奪）台灣依賴中國的下場究竟如何？（恐怕是罄竹難書）陳映眞一貫的「階級壓迫說」是無法完整地回答台灣史的任何一個階段的，至於其新帝國主義、外力介入等結構分析，雖都有普世的理論基礎，但明顯地陳映眞這位宣稱要紀錄沒有面目群眾的《人間》發行人，卻異常看不到台灣人民（至少佔大部分）內心自主自救的意志，否則在這一年裡——撇開幾度幾近情緒性的言論——陳映眞就不會**「言必稱『韓』」**，要台灣人以此反省。

陳映眞歸結說：「做爲日本的前殖民地台灣，不但是二次大戰東亞地區日本帝國主義所加害地區唯一近乎沒有對日批判的地方，也是全世界唯一缺乏對帝國主義批判的發展中地區。」[82]台灣的許多文化人就像謝里法那樣抱持著罕見的「台灣結」，對中國依舊延續五〇年代「冷戰心智」所造成的仇恨、鄙視和反對，[83]「與這兩年來韓國民主、文化和文學運動的發展，大異其趣」[84]；他認爲依據韓國「民主救國

82 陳映真，〈關於台灣文學的一島論——讀松永正義「八〇年代的台灣文學」書後〉，頁110。
83 見：陳映真，〈「台灣」分離主義「知識分子的盲點」〉，頁63。
84 引自：陳映真，〈關於台灣文學的一島論——讀松永正義「八〇年代的台灣文學」書後〉，頁112。

宣言」（發表於1976年）的立論而推動的韓國民主運動便非常值得台灣社會反省，該宣言裡有這麼一段：「民族統一，是當前我同胞所負至高的命令。我們必須以全韓五千萬人民的智慧與力量，打破南北分裂的障壁！任何個人或集團，如果敢把韓國民族統一的最高目標，利用爲他們私自的戰略目的服務，妨害民族統一，將不能免於受到歷史最嚴苛之審判。」[85]以此認知，陳映眞詰問松永正義，說：

> 同樣處於分裂國家的歷史境遇，同樣處在「戰後全球性冷戰構造」的前衛；同樣在政治、經濟、文化和軍事上受到日本和美國的強大影響的韓國，爲什麼似乎沒有「南韓與北韓的重疊民族主義」問題；沒有喪失統一的韓國這個悲壯的展望；也沒有「民主化運動與圍繞在祖國統一上的諸問題間的對立」……爲什麼南韓的民主化運動，並不存在著以「南韓民族論爲理論基幹的」把韓國執政黨與民眾間的爭執，看成「北韓人對南韓人的民族矛盾」，以樹立「依賴美日的反共政權」爲目標的「南韓獨立論」？[86]

85　引自：陳映真，〈何以我不同意台灣分離主義？〉，頁79。

86　引自：陳映真，〈關於台灣文學的一島論——讀松永正義「八〇年代的台灣文學」書後〉，頁111。類似的修辭和敘事，亦可見：（1）陳映真，〈為了民族的和平與團結——寫在「228事件：台中風雷」特集卷首〉，頁66；以及（2）陳映真，〈國家分裂結構下的民族主義國家——「台灣結」的戰後史之分析〉，頁78。

陳映眞要質問的，其實就是：爲什麼台灣不能像南韓那樣，在民主運動與統一運動上取得一致性？用陳映眞的語言來界定，南韓與台灣在戰後同樣面對「雙戰（冷戰加內戰）構造」，南韓後來「超克」了所謂的「冷戰心智」，台灣卻造就了「台灣結」現象，於是陳映眞便單向得出「荒謬」的「台灣結」是一種「盲目的退行」這樣的結論。然而，若以方法上眾所皆知的因果多元論來考察陳映眞的說法，我們馬上就能發現，在因果推斷上，南韓與台灣各自的歷史進程頂多就是彼此的「反例」而已，談不上一種實證上的互證關係，可是陳映眞卻機械、直線地硬將個人的價值信仰當作一種事實分析加以評斷。如果能夠實事求是一些，陳映眞事實上何需捨近求遠向松永正義提問，《人間》也不用後來在刊行期間不斷地要求讀者「**借鏡**」[87]南韓或「**嚴斥**」[88]社會上

87 例如第34期的「發行人的話」，其標題就是「韓國與台灣」，指說：7月時南韓政府宣佈廢除40年來教科書對北韓仇恨、對立的觀點，代之以促進南北韓相互理解、增進民族情感和團結的觀點；而台灣在國際冷戰－國共內戰架構下，無論就國土分斷、民族分裂或政經文化高度依賴美日的情況，都與南韓相似，如今南韓在民族的再和解與再團結已跨出一大步，台灣朝野卻在兩岸的統一和交流上表現出令人詫異的保守性，實有愧對關心中國人文與文化發展的社會大衆。（參見：「發行人的話——韓國與台灣」，《人間》第34期，1988.08.01，頁6）

88 例如第37期的「編輯部」便指責說：台灣社會無論是在民間論述或官方走向上，都明顯形成一種「親美－反共－反華－堅持民族分斷固定化」的思考模式及趨勢（參引：編輯部，〈再編組和轉變的時代〉，《人間》第37期，1988.11.01，頁117-119）；又例如第42期的「發行人的話」，以極嚴厲的口吻「意有所指」地警告長老教會說：台灣某一「長年物質化、自得自滿、庸俗化、怠忽了先知職能和喪失中國主體性」的教會，「把『中國民族』（即外省人）而不是把美日新殖民主義和它們的代理人看成壓迫者，在他們組訓的結業證書上，鮮明地印著『人人有主張台灣獨立的自由』。如果台灣的基督教會再次插手明顯具有帝國主義干涉中國、霸佔台灣的歷史的民族分裂主義，我們憂心：基督在中國佈教的計畫，將在廣泛非教的、反帝民族主義怒潮下遭到第二次嚴重的鞭打。」（引自：《人間》第42期，1989.04.01，頁9）

的台獨／分離主義，答案其實盡在四百年以上的台灣史以及現實中台灣民眾的身上，除非陳映眞完全不認爲台灣人具備選擇何種生活的能力。

陳映眞的爭議在於，他所堅持的這套「中國」話語，和八〇年代生動的台灣現實漸行漸遠。不可否認，當時即使台灣意識高漲、台獨主張勃發，台灣人對中國仍具有某種程度上的情感，《人間》初期有關「中國」意象的內容當然會有一定的吸引力，可是證諸後來陳映眞將「血濃於水」高度工具化之後，雜誌的「主義」與「政論」風格便愈趨濃厚，當時就算有讀者數度來函提醒《人間》「畢竟這不是政論性雜誌」[89]，可惜陳映眞早已「心有所屬」——幾乎所有文化評論都集中在分析戰後台灣朝野是如何一廂情願地把自己納入了國際的「冷戰、反共」體系、都忙於批判台灣社會是如何深染新殖民性格以致喪失祖國的民族的視野——類似「反獨促統」這樣的使命感更是有增無減，其成效終於逐期反映在銷售銳減的帳面上，最後連原本企盼主導「文化霸權」的陳映眞也失去了《人間》這片陣地。

2、「人間出版社」的開辦及其任務

89　引自：署名「蔡博文」讀者，〈人民論壇〉，《人間》第43期，1989.05.01，頁14。另外，在同一期裡也有好幾位讀者反映，希望《人間》不要逐漸走向政治化，其中一位說：因為若跟一般政論雜誌比，「坊間太多書講得比你們多，比你們深刻，爲什麼不努力把手伸給雛妓、苦力……或者更多大家看見卻未必注意的公害與特權？」（引自：署名「張家棟」讀者，頁15）

相較於小說創作，1993年時陳映眞坦承「近幾年很少寫東西，主要搞台灣社會史，搞思想」[90]，陳映眞大約指的就是1989年《人間》雜誌停刊後，藉由「人間出版社」出版了一系列的台灣政經叢刊乙事，他曾說：「我這個搞文學的人，最近辛苦的找了幾本書，有關政治經濟的書來翻譯，這本不關我的事，可是我覺得沒弄就走不出去，就是些幼稚的話搬來搬去……」[91]，這時候的陳映眞早已崇拜用「科學的」社會科學來看社會的角度，即使是創作，也是像報告文學〈當紅星在七古林山區沉落〉（1994）、歷史劇〈春祭〉（1994）之類的成果。繼《人間》之後，陳映眞整個反台獨／分離事業都放在「人間出版社」的經營，目標很清楚、性質也很一致，如要探究「情懷中國」的陳映眞，積累了二十幾年的「出版品」將是一個很好的物質對象。

「人間出版社」成立於1986年7月15日，根據台灣國家圖書館、國內幾個大型的大學圖書館的收藏以及人間出版社目前所自行印製的目錄，筆者將其曾經出版的圖書（1986~2011）初步整理成四大類（詳細分類書單，請參見本書【附錄四】），分別爲：

（1）**台灣社會性質研究**——包括：台灣政治經濟叢刊、台灣戰後史資料叢書、台灣史叢刊、台灣現當代進步人

90 陳映真口述，〈陳映真自剖「統一情結」——陳映真：我又要提筆上陣了！〉，《財訊》第132期，1993.08，頁164-165。

91 郭紀舟，〈1970年代台灣左翼啓蒙運動——《夏潮》雜誌研究〉，台中：私立東海大學歷史學系碩士論文，1995，訪問頁22。

物研究、保釣運動文獻、臺灣與世界系列。

（2）**中國現當代研究**——包括：中國學術叢刊、當代大陸思想叢書、當代中國叢刊系列、現代中國回憶錄叢刊。

（3）**文藝創作與研究**——包括：台灣作家研究、台灣新文學史論叢刊、人間思想與創作叢刊、中國近・現代文學叢刊、中國現代文學經典叢刊、外國文學珍品系列、陳映真作品集。

（4）**其他**——其中除了未及歸類的作品之外，也包含跨類的左派統一理論、新帝國主義批判、後殖民省思、文獻整理等。

正如出版社在「噗浪」、「FaceBook」等網路上的首頁所標示的：「我們的出版內容：1.理性認識台灣社會性質的社會科學叢書；2.整理被湮滅的台灣史料，還原台灣史眞實面貌；3.紀錄正直進步的台灣先賢傳略集；4.揭破國家機器僞善面具的報告文學與創作。」所有書籍，尤其九〇年代以後，其寫作目標都是指向中國民族主義，其出版本質都爲統一大業的政治服務。香港記者曾問陳映眞：「整個90年代你主要的工作是甚麼？」陳映眞回說：

> 我花過一段時間出版台灣社會經濟史的書，理由是我們需要科學地認識台灣，就應該從認識社會經濟史開始，這是人間出版社的第一項主要工作。第二是新台灣文學思潮部分，80年代以後台灣的文學界全面台獨

化，我們組織出版了反駁批判的書。三是台獨理論的批判。[92]

的確，重心轉移到「人間出版社」的陳映眞，除了持續發展他的台灣社會性質論以外，愈發「自覺」歷史賦予他重責大任去「揭露」台灣社會中台獨風潮的「眞相」，[93]所以自此他的「文學」活動幾乎最重要也是更直接的就是長期結合「人間」的每一位作者從事批判台獨／分離主義這項「政治」工作，[94]一往情深地就此規定社會主義才是理想主義的

92 張薇，〈我不是 Superman：陳映真專訪（上）〉，香港《經濟日報》，2004.04.09。

93 見：陳映真，黎湘萍訪談，〈陳映真先生談臺灣後現代問題〉，《東方藝術》第3期（北京），1996.03，頁21。

94 「人間出版社」在衆多「文學」活動中所取得的「政治」成果不知凡幾，不過，其中較令人感到遺憾之一的是《戰雲下的台灣》（1996.03）乙書的出版，時值台灣第一次直接民選總統，中國卻不斷以封鎖台灣海峽、飛彈演習的實際行動來恫嚇台灣人民。陳芳明對陳映真此舉曾嚴厲批評說：「他在一九九六年組織了一些文章，編輯出版一冊《戰雲下的台灣》，公開爲中國的武力侵略做合理化的解說。那是我第一次看到我所不認識的陳映眞，先是驚訝，繼而憤怒。在這本書，他以許南村筆名撰寫一篇長文，題目是〈如果十五天‧七階段的戰爭終結中華民國的紀年〉。文字中的軍事用語與恫嚇修辭，已全然偏離他憂悒的、哀傷的小說風格，更是偏離他長年被尊稱『人道主義者』的封號。在這篇文字，我看不到社會主義者的科學分析，也看不到小說家的人文修養，當然更看不到他對台灣社會的溫暖關懷。全文飽滿的情緒，都只在散播高漲的民族主義，而且代表北京中共政權的立場對台灣施行恐嚇。他主張以最迅速方式，在最短期間，趁國際干涉還未遂行之前，中國軍事行動就已有效消滅台灣。掩卷之餘，我聽到自己內心的喟嘆，這就是我年少時期午夜時分所捧讀的陳映眞嗎？」（引自：陳芳明，〈火紅的詩猶在燃燒〉，《昨夜雪深幾許》，台北：INK印刻文學生活雜誌出版有限公司，2008.09，頁36-38）該書美其名說是要讓台灣人民處在危機中有「知之權利」，事實上卻完全無視於台灣人民的民主悲願，包括陳映真在內的幾位撰述者，對台灣橫遭中國武力要脅的危急情形，其字裡行間時常顯露出「見獵心喜」的筆調，「人道主義者」的美稱，不管是對「許南村」或「陳映真」而言，儼然已成為一種反諷。

唯一出口，台灣的烏托邦藍圖就只能由實施具「民族特色」社會主義的中國來監造出品，其中「人間思想與創作叢刊」的固定出版就是長期戰果的代表作之一。[95]**「人間出版社」的存在已經不僅僅是意圖發揮葛蘭西「文化霸權」裡的「陣地戰**（war of position）**」**[96]**效果，更實際一點的說法，是在協助中國從事對台軟性滲透。**

從《人間》雜誌到「人間出版社」，從指責台灣形成「親美－反共－反華－堅持民族分斷固定化」[97]的趨勢，到出版品的〈序言〉常常是開宗明義便以「台灣作爲中國的一部分」[98]當開場白，足足1/4個世紀以來陳映眞個人反台獨／分離主義的語言愈來愈焦慮，愈來愈虛無，諸如：

> 所幸十多年來，中國國力大面積快速崛起，和世界上珍愛和平、反對單極獨霸的各民族、國家與人民一

95　一九九八年十二月，人間出版社開始推出「人間思想與創作叢刊」第一號《清理與批判》，由陳映真、呂正惠、林孝信、曾健民等組成編委會；2004年陳映真在香港浸會大學的演講上便指出：《人間》停刊以後，「我的小出版社以書的方式代替雜誌，以目前的書市，雜誌的壽命較短，以書的方式出版綜合性雜誌，這個雜誌總的名稱叫『人間思想與創作叢刊』，一共出了七、八本，主要是思想上和台灣獨立運動鬥爭。」（引自：陳映真，〈我的寫作與台灣社會嬗變——陳映真香港浸會大學演講（2004.03.31~04.21）〉，頁49）

96　按葛蘭西（Antonio Gramsci）的見解，「陣地戰」（war of position）這種軍事藝術運用在文化政治中，指的不僅僅是種謀略，更重視它長期、恆久地在意識形態及文化風潮上的時時出擊，這便是「陣地戰」做為「文化霸權」戰略的要義。見：Antonio Gramsci, *Selections from the Prison Notebooks*, ed. & trans. by Q. Hoare & G. N. Smith（New York: International Publishers, 1971）, pp. 238-243.。

97　編輯部，〈再編組和轉變的時代〉，《人間》第37期，1988.11.01，頁117。

98　陳映真，〈序言〉，收錄於趙遐秋、呂正惠主編，《台灣新文學思潮史綱》，台北：人間出版社，2002.06，頁1。

道，反對霸權干涉主義，爲建設多極、和平、平等、發展的世界新秩序所做的努力，顯著提高了中國的國際地位和影響力。……2005年，新中國頒布《反分裂國家法》，以法律形式向世人顯示既堅定反「獨」，又力求和平解決台灣問題的決心。……台灣問題一日不解決，我們的民族就一日無法安枕。[99]

這麼一大段話，如果隱去陳映眞的大名，簡直像極了《人民日報》的社論。當年陳映眞辦雜誌、開出版社，從一開始就存在著改造社會、證明自己思維此岸性的強烈動機，一切具體行動原爲書生報國的實踐問題，實屬社會之幸；可是，任何政治理想或解決方案都必須是立基於它現有的社經及文史背景，陳映眞卻不顧眼前自然熟成的事實基礎而事先完全預設了一種本質化的中華民族主義立場，奢言《人間》生活現場不斷教育他、他卻從不修正自己先驗的「眞理」，他早已做出台灣「必然」走向與中國統一的結論，並且也爲了「必

99 此段內容，引自陳映真於2005年10月23日參加中國「台盟」中央、「全國台聯」在北京人民大會堂台灣廳所舉行的「紀念台灣光復六十週年」座談會上的發言紀錄。全文可參閱：陳映真，〈為反對霸權主義、達成民族真正統一而努力〉，「 華夏經緯」網站，2005.10.25。http://big5.huaxia.com/zt/pl/05-087/601951.html（瀏覽日：2010.11.14）。另外，幾乎是同一時間內，陳映真接受「中國台灣網」副總編武世明的專訪，訪談中陳映真也是一再重複、強調台灣「它自古以來就是中國不可分割的一部分」、「臺灣已經是中國的神聖不可侵犯的領土」，其結語竟與上述如出一轍說：「戰略上臺灣也是很重要的一個地方，臺灣哪一天不回來，哪一天我們就不能安枕。很麻煩的。」（全文可參閱：陳映真，〈臺灣著名作家陳映真暢談臺灣光復重大意義〉，「中國台灣網」網站，2005.10.25。http://big51.chinataiwan.org/zt/lszt/kangzh/renwuzhf/200801/t20080102_528963.htm（瀏覽日：2010.11.14）

將」到來的歷史宿命，他可以徹底讓「中國情懷」遮蔽任何普世認知、放棄任何進步價值，以致於他的左翼信仰不免淪爲姿態、所有叢刊的歷史考證也近似流於一種手段而已。

一直宣稱自己是被「支配的意識形態霸權」所專政的陳映眞，曾經向媒體誇口說：「至於說到『愛台灣』，我相信台獨派從來不敢給我扣『賣台』、『不愛台灣』的帽子，因爲我寫的小說、我辦的《人間》雜誌，他們做不出來。」[100] 事實上，陳映眞的說法是十分「可疑」的；誠如前文所說，開辦《人間》那幾年是陳映眞對台灣社會最有活力、最有影響力的幾年；然而相對的，那也是陳映眞的意識形態與官方「最接近」的時候。因爲同樣發行於解嚴前後的《台灣文化》季刊（由柯旗化於1986年6月獨資發行），由於宣揚被壓迫的台灣文化與強調台灣意識、鼓吹台灣與中國分離，便一再被情治單位查抄、沒收（如1987年3月第四期因觸及「228」議題便被查沒），最後在1988年10月（其時早已解嚴）發行第十期時，竟然被高雄市新聞局指控散佈分離意識而在無預警情況下被粗暴勒令停刊；但値得注意的是，《人間》的發行情形卻與此相反——沒有一期被禁、被約談。可是，陳映眞卻仍在〈後街〉寫說，當八〇年代中後台獨力量高漲時，自己「在這新的情勢中，和他二十幾歲的時代一樣，他的思維和創作，在一定意義上，一直是被支配的意識形態霸權專政的

100 引自：〈陳映真：愛台灣．政治人物當符咒念〉，《聯合報》，2004.10.18，A10版。

對象」[101]，然而眞正實情又是如何？例如一樣地談「228」議題，《人間》在第18期（1987.04）的「啊！台中的風雷（228民衆史）」特輯上，顯然是充當壓制當時本土雜誌《台灣文化》、《台灣新文化》等的威權史觀，頗有全面爲國府當年的暴行脫勾卸責之嫌，與當時仍牢牢掌握執政優勢的國府是採取相同的意識形態的、是站在當時大部分民眾的對立面的，如此一來，如何還能宣稱自己一直是被「支配的意識形態霸權」所專政的對象呢？陳映眞如此錯亂的發言位置倘能成立，歷史又要如何定位柯旗化與《台灣文化》、《台灣新文化》呢？[102]不過，也正因爲陳映眞上述的那番說辭，反倒開始令人感嘆起來：本來《人間》可以是台灣的「人間」，但在本質化的「中國情懷」下，《人間》最後竟成爲陳映眞是否愛台灣的一個異常「悲壯」的「註腳」。

第四節　陳映眞的「『文選』中國」

自己的作品即便被譯成幾種外語；即便在洋人的課堂中受到品評；即便得到西方的文學大獎，那喜悅與榮耀都遠遠不及作品受到十數億中國同胞

101 陳映真，〈後街〉，《父親》，頁67-68。

102 若要進一步瞭解同樣發行於解嚴前後、與《人間》多次進行意識形態上的短兵相接的代表性刊物其詳細沿革及其所發動的新文化運動等，可進一步參閱：李靜玫，《《台灣文化》、《台灣新文化》、《新文化》雜誌研究（1986.06~1990.12）》，台北：國立編譯館，2008.07。

> 的認識、愛讀和評論。我懷著靦腆的喜悅，將這選集擺在祖國的文壇上，感受到自己的作品能先於分裂的兩岸回到她的祖家的溫暖與幸福。[103]
>
> ——陳映真，〈序〉，《陳映真自選集》

1、多方婉拒與自我缺席

有位署名「proust」的網友，在回應「哈囉～馬凌諾斯基」部落格版主的〈也談陳映真——不及卻未晚的作品、年代〉（2006.10.18）貼文時，說道：「最可惡的是，台灣文學館因爲政治意識關係，將陳映眞剔除在台灣重要文學家之流。想到台文館的作家群中竟然不見陳映眞，台文館主事的這群人眞的是……」[104]以上這種「指控」當然是不明就裡，可是，爲什麼先前會造成一般網友或是社會大眾如此「恰恰相反」的誤解呢？筆者檢視了歷年來陳映眞「婉拒」台灣各式各樣「文選」（即「選集」）的收錄或藝文盛事的邀約，經初步統計，屬於「有案可稽」的情形就有以下數例：

事由	說明
★1964~1965年，陳映眞前後兩度「婉	（1）1964~1965年之際，「文壇社」的負責人穆中南與《幼獅文藝》的主編朱橋都爲了

103 引自：陳映真，〈序〉，收錄於《陳映真自選集》，北京：生活．讀書．新知三聯書店，2000.03，頁2。

104 以上引文為網友留言全文，見：阿潑（annpo），〈也談陳映真——不及卻未晚的作品、年代〉，「哈囉～馬凌諾斯基」部落格，2006.10.18。網址：http://annpo.pixnet.net/blog/post/5735854（瀏覽日：2011.03.10）。

拒」作品被收入由鍾肇政所主編的《本省籍作家作品選集》（文壇社版）以及《台灣省青年文學叢書》（幼獅版）。	能夠在1965年10月25日以慶祝台灣「光復」二十週年爲名出版「台灣作家作品叢集」乙事而找上鍾肇政。 （2）鍾肇政主編兩套「台叢」時都力邀陳映眞加入，卻遭陳映眞一再以「宗派主義的氣味，是我所不好的」或「總共才寫不到20篇，選都沒法選」爲由，加以「婉拒」。（詳細過程及原委，可參閱第四章） （3）鍾肇政不忘在〈編輯的話〉裡說：「應該收在本輯裡的，尚有陳映眞其人，因故沒有能寄作品來。他是台北縣人，淡江文理學院英文系畢業，曾任中學英文教師，現服務於美國某藥廠在台分支機構。早期作品多在《筆匯》發表，近年則均在《現代文學》刊露。他有一副敏銳的嗅覺，對於目前社會諸相，另有一番領略，行文含有濃重的傳染性，令人心靈顫動。他可說是目前我國文壇強有力的新選之一。」（見：鍾肇政，〈編輯的話〉，《本省籍作家作品選集・第七輯》，台北：文壇社，1965.10，頁3）
★1978年，陳映眞「婉拒」小說〈夜行貨車〉競逐第一屆「時報文學獎」。	《中國時報》於1978年舉辦第一屆「時報文學獎」，葉石濤受邀擔任小說獎項的決審委員之一。原本鍾肇政告知葉石濤：有意推薦陳映眞的〈夜行貨車〉角逐；不料後來只能無奈地再度寫信給葉石濤，表示：「關於推薦〈夜行貨車〉的事，作者陳先生已經拒絕了。並說感謝你的好意。理由是本人不滿兩大報的作風，所以即使得獎也不準備領獎，更何況根本就沒有得獎的希望。所以這件事也就就此作罷了。」（寫於1978.07.24，引

	自：《鍾肇政全集29・書簡集（七）》，頁275）
★1984年，陳映眞「婉拒」小說〈山路〉被收入「爾雅」版的1983年度小說選。	當時主編李喬在〈編輯報告編序〉上提及：陳映眞該年的「〈山路〉甚或可能是今年國內出現的最好小説」，然而最終不得不「特別要報告的是：〈山路〉一篇本來已經選定，後因作者婉拒而拿下」（見：李喬，〈編輯報告編序〉，《七十二年短篇小說選》，台北：爾雅，1984，頁9）。
★1989年，陳映眞「婉拒」小說〈山路〉、〈夜行貨車〉與文評〈試論吳晟的詩〉、〈試論陳映眞〉、〈試評「打牛湳村」〉被收入九歌出版社所刊行的「中華現代文學大系（1970-1989）」。	（1）負責編選小說部分的齊邦媛說：「編小説卷篇目時最大的遺憾是不能選入重要的中長篇小説……更感遺憾的是未能得到當代重要的作家陳映眞的同意，收入他的代表作〈山路〉和〈夜行貨車〉……」（見：齊邦媛，〈小說卷序〉，《中華現代文學大系・小說卷》，台北：九歌，1989.05，頁28） （2）負責編選評論部分的李瑞騰說：「非常遺憾的是，到了最後仍有幾位未能寄來同意函，爲尊重作者，經編委及出版社會商結果，決定放棄，並加以存目（按：其中包括陳映真的〈試論吳晟的詩〉、〈試論陳映真〉、〈試評「打牛湳村」〉）。」（見：李瑞騰，〈評論卷序〉，《中華現代文學大系・評論卷》，台北：九歌，1989.05，頁18） （3）據報導指出：「陳映眞表示，他是因爲這套大系的總編輯是當年曾對鄉土文學加以撻伐的余光中，而在這段文學公案尚未被釐清之前，他不願作品被收入。」（見：莫昭平，〈中華現代文學大系，少了哪些大

	家？〉，《中國時報》「開卷」，1989.06.12，22版）
★1989年，陳映真「婉拒」作品被「前衛出版社」歸劃爲《台灣作家全集》之一。	1989年鍾肇政受「前衛出版社」之託，擔任《台灣作家全集》編輯委員會的總召集人。他原本歸劃收錄陳映真的作品，不料事後卻遭陳映真以「前衛出版社」先前「曾欲出布農族詩人莫那能詩集，只因該書由我寫序，便拒絕出版」（引自編號第五十七封（1989.09.12）的「陳映真致鍾肇政書簡」）爲由而致函鍾肇政加以「婉拒」政治立場與其迴異的出版社。（詳細過程及原委，可參閱第五章）
★1998年，陳映真「婉拒」自己相關的文學資料被「文資處」（即今日的國立台灣文學館）所收藏。	（1）1998年周金波的家屬將其身後的文稿、日記等交給當時籌設中的「文資處」（即今日的國立台灣文學館）做爲台灣文學的文物典藏，當下引起陳映真非常不以爲然，在該年專文中他透露：「而後忽有一日，文資館打電話來，徵求同意收藏我的文學資料，爲我所婉辭堅拒。有哪一個作家能與周金波同列於文資館而不以爲恥的呢？」（見：陳映真，〈近親憎惡與皇民主義——答覆彭歌先生〉（下），《聯合報》「聯合副刊」，1998.07.07，37版） （2）目前已知陳映真將把手稿等相關文物捐贈給中國「中國現代文學館」（見：薛理桂，〈文化資產別再外流〉，《中國時報》「時論廣場」，2006.11.16，A19版）。
★2000年5月，陳映真「婉拒」被提名第四屆「國家文藝獎」文學類獎項。	（1）台灣3月總統選舉，出現第一次政黨輪替。 （2）第四屆「國家文藝獎」文學類提名委員

	王浩威曾提名陳映真參選，但事後遭陳映真「婉拒」，理由不明。 （3）本屆文學類參選名單，包括自薦、他薦以及提名委員提名，共19位；最後由楊牧獲得。
★2002年，陳映真「婉拒」小說〈忠孝公園〉被收入「九歌版」的《九十年小說選》。	主編李昂在序言說：「資料紮實的〈忠孝公園〉……由於是中篇，陳映真不願節錄部份，不能收入此年度小說選，十分遺憾。」（見：李昂，〈想像台灣〉，《九十年小說選》，台北：九歌，2002，頁10）
★2004年，陳映真「婉拒」小說〈我的弟弟康雄〉被收入「二魚文化」版的《台灣成長小說選》。	編者楊佳嫻在〈序論〉說：〈我的弟弟康雄〉的作者陳映真「因私人理由不同意被選入」（見：楊佳嫻，〈序論〉，《台灣成長小說選》，台北：二魚文化，2004，頁9）。
★2004年，陳映真「婉拒」將〈原鄉的失落——試評夾竹桃〉等評論被收入「春暉」版的《鍾理和論述》乙書。	編者應鳳凰教授在書末曾提及：原計畫將全部評論文章「全收」，後逐漸意識到實際上的不可能——首先是篇幅太過龐大，其次是「部分作者並不同意將文章授權刊出（因此而未能收入陳映真〈原鄉的失落——試評夾竹桃〉以及評《雨》的大作，感覺非常遺憾）。」（見：應鳳凰，〈《鍾理和論述》編者後記〉，收於《鍾理和論述：1960~2000》，高雄：春暉，2004，頁398）
★2004年10月，陳映真「婉拒」在剛成立不久的國家台灣文學館留下任何「官方」紀錄。	2003年10月17日國家台灣文學館成立之後，據首任館長林瑞明教授的說法：陳映真從一開始在歷次的主題展中，「都是不可或缺的要角」。可是，當2004年10月21日林館長據報趕忙到一樓陪同突然蒞館的陳映真夫婦在

	展場參觀時，林館長請其在剛撤展下來的「台灣文學意象展」展板中的陳映眞個人照上簽名留念，或是後來助理研究員林民昌請求大家在館內合照留念，陳映眞一概「沒答應」。最後，陳映眞只願在林館長私人的題名簿上簡單寫下： 「瑞明館長紀念 〇四年十月二十一日 陳映眞」。 （參閱：林瑞明，〈理想繼續燃燒〉，收於陳映真等著、封德屏主編，《人間風景・陳映真》，台北：文訊雜誌社、趨勢教育基金會，2009.09，頁160-161）
★截至2012年3月底，陳映眞尚未將之前在「遠景出版社」所出版的作品集——如《第一件差事》、《將軍族》、《知識人的偏執》、《夜行貨車》、《雲》、《山路》、《孤兒的歷史・歷史的孤兒》——授權收入「遠景繁體中文電子書」。	（1）由「遠景出版社」提供資料、「大鐸資訊股份有限公司」行銷製作的「遠景繁體中文電子書」，目的在收錄遠景出版事業公司前後所出版的有關文學類、歷史類、小說類、藝術類、傳奇類、傳記類等書籍，至2012年3月止已收錄475筆書冊，其中並無陳映眞作品。 （2）經筆者向負責製作「遠景繁體中文電子書」的單位查詢上述情形，覆稱：之所以沒有收錄陳映眞任何一本作品，是因為「未能取得版權」。
★2011年，人在中國的陳映眞，經由太太陳麗娜「透過律師發出存證信函給國立台灣文學館	國立台灣文學館於事後發佈〈本館收錄未經陳映眞先生授權著作之道歉啓事〉：「本館執行『台灣現當代作家研究資料彙編暨資料庫建置計畫』第一階段，委託財團法人台灣文學發展基金會彙編15位作家研究資料，[105]

（按：台文館於5月收到），指台文館出版的『台灣現當代作家資料研究彙編』（按：即指第二冊《吳濁流》）中收錄陳映眞的文章，但陳早在多年前就表明不願台文館收藏他的作品（按：於2004年曾發文給台文館），文章也不能出現在台文館出版品中，台文館已侵害到陳映眞權益，要求拿掉文章。」（引自：修瑞瑩、陳宛茜，〈收錄陳映真文章．台文館道歉〉，《聯合報》，2011.07.08，B2「地方版」）	惟未取得陳映眞先生授權，即將陳先生所著〈孤兒的歷史和歷史的孤兒〉（按：應為〈孤兒的歷史．歷史的孤兒〉）一文，登載於《台灣現當代作家研究資料彙編．吳濁流》一書中，由本館出版發行。本館經陳映眞先生指正後，業已立即通知各通路將該書下架回收，並發函寄贈單位及個人進行回收。此外另於本館發行之《台灣文學館通訊》登載道歉啓事，本館承諾日後重編該書不再有登載未經陳先生授權著作之情況。幸賴陳先生之諒解，本館與陳先生業已達成和解協議。對於本館未能嚴格監督委外單位、疏未查核出版品是否完整取得相關著作權人授權乙事，謹此向陳映眞先生表示誠摯之歉意。」（錄自：「國立台灣文學館」網站，最後更新為2011.08.20）

從上述的「婉拒」案例中，首先使我們不難追溯之所以

105 台文館《台灣現當代作家研究資料彙編》預計系統地纂輯五十位台灣現當代作家的手稿、影像、年表、研究綜述、重要評論文章、提要等，目前已完成的第一階段作家計有：賴和、吳濁流、梁實秋、楊逵、楊熾昌、張文環、龍瑛宗、覃子豪、紀弦、呂赫若、鍾理和、琦君、林海音、鍾肇政、葉石濤等十五位；另有張我軍、姜貴、張秀亞、潘人木、周夢蝶、柏楊、陳秀喜、陳千武、姚一葦、艾雯、林亨泰、王鼎鈞、聶華苓、朱西甯、洛夫、余光中、羅門、商禽、楊喚、鄭清文、瘂弦、林文月、鄭愁予、李喬、陳冠學、白先勇、陳映真、白萩、陳若

會出現網友誤解的形成背景，尤其是在2011年發生陳映眞跨海告國立台灣文學館侵權之後，網友的「憤怒」反而是有點讓人無言以對了；再則，也適度警醒了我們上述的「案例」或許只是冰山的一角，因爲在眾多陳映眞缺席的各式「文選」或藝文盛事中，事實上有可能存在著次數更龐大的「婉拒現象」（請參閱本書的【附錄五】）[106]。然而，「婉辭」也好，「堅拒」也罷，作家「婉拒」作品被收錄或參與藝文盛事，陳映眞並非是特例，七等生、施叔青或王文興等人都曾發生過，不過他們「婉拒」的理由較單純，[107]不像陳映眞「婉拒」的主因大多很清楚地指向民族主義的「立場」。從1965年執意「婉拒」鍾肇政編選的兩套「台叢」開始，陳

曦、郭松棻、黃春明、七等生、王文興、王禎和、司馬中原等三十五位正在進行中。

106 目前在台灣的各式「文選」或藝文盛事中，陳映真作品「缺席」的情形（扣除陳映真「有案可稽」的「婉拒」案例）為數不少，筆者臆測其中有很大的比例應該又是出自陳映真的「婉拒」以致無法收錄或呈現；以與陳映真親善的王德威於2005年所編撰的《台灣：從文學看歷史》（麥田版）沒有納入陳映真的作品為例，小說家黃錦樹就曾評說：「也許限於篇幅，小說仍不免受到了擠壓。譬如陳映眞、宋澤萊、郭松棻、舞鶴最好而深具歷史反思的小說都未能入列……」（見：黃錦樹，〈道德的難題〉，《聯合報》「讀書人」，2005.08.28）筆者判斷黃錦樹當時可能就有點懷疑是遭到陳映真的「婉拒」，只是不方便指出來吧？這些「缺席」的情形經筆者初步整理後，其概況如本書的【附錄五】。

107 林燿德在《最後的麒麟：幼獅文藝四十年大系小說卷（一）》乙書的〈編序〉裡提到：「編選過程中，另有馮馮〈十七歲〉、施叔青〈回鄉〉、七等生〈眞實〉等三篇，皆因爲作者的婉拒而無法收錄。……馮馮先生自謙退出文壇已久，不必復刊舊作，編者自不宜再予勉強。施叔青和七等生兩位則對少作感到不夠滿意，編者當然也必須尊重他們對發表個人創作的嚴謹要求，只能附筆列出篇目，以茲紀念。」（台北：幼獅文化事業公司，1994.03，頁17）另外，據學者廖淑芳碩士論文〈七等生文體研究〉第一章註六也曾引述：「張漢良在77年11月19、20日於淡江大學舉辦的『當代中國文學：1949以後』會議講評時指出，《中國（台灣）當代十大小說家選集》在編選時，王文興曾被邀請，但爲他拒絕」乙事（轉引自：廖淑芳，〈七等生文體研究〉，國立成功大學歷史語言研究所碩士論文，1990.06，頁11）。

映眞對於台灣文學所追求的「民族形式」、「國家層級」的定位便始終抱持著高度疑懼，「文選」主題爲何（譬如有無掛上「台灣」兩字）？編選人是誰（譬如有無「分離」主張背景）？主辦或出版單位是哪（譬如是否具「台獨」傾向）？都是他迎拒的前提，歷次或明或暗的「婉拒」行動，都讓人更清楚看見他爲自己的文學成就在政治立場上下了最精確的定位，特別是越到後來，越對特定的對象表現出一種強烈的棄決心與敵友感，不免給人感覺陳映眞的政治性判斷已較近似一種「表演」姿態，而非單純的「理念」問題。

原則上筆者以爲，陳映眞既然是位出色的文題家，那麼台灣許多不同「主題」訴求的「文選」會爭相考慮收錄他的短篇作品，往往就在預料之中，大約是從七〇年代中期至2006年陳映眞至北京定居的這段期間，三十年來每隔二至三年台灣書市就會新增一本以上收有陳映眞作品的「文選」在坊間流通，其中被收錄的作品以〈將軍族〉居冠、〈夜行貨車〉與〈山路〉緊隨在後（請參閱本書【附錄六】）[108]。不過，從**【附錄五】**與**【附錄六】**相互的比對中，更重要的恐怕是突顯出一個令我們不得不注意的怪現象：可能是出自「侵權」或「授權」這樣、那樣的理由，約略在2005年自康來新主編的《台灣宗教文選》之後，讀者除非是選擇直接閱讀先前陳映眞個人所出版的作品集，[109]否則讀者要在台灣書市後續所出版的一般「文選」中實際接觸陳映眞的作品，機

108 台灣各式各樣的「文選」中依據其編選旨趣而收有陳映真作品的版本，經筆者初步整理的結果請參閱【附錄六】。

會幾乎已是「零」，最後都只能藉助在類似以**「推薦」**（如文建會的「全國閱讀運動」）[110]、**「導讀」**（如傅正玲的《耕讀：進入文學花園的250本書》）[111]或**「介紹」**（如應鳳凰的《冊頁流轉：台灣文學書入門108》）[112]性質爲訴求的專書或活動中耳聞其書目及篇名而已。

2、彼長我消與積極納編

109 陳映真個人作品集在台灣印行的情況：

書名	出版資料
第一件差事（小說）	台北：遠景，1975
將軍族（小說）	台北：遠景，1975
知識人的偏執（評論）	台北：遠行，1976
夜行貨車（小說）	台北：遠景，1979
華盛頓大樓．第一部．雲（小說）	台北：遠景，1982
山路（小說）	台北：遠景，1984
孤兒的歷史．歷史的孤兒（評論）	台北：遠景，1984
陳映真小說選	台北：人間雜誌社，1985（陳映真自選、插繪，限量發行一千本贈送《人間》雜誌訂戶）
趙南棟及陳映真短文選	台北：人間，1987
陳映真作品集1-15	台北：人間，1988
陳映真小說集1-5	台北：人間，1995（1988年版小說集部分的增修版）
雙鄉記	台北：人間，1995（楊威理著、陳映真譯）
春祭	台北：行政院文建會，1995
陳映真小說集1-6	台北：洪範，2001
陳映真散文集1：父親（1976~2004）	台北：洪範，2004

110 2006年時，在文建會（當時主委是學者邱坤良）所推行的「全國閱讀運動」中，由熟悉台灣文學發展的學者專家正式推介六十三本文學好書，其中包括了陳映真的《忠孝公園》（洪範版）。（見：〈全國閱讀運動推介六十三本文學好書〉，《聯合報》「讀書人」，2006.04.09，E4版）

111 主編傅正玲在《耕讀：進入文學花園的250本書》（台北：五南圖書出版股份有限公司，2009.09）乙書中將《夜行貨車》（遠景版）選入導讀對象，不過該書是不刊印原先的文本。

陳映眞的作品最早與中國讀者見面應該是在《台灣小說選》，這本「文選」是1979年由中國北京「人民文學出版社」所出版，共收錄了十六位台灣作家的二十二篇中、短篇小說，其中包括陳映眞的〈將軍族〉；[113]由於時値中國進入所謂「改革開放」新紀元，首次發行台灣小說集，因此該選集在〈編後記〉裡也提說：「爲了增進骨肉同胞的相互了解，我們期待能同台灣文藝界建立聯繫，互相參觀訪問，交流書刊。我們歡迎台灣也出版或翻印大陸書刊。歡迎台灣作家向大陸投書供稿，以便陸續向全國讀者介紹更多更好的台灣作品。」[114]多少標示了中共自葉劍英〈告台灣同胞書〉（1979.01.01）之後對台的藝文政策。緊接著1981年6月，位於中國福建福州市的「海峽文藝出版社」發行了一份號稱立足福建、面向全國、兼顧海外的綜合性文學叢刊《海峽》，創刊號便刊登了陳映眞的〈夜行貨車〉[115]。到了1983年，在「福建人民出版社」（福州市）推出的一系列「台灣文學叢書」中就包含了一冊《陳映眞小說選》，這是陳映眞作品第一次在中國以個人作品集的形式出現。[116]**自此陳映眞個人作**

112 《冊頁流轉：台灣文學書入門108》（台北：INK印刻文學生活雜誌出版有限公司，2011.03）乙書是由學者應鳳凰、傅月庵兩人共同要而不略地介紹了從日治時期至今的一百零八本台灣文學書籍，其中包括了陳映真的《將軍族》（遠景版）。

113 十六位作者計有：吳濁流、楊逵、鍾理和、林衡道、陳映真、王禎和、黃春明、楊青矗、王拓、宋澤萊、馮輝岳、曾心儀、奚淞、於梨華、白先勇、方方。

114 轉引自：新華社，〈人民文學出版社出版《台灣小說選》〉，《人民日報》，1979.12.02，3版。

115 這一年內中國刊載台灣作家作品的雜誌，及出版有關台灣文學的各式選集，都有漸趨熱絡和擴散的情形。

116 中國最早出現討論陳映真的文章，是張成德於1981年5月發表在《名作欣賞》期刊

品集在中國印行的概況，筆者約略整理如下：

書名	出版資料
陳映眞小說選	福州：福建人民出版社，1983 ＊（收於「台灣文學叢書」）
萬商帝君	北京：中國友誼出版公司，1984
將軍族	北京：人民文學出版社，1992
華盛頓大樓	趙遐秋編，北京：中國人民大學出版社，1994 ＊（收於「台港澳與海外華文文學精讀文庫」）
夜行貨車	古繼堂編，北京：時事出版社，1996 ＊（收於「台灣小說名家代表作叢書」）
陳映眞代表作	劉福友編，鄭州：河南文藝出版社，1997 ＊（收於「中國現當代著名作家文庫」）
陳映眞文集：小說卷	北京：中國友誼出版公司，1998
陳映眞文集：文論卷	北京：中國友誼出版公司，1998
陳映眞文集：雜文卷	北京：中國友誼出版公司，1998
陳映眞自選集	北京：生活．讀書．新知三聯書店，2000 ＊（收於「『三地葵』文學系列叢書」）

上的〈顯示出靈魂的深來──讀台灣作家陳映真的「夜行貨車」〉（頁65-67）乙文，第二篇則要遲至1983年《陳映真小說選》出版之後，才由黃裳裳、朱家信二人以較具學術範式共同執筆〈論陳映真的現實主義創作道路〉（頁87-92），發表在《安徽大學學報》第一期（1983）；但嚴格講起來，前文作者尚處在未集中及未廣泛接觸陳映真其他作品的狀態下、且該文介紹成分居多，所以最早具參考價值的評論應該要由後文算起。另外，中國最早以陳映真為選題的博士論文是黎湘萍於1991年完成的〈敘述與自由：論陳映真的寫作和台灣的文學精神〉（北京：中國社會科學院文學研究所），該論文同時也是中國最早以台灣文學為選題的博士論文之一（同年劉俊也以〈論白先勇及其小說創作〉取得南京大學中國文學研究所博士學位）。

將軍族	北京：解放軍文藝出版社（昆侖出版社），2000 ＊（本書獲選為「百年百種優秀中國文學圖書」）
歸鄉	北京：解放軍文藝出版社（昆侖出版社），2001 ＊（本書獲選為「中國經典鄉土小說六家」之一。另外，來自台灣的尚有黃春明的《看海的日子》、王禎和的《來春姨悲秋》）
陳映眞自選集	北京：生活．讀書．新知三聯書店，2007 ＊（本書為2000年版新編）
陳映眞文選	薛毅編，北京：生活．讀書．新知三聯書店，2009 ＊（收於「當代批評叢書」）

與此同時，三十年來中國各式各樣的「文選」或「選集」中，收有陳映眞作品（以小說為主）的版本也已累積到相當可觀的數目，平均下來同台灣一樣，除了較多編選者偏愛〈將軍族〉外，也是每隔兩、三年就會新增一本以上在中國書市流通，經筆者初步整理後約略如下：

書名	被收錄的 陳映真作品	出版資料
台灣小說選	**將軍族**	編委會編，北京：人民文學出版社，1979
台灣作家小說選集（第四卷）	**將軍族、雲** **祖父與傘、文書**	張葆莘編選，北京：中國社會科學出版社，1981

望君早歸：台灣短篇小說選	**鄉村的教師**	斯欽選編，時事出版社，1981
台灣中青年作家小說集	**雲**	中央人民廣播電台對台廣播部主編，廣播出版社，1981
波茨坦科長：台灣中篇小說選	**雲**	封祖盛編，南寧市：廣西人民出版社，1984
台灣現代派小說評析	**兀自照耀著的太陽**	封祖盛撰，福建：海峽文藝出版社，1986（此書收錄了12篇台灣現代派小說之代表作品）
憧憬船：台港文學新潮選粹	**山路**	杜元明選編，北京師範大學，1989
港臺海外華文文學	**趙南棟**	秦牧等編，北京：中國文聯，1991
台灣小說選講新編	**山路**	陸士清編，上海：復旦大學出版社，1991
台灣小說選（一）	**將軍族**	陸士清編，北京：人民文學出版社，1991
台灣小說選（二）	**夜行貨車** **一綠色之候鳥**	同上
台灣小說選（三）	**鈴璫花** **上班族的一日**	同上
台灣小說二十家	**雲**	王震亞編著，北京：北京出版社，1993
百年中國文學經典．第六卷（1958－1978）	**將軍族**	謝冕、錢理群主編，北京：北京大學出版社，1996
中國20世紀鄉土小說論評	**將軍族**	莊議新、邵明波主編，北京：學苑出版社，1997

臺港澳文學作品精選	**夜行貨車**	王晉民主編，廣州：廣東高等教育出版社，1998
臺港澳文學作品選	**夜行貨車**	江少川選評，武漢：華中師範大學出版社，2000
中國短篇小說百年精華（下）（當代卷）	**將軍族**	中國社會科學院文學研究所當代文學研究室編，北京：人民文學出版社，2003
台港文學名家名作鑒賞	**將軍族**	尉天驕主編，北京大學出版社，2003
中國短篇小說百年精華（下）（當代卷）	**將軍族**	中國社會科學院文學研究所當代文學研究室編，香港：三聯書店，2005
中國現代文學經典（1917－2000）（三）	**將軍族**	朱棟霖主編，北京大學出版社，2007

從前述的幾類統計資料中，很明顯的可以發現：有關陳映眞的作品——無論「文選」，或是專屬作品集——台灣在2004年的《父親》、2005年的《台灣宗教文選》之後便幾乎不見新的書訊；而在中國的書市，當地的「出版社」不但會結合官方愼重其事地爲陳映眞舉辦作品「首發會」[117]，同時這些背後往往有國家力量支撐的「出版社」們只要將來對台

117 例如，1998年11月5日中國北京「中國友誼出版社」在中國作家協會為陳映真的作品集《陳映真文集》（含小說、雜文、文論三卷）舉行發佈會暨座談會，當天陳映真與夫人陳麗娜女士皆有發表演說。圖片請參見：〈世華沙龍〉，《世界華文文學》第12期，1998.12，頁77。

「政策」繼續支持的話，每一家甚至是越來越多家的「出版社」都會加入持續納編及不斷翻印的行列；如此一來，兩岸關於陳映眞作品的出版現象，他日若是呈現嚴重的「彼長我消」的結果，便不會太意外了。然而，在上述出版預測的背後，更值得令我們警惕和緊張的或許是以下三點趨勢：

首先，在中國出版的陳映眞個人作品集，一開始跟許多台灣作家一樣，都是被放在諸如「台灣文學叢書」或「台港澳文庫」之類的行列，漸漸地才被納編到諸如「中國現當代著名作家文庫」的隊伍，最後走上「獲選」爲「百年百種優秀中國文學圖書」、「中國經典鄉土小說六家」之一的定位。

其次，在中國所出版的各式「文選」中，陳映眞的單篇作品剛開始時也是跟許多台灣作家的作品一樣，被一起集中在諸如以「台灣」、「台港」、「台港澳」或以「海外華文」爲書名的「文選」後，再介紹給中國讀者認識，然而最終和個人作品集的情況一樣，「備感榮幸」地被請入以中國文學爲名的「現代經典」、「百年經典」或「百年精華」的殿堂裡。

最後，在兩岸「搶奪」台灣文學史詮釋權的過程中，陳映眞其人其作一直是（可說無一例外）所有研究者及相關著作必定（甚至優先）討論的對象之一；若按前述兩點情勢的發展來分析，我們當可預測「陳映眞」的名字不久之後，在彼岸會從最早是在「台灣文學史」這樣的專書出現，然後過渡到中國現當代文學史裡的「台港澳文學」專章，最後會是

「無可避免」地第一波被整合到跟中國作家共時地放在整部「中國文學史」的脈絡裡來進行論評的台灣作家名單之一；[118]果眞如此，屆時兩岸文學史的「知識－權力」關係，勢必會因部分台灣作家（諸如陳映真）陸陸續續地主動「自我缺席」而有所轉移，本世紀初時學者游勝冠就曾針對外國的台灣文學書寫立場提出批評說：「它們都一定程度侵奪了台灣的主體地位，從外來殖民意識形態框架詮釋台灣文學的結果，不僅台灣文學的個性受到了扭曲、誤解，他們的台灣文學研究、論述，究其實就是一種『東方主義』論述。」[119]這番話言猶在耳，如今台灣學者又即將面對中國學者新一波收編台灣文學、前所未有更嚴苛的挑戰，陳映眞作品的出版現象，或許只是開了第一槍而已。

3、反思·弔詭與建議

陳映眞曾經不止一次宣稱過「作家最重要的，還是應先得到本民族讀者的認可」[120]、「一個作家最珍視的是受到自

118 前述中國最早以台灣文學、同時也是最早以陳映真為選題而獲博士學位的黎湘萍教授，不但認為中國研究界應該將台灣文學整合至中國文學史的整體格局（即發展脈絡）裡，甚至是建言將之更延伸到世界華人文學及華文文學的視野下來運作的研究法是一種較切實際和較有理論基礎的言說。詳文請參閱：黎湘萍，〈族群、文化身份與華人文學——以台灣香港澳門文學史的撰述為例〉，《華文文學》總第60期，2004.01，頁5-16。

119 游勝冠，〈展望新世紀的台灣文學研究〉，《文訊》第183期，2001.01，頁33。

120 引自：〈台灣作家陳映真滬上演講、忠於讀者遠比迎合獎項重要〉，中國上海《新聞晚報》，2004.02.01。

己同胞的讚賞」[121]之類的話，從前文的各種跡象來看，陳映眞的確沒有理由不在乎一般讀者，可是資料也同時顯現：他似乎更熱衷於作品能否在中國刊出、更在意是否受到中國讀者（包括中國「高層」）認可？[122]目前台灣作家在中國最「政治正確」的可能就屬陳映眞，此事由陳映眞是第一批被「獲准」加入「中國作家協會」的台灣作家之一、以及「獲選」擔任榮譽副主席乙事即可印證；但任何人都很清楚，陳映眞在中國的政治「資本」絕對與他在台灣的文學「市場」息息相關，與其說台灣的讀者不能失去陳映眞這顆「台灣的良心」，某些情形下，倒不如說陳映眞更不能沒有台灣的讀者。過去雖曾發生過一些編選者或單位一再「刻意」剝奪陳映眞發言權的情況，[123]但相對於陳映眞多次早早「棄絕」台

---

121 引自：〈陳映真：愛台灣．政治人物當符咒念〉，《聯合報》，2004.10.18，A10版。

122 二○○○年，陳映真在北京的「生活.讀書.新知三聯書店」出版《陳映真自選集》時，在〈序〉說：「這一回……比較自覺地把自己打點一番之後，出來和大陸的同胞讀者見面。」既然是較自覺地自選作品，結果卻將在台灣入選率頗高的〈山路〉拿掉，獨存白色恐怖系列的首（〈鈴璫花〉）、尾（〈趙南棟〉），其刻意不選入〈山路〉之舉事實上頗耐人尋味，但也充分顯示出陳映真一向搖擺在「文學」成就與「政治」志業之間的特質。

123 例如：（一）陳映真繫獄期間，余光中等人合編了一套「中國現代文學大系」（1972），負責小說卷編選工作的朱西甯雖然在編序上有交代其編輯原則及態度是「除卻藝術，未定任何立場」（見：朱西甯，〈序〉，收於余光中總編輯、朱西甯主編的《中國現代文學大系．小說輯1》，台北：巨人出版社，1972.01，頁18），卻又說：近十餘年來「對小說發展影響較大的代表性作家，當推叢甦、季季、黃春明、江玲、陳映眞（我們爲這個後來放棄文學而誤墮歧途的小說家深表悼惜）……」（見：朱西甯，〈序〉，頁17），結果最後在總共四輯的小說裡便完全沒有選錄陳映真的作品；（二）邱國禎之前在前衛出版社出版《近代台灣慘史檔案》（2007）時，在上百條的檔案中獨缺當年（1968）陳映真等人的「讀書會」／「民主台灣聯盟」乙案，整本書裡也只有在「陳中統為台獨島內工作坐牢」乙案中略為提及（頁395-396；而且陳映真還是以「抓耙仔」的負面形象出現）；（三）二○○八年時，國立台灣文學館為提昇國民素質而推出「閱讀台

灣、「怨懟」台灣的言行，台灣的藝文圈及學術界反倒彼此不論政治見解是如何的對立，絕大部分一向對其文學成就仍極為推崇，即使1990年陳映眞開始游走兩岸以後，許多文壇盛事都一再證明陳映眞的「不在」往往更顯現其「無所不在」的媚力。[124]可是，當二〇〇四年三月由誠品書店、聯合報系等主辦的「最愛100小說大選」活動公佈書單時，陳映眞歷年來的作品一本也沒有入選，顯示現代年輕網路族似乎對陳映眞其人其作的理想主義（或者應該更直接說社會主義）已趨模糊，當時就有關心陳映眞的學者大感意外；[125]接

灣，人文 100」系列活動，總共提出104本好書書單，在這一份書單裡，不僅是陳映真，連前述的余光中及朱西甯也沒有入選，看得出來許多「外省籍」或統派色彩濃厚的作家都被刻意排除，雖能理解台文館此舉肩負國家認同的重任，但筆者仍認為在無「版權」或「侵權」之虞的情形下，無視文學發展歷史而剔除陳映真等人的創作實屬不妥，當時平面媒體也曾發文提醒台文館正視此問題（見：〈書單色彩偏獨．觀點過於狹隘〉，《中國時報》「南市新聞」，2008.03.07，C2版）。

124 雖然陳映真早已是兩岸的「空中飛人」，然而單就1999年1月至2000年1月整整一年來看，先是1999年1月以《將軍族》入選《聯合報》舉辦的「台灣文學經典」小說；6月時再以《將軍族》入選《亞洲周刊》舉辦的「二十世紀中文小說一百強」的第十五名；7月時《鈴瑺花》名列楊照「『正典一百』專欄」介紹書單（見：楊照，〈純真理想的典型塑造──陳映真的《鈴瑺花》〉，《中國時報》「人間副刊」，1999.07.07，37版）；最後2000年1月名列《中國時報》「人生採訪──當代作家映象」系列第十位專題專載的作家；然而，更能顯現陳映真的「不在」反倒「無所不在」現象的是，發生在2004年9月至11月的一場「作者不在場」的論辯交鋒。起因是學者邱貴玲因「陳映真．風景」舞作而發表〈山路到不了的烏托邦〉乙文，她認為相較於吳乙峰的〈生命〉報導攝影所展現的另一種理想主義出口，陳映真的作品實際上已無力面對理想主義（社會主義）與現實相違的窘迫（見：《新新聞》917期，2004.09.30~10.06，頁70-71）；結果引來楊渡（918期）、梁英華（920期）、汪立峽（921期）在《新新聞》以及李良、胡承渝等人在「人間網」紛紛現身為陳映真的理想及行動激烈辯護，論辯期間陳映真則從頭到尾都未現身／聲。

125 由誠品書店、聯經出版、聯合報副刊、公共電視聯合主辦的「最愛100小說大選」活動，由2003年12月開始網路投票，2004年3月1日公佈，學者鄭樹森針對投票結果撰文說：「在當代台灣小說裏，林海音、白先勇、黃春明、王文興、張大春、

著九月時又陸續傳出「雲門舞集」在媒體上喧騰一時的「陳映眞．風景」票房接連失利；[126]這些林林總總的訊息想必也帶給陳映眞本人一些「警訊」，因爲當陳映眞在台影響力如果持續低迷，那麼長期下來他在中國的「行情」恐怕也要受挫；畢竟中國「高層」是著眼於他在台的號召力而不是他在中國有多麼「政治正確」！二〇〇九年九月由「趨勢教育基金會」、「文訊雜誌社」所主辦的「陳映眞文學茶會」上，來自中國人民大學也是陳映眞北京好友的曾慶瑞便說，陳映眞曾向他表示，擔心自己「孤獨、被台灣社會拋棄」[127]？如果此說屬實，那麼伴隨後來卻又爆發2011年跨海告台文館侵權乙事，看來整體的「婉拒」－「侵權」現象適足以反映陳映眞在關心個人文學如何政治之餘，實無力妥切處理個人

朱家姐妹、蘇偉貞等名字毫不意外。最意外的是沒了王禎和與陳映眞。難道《嫁妝一牛車》和《將軍族》就這麼輕易『完成歷史任務』？抑或這些作品反映的台灣現實，在網路發達、消費掛帥的台灣，已經過於灰暗？」不但早期著作《將軍族》與年輕族群的讀者有了陌生感，即使近作《忠孝公園》也未能擄獲年輕族群的「最愛」而進榜（引自：鄭樹森，〈最意外的和最不意外的〉，《聯合報》「聯合副刊」，2004.03.02，E07版）。

126 據《新新聞》記者報導說，9月以後「雲門舞集」陸續在台灣各地演出的「陳映真．風景」票房出奇的低，台北首場事實上只有五成、中南部預售情形更不理想，往年「雲門舞集」有新作推出沒有爆滿也有九成票房，就連重演舊作也都有八成的觀衆，「然而這部經過林懷民四十年能量內化而成的作品卻是雲門舞集歷年來賣座最差的一檔演出」；記者又說：「雲門舞集向來有一套非常嫻熟的宣傳方式，『陳映眞．風景』也是按照往常的操作模式，他們的消息可以從文化版到頭版再到社論，這一回的宣傳仍然相當賣力，各界依舊關注，可是觀眾卻不知跑到哪裡去了？」記者問林懷民原因，「林懷民也祇是無奈地表示，他實在沒辦法分析，因爲，連他自己也不知道是什麼原因。」（以上全引自：劉伯姬，〈「陳映真．風景」賣座失利．林懷民：我也不知道原因〉，《新新聞》917期，2004.09.30~10.06，頁68）

127 引自：〈麵攤老闆不在：上百文化人回味陳映真——齊聚台北中山堂．咀嚼半世紀文學歷程．趨勢科技老闆娘：當年讀了「夜行貨車」毅然回台創業〉，《聯合報》，2009.09.25，A10版。

「文學」成就與「政治」志業之間的矛盾和失措。

依筆者之見，儘管陳映眞的文學「主張」全然禁不起政治「志業」的考驗，儘管陳映眞多年來對台灣有多不滿以致屢有棄絕之舉，我們大可對他作品背後的政治「解答」和行動上的政治「志業」表示難以共鳴和認同，但他的文學作品是台灣寶貴的資產，也的的確確曾是許多台灣人的共同記憶，在無法忽略也不能抹殺、又有「授權」－「侵權」受限下，筆者極力建議各式「文選」日後都能夠仿鍾肇政、李喬、齊邦媛、李瑞騰、應鳳凰或楊佳嫻等人的模式——在編序上爲本該收入卻無法如願收錄的陳映眞作品特別存其「篇名」並加予說明[128]——試著以陳映眞的存在來思考陳映眞，試著更細心將他置放在台灣甚至兩岸一個更具體的空間與歷史脈絡裡，來面對陳映眞的政治堅持、認識陳映眞的階級關懷，使陳映眞獲得台灣文學史上適切的文學地位和評價，畢竟台灣的忠實讀者才最瞭解他。如此一來，也許不出多久，即使海峽兩岸由於陳映眞的自我缺席或中國的積極納編導致台灣文學史／中國文學史必須大幅翻修，至少一種非常另類

128 筆者認為編選者在編序上為本該收入卻無法如願收錄的陳映真作品特別存其「篇名」、並加予說明的措施非常重要，之前學者李奭學就曾對「青少年台灣文庫」（國立編譯館主編、五南圖書公司印行，2006）小說系列的編選們提出質疑和類似的建議。首先他表明這套文選是他迄今所見最完備的台灣文選，然而在該文選所標示的「文學性」、「青少年性」及「台灣性」的編輯方向下，他感到仍不免有遺珠之憾，其中一項就是「陳映眞、張大春缺席，編者欠一個解釋」，不過他有設想了「這種遺珠之憾，其罪或許不在編者。假使作者拒絕加入選本，編者當然得表尊重。」進一步說，若是真像他所設想的情況，他建議由於「陳、張兩位都是大家，他們缺席絕非小事，編者應加說明。」關於這點建議，筆者完全贊同。（引自：李奭學，〈評「青少年台灣文庫」文學讀本〉，《聯合報》「讀書人」，2006.04.30，e05版）

的「陳映眞現象」於焉形成。陳映眞也許孤獨，但不會被遺忘！

7

第七章

親愛的同志……

——追記「情懷中國」的陳映真（下）

第一節　陳映眞的「白色中國」

> 陳永善、吳耀忠、李作成、陳述孔、丘延亮預備以非法之方法顛覆政府，陳永善、吳耀忠、李作成、陳述孔各處有期徒刑十年，丘延亮處有期徒刑六年，各褫奪公權五年。陳映和、林華洲陰謀以非法之方法顛覆政府，陳映和處有期徒刑八年，林華洲處有期徒刑六年，各褫奪公權五年。獲案之匪偽「論人民民主專政」等書刊壹百三十六冊（如偵查卷二四所附清冊），匪「人民日報」十二份，偽徽「毛匪像」，「東方紅」各一枚，淺井、家韶來函三件，會議決議草案二件，致「台獨」份子函稿一件，閱讀匪書「心得報告」一件均沒收。
>
> ——台灣警備總司令部，「判決書」[1]

1、一九六八年「陳映眞讀書會」事件

當年陳映眞等人透過強恕中學的同事李作成認識了日籍外交官淺井基文，顯然是最直接造成他人生重大轉變的「歷

1　台灣警備總司令部於1968年12月18日針對陳映真等人組織「讀書會」乙事做出判決，「判決書」全文共分〈主文〉、〈事實〉及〈理由〉三大部分，以上引文為〈主文〉全部內容。

史偶然」。[2]隨著1963年中、蘇共爆發大規模的理論鬥爭、六〇年代中期以後的文革、震動世界的法國工運學潮以及北越戰事、巴黎和談等一波波的風潮，對陳映眞一夥人來說，所有訊息就像遙遠的陣陣鼓聲，都帶來了莫名的鼓舞。季季說，他們以為在國戚丘延亮家比較安全，除了讀一般人讀不到的左派書籍，還利用短波在深夜收聽中共的「中央人民廣播電台」，常常是一字一字地抄錄，彼此交換閱讀心得。[3]幾年下來，由於閱讀「禁書」與「偷聽」廣播，視野與思想也因此不斷地進行辯證發酵，終令成員們產生了唯有經由實踐、否則就會受到比自身更強大的歷史力量所推擠的「飢渴感」，最後終於如陳映眞所說的：「幾個帶著小資產階級的各樣軟弱和缺點的小青年，不約而同地、因著不同的歷程而憧憬著同一夢想，走到了一起……幼稚地走上了幼稚形式的組織」[4]——讀書會。

相對於許曹德、陳中統先後所涉的「台獨案」的國族抉擇，陳映眞等人的「讀書會」，其性質卻是一種政治選擇，然而即使只是一種左、右立場的鬥爭，像毒蛇巨蟒般的情治系統卻早已吐著蛇信靜靜地環伺讀書會，隨時準備將其拆卸吞噬。約在1968年5月下旬，[5]警總開始祕密抓人，一般傳言

2 關於李作成與淺井基文的背景資料，已於第四章述及，此處不擬贅複。

3 季季，〈我嫁了一個共產黨員〉，收錄於吳錦勳採訪、撰述，《台灣，請聽我說：壓抑的、裂變的、再生的六十年》，台北：天下遠見出版社股份有限公司，2009.08，頁30。

4 〈後街〉，《父親》，頁58-59。

5 陳映真被捕的時間，據「判決書」所載的「理由」內容，最有可能是在5月底、6月初之際；若按季季在《行走的樹——向傷痕告別》所述，陳映真、吳耀忠、陳

動手的時機是起因於陳映真即將出國參加聶華苓的「國際寫作計畫」或日前淺井基文再度來台，又或者是丘延亮申請到美國大學入學許可的關係，可是異於平常對於「叛亂案」的處置，[6]當時島內所有的報章媒體對於這樁戰後藝文界最大的白色恐怖都三緘其口，反倒國外的媒體後來將整個案子曝光，根據劉大任的簡譯，11月25日的《紐約時報》說：

> 七名男子被控反中國國民黨政府活動，正在等待宣判。這是近年來此間對所謂政治異議人士進行最大規模逮捕行動的結果。……被控人等於六月初被捕，十一月八日在軍事法庭祕密審判。政府未對此案公開發表聲明，台灣的報紙也沒有報導。被告各人如何答辯指控不明，審判時，他們由公設辯護人代表出庭，而不是他們自選的律師。……受羈押者，四人爲台灣省籍，三人爲外省人。……[7]

述孔（單槓）約是5月27日被捕（頁83），丘延亮則是6月6日被捕（頁83-84）。總體而言，整個「讀書會」案子是在5月下旬至6月上旬發生。

6 戒嚴時期在台灣媒體（以報紙為主）上讀到「叛亂案」案情似乎是件「司空見慣」之事；若再以陳映真於1979年10月3日被調查局、警總軍法處約談審訊的「十．三事件」為例，事發兩天後當時的兩大報紙便都有刊登報導，如：《中國時報》的〈陳永善及李慶榮．接受約談後交保〉（1979.10.05，3版）、《聯合報》的〈陳映真與李慶榮．涉嫌叛亂被約談．經偵訊後．獲准交保〉（1979.10.05，3版）；因此，本案由於完全採「黑箱作業」，便愈顯得恐怖神秘了。

7 中文譯文引自：劉大任，〈見光〉，《冬之物語》，台北：INK印刻出版有限公司，2004.12，頁36。關於《紐約時報》當年之所以將案情報導出來，事實上其中有香港作家戴天用心出力之處；戴天也是1968年受邀至愛荷華的作家之一，陳映真被捕時以為可能與自己贈書乙事有關，他說：「記得當時郵寄陳映眞F．法農著作一種，以爲曾使其致罪，乃多次找《紐約時報》駐香港的老特派員，請其雖然當時的島內傳媒從未報導此案，可是案情卻在台北的藝文圈暗地傳開，濃厚的烏雲迅速地籠罩在每個人的心頭，平添了戒嚴時代眾多「白色檔案」的一則「黑色故事」。

按曾因「統中會案」（1969.02）而入獄十五年的「政治犯」呂昱在《獄中日記》裡的說法，一位政治犯不論他的刑期長短，多數人都會經歷四種受難階段：

> 一、偵查期間：由檢察官下令收押，情治單位負責「偵訊」，那是暗無天日，可以把一個人折磨到求生不得、求死不能的最痛苦期。少則兩個月，長可達四個月，更有長達一年以上的特例。二、審判期間：這齣戲由警備總部軍法處負責演出。受難者鎮日關押於看守所四、五坪大的「套房」內。少則半年，長者可幾於三、四年，也有長達七、八年以上者。三、發監服刑期：經過裝模作樣的宣判定案後，即發監執行，有發至勞役工廠服刑者，有押解至綠島或新店的「國防監獄」者。地點不同，命運如一。四、補強教育期：刑期最後兩年，關押各地的政治犯將被轉運至位於台北土城的「台灣省仁愛生產教育實驗所」（簡稱仁教所，門口馬路邊有塊大型路標寫道：「仁愛莊」）。[8]

仗義執言。老友包德輔也諸多協助。其後證明無關此事，才解心中之結。」（戴天，〈回首布拉格〉，香港《信報》，2002.08.16）由此也可見陳映真等人被捕當時，由於案情不明遂引起多方揣測。

8　呂昱，〈自序〉，《獄中日記》，台北：南方叢書出版社，1988年1月，頁7-8。

以筆者先前參閱過的《戰後台灣政治案件：陳中統案史料彙編》乙書的經驗，軍事法庭的〈起訴書〉幾乎可說是完全按照被告於羈押期間被迫簽寫的「筆錄」及「自白書」來組串，即使事後被告在〈答辯書〉中多方抗辯，軍事法庭的法官也幾乎不採用政治犯的意見，反以偵訊筆錄等為主而加以論刑判決；1968年5月下旬，台灣警備總司令部以「涉嫌叛亂」的罪名陸續逮捕陳映眞等多人（前後牽連共計36人），12月18日做出判決，**「判決書」如下圖：**[9]

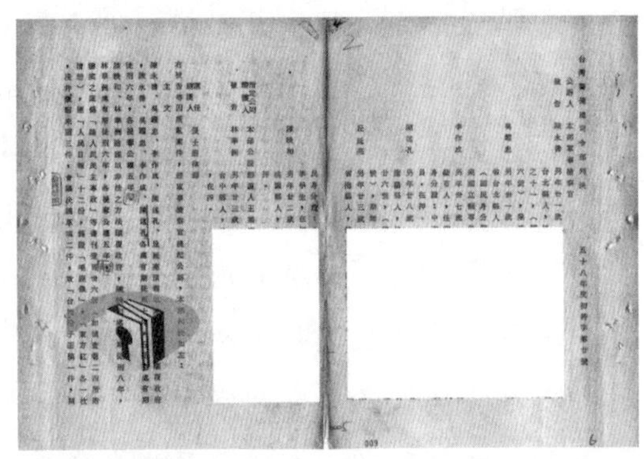

「台灣警備總司令部判決書」首頁

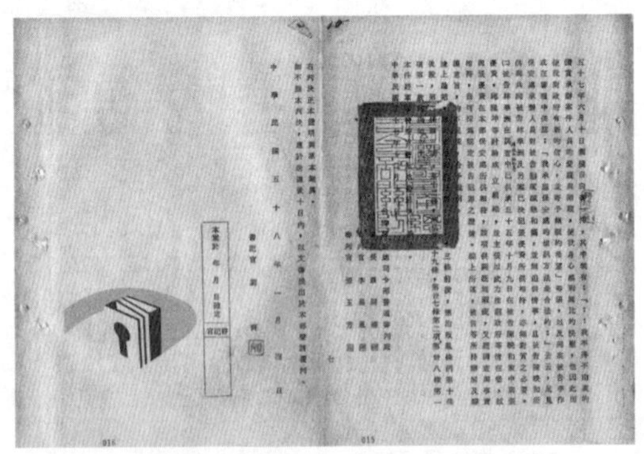

「台灣警備總司令部判決書」末頁

根據「判決書」中的〈事實〉所述，當年案發時警總所羅織的「事實」如下：[10]

> 李作成於民國五十二年八月間，結識某國共黨份子淺井××（以下簡稱淺井），翌年八月，李作成受淺井之邀遷入其台北市羅斯福路寓所同住。陳永善、吳耀忠、陳述孔、丘延亮及蒙韶等均因李作成之關係，先後與淺井相識，並在淺井寓所閱讀共匪書刊，接受淺井關於匪共思想之灌輸與誘惑，因而思想傾匪。五十四年六月淺井離台，行前指示陳永善等繼續學習，應形成組織。同年秋，**蒙韶亦相繼出國去美，**[11] 與淺井取得聯絡，勾結益密，數度致函陳永善等報告在美與匪勾結情形，指示工作原則及行動方針，並寄美金五十元作爲活動費用。淺井復於五十五年五月二十一日來函，指示陳永善等應有隨時均可成爲共產黨員之自信，加強連繫，自我批判，鼓足幹勁，爲

9　有關台灣警備總司令部於1968年12月18日針對陳映真等人組織「讀書會」乙事所做出的「判決書」原件影印本，係按國家檔案管理局有關之規定事項申請取得。

10　台灣警備總司令部於1968年12月18日針對陳映真等人組織「讀書會」乙事做出判決，「判決書」全文共分〈主文〉、〈事實〉及〈理由〉三大部分，以下引文為〈事實〉的全部內容。「判決書」全文請詳見本書的【附錄二】。

11　蒙紹確實於1965年時入學美國約翰．霍普金斯大學，其時作家陳若曦正在該校攻讀文學碩士，據陳若曦所載，當時幾位台灣去的留學生為了「武裝自己的頭腦」並了解中共，便組了一個讀書會，蒙紹的年紀最小，卻帶頭讓大家學習「批評」和「自我批評」，他並要求大夥「每次聚會都要以共產黨人的高標準要求自己」（頁160），而蒙紹自己「儼然以『思想領導』或『革命先鋒』自許，言談間顯得既有權威又神秘兮兮的」（頁158）……，關於更多的其人其事，可進一步參閱：陳若曦，《堅持．無悔——陳若曦七十自述》，台北：九歌出版社有限公司，2011.10，頁158-163。

「解放台灣」努力。該函經秘密傳閱後，同年六月即由陳永善發起召開「自我批判會」，每隔一至二星期，在陳永善、李作成或丘延亮家輪流舉行，爲成立組織鋪路，先後舉行十餘次，同年九月最後一次「自我批判會」中，僉認成立組織之時機成熟，一致通過授權陳永善執筆草擬組織綱領，五十六年元月上旬在丘延亮家集會，將陳永善所擬「預備時期一九六六年九月會議議決草案」提出討論，修訂爲「一九六七年正月十一日第一次預備會議決議草案」，以信仰馬克斯列寧主義，毛澤東思想，反對政府，預備爲解放台灣，統一人民祖國，建設社會主義堅決鬥爭爲最高綱領，並通過組織名稱爲「民主台灣聯盟」，暫設書記一人，負責召集會議，由每人輪流擔任，任期定爲三月，當首推吳耀忠出任斯職，會後陳述孔將集會情形轉知李作成，此後，陳永善、陳述孔即積極羅致不滿現實青年，傳閱反動書刊，灌輸左傾思想，企圖爭取吸收，擴大組織，先後接受陳永善教育者，有王玉江（又名蔡若江）、王小虹、陳金吉、賴恒憲等，接受陳述孔教育者，有張茂男、陳邦助、吉樹甫（按王小虹、陳金吉、張茂男、陳邦助均以叛亂嫌疑案經本部另案裁定，交付感化，賴恒憲已自首，王玉江、吉樹甫另案處理各在案）。陳映和係陳永善胞弟，五十四／五年在台中高農求學期間，由陳永善陸續交閱匪僞「毛澤東選集」、「紅旗」、「如何結合群眾」及日本左傾作家所著經陳永善翻譯之「現代社會之不安」、「矛盾論」、「現代中國」等書，並收聽共匪電台廣播，因之嚮往匪幫，而萌結合青年，從事顛覆活動之意念，適其同學林華洲、張優資、邱隆坤等不滿現實，遂趁機接近影響，並將上述陳永善所交反動書刊轉與閱讀。五十五年十月九日陳映和函邀林華洲、張優資、邱隆坤等至其台中市中台神學院家中集會，商討如何製造勞資糾紛，引起社會紊亂等問題，並決議成立組織，每月集會一次，以研究共產理論，陳映和表示各人應儘可能廣結同道，發展組織，必要時連絡匪幫，林華洲主張使用武力推翻政府，張優資、邱隆坤二人受陳映和、林華洲蠱惑，未予反對（張優資、邱隆坤均經本部另案裁定交付感化）。五十六年秋，吳宗發在中台神學院充當工友，陳映和輒利用休假返家機會與之接觸，鼓勵吳宗發收聽共匪廣播，並將陳永善所抄匪「文化大革命」文件交吳閱讀，企圖爭取（吳宗發亦經本部另案裁定交付感化確定）。五十七年三月，淺井又潛來台灣，陳永善、吳耀忠在台中與之聚會時，由吳耀忠向淺井報告成立組織經過及發展情形，並將其繕正之「民主台灣聯盟」綱領一份，交與淺井攜往國外。旋陳永善準備出國，將陳映和、陳金吉、王玉江、賴恒憲之關係移交吳耀忠繼續教育聯絡，一方面將其板橋家中存有之匪書「論人民民主專政」等二十八冊及「民主台灣聯盟」綱領原稿二件，蒙韶化

> 名「東望」與淺井來函三件，以及手撰致日本「台獨」份子函稿一件，王玉江閱讀匪書「心得報告」一件，帶往台中交陳映和密藏保管。按經本部保安處查覺，先後將陳永善、吳耀忠、李作成、陳述孔、丘延亮、陳映和、林華洲拘訊，除在陳映和家中起獲上述匪書，綱領、函件等外，並在陳永善板橋家中及其友人處搜獲陳永善等所有「毛匪語錄」等匪書壹百零八本，匪「人民日報」十二份，及陳述孔持有之匪僞徽章「毛匪像」，「東方紅」各一枚，移由本部軍事檢察官偵查提起公訴。

在戒嚴時代，軍事法庭審判時雖說完全「依法」行事，卻更像「無法無天」；雖非全屬「子虛烏有」的背離實情，但過程充斥密告文化、加害邏輯，「篡改、逼供、矛盾、扭曲」四部曲一直是由「黑色故事」形構而成的「白色檔案」歷來的最大特色，也因此冤案、假案、錯案層出不窮。情治單位在虛構整套「叛亂案」的檔案故事時，我們可以從「陳映眞讀書會」乙案約略窺知在「國家安全至上」這套雄辯的修辭背後，事實上都有其一定敘事的結構元素，這些元素會因「密報內容」而隨時整編，譬如以本案爲例就含有：組織（如「民主台灣聯盟」、設書記一人）、組織領導人物（如淺井基文）、本次策動主犯（如陳永善）、主要附從者（如吳耀忠、陳述孔、丘延亮及蒙韶）、居中牽線者（如李作成）、策動經費（如美金五十元）、行動綱領（如「一九六七年正月十一日第一次預備會議決議草案」）、中心思想（如信仰馬克斯列寧主義，毛澤東思想）、活動地點（如淺井寓所、主要成員家中）、下屬組織（如陳永善胞弟陳映和派下員）、個人代號化名（如吳耀忠為「門」、陳永善為「景」）、與國外勢力勾結（如美、日共黨分子）……等等（或許還要再加上「密告者」乙項）。尤有甚者，情治人員進而更編造許多幾可亂眞的、非常「具體的」或「生活化的」細節，以此增加檔案故事「眞實性」的強度，然後一再穿插在起訴書或判決文，重複印刻所謂的「眞實」案情。對於警總「杜撰」的案情，被告「坦承不諱」或者「堅不吐實」，判決結果都一樣；換句話說，一位政治犯自被捕後，不管演出劇本多拙劣或細緻，其犯罪內容都由情治單位早已編寫就緒，即便多荒腔走板都只能「裝模作樣」跟著配合演完整套白色檔案裡的黑色劇本！對於這些犯罪內容的「文學」品質，或者筆者應該說是它們的「小說」性質——「作者們」將整齣「叛亂案」構編至一則故事的程度——有時不免也感到萬分驚駭！後來隨著陳映眞等人被判刑定讞後，整個1968年「陳映眞讀書會」事件就逐漸成爲一種固定版本、多重想像的傳聞。

一般指稱本案，大抵以「判決書」中的「民主台灣聯盟」呼之，但爲求避開以統治者的意志所定調的觀點，筆者主張不妨稱之「1968年『陳映眞讀書會』事件」；不過，即使是刻意避免在探究事件時落入了統治者預設的邏輯，但當眾人對案情向來一致發出：「究竟有哪些是嚴刑逼供下的產物？有多少是憑空想像的故事？」時，**筆者則要反問：「判**

決書」究竟透露了幾分實情？[12]以本事件發生的性質而言，由於整個案子在審理期間前前後後都有「外力介入」，國府敢於「判決書」上開宗明義直指日本現役外交官爲「共黨份子」，想必是有所本，反倒淺井基文後來的幾次公開談話，事實上對當年的案情應仍多所「隱」、「諱」[13]，尤其是有關陳映眞與「共產黨」的關係：是「假共產黨」？還是眞「地下黨員」？封給陳映眞「假共產黨」名號的是黃華成，1966年時《劇場》的同仁黃華成在台北中華商場二樓的出租店面舉辦了一場「大台北畫派」超現實主義展覽，同時發表了幾十條的〈大台北畫派宣言〉，其中就有這麼一條：「反對共產黨，並反對假共產黨」，劉大任說：當年黃華成心裡的假共產黨一共有兩個人：「陳映眞和在下」[14]；至於眞「地下黨員」的說法，純粹出於筆者長期觀察之餘的一種「推測」，這項「疑似」說法絕無惡意誣指之意，對當時勇

12 本來「真真假假，虛虛實實」就是這些白色檔案中的黑色故事的一大特色。舉例來說，筆者注意到：「判決書」的最後一部分〈理由〉裡曾提到1967年元月間在丘延亮家修訂通過「一九六七年正月十一日第一次預備會議決議草案」的那一次集會裡，由於「被告李作成因受治安機關注意，而未與會」，所以會後由陳述孔轉知會議情形。結果關於李作成此時已被釘上的情節，筆者在劉大任的回述文中也讀到了案發前劉已透過陳映真的面告，獲悉李作成確實已引起情治單位注意、住處並遭到搜查的惡運……，與「判決書」所述竟然大致上符合（詳情可參閱：劉大任，〈雪恥〉，《冬之物語》，頁20）。尤其「涉案」人之一的丘延亮尚具有「國戚」（其姊為蔣緯國之妻）的身分，情治單位在編造劇情時應會格外「慎重」才是。

13 除了淺井有可能決意「保留」談話內容之外，另一種可能的情況是，恰恰相反，反倒是陳映真對於自己的真實情況對當時的淺井是有所「保留」的。有關淺井基文的談話內容，譬如：陳光興，〈1960年代的陳映真：訪談淺井基文教授〉，《台灣社會研究季刊》84期，2011.09，頁289-307。

14 引自：劉大任，〈情斷老區〉，《冬之物語》，頁148。

於追求烏托邦國度的陳映眞毋寧是一種禮敬，不過眞相到底如何，恐怕又是一個永遠的「謎」。[15]從六〇年代走過來的陳映眞，面對思想及人生的大轉變，一場像「叛亂案」這樣戲劇化的「儀式」、一趟再也不回頭也回不去的「遠行」，於是便變得如此的宿命！

2、「夜行・山路」的跋涉者

1968年前後的陳映眞，某種意義上與中國、美法甚至全球的左翼風潮是同步踩著一樣的節奏；當時也許已是一位掌握了社會主義相當理論的信仰者，也許還只是個感性的「愛國」藝文青年，然而如同中共中央局第一任書記陳獨秀所說：「世界文明發源地有二：一是科學研究室，一是監獄。我們青年要立志出了研究室就入監獄，出了監獄就入研究室，這才是人生最高尚優美的生活。從這兩處發生的文明，才是眞文明，才是有生命有價值的文明。」[16]陳映眞最後終究也避免不了得進入台灣獨特的「研究室」再深造。

15　筆者總以為，陳映真對於日治時期的作家，除了楊逵先生以外，對於呂赫若最是情有獨鍾：同樣是在年僅22歲，呂赫若一出手就寫出深具社會認識力的〈牛車〉（1935）、〈暴風雨的故事〉（1935），陳映真稱其「早慧」、令人刮目相看，但事實上他自己也是在同齡時不遑多讓地在《筆匯》接二連三發表〈麵攤〉及〈我的弟弟康雄〉……；對呂赫若的情有獨鍾，或許其中就有夾帶著陳映真個人有感於兩人「同是」地下黨員的複雜感念吧？！（參閱：陳映真，〈激越的青春——論呂赫若的小說〈牛車〉與〈暴風雨的故事〉〉，收於陳映真等著《呂赫若作品研究》，台北：聯合文學出版社有限公司，1997.11，頁296-313）

16　引自：陳獨秀，〈研究室與監獄〉，收錄於任建樹等編《陳獨秀著作選（第二卷）》，上海：上海人民出版社，1993.04，頁21。

在台東的泰源監獄裡，他直接撞見了五○年代倖免於刑殺的政治犯，也會見了被國府暴力所欲湮滅的「時代」與「歷史」；[17]這些「老紅帽」全成了陳映眞的法利亞長老，這些「時代」與「歷史」都化作政治食糧，一位以特有的方式聽故事、懷抱堅定的中國情懷、自詡爲左派精神領袖的「陳映眞」，終於誕生在政治黑牢中。獄中七年的鬥爭經驗，以及眾多難友的託付，使得帶著使命感「回家」、具備轉述故事的能力的陳映眞，首先便寫出了〈試論陳映眞〉、〈鞭子和提燈〉的自剖文，等於是宣告自己將不會像吳耀忠那樣「一次比一次傾斜，一次比一次無力」[18]地倒下，他要親自捲起袖子，執意構築他未竟的烏托邦，他再也不可能只滿足於「反映個人的問題，他要描畫整個時代」[19]，也唯有如此，陳映眞才能免於崩潰的惡運。

尉天驄曾對陳映眞最早期的小說有過這樣的評論：「全篇中難以拆散的憂鬱情結，頹廢中的無助和無奈，以及窒息中的重重壓迫感，都讓人有著難以承受的虛無，卻又在虛無中讓人感到親切和熟悉。」[20]大約是要到了《文學季刊》創

17 詳情見：〈後街〉，《父親》，頁61-62。

18 論者林麗雲認為：「對於吳耀忠而言，十年的刑期只是有形的時間單位，而受創的心靈已演變成一場沒有期限的無形枷鎖」（〈遠行〉，《INK印刻文學生活誌》第99期，2011.11，頁57），以致於像吳耀忠這樣一位年少時不畏強權追求革命的人，卻在出獄之後，心靈只好「一次比一次傾斜，一次比一次無力」（〈蒙塵的明珠〉，《INK印刻文學生活誌》第99期，2011.11，頁63）地慢慢倒下。

19 引自：姚一葦，〈總序〉，收錄於《陳映真作品集6：思想的貧困》，台北：人間出版社，1988.04，頁15。

20 尉天驄，〈理想主義者的蘋果樹——瑣記陳映真〉，收於氏著《回首我們的時代》，台北：INK印刻出版有限公司，2011.11，頁228。

刊以後，陳映眞那些獨具的「內心掙扎沒有了，語言的直率好像在宣示某種主張」[21]，逐漸地文學的陳映眞才被政治的陳映眞所驅使，無論是〈唐倩的喜劇〉（1967.01）或者〈六月裡的玫瑰花〉（1967.07）裡頭既曖昧游移又明朗嘲諷的雜質，於是相繼成爲絕響！「遠行」歸家的陳映眞，此刻就像離鄉多年、帶著一身完全異於我們生活經驗的水手，不僅其訴說的「傳奇」、就連說故事的人本身都變得比起以往更加「權威」。但奇特的是，相對於許多政治犯寫獄中的回憶錄，「水手」陳映眞幾乎不寫不提七年航程的痛苦往事，而盡情「取鏡」面對苦難以後所感知的「視野」，也因而隨著對時代不斷改變的新思維和新態度，其日漸豐厚的形式技巧、理論架構，日後便在材料上的選擇、情節等的鋪陳一一折射或變形出來。歸納陳映眞之後陸陸續續所發表的創作，我們可以確定的是，此時的他已能完全跨越思想與創作上的落差——巧妙地經由寫實主義小說而緊密結合社會主義的信仰——歷史性地書寫出兩大主題：「跨國企業在第三世界的新殖民」[22]與「冷戰・內戰雙效合一的白色統治」[23]。

---

21 尉天驄，〈理想主義者的蘋果樹——瑣記陳映真〉，頁239。

22 陳映真有關「新殖民主義」作品，除〈賀大哥〉（1978.03）以外，尚有〈夜行貨車〉（1978.03）、〈上班族的一日〉（1978.09）、〈雲〉（1980.08）、〈萬商帝君〉（1982.12）等「華盛頓大樓」系列。

23 陳映真以白色恐怖為題的創作，計有〈鈴璫花〉（1983.04）、〈山路〉（1983.08）、〈趙南棟〉（1987.06），另外尚有報告文學〈當紅星在七古林山區沉落〉（1994.01）、歷史報告劇本〈春祭〉（見：《聯合報》「聯合副刊」，1994.03.14~15）。學者陳建忠說，陳映真歷經入獄這段「記憶覺醒」（包括對年少時期「228」、人犯槍決公告等等的回溯）的過程後，慢慢於八〇年代以後的一系列「白色恐怖」創作中甦醒過來，從而強烈試圖以政治化了的小說記憶／技藝書寫「記憶政治」來抵抗台灣當代歷史政經走向；有關陳映真小說中歷來記憶政

可是，也正因陳映眞自詡爲白色恐怖時代「老紅帽」們左翼精神的承繼者，爲了政治理想，他開始以「政治化」了的小說記憶／技藝不惜「工具化」文學、歷史甚至家族史；誠如業師林瑞明所評：

> 不管贊同或反對陳映眞觀點的文化界，對於滔滔不絕的陳映眞，都充分感受到他的雄辯，這樣的雄辯家，寫下了系列的經濟小說〈上班族的一日〉、〈夜行貨車〉、〈雲〉、〈萬商帝君〉，對於跨國企業的「新殖民主義」表達了強烈的控訴。他對台灣問題的思考也開始較像是社會學家而非小說家，小說只不過是他的一種表現工具。……一系列「新殖民主義」的作品，堆疊出陳映眞化理論爲創作的文學高塔，少有作家能在作品中如此忠實熱烈地擁抱自己的理論，陳映眞做到了，可是他筆下人物的存在感和說服力未免就被削弱了。而〈山路〉、〈鈴璫花〉、〈趙南棟〉等系列以白色恐怖爲背景的小說，同樣出自於他要爲湮滅的歷史證言的用心，雖則其中包含著令人動容的「愛與犧牲」，但他亦不以呈現、反映爲足，背景的牽扯力量之大已經影響到人物的自主性，於是造就了一群獻身理想的聖人聖女群像，反而脫離人間。[24]

治書寫，包括早期是如何被壓抑？「記憶覺醒」後如何召喚記憶？召喚怎樣的記憶？詳情請參閱：陳建忠，〈末日啓示錄：論陳映真小說中的記憶政治〉，《中外文學》第32卷第4期，2003.09，頁113-143。

由於小說急切地淪爲歷史見證、服務第三世界理論的載具，所以即使筆力萬鈞的陳映眞，兩大系列的大部分人物在他宏觀的社會架構中，還是開始「慢慢縮小到成爲巨大背景前的幾個剪影而已」[25]，譬如〈趙南棟〉寫得就像是社會學家的消費社會與資本主義的分析報告書，小說人物所承受的悲劇命運明顯地已是作者強控下的產物，其藝術質地無疑多少受到干擾；爾後「忠孝公園」系列（包含〈歸鄉〉、〈夜霧〉、〈忠孝公園〉）更在情節上以文學「圖解」理念、人物流於「概念化」，愈趨強迫讀者用「頭腦」而不是「心靈」讀小說……。人處在青黃不接的年代，事實上是最有機會也最能窺視歷史的眞面目，然而，「眞理」就眞的在海的那邊嗎？一定出自第三世界問題意識嗎？縱然陳映眞從牯嶺街的禁書讀出了與國府歧異的觀念，可是這不也是另一個統治集團要人民深信擁抱的思維？上演於白色年代的「民主台灣聯盟」乙案終究有刑滿落幕的時候，可是對台灣社會而言，「陳映眞讀書會」事件必須先在新的意義上自我拷問以及解放「民主台灣聯盟」，相互成爲台灣的資產，否則只是再次落入另一個統治集團的意識形態而對台灣造成莫大的傷害。

24　林瑞明，〈目的與手段之別——試論黃春明與陳映真〉，收錄於《歷史學報》第25號，台南：國立成功大學歷史學系，1999.12，頁330。

25　林瑞明，〈目的與手段之別——試論黃春明與陳映真〉，頁325。

第二節　陳映眞的「文革中國」

> 這些年來，大家都把文化大革命批評得體無完膚，這是不公平的。——文革是有它莊嚴的意義的。[26]。
>
> ——陳映真

1、「抵『死』不信」的信仰

在北京的中國現代文學館內曾舉辦過「二十世紀文學大師風采展」（包括魯迅、郭沫若、茅盾、巴金、老舍、曹禺、冰心），而巴金的手稿正是展品之一，其中有這麼一大段話：

> 十年文革浩劫中我給封閉在各種「牛棚」裡幾乎與世隔絕，在那漫長的日子裡，資料成了四舊，人們無情地毀掉它們彷彿打殺過街的老鼠，我也親手燒燬過自己保存多年的書刊信稿，當時我的確把「無知」當作改造的目標。我還記得有一個上午，我在作家協會上海分會的廚房裡勞動，外面的紅衛兵跑進來找「牛鬼」用皮帶抽打，我到處躲藏，給抓住了還要自報罪行，承認「這一生沒有做過一件好事」，傳達室的老

26　陳映真在2006年6月即將離台、前往中國之際，有次和尉天驄、黃春明兩位老朋友見面後，對他們說了上文所引內容（引自：尉天驄，〈理想主義者的蘋果樹——瑣記陳映真〉，《回首我們的時代》，頁218）。

> 朱在掃院子，紅衛兵拉住他問他是什麼人，他驕傲地答道：「我是勞動人民！」我多麼羨慕他。也有過一個時候，我眞的相信只有幾個「樣板戲」才是文藝，其餘全是廢品，我徹底否定了自己，我喪失了是非觀念，我沒有過去，也沒有將來。只是唯唯諾諾不動腦筋地活下去，低著頭，躲著人，最怕聽見人提到我的名字，講起我寫過的小說……

當絕大部分曾經親身經歷過中國文化大革命（按：以下皆簡稱為「文革」，1966~1975）的人都像巴金一樣，將文革說成「十年浩劫」、並且認爲發動政治整風的毛澤東要負最大的責任時，於1968年「懷著文革的激動被捕，接受拷訊、走進了黑牢」[27]、自認在台灣「體驗」文革的陳映眞，卻獨排眾議地告訴大家「全盤否定文革失於輕薄」[28]、認爲文革事實上只能算是民族舵手毛澤東在帶領初期社會主義中國奔向最終的共產富強時所必然做出的選擇與陣痛……，他長期以來一向只肯輕描淡寫地用走了「彎路」[29]或造成驚人的「退行」[30]來形容文革的功過，像上述巴金所寫的感慨，在陳映眞眼裡終究都只能算是一九七九年之後中國知識界普遍失去左眼、失去人民視野的「右旋」現象而已。這就是陳映眞向

27　引自：陳映真，〈我在台灣所體驗的文革〉，《亞洲週刊》，1996.05.26，頁50。
28　引自：陳映真，〈我在台灣所體驗的文革〉，頁51。
29　引自：陳映真，〈我在台灣所體驗的文革〉，頁50。
30　引自：陳映真，〈習以為常的荒謬〉，《自立晚報》「社會論壇」，1987.09.09，第3版。

來給人有關文革論述的普遍印象。

然而事實上，當文革結束後的七〇年代後半期，由於大量殘害、壓迫的內幕陸陸續續被大量揭露，對於以社會主義中國爲思考出口的左派知識分子而言，在衝擊幻滅之餘，包括陳映眞在內無疑地都曾一度面臨空前的困境和挑戰。中國學者賀照田就曾以〈當信仰遭遇危機……〉[31]長文特別針對陳映眞當年如何面對文革所發生的異化問題及其理想對象崩潰之後所採取的調適進行討論，然而由於賀照田：（1）對於大量所引用的陳映眞〈答友人問〉[32]（1979）乙文的事件背景之嚴重輕忽；（2）事先對於陳映眞在許多行文中大量慣有的陳義過高現象（當然也可視為他的言論高度）並未同時結合其實際營爲來加以核實而一再地片面徵引；（3）對於

31 請參閱：賀照田，〈當信仰遭遇危機……──陳映真20世紀80年代的思想涌流析論（一）〉（《開放時代》221期，2010.11，頁64-79）及〈當信仰遭遇危機……──陳映真20世紀80年代的思想涌流析論（二）〉（《開放時代》222期，2010.12，頁69-88）。

32 1979年10月3日陳映真第二次被情治人員自家中帶走，這次約經36小時審訊後才獲准交保候傳，一般稱「十．三事件」。事件後，當時的《美麗島》雜誌迅速刊登了陳映真親自執筆的〈關於「十．三事件」〉乙文（1卷3期，1979.10），卻從略了陳映真記敘思想曲折、告白目前政治見解的那一大段文字；因此事後陳映真再假借與友人一問一答的形式，將被從略以及尚待補充的內容一一在〈答友人問〉（《中華雜誌》197期，1979.12）道出。綜觀以上二文的發言，多處刻意觸及敏感的政治議題，但看得出陳映真都很小心地拿捏在國府所允許的民族主義言論範圍內，甚至他還大力批判了情治人員看了會很滿意的文革及「四人幫」現象，筆者推測陳映真前後書寫二文的動機很有可能就是要藉此杜絕外界衆說紛紜的耳語，再則打算以此二文向檢調答辯自己既非匪諜、亦無叛亂的意圖（閱讀者必需考量陳映真當時尚處隨時候傳的險境）。筆者之所以認為賀照田大量引用〈答友人問〉內容做為所謂「後退」－「重構」論證的依據頗為不當的理由，除了其不考慮上述出刊背景外，筆者尚要指出：對於陳映真在文章裡頭從頭至尾就是不提發動文革的核心人物「毛澤東」三個字的這個重要現象，賀照田顯然嚴重疏忽了箇中所傳達的「訊息」。

陳映眞自一九九〇年開始熱切往來兩岸以後所採取的那種令人無法與之進行理性反駁的「新」觀點、「新」立場，賀照田都予以切割而未加一體觀照（當然也可視為技術性閃躲），以致賀文最後歸結所謂陳映眞自激越的文革式社會主義、自中共政權以及毛澤東崇拜等全面「**後退**」[33]、繼而轉將理想「**重構**」[34]到認同更高層次的、以第三世界人道主義爲視野的中華民族及中國人立場的整個析論過程中，筆者認爲多少已是作者昧於預設的善意而通篇流於爲詮釋而詮釋。事實上，筆者反倒認爲以〈山路〉（1983）裡蔡千惠的「抵『死』不信」的結局來看，陳映眞在文革後不出幾年便改弦易轍以這種無可辯駁、更加堅信的信仰態度給了所有等著看他受窘幻滅的人最好的回應了；因此，後文革時期的陳映眞固然信仰一度遭遇危機，但既沒有像他對漁父所指責的「鬼影子知識分子」那般「轉向」或「右旋」，[35]也絕不曾如賀文所歸結的有過實質意義的「後退」與「重構」，反而是迅速地回頭尋求更多的證據、理論或修辭來再詮釋和再鞏固原初的烏托邦，這才眞正是上個世紀八〇年代迄今的陳映眞本色。

33　詳文見：賀照田，〈當信仰遭遇危機……——陳映真20世紀80年代的思想涌流析論（一）〉，頁70-77。

34　詳文見：賀照田，〈當信仰遭遇危機……——陳映真20世紀80年代的思想涌流析論（一）〉，頁70-77。

35　請參閱：陳映真，〈「鬼影子知識分子」和「轉向症候群」——評漁父的發展理論〉，《中國時報》「人間副刊」，1984.04.08~13，8版。此文是陳映真對先前漁父（即殷惠敏）的〈憤怒的雲——剖析陳映真的小說〉（《中國時報》「人間副刊」，1984.01.21~23，8版）所回應的一篇駁論。

陳映眞在精神上「抵『死』不信」社會主義會有缺失、中共政權會崩壞或是毛澤東在文革上犯了重大錯誤的現象，除了最早在〈答友人問〉中以「絕口不提毛澤東」做爲一種訊息暗示、後來又安排〈山路〉裡的蔡千惠以死來表露心跡之外，其中更具代表性的動作，要算1993年舉辦系列紀念毛澤東的活動最鮮明也最露骨。這年的12月18日，以陳映眞爲首的人間出版社、夏潮聯誼會以及台灣地區政治受難人互助會三個團體，聯手以「千秋功過，誰與評說」爲題，在耕莘文教院舉辦「毛澤東百年誕辰紀念演講會」，提早爲即將到來的毛澤東百年冥誕（26日）暖場，這應該是台灣社會解嚴後第一次公開帶著「理解」與「尊崇」的立場紀念毛澤東的活動（現場還大量展覽有關毛澤東肖像、紀念章、郵票、錄音帶、書冊等）[36]；隔年陳映眞及其他人又續有舉辦「尋找青年毛澤東」之類的活動。持平而論，毛澤東及中共建政當然都是世界政治史及中國近當代史中不可能略過的人物與歷史，這是不爭的事實，可是在戰後海峽兩岸的社會曾有那麼一大段日子，「毛澤東」不是神就是魔、社會主義中國不是天堂就

36 請參閱：〈台灣出現紀念毛澤東團體〉，《聯合報》，1993.12.19，10版。作家東方白曾對此批評說：「一九八九年中國大陸發生『六四天安門大屠殺』後，有一天我在愛城中華會館閱覽室的一本中共發行的政治宣傳雜誌上，偶然看到幾幀陳映眞代表設在台北的『中國統一聯盟』到中國訪問、與北京的國家元首握手言歡的黑白照片；然後又於一九九三年在航空版的《中央日報》上，不意讀到一則陳映眞在台北主持『毛澤東百歲誕辰』慶祝大會的報邊消息……由陳映眞苦撐三載的《人間》雜誌，可見他是肯爲理想奉獻的熱誠社會主義者，值得我們敬佩；可是他無視中國百姓所受的暴虐與殘害，以及一廂對中共權勢擁抱的浪漫與激情，卻又令人感到驚心、寒心、傷心與痛心！」（見：東方白，《真與美（五）》，前衛出版社，2001.04，頁183-184）

是地獄，除了絕對的醜化便是絕對的崇拜，要評價毛及中共的作爲，其實最公允的方式就是回到歷史。

2、知識分子的鴉片

對陳映眞而言，自牯嶺街的時代開始，毛澤東便慢慢成爲他心中供奉的神祇之一；一九九七年之後，他終於一償宿願，以一種朝聖的心情參訪「毛澤東文學院」[37]。然而，究竟長期以來陳映眞是如何理解毛澤東（或者文革以及中國近現代史）？據陳映眞說：

> 三〇年代中國社會性質理論的探索和開發，結晶爲中國社會半殖民地、半封建論這樣一個結論。從這個結論出發，一九三九年，毛澤東的《中國革命和中國共產黨》有系統地分析了中國社會發展階段，規定了中國社會「殖民地．半殖民地．半封建」性質，從而提出了相應的中國改造論：即中國革命是「新民主主義」性質的革命這樣一個重要結論。[38]

37　據中國湖南省作家協會的官網「芙蓉國」所載：「毛澤東文學院座落於湘江之濱，岳麓山之北，1995年初動工興建，歷時3年，於1997年12月26日落成。1995年3月21日，時任中共中央總書記江澤民聽取籌建情況匯報，欣然爲學院題寫院名。毛澤東文學院占地面積3萬平方米，總建築面積2.3萬平方米。整體建築風格體現了江南園林和湖南民居的特色，爲古城長沙標誌性建築。」網頁上除刊載陳映真及夫人參訪毛澤東文學院時的留影外，還記載：「台灣著名作家陳映眞先生慕名專程來毛澤東文學院參觀訪問，並題詞留念。」（引自：http://www.frguo.com/hnzx10.asp）但除了未明確標示參訪時間外，亦未刊載陳映真的題詞內容。

38　引自：陳映真，〈時代呼喚著新的社會科學：一九九七年四月二十二日演講於中然後，毛澤東便是「以中國『殖民地・半殖民地・半封建』社會論爲基礎的中國新民主主義革命論，指導了一場推翻百年來帝國主義和買辦資本主義的壓迫、消滅數千年殘酷的封建統治的偉大革命，並取得了勝利。」[39]這不僅是中國社會科學，也是中國人民、毛澤東的鉅大成就與貢獻；陳映眞更進一步認爲由毛澤東所領導的「1949年中國的革命，對於絕大多數的第三世界不發展國家，是一個仍必須付出艱難而巨大的努力猶難於取得的成績。帝國主義的支配被徹底驅逐。和帝國主義内外勾結荼毒民族發展的國内反動勢力被摧毀。半殖民地、半封建的社會經過了根本性的構造變革。中國成了她自己的主人。」[40]並且若從中共的長期政績來評價，它自「一九五八年，『社會主義建設總路線』論提出，一直發展到著名一九六六年的『無產階級文化大革命』，莫不表現出一個長期深受帝國主義和封建主義的荼毒而瀕於危亡的民族，要堅決和舊社會、舊的壓迫機制斷絕，強烈要求自力更生，要求快速工業化和發展，以熱火朝天的意氣，早些建設好社會主義，從根本處改變祖國貧困落後的面貌的這麼一個悲壯、淒絕的思想和實踐。」[41]而整個建國工程的精神領袖毛澤東，更是一直銳意要帶著中國走出一條自己的道路，

國社會科學院〉，《海峽評論》第80期，1997.08，頁58。

39 引自：陳映真，〈時代呼喚著新的社會科學：一九九七年四月二十二日演講於中國社會科學院〉，頁58。

40 引自：陳映真，〈尋找一個失去的視野——讀何新「世界經濟形勢與中國經濟問題」〉，《海峽評論》第2期，1991.02，頁49。

41 陳映真，〈時代呼喚著新的社會科學：一九九七年四月二十二日演講於中國社會科學院〉，頁59。

2004年陳映眞擔任香港浸會大學駐校作家，接受訪問時就指出：

> 當年毛澤東所走的社會主義道路雖然源於西方，但是他沒有緊跟著社會主義的蘇聯走，他強調要有中國特質、中國氣派的社會主義，以及中國化的馬克思主義。他無數次在黨內興起批判運動，整頓黨風和文風等等作爲，都一再顯示出中共是很自覺地要摸索中國自己的社會主義道路，而不是一味地跟風，做一個徹頭徹尾的教條主義者、應聲蟲。[42]

對陳映眞而言，毛澤東領導中國共產黨透過一場共產革命及數十載共黨專政，最後終於徹底「打倒了帝國主義、打倒了封建主義，消滅了官僚資本主義」[43]三座山頭、毛澤東在結合階級分析與各民族解放問題於一爐的情形下長期對亞非窮國百般鼓舞[44]並且領導「第三世界」[45]對抗美蘇霸權的宰制

42　陳映真口述、林幸謙訪談，〈中國終須選擇自己的道路——專訪作家陳映真先生〉，香港《文學世紀》第4卷第4期，2004.04，頁17。

43　陳映真，〈中國知識界失去了人民的視野〉，《明報月刊》，1999.10，頁36。

44　陳映真，〈老是缺席總不是辦法〉，《人間》第47期，1989.09，頁19；陳映真，〈尋找一個失去的視野——讀何新「世界經濟形勢與中國經濟問題」〉，頁49。

45　陳映真對毛澤東的崇拜，從他敬佩毛的「三個世界論」即可看出端倪。他認為西方的「第三世界」概念劃分充斥著意識形態，但毛澤東卻能站到最高的視野，將階級分析法與各民族解放問題相結合，將之扭轉成「以美蘇超強爲『第一世界』，工業發達的各國爲『第二世界』，其餘國家爲『第三世界』」（頁18-19），而難能可貴的是，「對毛澤東而言，『第三世界』不是貧窮、落後、弱小、疾病、戰爭的同義詞。毛澤東是把『第三世界』擺在共同反對美蘇宰制的霸權之有生力量這個戰略角度來思維的。」（頁19）而這種獨到的戰略思維才真正體現出一種極致的人道主義精神的表現。以上分別引自：陳映真，〈對我而言的

……，這所有一切的民族功績與極致的人道精神，是任誰都無法改變和抹殺毛澤東與紅色中國在他心頭的地位！

陳映眞總認爲：「在香港和台灣的中國人，尤其喜歡恣意批評他們所不知道的一九七九年前的中國，他們對中國革命起於屈辱，起於對獨立自強、自救於危亡的思想一無所知，並且在『富裕』中嘲笑民族解放的執著。」[46]某種程度上，亦即他不但不認爲文革對中共及毛澤東全然都是壓抑性議題，它也可以是朝正面思考的創造性論述，這就是爲什麼陳映眞2006年離台前夕會迫不及待對尉天驄、黃春明兩位老友說：「這些年來，大家都把文化大革命批評得體無完膚，這是不公平的。——文革是有它莊嚴的意義的」[47]的認知背景。陳映眞之所以形成這項認知背景，我們倒是可以從他過往的三層發言脈絡來理解：

最裡層，如同前文已敘，陳映眞一向要我們跳脫個人侷限，從「『繼續革命』論和『調整、發展』論之間的爭論，從蘇共對中共的理論上和物質上的壓迫，從韓戰以降美國對中國至今未弛的圍堵」[48]、從中國的大歷史去理解……，那麼中共和毛澤東從反右、大躍進一直到文革，一切都成爲「難於避免」[49]的必然選擇。

「第三世界」〉，《讀書》，2005.10，頁18-19。

46 陳映真，〈中國知識界失去了人民的視野〉，頁38。

47 尉天驄，〈理想主義者的蘋果樹——瑣記陳映真〉，《回首我們的時代》，頁218。

48 陳映真，〈中國知識界失去了人民的視野〉，頁37。另外，類似看法亦見：陳映真，〈我在台灣所體驗的文革〉，頁50。

49 陳映真，〈時代呼喚著新的社會科學：一九九七年四月二十二日演講於中國社會中間層，陳映眞曾說過，戰後台灣社會是一大片冷戰與內戰交織的荒原，由於七〇年代初期的「保釣運動」啓蒙了新思維、打開了新視野，奇蹟般引發社會一連串改革風潮，據他的觀察：「沒有保釣左派，就沒有這一段『脫冷戰』的思想運動，而沒有中國大陸的文革，就沒有保釣左翼——也就沒有七十年代的現代詩批判，沒有學術中國化運動，更沒有著名的鄉土文學運動。」[50]換句話說，陳映眞將台灣七〇年代各種改革運動和思潮其思想淵源都直接聯結到文革。

最外層，早在台灣解嚴前夕，陳映眞就強調看待文革必須以全球性觀點來正視其「全球性的影響」[51]。他說，無論是在東京大學的校園抗爭、在巴黎街頭的五月學潮，或是美國反越戰反歧視等風起雲湧的運動上，他都「看到文革的火炬在全世界引發了激動的回應」[52]。

由裡到外，三層具備縱深度的認知脈絡致使陳映眞一貫堅持「全盤否定文革失於輕薄」[53]的立場，也總是以繁複的統計數據一再反證一般論者面對毛澤東和文革時容易犯了「以道德分析取代階級分析」[54]的謬誤，他甚至深信中共在自己所發動的一連串無產階級專政運動中所造成的人民反

科學院〉，頁59。

50　陳映真，〈我在台灣所體驗的文革〉，頁51。

51　陳映真，〈關於台灣文學的一島論——讀松永正義「八〇年代的台灣文學」書後〉，《中國時報》「人間副刊」，1987.03.07，第8版。

52　陳映真，〈我在台灣所體驗的文革〉，頁50。

53　陳映真，〈我在台灣所體驗的文革〉，頁51。

54　陳映真，〈中國知識界失去了人民的視野〉，頁37。另外，亦可參閱：陳映真，〈尋找一個失去的視野：讀何新「世界經濟形勢與中國經濟問題」〉，頁45。

感、冷漠和不信任的現象，其實最後「最大的受害者，正是它自己」[55]。

面對毛澤東和文革時是否能跳脫個人侷限，或者會不會淪於用資產階級的道德分析取代階級分析……一直是陳映眞拿來評斷知識分子的「位置」的重要依據之一；[56]素與陳映眞在「劇場」、「文季」時期有著「革命情誼」的劉大任，最早在1978年時即試著要以親身經驗告訴陳映眞「中國偉大的社會主義實驗，究竟出了什麼問題」，他說：「一九七五年，得知映眞因蔣介石逝世大赦而提前出獄的消息，我在海外輾轉反側，往往神牽夢縈，不能成眠。後藉小說〈長廊三號〉隔海傳遞訊息，得到的回應是：『太灰色了』。」[57]不

55 陳映真，〈中國知識界失去了人民的視野〉，頁37。

56 陳若曦曾表示過：「映眞對於拙作《尹縣長》一系列反映大陸『文革』倒行逆施的故事，從不置評。多年來和他交談中，全聽不到一句批評毛澤東的言語。」（見：陳若曦，〈堅定不移的民族主義信心〉，《文訊》，2009.09，頁61）但是，陳映真面對同樣寫有關文革、毛澤東等黑暗壓迫的作品、同樣「無法」跳脫個人侷限、「總是」以資產階級的道德分析取代階級分析的高行健，陳映真卻選擇立即以許多冠冕堂皇的民族理論來批判高行健的文學主張（陳映真說那只是前人現代主義的「老辭」、「既輕且薄」）以及作家反民族的「逃亡」姿態（陳映真卻不等量反省中共是如何迫害作家以致作家得「逃亡」），最後還調侃世人對高行健作品（如《告別革命》、《沒有主義》、《靈山》等）的過高評價現象有如烹煮狗肉般——只專靠廚師的手藝和香料——無關香肉本身香不香，甚且還暗諷得獎的高行健此後要變得像魯迅說的那樣不知「天高地厚」了（更多詳文見：陳映真，〈天高地厚——讀高行健先生受獎演說辭的隨想〉，《聯合報》「聯合副刊」，2001.01.12~13，第37版）。一般讀者可能會好奇：為何陳映真同樣在面對陳若曦、高行健這兩位「階級敵人」時，態度卻有如天壤之別？究其原委，事實上全「因為是祖國的緣故」——陳映真斷定頒獎單位的授獎背後帶有反華目的、高行健的演說辭與西方反華傳統共謀——基於這個更大甚且是最高的民族主義情結，這才是背後真正作祟的理由。

57 引自：劉大任，〈斯人獨憔悴〉，收錄於劉著《晚晴》，台北：INK印刻出版有限公司，2007.03，頁100。關於小說〈長廊三號——1974〉，劉大任曾補充說：「『長廊』一詞與『蟑螂』本不同音，但因爲海外當時流行的英語拼音法都是『Chang Lang』，就利用這一巧合發展了故事。故事是從映眞的小說〈我的弟弟

過，這位曾假借他人之口說：「了解了文革眞相的人還不懷疑、批評、說話，算人嗎？」[58]、急著想勸陳映眞離開政治、善用文學天賦的「保釣」大將劉大任仍不死心，後來趁陳映眞1983年應愛荷華國際寫作工作坊之邀首度出國時，乃費心在紐約安排了陳映眞與幕後設計鄧小平「改革開放」理論的楊小凱[59]見面詳談，他想藉楊小凱之口說服陳映眞認清文革事實、放棄政治空想、回到根本人性來，但沒想到這回「海峽兩岸分別坐過不同性質政治牢的兩位良心囚犯見面了。按理應該彼此開懷暢談，結果卻非常尷尬。楊小凱的話，映眞聽不進去，映眞基本上拒絕講話」[60]，與〈山路〉裡的蔡千惠一樣「抵『死』不信」。事後，陳映眞曾私下寫信給劉大任，表示：「看到你因對於中國革命幻滅而來的對

康雄〉結尾處接過來的，我心想，即使我用筆名以避免檢查，他一看就不難明白。爲了確實傳達信息，發表時加了一個副題『獻給一別十年的然而君』。『然而』是《筆匯》發表〈康雄〉時他用的筆名……映眞確實看到了，託人送來一張與新婚妻子的照片，並附了一句話：你太灰色了。」（見：劉大任，〈《浮沉》後記〉，收錄於劉著《浮沉》，台北：聯合文學出版社有限公司，2009.08，頁273-274）

58　引自：劉大任，〈中原心態文化系統分佈圖〉，收錄於劉著《神話的破滅》，台北：洪範書店有限公司，1992.09，頁165。此文原以「金延湘」筆名、以〈中原心態與文化鄉愁〉為題發表在《中國時報》「人間副刊」（1986.02.18，第8版）。

59　據劉大任所述：「楊小凱這個名字，台灣可能沒幾個人知道，大陸知道的人也不多，但我通過相關的渠道瞭解，二十多年前，如今名滿天下擁有『改革開放總設計師』尊崇稱號的鄧小平，有一句名言，叫做：『摸著石頭過河』。可是，實踐起來，究竟怎麼摸？怎麼過？誰都沒有經驗，誰也沒有把握。所謂改革開放，說穿了，就是在證明行不通的社會主義總店招牌底下，開個分店，悄悄推行資本主義。楊小凱就是這個分店的幕後理論家之一。楊小凱是近四十年動盪中國最傳奇的人物，他是美國普林斯頓大學培養的計量經濟學博士，他坐過二十多年政治牢……」（見：劉大任，〈無邊落木蕭蕭下〉，收錄於劉著《憂樂》，台北：INK印刻文學生活雜誌出版有限公司，2008.11，頁210）

60　引自：劉大任，〈無邊落木蕭蕭下〉，頁212-213。

人和他的夢想的全盤的否定，使朋友心痛。」[61]隔年，與劉大任、郭松棻同在聯合國服務的漁父（即殷惠敏），針對小說集《雲》以及〈鈴璫花〉、〈山路〉寫了一篇剖析陳映眞小說的長文〈憤怒的雲——剖析陳映眞的小說〉[62]，結果引來陳映眞以措辭強硬的〈「鬼影子知識分子」和「轉向症候群」——評漁父的發展理論〉[63]回敬漁父，兩人的爭論全聚焦在「發展理論」與「依賴理論」、第三世界與發達資本主義國家之優缺。陳映眞一開始便說，漁父「迫不及待地把小說集《雲》中的幾篇小說，判定是『顯而易見』地爲所謂『依賴理論』張目的小說」[64]，不過他反倒覺得「漁父的大文，談文學，其實是假的，其實只是個幌子；談有關第三世界發展理論，才是眞的。」[65]而且漁父張目的「發展理論」，說來說去只能是「爲新殖民主義辯飾，打擊和密告『民族主義者』、宣傳『先進資本主義』『世界體系』之光榮繁華、之不可抵抗論，以爲國際資本在地主國內預備良

61 那時陳映真還在愛荷華大學訪問作客，信是1983年11月8日發出。信的內容轉引自：劉大任，〈斯人獨憔悴〉，頁102。

62 見：漁父（即殷惠敏），〈憤怒的雲——剖析陳映真的小說〉，《中國時報》「人間副刊」，1984.01.21~23，8版。另外，據漁父後來所說，文學並非他的專業，他之所以會寫此文是因為有一回「向同車上下班的同事劉君（按：即劉大任）借點小說來解悶，其中正好有一本是陳先生的大著《雲》，我那篇讀後感也就是這麼來的。」（引自：漁父，〈為陳映真說幾句話〉，《九十年代月刊》第246期，1990.07，頁105）

63 見：陳映真，〈「鬼影子知識分子」和「轉向症候群」——評漁父的發展理論（一）~（六）〉，《中國時報》「人間副刊」，1984.04.08~13，8版。

64 陳映真，〈「鬼影子知識分子」和「轉向症候群」——評漁父的發展理論（一）〉，1984.04.08。

65 陳映真，〈「鬼影子知識分子」和「轉向症候群」——評漁父的發展理論（一）〉，1984.04.08。

好的意識型態氣候，只是依賴理論中所說的這些『買辦階級』／『買辦知識分子』／『精英布爾喬亞』以及法蘭茲．范農所謂的『鬼影子知識分子』的一部分屬性和日常工作罷了」[66]；最後，陳映眞更使用「轉向症候群」意有所指作結，指出在「六〇年代末七〇年代初，有一些北美留學生，在保釣愛國運動中向左迴旋，不一年，又向著『統運』飛躍，四人幫時代，他們目睹了中共政治的黑暗，這些人經歷了幻滅的痛苦，思想轉變，開始以另一套完全不同的價值，即資本主義和新殖民主義的價值，批評和嘲諷中共。」[67]而譬如其中「一度狂信過『革命神話』（按：指第三世界普遍反帝、革命的、左翼知識分子所信仰的）的漁父，在理論貧困的原點上，迅速地向著『成長的神話』（按：指歐美發展理論和現代化理論者所信仰的）狂熱地轉向」[68]、大力地右旋，就是典型的代表人物。這一回，陳映眞公開嚴斥漁父的墮落、犬儒、虛無……，即使不是等同責備劉大任，但著實也夠讓一再向陳映眞質疑「社會主義下人民本該當家作主」[69]的劉大任痛在心裡了。

66 陳映真，〈「鬼影子知識分子」和「轉向症候群」── 評漁父的發展理論（六）〉，1984.04.13。

67 陳映真，〈「鬼影子知識分子」和「轉向症候群」── 評漁父的發展理論（六）〉，1984.04.13。

68 陳映真，〈「鬼影子知識分子」和「轉向症候群」── 評漁父的發展理論（六）〉，1984.04.13。

69 這句話在劉大任的原文裡本是如此：「到了六、七〇年代……社會主義制度下本應當家作主的人民，『革命理想』變成了『弄虛作假』，未來的『天堂』變成了無限推遲的『謊言』。」（見：劉大任，〈生死皆為君── 讀季季《行走的樹》〉，《憂樂》，台北：INK印刻文學生活雜誌出版有限公司，2008.11，頁142）筆者在不失原意下改寫成「社會主義下人民本該當家作主」。

3、變調的「國際歌」

陳映眞（包括人間出版社許多出版品）過去勇於挖掘在國府「白色恐怖」下遭受迫害的台灣菁英，也寫過無數嚴厲批判「白色恐怖」的評論，但卻鮮少願意觸及有關中共「紅色恐怖」下龐大駭人的史實（包括中共迫害西藏、新疆的血腥鎮壓），因此一向爲人所詬病[70]——就以最講究群眾運動、如今卻最缺乏群眾的文革而言，連曾經志願投入社會主義「祖國」建設、親身經歷文革的陳若曦都說：發動文革起因於毛澤東「志在奪權」[71]、文革時「人命和財產損失之鉅，『罄竹難書』四字都難以概括」[72]……，難道這些世人皆知的「浩劫」，一向標榜人道精神的陳映眞反倒毫無所悉、無動於衷？當年中國人民選擇社會主義和共產黨，經過這麼多政治運動的「實驗」和「洗禮」之後，雖不能簡單否定、而且陳映眞也有權利從不同角度、不同階級解讀文革，但文革其政治惡鬥、死傷無數的「同一性」，誰也無法偏離，即使是

70 1994年3月14日、15日兩天，陳映真相繼在《聯合報》「聯合副刊」刊載有關中共地下黨成員在台遇難的歷史報告劇〈春祭〉後，4月5日有位署名「陳葦」的讀者以〈「紅色」更加「恐怖」——陳映真先生「春祭」讀後〉乙文回應說：「大多數左派人士的特點，是對『白色恐怖』口誅筆伐，而對更殘酷的『紅色恐怖』熟視無睹。他們指控白色帝國主義的劣跡鉅細靡遺，而對赤色帝國主義的罪行則充耳不聞。這種強烈的政治偏見，在共黨暴政已大白於世的今天，仍未見有何改變。」短短幾句，卻也道出了陳映真等人部分的盲點和偏執。

71 引自：陳若曦，《堅持．無悔——陳若曦七十自述》，台北：九歌出版社有限公司，2011.10，頁180。

72 引自：陳若曦，《堅持．無悔——陳若曦七十自述》，頁187。除此，陳若曦還認為文革在實際上所造成的更可怕、真正的大災難，應是那種「點點滴滴、累積起來的」（頁190）、無所不在的全國恐懼氛圍。

陳映眞也不能例外！可是，面對所有的質疑或譴責，陳映眞通常會乞靈於兩大論證加以「閃躲」：

第一種是，強力抗議「從欺壓過中國的西方列強標準來度量眼前的中國，顯然不公平！」[73]——對於眾人指控他對中共犯有「失落視野」時，陳映眞慣於從中國百多年來所受的帝國主義欺凌，以及毛澤東迫於追求國家完全獨立、民族徹底解放的焦慮，來替中共政權的高壓暴虐加以辯護，他總是能夠高度假想著中共領導人那些毀譽參半的施爲等於是爲中華民族承擔國族苦難、歷史共業而有所理解。正如學者呂正惠以爲的，西方發達資本主義國家總愛批評中共在處理新疆、西藏問題時打壓民主自由、違反人權等，但問題是「這些邏輯原本就是西方（特別是美國）『妖魔化』中國的策略之一，我們當然沒有『責任』依此行事，以順別人的心意」[74]；不僅不應該順著西方反華、謀華的邏輯，陳映眞更認爲從西方帝國主義的資產階級道德標準來論斷曾欺侮過的中國的「家事務」，不但不公平也不道德。

第二種是，極力倡議「全盤否定文革失於輕薄」[75]——陳映眞認爲「文革是有它莊嚴的意義」的三層認知脈絡已在前文敘及，其中像那種「沒有文革，就沒有○○○」的邏輯，在他當面問文革時期當紅的作家浩然：「沒有共產黨，

73　陳映真，〈文明和野蠻的辯證——龍應台女士〈請用文明來說服我〉的商榷〉，《聯合報》「聯合副刊」，2006.02.19，E7版。

74　呂正惠，〈台灣「少年仔」如何罵陳映真——游勝冠兩篇文章的剖析〉，《左翼》第26期，2002.08，頁28。

75　陳映真，〈我在台灣所體驗的文革〉，頁51。

你能成為這樣出色的作家嗎？」[76]這句話時，那種非常單向度的「目的&手段」推導，顯然佔據了陳映眞大部分的認知結構。雖然陳映眞偶爾也會說說文革是條「彎路」、是種「退行」，但他絕不會忘記要馬上補充說：「國外進步學界中，對文革時代關於社會主義社會中存在階級和階級鬥爭的理論，對於中國文革時期獨特的醫療和教育的思想與實踐；對於運動中廣泛農民在政治和生產中實行的民眾的民主主義；對於黨和國家可能滋生的腐化、變質、官僚主義的自覺的批評和鬥爭仍保留肯定的評價。」[77]也就是說，中共為了取得革命成果更進一步的「純化」、「淨化」，文革不僅是「難以避免」的必然選擇的手段，同時也是為取得最終偉大目的所必須付出的代價！或許是因為這樣的緣故，陳映眞這位既稱「台灣的良心」又是「中國的良心」[78]的人道主義者，即使1998年在台灣才公開聲稱不齒於作品與周金波等皇民作家同列之餘，也就無所謂於2001年時與當年的文革幹將譚力夫坐船同遊三峽了。[79]有時不禁令人納悶：陳映眞的

76 轉引自：尉天驄，〈見到浩然〉，《聯合報》「聯合副刊」，2008.03.17，E3版。

77 陳映真，〈時代呼喚著新的社會科學：一九九七年四月二十二日演講於中國社會科學院〉，頁59。

78 學者呂正惠認為陳映真也做過合乎「中國的良心」的事，但到底是什麼樣的性質或內容？他又隨即表示：「沒有必要公開出來。」參閱自：呂正惠，〈台灣「少年仔」如何罵陳映真——游勝冠兩篇文章的剖析〉，頁27。

79 據香港2001年8月號的《開放》雜誌的報導說：「最近台灣著名作家陳映眞赴大陸參加『情繫三峽——兩岸文化聯誼會』，與中國文革中鼓吹血統論的太子黨紅衛兵幹將譚力夫坐船同遊三峽，歡聚一堂。」當時的譚力夫已改名譚斌，擔任中國北京故宮博物院副院長，這項活動就是由他主持舉行的。雜誌又寫說：「中共幹部子弟譚力夫當年發表著名的血統論講話，對中國當年無數黑五類子女遭迫害甚至屠殺的紅色恐怖，有推波助瀾的不可推卸的作用，但至今未見有公開的反省和懺悔。當年反血統論的青年思想家遇羅克被中共處死（有說是周恩來下的

「人道」精神和他的「殘酷」論述，如何能從同一個源頭迸射出來？

之前，擔任過中華民國的參謀總長、國防部長以及行政院長等要職的郝柏村曾經聲稱：「*如果沒有過去的戒嚴，就沒有今天的自由民主*」[80]，陳映眞與郝兩人儘管意識形態南轅北轍，但是他的「全盤否定文革失於輕薄」、「沒有文革，就沒有○○○」那種類如「必要之惡」的思維，事實上簡直與郝如出一轍，在整套話語及修辭中都隱藏著極權壓迫的危險和弔詭。[81]這種思維模式最危險和最弔詭之處在於，難道人們可以在「恢復日耳曼民族榮光」的前提下說：「全盤否定納粹失於輕薄」、「沒有納粹，就沒有後來反法西斯」？因爲畢竟希特勒和納粹德國曾激起了全球反法西斯運動、猶太人復國運動？甚至帶來了人類軍事工業和科技的重大突破？難道所有的現況改變非要通過納粹這「唯一」的途

命令）。而他的弟妹遇羅錦、遇羅文只有在海外才能公開紀念死難的哥哥。」（以上引文全轉引自：烏蘇里，〈中南海內幕：文革幹將譚力夫與台灣作家陳映真遊三峽〉，「大紀元」網站，2001.08.05，網址：http://www.epochtimes.com/b5/1/8/5/n116394。另外，關於「譚力夫、譚斌」其人其事，可參閱：「文革三十週年」系列，《亞洲週刊》，1996.05.26，頁25。

80 引自2011年10月31日《聯合報》當天對郝柏村於台北市「自由廣場」紀念蔣介石的場合上所發表的談話報導內容，從報導文裡可看出郝柏村認為台灣若沒有當年宣佈戒嚴，全力挖掘、肅清共黨分子，台灣早已被中共赤化，哪來後來的安居樂業、民主自由？！詳文可參見：〈郝柏村：沒有戒嚴．哪有民主〉，《聯合報》，2011.10.31，A04版。

81 類似陳映真或郝柏村那樣的思維模式，事實上在中國仍有部分的人在言談中顯露出來，譬如會說：「沒有文革的恐怖和荒誕，就沒有刺激中國人從夢中醒來恢復思考能力」、「沒有毛澤東的文革災難，就沒有鄧小平的改革開放」等等說法（這類思考或說法，散見：「文革三十週年」系列，《亞洲週刊》，1996.05.26，頁6-49）。

徑？爲什麼不反思或許沒有納粹及文革，現況反而更值得期待？觀諸歷史上的獨裁者、獨裁政權及其擁戴者，前前後後都曾提出一大串如「恢復民族榮光」、「避免美帝侵略」、「保護革命成果」、「徹底消滅階級敵人」或者「肅清潛伏共黨分子」等等偉大美好的口號，其實最重要的不外是企圖合理化當年腥風血雨、鏟除異己的藉口。姑且不論中國文革和台灣保釣、全球各地解放運動是不是就存有必然的因果，如今尤有甚者，陳映眞更是進一步善用中國百年的受難史實，甚至放大中國受難性質，以一種中國所獨占的受難道德和受難權力，雄辯地爲獨裁者和獨裁政權的罪責進行一種旁人（特別是美日等西方帝國主義者）不可辯駁的辯駁。如果是本著對歷史、對人民負責，爲避免文革不再重演而對文革的各個面相包括陳映眞的兩大論證來進行反思及探究，畢竟也都是知識分子的職責；可是從許多跡象來看——譬如〈國際歌〉不是高唱「從來就沒有什麼救世主，也不靠神仙和皇帝」？我們卻在神化毛澤東及對文革歌功頌德的行列中看到了陳映眞的署名[82]——我們很難不注意到陳映眞五體投地、

82 中共建政後，具有西方醫學背景的李志綏當了毛澤東私人貼身的保健醫生二十餘年，直到毛過世。一九八八年抵美後才陸續將其跟在毛澤東旁的近距離觀察點點滴滴寫成《毛澤東的私人醫生回憶錄》（台北：時報文化出版企業有限公司，1994.10）乙書，全書對於毛澤東的政治權術，特別是權力中的隨意性展現，有著精彩的著墨。然而部分人士卻以「集體署名」方式發表公開信〈關於《毛澤東的私人醫生回憶錄》一書的公開信〉，指責說：「這是一本以醜化毛澤東和毛澤東領導的社會主義爲主旨的書」，而為了反制李書的「妖言惑衆」，公開信除了花大篇幅反駁毛的性事及滴蟲病外，其中有一整段標題是「毛澤東是中國人的光榮」單元，寫說：「毛澤東是中國和世界歷史上一位偉大的人物，廣大的中國人民，因爲中國出了一個毛澤東這樣的人而感到光榮。人們之所以尊敬他，懷念他，是因爲他有一個崇高的政治理想，並爲了實現這個理想奮鬥終身。在奮鬥的

全心投入的偏執傾向，反而令他面對不公不義的「目的與手段」時，不自主地喪失了一種道德均衡感。誠如尉天驄近來所評：「在〈哦！蘇姍娜〉裡，他批評他所不滿的一代都是活在夢中的族群，事實上他自己也一直活在自己編織的夢中」[83]，尤其是面對文革或六四的人命殺戮時，陳映眞總採取消極的迴避態度，總偏好使用一時一地一例來證僞（例如他會說美日人權之中就有不人權紀錄）或證成（例如他會說中共不人權之處卻同時取得生存權、溫飽權的重大成就），而迫使公眾議題的合理討論基礎被他摧毀殆盡，如同只願見到自己眼中的花香與奉獻，這種自顧陷落在自己理念中的現象，甚至已不是信息或道德問題，恐是到了信仰的層次。

肯定文革、捍衛毛澤東及中共政權，無異於就是在守護自己的信仰！陳映眞的理想主義誠然可敬，然而終究在本質上卻幾近於欺罔！文革的確有它嚴肅的課題須待檢討反思，但絕不是出自陳映眞所謂的文革本身的莊嚴。

過程中表現了令人折服的勇氣、魄力和無私的品格。更重要的，他讓廣大人民看到了光明和希望：一個公正平等的社會完全是可以實現的。而今天有人所以還要污蔑他，攻擊他，正因爲那麼多的中國人仍然尊敬他，懷念他，嚮往他所指出的道路。……備受強權欺凌、宰制的一個弱國，在半世紀多一點的時間裡，變成了世界上舉足輕重的強國。這完全是因爲在毛澤東和共產黨的領導下……」聞之多少令人無言以對，而就在這樣書寫內容的信末署名裡，讀者們都可以「赫然」發現「陳映真，人間雜誌發行人」的署名列名其中。關於此公開信全文，可參閱：（1）香港《文匯報》，1995.02.26~28，（2）「華夏文摘」網站，網址：http://www.cnd.org/HXWZ/ZK95/zk62-2.hz8.htm。

83　尉天驄，〈理想主義者的蘋果樹──瑣記陳映真〉，《回首我們的時代》，頁246。

第三節　陳映眞的「六四中國」

> 謊話是必需的，誹謗是必需的；要限止群眾犯短視病的錯誤，威逼也是必需的；肅清反動集團和敵對階級是必需的；整個這一代的人該犧牲了去換取下一代的利益，這也是必需的——這一切「必需」聽來都很離奇，但是一個人要是立定信念只沿著一條信仰的軌道上滾動，要相信可也都不難。
>
> ——Arthur Koestler[84]

1、陳映眞與劉賓雁的因緣際會

1982年，離台灣「解嚴」（1987）尚有五、六年之久，但是黨營的《中央日報》年初後不久，就在它的藝文版面（晨鐘版）率先連載了中國當紅的作家劉賓雁的報告文學

84　原文如下：「The necessary lie, the necessary slander; the necessary intimidation of the masses to preserve them from shortsighted errors; the necessary liquidation of oppositional groups and hostile classes; the necessary sacrifice of a whole generation in the interest of the next—it may all sound monstrous and yet it was so easy to accept while rolling along the single track of faith.」對曾經崇信社會主義、共產主義的Arthur Koestler而言，他當時確實深信：宣傳、謊言、恐嚇、暴力、犧牲對於建設蘇聯這個烏托邦的國度都是不可缺少的手段，因為他深信蘇聯正被一個敵視她的邪惡世界所包圍著。引自：Arthur Koestler, Richard Crossman, *The God That Failed* (Washington, D.C.: Regnery Gateway, 1983), p. 61。

〈人妖之間〉（1982.01.31~02.24），[85]這在當時仍極爲罕見，其中部分的原因可能出自作品本身就是在揭露中共的官僚和腐敗，因此被當成負面宣傳的成分較大。可是，第一次讀到劉賓雁作品的陳映眞卻受到極大的啓發，他說：「〈人妖之間〉也第一次使我認識了報告文學（reportage）的形式與內容。詳實艱苦的調查，經過作者明確的思想社會立場，以文學的敘述技巧，以報導的形式做成報告。這引起我對於報告文學濃厚的興趣。」[86]相信對於後來《人間》雜誌的創刊構想，這次的閱讀經驗應該起了不小作用。[87]主持「愛荷華國

85　1925年出生於中國長春的劉賓雁（1925-2005），與陳映真（1937-）都屬「牛」（相差一輪），他們從小都有個「大頭」的綽號。這位以〈人妖之間〉、〈第二種忠誠〉等報告文學聞名卻長期深受勞改迫害的作家兼記者，19歲加入中國共產黨，在1989年「六四」前夕已是中國「最有名氣、最有影響力的記者、作家」（李怡，〈從社會中發掘黑暗．從歷史上尋找錯誤：專訪中國大陸最尖銳的報導文學作家劉賓雁〉，《中國時報》，1988.05.18，第16版），長期以來受到各國知識分子及媒體的密切注意。在一定的程度上，劉賓雁與陳映真一樣：都「信仰」社會主義這個「真理」。他向來就是矢志糾正中國共產黨的錯誤路線，糾舉他眼中蛀蝕社會主義的壞分子，他深信一直犯錯的不是主義，而是黨員沒做好黨員的責任。劉賓雁倡議尋找具有「第二種忠誠」的好共產黨人，異於第一種忠誠的愚忠，第二種忠誠就是敢於提出不同意見，敢於堅持正確意見，敢於和共產黨內錯誤路線、壞分子鬥爭，在不服從的背後則是對共產黨更深的忠誠。但值得注意的是，事實上劉賓雁仍舊未打算挑戰鄧小平說的「四個基本原則」，他也沒考慮過中國可以多黨制取代一黨獨大；他儘管揭露中共內部的極權現象和貪污腐敗，恰恰又同時寄望民主工程是從共黨體制內漸進改革，某種程度上反倒傳播了「四個基本原則」的幻覺。可是，雖然和陳映真都信仰社會主義，但劉賓雁這位曾經真真實實加入共產黨又被共產黨終生放逐的忠誠「黨員」，終其一生倒還不肯純為革命信念而完全拒絕現實的反思。請參閱：（1）劉賓雁，〈人妖之間〉，《人妖之間　一劉賓雁報告文學精選（二）》，台北：人間出版社，1987年，頁167-168；（2）劉賓雁，〈第二種忠誠〉，《第二種忠誠──劉賓雁報告文學精選（一）》，台北：人間出版社，1987年，頁124；（3）劉賓雁，〈中國之未來──《新左翼評論》對劉賓雁的採訪〉，《中國論壇》第33卷第1期，1992年10月，頁69。

86　陳映真，〈親愛的劉賓雁同志……〉，《人間》，第35期，1988年9月，頁14。

87　雖然有論者提出《人間》的「創刊構想源起於前一年（按：指1983年）陳映眞在

際寫作工作坊」的聶華苓，這一年原有意安排陳映眞和劉賓雁會個面，結果劉賓雁如期赴美了，陳映眞卻被國民黨政府擋了下來。兩人雖然錯過了見面的機會，後來仍透過管道取得聯繫，彼此開始密切交往。

1987年7月適值台灣「解嚴」。隔年（1988）1月19日，時任「人間出版社」社長的王拓隨著第一批「外省人返鄉探親團」（由台灣「外省人返鄉探親促進會」組織）到中國進行爲期三週的訪問，並爲陳、劉二人會面之旅探路。就在北京時，王拓如願見到劉賓雁、方勵之、劉再復等人，劉賓雁並且向他透露將於3月應美國哈佛等大學的邀請，前往從事研究及學術演講。[88]後來香港大學在這年的8月（距離1989年「六四」不到一年）舉辦香港第一次的「陳映眞文學創作與文化評論國際研討會」（1988.08.04~06）時，終於也如願請來了號稱「中國的良心」劉賓雁，與「台灣的良心」陳映眞首度對談；[89]當時陳映眞以最聳動的標題〈親愛的劉賓雁同志

美國愛荷華寫作班接觸到紀實攝影大師尤金．史密斯的作品，大爲震撼，返台後遂創辦《人間》」（參閱：羅吉甫，〈《人間雜誌》創刊〉，《中國時報》「人間副刊」，2003.11.06）的說法，但筆者認為劉賓雁作品陸續在台刊登乙事，對《人間》創刊顯然也同時起了決定性的作用。

88 〈劉賓雁在平與王拓座談、透露將於三月赴美講學〉，《中國時報》，1988.02.01，第3版。

89 筆者認為很有可能就是藉由該年年初隨團至中國訪問時，王拓透過與劉賓雁等人座談的機緣，邀得劉賓雁屆時取道美國飛至香港在陳映真作品研討會上共襄盛舉，因而促成了陳、劉兩人首度會面。按王拓的說法，人間出版社當初「在決心出版『陳映眞作品集』（按：該全集於1988年4月出版）的同時，也萌生了爲陳映眞作品舉辦一次國際討論會的構想……這是今年（1988）8月4日至6日連續兩天半在香港大學所舉辦的『陳映眞小說與非小說討論會』最原始的緣起。」（引自：王拓，〈歷史性的對話〉，《人間》總35期，1988年9月，頁12）最後，研討會協調為「香港大學亞洲研究中心」與「美國芝加哥大學遠東研究中心」聯合主

……〉形容彼此初次見面時「握手，然後互相擁抱」[90]的熱情[91]，如今我們還可透過歷史影像來印證在機場記者會上陳映眞是如何以近乎崇拜的神情聆聽著劉賓雁的侃侃而談。[92]事實上在研討會之前，陳映眞已在台灣的「耕莘青年寫作會」上針對劉賓雁做過專題介紹，[93]並且還代表劉賓雁在台灣清查所有台灣地區曾利用或出版劉賓雁作品的出版社及報紙之清單，以便償付劉賓雁應得版稅。[94]陳映眞還向記者透露，去年（1987）一整年劉賓雁在「反對資產階級自由化」運動中首當其衝，被開除黨籍（1987.01.24）、所有稿件都被退，他獲悉其種種不如意之後，輾轉委託好友將在中國出版的「陳映眞作品選集」[95]的稿費全領了出來，轉交給劉賓

辦。會議期間有十幾位來自美國、中國、香港及台灣的學者和文學工作者（計有王拓、王杏慶、洪銘水、丘延亮、陳忠信、葉石濤）在會上宣讀論文，其中也包括劉賓雁的〈陳映真——作家和社會的良心〉乙文，論文詳情請參閱：The Centre of Asian Studies, *Chen Ying-Chen: his fiction and non-fiction* (Hong Kong: University of Hong Kong, 1988)。

90　陳映真，〈親愛的劉賓雁同志……〉，頁14。

91　圖片請參見：王拓，〈歷史性的對話〉，《人間》第35期（1988年9月），頁10-11。

92　圖片請參見：《中國時報》，1988年8月4日，第3版。

93　引自1988年4月6日《民生報》的「文化簡訊」（第9版）報導內容，陳映真於7日演講的講題是〈談劉賓雁〉。

94　截至當時為止，單就出版社的出版物就有八種，計有：（1）劉賓雁等著，《人妖之間：中國大陸報導文學選》（台北：幼獅，1982）；（2）劉賓雁著，《第二種忠誠：劉賓雁報告文學精選（一）》（台北：人間，1987）；（3）劉賓雁著，《人妖之間：劉賓雁報告文學精選（二）》（台北：人間，1987）；（4）劉賓雁著，《人血不是胭脂：劉賓雁報告文學精選（三）》（台北：人間，1987）；（5）石中玉、王莉莉合編，《劉賓雁》（台北：桂冠，1987）；（6）劉賓雁（Liu Pin-Yen）著，《劉賓雁》（台北：光復，1987）；（7）谷風編輯部編，《劉賓雁作品精選》（台北：谷風，1987）；（8）古軍編，《劉賓雁傳奇》（台北：時英，1987）。其中只有「人間出版社」是唯一在台有取得劉賓雁授權並且給付版稅的。

95　此處陳映真所說的「陳映真作品選集」，應該是指截至當時為止中國已出版有關

雁。[96]

從二日晚上的到訪，至九日劉賓雁離港，劉、陳二人的公開活動，香港媒體幾乎天天爭相報導，「香江盛會」當時確實騷動了香港藝文界一股熱潮，簡直可視爲一樁文化事件。特別是六日當晚，主辦單位還爲兩人舉行了一場「對談會」[97]，據說是兩岸作家近幾十年來首次公開的歷史性對話。不過，從媒體的事後報導來看，顯然聽眾所提的問題現實政治多於文學願景，譬如多是有關香港九七大限與中國社會主義近況、兩岸未來走向等等。可能也多少受限於時間，賓主皆意猶未盡，台上台下都無法暢所欲言，有點流於各彈各的調。席間劉賓雁曾表示：人民如果沒有了解實情與批評的自由，中國就等於沒有社會主義；沒有眞正的人道主義，沒有對人格的起碼尊重，中國就沒有實質的社會主義。[98]倒是陳映眞當時的發言仍是完全抽離台灣人長久以來追求自主的歷史與社會背景，而一味以他貫有的第三世界依賴理論再夾雜冷戰框架的思維痛批說：台灣長期做爲反共的前哨站，實現了資本主義式的積累，自然待經濟成長到一定程度時，會要求上層建築與經濟相配合，資本主義才能再向上發展，而台灣近些年來的改革背景，說穿了就是如此而已，台灣的

他個人的專書，計有兩種：（1）《陳映真小說選》（福州：福建人民出版社，1983）；（2）《萬商帝君》（北京：中國友誼出版公司，1984）。

96 〈大陸作家來要版稅啦！〉，《聯合晚報》，1988年6月2日，第5版。

97 圖片請參見：〈陳映真及劉賓雁對談會〉，《香港時報》，1988.08.07，第15版。

98 〈企業家新階級：大陸作家劉賓雁預估十年內出現民主黨派〉，《聯合報》，1988年8月7日，第9版。

人民只關心個人出路，至於「國家」、「民族」的大業，是從來都不曾認眞思考過，像是別人家的事。[99]另外，對於所謂「統一」問題，劉賓雁提出「條件成熟論」，陳映眞則歸咎於國、共兩黨鬥爭而導致「民族」分裂、對立現象，給予各打五十大板。[100]。但諷刺的是，儘管「對談會」論題嚴肅，會後劉賓雁在接受記者訪問時，竟坦承此次的對談實則有些「跡近表演」[101]。劉賓雁曾經憶述抵港當天與陳映眞的相處：

> 這天夜裡，我們促膝長談到翌日凌晨三時半，此後數日則再無機會。總以爲同室而眠可享受一番睡間臥床對談的一番樂趣，竟因二人每日都累成一攤爛泥，起臥各不相知，終成幻想。[102]

不過，離港時他也透露已和陳映眞相約秋冬之際將在美國的愛荷華再度聚首[103]。這段期間，陳映眞一直有邀請劉賓雁來台訪問的計畫，[104]劉賓雁可能礙於身分與時局的因素都予以

99　〈作家對話、對比兩岸〉，《中國時報》，1988年8月8日，第2版。

100　〈劉賓雁訪香港掀起旋風〉，《中國時報》，1988年8月13日，第3版。

101　〈中國命運兩岸前途普受關注、劉賓雁離港赴美前夕暢談感受印象深刻〉，《中國時報》，1988年8月10日，第2版。

102　劉賓雁，〈重訪香港〉，《中國時報》，1988年8月13日，第3版。

103　圖片請參見：劉賓雁，《劉賓雁自傳》（台北：時報文化，1989年），無頁碼。

104　剛赴「香江盛會」時，記者曾報導：「雖然他（按：指陳映眞）明知台灣政府會有所顧忌，但此次他一定會順道邀請劉賓雁赴台，他相信，劉賓雁會一口答應。」參閱：〈陳映真作品研討會、兩岸學者香港過招〉，《自立早報》，1988年8月3日，第3版。

婉拒；可是一年後歷史轉了個街角，當劉賓雁眞的受邀訪台時，東道主卻已不可能是陳映眞了。

2、陳映眞的「六四」側像

陳映眞與劉賓雁之間縱然有許多相同的文學抱負，但綜觀「六四」事件前後劉賓雁的言論，尤其是在「反帝」鬥爭的「自由」、「民主」與「人權」認知上，兩人的分歧終將無法避免。譬如，在六四前夕，劉賓雁爲文聲援天安門廣場前學生的訴求，說：

> 從毛澤東時代起，四十年來，中共拒不實行民主的一個最常用的理由是說民主和自由是西方資產階級的東西，不適用於社會主義的中國。近年來蘇聯和東歐發生的民主化變革，已使他們更加理屈詞窮。……民主成爲唯一的選擇。[105]

他樂觀地認爲中共不會再走回頭路，因爲在他此次出國時，中國的政經社會實際上已走到了一個總矛盾點：官倒腐敗和通貨膨漲異常嚴重、改革開放陷入胡同，各地中小規模的學潮頻仍發生；[106]更重要的是，當時中國的知識精英長期下來

105 劉賓雁，〈對大陸學運的評析〉，《聯合報》，1989年5月7日，第9版。
106 詳情可參閱：趙鼎新，〈大事記〉，《國家·社會關係與八九北京學運》（香港：香港中文大學，2007年），頁xv-xviii。

已多少塑造了危機話語，足以公開敦促中共速即進行改革，劉賓雁和方勵之、蘇曉康、劉再復等都是當時的代表之一。即使「六四」之後，劉賓雁也一再呼籲以美國為首的國際社會，對中共施加壓力、經濟制裁或突破新聞封鎖，期使中共軟化殘害不滿分子的行動，包括營救方勵之夫婦等。劉賓雁對於陳映真所謂西方「和平演變」鬥爭伎倆的說法一向很清楚，但他反而認為：

> 沒有人能為不可辯護的事情來辯護。任何一個誠實的政府官員都不能否認「中國」存在十分嚴重的人權問題。這不是一個什麼「西方意見」的問題，而是我們中國人必須面對的極其重要的問題。[107]

可是，陳映真又是如何看待這些現象？簡單說，陳映真就是不相信一個享有資產階級「自由」的人不會沉淪、一個實施資產階級「民主」的社會不會瓦解，以及標榜西方「人權」的訴求不會不是一種鬥爭的戰略。

「六四」前夕，處於憂慮與批判的陳映真，大致上仍對中國「百萬學生和市民的反腐敗民主改革運動充滿熱情和悲壯的期望」[108]持正面的肯定；但是，陳映真終究免不了話鋒一轉分析說：在冷戰的架構下，美國正好以海峽的軍事對

107 劉賓雁，〈中國之未來——《新左翼評論》對劉賓雁的採訪〉，頁67。

108 陳映真，〈發行人的話：韓國民眾的反對文化〉，《人間》第44期（1989年6月），頁8。

立爲藉口，長期下來「把台灣（無論是執政黨或在野黨）改造成一個親美、反共、與中國分立的亞太反共軍事基地的國家」[109]，台灣早已被全面美國化改造；他並且表示，對於學運期間主張美國學界傳播界應該運用其影響力來促成中國民主化和提昇人權的知識分子，他分外感到不屑與可恥。[110]也由於美國的「人權」政治是爲美國的「國家利益」服務的，其處心積慮在第三世界促進所謂的「和平演變」，按資本主義文化的形象改造該國的政經體質、文化思維，以便遂行「全球化」世界分工體系，所以陳映眞直指「頭號帝國主義者」說：

> 美國在第三世界國家中，一貫大量塑造以第一世界的觀點和白人價值爲中心去評斷自己民族和歷史社會的「精英資產階級知識分子」。最近，（按：指中國的精英資產階級知識分子）對民族主義及愛國主義的愚妄批評就是一個生動的例子。……在遠遠沒有這些思維、分析與解答之前，同學們竟懷著單純卻毫無政治和知識實體的虛渺口號與「理想」，虛弱以死，甚至引燃一場毫無進步實質的大亂，徒然讓新的一批特權化、買辦化和美國化的知識份子，繼續喋喋不休地咒罵自己的民族、歌頌西方的進步與偉大……這是何等的悲

109 陳映真，〈悲傷中的悲傷：寫給大陸學潮中的愛國學生們〉，《人間》第44期（1989年6月），頁19。

110 陳映真，〈悲傷中的悲傷：寫給大陸學潮中的愛國學生們〉，頁21。

> 哀中的悲哀呢？[111]

陳映眞大抵指的就是這批領導學運的知識分子對中國的現況沒有全球結構的觀點；對戰後資本主義體系的發展沒有起碼的認識；對第三世界失去了應有的道義及同理心；對歐美、日等已開發國家的過度幻想及相對自卑；對社會主義乃至各種進步知識呈現無知狀態等等，所有這些缺乏縱深化和全局化的現象最傷透陳映眞的「中國情懷」！可是長期以來，如何正確認識和處理社會主義與資本主義之間的承繼關係，本是一個理論和現實兼治的重要議題，陳映眞不會不理解，之所以讓陳映眞陷入了「悲傷中的悲傷」，筆者以爲陳映眞雖然深切憂慮及批判中共在改革開放的狀態下屈服於貪腐現象，但他其實最在乎的還是擔慮先前中國「資產階級自由化」的現象無法有效管控，以致無力防止中國內部「和平演變」的趨勢、最後從中共「四個基本原則」退卻的情形出現。所以在「六四」爆發的前夕，陳映眞就曾按捺不住地反問自己，說：

> 有一個「怪想」不可抗拒地襲來：如果在政權不干涉下的民主辯論和群眾參與的自由討論中，我難道不可能贊成「反右」和「反對資產主義階級自由化」嗎？[112]

111　陳映真，〈悲傷中的悲傷：寫給大陸學潮中的愛國學生們〉，頁22、24。
112　陳映真，〈悲傷中的悲傷：寫給大陸學潮中的愛國學生們〉，頁23。

可是，就是因爲這個「怪想」曾令遭逢1957年「反右運動」及1987年「反資產階級自由化」運動大整肅的劉賓雁長期下來蒙冤披難；但是，對陳映眞而言，資產階級一切美其名曰自由、民主及人權的鬥爭形式，一旦透過買辦精英極力宣揚鼓吹之後，一切反中、反華及仇共的帝國主義勢力便會乘虛而入。陳映眞之所以會在二〇〇五年劉賓雁過世時「讚許」劉賓雁「熱情、浪漫、愛國」[113]之餘，卻又「批評」他的政治觀點過於「簡單樂觀」[114]，部分植因於此。

「六四」事件不幸以血腥收場後，陳映眞馬上在《人間》七月號做出回應。[115]陳映眞先是花很大篇幅分析事件前中國的政經變革，然後提到由於中國人民對文革絕對性的否定，尤其中國改革開放之後，大批知識分子在尋找思想出路和問題解答時，對社會主義完全喪失了信心，對馬克思主義知識系統開始全面懷疑，他意有所指地指責：「在台灣看來，西化得已臻荒唐的方勵之就是一個突出的例子。」[116]在陳映眞眼中，方勵之就是一個最典型的買辦「精英資產階級知識分子」！然後就如大部分人所能預料的，陳映眞針對參與北京學運的學生，譴責其：

113 〈陳映真聞訊惆悵．像他這樣啄木鳥．大陸此刻正需要〉，《民生報》，2005.12.6，第a10版。

114 〈陳映真聞訊惆悵．像他這樣啄木鳥．大陸此刻正需要〉。

115 陳映真，〈等待總結的血漬：寫給天安門事件中已死和倖存的學生們〉，《人間》第45期（1989年7月），頁70-73。此文可能是陳映真在八九年「六四」事件之後至今，唯一一篇針對事件而發的較完整文論。

116 陳映真，〈等待總結的血漬：寫給天安門事件中已死和倖存的學生們〉，頁70。

在思維領域上恰恰不是對修正主義和半資本主義的批判，反而是修正主義和半資本主義更進一步發展的要求！學生反腐敗、反官僚主義、要求群眾對生產、分配和政治生活的干預（「民主萬歲！」「自由萬歲」），恰恰不是批判腐敗和官僚主義體制的根源——「放權開放改革」後社會的矛盾構造，而是要更進一步去發展它！北京學生和自由派知識分子所要擁護的，恰恰是他們所無法忍受的官倒官僚主義的根源！[117]

換句話說，此處反映出陳映眞與學生們同樣是反腐敗、反官僚主義，但是陳映眞認爲彼此認定的禍害根源恰恰相反；陳映眞之所以如此推論，當然牽涉到陳映眞一貫的邏輯：一切「民主萬歲！」、「自由萬歲」的改革訴求，只能算是一群西方代理人在掩飾了階級詐欺的本質下，用來輸出資產階級價值觀的策略而已，其背後難脫已發達的資產階級國家反華、反共等「國際大氣候」的陰謀。其實陳映眞心裡早已有個「無懈可擊」的定論：中共對「六四」的鎮壓全然出自民族主義對帝國主義的反擊！

最值得注意的一點是，陳映眞也譴責下令開槍射殺人民的中共當權者，但是陳映眞並不是單純出自當權者枉顧人命下令殺人的單純理由而加以譴責，他是說：因爲開槍殺人之

117 陳映真，〈等待總結的血漬：寫給天安門事件中已死和倖存的學生們〉，頁72。

後，致使先前解放軍與群眾間的和諧關係一夜之間完全被抹殺了、醫護人員忠誠救護絕食學生和受傷民眾的動人工作被淡化了，致使全世界包括台灣在內的反共反華勢力趁機引發「大合唱」[118]、致使改革開放帶來的官倒官僚往後更加鞏固，「而這就是我痛心疾首地譴責下令在天安門前開槍的人們的主要原因」[119]。很明顯的，陳映眞對受難的民眾是憤怒不解多於憐憫同情，他不解中國在種種內外部矛盾齊發的情形下，天眞的學生何以會受到「資產階級自由化」的影響，徒然製造機會讓一時糊塗的當權者因而下令射殺他們，他更憤怒此次事件造成中國社會主義往後得飽嘗國際社會的圍堵。眞正令陳映眞既痛心疾首又不便說出口的，顯然不是下令開槍屠殺人民這回事，而是爲何被殺的與殺人的兩造都那麼不小心地全上了國際帝國主義的當，從而令其有機會製造仇者大快的反共反華輿論。[120]

---

118 「六四」之後，陳映真最憂慮台灣反中、反共的勢力藉此趁機「坐大」。該年12月初，就在劉賓雁來訪前不久，台灣舉行「三合一」的重大選舉，事後陳映真接受《中國時報》的邀請寫了〈三點意見〉，立場鮮明地撰文抨擊：「這次的選舉顯示台灣政治、思想和文化的全面右傾化。朝野兩黨表現出在國際關係上的親美政策，在政治關係上表現出中度到極端的反共和反中國，在兩岸關係上表現出從口頭統一實欲保持民族分裂的一派，到公開、明確主張台灣與中國大陸間分裂狀態的長期化。……無數的『自由派』、台獨派、學者，基本上爲這大右傾運動喝采助陣。……一個親美的、非共的、反共的、與中國分斷的台灣在爭吵中形成。美國戰後對台政策正在收穫最理想的結果。」整篇短文完全看不到陳映真關心選舉自身的面向，筆者以為其固然是憂心親美、反中反共的結果，但其實透過選舉培養出「台灣認同」的現象，才是陳映真最感焦慮、最不願看到的結果，在陳映真的話語裡，台灣只能是一段中國歷史的小小註腳。參閱：陳映真，〈三點意見〉，《中國時報》「人間副刊」，1989年12月5日。

119 陳映真，〈等待總結的血漬〉，頁72。

120 根據曾經是陳映真1968年讀書會事件要角之一的丘延亮以他當時親蒞現場從事長時間「現場的」社會學觀察所提出的總結紀錄與見證，相對於陳映真「想像的」

「六四」之前，在中國知青界劉賓雁與方勵之齊名，兩人對於民主、人權理念雖不盡相同，卻彼此呼應、相知相惜，八七年時在「反資產階級自由化」運動中同遭鄧小平親自點名開除黨籍，如果方勵之在陳映眞眼中是西化得已臻荒唐的精英資產階級知識分子，那麼劉賓雁呢？「六四」凌晨血洗天安門廣場後，當時在美訪問的劉賓雁，由於傳聞已被中共當局列爲追捕對象，迫於時局的抉擇不得已自此偕妻流亡美國。該年年底時（1989.12.11~25），已流亡半年的劉賓雁接受了《中國時報》的邀請來台參訪，面對12月即將來訪的「同志」老友，陳映眞會如何自處？自然是一件非常值得期待的觀察。

12月11日劉賓雁偕同夫人朱洪應《中國時報》之邀如期抵台，展開爲期兩週的參訪，在當時的知識界多少也造成一

民族主義觀點，丘延亮對於六四民主運動的評價與看法，卻與陳映真截然不同：丘延亮認為這是一場在頑劣的史境中，受壓者以其萬千的肉身及其實踐，「奮力建構其主體性，將自身改造爲自己歷史的行事者與當事人」的「愛國事件」，廣場上示威的主體者他們所要挑戰的「恰恰是幾十年來黨／國一體論者對一個人愛他的國家所進行的壟斷與閹割。他們（按：指中共）的陳腐公式『朕即國家』已經徹底破產」，「可以說，一個反宰制的政經理解及其型構，在廣場及其運動的實踐中找到了主體和歷史的負責人」，丘延亮認為學生工人們的愛國行動最終如果是訴求「撤換篡奪人民之國的敗壞政權，就必須反對反人民、非人民的信用破產的黨／國複合體」（以上皆引自：丘延亮，〈萬千肉身及其實踐〉，《台灣立報》，2009.06.18；亦可參閱「台灣立報」網站，http://www.lihpao.com/?action-viewnews-itemid-1754）。另外，早在陳映真繫獄期間已在香港為陳映真出版第一本小說集《陳映真選集》（香港：小草出版社，1972）的學者劉紹銘當時也批判說：「文革武鬥死人無算，但場面沒有衛星傳播，我們讀文字記載，只能靠想像力去重組那些慘絕人寰的事。但這次『六四事件』，我們雖不在現場，經驗卻近目擊者」、「自六月四日屠城的血腥照片不斷傳來後，我們看清楚了，向給權力腐蝕透了心肝的共產黨人要求改革，眞的是與虎謀皮。」（劉紹銘，〈細微的一炷香〉，收於氏著《細微的一炷香》，台北：三民書局股份有限公司，1990.08，頁3、4）

陣旋風。[121]劉賓雁此行約略「參觀並訪問了故宮、中研院、慈濟世界與證嚴、太魯閣國家公園、新竹工業園區、新竹養豬研究所、東勢農會、台中的農業試驗所、亞洲蔬菜中心、林園工業區、四五輕油裂解廠、中鋼、中船等等。」[122]可是，我們再也感受不到任何有關陳、劉兩人擦出的思想火花或一絲文化現象，也看不到公開合影。此回陳映眞行事出奇地低調；低調到明明是他帶劉賓雁到新店拜訪原住民違建聚落、翻譯老人的日語給劉賓雁聽，劉賓雁卻硬是含糊地對外只交代說有「**一個朋友**」帶路去新店溪畔、是「**別人**」幫忙溝通講日語；[123]低調到日後可以形成「**陳映眞拒見劉賓雁**」[124]這樣的訛傳而竟無一人質疑，對兩位曾經互稱「同

121 這段期間劉賓雁公開參與了兩場座談會：「傳播在中國」座談會（1989.12.15）和「中國人的未來」座談會（1989.12.18）；另有一次「愛荷華的秋天」聚會（1989.12.19）及一場專題演講：「中國情懷與台灣印象」（1989.12.23）。

122 楊渡，〈劉賓雁返美希望還能再來．籲早日開放大陸記者來訪〉，《中國時報》，1989年12月26日，第3版。

123 劉賓雁當時逐日所發表的訪台日誌（共12篇）之〈台灣印象之六：原住民的處境教人感到悲哀〉（《中國時報》，1989.12.19，第三版），原文是這樣寫著：「**一個朋友**帶我到新店溪畔，訪問了幾家阿美族的原住民。我與一位五十多歲的老人談了話，他的漢語不太行，而我的日語也忘得差不多了。經過**別人**幫助，我們還是談了一些。」（引言裡的粗體及底線是筆者所加）陳映真在這裡變成了「朋友」和「別人」。

124 就在衆人惋惜劉賓雁訪台乙事與陳映真之間沒有留下什麼文化現象及擦出思想火花之餘，海峽對岸卻傳出「陳映真拒見劉賓雁」的說法。原來，中國「六四」前後最具爭議性的人物社科院研究員何新——「六四」時首先把中國民族主義的情緒上升到「學術」高度、緊緊抓住機會以「第一忠誠」向中共表態、後來成為高層座上賓及官方智囊——在北京大學針對1990年應屆畢業生（全是一年前「六四」事件的見證者）發表了一場畢業前的政治演講（日期是1990年6月24日）；當何新反問台下的學生：「愛國主義是否過時了？」時，他說自己倒還有個材料可舉，即台灣的作家陳映真，何新說：「陳映眞在台灣是個非常有名的不同政見人士。但是劉賓雁到台灣，幾次要求見他，他說劉不夠資格。」（以上引文皆引自：何新，〈我向你們的良知呼喚——何新在北京大學對1990屆畢業生的演講〉，「何新中國論壇」網站，2005.08.13。http：//www.hexinbbs.com/Article/

志」的朋友而言，這些現象都透露出不尋常的發展。幸虧當時擔任《中國時報》記者的楊渡，在劉賓雁離台後刊出一篇很不起眼的短文，不經意留下「**作家陳映真陪同抽空赴新店觀看了原住民違建聚落及一處勞資爭議現場**」[125]這段紀錄，否則「**陳映眞拒見劉賓雁**」這件事後來經當時的中國紅頂學者**何新**[126]這麼一渲染，再加上劉賓雁如果最後又沒澄清，眞

Show Article.asp?ArticleID=177&Page=3。檢索日：2009.06.08）何新的這番說詞事實上是「張冠李戴」，不過，如果不是陳映真拒見劉賓雁，又會是誰呢？「陳映真拒見劉賓雁」的說法，何以十多年來可以輾轉在網路流傳，幾成定論，卻長期不見當事者（包括劉賓雁、陳映真及何新三人）提出澄清或抗議，遑論有人提出質疑？這個謎底終於在2006年的元月由香港的《開放》雜誌揭曉。據《開放》雜誌的總編輯金鐘所言：他於劉賓雁過世（2005.12.05）前的一個多月，通過電話與劉賓雁聊到該刊十月號「李敖回中國」的話題時，不意劉賓雁突然「向我解釋那年去台灣傳言『李敖拒見劉賓雁』的眞相（並非劉主動要見，乃是朋友安排而未遂）。」（引自：金鐘，〈良師益友劉賓雁〉，「開放雜誌」網站，2006年1月。http://www.open.com.hk/2006_1p40.htm。檢索日：2009.06.08）原來是「李敖」，何新卻說成「陳映真」！劉賓雁選在最後做出澄清，筆者推測並非他先前不在乎「陳映真拒見劉賓雁」的訛傳，該是有難言之隱！

125 楊渡，〈劉賓雁返美希望還能再來．籲早日開放大陸記者來訪〉。

126 此人當年曾「假託」與日本橫濱市立大學經濟學教授矢吹晉「對談」，而寫有〈論世界經濟形勢與中國經濟問題──何新與日本經濟學教授S的談話錄〉乙文，經《人民日報》破例於1990年12月11日的第一版下段和第二版、第三版全版刊載，後經矢吹晉數度召開記者會嚴重抗議並表示登載內容和當時所談的完全不同，也否認那是個「對談」。何新此文在台灣最早是由《海峽評論》轉載，篇名已修改為〈世界經濟形勢與中國經濟問題〉（第二期，1991年2月號），並且由陳映真以〈尋找一個失去的視野：讀何新「世界經濟形勢與中國經濟問題」〉（第二期，1991年2月號）乙文做出最快回應。何新的全文把經濟全球化等同於殖民主義、把社會分配的不平等和權錢交易的腐敗全歸咎於自由市場、主張以強烈民族主義的計劃經濟來重新確立中共在經濟中的主宰地位、以為了保持國家政經發展就必須維護社會穩定的說辭來替中共的大屠殺辯護，這種赤裸裸的官方立場，陳映真卻在回應文中讚許何新具備「全球性的、結構性的、第三世界的」觀點（頁43-45），而他的整篇文章同時也顯露兩項與何新不謀而合的調性：一、社會主義的缺失往往是接受資本主義的價值觀而導致，但無論有多大的缺失，總是能「壞事變好事」，資本主義不論有多明顯的優點，背後總是隱藏著邪惡的本質；二、中國、亞洲甚至整個第三世界至今的不幸與貧困，都是新舊殖民主義、帝國主義者所造成，先進資本主義國家的富裕繁榮，都是取自第三世界的貧窮停滯。

可能要變成一樁懸案了。

劉賓雁訪台期間大致說來，陳映眞是不像「香江盛會」時熱情地到機場接機或營造出「兩岸良心」對談的藝文話題，但也沒有因爲政治理念出現扞格而擺出「劉不夠資格」的姿態或者趁機在座談會上機鋒相對，他仍然薄盡地主之誼於私下帶劉賓雁四處看看。然而正因爲陳映眞刻意在接待劉賓雁訪台乙事上保持異常的低調，最是令人納悶。事實上就在劉賓雁來台之前，11月3日中共喉舌《人民日報》發表了〈劉賓雁反動面目的大暴露〉，署名「郭帆」的評論員在該文猛烈抨擊劉賓雁，說劉賓雁在學運期間扮演「動亂之前：呼風喚雨」、「動亂期間：搖旗吶喊」的角色，是「忠於國際壟斷資本『和平演變』戰略的一個馬前卒，忠於海內外反共反社會主義勢力的一個吹鼓手，是中華民族的敗類。」[127] 這是中共「六四」之後，首次正式對外定調劉賓雁的總立場，政治性嗅覺異常靈敏的陳映眞，此時不能不注意此刻中共的政治風向，此文對其屆時面對劉賓雁所採取的做法，勢必也起了決定性作用！但諸種令局外人感到納悶的現象，在當時大概沒幾人能說個明白。

127 以上引自：郭帆，〈劉賓雁反動面目的大暴露〉，《人民日報》，1989.11.03，第1版（台灣《中國時報》於4日即予披露）。事實上，繼3日之後，《人民日報》立刻又於15日報導：該報高級記者劉賓雁和作家蘇曉康因「參與國外反政府活動並創辦民主中國陣線反動組織」，遭「中國作家協會」開除。劉賓雁「六四」事件之前原為「作協」副主席（參見：〈中國作家協會主席團決定、取消劉賓雁蘇曉康會籍〉，《人民日報》，1989.11.15，第3版）。單以《人民日報》為例，中共自1989年6月12日（第1版）刊登〈「美國之音」的不光采行徑〉乙文開始，漸次加溫批判劉賓雁，至1991年9月16日（第8版）的〈並非「舊帳」〉乙文為止，經筆者統計共刊登了23則涉及抨擊劉賓雁的專文，不可不謂密集。

直到劉賓雁離台返美兩週後，《中國時報》就在當天（1990.01.07）的「第三版」版面出現了一幅耐人尋味的編排畫面，前述的疑惑才瞬時明朗：因爲該版下半頁的右手邊出現一則**〈統一聯盟決定二月組團訪大陸．主席陳映眞帶隊．全團數十人計畫接觸中共領導階層〉**[128]的消息，「恰巧」左手邊同時也刊登了**〈劉賓雁訪台言論．中共藉機加以抨擊〉**[129]一篇轉自中共報刊的報導。非常鮮明的，在對待中共的立場上，陳映眞與劉賓雁展現出一爲主動求見、[130]一是自我放逐；而中共對陳、劉兩位所採取的策略，一則表示歡迎、一乃全力抨擊，兩相對照極盡玩味。事實上，在「六四」事件發生之後，台灣內部的獨統勢力隨之產生大幅消長的變化，尤其透過即將到來的「三合一」選戰，[131]台獨

128 〈統一聯盟決定二月組團訪大陸．主席陳映真帶隊．全團數十人計畫接觸中共領導階層〉，《中國時報》，1990年1月7日，第3版。

129 〈劉賓雁訪台言論．中共藉機加以抨擊〉，《中國時報》，1990年1月7日，第3版。

130 1989年8月時，在60年代中期與陳映真過從甚密、著有《浮游群落》的劉大任在台北接受岡崎郁子訪談時，曾如此評論陳映真：「我一直自認是個知識分子……但是，我想陳映眞大概是不一樣的吧。他好像是把自己當做是政治人物、社會革命家。故此，如果他要去中國，那麼他會考慮在那邊可以會見階層有多高的、多重要的人士，並爲有利於自己未來在台灣的政治地位而苦思焦慮，這一點大概錯不了。至於知識分子如何，農民、勞動者又怎樣等等，他恐怕不會想知道的吧。」沒想到半年後，劉氏這番話全成了預言。以上引文轉引自：鍾肇政，〈「知識分子」的文學——劉大任集序〉，《劉大任集》（台北：前衛，1993），頁9；日文的原出處：岡崎郁子，〈劉大任とその時代〉，《デイゴ燃ゆ》（東京：研文，1991），頁348、372-373。

131 當年12月2日舉行「三合一」選舉，包括縣市長、增額立法委員、省（直轄市）議員等公職選舉，這是台灣開放組黨以後的首度大選；選舉期間民進黨等主張「台獨」理念的人士透過了選舉活動普遍抬高民衆的高度關注及認同感；選舉結果，縣市長21席中民進黨奪得6席、立委93席中奪得21席、省市議員139席中奪得38席（參閱：1989年12月3日《中國時報》的綜合報導）。

言論更加獲得社會各階層的認同，令台灣的在野統派備感孤立無助，加上中國殘暴專制的國際形象此刻飽受抨擊和圍堵，一向具有濃厚政治傾向的「中國統一聯盟」很早就萌生組團訪中的計畫，藉此向中共致意及相互取暖。但是訪問團能不能成行，其名單、行程、規格、見不見得到中共高層等等配套，在連繫、籌劃的漫長過程中，可想而知應是完全掌握在中共的意向。陳映眞就是當時「中國統一聯盟」的主席，他必須小心翼翼地隨時注意當時中共的政治風向，因爲訪問團的成行與成敗，陳映眞負有責任。中共此時若要考察陳映眞的政治純度，「香江盛會」絕不會是個好紀錄，縱然日前他才「抗日」[132]、「嗆美」[133]，但是對於即將到來的「劉賓雁訪台」，陳映眞屆時的反應將會是個更好的參考。因此，此刻劉賓雁已成陳映眞的「公眾的」、「民族的」敵人（非個人的仇敵），整個政治大氛圍迫使陳、劉二人在台只能低調接觸、進而日後漸次疏遠，以致形成紛傳「拒見」之說的背景。**當年陳映眞當然沒有拒見劉賓雁，可是再度相逢**

132 由於9月25日，台灣漁民再度在釣魚台附近遭到日本海上保安廳巡邏艦以外國漁船侵入領海為由取締，並使漁民致傷，「中國統一聯盟」於10月24日發起「新保釣運動」，由總領隊陳映真帶領近百名遊行民衆前往立法院、中日交流協會陳遞抗議書，現場不斷高呼「釣魚台是中國的」、「打倒日本侵華美夢」等口號（引自：〈再掀保釣潮、抗議日本強占施暴、統聯發起保釣遊行〉，《中國時報》，1989年10月25日，第4版）。

133 美國衆議院外交委員會亞太小組主席衆議員索拉茲抵台觀察台灣三合一大選，「中國統一聯盟」發動近百名民衆分持標語、布條到美國在台協會外高呼「索拉茲，滾回去」口號，表示這是中國人的選舉，不歡迎索氏以「台灣總督」的姿態來台考察，並抗議索拉茲「干涉內政」、其有濃厚為台獨運動造勢的意思。雖然報上都沒有提到活動總領隊是誰，但合理地推論由主席陳映真帶隊或主導的可能性很高（引自：〈中國統盟動員到美國在台協會、抗議索拉茲「干涉內政」〉，《聯合報》，1989年12月1日，第2版）。

還能談什麼呢？陳映眞與劉賓雁當然有理念上的分歧，但眞正是什麼因素在繼續擴大他們的認知差距？要如何估量從香江到愛荷華、從愛荷華到台北、從彼此無話不說到對外無可奉告的距離？相較於劉賓雁「六四」前後的言論令陳映眞感到不解及不滿的成分，其實爲自己開創一個有利的政治形勢、圖謀正要起步的「民族統一大業」，才是陳映眞心中眞正「不能說的秘密」——更奇妙的是，在某種程度上陳映眞似乎也取得了劉賓雁的「理解」及「默契」。

3、擺盪於「第一種忠誠」與「第二種忠誠」的陳映眞

「中國統一聯盟」，在台灣有時簡稱「統聯」或「統盟」，是一個以「夏潮聯誼會」（1987.05.17成立）與「中華雜誌社」成員爲主的民間政治團體。1988年4月4日時，六百多位成員在台北的耕莘文教院召開成立大會，會中推選陳映眞爲聯盟的首任主席。[134]

---

134 「統聯」的主席任期原則上為一年一屆，陳映真共擔任了首屆（1988年4月至1989年4月）與第二屆（1989年4月至1990年4月）的主席職。根據陳映真接受訪談時的說法，他自己原先無意承擔此要職，經他敬愛的胡秋原勸說之後才勉為其難接下重擔，他說：「我這個人很不愛出頭，我在88年，成立統一聯盟的時候，他們要我做第一任的創盟主席，我就堅持不做，後來胡秋原先生跟我講了一句話，這種工作要本省人比較有影響力的人來做才有意義，外省人來做統一運動，意義就不一樣，我聽他老人家這一講，沒有第二句話，就承擔下來，他老人家知道這個問題。」（引自：武世明專訪，〈臺灣著名作家陳映真暢談臺灣光復（六十周年）重大意義〉，「中國台灣網」網站，2005.10.25。http://big51.chinataiwan.org/zt/lszt/kangzh/renwuzhf/200801/t20080102_528963.htm。檢索日：2011.12.25）

1990年2月14日，「統聯」按原定計劃由主席陳映眞率團首度訪問中國，算是台灣統派人士第一次的正式組團，期間被安排住在中共招待國賓的「釣魚台賓館」；訪問的單位計有：中國人民大會堂、中國社會科學院、「三台」（台灣民主自治同盟、中華全國台胞聯誼會、台灣同鄉會）、中共中央統戰部、國家經貿部、全國總工會、中國作家協會、北京大學、清華大學、首都鋼鐵公司等等；[135]中共也策略性地前前後後出動了「政協」的三位副主席錢偉長、王任重及程思遠在人民大會堂「四川廳」設宴招待「統聯」一行人。但是整個行程最高潮也是最受到矚目的重頭戲，當然仍屬中共黨中央總書記兼軍委會主席的江澤民在中國人民大會堂福建廳接見陳映眞等27名「統聯」團員乙事。[136]在這次「拉家常」（江澤民之語）的過程中，以江澤民幾乎是獨白式的談話爲主，其中又穿插一些江澤民與陳映眞的對答，[137]歷時約一小時。

江澤民主動傳達了三點：（一）針對八九年國際形勢（即指蘇聯及東歐的變局）而言，對中國「應該說並沒有特別大的影響」[138]。（二）針對「六四」處理原則提出了「寬

135 李大宏，〈統一的力量來自於民間——本刊記者專訪台灣「中國統一聯盟」大陸訪問團部分成員〉，《瞭望》第10期（1990年3月5日），頁46。

136 圖片請參見：李大宏，〈統一的力量來自於民間——本刊記者專訪台灣「中國統一聯盟」大陸訪問團部分成員〉，頁46。

137 圖片請參見：李大宏，〈江澤民與台灣「統聯」訪問團共話祖國統一〉，《瞭望》第12期，1990年3月19日，頁4。

138 李大宏，〈江澤民與台灣「統聯」訪問團共話祖國統一〉，《瞭望》第12期（1990年3月19日），頁5。

大」的宣示，即使是那些要求美國制裁中國的人（按：暗指劉賓雁等人），「就是這種人回來，我們仍然歡迎」[139]。（三）針對放棄對台灣使用武力的問題，江澤民說：「去年（按：1989年）9月26日，中共中央政治局全體常委舉行中外記者招待會，這是我出任總書記（按：9月20日）之後舉行的第一次記者招待會，當時有一位來自台灣的記者（按：《中國時報》香港特派員江素惠），她提了一個問題，就是中共是不是可以放棄對台灣使用武力。我坦率地告訴她，我們不能作這個承諾，但是我們要努力以和平方式解決兩岸統一問題。不作這樣的承諾，是針對外國干涉勢力和分裂主義分子的。我相信台灣同胞只要把其中的道理弄清楚之後，也就不會有反對的理由。」[140]席中，江澤民先後援引了曹植的七步詩，以及魯迅「渡盡劫波兄弟在，相逢一笑泯恩仇」的詩句相勉。

在三點說明裡，以第三點最爲台灣社會所關切，江澤民在此重申不承諾「不以武力犯台」，雖不令人意外，但令人感到不解的是，「統聯」當場竟無一人至少適時提出質疑：既曰本是同根生，那又何需武力要脅？其中又以陳映眞坐得最近，最有機會開口，可是非常遺憾，陳映眞回答的竟是：「非常高興能聽到江總書記這麼多的高論。」[141]據聞當天的人民大會堂福建廳淨是「不斷傳出陣陣掌聲、歡笑聲」[142]，

139 李大宏，〈江澤民與台灣「統聯」訪問團共話祖國統一〉，頁6。
140 李大宏，〈江澤民與台灣「統聯」訪問團共話祖國統一〉，頁5。
141 李大宏，〈江澤民與台灣「統聯」訪問團共話祖國統一〉，頁5。
142 李大宏，〈江澤民與台灣「統聯」訪問團共話祖國統一〉，頁4。

甚至還有團員當著江澤民的面對其恭維「精彩，佩服！」[143]

「統聯」於2月25日在上海發表「離滬返台聲明」，該聲明指出：通過與中共領導人的會見，發現「彼此對於爭取捐棄兩岸歷史前嫌，降低敵意，爭取擴大兩岸全面交流、往來、接觸與協商會談，逐步促進我們民族和平、民主化的統一，有一致的意見。」[144]可是，令人感到疑惑的是：江澤民的談話內容已經很清楚表示不放棄「武力解放台灣」及「四個基本原則」，如此一來「統聯」的聲明中怎能說成在「和平、民主化的統一」問題上，和中共高層「有一致的意見」呢？長年讓台灣處在軍事暴力的陰影之下，中共平日「和平統一」、「民主協商」的高調卻往往唱得比任何人都嘹亮，但那可是在「一國兩制」下的「和平統一」、堅持「四個基本原則」下的「民主協商」，無論陳映眞等人當時抱持何種情緒或主義，如何能夠麻木到與其達成「一致的意見」呢？席間，更離奇的是，陳映眞尚曾告「洋」狀表示：

> 大陸、台灣有一批很可愛的知識分子，很愛國，特別是大陸的知識分子，在困難的條件下為祖國做貢獻，任勞任怨。團結好他們，對台灣的觀感會很好。江總書記是非常開明的人。我還想提出我們搞統一運動的人非常關心的大陸推進廉政建設的問題。當然台灣並

143 〈一會兒詩詞歌賦、一會兒咄咄逼人、江澤民展現多面性格〉，《中國時報》，1990.02.20，第9版。

144 〈降低敵意擴大交流、統聯大陸訪問團在滬發表返台聲明〉，《聯合報》，1990.02.26，第4版。

不廉潔，中共曾表示短期內辦幾件人心大快的事，希望盡力嚴肅認眞地去做這個工作，實行非常鮮明的政策。這樣能鼓舞大陸人心，對台灣也是非常大的鼓舞。[145]

姑且不論陳映眞以上所言的眞確性多高，但稍具良知之人都可以看出江澤民的總體回應多是似是而非、辯解性質的應付之辭，[146]反觀陳映眞一行人在應對中共高層的言談時表現得伏伏貼貼之餘，卻自始至終怯於嚴肅表述台灣的和平與民主願景，此行縱使能爲自己積累政治資源，但誠如當時《九十年代月刊》所評：「台灣中國統一聯盟主席陳映眞二月間率團到大陸訪問，受到異乎尋常的接待，相關照片甚至兩度上《瞭望》週刊封面。在這個時候做這樣的處理，中共要傳達的訊息是顯而易見的。」[147]陳映眞等人難免亦成爲中共的統戰樣板。[148]雙方雖意在各取所需，然而無論如何，

145 李大宏，〈江澤民與台灣「統聯」訪問團共話祖國統一〉，頁6。

146 就以寬大處理「六四」的原則為例，中共事後大肆搜捕學生、民運人士已是舉世皆知之事，在此不贅言，單以劉賓雁情況來說，其晚年罹病之後年年申請回中國，所有管道皆石沉大海，最後當了「回不了家的人」（參見：聶華苓，〈回不了家的人：劉賓雁二三事〉，《中國時報》「人間副刊」，2007年7月7日-8日，分別在第E7版及第B7版）。

147 引自：石敬然，〈中共隔海對台北亂局唱什麼調？〉，《九十年代月刊》，1990年4月，頁43。

148 針對外界對「統聯」成為中共統戰工具的疑慮，陳映真返台後予以駁斥說：「與其將『統聯』看成被政治利用，倒不如以寬廣的心胸擺脱冷戰時代的思維，視『統聯』是爲了民族統一大業，前往大陸作親切的瞭解與關懷。」（引自：〈「統聯」是中共統戰工具？陳映真予駁斥〉，《聯合報》，1990.02.28，第4版）2004年4月時，陳映真出任香港浸會大學駐校作家，接受記者專訪；記者首先回溯說：「香港文學界對陳映眞的印象，仍多停留在多年前他與劉賓雁的對談，

「祭品」恐怕都是台灣。從「六四」變局到率隊訪中這段期間，《人間》雜誌由於長期「財務問題」被迫於九月號（1989.09）以後停刊，陳映眞失去了他「介入」社會相當重要的物質基礎，此時投入「統聯」的運作實際上有其現實上的考量與實踐的必然。問題是，陳映眞急於「六四」過後不久藉由到訪中國而自我催眠，日後即便甦醒過來，想要擺脫「中國」的陰影，恐怕已是不可能了。

4、歷史的轉角

1991年4月，當劉賓雁與陳映眞在聶華苓的夫婿保羅·安格爾的追思會上再度重逢時，已是物換星移——這段期間陳映眞率隊晉覲中共領導人江澤民而劉賓雁終生流亡幾成定局——當與會者一字排開合影留念時，兩人中間卻頗耐人尋

當中有誤解，有僵硬的理解」，然後對陳映真提問到：90年組團訪京乙事，「這個訪問團似乎引來不少誤解，六四才發生一年，而且你們在北京接受了國家領導人很隆重的接待」？陳映真回說：「我們要求的訪問對象是一些從事具體工作的中下層幹部，到了那邊規格變得那麼高，連我們都不知道，這完全不是我們要求的，去了那邊才臨時安排的。……當然我也聽到很多對訪問團的批評，但我不以爲意，主要的就是因爲民族認同，如果你認同這是你的民族，自己的民族發生了這樣不幸的事情，我們當然要去瞭解。說到江澤民接見，他接見那麼多人，爲什麼就不能接見台灣來的人。」（引自：張薇，〈我不是Superman：陳映真專訪（上）〉，香港《經濟日報》，2004年4月9日）然而筆者以為，以陳映真的政治智慧而論，當初他應該起始時就很清楚以中共當時的内外情勢，是不可能讓訪問團達到他所說的「訪問目的」，結果事後他卻又將事情的原委推給對方；尚且，根據當年記者預報「統聯」出團的消息（例如楊憲村當時的報導：〈統一聯盟決定二月組團訪大陸．主席陳映真帶隊．全團數十人計畫接觸中共領導階層〉，《中國時報》，1990年1月7日，第3版），已能充分反映如今陳映真的這番辯駁，除「民族認同」立場之外，其餘說法皆顯示他缺乏真誠。

味地隔著一位奈及利亞的「第三世界」作家[149]，相較於先前陳映眞讚譽劉賓雁「對於祖國和祖國人民永不動搖的忠誠，對於迢隔了一個海峽的我是一個動人的啓發和鼓舞」[150]的熱絡，我們似乎可以在他們的身上找到些陌生和幾許的尷尬，特別是在陳映眞「六四」之後漸成中共攏絡對象、最後竟至悄悄與劉賓雁「分道揚鑣」的基礎上。相異於何新諸輩的「第一種忠誠」，以專揭黑暗面和針砭時弊來表現「第二種忠誠」的劉賓雁，對於這樣忠貞的前共產黨員，陳映眞與中共高層會無法理解？**如果說，中共自始至終不讓劉賓雁歸鄉、將其自中國當代文學史完全除名、甚至《人民日報》「人民數據庫」有關劉賓雁的新聞全部予以封殺**（只留標題）**有其政治上的考量，**[151]**那麼，陳映眞呢？**

149 圖片請參見：愛荷華國際寫作計畫台灣聯誼會編著，《現在，他是一顆星：懷念詩人保羅．安格爾》，台北：時報文化，1992，無頁碼。

150 陳映真，〈民族文學的新的可能性——在「陳映真文學創作與文化評論國際研討會」結束時的致謝辭〉，《人間》第35期（1988年9月），頁26。

151 自1989年「六四」之後劉賓雁偕妻流亡美國，直至2005年12月5日病逝於美國，與其他大部分的民運人士一樣，終生不得回到中國。過世隔天《聯合報》的標題是〈「中國的良心」停止跳動〉，各家媒體只有《民生報》記者猶知專訪劉賓雁的昔日「同志」陳映真（見：〈陳映真聞訊惆悵．像他這樣啄木鳥．大陸此刻正需要〉，《民生報》，2005.12.6，第a10版）。事實上，自流亡的那刻起，中共就盡全力封殺這批中國流亡人士。譬如自1990年以後香港政府就拒絕發簽證給劉賓雁入境。當2005年年初劉賓雁過世前，中國的旅美文化人本想集結眾力，打算在香港合出《不死的流亡者》，向素有「中國的良心」之稱的劉賓雁祝賀八十大壽，卻差點開天窗。據季季透露說：《不死的流亡者》當初接洽香港的出版社時，對方顯得很為難；她當時一聽到這個消息的第一個反應是：讓它在台灣出版。結果她打電話給初安民，他二話不說就答應了。終於讓劉賓雁在2月27日祝壽會當天看到了完整的成果，對照於當年「香江盛會」，此情此景實有天壤之別！（參閱：季季，〈人血不是胭脂——哀思劉賓雁先生〉，《中國時報》，2005年12月6日，第D8版）特別令筆者慨然的是，當劉賓雁於2005年過世時，包括陳映真在內全世界早已在大談特談中國的「大國崛起」、「和平崛起」，他則被遺忘在所有的「信息」之中！

如今，當我們回顧二十幾年前所爆發的「六四」事件，仍可感受到當初中國人民包括劉賓雁等許多流亡人士，其整體訴求的方向大致上就是政治改革而非武裝革命，採取的是要求對話而不是暴力的手段，但是陳映眞卻不惜以反帝、反霸的第三世界理論加套冷戰框架，來爲中共從事某種程度的「變相開脫」[152]；妄想一個冷血屠殺人民的政權推行社會主義的理想，這不能不是陳映眞理智上的一種怯懦的推斷，以致於在當權者九〇年接見之時表現得卑躬屈膝，在那個歷史時刻陳映眞的台灣立場和「左眼」視野又在哪？如何能不愧對歷史呢？

中國的何新，與陳映眞一樣皆毫不避諱自己的中國民族主義立場，尤有甚者，何新更常在著作裡公開標榜：「我是一個堅定的愛國主義者。……我一切學術活動的最高宗旨，就是要爲我的祖國和民族謀利益。」[153]這立場原本不是個問

152 如今輿論長期普遍流傳陳映真當初沒有對「六四」學運或中共鎮壓乙事發出任何同情或譴責——近乎異常沉默——的刻板印象，譬如羅榮光牧師就曾一方面推崇1986年諾貝爾獎得主渥雷．索因卡由於中共「六四」屠殺且事後從未為此向人民道歉而一直拒絕其官方邀訪，另一方面羅牧師同時譴責曾與索氏對談的陳映真在中共濫用國家暴力壓制民眾時，「不祇不吭一聲，甚至還想爲中國當局辯解」。（引自：羅榮光，〈向反抗強權的文學大師致敬〉，《台灣日報》，2003年2月2日）然而如本文前面已述，事實當然並非全然如此。當「六四」發生時陳映真也不是說「鎮壓有理，學生該死」，只是他不認為當「國家」成為問題時，「民主」會是解決問題的靈丹妙藥，他不相信「自由」、「人權」不受歷史、社會和政經條件限制；他一再強烈不滿及質疑「六四」事件的背後，潛藏著知識分子在帝國主義的撐腰下，假藉「自由」、「民主」或「人權」這種「相對價值」的名目來操控著一股反中、反華甚至仇共的勢力。陳映真本人並不是鎮壓者，他只是鎮壓者的辯護士，亦即在歷史法庭上為中共「打官司」的律師。律師就是替有麻煩的「當事人」出庭辯護，理論上他不應受到指責，至於他將來會不會敗訴，最後還是需要由歷史來做出宣判。

153 可參見：何新，〈世界經濟形勢與中國經濟問題〉，《海峽評論》第2期，

題，因爲即使是「愛國」的論斷，最終仍需接受各方的公評，重要的是：在一切爲了「國家」、「民族」利益的聖名之下，何新與陳映眞等人是否從頭到尾都實事求是講了眞話了？是否任意簡化與意向化了「六四」現象？是否擅用學術包裝或人道僞裝來迴避中共一黨專政的本質？中國民權人士也是2011年諾貝爾和平獎得主劉曉波就說：「任何稍有良知的知識分子，都不會對一黨壟斷所有資源和權力的最根本的社會不公正不置一詞。在中國，談任何問題都不能迴避一黨專制這個制度性前提，而任何迴避這一制度性前提的理論，不論其主觀動機如何，都脫不了助紂爲虐的嫌疑！」[154]因此，按理說共產主義的信徒只講無產階級國際主義，而非所謂資產階級民族主義，可是依本節所舉的諸多事例來看，這些「愛國主義者」不但是徹底把民族主義運用在政治鬥爭的目的上，在「六四」前後其社會主義的扮相似乎也都不怎麼高明。

1991.02，頁35。另外，他也會在自己的專書裡的首頁就顯目地只寫上一句話：「我一切學術活動的最高宗旨，就是爲我的祖國和民族謀利益。」（譬如可參考：何新，《東方的復興——中國現代化的命運與前途》，哈爾濱：黑龍江教育出版社，1992.06）

154 劉曉波，《向良心說謊的民族——劉曉波文集》，台北：捷幼出版社，2002年1月，頁103。

第四節　陳映眞的「回歸中國」

「影像」有時透露的實情比文字更細微、更具預測性，而歷史往往做了見證。

——筆者

自從1990年率領「中國統一聯盟」參訪中國而成爲中共高層的座上賓以後，陳映眞便頻繁地踏上文學／學術與現實政治攪渾的旅程。例如1994年時，適逢賴和醫生百年冥誕，就在兩岸「一個賴和．兩種面貌」的紛擾中，陳映眞選擇跑去中國參加主辦單位全具官方性質的「紀念台灣作家賴和百年冥誕」座談會，將確立台灣主體性的台灣新文學之父，說成承續中國文學傳統的「橋樑」、「香火」[155]；1997年4月，中國社會科學院決定頒予名譽研究員，7月受邀參加香港的回歸典禮；1998年獲中國人民大學授予榮譽客座教授頭銜；1999年10月受邀參加天安門廣場的「中華人民共和國建國五十週年大典」，12月再度獲邀參加澳門回歸典禮……；2006年端午節之際搭機離台，據聞本已準備在中國長期寓居下來，不料於9月、10月相繼不適，至今仍「被中共以副

155 參閱：〈北京紀念台灣著名作家賴和百年誕辰〉，《人民日報》，1994.04.27，第4版。據報導，這場座談會是由中國作家協會、「台盟」中央、「全國台聯」一起在北京召開主辦：「台盟」中央主席蔡子民、「全國台聯」會長張克輝、中國作家協會副主席馮牧、賴和生前好友亦是「台盟」中央名譽主席蘇子蘅、中共文化部、「全國」婦聯、「全國」政協等單位負責人及陳映真等都有在會上發言。

部級待養在北京」[156]；2010年時，成爲被中國作家協會首批「納編」的台灣作家之一兼名譽副主席。陳映眞可說是在中國「史無前例」唯一享有最高「尊崇」的台灣作家；雖然眾所周知所有的「殊榮」多是政治象徵大於文學意義，但陳映眞似乎求仁得仁、甘之如飴。對生於1937年的陳映眞而言，1945年之前他成長於日本殖民地台灣，1945年之後台灣又淪爲美日的「新殖民地」，換句話說，他自認一生沒有眞正當過「中國人」，因此當兩岸開放往來之後，二十餘年來他全心投入「回歸」中國的活動，最後選擇直接定居中國做一位眞正的中國人，事實上一點也不令人意外。

就在陳映眞二十餘年的「回歸」歷程中，期間所創作的花火總帶著怒火的焦躁，譬如「忠孝公園」系列作品裡所出現的史觀指揮情節、人物成了海報傀儡的傾向可說愈來愈濃厚；他總宣稱所有的台獨運動所發展出來的台灣史論由於「完全失去了與中國現當代史、乃至世界現當代史的聯繫及其宏偉的襯景，從而把台灣史庸俗化和猥小化了。」[157]甚至基於一種國族認同的同仇敵愾，即便是余光中對當年「狼來了」事件、「告密」疑雲仍閃爍其詞，陳映眞仍公開向余光中喊話：「從大局看，在台灣的民族派文學界的溝通、理解和團結，當著島內外反民族文論猖狂的形勢下，實爲重中之

156 引自：蘇曉康，〈走過河殤：二十年乂見台北（下）〉，《中國時報》「人間副刊」，2012.03.13，E4版。

157 陳映真，〈序〉，收錄於楊國光著《一個台灣人的軌跡》，台北：人間出版社，2001.06，頁1。

重」[158]，因此只要余能夠「爲中國文學、兩岸的民族團結做出重大貢獻」[159]，「統一」之下兩人沒有什麼事不能一笑泯恩仇的；更由於九〇年代以後台灣的本土論述全面上揚，中國除了原是精神寄託外，頓時也成爲陳映眞失落後的新的動力目標，然而一開始他便像個自我精英化的馬克思主義衛道人士，以致三番兩次在中國遭到了作家同行的「反唇相譏」[160]；憤怒之餘，陳映眞不但不願就此謙卑地傾聽民間的聲音，卻反將自個編織的美麗神話與赤裸裸的權力結合，在當權者的面前總是表現得卑躬屈膝。很多人本以爲陳映眞「回歸」他的祖國後，其發揮的空間應該就會變得大到超乎想像，可是實情卻是從剛開始的自我設限，到後來的自我噤聲，以至最後同聲唱和，如今更是意外地陷入身、心皆被「封鎖」的狀態。[161]游勝冠就曾質疑：「可以是『台灣良

158 陳映真，〈惋惜〉，收錄於《爪痕與文學》，台北：人間出版社，2004.10，頁101。

159 陳映真，〈陳映真經鍾玲教授轉余光中信〉，收錄於《爪痕與文學》，頁104。就像淺井基文所說：「陳映眞的立場非常清楚：只要是同意統一的必要性，那個人就是陳映眞的朋友，無論那個人的意識形態是什麼。」（引自：陳光興，〈1960年代的陳映真：訪談淺井基文教授〉，《台灣社會研究季刊》84期，2011.09，頁300）

160 關於陳映真遭到中國作家阿城、張賢亮等人當面的冷嘲熱諷之事，雖然筆者在價値認同上也未必完全同意阿城、張賢亮等人的說法，但最感到可惜的是，陳映真當時並未即時地由此進一步自省自己所抱定的理想或主義的封閉性或欠缺。詳情可參閱：查建英，《八十年代——訪談錄》，Hong Kong: Oxford University，2006，頁7-9。

161 到了中國的陳映真，就以他及當年被他稱之為「親愛的同志」的劉賓雁兩人之間命運殊途為例，便足以說明其陷入「自我設限」→「自我噤聲」→「同聲唱和」三部曲的現象。當年劉賓雁有家歸不得，流亡美國後仍然秉持著「第二忠誠」，持續在海外的華人媒體向中共發出強烈的建言或批判，然而陳映真卻是自此絡繹不絕於中共的各式官辦活動，我們不但聽不到他在黨總書記、作協書記面前或者是重要場合上像在台灣時那樣地侃侃而論，而是處處可見他善解人意的發言，

心』的陳映眞，爲什麼不可以同時是『中國良心』」[162]？爲什麼中國人拒絕被一廂情願的陳映眞拯救？爲什麼拒絕成爲陳映眞所堅守的主義的人質與眞理的犧牲品？爲什麼對陳映眞使徒般的現象會心生畏懼？因爲他們看見長期自甘成爲中共操弄的棋子的陳映眞身上，有著他們急欲甩脫的陰影？

《浮游群落》裡有一段「新潮社」的成員柯因對「布穀社」的成員林盛隆的批評，他說：

> 任何人都不應該覺得自己掌握的是天下唯一的眞理。林兄近來發表的評論文字，以及今晚的講話，都給我這樣的印象，表面上好像大義凜然，一臉正氣，又有現實又有人道，實質上卻隱藏著一種危機，說得透徹

或體貼或維護的舉止，有時甚至已配合到了等同《人民日報》評論員的功能；「六四」之前，劉賓雁的多部「報告文學」是中共建國之後的代表性文學作品之一，但是多年來中國的當代文學史課程或教材中的「報告文學」乙環，卻徹底不提「劉賓雁」其人其作儼然從不存世的現象，譬如2003年由王慶生主編、北京高等教育出版社出版的《中國當代文學史（面向21世紀課程教材）》乙書，在厚厚一本文學史裡找不到「劉賓雁」三個字，倒是在「台灣小說」單元裡用了三頁介紹陳映真（頁616-618），一直與中國文學界高層廣結善緣又被部分學者刻意形塑成「台灣魯迅」的陳映真對這樣的現象不是不知道，卻置若罔聞。香港新聞學者張翠容曾是促成陳、劉八八年「香江盛會」的幕後功臣之一，她說：「記得八八年在台北與台灣作家陳映眞見面，我問他最欣賞的中國內地作家是誰？他即回答：『劉賓雁。』並說如果能與劉賓雁做個對談，對他而言，人生一大美事也！」（引自：張翠容，〈憶劉賓雁〉，香港《經濟日報》，2010.12.28，C09版）如今陳映真已貴為中國作家協會的榮譽副主席，正是「六四」之前劉賓雁坐的位置（劉當時是作協的副主席）！自從劉賓雁2005年於美過世之後，一直要到2010年12月22日才得以被批准歸葬北京（仍禁刻墓誌銘），張翠容說：「（劉賓雁）他的骨灰現在安葬於北京門頭溝天山陵園，不知身在北京的陳映眞是否已經到訪過他的墓地，向這位老朋友致敬？」（出處：同上）張翠容當然是出自一種感嘆，但這件事即使陳映真今日有心，在考量身體或身分狀況下，恐怕也很難自己做主了吧？！

162 游勝冠，〈台灣良心vs 中國良心——我看陳映真〉，《台灣日報》，2001.12.10。

> 一點，是一種不容異己的法西斯心態……。每一個態度嚴肅的藝術家都在不停的反省和檢討，沒有人反對這個，也沒有人壓制林兄發表你的評論，問題是，你不能宣稱凡是不接受這種意見（按：指批評現代主義的意見）的人，便是精神墮落、人格分裂、行屍走肉！[163]

這段話警示的，不就是那種起始於反抗卻無力自省，終至變成自己最初反抗的對象的情形？曾經在台灣「被囚」的陳映眞，到了彼岸居然「自囚」起來，難免這些年來他對台灣的寄望就易於淪爲一套不具價值的修辭。「回歸」中國對終生追求烏托邦的陳映眞而言，會是一場名副其實的雙重失落嗎？在歷史還沒有給出答案之前，誰也無法下結論；筆者之所以連續安排兩個章次來追記「情懷中國」的陳映眞，最終的學術關懷與其說是執意質疑其近半世紀的認同歷程，倒不如可以較寬廣地看作是筆者企圖更深一層來探究「悲劇」在個人獻身的認同信仰中的位置，來得更適切些吧。

---

163 引自：劉大任，《浮游群落》，台北：遠景出版事業公司，1985.06，頁86。有部分的讀者（包括筆者在內）認為小說中的柯因與林盛隆二角，其原型人物多少分別取材於六〇年代中期《劇場》時期的黃華成與陳映真，雖然作者劉大任一概不置可否，或者否認到底。

8

結論

台灣的預言

> 人類的海洋探險史，絕大部分是在逆風航行下完成，而體認到這事實者並不多。……有心發現新天地者，大部分偏愛逆風航行——甚至根本避採順風——這大概是因爲逆風航行既攸關如何抵達新地方，且至少在同樣程度上攸關如何返鄉。
>
> ——菲立普·費南德茲-阿梅斯托[1]

書寫台灣文學史或者思考台灣近現代史，都不能不觸及陳映眞，除了因爲他的小說創作和文化活動幾乎涵蓋了戰後各個階段的切面、彷彿再現了整個台灣經驗之外，最重要的是陳映眞對許多人曾經發揮過影響力，他是我們的來歷。從「芥川」的體質一路刻意裝扮成「魯迅」的陳映眞，是值得我們特別珍惜的，但這一切並不代表就此認同或不需進行批判。長久以來，筆者雖然敬佩陳映眞出於使命感的「眞誠」（sincerity），可是同時也正因過多的使命感而深覺缺乏「眞實」（authenticity）——「陳映眞」成了一種原始的迷信，因此本書一開展便是非「陳映眞」，甚至反「陳映眞」，當然不是爲了誘引人們誤蹈筆者所切入的論述網罟而進行撻伐或消費陳映眞，而是希望以一位「詮釋者」[2]的角度，對「陳

1 引自：菲立普·費南德茲-阿梅斯托（Felipe Fernandez-Armesto）著，黃中憲譯，《大探險家——發現新世界的壯闊之旅》（*Pathfinders: A Global History of Exploration*），台北：左岸文化，2010.03，頁65-66。

2 社會學者鮑曼（Zygumunt Bauman ）劃分兩種知識分子，分別是「現代」社會的「立法者」，與「後現代」社會的「詮釋者」。「立法者」的知識具有權威性，

映眞」進行改造和臆造，重新訓練和顚覆人們傳統理解中的「陳映眞」，特別是藉由所有新出土的史料和延伸的論述，深拓整體學界對陳映眞的理解、提問與批判。倘若當筆者藉由探討「陳映眞現象」來抗拒既存的政治神話以及隨之而來的文學壓迫時，有人將之誤解成是在處理作家個人的「八卦」，這就如同將聖餐視爲飲食的問題來看待，筆者除斷難苟同之外，更無法以此層次與之對話。也許本書處理的問題點異常尖銳，但筆者自始至終眞誠面對作家、提出批判，意不在「褻瀆」作家；只有那些重複作家、迷信作家等於變相取消認識作家的人，才有可能是「褻瀆」作家。

總體而言，從〈讀「濁流」〉的「沙漠」時期開始，歷經「台叢」事件的推辭、「讀書會」以後的「遠行」，紅色的「民族主義」漸漸地成爲陳映眞唯一的視野和道德標準，所以當他解讀台灣「本土」議題時，雖以台灣爲起點，中國卻是不證自明的前提，也是觀照的座標，所有的結論最終都必需透過「現實的中國」來定位，這不止是陳映眞向來論述背後的隱蔽邏輯，也道盡其與鍾肇政等人那段自六〇年代親密的「文學諍友」進而決裂爲九〇年代「認同論敵」的聚散本質。

意見存在分歧時他可以做出裁斷。但進入後現代社會，知識分子不可能再像個「立法者」，相反地較像位「詮釋者」，他意不在選取最佳觀念為取向，也不可能盡握普遍有效的真理；他就是對相關觀念進行「翻譯」、促進各個知識團體之間的溝通，並且也只是對「被詮釋者」有較深一層的理解而已，而不再是擁有「立法者」那種知識權威或自信。請參閱：鮑曼（Zygumunt Bauman）著，王乾任譯，《立法者與詮釋者》，台北：弘智文化事業有限公司，2002。

然而更令人感到不安的是，身爲猶大（背叛）和蔡千惠（救贖）合體的陳映眞，爲了配合這種早已立命的立論與立場，也爲了回應當下的論述困境，對於父祖們百年來不論在鄉土生存或是家國認同上的掙扎歷程，遠自〈鞭子和提燈〉的時代，陳映眞便決絕地捨棄了面對、理解與同情的態度，[3]反將自認結論會相當尷尬的家族史置於「崇高」的道德與「正確」的政治交相結合之下加以編造，繼而成就了一整套關於「以家喻國」／「家國互喻」的國族修辭，「弒父」／「戀父」又「戀父」／「弒父」地從「父之名」到「以父之名」，不但刻意地置換絕大部分的歷史眞相，也使得台灣文學史淪爲政治表述的附庸。因此，當1983年陳映眞首次出國至愛荷華國際作家工作坊時遇見了中國作家茹志鵑與王安憶母女，爲了勉勵眼前的這位新秀作家王安憶，陳映眞會說出：「你必須爲整個國家著想。把自己貢獻出去」也就不足爲奇了，倒是王安憶回答得妙，她說：「我首先得找到我自己，才能把自己貢獻出去！」眞不知此時已獻／陷

3 學者劉紀蕙曾經為了反駁作家楊青矗指責其著作表現出了殖民統治者的心態，除了表示站在研究台灣文學史或是整體文化史的立場上她自己是無法同意楊青矗的這種指控外，並進一步說：「文學以及藝術是台灣人展現各種層次的意識狀態的場域，對於已經發生的文化歷程，我們能夠說哪一部份才是我們可以接受，哪一部份我們要否認甚至拒絕討論嗎？這種立場的選擇似乎呈現了我們對於人性以及藝術形式的容忍程度。不過，更爲重要的是，歷史是不容我們改寫的。唯有面對，才能夠有理解與同情的起點。」這個立場事實上正是本書一再強調的精神和主張，筆者沒有理由不贊同。唯一要補充說明的就是，無論是「律己」或「待人」，這個標準都必須是徹底地一體適用，不因各式考量而又存有灰色地帶，否則就只是流於說嘴而沒有多大的意義了。引文見：劉紀蕙，〈林燿德現象與台灣文學史的後現代轉折——從《時間龍》的虛擬暴力書寫談起〉，收錄於氏著《孤兒．女神．負面書寫：文化符號的徵狀式閱讀》，台北：立緒文化事業有限公司，2000.05，頁389。

身政治神話的陳映眞作何感想？[4]郝譽翔曾稱譽過陳映眞爲「薛西弗斯」，筆者以爲假使陳映眞是「薛西弗斯」，那麼那顆巨石就是台灣獨特的歷史背景與族群經驗，所以每當陳映眞硬是從腳踏的台灣現實推著石頭一次又一次永無止境攻向山頂上那虛無縹緲的中國情懷時，石頭都一再拒絕成爲陳映眞攻頂下的勝利品，可是爲什麼陳映眞也從不修正或停止徒勞無功的荒謬之舉？原來「薛西弗斯」所追求的原本就是那種烈士的悲劇感，恰恰就是陳映眞自己需求的意義和重量，也唯有如此才能獲致最後的救贖與補償，因此當陳映眞每一次看到石頭滾下的瞬間，都不得不令筆者想像著他總會不經意地露出笑意。

在台灣，固然對新殖民主義、第三世界發展理論等能夠產生抗體的知識分子爲數不少，但陳映眞更是箇中翹楚，其相關議論長久以來自然對任何立場的人皆具嚴肅的「反省性」（reflectivity），尤其在今日跨國的「資本帝國」橫行的市場經濟裡，陳映眞對於知識分子的吸引力之一，莫過於他清楚地揭露新自由主義、資本主義「欺詐」的一面，而我們也確實在伊朗、伊拉克及阿富汗等第三世界的身上，見識到了佔據宰制地位的國家們向這些「最敵對的地區發出了一個令人毛骨悚然的信息：對全球資本主義市場採取抵抗的行動是決不被容忍的」[5]、並且毫不羞愧地向世界宣示：「帝國

4　以上陳映真與王安憶兩人的對話，轉引自：聶華苓，〈母女同在愛荷華〉，《讀書》319期，2005.10，頁31。

5　大衛．麥克納利（David McNally）著，兆立譯，〈了解帝國主義：過去與現在、舊和新的統治方式〉，《十月評論》第33卷第2/3期，2006.12.30，頁28。

的權力——最主要的是美國的權力——將會在任何時候對任何地方進行干涉」[6]這樣的一個蠻橫現象；所以當陳映眞針對「美帝」的諸般行動得出了「總之，美國要促進中國的『和平演變』按照世界資本主義文化的形象改造中國的政治、經濟、文化和思想」[7]這樣的結論時，也並非無的放矢，但這樣的現象和結論卻同時也一貫成爲陳映眞論述時的禁臠：資本主義是他所有敘事的「假想敵」，把「嗆美」、「反日」當作國際分析的唯一判準！早已皈依「紅色・中國」、將之鑄放於宗教「盔甲」的陳映眞，半個世紀以來「只沿著這條信仰的軌道滚動」，只相信世上只有這種「眞理」，並且自己占有這個「眞理」，爲了能夠讓這座純正的「上帝之城」早日實現，即使是面對多大的「反差」或「悖論」[8]也絕不質疑或退縮，他殫精竭慮想說服讀者：如果你

6 大衛・麥克納利著，〈了解帝國主義：過去與現在、舊和新的統治方式〉，頁28。

7 陳映真，〈經濟全球化和文化的自主防禦〉，《文藝理論與批評》，第1期，2001.01，頁10。

8 不容否認地，陳映真的許多議論事實上都擲地有聲，譬如他早就警告知識分子不能教條化、不要存有強烈的階級和黨派性，他更主張文學藝術要遵循寫實主義、不能離開母土而創作（以至於他後來高分貝批判高行健反民族的「逃亡」姿態），但另一方面他卻執意樂當台灣「左統派」的精神領袖或先知、反倒千方百計地掩飾過往事實、不願深究中共是如何迫害作家到不得不逃亡……非常令人扼腕的，陳映真從不用同樣的標準反思自己。但在「陳映真現象」中最顯著的悖論情形之一，譬如陳映真不相信龍應台們所提的自由、民主等人權是普世價值（也可以說不相信世上有普世價值），但自己卻又無時不刻把馬克思、社會主義、第三世界理論當成了最高價值、不可取代的「第一因」去反駁任何不合己意的說法。探討陳映真的盲點，重點不在於他認不認可普世價值的存在，而是他讓整個認知幾乎遮蔽了許多基本價值的判斷，和基本事實的混淆，以致於他可以在論戰時凡是遇到不利己說的「基本事實」時，便以絕對的相對素材來轉移甚至混淆視聽、以致於自由民主與奴役專制之爭卻可以全然詭辯成西方帝國主義的陰謀與中國社會主義的特色之爭、以致於明明坐過黑獄的陳映真竟說「人權」是有分階級

能拉高視野來評價中共，那麼就會發現獨裁者其實還是個解放者，屠虐人民的背後是因爲要追求更崇高的理想，所有關於自由、民主的人權「話語」全出自國際強權的政治謀略，爲了掃除資產階級所滋生的邪惡而取得革命的最終目的，反右、文革、六四等「必要之惡」是有其正當性的一面……，諸如這類已淪爲統治者語言的偏執議論，不止不時讓人瞥見「浮士德」的側影，也徹底將「神聖」信念不顧凶險地擺在「荒誕」的志業上，直至構成其神魔合一的個性的一部分。可是殷鑑不遠，曾任南斯拉夫副總統兼人民議會議長的前共產黨員吉拉斯（Milovan Djilas），在一九五七年便曾公開站出來批判說，宣稱推翻封建及剝削階級（泛指資產階級）的共產黨，自掌權之後，早已變成新的欺壓人民的「新階級」；就「目的與手段」之間的辯證，他特別以親身體驗及近距離的觀察而指出：

> 有史以來，還沒有一個理想的目的是用非理想的、不合人道的手段達成的，正如歷史上沒有一個自由社會是由奴隸造成的一樣。最能表現目的之實質及其偉大者，莫過於用以達到目的之手段。假如必須要用目的來替手段開脫罪惡，那麼一定是這目的在實質上有卑

性的、是相對價值的、沒有所謂跨歷史跨文化的……，試圖用所謂「多元」、「差異」等後現代的概念來否定如今一般認可的普世價值和基本原則。因此，如果歷史性地對陳映真一路考察下來，難免讓人質疑陳映真的左翼姿態和社會科學考證等會是一種「表演」？

鄙的地方。[9]

亦即若有主義或政權堅持自己擁有一個至高、絕對的道德立場，想要以冠冕堂皇的彼岸性爲名來壓制其他的面向，在人類的歷史上毫無例外都只會帶來災難！而陳映眞的問題當然不在擁抱崇高的理想，卻是出自他把理想當成不可議價、不可挑戰的「目的」，再根據理想來尋求證據、選擇證據，甚至如有必要也可以抹除證據、變造證據去證明被當成「目的」的理想，「目的與手段」之間不得不在急盼彌賽亞的心理下失去了一種起碼的道德均衡感，最後終究避免不了「異化」爲自身言說的囚徒。正因如此，前文所提及的整套被「政治化」了的家族史書寫記憶／技藝，事實上絕非單一個案，它的書寫策略——即爲了某種先驗的政治理想或目的而不惜「工具化」書寫對象——恰恰也就是陳映眞長期下來習以爲常的論述策略，而其政治性的操作與宗教性的救贖雖然共構了一生的「中國情懷」，但在本質上卻幾近於欺罔。學者尉天驄曾在2007年的年初（1月25日）投書說：

9 參閱：Milovan Djilas, *The New Class: An Analysis of The Communist System* (New York: Frederick A. Praeger, 1957), 4th ed., p. 162。中譯本見：吉拉斯著，謝澄平譯，《新階級：共產制度的分析》，台北：黎明文化事業股份有限公司，1982，頁182-183。吉拉斯原居高位，卻能一本初衷地「反叛」年少時即已縱身一躍的「理想」，從共黨內部對其腐敗、貪婪、殘忍等營為提出實證的批判（並非一般因權力鬥爭落敗而成「叛徒」的那類型），因此被剝奪了一切職務及黨籍，後在獄中寫成《新階級》乙書，此書的出版對當年的東歐知識分子（包括哈維爾、米蘭昆德拉等）及西方左派人士都曾起過省思的作用。

> 這些年來，左派或統派的人士，常振振有詞的談白色恐怖，卻絕不去談紅色恐怖，甚至找一些「理由」爲反右、文革以及六四大屠殺辯護，眞讓人爲之寒心。他們關心中國的未來，卻從不與海外及大陸內的民主人士接談，這讓人如何信服他們的言論和「理想」？知識分子如果忘掉人的基本權利，是不配稱爲知識分子的。反專制獨裁是知識分子起碼的條件。任何地方都是一樣的。[10]

如果證諸學者陳芳明當年日期相當接近的2月15日的「日記」所載：「尉老師也第一次告訴我他與陳映眞分道揚鑣的眞相。在友情與大是大非之間，尉老師選擇了後者。他認爲中共做了太多無法對歷史交代的事，太多的知識分子竟然自我蒙蔽，自我矮化，全然不敢批判，反而是恬然歌頌。尉老師無法認同這樣的事。」[11]顯然尉文中所指的「左派或統派的人士」應該也包括了陳映眞在內。[12]在兩岸國族認同的狂

10　尉天驄，〈反專制是知識人基本條件〉，《中國時報》「時論廣場」，2007.01.25，A19版。

11　陳芳明，《2007／陳芳明──夢境書》，台北：爾雅出版社有限公司，2009.07，頁72。

12　陳映真的另一位好友作家黃春明，近年對陳映真的「批評」也有著與尉天驄類似的看法（可參閱：林家慶，〈從陳映真的文學創作思考當代知識分子的問題：「陳映真．人間特展」座談會紀實〉，《文訊》第291期，2010.01，頁90-93）。另外，學者劉紹銘也曾經特別批評過《浮游群落》中「林盛隆」這個多少是以陳映真為原型的小說人物，他說：「林盛隆一天『在野』，做他的批評家，那還罷了，因爲極其量他只能『文攻』。但哪一天他上朝做官，操生殺權，他會不會武鬥他認爲是行屍走肉的知識分子而這種人去搞革命奪得了政權後會不會輕易讓『人民當家』實行民主自由的制度？」劉紹銘針對的大抵也是目的與手段之間的變異問題（引自：劉紹銘，〈悲劇的縮影──淺論《浮游群落》〉，《七十年代

潮中，有時也不免叫人懷疑往往只顧著抓住所謂的「民族靈魂」卻寧可喪失「普遍人性」的陳映真，其一向標榜的「人道關懷」、「人道主義」會是他的一種替代性「宗教」而已？！打破作家不當的政治神話及扭曲的標準故事，此其時矣。

本書不管是在分三個層次包括出土「台灣行進曲」的作者陳炎興、挖掘日治時期的「巡查部長」陳根旺、傾聽陳映真父子的「瘖啞」對話來探究作家變異的百年家族史，或者是依據五十七封「陳映真致鍾肇政書簡」並按時間的縱軸來尋找十段失落的台灣文學史，以及運用「紅色」、「少年」、「人間」、「文選」、「白色」、「文革」、「六四」、「回歸」等八個橫切面來追記中國文學史如何吸納台灣作家陳映真這位「同志」的認同身影時……，筆者都是先透過敲打及拼貼一連串的「碎片」之後，再試著以這些物質性的存在去回答陳映真個人及其背後所浮顯的「陳映真現象」的各個面貌，它的「本質」在其現實性上是一切兩岸關係的總和，更確切地說，「陳映真現象」不但說明了陳映真的生命史或精神史就是整個台灣特定社會裡身分認同、左翼視野、統獨立場……等眾多分歧的產物之一，也直接證實了在台灣的眾多國族論述中，尚存有許許多多的「手段vs.目的」／「表象vs.眞理」被有計畫地進行倒錯而充滿荒謬、盲點與無奈的結論。或許「陳映眞現象」都曾經是大部

月刊》，第164期，1983.09，頁88-89）。

分的台灣人包括筆者在內的疾病，對於這類的疾病，筆者如今沒有理由不心存感激；可是，筆者最後仍必須嚴正地指出：如果不正視「陳映眞現象」所持續發揮的效應及產生現象的社會現狀，總有一天「陳映眞現象」所帶來的這則「國王的新衣」寓言，將會演變成一道又一道的「陳映眞問題」，屆時本文的研究成果反倒成了名副其實的「台灣的預言」！「陳映眞現象」當然還有本書未及深入處理的諸多面相，例如理念的宗教性、行動的政治性、文學的圖像性……等等，事實上它非常需要更多的人持續加予關注，直到諸如此類的「陳映眞現象」消失，只剩歷史。

參考書目

一、文獻檔案

（一）未出版檔案

「台灣警備總司令部『1968年民主台灣聯盟』乙案判決書」檔案

「陳映眞致林海音書簡」檔案

「陳映眞致鍾理和書簡」檔案

「陳映眞致鍾肇政書簡」檔案

（二）文獻專書

王明義總編纂，《三峽鎮鎮誌》，台北：三峽鎮公所，1993。

王曉波編，《乙未抗日史料彙編》，台北：海峽學術出版社，1999.09。

台陽鑛業公司四十年週年慶典籌備委員會編輯組編撰，《台陽鑛業股份有限公司四十年誌》，台北：台陽鑛業股份有限公司，1958.06。

台灣省文獻委員會採集組編，《台北縣鄉土史料（上）》，南投：台灣省文獻委員會，1997.07。

呂　昱，《獄中日記》，台北：南方叢書出版社，1988.01。

林生復主編，《台北縣鶯歌鎮鶯歌國小百週年校慶紀念特刊》，台北：台北縣鶯歌國民小學，2007.11。

林　梵（林瑞明），《少尉的兩個世界》，台南：台南市立文化中心，1995.04。

周美華編輯，《戰後台灣政治案件：陳中統案史料彙編》，台北：國史館及文建會，2008.01。

吳新榮著，張良澤總編撰，《吳新榮日記全集8》，台南：國立台灣文學館，2008.06。

吳濁流著，黃玉燕譯，錢鴻鈞編，《吳濁流致鍾肇政書簡》，台北：九歌出版社有限公司，2000.05。
唐　羽撰，《台陽公司八十年志》，台北：台陽股份有限公司，1999.03。
財團法人陳文成博士紀念基金會編撰，《解密政治檔案：戒嚴時期政治案件展》，台北：財團法人陳文成博士紀念基金會，2005。
許中庸纂修，《桃園縣誌．第5卷．文教誌》，桃園：桃園縣政府，1988.06。
陳芳明，《2007／陳芳明——夢境書》，台北：爾雅出版社有限公司，2009.07。
陳錫津，《東遊雜詠詩集全》，自印本，1934。
黃旺成纂修，《台灣省新竹縣志．第四部卷七教育志》，新竹：新竹縣政府，1976.06。
鍾理和著，張良澤編，《鍾理和全集．卷6——鍾理和日記》，台北：遠行出版社，1976.11。
———，張良澤編，《鍾理和全集．卷7——鍾理和書簡》，台北：遠行出版社，1976.11。
———、鍾肇政著，錢鴻鈞編，《台灣文學兩鍾書》，台北：草根出版事業有限公司，1998.02。
鍾肇政、東方白著，張良澤編，《台灣文學兩地書》，台北：前衛出版社，1993.02。
———、張良澤，《肝膽相照：鍾肇政．張良澤往返書信集．（鍾肇政卷）》，台北：前衛出版社，1999。
———，《鍾肇政全集26．書簡集（四）：情眞書簡》，桃園：桃園縣文化局，2002.11。
———，《鍾肇政全集27．書簡集（五）：情摯書簡》，桃園：桃園縣文化局，2002.11。
———，《鍾肇政全集28．書簡集（六）：情誠書簡》，桃園：桃園縣文化局，2004.03。
———，《鍾肇政全集29．書簡集（七）：情純書簡》，桃園：桃園縣文化局，2004.03。
戴寶村、張勝彥撰述，《續修台北縣志：卷七．選舉志》，台北：

台北縣政府，2006.06。
台灣總督府警務局編，徐國章譯註，《台灣總督府警察沿革誌（第一篇）中譯本Ⅰ》，南投：國史館台灣文獻館，2005.12。
台灣總督府警務局編，吳密察解題，《台灣總督府警察沿革誌（一）：警察機關の構成》，台北：南天書局，1995.06。
日本放送協會編，昭和13年《ラヂオ年鑑》，東京：大空社據昭和十六年本重印。
今澤正秋編，昭和9年排印本影印《鶯歌鄉土誌》，台北：成文出版社有限公司，1985.03。
田中富雄編，《最新流行愛唱歌集》，台北市：文益堂出版部，1943。
台北州警務部編，《台北州警察衛生展覽會寫眞帖》，台北：台北州警務部，1926。
竹南郡役所編，據昭和14年、17年版影印《竹南郡要覽》，台北：成文出版社有限公司，1985。
台灣新民報社編，《台灣人士鑑》，台北：台灣新民報社，1937。
台灣教育會編選，《台灣の歌》，台北：台灣教育會，1930。
台灣總督府編，昭和元年～昭和19年的《台灣總督府及所屬官署職員錄》。
————，昭和13年《台灣社會教育概要》，台北：台灣總督府，1938。
————，昭和13年排印本影印《台灣事情》，台北：成文出版社有限公司，1985。
————，昭和14年排印本影印《台灣事情》，台北：成文出版社有限公司，1985。
————，昭和19年排印本影印《台灣事情》，台北：成文出版社有限公司，1985。
台灣警察協會發行，大正6年6月~昭和4年11月（創刊號~第149號）的《台灣警察協會雜誌》。
————，昭和5年1月~昭和7年12月（第150號~第205號）的《台灣警察時報》。
————，昭和8年1月~昭和19年1月（第206號~第335號）

的《台灣警察時報》。
————————，昭和19年2月~約昭和19年4月（第336號~第338號）的《台灣警察》。
放送文化研究所20世紀放送史編輯室編，《放送史料集：台灣放送協會》，東京：放送文化研究所，1998。
南國青年協會編選，《青年歌集》，台北：南國青年協會，1930。
海山郡役所編，昭和4年排印本影印《海山郡要覽》，台北：成文出版社有限公司，1985。
——————，昭和8年排印本影印《海山郡要覽》，台北：成文出版社有限公司，1985。
——————，昭和13年排印本影印《海山郡要覽》，台北：成文出版社有限公司，1985。
黃宗葵編，《ポケット最新軍歌集》，台南：南進出版社，1943。
熊谷辰治郎著，《大日本青年団史（據昭和17年刊本複製）》，東京都：不二出版，1989。
興南新聞社編，《台灣人士鑑》，台北：興南新聞社，1943。

（三）文獻論文

台灣茶商公會，〈台灣茶の一元的統制機關として台灣茶輸移出統制會社設立〉，《台灣の茶葉》，第24卷第2號，昭和16年（1941）6月30日。
——————，〈台灣茶輸移出統制會社創立總會終了——鶴社長以下各重役決定〉，《台灣の茶葉》，第24卷第3號，昭和16年（1941）8月30日。

（四）作家單封書簡

七等生，〈給安若尼・典可的三封信〉，《台灣文藝》，總號第96期，1985.09。
林瑞明，〈理想繼續燃燒〉，收於封德屏主編《人間風景・陳映眞》，台北：文訊雜誌社、趨勢教育基金會，2009.09。
尉天驄，〈一個作家的迷失與成長〉（〈為陳永善作證〉），《大學雜誌》第46期，1971年10月。

——，〈木柵書簡（之二）〉，收錄於劉紹銘編《陳映真選集》，香港：小草出版社，1972年。

——，〈木柵書簡（之一）〉，收錄於劉紹銘編《台灣本地作家短篇小說選》，台北：大地出版社，1976.07。

——，〈談陳映真〉（〈木柵書簡（之二）〉），《眾神》，台北：遠行出版社，1976.03。

——，〈木柵書簡〉（〈木柵書簡（之二）〉），收錄於封德屏主編《人間風景・陳映真》，台北：文訊雜誌社、財團法人趨勢教育基金會，2009.09。

陳映真，〈惋惜〉，收錄於陳映真主編《爪痕與文學》，台北：人間出版社，2004.10。

——，〈陳映真經鍾玲教授轉余光中信〉，收錄於陳映真主編《爪痕與文學》，台北：人間出版社，2004.10。

（五）日治時期報紙

1、《台灣日日新報》、《台灣時報》：

〈寫眞說明：警察展覽會第一會場高等警察館の觀音像からテープで高等警察の主働作用を示したもの〉，《台灣日日新報》，大正14年11月17日（1925.11.17），第5版。

〈「音なきに聽き聲なきに觀る」・高等部出品の誇る觀音像〉，《台灣日日新報》，大正14年11月17日（1925.11.17），第5版。

〈台南州・試驗巡查部長・本島人及第一名〉，《台灣日日新報》，大正15年6月26日（1926.06.26），夕刊第4版。

〈巡查部長合格者〉，《台灣日日新報》，大正15年8月27日（1926.08.27），第5版。

〈島人及第・巡查部長〉，《台灣日日新報》，大正15年8月30日（1926.08.30），夕刊第4版。

〈赤崁・刑事更迭〉，《台灣日日新報》，昭和2年5月3日（1927.05.03），夕刊第4版。

〈軍歌と歌謠曲〉，《台灣日日新報》，昭和12年12月12日（1937.12.12），第4版。

〈懸賞「台灣行進曲」・一等賞は五百圓・一般から歌詞を募集〉，《台灣日日新報》，昭和13年5月1日（1938.05.01），第7版。
〈「台灣行進曲」・募集規定極る・締切は來る廿五日〉，《台灣日日新報》，昭和13年5月4日（1938.05.04），第7版。
〈躍進日本わが台灣・一等は台南の三栗谷君へ・台灣行進曲の當選發表〉，《台灣日日新報》，昭和13年6月5日（1938.06.05），第7版。
〈一等當選歌〉，《台灣日日新報》，昭和13年6月5日（1938.06.05），第7版。
〈南進の氣魄を・たくみに象徵〉，《台灣日日新報》，昭和13年6月5日（1938.06.05），第7版。
〈當選歌作曲を・一般かり募集〉，《台灣日日新報》，昭和13年6月5日（1938.06.05），第7版。
〈台灣行進曲の應募・三百餘に達す・發表は來る三十日〉，《台灣日日新報》，昭和13年7月13日（1938.07.13），第7版。
〈我等の台灣行進曲・愈よ完成を告ぐ・當選作曲の選定終る〉，《台灣日日新報》，昭和13年7月31日（1938.07.31），夕刊第2版。
〈歌へ！台灣行進曲・無名の青年獨學して・一躍檜舞台へ〉，《台灣日日新報》，昭和13年7月31日（1938.07.31），第5版。
〈「台灣行進曲」詞曲〉，《台灣日日新報》，昭和13年8月1日（1938.08.01），第6版。
〈「台灣行進曲」・コロンビアで吹込みを終る〉，《台灣日日新報》，昭和13年8月14日（1938.08.14），第7版
〈台灣行進曲の夕・台北市公會堂で〉，《台灣日日新報》，昭和13年8月16日（1938.08.16），第7版。
〈台灣行進曲・圓盤コンクール・來月三日に賣出し〉，《台灣日日新報》，昭和13年8月17日（1938.08.17），第7版。
〈來朝した盟邦ドイツの若き友〉，《台灣日日新報》，昭和13年8月19日（1938.08.19），第7版。

〈台灣行進曲・レコード發表會〉，《台灣日日新報》，昭和13年9月2日（1938.09.02），第7版。
〈台灣行進曲の街頭宣傳・けさ市內を行進〉，《台灣日日新報》，昭和13年9月4日（1938.09.04），夕刊第2版。
〈訪獨青年團代表一行東京に歸る〉，《台灣日日新報》，昭和13年11月16日（1938.11.16），夕刊第2版。
〈台北音樂會の演奏曲目〉，《台灣日日新報》，昭和14年6月11日（1939.06.11），夕刊第4版。
〈台北音樂會の演奏曲目〉，《台灣日日新報》，昭和14年8月27日（1939.08.27），夕刊第4版。
〈「台灣行進曲」を帝都で御披露・來月四日日比谷公會堂で〉，《台灣日日新報》，昭和14年11月20日（1939.11.20），第7版。
清野健，〈新台灣音樂運動について〉，《台灣時報》第26卷第8號，昭和18年8月15日（1943.08.15）發行。

2、《台灣民報》：
〈小言〉，《台灣民報》，第78號，大正14年11月8日（1925.11.08），頁9。
〈編輯餘話〉，《台灣民報》，第81號，大正14年11月29日（1925.11.29），頁16。
〈警察衛生展覽會：高等館專用諷刺・衛生館廣告賣藥〉，《台灣民報》，第82號，大正14年12月6日（1925.12.06），頁16。
張我軍，〈看了警察展覽會之後〉，《台灣民報》，第83號，大正14年12月13日（1925.12.13），頁11-12。
〈台灣人材登用究竟還是口頭禪〉，《台灣民報》，第108號，大正15年6月6日（1926.06.06），頁1。
〈警察制度的改善〉，《台灣民報》，第111號，大正15年6月27日（1926.06.27），頁3。
〈露骨的內台人差別待遇〉，《台灣民報》，第117號，大正15年8月8日（1926.08.08），頁7。
〈明理的警察課長〉，《台灣民報》，第119號，大正15年8月27日

（1926.08.27），頁7。

3、《台灣警察協會雜誌》、《台灣警察時報》：

〈台南州巡查部長銓衡試驗〉，《台灣警察協會雜誌》，第110號，昭和元年8月1日（1926.08.01），頁146。

〈第一回本島人巡查內地視察〉，《台灣警察協會雜誌》，第143號，昭和4年5月1日（1929.05.01），頁176-177。

〈台北州乙種巡查採用〉，《台灣警察協會雜誌》，第143號，昭和4年5月1日（1929.05.01），頁177。

榊原生，〈第一回本島人巡查內地視察團紀行（一）〉，《台灣警察協會雜誌》，第144號，昭和4年6月1日（1929.06.01），頁140-144。

陳根旺，〈春の江ノ島と東都の名勝〉，《台灣警察協會雜誌》，第146號，昭和4年8月1日（1929.08.01），頁175-182。

〈第二回台北州巡查部長講習會開催〉，《台灣警察協會雜誌》，第148號，昭和4年10月1日（1929.10.01），頁205。

〈海山郡警察職員及保甲役員表彰〉，《台灣警察時報》，第154號，昭和5年3月1日（1930.03.01），頁37。

許丙丁，〈母國漫寫行（13）〉，《台灣警察時報》，第166期，昭和5年9月15日（1930.09.15），頁35。

〈本島人警察官の數〉，《台灣警察時報》，第208號，昭和8年3月1日（1933.03.01），頁109。

〈警察記念日をとして十五年勤續会員に記念を贈呈す〉，《台灣警察時報》，第257號，昭和12年4月1日（1937.04.01），頁104。

長野鶴吉，〈警察生活二十年〉，《台灣警察時報》，第283期，昭和14年6月（1939.06），頁96-97。

〈「任免異動」專欄〉，《台灣警察時報》，第296號，昭和15年7月5日（1940.07.05），頁143。

（六）網際網路（電子媒體）

中央研究院台灣史研究所，「台灣總督府職員錄系統」線上資料庫，http://who.ith.sinica.edu.tw。

二、專書

七等生，《放生鼠》，台北：遠行出版社，1977.03。

——，《思慕微微》，台北：台灣商務印書館股份有限公司，1997.10。

——，《沙河悲歌》，台北：遠景出版事業有限公司，2000.07。

——，《七等生全集4‧離城記》，台北：遠景出版事業有限公司，2003.10。

——，《七等生全集6‧城之迷》，台北：遠景出版事業有限公司，2003.10。

——，《七等生全集7‧銀波翅膀》，台北：遠景出版事業有限公司，2003.10。

——，《七等生全集9‧譚郎的書信》，台北：遠景出版事業有限公司，2003.10。

——，《七等生全集10‧一紙相思》，台北：遠景出版事業有限公司，2003.10。

小　野，《想要彈同調》，台北：皇冠文化出版有限公司，1992.09。

王國芳、郭本禹，《拉岡》（*Lacan*），台北：生智文化事業有限公司，1997.05。

王慶生主編，《中國當代文學史（面向21世紀課程教材）》，北京：高等教育出版社，2003。

王櫻芬，《聽見殖民地：黑澤隆朝與戰時台灣音樂調查（1943）》，台北：國立台灣大學圖書館，2008.02。

任建樹等編，《陳獨秀著作選（第二卷）》，上海：上海人民出版社，1993.04。

沈志中，《瘖啞與傾聽：精神分析早期歷史研究》，台北：行人文化實驗室，2009.06。
呂紹理，《水螺響起：日治時期台灣社會的生活作息》，台北：遠流出版事業股份有限公司，1998.03。
何　新，《反思與挑戰》，台北：風雲時代出版公司，1991。
———，《東方的復興：中國現代化的命題與前途》，哈爾濱：黑龍江教育出版社，1992。
———，《思考：新國家主義經濟觀》，北京：時事出版社，2001。
李志綏，《毛澤東的私人醫生回憶錄》，台北：時報文化出版企業有限公司，1994.10。
李靜玫，《《台灣文化》、《台灣新文化》、《新文化》雜誌研究（1986.06~1990.12）》，台北：國立編譯館，2008.07。
杜聲鋒，《拉康結構主義精神分析學》，台北：遠流出版事業股份有限公司，1988.10。
林瑞明，《台灣文學與時代精神——賴和研究論集》，台北：允晨文化實業股份有限公司，1993.08。
———，《台灣文學的本土觀察》，台北：允晨文化實業股份有限公司，1996.07。
———，《台灣文學的歷史考察》，台北：允晨文化實業股份有限公司，1996.07。
東方白，《眞與美（五）》，台北：前衛出版社，2001.04。
———，《眞與美（六）》，台北：前衛出版社，2001.04。
周婉窈，《海行兮的年代：日本殖民統治末期台灣史論集》，台北：允晨文化實業股份有限公司，2003.02。
季　季，《行走的樹——向傷痕告別》，台北：INK印刻出版有限公司，2006.11.。
邱國禎，《近代台灣慘史檔案》，台北：前衛出版社，2007。
吳濁流著，鍾肇政譯，《台灣連翹》，台北：前衛出版社，1988.09。
封德屏主編，《陳映眞創作50週年國際學術研討會論文集》，台北：財團法人台灣文學發展基金會，2009.09。
——— 主編，《人間風景・陳映眞》，台北：文訊雜誌社、趨勢教育基金會，2009.09。
—— 主編，《穿越林間聽海音——林海音文學展展覽圖錄》，台南：國立台灣文學館，2010.03。
查建英，《八十年代——訪談錄》，Hong Kong: Oxford University，2006。
姚瑞中，《台灣廢墟迷走》，台北：田園城市文化事業有限公司，2004。
洪漢鼎，《重新回到現象學的原點——現象學十四講》，台北：世新大學出版中心，2008.07。
高天生，《台灣小說與小說家》，台北：前衛出版社，1985.05。
施敏輝（陳芳明）編，《台灣意識論戰選集——台灣結與中國結的總決算》，台北：前衛出版社，1988.09。
尉天驄，《眾神》，台北：遠行出版社，1976.03。
——，《回首我們的時代》，台北：INK印刻出版有限公司，2011.11。
許南村（陳映真）編撰，《戰雲下的台灣》，台北：人間出版社，1996.03。
許常惠，《台灣音樂史初稿》，台北：全音樂譜出版社，1991.09。
許曹德，《許曹德回憶錄》，台北：前衛出版社，1990.06。
陳中統，《生命的關懷》，台北：書香文化事業股份有限公司，2002.06。
陳光興主編，《陳映眞思想與文學學術會議論文集》，新竹：交通大學，2009.11。
陳芳明，《鞭傷之島》，台北：自立晚報社文化出版部，1989.07。
——，《昨夜雪深幾許》，台北：INK印刻文學生活雜誌出版有限公司，2008.09。
——，《2007 / 陳芳明——夢境書》，台北：爾雅出版社有限公司，2009.07。
陳炎興，《在基督裡的一得》，台北：人間出版社，1989.12。
陳映眞著，劉紹銘編，《陳映眞選集》，香港：小草出版社，1972。
——，《第一件差事》，台北：遠景出版社，1975。

——，《將軍族》，台北：遠景出版社，1975。
——，《知識人的偏執》，台北：遠行出版社，1976。
——，《夜行貨車》，台北：遠景出版社，1979。
——，《華盛頓大樓．第一部．雲》，台北：遠景出版社，1982。
——，《陳映眞小說選》，福州：福建人民出版社，1983。
——，《萬商帝君》，北京：中國友誼出版公司，1984。
——，《山路》，台北：遠景出版社，1984。
——，《孤兒的歷史．歷史的孤兒》，台北：遠景出版社，1984。
——，《陳映眞小說選》，台北：人間雜誌社，1985。
——，《趙南棟及陳映眞短文選》，台北：人間出版社，1987。
——等著，康來新、彭海瑩合編，《曲扭的鏡子（陳映真的心靈世界）》，台北：雅歌出版社，1987.07。
——，《陳映眞作品集1：我的弟弟康雄》，台北：人間出版社，1988.04。
——，《陳映眞作品集2：唐倩的喜劇》，台北：人間出版社，1988.04。
——，《陳映眞作品集3：上班族的一日》，台北：人間出版社，1988.04。
——，《陳映眞作品集4：萬商帝君》，台北：人間出版社，1988.04。
——，《陳映眞作品集5：鈴璫花》，台北：人間出版社，1988.04。
——，《陳映眞作品集6：思想的貧困》，台北：人間出版社，1988.04。
——，《陳映眞作品集7：石破天驚》，台北：人間出版社，1988.04。
——，《陳映眞作品集8：鳶山》，台北：人間出版社，1988.04。
——，《陳映眞作品集9：鞭子和提燈》，台北：人間出版社，1988.04。
——，《陳映眞作品集10：走出國境內的異國》，台北：人間出版社，1988.04。

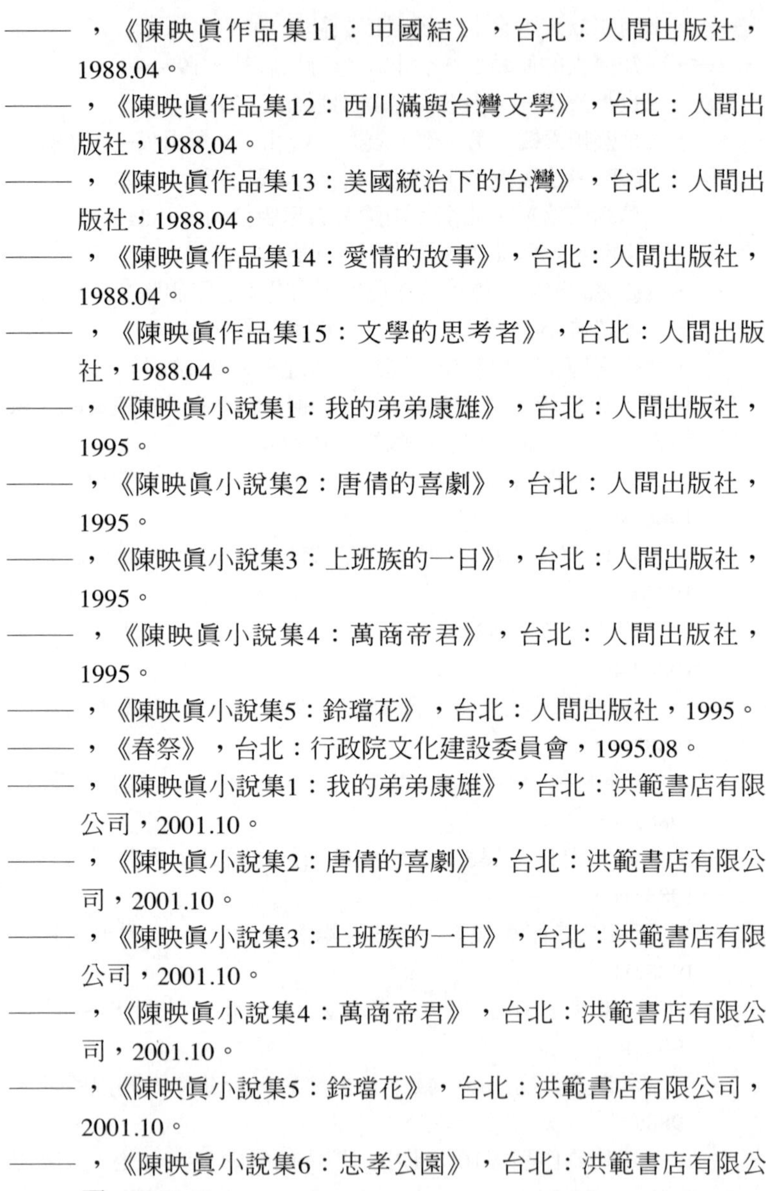

——，《陳映眞作品集11：中國結》，台北：人間出版社，1988.04。
——，《陳映眞作品集12：西川滿與台灣文學》，台北：人間出版社，1988.04。
——，《陳映眞作品集13：美國統治下的台灣》，台北：人間出版社，1988.04。
——，《陳映眞作品集14：愛情的故事》，台北：人間出版社，1988.04。
——，《陳映眞作品集15：文學的思考者》，台北：人間出版社，1988.04。
——，《陳映眞小說集1：我的弟弟康雄》，台北：人間出版社，1995。
——，《陳映眞小說集2：唐倩的喜劇》，台北：人間出版社，1995。
——，《陳映眞小說集3：上班族的一日》，台北：人間出版社，1995。
——，《陳映眞小說集4：萬商帝君》，台北：人間出版社，1995。
——，《陳映眞小說集5：鈴璫花》，台北：人間出版社，1995。
——，《春祭》，台北：行政院文化建設委員會，1995.08。
——，《陳映眞小說集1：我的弟弟康雄》，台北：洪範書店有限公司，2001.10。
——，《陳映眞小說集2：唐倩的喜劇》，台北：洪範書店有限公司，2001.10。
——，《陳映眞小說集3：上班族的一日》，台北：洪範書店有限公司，2001.10。
——，《陳映眞小說集4：萬商帝君》，台北：洪範書店有限公司，2001.10。
——，《陳映眞小說集5：鈴璫花》，台北：洪範書店有限公司，2001.10。
——，《陳映眞小說集6：忠孝公園》，台北：洪範書店有限公司，2001.10。

——，《陳映真散文集1：父親（1976~2004）》，台北：洪範書店有限公司，2004.09。

陳建忠，《日據時期台灣作家論：現代性、本土性、殖民性》，台北：五南圖書出版股份有限公司，2004.08。

陳若曦，《堅持・無悔——陳若曦七十自述》，台北：九歌出版社有限公司，2011.10。

陳郁秀總策畫，《臺灣音樂百科辭書》，台北：遠流出版事業股份有限公司，2008.11。

陳慈玉，《臺灣礦業史上的第一家族：基隆顏家研究》，基隆市：基隆市立文化中心，1999.06。

——，《台北縣茶業發展史》，台北：稻鄉出版社，2004.06。

陳翠蓮，《台灣人的抵抗與認同（1920-1950）》，台北：遠流出版事業股份有限公司、曹永和文教基金會，2009.10。

葉石濤著，彭瑞金主編，《葉石濤全集12・隨筆卷7》，台南：國立台灣文學館、高雄：高雄市政府文化局，2008.03。

——著，彭瑞金主編，《葉石濤全集13・評論卷1》，台南：國立台灣文學館、 高雄：高雄市政府文化局，2008.03。

彭海瑩等著，《我找到了愛》，台北：宇宙光出版社，1979.06。

黃昭堂，《臺灣總督府》，台北：前衛出版社，1994.04。

莊嘉農，《憤怒的台灣》，台北：前衛出版社，1991.06。

傅正玲，《耕讀：進入文學花園的250本書》，台北：五南圖書出版股份有限公司，2009.09。

楊 逵著，張恆豪編，《楊逵集》，台北：前衛出版社，1999.11。

楊祖珺，《關不住的歌聲：楊祖珺錄音選輯，1977-2003》，台北：大大樹音樂圖像，2008。

楊威理著，陳映真譯，《雙鄉記——葉盛吉傳：一台灣知識分子之青春・徬徨・探索・實踐與悲劇》，台北：人間出版社，1995.03。

楊雲萍、張我軍、蔡秋桐合著，《楊雲萍、張我軍、蔡秋桐合集》，台北：前衛出版社，1991.02。

新台灣研究文教基金會、美麗島事件口述歷史編輯小組總策劃，《沒有黨名的黨——美麗島政團的發展》，台北：時報文化出版企業股份有限公司，1999.11。
趙鼎新，《國家．社會關係與八九北京學運》，香港：香港中文大學出版社，2007。
趙遐秋、呂正惠主編，《台灣新文學思潮史綱》，台北：人間出版社，2002.06。
葉榮鐘，《小屋大車集》，台中：中央書局，1967.03。
葉龍彥，《台灣唱片思想起：1895-1999》，台北：博揚文化事業有限公司，2001.12。
愛荷華國際寫作計畫台灣聯誼會編著，《現在，他是一顆星：懷念詩人保羅．安格爾》，台北：時報文化出版事業有限公司，1992。
魯　迅，《吶喊》，台北：桂冠圖書股份有限公司，2001.02。
———，《魯迅全集》第5卷，北京：人民文學出版社，2005.11。
劉大任，《浮游群落》，台北：遠景出版事業公司，1985.06。
———，《神話的破滅》，台北：洪範書店有限公司，1992.09。
———著，鍾肇政編，《劉大任集》，台北：前衛出版社，1993。
———，《冬之物語》，台北：INK印刻出版有限公司，2004.12。
———，《晚晴》，台北：INK印刻出版有限公司，2007.03。
———，《憂樂》，台北：INK印刻文學生活雜誌出版有限公司，2008.11。
———，《浮沉》，台北：聯合文學出版社有限公司，2009.08。
劉依潔，《《人間》雜誌研究》，台中：印書小鋪，2010.01。
劉賓雁，《第二種忠誠——劉賓雁報告文學精選（一）》，台北：人間出版社，1987。
———，《人妖之間——劉賓雁報告文學精選（二）》，台北：人間出版社，1987。
———，《劉賓雁自傳》，台北：時報文化出版公司，1989。
劉紹銘，《細微的一炷香》，台北：三民書局股份有限公司，1990.08。
———編，《台灣本地作家短篇小說選》，台北：大地出版社，1976.07。
劉曉波，《向良心說謊的民族——劉曉波文集》，台北：捷幼出版社，2002.01。
蔡榮姬主編，《中台神學院五十週年紀念特刊》，台中：中台神學院，2002.06。
鄭　義主編，《不死的流亡者》，台北：INK印刻出版有限公司，2005。
鄭鴻生，《荒島遺事》，台北：INK印刻出版有限公司，2005.03。
賴　和著，林瑞明編，《賴和全集（二）：新詩散文卷》，台北：前衛出版社，2000.06。
錢鴻鈞，《戰後台灣文學之窗：鍾肇政六百萬字書簡研究》，台北：文英堂出版社，2002.11。
——，《台灣文學的萬里長城：鍾肇政六百萬書簡研究》，台北：文英堂出版社，2005.11。
蕭阿勤，《回歸現實：台灣一九七〇年代的戰後世代與文化政治變遷》，台北：中央研究院社會學研究所，2008.06。
鍾理和著，「鍾理和遺著出版委員會」編，《雨》，台北：「鍾理和遺著出版委員會」、文星書店，1960.10。
——著，鍾鐵民主編，《鍾理和全集》，高雄：高雄縣立文化中心，1997.10。
——著，鍾鐵民主編，《鍾理和全集》，台北：行政院客委會，2003.12。
——著，鍾怡彥主編，《鍾理和全集（五）·散文與未完稿卷》，高雄：高雄縣政府文化局，2009.03。
鍾肇政編，《本省籍作家作品選集·第七輯》，台北：文壇社，1965.10。
——，《望春風》，台北：前衛出版社，1986.10。
——主編，《台灣作家全集·短篇小說卷別冊》，台北：前衛出版社，1994.03。
——，《鍾肇政回憶錄（一）：徬徨與掙扎》，台北：前衛出版社，1998.04。
——，《鍾肇政全集20·隨筆集（四）》，桃園：桃園縣政府文化局，2002.11。
——，《鍾肇政全集22·隨筆集（六）》，桃園：桃園縣政府文化局，2004.03。
———，《鍾肇政全集30．演講集》，桃園：桃園縣文化局，2002.11。
———，《鍾肇政全集37：年表、補遺、演講大綱》，桃園：桃園縣文化局，2004.11。
應鳳凰、傅月庵，《冊頁流轉：台灣文學書入門108》，台北：INK印刻文學生活雜誌出版有限公司，2011.03。
謝里法，《珍重！阿笠──在信中與阿笠談美術》，台北：雄獅圖書公司，1977.07。
———，《重塑台灣的心靈》，台北：自由時代出版社，1988.07。
聶華苓，《三生影像》，北京：生活．讀書．新知三聯書店，2008.06。
矢內原忠雄著，周憲文譯，《日本帝國主義下之台灣》，台北：帕米爾書店，1985.07。
龍瑛宗著，陳千武、林至潔、葉迪譯，陳萬益主編，《龍瑛宗全集．隨筆集（2）》中文卷第七集，台南：國家台灣文學館籌備處，2006.11。
本哈德．施林克（Bernhard Schlink）著，錢定平譯，《朗讀者》，南京：譯林出版社，2009年。
班雅明（Walter Benjamin）著，李士勛、徐小青譯，《班雅明作品選：單行道．柏林童年》，台北：允晨文化實業股份有限公司，2003.04。
本雅明（Walter Benjamin）著，陳永國、馬海良編譯，《本雅明文選》，北京：中國社會科學出版社，1999.08。
本雅明（Walter Benjamin）著，王炳鈞、楊勁譯，《經驗與貧乏》，天津：百花文藝出版社，1999。
本雅明（Walter Benjamin）著，許綺玲、林志明譯，《迎向靈光消逝的年代：本雅明論藝術》，桂林：廣西師範大學出版社，2004.08。
本雅明（Walter Benjamin）著，王才勇譯，《攝影小史＋機械複製時代的藝術作品》，南京：江蘇人民出版社，2006.07。
艾德華．薩依德（Edward W. Said）著，單德興譯，《知識分子論》，台北：麥田出版股份有限公司，1997。

卡蘿·皮爾森（Carol S. Pearson）著，張蘭馨譯，《影響你生命的十二原型：認識自己與重建生活的新法則》，台北：生命潛能文化事業有限公司，2009。

安納印（Abdullahi Ahmed An-Naim）等編著，《跨文化的人權觀點》，台北：韋伯文化國際出版有限公司，2008。

吉拉斯（Milovan Djilas）著，謝澄平譯，《新階級》，台北：黎明文化事業公司，1982。

米蘭·昆德拉（Milan Kundera）著，翁德明譯，《簾幕》，台北：皇冠文化出版有限公司，2005.11。

弗里德里希·李斯特著（Friedrich List），陳萬煦譯，《政治經濟的國民體系》，北京：商務印書館，1997。

林·亨特（Lynn Hunt）著，鄭明萱、陳瑛譯，《法國大革命時期的家庭羅曼史》，台北：麥田出版，2002.03。

約翰·伯蘭特（John Berendt）著，杜默譯，《天使墜落的城市》，台北：時報文化，2006.08。

香港嶺南學院翻譯系文化／社會研究譯叢編委會編譯，《解殖與民族主義》，香港：牛津大學出版社，1998。

柴可夫斯基著，B. Mcck & C. Bowen編譯，吳心柳校訂，《柴可夫斯基書簡集》，台北：樂友書房，1972.09。

馬克思和恩格斯，中共中央馬克思恩格斯列寧斯大林著作編譯局編，《馬克思恩格斯選集：第一卷》，北京：人民出版社，2001.07。

泰瑞·伊格頓（Terry Eagleton）著，李尚遠譯，《理論之後——文化理論的當下與未來》，台北：商周出版、城邦文化事業股份有限公司，2005.04。

菲立普·費南德茲-阿梅斯托（Felipe Fernandez-Armesto）著，黃中憲譯，《大探險家——發現新世界的壯闊之旅》，台北：左岸文化，2010.03。

喬治·尼爾遜（Geroge Nelson），胡致薇、許麗淑、覃月娥等譯，《如何看：人爲環境閱讀引導手冊》，台北：尙林出版社，1984.10。

愛力克森（Erik Erikson）著，康綠島譯，《青年路德》，台北：遠流出版事業股份有限公司，1989.07。

鮑曼（Zygumunt Bauman）著，王乾任譯，《立法者與詮釋者》，台北：弘智文化事業有限公司，2002。

戸ノ下達也，《音楽を動員せよ：統制と娯楽の十五年戦爭》，東京：青弓社，2008。

河原林直人，《近代アジアと台灣——台湾茶葉の歴史的展開》，京都：世界思想社，2003。

岡崎郁子，《デイゴ燃ゆ》，東京：研文出版，1991。

楊威理，《ある台湾知識人の悲劇》，東京：岩波書店，1993.02。

Antonio Gramsci, *Selections from the Prison Notebooks*, ed. & trans. by Q. Hoare & G. N. Smith (New York: International Publishers, 1971).

Arthur Koestler, Richard Crossman, *The God That Failed* (Washington, D.C.: Regnery Gateway, 1983).

Claude Levi-Strauss, *The Elementary Structures of Kinship,* trans. James Harle Bell and John Richard von Sturmer (Boston: Beacon Press, 1969).

David Harvey, *The New Imperialism* (Oxford: Oxford University Press, 2005).

Ellen Meiksins Wood, *Empire of Capital* (London: Verso, 2003).

Fredric Jameson, *The Political Unconscious: Narrative as a Socially Symbolic Act* (Ithaca, N.Y.: Cornell University Press, 1981).

Milovan Djilas, *The New Class: An Analysis of The Communist System* (New York: Frederick A. Praeger, 1957).

Sigmund Freud, *The psychopathology of everyday life* (Harmondsworth, Eng.: Penguin Books, 1975).

The Centre of Asian Studies, *Chen Ying-Chen: his fiction and non-fiction* (Hong Kong: University of Hong Kong, 1988).

三、論文

（一）期刊論文

王　拓，〈歷史性的對話〉，《人間》總35期，1988年9月。

石敬然，〈中共隔海對台北亂局唱什麼調？〉，《九十年代月刊》，1990年4月。

李大宏，〈統一的力量來自於民間——本刊記者專訪台灣「中國統一聯盟」大陸訪問團部分成員〉，《瞭望》第10期，1990年3月5日。

——，〈江澤民與台灣「統聯」訪問團共話祖國統一〉，《瞭望》第12期，1990年3月19日。

李南衡，〈日據下台灣新文學的抗日精神〉，《中華雜誌》，第17卷第193期，1979年8月。

呂正惠，〈台灣「少年仔」如何罵陳映真——游勝冠兩篇文章的剖析〉，《左翼》第26期，2002.08。

呂紹理，〈日治時期台灣廣播工業與收音機市場的形成〉，《國立政治大學歷史學報》，第19期，2002年。

宋冬陽（陳芳明），〈現階段台灣文學本土化的問題〉，《台灣文藝》，第86期，1984.01.15。

宋江英，〈赤心巨筆的知識分子——胡秋原的青年時代〉，《人間》，17期，1987.03.05。

宋承錫，〈抵抗和協助之間的寫作——以殖民時期台灣日文作家爲中心〉，《東亞現代中文文學國際學報：台灣文學與跨文化流動》，第三期（台灣號），2007年4月。

宋澤萊，〈我與陳映眞的淡泊情誼——並以此文給陳映眞先生與吳晟先生〉，《INK印刻文學生活誌》，第6卷第3期，2009.11。

何　新，〈世界經濟形勢與中國經濟問題〉，《海峽評論》，第二期，1991.02。

林瑞明，〈目的與手段之別——試論黃春明與陳映眞〉，《（國立成功大學歷史學系）歷史學報》，第25號，1999.12。

林家慶，〈從陳映眞的文學創作思考當代知識分子的問題：「陳映眞．人間特展」座談會紀實〉，《文訊》，第291期，2010.01。
林麗雲，〈遠行〉，《INK印刻文學生活誌》，第99期，2011.11。
——，〈蒙塵的明珠〉，《INK印刻文學生活誌》，第99期，2011.11。
吳濁流，〈歷史很多漏洞〉，《台灣文藝》，第1卷第2期，1964年5月。
吳錦勳，〈只有香如故：陳映眞〉，台灣《壹週刊》，第131期，2003.11.27。
邱貴玲，〈山路到不了的烏托邦〉，《新新聞》，917期，2004.09.30~10.06。
周兆良，〈戰爭與媒體──日治時期臺灣國際廣播媒體「臺北放送局」角色變遷之初探研究〉，《傳播管理學刊》，第4卷第1期，2003年4月。
胡爲美，〈追求自由與愛的作家──陳映眞〉，《婦女雜誌》，7期，1977.07。
韋　名，〈陳映眞的自白──文學思想及政治觀〉，《七十年代》，1984年1月。
翁佳尹，〈坎坷磨折，寸心似鐵──嚴靈峰的青年時代〉，《人間》17期，1987.03.05。
栗國成，〈1957年台北「劉自然事件」及1965年「美軍在華地位協定」之簽訂〉，《東吳政治學報》，24期，2006.12。
徐玫玲，〈音樂與政治──以意識型態化的愛國歌曲爲例〉，《輔仁學誌．人文藝術之部》，第29期，2002年7月。
徐惠蘭，〈文藝界歡迎陳若曦女士餐會記事〉，《中華雜誌》，第18卷第199期，1980.02。
莊紫蓉採訪、整理，〈鍾肇政專訪：談第二代作家〉，《台灣文藝》，第180期，2002.02。
陳少廷，〈五四與台灣新文學運動〉，《大學雜誌》，第53期，1972年5月。
陳光興，〈1960年代的陳映眞：訪談淺井基文教授〉，《台灣社會研究季刊》84期，2011.09。

陳芳明，〈如果是為了和平與團結——與陳映眞談二二八事件〉，《台灣新文化》第9期，1987.06。

陳明成，〈白色檔案·黑色故事——陳映眞在「陳中統案」的角色爭議及該案所反映的政治文化〉，《台灣文學評論》第9卷第3期，2009.07。

陳思和，〈陳映眞獲「花蹤」大獎〉，《明報月刊》第39卷第2期，2004.02。

陳映眞，〈介紹第一部台灣的鄉土文學作品集：《雨》〉，《筆匯》，2卷5期，1960年12月。

——，〈親愛的劉賓雁同志……〉，《人間》，第35期，1988年9月。

——，〈民族文學的新的可能性——在「陳映眞文學創作與文化評論國際研討會」結束時的致謝辭〉，《人間》，第35期，1988年9月。

——，〈發行人的話：韓國民眾的反對文化〉，《人間》，第44期，1989.06。

——，〈悲傷中的悲傷：寫給大陸學潮中的愛國學生們〉，《人間》，第44期，1989年6月。

——，〈因為在民眾中有眞理：韓國社會構成體性質的論戰和韓國社科界的英姿〉，《人間》，第44期，1989.06.01。

——，〈等待總結的血漬：寫給天安門事件中已死和倖存的學生們〉，《人間》，第45期，1989年7月。

——，〈老是缺席總不是辦法〉，《人間》，第47期，1989.09。

——，〈馬先生來了？〉，《中國論壇》，第364期，1991.01.01。

——，〈尋找一個失去的視野——讀何新「世界經濟形勢與中國經濟問題」〉，《海峽評論》，第2期，1991.02。

——口述，〈陳映眞自剖「統一情結」——陳映眞：我又要提筆上陣了！〉，《財訊》，第132期，1993.08。

——，〈哀思畏友李作成先生〉，《海峽評論》，第34期，1993年10月。

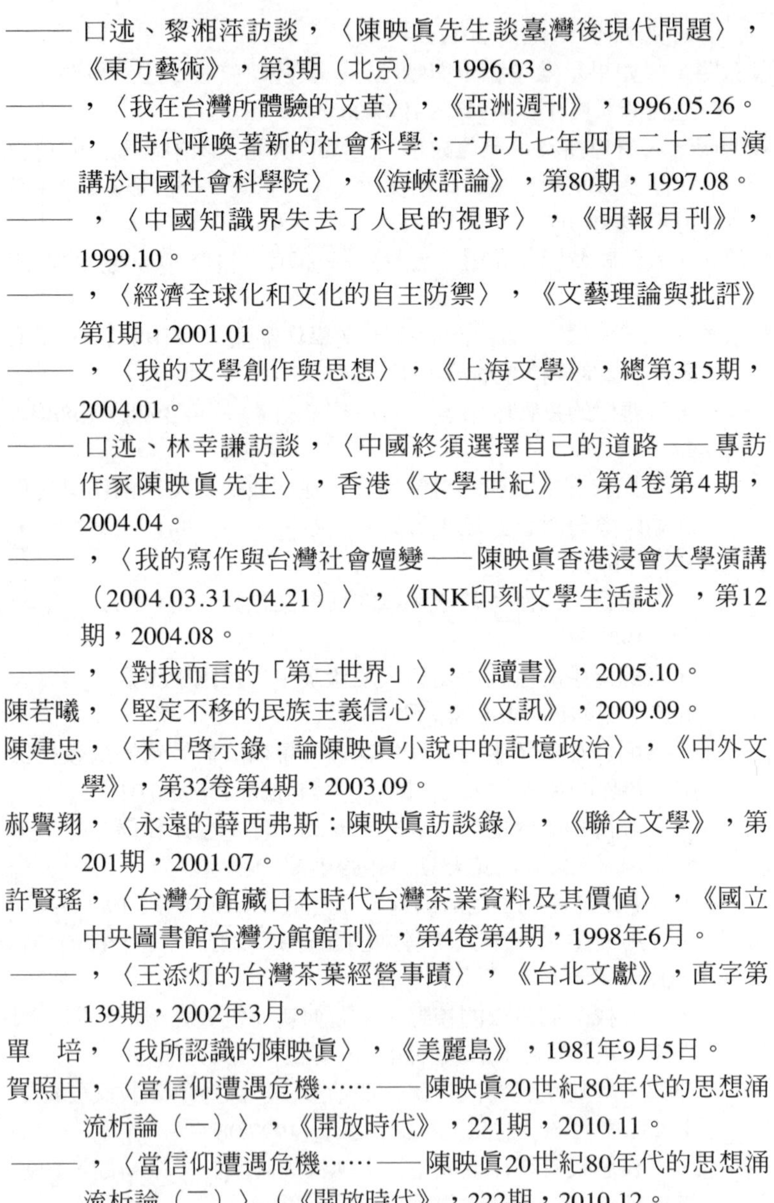

——口述、黎湘萍訪談，〈陳映眞先生談臺灣後現代問題〉，《東方藝術》，第3期（北京），1996.03。
——，〈我在台灣所體驗的文革〉，《亞洲週刊》，1996.05.26。
——，〈時代呼喚著新的社會科學：一九九七年四月二十二日演講於中國社會科學院〉，《海峽評論》，第80期，1997.08。
——，〈中國知識界失去了人民的視野〉，《明報月刊》，1999.10。
——，〈經濟全球化和文化的自主防禦〉，《文藝理論與批評》第1期，2001.01。
——，〈我的文學創作與思想〉，《上海文學》，總第315期，2004.01。
——口述、林幸謙訪談，〈中國終須選擇自己的道路——專訪作家陳映眞先生〉，香港《文學世紀》，第4卷第4期，2004.04。
——，〈我的寫作與台灣社會嬗變——陳映眞香港浸會大學演講（2004.03.31~04.21）〉，《INK印刻文學生活誌》，第12期，2004.08。
——，〈對我而言的「第三世界」〉，《讀書》，2005.10。
陳若曦，〈堅定不移的民族主義信心〉，《文訊》，2009.09。
陳建忠，〈末日啓示錄：論陳映眞小說中的記憶政治〉，《中外文學》，第32卷第4期，2003.09。
郝譽翔，〈永遠的薛西弗斯：陳映眞訪談錄〉，《聯合文學》，第201期，2001.07。
許賢瑤，〈台灣分館藏日本時代台灣茶業資料及其價值〉，《國立中央圖書館台灣分館館刊》，第4卷第4期，1998年6月。
——，〈王添灯的台灣茶葉經營事蹟〉，《台北文獻》，直字第139期，2002年3月。
單　培，〈我所認識的陳映眞〉，《美麗島》，1981年9月5日。
賀照田，〈當信仰遭遇危機……——陳映眞20世紀80年代的思想涌流析論（一）〉，《開放時代》，221期，2010.11。
——，〈當信仰遭遇危機……——陳映眞20世紀80年代的思想涌流析論（二）〉（《開放時代》，222期，2010.12。

張良澤著，陳玉燕譯，〈苦惱的臺灣文學——孕育「三腳人」心聲之系譜、深刻反映崎嶇曲折的歷史〉，《淡水牛津文藝》，第2期，1999.01.15。

——，〈素朴之心〉，收錄於《台灣文學評論》，第10卷第1期，2010.01。

張淑雅，〈藍欽大使與1950年代的美國對台政策〉，《歐美研究》，28卷1期，1998.03。

游勝冠，〈展望新世紀的台灣文學研究〉，《文訊》第183期，2001.01。

葉石濤，〈台灣的鄉土文學〉，《文星》，第97期，1965.11。

黃建龍，〈文武雙全的二二八先烈——湯德章〉，《鄉城生活雜誌》，第50期，1998.03。

黃榮洛，〈日據時代，本島四警部〉，《客家》，第20期，1991年9月。

黃錦城，〈閒話劉啓光〉，《中外雜誌》，第32卷第5期，1982年11月。

黃裳裳、朱家信，〈論陳映眞的現實主義創作道路〉，《安徽大學學報》，第一期，1983。

雷　驤，〈作家與風土1：陳映眞〉，《台灣文學評論》，第1卷第1期，2001.07。

漁　父（殷惠敏），〈爲陳映眞說幾句話〉，《九十年代月刊》，第246期，1990.07。

蔡源煌，〈思想的貧困——訪陳映眞〉，《台北評論》，第2期，1987年11月。

蔡慧玉，〈日治臺灣街庄行政（1920～1945）的編制與運作〉，《台灣史研究》，第3卷第2期，1996年12月。

黎湘萍，〈族群、文化身份與華人文學——以台灣香港澳門文學史的撰述爲例〉，《華文文學》，總第60期，2004.01。

劉敏光，〈台灣音樂運動概略〉，《台北文物（季刊）》，第4卷第2期，1955.08。

劉賓雁，〈中國之未來——《新左翼評論》對劉賓雁的採訪〉，《中國論壇》，第33卷第1期，1992年10月。

劉紹銘，〈悲劇的縮影——淺論《浮游群落》〉，《七十年代月刊》，第164期，1983.09。

鍾文音，〈時間之幕與空間之墓——讀陳映眞《父親》〉，《文訊》，238期，2005.08。

錢鴻鈞訪談、筆錄，〈與趙天儀閒談「《台叢》、前輩作家及台灣文學」〉，《台灣文學評論》，第2卷第2期，2002年4月。

蕭阿勤，〈民族主義與臺灣一九七○年代的「鄉土文學」：一個文化（集體）記憶變遷的探討〉，《台灣史研究》，6卷2期，2000.10。

聶華苓，〈踽踽獨行——陳映眞〉，《讀書》300號，2004.03。

——，〈母女同在愛荷華〉，《讀書》319期，2005.10。

藍博洲，〈相逢一笑泯恩仇——關於鄭鴻生的〈台灣人如何再作中國人〉讀後隨想〉，《台灣社會研究季刊》，第75期，2009.09。

大衛·麥克納利（David McNally）著，兆立譯，〈了解帝國主義：過去與現在、舊和新的統治方式〉，《十月評論》，總第221期，2006.12.30。

（二）學位論文

江智浩，〈日治末期（1937-1945）臺灣的戰時動員組織——從國民精神總動員組織到皇民奉公會〉，桃園：國立中央大學歷史學研究所碩士論文，1996。

李幸眞，〈日治初期臺灣警政的創建與警察的召訓（1898-1906）〉，台北：國立台灣大學歷史學研究所碩士論文，2008。

李崇僖，〈日本時代台灣警察制度之研究〉，國立台灣大學法律學研究所碩士論文，1996。

李靜玫，〈《台灣文化》、《台灣新文化》、《新文化》雜誌研究（1986.06~1990.12）〉，台北：國立台北教育大學台灣文學研究所碩士論文，2006。

柯佳文，〈日治時期官方對廣播媒體的運用〈1928-1945〉〉，台北：淡江大學歷史學研究所碩士論文，2005。

莊坤霖，〈陳錫津及其詩研究〉，嘉義：中正大學台灣文學研究所碩士論文，2008。
郭紀舟，〈1970年代台灣左翼啓蒙運動——《夏潮》雜誌研究〉，台中：私立東海大學歷史學研究所碩士論文，1995。
梁竣瓘，〈中國大陸學者論台灣文學——以小說爲例〉，桃園：國立中央大學中國文學研究所博士論文，2005。
許凱琳，〈日治時期放送節目音樂內容之研究（1937~1941）——以軍歌放送爲中心〉，台北：國立台灣大學音樂學研究所碩士論文，2005。
許瀛方，〈台灣日治至戒嚴時期愛國歌曲之國家認同意識研究（1895-1987）〉，台北：國立台灣師大教育研究所碩士論文，2002。
陳煒欣，〈日治時期台灣「高等警察」之研究〉，台南：成功大學歷史學研究所碩士論文，1998。
陳嘉齡，〈日據時期台灣短篇小說中的警察描寫——含保正、御用紳士〉，台北：政治大學中等學校教師在職進修國文教學碩士學位班，2002。
楊境任，〈日治時期台灣青年團之研究〉，桃園：國立中央大學歷史研究所碩士論文，2001。
黃裕元，〈戰後臺語流行歌曲的發展（1945～1971）〉，桃園：國立中央大學歷史研究所碩士論文，2000。
廖淑芳，〈七等生文體研究〉，台南：國立成功大學歷史語言研究所碩士論文，1990。
——，〈國家想像、現代主義文學與文學現代性——以七等生文學現象爲核心〉，新竹：國立清華大學中國文學系博士論文，2005。
劉依潔，〈《人間》雜誌研究〉，台北：私立東吳大學中國文學研究所碩士論文，2000。
黎湘萍，〈敘述與自由：論陳映眞的寫作和台灣的文學精神〉，北京：中國社會科學院文學研究所博士論文，1991。

（三）單篇論文

王浩威，〈提名委員意見〉，收錄於財團法人國家文化藝術基金會編《第四屆國家文化藝術基金會文藝獎．文學類．參選表冊》，未出版，2000.05。

朱西甯，〈序〉，收於余光中總編輯、朱西甯主編的《中國現代文學大系．小說輯1》，台北：巨人出版社，1972.01。

李　昂，〈想像台灣〉，收於李昂編《九十年小說選》，台北：九歌出版社，2002。

李　喬，〈編輯報告編序〉，收於李喬編《七十二年短篇小說選》，台北：爾雅，1984。

李瑞騰，〈評論卷序〉，收於李瑞騰編《中華現代文學大系．評論卷》，台北：九歌，1989.05。

何義麟，〈日治時代台灣廣播事業發展之過程〉，台師大歷史系、台灣省文獻委員會編，《回顧老台灣．展望新故鄉：台灣社會文化變遷學術研討會論文集》，台北：台師大歷史系，2000.09。

呂興昌，〈許丙丁先生生平著作年表初稿〉，收錄於呂興昌編《許丙丁作品集（下）》，台南：台南市立文化中心，1996年5月。

吳乃德，〈省籍意識、政治支持和國家認同〉，收錄於張茂桂等著《族群關係與國家認同》，台北：業強出版社，1993.02。

邱士杰，〈從中國革命風暴而來──陳映真的「社會性質論」與他的馬克思主義觀〉，收錄於封德屏主編《陳映真創作50週年國際學術研討會會議論文（一）》，台北：財團法人台灣文學發展基金會，2009.09。

季　季，〈我嫁了一個共產黨員〉，收錄於吳錦勳採訪撰述《台灣，請聽我說：壓抑的、裂變的、再生的六十年》，台北：天下遠見出版社股份有限公司，2009.08。

林瑞明，〈《筆匯》的創刊、變革及其影響〉，收錄於東海大學中文系編《戰後初期台灣文學與思潮論文集》，台北：文津出版社有限公司，2005.01。

林燿德，〈編序〉，收於林燿德主編《最後的麒麟：幼獅文藝四十年大系小說卷（一）》，台北：幼獅文化事業公司，

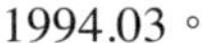
1994.03。

姚一葦，〈總序〉，收錄於《陳映眞作品集6：思想的貧困》，台北：人間出版社，1988.04。

陳芳明，〈序：荒蕪與豐饒——寫在書前〉，收錄於謝里法著《重塑台灣的心靈》，台北：自由時代出版社，1988.07。

——，〈火紅的詩猶在燃燒〉，收錄於氏著《昨夜雪深幾許》，台北：INK印刻文學生活雜誌出版有限公司，2008.09。

陳明成，〈反攻與反共：關鍵年代的關鍵年分——台灣文壇「一九五六」的再考察〉，收錄於封德屏編《文學與社會學術研討會：2004青年文學會議論文集》，台南：國家台灣文學館，2004.12。

陳映眞，〈尋找一個失去的視野：讀何新「世界形勢與中國問題」〉（附錄），收於何新著《反思與挑戰》，台北：風雲時代出版公司，1991。

——，〈我輩的青春〉，收於白先勇等著《現文因緣》，台北：現文出版社，1991年12月。

——，〈十句話〉，收錄於隱地編《備忘手記（「十句話」完結篇）》，台北：爾雅出版有限公司，1995年1月。

——，〈激越的青春——論呂赫若的小說〈牛車〉與〈暴風雨的故事〉〉，收於陳映眞等著《呂赫若作品研究》，台北：聯合文學出版社有限公司，1997.11。

——，〈序〉，收錄於楊國光著《一個台灣人的軌跡》，台北：人間出版社，2001.06。

——，〈序〉，收錄於陳中統著《生命的關懷》，台北：書香文化事業股份有限公司，2002.06。

——，〈序言〉，收錄於趙遐秋、呂正惠主編《台灣新文學思潮史綱》，台北：人間出版社，2002.06。

——，〈李友邦的殖民地台灣社會性質論與台共兩個綱領及「邊陲部資本主義社會構造體論」的比較考察〉，收錄於嚴秀峰編《紀念李友邦先生論文集》，台北：世界綜合出版社，2003.01。

——，〈莫那能——台灣內部的殖民地詩人〉，收錄於莫那能著

《美麗的稻穗》，台北：人間出版社，2010年5月。
陳建忠，〈所謂「皇民文學」評述〉，收錄於「2001年賴和全國大專生台灣文學營」授課的講義本，2001年7月20至23日。
陳獨秀，〈研究室與監獄〉，收錄於任建樹等編《陳獨秀著作選（第二卷）》，上海：上海人民出版社，1993.04。
曾品滄，〈一九六〇年代知識青年的政治反對運動——以「全國青年團結促進會」為例〉，收錄於胡健國主編《二十世紀台灣民主發展——第七屆中華民國史專題論文集》，台北：國史館，2004。
張恆豪，〈七等生小說的心路歷程〉，收錄於張恆豪編《七等生全集6・城之迷》，台北：遠景出版事業有限公司，2003.10。
楊佳嫻，〈序論〉，收於楊佳嫻編《台灣成長小說選》，台北：二魚文化，2004。
楊祖珺，〈再・見美麗島〉，收錄於《關不住的歌聲：楊祖珺錄音選輯，1977-2003》專輯內頁，台北：大大樹音樂圖像，2008。
蔡慧玉，〈蔡新科先生訪問記錄〉，收錄於蔡慧玉主編《走過兩個時代的人——台籍日本兵》，台北：中研院台灣史研究所籌備處，1997年11月。
齊邦媛，〈小說卷序〉，《中華現代文學大系・小說卷》，台北：九歌，1989.05。
鄭定國，〈陳錫津的傳統詩〉，收錄於鄭定國等編《日治時期雲林縣的古典詩家續編》，台北：文史哲出版社，2005年9月。
蔣　勳，〈我的老師陳映真〉，收錄於陳映真著《陳映真作品集8：鳶山》，台北：人間出版社，1988.04。
劉再復，〈漂流三題〉，收錄於鄭義編《不死的流亡者》，台北：印刻出版有限公司，2005。
劉紀蕙，〈林燿德現象與台灣文學史的後現代轉折——從《時間龍》的虛擬暴力書寫談起〉，收錄於氏著《孤兒・女神・負面書寫：文化符號的徵狀式閱讀》，台北：立緒文化事業有限公司，2000.05。
劉紹銘，〈細微的一炷香〉，收錄於氏著《細微的一炷香》，台北：三民書局股份有限公司，1990.08。

應鳳凰，〈鍾理和文學發展史（代序）〉，收錄於應鳳凰編《鍾理和論述：1960-2000》，高雄：春暉出版社，2004。

鍾肇政，〈編輯的話〉，收錄於鍾肇政編《本省籍作家作品選集·第七輯》，台北：文壇社，1965.10。

——，〈往事二三（代序）〉，收錄於鍾理和著，張良澤編，《鍾理和全集·卷7——鍾理和書簡》，台北：遠行出版社，1976.11。

——，〈血淚的文學、掙扎的文學——七十年台灣文學發展縱橫談（總序）〉，收錄於《賴和集》，台北：前衛出版社，1991.02。

——，〈「知識分子」的文學——劉大任集序〉，收於鍾肇政編《劉大任集》，台北：前衛出版社，1993.12。

鍾鐵民，〈心靈的慰藉——《台灣文學兩鍾書》序〉，收錄於鍾理和、鍾肇政著，錢鴻鈞編，《台灣文學兩鍾書》，台北：草根出版事業有限公司，1998.02。

謝里法，〈從二二八事件看台灣知識分子的歷史盲點〉，收錄於謝里法著《重塑台灣的心靈》，台北：自由時代出版社，1988.07。

松永正義，〈八〇年代的台灣文學〉，收錄於李雙澤等著《台灣現代小說選II：終戰的賠償》，台北：名流出版社，1986.08。

本雅明（Walter Benjamin）著，王炳鈞、楊勁譯，〈可技術複製時代的藝術作品〉，收錄於本雅明著《經驗與貧乏》，天津市：百花文藝出版社，1999。

敏米（Albert Memmi）著，魏元良譯，〈殖民者與受殖者〉，收錄於香港嶺南學院翻譯系文化／社會研究譯叢編委會編《解殖與民族主義》，香港：牛津大學出版社，1998。

蘇珊·桑塔格著，李士勛譯，〈在土星的星象下〉，收錄於《班雅明作品選：單行道·柏林童年》，台北：允晨文化實業股份有限公司，2003.04。

松永正義，〈八〇年代の台湾文學〉，收錄於《台湾現代小說選II：終戰の賠償》，東京：研文出版（山本書店出版部），

1984.07。

伊原善之助，〈台湾の皇民化運動〉，收錄於中村孝志編《日本の南方関与と台湾》，奈良県天理市：天理教道友社，1988。

津金澤聰廣，〈メディア・イベントとしての軍歌・軍国歌謡〉，收於佐藤忠男等著《戰爭と軍隊》，東京：岩波書店，2001。

岡崎郁子，〈劉大任とその時代〉，收錄於劉大任著、岡崎郁子譯《ディゴ燃ゆ——台湾現代小說選・別卷》，東京：研文出版，1991年1月。

四、報紙

七等生，〈白馬〉，《聯合報》「聯合副刊」，1962.06.23，第6版。

——，〈七等生書簡〉，《聯合報》「聯合副刊」，1978.04.13，第12版。

——，〈譚郎的書信：獻給黛安娜女神〉，《中國時報》「人間副刊」，1985.09.07~10.27。

小　野，〈跟命運合奏一曲吧〉，《聯合報》「聯合副刊」，1992.04.25，第24版。

王安憶，〈英特納雄耐爾〉，《聯合報》「聯合副刊」，2003.12.22，E7版。

丘延亮，〈萬千肉身及其實踐〉，《台灣立報》，2009.06.18。

朱天心，〈莫忘初衷〉，《聯合報》「聯合副刊」，2010.08.22，D03版。

沙　漠（陳映真），〈讀「濁流」〉，《中央日報》「中央副刊」，1962.05.19，第7版。

李奭學，〈評「青少年台灣文庫」文學讀本〉，《聯合報》「讀書人」，2006.04.30。

林文義，〈黃昏歌聲〉，《中國時報》，1987.04.28，第8版。

季　季，〈人血不是胭脂——哀思劉賓雁先生〉，《中國時報》，2005.12.06。

吳典蓉，〈誰說歷史不重要〉，《中國時報》，2010.09.17，a30版。
吳叡人，〈認同的囚徒輾轉歸屬的牢籠？〉，《中國時報》，1995.04.27，42版。
南方朔，〈踽踽的老靈魂——陳映眞〉，《中國時報》「人間副刊」，2001.11.20，第39版。
郭　帆，〈劉賓雁反動面目的大暴露〉，《人民日報》，1989年11月3日。
莫昭平，〈中華現代文學大系，少了哪些大家？〉，《中國時報》「開卷」，1989.06.12。
尉天驄，〈反專制是知識人基本條件〉，《中國時報》「民意廣場」，2007.01.25。
——，〈見到浩然〉，《聯合報》「聯合副刊」，2008.03.17，E3版。
陳映眞，〈望穿鄉關的心啊！〉，《中國時報》「人間副刊」，1988.04.14，第18版。
——，〈三點意見〉，《中國時報》「人間副刊」，1989年12月5日。
——，〈啊！那個時代，那些人……〉（上）、（下），《中國時報》「人間副刊」，1992.06.21~22，35、27版。
——，〈後街——陳映眞的創作歷程〉，《中國時報》「人間副刊」，1993.12.19~23，39版。
——，〈春祭〉，《聯合報》「聯合副刊」，1994年3月14日、15日。
——，〈虛施懷柔，實爲誘殺——從一九〇二年雲林「歸順式」大屠殺說起〉，《聯合報》「聯合副刊」，1996.10.25，37版。
——，〈日本人在台灣的「三光政策」〉，《聯合報》「聯合副刊」，1996.10.26，37版。
——，〈李友邦和「台灣獨立革命黨」〉，《聯合報》「聯合副刊」，1996.10.28，37版。
——，〈台灣的「義和團」運動〉，《聯合報》「聯合副刊」，

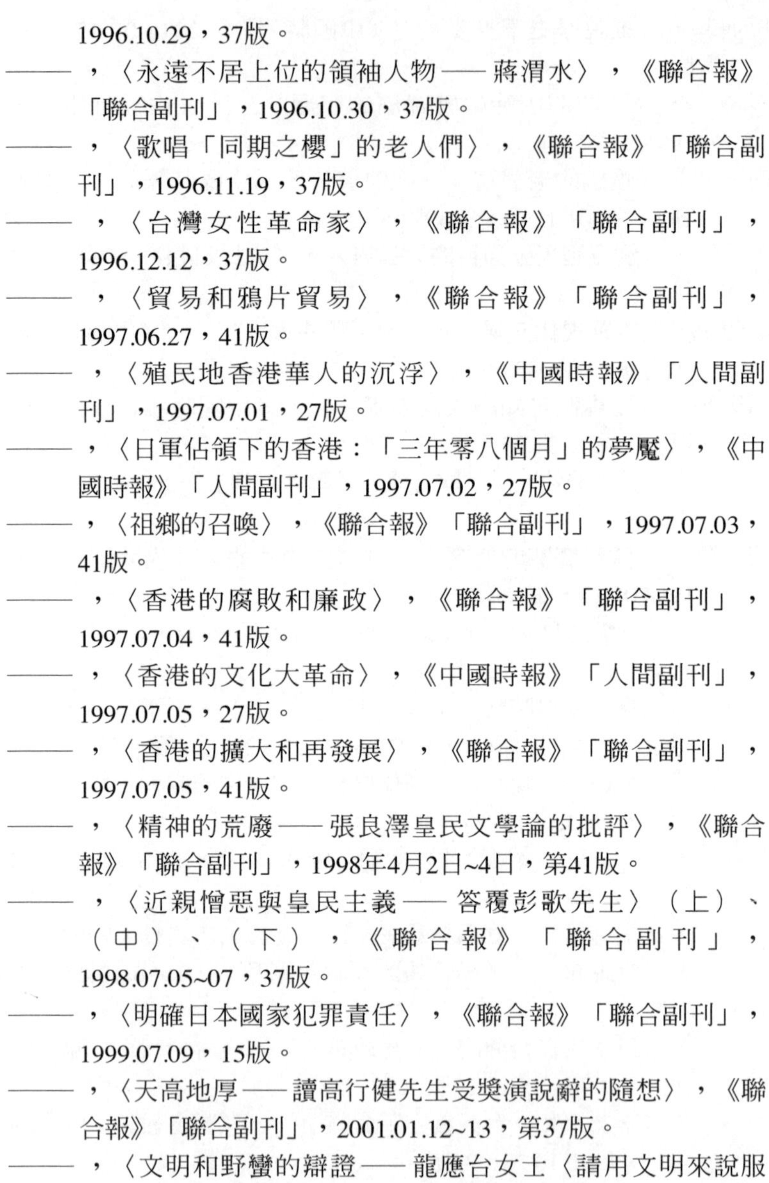

1996.10.29，37版。

——，〈永遠不居上位的領袖人物——蔣渭水〉，《聯合報》「聯合副刊」，1996.10.30，37版。

——，〈歌唱「同期之櫻」的老人們〉，《聯合報》「聯合副刊」，1996.11.19，37版。

——，〈台灣女性革命家〉，《聯合報》「聯合副刊」，1996.12.12，37版。

——，〈貿易和鴉片貿易〉，《聯合報》「聯合副刊」，1997.06.27，41版。

——，〈殖民地香港華人的沉浮〉，《中國時報》「人間副刊」，1997.07.01，27版。

——，〈日軍佔領下的香港：「三年零八個月」的夢魘〉，《中國時報》「人間副刊」，1997.07.02，27版。

——，〈祖鄉的召喚〉，《聯合報》「聯合副刊」，1997.07.03，41版。

——，〈香港的腐敗和廉政〉，《聯合報》「聯合副刊」，1997.07.04，41版。

——，〈香港的文化大革命〉，《中國時報》「人間副刊」，1997.07.05，27版。

——，〈香港的擴大和再發展〉，《聯合報》「聯合副刊」，1997.07.05，41版。

——，〈精神的荒廢——張良澤皇民文學論的批評〉，《聯合報》「聯合副刊」，1998年4月2日~4日，第41版。

——，〈近親憎惡與皇民主義——答覆彭歌先生〉（上）、（中）、（下），《聯合報》「聯合副刊」，1998.07.05~07，37版。

——，〈明確日本國家犯罪責任〉，《聯合報》「聯合副刊」，1999.07.09，15版。

——，〈天高地厚——讀高行健先生受獎演說辭的隨想〉，《聯合報》「聯合副刊」，2001.01.12~13，第37版。

——，〈文明和野蠻的辯證——龍應台女士〈請用文明來說服我〉的商榷〉，《聯合報》「聯合副刊」，2006.02.19~20，

E7版。

陳建忠，〈徘徊不去的殖民主義幽靈——評垂水千惠的「皇民文學觀」〉，《聯合報》「聯合副刊」，1998年7月8日-9日，第37版。

陳　葦，〈「紅色」更加「恐怖」——陳映真先生「春祭」讀後〉，《聯合報》「聯合副刊」，1994年4月5日。

黃春明，〈羅東來的文學青年〉，《中國時報》「人間副刊」，1994年1月6日，第39版。

黃錦樹，〈道德的難題〉，《聯合報》「讀書人」，2005.08.28。

游勝冠，〈台灣良心VS 中國良心——我看陳映真〉，《台灣日報》，2001.12.10。

張良澤，〈正視台灣文學史上的難題——關於台灣「皇民文學」作品拾遺〉，《聯合報》「聯合副刊」，1998年2月10日，第41版。

張　薇，〈我不是Superman：陳映真專訪（上）〉，香港《經濟日報》，2004年4月9日。

張翠容，〈憶劉賓雁〉，香港《經濟日報》，2010.12.28，C09版。

新華社，〈人民文學出版社出版《台灣小說選》〉，《人民日報》，1979.12.02，3版。

楊　渡，〈劉賓雁返美希望還能再來‧籲早日開放大陸記者來訪〉，《中國時報》，1989年12月26日，3版。

楊　照，〈純真理想的典型塑造——陳映真的《鈴璫花》〉，《中國時報》「人間副刊」，1999.07.07，37版。

楊　澤、唐蕙韻，〈思想，是一切形式的主體〉，《聯合報》，1997.03.31，41版。

漁　父（殷惠敏），〈憤怒的雲——剖析陳映真的小說〉，《中國時報》「人間副刊」，1984.01.21~23，8版。

鄭樹森，〈最意外的和最不意外的〉，《聯合報》「聯合副刊」，2004.03.02，E07版。

劉大任（金延湘），〈中原心態與文化鄉愁〉，《中國時報》「人間副刊」，1986.02.18，第8版。

劉全應，〈不尋常的生日〉，《人民日報》，1997.12.08，第11版。

劉春城，〈台灣文學不是一窩虎頭蜂——致陳映眞〉，《自立晚報》「自立副刊」，1987.08.08，第10版。

劉賓雁，〈我的自白〉，《聯合報》「聯合副刊」，1987年1月18日。

——，〈重訪香港〉，《中國時報》，1988年8月13日。

——，〈台灣印象之六——原住民的處境教人感到悲哀〉，《中國時報》，1989年12月19日。

賴素鈴，〈陳映眞聞訊惆悵．像他這樣啄木鳥．大陸此刻正需要〉，《民生報》，2005年12月6日。

戴 天，〈回首布拉格〉，香港《信報》，2002.08.16。

薛理桂，〈文化資產別再外流〉，《中國時報》「時論廣場」，2006.11.16，A19版。

鍾麗明，〈陳映眞：魯迅給了我一個祖國！〉，香港《大公報》，2004.02.23。

鍾肇政，〈濁流〉，《中央日報》，1961.12.31~1962.04.22。

鍾鐵民，〈帳內人〉，《聯合報》「聯合副刊」，1962年8月3日，第8版。

謝里法，〈十年台灣文學研究會之回首－2〉，《自立晚報》「本土副刊」，1993.09.01，第19版。

聶華苓，〈回不了家的人：劉賓雁二三事〉，《中國時報》「人間副刊」，2007.07.07~08。

羅榮光，〈向反抗強權的文學大師致敬〉，《台灣日報》，2003年2月2日。

蘇曉康，〈走過河殤：二十年又見台北（下）〉，《中國時報》「人間副刊」，2012.03.13，E4版。

五、網際網路（電子媒體）

《人民日報》「人民數據庫」，http：//data.people.com.cn。

「芙蓉國」網站（中國湖南省作家協會的官網），http://www.frguo.com/hnzx10.asp。

〈校歌〉，鶯歌國民小學網站，http://100.ykes.tpc.edu.tw/modules/

tinyd2/index.php?id=4。

〈歷屆校友〉，鶯歌國民小學網站，http://100.ykes.tpc.edu.tw/modules/tinyd3/content/1-70.swf。

「遠景繁體中文電子書」：由「遠景出版社」提供資料、「大鐸資訊股份有限公司」行銷製作。

「鍾理和數位博物館」網站，http：//cls.hs.yzu.edu.tw/zhonglihe/06/iframe/i_062_1.asp。

「古い記憶のメロディイ」網站，http://www.geocities.jp/abm168/index.html。

「歌謠大全」網站，http://www005.upp.so-net.ne.jp/tsukakoshi/kayoudaizenn/kayou041.html。

中央社記者蘇培基拍攝，〈台北美國大使館被搗毀〉，「好望角－中央社數位照片平台」網站，1957.05.24，http://www.cnavista.com.tw/shop/stores_app/Browse_Item_Details.asp?store_id=103&Shopper_Id=74173121&page_id=23&Cat_id=&IndexNo=19570524010501&path1=&sno=195705240105010036L%2EJPG&p=3。

丘延亮，〈萬千肉身及其實踐〉，「台灣立報」網站，http://www.lihpao.com/?action-viewnews-itemid-1754。

台北縣議會，〈歷屆議員．第二屆〉，「台北縣議會多媒體導覽系統」網站，http://guide.ttcc.gov.tw/old_assemblyman_single_php.php?councilor_id=TTCC0214&range=1&election=2。

何　新，〈我向你們的良知呼喚——何新在北京大學對1990屆畢業生的演講〉，「何新中國論壇」網站，2005.08.13。http：//www.hexinbbs.com/Article/Show Article.asp?ArticleID=177&Page=3。

呂興昌，〈寫在「許丙丁百歲紀念展」之前〉，「台灣文學研究工作室」網站，http://ws.twl.ncku.edu.tw/hak-chia/l/li-heng-chhiong/khou-piann-teng-tian.htm。

金　鐘，〈良師益友劉賓雁〉，「開放雜誌」網站，2006.01，http://www.open.com.hk/2006_1p40.htm。

阿　潑（annpo），〈也談陳映真——不及卻未晚的作品、年代〉，

「哈囉 馬凌諾斯基」網站，2006.10.18，http://annpo.pixnet.net/blog/post/5735854。

林太崴，〈青春美與老青春〉，「桃花開出春風」網站，http://blog.sina.com.tw/davide/article.php?pbgid=28994&entryid=572230。

——，〈行進中的行進曲〉，「桃花開出春風」網站，http://blog.sina.com.tw/davide/article.php?pbgid=28994&entryid=398737。

施善繼，〈我的陽台〉，「大眾時代」網站，2007.05.22，http://mass-age.com/wpmu/blog/2007/05/22/%E6%88%91%E7%9A%84%E9%99%BD%E5%8F%B0/。

秦政德，〈小草NB018抗戰勝利60年及日治110年〉，「阿德的相簿」網站，http://photo.pchome.com.tw/peter601017/113240340055。

烏蘇里，〈中南海內幕：文革幹將譚力夫與台灣作家陳映眞遊三峽〉，「大紀元」網站，2001.08.05，網址：http://www.epochtimes.com/b5/1/8/5/n116394.。

〈馬關條約〉，「維基文庫」網站，http://zh.wikisource.org/wiki/%E9%A6%AC%E9%97%9C%E6%A2%9D%E7%B4%84。

國史館台灣文獻館-台灣省行政長官公署檔，〈件名：鄭澤松等新竹縣政府教育科人員委代案〉（1946.04.23-1946.05.23），「卷名：新竹縣政府人員任免（775）」，「檔案管理局－檔案資源整合查詢平台」網站，http://across.archives.gov.tw/naahyint/search_detail.jsp?pid=hpsv001/1318757&use_id=5&genre=article&hyint_id=10074。

國史館台灣文獻館-台灣省行政長官公署檔，〈件名：陳連堪等新竹縣政府人員異動案〉（1946.11.05-1946.11.24），「卷名：新竹縣人員任免（782）」，「檔案管理局－檔案資源整合查詢平台」網站，http://across.archives.gov.tw/naahyint/search_detail.jsp?pid=hpsv001/1318757&use_id=5&genre=article&hyint_id=10074。

國史館台灣文獻館，〈件名：新竹縣政府教育科陳炎興等任免通知書〉（1948.05.21），「卷名：新竹縣市各學校任免」，「檔案管理局－檔案資源整合查詢平台」網站，http://ds2.th.gov.

tw/ds3/Query1.php?KW=%E9%99%B3%E7%82%8E%E8%88%88&submit=Search&APP%5B%5D=th004&APP%5B%5D=th005&APP%5B%5D=th006&APP%5B%5D=th007&PG=&ID=&AC=1&RecKW=1。

陳映眞口述、王寅專訪，〈臺灣的文化人需要反省〉，「新華網」網站，2004.03.20，http://big5.xinhuanet.com/gate/big5/news.xinhuanet.com/book/2004-03/20/content_1375705.htm

陳映眞等「集體署名」，〈關於《毛澤東的私人醫生回憶錄》一書的公開信〉，「華夏文摘」網站，http://www.cnd.org/HXWZ/ZK95/zk62-2.hz8.htm。

陳映眞口述，武世明專訪，〈臺灣著名作家陳映眞暢談臺灣光復（六十周年）重大意義〉，「中國台灣網」網站，2005.10.25，http://big51.chinataiwan.org/zt/lszt/kangzh/renwuzhf/200801/t20080102_528963.htm。

陳映眞，〈爲反對霸權主義、達成民族眞正統一而努力〉，「華夏經緯」網站，2005.10.25，http://big5.huaxia.com/zt/pl/05-087/601951.html。

陳映眞，〈陳映眞：促進海峽兩岸文學更多交流〉，「中國作家網」網站，2010.07.07，http://www.chinawriter.com.cn/news/2010/2010-07-07/87314.html。

張勝凱，〈台灣行進曲-兒童版〉，「話夾子黑手的留聲機轉盤世界」網站，http://tw.myblog.yahoo.com/gladiator_maxman/article?mid=178&prev=179&next=169&1=f&fid=1。

張毓芹，〈日據台語流行歌展登場·回顧台語歌黃金時代〉，「國立教育廣播電台」網站，http://web.ner.gov.tw/culturenews/culture/culture-detail.asp?id=94026。

蔡元隆、侯相如，〈日治後期至光復初期（1939-1951年）台灣嘉義地區初等教育薪俸制度之口述歷史研究〉，「文化研究月報」網站，http://hermes.hrc.ntu.edu.tw/csa/journal/82/essay01.htm。

煒　子（楊煒），〈日治時期台灣軍歌〉，「北投虹煒工作室」網站，http://tw.myblog.yahoo.com/jw!kQQmrf6fGQWXX4lSrdgc81Xl/

article?mid=4599&prev=4627&next=4535&l=f&fid=12。

——————，〈日治時期台灣流行歌集〉，「北投虹燁工作室」網站，http://tw.myblog.yahoo.com/jw!kQQmrf6fGQWXX4lSrdgc81Xl/article?mid=5041。

編輯部，〈台作家「陳映眞先生創作50年學術研討會」在京舉行〉，「你好台灣網」網站，2009.09.18，http://www.hellotw.com/zt1/ztfl/jlzt/dbldzghw/dblzx/200909/t20090918_493460.htm。

編輯部，〈文學相融了，兩岸更近了〉，「中國作家網」網站，2010.08.24，http://www.chinawriter.com.cn/news/2010/2010-08-24/89000.html。

——，〈鐵凝、李冰、陳建功看望名譽副主席陳映眞〉，「中國作家網」網站，2010.09.03。http://www.chinawriter.com.cn/news/2010/2010-09-03/89385.html。

9

附　錄

附錄一

〈讀「濁流」〉全文

長江大河，挾泥沙以俱下，奔騰澎湃，一決而不可收拾，洪流所至，渾渾然，浩浩然，除了在浮面上捲湧的浪花和泡沫，看起來是潔白的之外，決不可能像山澗的流泉，一清見底，因爲捲裹在它裏面的東西，太眾多了，太複什了，使它只能呈現出一種骯髒污濁的顏色，無論用甚麼古法，都難以澄清。

一個偉大的時代，也如洪流一樣，必然包羅著光明、黑暗、道德、罪惡、理智、情慾……迭更司在雙城記前面寫的那幾句描述法國大革命時代的氣魄雄渾的辭句，亦可以移用於任何一個時代。不同的祇是光明、黑暗、道德、罪惡、理智、情慾等，在那時代所佔的比重而已。並且沒有黑暗、罪惡、情慾，何能對照出光明、道德、理智？沒有混雜的一切，又何能顯示出偉大？偉大本來是由平凡襯托出來的，進一步也可以說是由平凡組合起來的。

世界上不正多的是平凡的人嗎？他們就是墊在偉大時代下面的一塊塊基石，從他們各人身上發出來的光華，儘管細微黯淡，一旦通過時代的沖激、考驗，洗煉、凝聚，便可匯成一枝熱力與光亮都無可倫比的火炬。他們不是英雄，甚至並不具備英雄的氣質，但他們能夠忍辱受苦，默默地然而堅定地挺立在地面上。他們的感覺是遲鈍的，性格是懦弱的，然而他們也有覺醒的日子。到了那時候，他們便會勇敢地向自己所豎立的指標走去，再不猶豫。

從一個個平凡的人所經過的路程，我們可以窺見時代的動向，特別在一個比較黑暗的時代，他們的掙扎、奮鬥，想衝破這黑暗的網羅而尋求一絲光明的努力，加倍使我們感動。我們彷彿見到一群群飛蛾，往玻璃上撞，往燈火上撲，毫不憐憫自己的受傷和犧牲。

〈濁流〉就是這樣的一部小說，它的作者從一個黑暗的大時代裏割出一席之地，讓生活於那一席之地的幾個平凡人登上舞台，在異族統治和戰爭這兩面陰森恐懼的佈景前面，演出了一幕慘淡的戲。

戰爭，這是什麼樣的一個戰爭？既無理想，更不神聖，除了一句空洞的「天皇陛下萬歲」的口號外，一無所有，但它卻榨盡了窮兵黷武的大日本帝國的有限人力和資源，更倍增了在將近五十年中飽受殖民地統治之虐待欺凌的台灣同胞的痛苦。他們在極端貧乏的物質狀況下，過著衣不足以蔽體、食不足以裹腹的生活，被當作下等人種那樣歧視奴役，沒有平等的地位和待遇，沒有平等的接受教育的機會，沒有平等的配給，甚至沒有平等的戀愛。擺在他們面前的，只有志在滅絕他們種族觀念的「皇民化」運動，欺騙他們獻出身體，充作侵略戰爭炮灰的「志願兵」運動。

殘酷，不公，苛細，本就是日本人統制台灣所使用的一貫手段，而當他們一邊深陷於中國長期抗戰後的泥淖，一邊又在盟邦越島進攻的戰術下節節敗退，接近崩潰的邊緣時，這種手段，益發變本加厲地緊箍在台灣同胞的頭上。

那兩三年的經歷，在台灣同胞的心中是永生難忘的，即使在日本統制台灣的整個歷史過程中，也是一個最重要的環節。

所謂剝極必復，黎明前的黑暗必然是最濃重的，但一線曙光，也正從那極端黑暗中透露出消息，反抗和仇恨的心理隨著越來越重的壓制而在暗中成正比例地滋長：「我們台灣郎都是苦命的。我們都是台灣郎……是台灣郎，大家就要相愛相護。」這種覺悟和要求，也逐漸在人與人之間漫延傳染。此外，更重要更有影響的，還有外來的啓迪，如開羅宣言之昭告台灣將重歸祖國的懷抱，猶之乎一座燈塔，清楚地指出了目標和方向，帶給了人們無限的希望。

然而，在表面上，無可奈何的心理和無從行動的姿態，依然是赤手空拳的台灣同胞的普遍現象，誠如〈濁流〉中男主角陸志龍所說：「我承認，跟所有的台灣人一樣，我也曉得我們是被征服的民族，被異族統制的亡國奴。然而，它只是一個概念，至少，在我個人而言，尙能不構成一種強烈的意識。我只能接受現實，並且認爲那是無可挽救的既成事實。我們只有甘於現實，並在這有著重重限制的現實裏討生活。事實上在我的接觸範圍內所觀察所體認的人們的概念，也是如此。」

這一段話，說得何等坦白，何等眞誠！的確，在經過半個世紀有計畫的毒素教育灌輸麻醉之下，在長期的無彈性的高壓之下，人們的思想和精神的某一部份是不知不覺地被痲痺了，奢求每一個人突然作革命性的蛻變，反而成爲不合理的事，此所以當我們看到〈濁流〉中敘述李添丁在白木的出征送行會上大唱「要做一個堂堂的大日本帝國軍人，爲大東亞共榮圈而奮鬥，爲陛下而獻出生命」的高調，並且三呼「萬歲」的那一段時，並不感覺到滑稽可笑，毋寧說那種丑角式的行爲裏倒包藏著能使我們悲痛的成份。那就像馴獸人指揮下的獅子，在長期的飢餓和皮鞭的痛撻中，訓練成了一種反射作用，會自然而然地表演出符合要求的動作，儘管那些動作絕對違反了它本身具有的兇猛的天性。

在這一點上，作者的誠實是可驚的，他實在不難塑造出一兩個較具英雄氣概的角色，來讓讀者歡迎擁護，但是他並沒有那樣做，他寧願更接近眞實和平凡。他之特別選擇像陸志龍那樣自卑、軟弱，常常把週遭的事情寄託於「一切都會過去的」那種逃避現實的人來做小說中的主角。他並非盡如他在楔子中所說的要寫出他自己，主要是爲了陸志龍這類的典型，恰巧代表了絕大多數的平凡人。試問，誰的心理不羼雜有自卑軟弱的成份呢？誰不是常常有逃避現實的願望呢？我們再來仔細看看〈濁流〉中的其他人物，誰不是蒙著一層同樣擺脫不開的陰影呢？

就這樣，作者以自卑軟弱的陸志龍爲中心點，像走馬燈的輪轉，給我們展開了一幅幅曾發生於那個時代的奇形怪狀的畫圖：物資的貧乏，生活的窘困，一丁點食物的贈予，竟能使人卑躬屈膝感激流涕；變態的組織和訓練，以及便於加緊控制和鍊成的新名目新花樣，如「青年練成」、「藝能挺身隊」、「皇民化運動」、「戰時總體制」等等，無不能使讀者從中深切體會出戰爭所加於人們的創痛。自然，小說中還有男女間的情慾和戀愛，簡尙義與藤田節子及山川淑子的，葉振剛與大山貞子的，特別是陸志龍與谷清子之間的畸戀，佔去了相當多的篇幅，也替小說本身塗抹了一片鮮豔的姿彩。但徹底的一研究，作者之寫谷清子，並非單純地爲了增添小說的姿彩，主要是藉她來點明這場戰爭之害的，不僅僅是台灣同胞而已，連侵略者本身的一部份人們也包括在內。谷清子的第一個愛人，出征死了，第二個也在赴南洋途中，沉入海底，最後，連沒有愛情的丈夫也保留不住，在結婚不久之後遠赴異域，天涯海角，永無歸來之期，雖暫時幸而未死，豈不也同死了一樣嗎？可是，加之於這苦命女人的打擊，並不到此爲止，在她生命的最後幾個月，她怕會帶厄運給另一個愛人的迷信心理，使她不敢奉獻自己給陸志龍，卻又在州視學與校長的威勢之下，被迫失身。這種種痛苦的遭際，和心理矛盾的累積，終於迫她無從負荷而走上自殺的途徑，以求一己之解脫。她的本性的善良，被作者轉化成一股壓力，讓讀者自動地支付出相當多的同情。儘管她出身的國家和政府蠻橫暴虐，使千千萬萬的人受了苦，該受憎恨，該受咒罵，她個人卻是無辜的，因爲她也是受苦者之一。擴而充之，在這次戰爭中接受與她同樣悲慘遭際的日本人，一定還不少，他（她）們也該是無辜的。這是作者在譴責日本軍閥之外的另一面，是用筆蘸著同情而不是墨水來寫的。

「人在世上，痛苦是免不了的。人人都有痛苦，我有，你也有，大家都一樣。有些痛苦，我們只有忍受，等待它的過去。」作者曾經借谷清子之口，宣洩了在那個時代大多數受苦者的想法。二十年後的今日，當時的一切眞如雲煙一樣過去了。我們在痛定思痛之餘，作一番冷靜的觀照和深入的省察，不難證明自己也可能發生相同的感覺。

由此可見，〈濁流〉的作者是站在比較高處遠處來透視，來思想，然後來落墨的，造成罪過的責任應由某一部份人來負擔，而不是全體。我們若以「公正」、「無偏見」、「無色彩」之類的字眼來評斷作者的寫作態度，大概並不過分，雖然他的同情未免稍稍多了一些，因爲出現於〈濁流〉中的人物，實在沒有一個値得上切齒痛恨的，白木的兇暴，岡本的卑鄙，州視學的淫邪，都表現得不夠，都祇勾劃了不很濃烈的幾筆。這就是所謂泱泱大國民的風度吧？

談到〈濁流〉作者的寫作技巧和方法，有幾點是很値得注意的。記得不久之前菲律賓來華訪問的一位作家，在公開的場合批評過自由中國的小說沒有深度，只是在說故事而已。這個批評雖然頗不客氣，但平心而論，卻也不能說遠離事實。綜觀近年文壇的作品，大多注重華麗的辭藻，曲折的情節，和巧妙的結構，卻忽略了深入事理及人物內心的剖析。換言之，即致力於表面優美的成份多，而致力於內在深刻的成份少。這結果，自然造成了大批浮光掠影的作品，那些作品，易於咀嚼，但並無眞味，易於消化，但缺少營養。〈濁流〉的作者似乎有鑑於此，而試圖從那種風氣和格調中逃離出來，另外開拓一條寫作的路線。從〈濁流〉中，我們可以發現，作者雖然借用陸志龍的眼睛來看一切事情的發生和發展，卻沒有將他的觀察所得直接照原狀映寫在紙上，而是通過他的理解、思想、情感作成感受後，再將之重現出來。也可以說，作者是竭力想把這篇原來含很容易地落入「敘事體」窠臼的小說，帶進心理小說的領域去，作者所全神貫注的是心理狀況的捕捉，那一閃一閃稍縱即逝，沒有時間停止和凝聚的形態。作者以小說中人物內心狀態的變化，倒過來畫出外界眞實事物的輪廓。他的這種寫法，固然不能說是創新的，卻是屬於比較稀少的，而其吃力的程度，相信一定比套用現成的形容詞對事物形象作浮雕不知要艱困多少倍。這分別，亦猶之乎照相之與繪畫，雖同是對某一特殊對象作重現的工作，其創作過程之難易與藝術意味之深淺，有著不可量度的距離。

另一點可以提出來的是鄉土氣息的濃郁，桃園台北一帶的山川景物，和世居其地純樸保守的居民的生活習慣，對作者有多麼深厚親切的感情，都在他的筆端自然而然地流露出來，傾瀉出來了，客家山歌之一再被穿插在小說中，更可以說是有意的安排，那種單調的原始歌調，那種「我口寫我心」的隨意編謅的詞句，的確別具一種動人的情趣。已故的省籍作家鍾理和先生在他的長篇小說〈笠山農場〉中，也曾巧妙地利用過，尤其是殿在〈笠〉篇結尾的那三首，最爲成功，它增強了讀者悲愴的感受，引導全書人物在裊裊餘韻中淡淡隱沒，淡淡消失，到達了「曲終人不見，江上數峰青」

的境界。

在這裡，忽然提到鍾理和先生及他的作品，似乎是一種巧合。其實不然，在我讀〈濁流〉的時候，曾不止一次地連想到理和先生，我發覺〈濁流〉的作者和他有許多非常類似的條件。譬如，他們都是客家人，都是土生土長的農家子弟，他們的寫作路程都比普通人來得艱鉅，從解脫日文羈絆到學習祖國語文，眞是荊棘滿途，賴他們自己不懈的努力，他們終於寫出了不算太少的夠水準的作品，而在那些作品中，有一個共通的中心意識——想從他們全心全意地熱愛著的農村，和環繞於他們生活的小天地周圍的質樸平凡的人們身上找出一點這個偉大的時代所遺留的影子，用他們樸素的筆調，不加渲染地刻劃出來。〈笠山農場〉如此，〈濁流〉更是如此。

在鍾理和先生的書簡中，他曾透露過將以台灣五十年來的歷史做背景，寫一個長篇，並把書名預定爲《大武山之歌》，不幸這願望已永無實現的可能，因爲他短命死矣！現在〈濁流〉的作者——也是鍾理和先生的摯友，截取了每一個台灣人最值得記念，最受影響的歷史的一片段，寫成了他的小說，雖不同於理和先生計劃的全部，終算也補足了他一部分的願望，對於作者本人，對於死去的他的朋友，對於讀者，都是非常有意義的。從〈濁流〉的楔子上看，這個二十萬字的長篇，不過是作者以本省光復前後兩三年做背景的三部曲的第一部，後面還有第二（編者按：〈江山萬里〉即〈濁流〉的第二部）及第三部，相信作者必能貫徹〈濁流〉所具有的筆致和風格。將他更精彩的續作，呈現於我們的眼前。

最後，以一個讀者的資格，我要表示一點個人的敬意和喜悅。光復後十幾年來，許多省籍作家孜孜不倦的精神，及由此獲得的寫作成就，他們確乎不愧爲文壇的生力軍，〈濁流〉的作者便是其中的佼佼者。如果這種努力能鍥而不捨地被大家保持下去，從而發揚光大，相信他們在文壇開放更燦爛美麗的花朵的日子，已經拭目可待了。

（以上全文出處：沙漠，〈讀「濁流」〉，《中央日報》「中央副刊」，1962.05.19，第7版）

附錄二

台灣警備總司令部「1968年民主台灣聯盟」乙案之「判決書」全文

「台灣警備總司令部．判決書」：五十八年（1969）度初特字第20號

由本部軍事檢察官以「叛亂案件」提起公訴——

「判決書」全文分「主文」、「事實」及「理由」三部分，如下：

「主文」：

陳永善、吳耀忠、李作成、陳述孔、丘延亮預備以非法之方法顛覆政府，陳永善、吳耀忠、李作成、陳述孔各處有期徒刑十年，丘延亮處有期徒刑六年，各褫奪公權五年。陳映和、林華洲陰謀以非法之方法顛覆政府，陳映和處有期徒刑八年，林華洲處有期徒刑六年，各褫奪公權五年。獲案之匪僞「論人民民主專政」等書刊壹百三十六冊（如偵查卷二四所附清冊），匪「人民日報」十二份，僞徽「毛匪像」，「東方紅」各一枚，淺井、蒙韶來函三件，會議決議草案二件，致「台獨」份子函稿一件，閱讀匪書「心得報告」一件均沒收。

「事實」：

李作成於民國五十二年八月間，結識某國共黨份子淺井××（以下簡稱淺井），翌年八月，李作成受淺井之邀遷入其台北市羅斯福路寓所同住。陳永善、吳耀忠、陳述孔、丘延亮及蒙韶等均因李作成之關係，先後與淺井相識，並在淺井寓所閱讀共匪書刊，接受淺井關於匪共思想之灌輸與誘惑，因而思想傾匪。五十四年六月淺井離台，行前指示陳永善等繼續學習，應形成組織。同年秋，蒙韶亦相繼出國去美，與淺井取得聯絡，勾結益密，數度致函陳永善等報告在美與匪勾結情形，指示工作原則及行動方針，並寄美金五十元作爲活動費用。淺井復於五十五年五月二十一日來函，指示陳永善等應有隨時均可成爲共產黨員之自信，加強連繫，自我批判，鼓足幹勁，爲「解放台灣」努力。該函經秘密傳閱後，同年六月即由陳永善發起召開「自我批判會」，每隔一至二星期，在陳永善、李作成或丘延亮家輪流舉行，爲成立組織鋪路，先後舉行十餘次，同年九月最後一次「自我批判會」中，僉認成立組織之時機成熟，一致通過授權陳永善執筆草擬組織綱領，五十六年元月上旬在丘延亮家集會，將陳永善所擬「預備時期一九六六年九月會議議決草案」提出討論，修訂爲「一九六七年正月十一日第一次預備會議決議草案」，以信仰馬克斯列寧主義，毛澤東思想，反對政府，預備爲解放台灣，統一人民祖國，建設社會主義堅決鬥爭爲最高綱領，並通過組織名稱爲「民主台灣聯盟」，暫設書記一人，負責召集會議，由每人輪流擔任，任期定爲三月，當首推吳耀忠出任斯職，會後陳述孔將集會情形轉知李作成，此後，陳永善、陳述孔即積極羅致不滿現實青年，傳閱反動書刊，灌輸左傾思想，企圖爭取吸收，擴大組織，先後接受陳永善教育者，有王玉江（又名蔡若江）、王小虹、陳金吉、賴恒憲等，接受陳述孔教育者，有張茂男、陳邦助、吉樹甫（按王小虹、陳金吉、張茂男、陳邦助均以叛亂嫌疑案經本部另案裁定，交付感化，賴恒憲已自首，王玉江、吉樹甫另案處理各在案）。陳映和係陳永善胞弟，五十四／五年在台中高農求學期間，由陳永善陸續交閱匪僞「毛澤東選集」、「紅旗」、「如何結合群眾」及日本左傾作家所著經陳永善翻譯之「現代社會之不安」、「矛盾論」、「現代中國」等書，並收聽共匪電台廣播，因之嚮往匪幫，而萌結合青年，從事顛覆活動之意念，適其同學林華洲、張優資、邱隆坤等不滿現實，遂趁機接近影響，並將上述陳永善所交反動書刊轉與閱讀。五十五年十月九日陳映和函邀林華洲、張優資、邱隆坤等至其台中市中台神學院家中集會，商討如何製造勞資糾紛，引起社會紊亂等問題，並決議成立組織，每月集會一次，以研究共產理論，陳映和表示各人應儘可能廣結同道，發展組織，必要時連絡匪幫，林華洲主張使用武力推翻政府，張優資、邱隆坤二人受陳映和、林華洲蠱惑，未予反對（張優資、邱隆坤均經本部另案裁定交付感化）。五十六年秋，吳宗發在中台神學院充當工友，陳映和輒利用休假返家機會與之接觸，鼓勵吳宗發收聽共匪廣播，並將陳永善所抄匪「文化大革命」文件交吳閱讀，企圖爭取（吳宗發亦經本部另案裁定交付感化確定）。五十七年三月，淺井又潛來台灣，陳永善、吳耀忠在台中與之聚會時，由吳耀忠向淺井報告成立組織經過及發展情形，並將其繕正之「民主台灣聯盟」綱領一份，交與淺井攜往國外。旋陳永善準備出國，將陳映和、陳金吉、王玉江、賴恒憲之關係移交吳耀忠繼續教育聯絡，一方面將其板橋家中存有之匪書「論人民民主專政」等二十八冊及「民主台灣聯盟」綱領原稿二件，蒙韶化名「東望」與淺井來函三件，以及手撰致日本「台獨」份子函稿一件，王玉江閱讀匪書「心得報告」一件，帶往台中交陳映和密藏保管。按經本部保安處查覺，先後將陳永善、吳耀忠、李作成、陳述孔、丘延亮、陳映和、林華洲拘訊，除在陳映和家中起獲上述匪書，綱領、函件等外，並在陳永善板橋家中及其友人處搜獲陳永善等所有「毛匪語錄」等匪書壹百零八本，匪「人民日報」十二份，及陳述孔持有之匪僞徽章「毛匪像」，「東方紅」各一枚，移由本部軍事檢察官偵查提起公訴。

「理由」分二項說明之：

一、被告陳永善、吳耀忠、李作成、陳述孔、丘延亮等部分：被告李作成於民國五十二年八月間，在台結識淺井，翌年八月受淺井之邀，遷入其台北市羅斯福路三段寓所同住。被告陳永善、吳耀忠、陳述孔、丘延亮及現在美之蒙韶亦先後於五十三／四年間因李作成之關係與淺井相識，嗣即在其寓所閱讀共匪書刊，接受其有關匪共思想之灌輸，因而思想傾匪。五十四年六月，淺井離台，臨行指示被告陳永善等應繼續學習，形成組織，並約定通信化名：被告李作成爲「石」，吳耀忠爲「門」，陳永善爲「景」，（蒙韶為「象」），陳述孔爲「光」，丘延亮爲「明」，同年八月，蒙韶亦相繼去美，即與淺井取得聯絡，勾結益密，曾數度以上述化名致函被告陳永善等，報告在美與匪勾結情形，指示工作原則與行動方針，並寄美金五十元作爲活動費用，淺井復於五十五年五月二十一日來函，指示被告陳永善等應有隨時均可成爲共產黨員之自信，加強連繫，自我批判，鼓足幹勁，爲「解放台灣」努力，以上來函曾相互傳閱并共同作復。同年六月，由被告陳永善依淺井指示，發起召開「自我批判會」，爲形成組織鋪路，此一會議，在被告陳永善、李作成、丘延亮家中，先後舉行約十餘次，同年九月最後一次「自我批判會」中，一致認爲成立組織以從事共產主義「革命」之時機，業已成熟，乃推由被告陳永善負責草擬組織綱領，於同年十月上旬擬就「預備時期一九六六年九月會議決議草案」，分：（一）前言。（二）總的綱領。（三）現階段我們的綱領。（四）我們的方針。（五）總結等五大部分，共約六千餘言，並由被告陳永善以十行紙複寫多份，於五十六年元月間在被告丘延亮家集會討論，經修訂通過爲「一九六七年正月十一日第一次預備會議決議草案」，主要內容：（一）信仰馬克斯列寧主義。（二）確認毛澤東思想是台灣人民解放鬥爭中最確實的指導原則。（三）通過群眾統一戰線爲預備台灣解放祖國統一作有階段有步驟的鬥爭，並決定組織名稱爲「民主台灣聯盟」，暫設書記一人，負責召集會議，採輪流擔任方式，每人任期三月，公推吳耀忠擔任第一任書記，被告李作成因受治安機關注意，而未與會，由被告陳述孔於會後將會議情形轉知。此後，被告陳永善即在原定計畫之下，與被告陳述孔分別羅致不滿現實青年，供閱反動書刊，灌輸左傾思想，企圖爭取吸收，擴大組織，先後經被告陳永善教育者，計有陳映和、王玉江、王小虹、陳金吉、賴恒憲等，經被告陳述孔教育者，計有張茂男、陳邦助、吉樹甫等人。五十七年三月間，淺井來台，當晚被告陳永善等五人，在被告李作成處爲淺井「接風」，旋由被告陳永善、吳耀忠偕往台中在體育館看台上秘密聚晤，被告吳耀忠以首任書記身分向淺井報告成立組織經過及發展情形，並將繕正之「民主台灣聯盟」組織綱領（即「一九六七年正月十一日第一次預備會議決議草案」）一份，交淺井帶往國外。同年四月，被告陳永善準備出國，將陳映和、陳金吉、王玉江、賴恒憲之關係移轉被告吳耀忠繼續教育連絡，並將其板橋家中存有之匪書「論人民民主專政」等二十八冊，上述組織綱領，蒙韶化名「東望」與淺井來函三件，以及被告陳永善於五十五年五月二十四日所擬致旅居日本「台獨」份子公開信一件，帶往台中交與被告陳映和保管，另存其友人處有「唯物辯證法讀本」等匪書壹百冊，匪「人民日報」十二份，及自行持有淺井五十七年三月間來台時交予閱讀「毛匪語錄」等匪書八冊，被告陳述孔持有匪僞徽章「毛匪像」、「東方紅」各一枚等事實，迭據被告陳永善、吳耀忠、李作成、陳述孔、丘延亮於本部保安處，軍事檢察官偵查時及被告陳永善、吳耀忠、李作成、陳述孔於審理中坦承不諱，並各有其自白書可稽，相關部分，互證一致，並經另案已決叛亂犯王小虹、陳金吉、張茂男、陳邦助與同案被告陳映和以及自首份子賴恒憲於本部保安處及偵查中供證屬實，復有獲案之「論人民民主專政」，「唯物辯證法讀本」，「毛匪語錄」等匪書壹百三十六冊，匪「人民日報」十二份，蒙韶、淺井原函三封，「預備時期一九六六年九月會議決議草案」（複寫文件，共十一頁），「一九六七年正月十一日第一次預備會議決議草案」（原稿共六頁），被告陳永善手撰致旅居日本「台獨」份子函稿一件，王玉江向被告陳永善所作閱讀匪書收聽匪播之「心得報告」一紙，被告陳述孔所有匪僞徽章「毛匪像」、「東方紅」各一枚，及本部五十七年十月十九日五十八年度裁字第四十五號裁定可憑，以上二種決議草案，且經司法行政部調查局鑑定結果，確係出自被告陳永善之手筆，有該局（五十七年九月五日（57）化（二）字第四〇八八四六號）函附五十七鑑丑字第二〇八六號鑑定書可稽，犯罪事證，至臻明確。審理中，雖被告丘延亮對於閱讀匪書與淺井五十五年五月二十一日來函以及五十六年元月間在其家中集會討論通過組織綱領時並決定組織名稱為「民主台灣聯盟」之事實，堅不承認，並辯稱：（一）蒙韶自美匯寄美金五十元，並非活動費用。（二）組織綱領僅係思想認識上之問題，非犯罪行為，尚不涉及刑責。被告李作成辯稱：陳述孔未將五十六年元月間在丘延亮家修正通過之組織綱領內容及組織名稱轉告，請與陳述孔對質。被告吳耀忠辯稱：

五十七年三月間淺井來台時，未將組織綱領即「一九六七年正月十一日第一次預備會議決議草案」繕本一份交其攜往國外，被告陳永善、吳耀忠、李作成一致辯稱：淺井思想傾匪，但未據告知係共黨份子等語。第查：（一）被告丘延亮在審理中供稱：「五十七年六月十日在保安處所寫自白書，係完全出於我之自由意志」云云，該自白書寫有：「結識淺井，他利用我此一心理，首先灌輸我大陸建設進步的想法，繼而以共黨宣傳與理論教育我，我的思想開始左傾……交我閱讀毛匪著作『新民主主義論』……由於彼此思想左傾，及淺井後來來信的不斷教育，我們感到除空談以自我滿足外，應變得實際些，首先自己結成一股力量，於是決定在我家開會成立『民主台灣聯盟』，通過綱領……」等語，核與被告陳永善等所供相符，是被告曾閱讀匪書，淺井來函，以及五十六年元月間被告陳永善等在其家中集會修正通過組織綱領時，並決定「民主台灣聯盟」爲其組織名稱，極爲明顯，不容空言否認。（二）蒙韶自美匯寄美金五十元，係作活動費用，已據被告陳永善、李作成於審理中供述明確，被告丘延亮謂非活動費用，不足徵信。（三）按犯罪無論爲政治犯、普通犯，自起意以至完成其犯罪目的，其過程係按犯意、陰謀、預備、著手實行等階段進行，陰謀預備犯罪原則上雖不處罰，但法律有特別規定應予處罰者，仍應處罰，此觀懲治叛亂條例第二條第三項陰謀預備以非法之方法顛覆政府處十年以上有期徒刑之規定自明。被告丘延亮等思想傾匪，爲達其顛覆政府之目的，進而集會討論通過叛亂組織綱領及名稱，顯已至預備叛亂之階段，自屬犯罪。（四）被告李作成於五十七年六月十一日在本部軍事檢察官偵查時供稱：「陳述孔告訴我組織名稱爲『民主台灣聯盟』，宗旨是實行共產顚覆政府」等語，並經被告陳述孔於審理中供證屬實，被告陳述孔於五十六年元月間在被告丘延亮家集會後，將通過之組織綱領內容及組織名稱已轉告被告李作成，應毋庸疑，顯無對質之必要。（五）被告吳耀忠於五十七年三月間，將「一九六七年正月十一日第一次預備會議決議草案」繕本一份交與淺井，已據被告陳永善於本部偵審中供明在卷，被告吳耀忠否認其事，顯屬空言狡展。（六）淺井於五十四年六月離台前，將「論人民民主專政」，「毛澤東選集」等匪書交被告陳永善等閱讀，並灌輸匪僞思想，離台時囑被告等繼續學習，形成組織，五十五年五月二十一日來函，指示被告等應有隨時均可成爲共產黨員之自信，加強連繫，自我批判，鼓足幹勁，爲「解放台灣」努力，五十七年三月間來台時，復將「毛匪語錄」等匪書八冊交予被告陳永善等閱讀，其積極爲共匪工作，從事顚覆活動之事實，其爲共黨份子，顯而易見。綜上所述，被告等所持辯解及否認之詞，均不足採，查共匪稱兵作亂，竊據大陸，係國家叛徒；剿匪戡亂，討毛救國，爲政府既定國策。迺被告等初則閱讀匪書，甘受共產毒化教育，繼而同謀企圖與共匪合流，顚覆政府，旋又通過組織綱領決定以「民主台灣聯盟」爲組織名稱，妄圖發展組織，達成「赤化台灣」之目的，該僞「民主台灣聯盟」雖尚未具有具體組織型態，而其集會商討，亦祇在策畫中，猶未達于著手實施程度，但已至預備叛亂階段，核其所爲，應各依預備以非法之方法顚覆政府罪論擬。第念被告等均能於偵查中或審理時，坦承犯罪，其情節亦有輕重，被告陳永善、吳耀忠、李作成、陳述孔各從輕處以適當之刑，被告丘延亮酌減輕其刑，並各褫奪公權。獲案之「論人民民主專政」等匪書刊壹百三十六冊，（詳如附卷清冊）匪「人民日報」十二份，僞徽「毛匪像」，「東方紅」各一枚，淺井、蒙韶來函三件，會議決議草案二件，致「台獨」份子函稿乙件，閱讀匪書等「心得報告」一件，均係違禁物品，依法均予沒收。

二、被告陳映和、林華洲部分：訊據被告陳映和承認：五十四／五年在台中高農求學期間，被告陳永善曾交閱匪書「毛澤東選集」、「紅旗」、「如何結合群眾」，及陳永善翻譯之「現代社會之不安」、「矛盾論」、「現代中國」等書，並將該批匪書分別交被告林華洲及張優資、邱隆坤等閱讀，以及收聽共匪電台廣播。被告林華洲承認：五十四／五年間，被告陳映和曾交閱「毛澤東選集」，「現代社會之不安」等書，雖對於五十五年十月九日在被告陳映和家，與張優資、邱隆坤等討論製造勞資糾紛，決定成立組織，以武力推翻政府等情，均矢口否認，被告陳映和並對於五十六年秋，在其中台神學院家中，將匪「文化大革命」文件交另案已決犯吳宗發閱讀，並囑其收聽共匪電台廣播之事實，亦不承認。但查被告陳映和、林華洲因閱讀匪書，思想傾匪，由被告陳映和於五十五年十月九日邀集被告林華洲及張優資、邱隆坤等在其家中討論製造勞資糾紛，以引起社會紊亂等問題，並決定成立組織，結合同道，推翻政府，陳映和並主張連絡共匪，林華洲主張以武力推翻政府，組織名稱，因意見不一，未作決定之事實，已據被告陳映和，林華洲及張優資分別於本部偵查中各就有關部分供認不諱，互證相符，被告陳映和於五十六年秋在中台神學院囑吳宗發收聽共匪廣播，並將匪「文化大革命」文件交其閱讀之事實，亦據吳宗發於本部偵查中供述歷歷，該張優資、邱隆坤、吳宗發因而經本部裁定各交付感化三年，有本部五十八年度裁字第四十五號裁定附卷可稽，被告等犯罪事證，已臻明確，不容空言否認。查共匪稱兵作亂，禍國殃民，為國家叛徒，被告等閱讀匪書，進而集會討論，決定成立組織，結合同道，勾結共匪，推翻政府，雖尚未成立組織，仍在陰謀階段，按其所為，應各依陰謀以非法之方法顛覆政府罪論擬。第念被告等均年事尚輕，因受人蠱惑，致干刑章，衡情尚可憫恕，爰各減輕其刑，並各褫奪公權。至被告陳映和辯稱：「在保安處所供與林華洲，張優資、邱隆坤等討論成立組織，進行顛覆政府活動，係出于脅迫，並非事實，請與張優資等對質。」被告林華洲所持辯解及其辯護意旨：「犯罪事實，應依證據認定之。卷查被告林華洲，陳映和均否認五十五年十月九日在陳映和家曾討論成立組織，推翻政府等情，張優資在偵查中亦否認與林華洲談及推翻政府之事，被告林華洲犯罪證據不足，應請諭知無罪。」云云。第查：（一）被告陳映和在本部保安處調查中，曾於五十七年六月十日親撰自白書一件，其中載有：「……我不得不由衷的讚賞承辦案件人員的愛護與照顧，使我身心感到無比的快慰，也因此而使我對政府有新的信心，並寄予無限的希望」等語，以及同案被告李作成在審理中供認：「我承認保安處的偵訊方法是合法的……」云云，足見保安處承辦人員對被告態度誠懇和藹，並無迫供情事，且被告陳映和所供與共同被告林華洲及另案已決犯張優資所供相符，亦無對質之必要。（二）被告林華洲在調查中已供承五十五年十月九日在被告陳映和家中與張優資、邱隆坤等討論成立組織，並主張以武力推翻政府等情在卷，核與張優資在本部保安處所供相符，該項供詞既無瑕疵，又經調查與事實相符，自可採爲認定被告犯罪之證據。綜上所述，被告等所持辯解及辯護意旨，均不足採，合予說明。

據上論結，應依軍事審判法第一百七十三條前段，懲治叛亂條例第十條後段，第二條第三項，第十二條，刑法第五十九條，第三十七條第二項，第三十八條第一項第一款判決如主文。

本件經軍事檢察官藍啓然蒞庭執行職務

中華民國五十七年十二月十八日
台灣警備總司令部普通審判庭

審判長 聶開國

審判官 李昌胤

審判官 張玉芳[1]

1 筆者注意到：1970年台東泰源監獄「台獨」起義事件時，當年由警備總司令部軍事檢察官藍啓然開庭，審判長聶開國、審判官孟廷杰、審判官張玉芳共同出席。這些人員竟然與本案審判人員重疊如此之大。當年這些參與「說故事」競賽，牛頭不對馬嘴地羅織罪名、草菅人命的偵訊員、檢察官及審判長在戒嚴時期構編檔案故事時，其重點當然不在重組真實的案情令「罪犯」認罪，更不是在對歷史做出交代，他們只在乎故事能否「取悅」統治者、是否「說服」統治者相信業已「一網打盡」，也因為唯有如此自己才能換取拔擢又可「彰顯」統治者的權力。面對歷史的追訴，這些人在解嚴之後多數無恥地以「身在衙門、奉命行事」回應歷史。

附錄三

《人間》雜誌（1至47期）事涉「中國意象」的篇章之初步整理

發行期數／發行日期	篇名／著作者／頁數／簡介
一，1985.11.02	〈沉靜・大陸中國・一九八一〉，攝影：Bernand Bordenare，pp. 80-92／總頁數123，目錄簡介說：一個崇信東方哲學的法國攝影家，一九八一年旅行中國大陸，這裏是他奇特而又獨創性的視覺遍歷。
二，1985.12.02	〈我的朋友范澤開〉，攝影、撰文：李文吉，pp. 94-107／總頁數125，正文前引言說：「四十六歲那年，打過鬼子、參加過慘烈的徐蚌會戰、退伍不久的范澤開，遇見了十七歲的傅玉鳳。……玉鳳第七次離家，老范鐵了心，不找了，決定用自己的胳臂把四個孩子養大。」（頁94）
二，1985.12.02	〈大陸中國〉，攝影、撰文：白川義員，pp. 116-128／總頁數128，正文前引言說：日本山岳攝影家白川義員「以四年的時間遍訪中國壯美、巒邃、明媚的山河，爲上演了五千年華夏歷史雲烟的自然舞台，做出令人讚嘆和畏敬的詮釋。」（頁116）
三，1986.01.02	〈青海東部一瞥〉，攝影：梁家泰，撰文：高原，pp. 108-130／總頁數130，正文前引言說：「青海省位於中國青康藏高原東北部。香港的青年攝影家梁家泰在1983年遊歷青海東部，爲我們拍下高原湖泊、綿羊、犛牛，和醇厚正直的藏族人民的各種風情……」（頁108）

四，1986.02.02	〈西藏，遼遠的呼喚〉，攝影撰文：Scott Henry，改寫：梁春妫，pp. 116-128／總頁數128，目錄簡介說：即使面對文革所帶來的災難性後果，Scott Henry仍以個人旅遊的觀點紀錄西藏風土文物。
五，1986.03.02	〈柯錫杰看中國特輯之一〉，攝影：柯錫杰，撰文：季季、韓國鐄、陸遙，pp. 42-81／總頁數123，「編輯室報告」說：「藉這次柯錫杰的旅行作品，以驚詫的眼睛，發現了中國藏族人民優美、偉大、幽邃的文化、宗教、藝術和生活。」（頁3）
六，1986.04.02	〈柯錫杰看中國特輯之二〉，攝影：柯錫杰，撰文：孫瑋芒、韓國鐄、陸遙、柯明，pp. 94-138／總頁數138，「編輯室報告」說：「柯錫杰再度引領我們跨過中原文化的邊疆……深入中國西南邊荒……我們將也一一親炙了這一片花飛蝶舞的諸神垂愛的家鄉。」（頁5）
七，1986.05.02	〈四十年前走過的路──我看塔爾寺與敦煌〉，攝影、撰文：儲京之，pp. 6-7／總頁數127，因柯錫杰系列報導引發了本文作者對於自己四十年前曾到過的相同鄉土的回述！
八，1986.06.02	〈三種中國婚禮〉之一．之二．之三，訪談對象、攝影：柯錫杰、鍾俊陞，訪談記錄：林清玄、官鴻志，pp. 46-70／總頁數131，「編輯室報告」說：「我們同時介紹了傳統的侗族婚禮、簡化了的桂林農家婚禮，以及新舊交融的本省排灣族婚禮。」（頁5）
九，1986.07.02	〈怒吼吧！花岡〉特輯之一．之二．之三．之四，撰文：耿諄、石飛仁、王墨林、陳映眞，pp. 12-47／總頁數140，內文引言說：「『花岡事件』不只是被日本人忘記了，爲什麼身爲中國人，我們竟也絲毫不知？」（頁24）
九，1986.07.02	〈半個世紀以前的見證──訪問一位上海老攝影人〉，攝影：郭俊綸，撰文：Jules Arsene，中譯：胡

	詩，pp. 60-67／總頁數140，文中說明郭家祖先比鄭成功更早至台灣經營蔗糖運輸，其家族史可說是一部中國近代航運通商史的縮影。
九，1986.07.02	〈台灣海峽的另一面：廈門近景〉，攝影、撰文：Lambert Van Der Aalsvort，改寫：梁春紡，pp. 68-78／總頁數140，本文標題說「到處都聽得到台灣流行歌曲」、「台灣和廈門太相像了」。
十三，1986.11.05	〈等天一亮，太陽依舊會照在這大同農場上〉，攝影：李文吉，撰文：陳斐雯，pp. 78-93／總頁數126，敘述台灣一個70歲以上的外省老漢們和本地聾啞、智障老婆組成的村莊。
十四，1986.12.05	〈劇變中的中國——1948~1949〉，攝影：昂利·卡提耶·布列松，譯寫：趙鴻，pp. 116-127／總頁數127，譯寫者在本文末尾指出：希望藉由這些令人無法忘懷的影像，可以讓一向認眞追問「中國往那裡去？」這個問題的中國人們好好認眞思索一番。（頁127）
十五，1987.01.01	〈四川：九寨溝去來〉，攝影：馬闊斯，撰文：趙敏珞，pp. 78-93／總頁數123，雖是一篇旅行記，但也同時旁及漢藏隔閡所造成的若干隱憂。
十六，1987.02.01	〈板橋林氏庭園解讀（上）〉，攝影：林柏樑，撰文：李乾朗，pp. 12-25／總頁數124，在豐富的建築視覺解讀之餘，同時大量溯及這座清代園庭代表作的兩岸歷史源流。
十七，1987.03.05	〈坎坷磨折，寸心似鐵——嚴靈峰的青年時代〉，攝影：林禾，撰文：翁佳尹，pp. 76-85／總頁數127，目錄簡介說：嚴靈峰曾被國民黨逮捕，後在中國因托派活動受到左右夾擊，五十年後，他還是說，做爲一位共產黨人他不曾後悔。
十七，1987.03.05	〈赤心巨筆的知識分子——胡秋原的青年時代〉，攝影：梁辰，撰文：宋江英，pp. 86-95／總頁數127，

	「編輯室報告」說：胡秋原於20年代與30年代之交掀起「文藝自由論戰」，參與「中國社會史論戰」，把一生都獻給中國的改造及重建。
十七，1987.03.05	〈板橋林氏庭園解讀（下）〉，攝影：林柏樑，撰文：李乾朗，pp. 60-75／總頁數127，「編輯室報告」說：本文說明中國貴族士大夫庭園因功能多樣化而要求造景之多變，卻又講究「雖由人作，宛自天開」的原則。
十八，1987.04.05	〈遺忘道義和人權的日本，是人間之恥——台灣籍原日本兵受害賠償爭議的背後〉，攝影：河野立彥，撰文：王墨林，pp. 24-35／總頁數123，目錄簡介說：在中國抗日精神逐年風化的台灣社會，請容我們再次告訴您一段歷史悲辛……
十八，1987.04.05	〈爲了民族的和平與團結：寫在2·28事件台中風雷特集卷首〉，撰文：陳映真，pp. 64-67／總頁數123，目錄簡介說：《人間》將站在世界史、中國現代史全局的觀點從社會學、政治經濟學的背景裏檢視2·28事件的始末。
十八，1987.04.05	〈2·28的民眾史1：丘念台與2·28前後——戴國煇訪問丘念台私人秘書林憲〉，攝影：林禾，訪問：戴國煇，pp. 68-77／總頁數123。
十八，1987.04.05	〈2·28的民眾史2：受苦的人們沒有名字——台中風雷〉，攝影：林禾、蔡明德，撰文：官鴻志，pp. 78-79／總頁數123。
十八，1987.04.05	〈2·28的民眾史3：戰士蔡鐵城〉，攝影：林禾、蔡明德，撰文：官鴻志，pp. 80-83／總頁數123。
十八，1987.04.05	〈2·28的民眾史4：烏牛蘭之役〉，攝影：林禾、蔡明德，撰文：官鴻志，pp. 84-87／總頁數123。
十八，1987.04.05	〈2·28的民眾史5：別忙著歪曲歷史，我們都還活著呢〉，口述：周明，pp. 88-93／總頁數123。目錄簡介說：從幾位「二七部隊」倖存下來的老戰士的證辭

	中，令鍾逸人蓄意歪曲歷史的居心無所遁逃……
十九，1987.05.05	〈還沒有結束的戰爭〉，攝影：蔡明德，撰文：藍博洲，pp. 128-130／總頁數130。目錄簡介說：原台籍日本兵的遺族親人對完全沒有任何人權道義可言的日本政府提出血淚控訴……
二十一，1987.07.05	〈美好的世紀──尋訪戰士郭秀琮的足跡〉，攝影：廖嘉展，撰文：藍博洲，pp. 70-91／總頁數125。本文前引言：出身優渥家庭的郭秀琮擁有最受人豔稱的台北帝大醫學部的學歷，是台灣的秀異青年，在日政末期即積極學習中文、搞抗日組織，沒有任何的外在因素能阻止他一顆熱烈地向著祖國和人民的心。（頁70）
二十一，1987.07.05	〈馬建短篇小說選〉，撰文：馬建，pp. 124-131／總頁數131。作者小介：馬建，34歲，山東青島人。初中畢業，曾在工廠做過工人，自學攝影與繪畫，後轉往北京擔任攝影記者數年。（頁124）
二十二，1987.08.01	〈從漢拏山到白頭山──韓國學生運動的理論、歷史與靈魂〉，對談：文宇哲（韓）、田川信雄（日），翻譯：劉正武，pp. 28-43／總頁數128。《人間》欲透過兩位對談人關於韓國人民克服「冷戰－外國勢力－國家分裂」結構、追求國土及民主統一心願的解析，來提示今後台海兩岸應走的道路……
二十二，1987.08.01	〈靜穆──大陸中國〉，攝影：Bernand Bordenare，pp. 92-105／總頁數128。目錄簡介：一位崇尚東方哲學的法籍攝影家，以他獨特的視覺經驗捕捉、紀錄中國不時流露的靜穆山川及人的風貌。
二十二，1987.08.01	〈爸爸爸〉，撰文：韓少功，pp. 124-138／總頁數138。目錄簡介：在中國遙遠的西南邊城，人們的想像力很少到達的地方，有個村子叫雞頭寨……
二十五，1987.11.05	〈海峽隔離後遺症（彼岸）──四十年之後，依然看不到的親人〉，攝影、撰文：鍾俊陞，pp. 26-41／總

	頁數175。「編輯室手札」說：「十月十五日國民黨正式公佈『大陸探親政策』……《人間》的編輯首先來到台灣人的『原鄉』：泉州與漳州。一片山光水色中，我們發覺漳、泉兩州不但在景觀與語言和台灣相似，甚至連某些生活形態都沒有因政治對立而有所改變。」
二十五，1987.11.05	〈海峽隔離後遺症（此岸）——四十年之後，已然回不去的家〉，攝影：林育德，撰文：王墨林，pp. 42-59／總頁數175。
二十五，1987.11.05	〈如果對立可以結束——訪徐璐談海峽兩岸〉，攝影：謝三泰，訪談：王拓，紀錄：蘆花，pp. 60-69／總頁數175。
二十五，1987.11.05	〈雪鄉．活佛．掀起蓋頭〉，攝影：Stone Routes，撰文：陳若曦，pp. 110-129／總頁數175。
二十五，1987.11.05	〈陳映眞速寫大陸作家：吳祖光、張賢亮、汪曾棋、古華〉，撰文：陳映眞，pp. 176-184／總頁數184。
二十六，1987.12.05	〈祖父的原鄉——鍾俊陞的大陸箚記〉，撰文：鍾俊陞，pp. 10-13／總頁數133。
二十六，1987.12.05	〈媽祖千禧特集之一：湄洲媽祖的千禧之年〉，攝影、撰文：鍾俊陞，pp. 14-29／總頁數133。目錄簡介說：「媽祖是中國民眾出海捕魚、對外移民、渡台開拓、對外航貿，最終極的精神支柱；是海峽兩岸閩南民眾超越了政治、黨派和國際權力，互相祝福、互相祈求平安的文化連繫……第一個從台灣赴大陸採訪的鍾俊陞，爲我們做出湄洲原祖千禧的現場報告！」
二十六，1987.12.05	〈媽祖千禧特集之二：湄洲媽祖蔭外鄉〉，攝影：林柏樑，撰文：林禾，pp. 30-37／總頁數133。
二十六，1987.12.05	〈媽祖千禧特集之三：把湄洲媽迎回家〉，攝影：李文吉，撰文：王墨林，pp. 38-43／總頁數133。目錄簡介說：「台中大甲鎮瀾宮在戰後四十年海峽封斷之後，第一個親赴福建莆田湄洲祖廟迎回了湄洲媽祖……」

二十六，1987.12.05	〈雪境．佛國．紀旅——西藏：風土、迷惘和希望〉，攝影：Yang Kelin等，撰文：陳若曦，pp. 116-128／總頁數133。目錄簡介說：「不少的漢人，為了使西藏早日擺脫貧困落後，和民族政策上的顯著改革，有長足的進展，把半生的青春、熱情和夢想，獻給了祖國邊境雪國的藏族兄弟……」
二十六，1987.12.05	「副刊人間」單元共刊出兩位中國作家的作品，分別是：汪曾棋的〈故里三陳〉、古華的〈議價魚〉、〈綠園人員〉、〈第三者〉，pp. 129-142／總頁數142。
二十七，1988.01.05	〈海峽兩岸的客家人之一：客家——台灣生活中的「隱形人」〉，攝影：蔡明德，撰文：官鴻志，pp. 12-23／總頁數135。
二十七，1988.01.05	〈海峽兩岸的客家人之二：蕉嶺客村一瞥〉，攝影、撰文：鍾俊陞，pp. 24-33／總頁數135。目錄簡介：「梅縣和蕉嶺一帶是中國客家人民聚居最為集中的地方，也是今天在台灣280萬客家人的原鄉。」
二十七，1988.01.05	〈海峽兩岸的客家人之三：丘逢甲的故鄉〉，攝影、撰文：鍾俊陞，pp. 34-39／總頁數135。
二十七，1988.01.05	〈海峽兩岸的客家人之四：剖雲行日——訪丘秀芷說台灣丘家〉，攝影：李文吉，撰文：曾蘆花，pp. 40-43／總頁數135。
二十七，1988.01.05	〈海峽兩岸的客家人之五：苗栗的巒泰磚窯史〉，攝影：顏新珠，撰文：藍博洲，pp. 44-51／總頁數135。
二十七，1988.01.05	〈1979年以後的大陸文學思潮——訪問「人民文學」主編（作家劉心武）〉，撰文：李黎，pp. 135-146／總頁數146。
二十八，1988.02.05	〈沈從文和他的「家鄉論」〉，撰文、攝影：金介甫（Jeffrey C. Kinkley），pp. 22-50／總頁數143。目錄簡介說：沈從文以他獨特的思想和情感，頑強而孤獨地在激盪的中國現代史中生活、行動和寫作，為中國

	湘西和楚文化樹立了瑰奇又神秘的傳統……
二十八，1988.02.05	〈鍾俊陞大陸採訪專題之一：我原來是個畲族人〉，撰文、攝影：鍾俊陞，pp. 98-107／總頁數143。目錄簡介說：鍾俊陞自豪地說：「祖先來自福建、廣東，盤、藍、雷、鍾四姓的『台灣人』，很可能都是我的畲族同胞喲！」
二十八，1988.02.05	〈鍾俊陞大陸採訪專題之二：斗笠．鳳凰頭．畲姑娘〉，撰文、攝影：鍾俊陞，pp. 108-117／總頁數143。
二十八，1988.02.05	〈鍾俊陞大陸採訪專題之三：我從大陸採訪回來〉，撰文、攝影：鍾俊陞，pp. 118-121／總頁數143。
二十八，1988.02.05	〈想家，就眞回家了……〉，撰文、攝影：蔡明德，pp. 122-125／總頁數143。正文前引言說：元月14日「外省人返鄉促進會」在團長何文德率領下，每個團員都洋溢著一股溫馨的、遊子回家的喜悅展開組團回大陸之行。
二十八，1988.02.05	「副刊人間」登載「劉賓雁專號」，pp. 141-154／總頁數154。
二十九，1988.03.05	〈好複雜的心情──何文德返鄉探親去來〉，攝影：鍾欣，口述：何文德，撰文：林小含，pp. 10-15／總頁數134。
二十九，1988.03.05	〈王拓在北京〉，撰文：曉蓉，pp. 16-23／總頁數134。目錄簡介說：作家王拓隨著「外省人返鄉探親團」訪問大陸，在北京文壇，由文學、民族親情所匯集的熱風，烘暖了初冬的北京。
二十九，1988.03.05	〈我還活著，我沒有死呀！──記北京的探親懇談會〉，撰文：王拓，攝影：李應傑，pp. 24-35／總頁數134。目錄簡介說：「海峽分斷40年離散的同胞，第一次公開、自發地，以人道倫常的力量頭一次在中國土地上相聚在一起。」
二十九，	〈鍾俊陞大陸採訪實錄之一：天寶蕉農沈全木〉，攝

1988.03.05	影、撰文：鍾俊陞，pp. 54-61／總頁數134。目錄簡介說：「大陸農改後，小資產階級個體户農民木訥勤勉的沈全木是鮮活的寫照，他們太像台灣今日的農民了……」
二十九，1988.03.05	〈鍾俊陞大陸採訪實錄之二：沈章髮的故事〉，攝影、撰文：鍾俊陞，pp. 62-65／總頁數134。目錄簡介說：「23歲那年，他第一次到台灣，『到處走走，到處看看』，把十株台蕉苗樹引進到漳州，60年後的今天，台蕉在漳州天寶繁殖了千萬株。」
二十九，1988.03.05	〈鍾俊陞大陸採訪實錄之三：出土的「十里窯場」〉，攝影、撰文：鍾俊陞，pp. 66-83／總頁數134。目錄簡介說：「千餘年來馳名中西的陝西省耀州窯遺址，終於重見天日，這是台灣記者第一手親歷歷史現場的報告。」
二十九，1988.03.05	〈海角夫妻〉，攝影：蔡雅琴，撰文：曾淑美，pp. 114-123／總頁數134。目錄簡介說：老兵王金瑞說：「我們中國人，夫妻間講的是情義。當初人家沒嫌我老，今天我能嫌人家瘋了？」
二十九，1988.03.05	「副刊人間」登載了劉賓雁的〈什麼是報告文學〉、〈報告文學向何處去〉、〈和奧維奇金在一起的日子〉三篇專文。pp. 133-143／總頁數143。
三十，1988.04.05	〈王拓大陸探遊筆記——用自己的火炬照明自己的道路〉，攝影：趙皓，撰文：王拓，pp. 42-54／總頁數145。目錄簡介說：台灣作家王拓在北京參加了一個大陸文友的朗誦會，觸摸到中國當代知識分子傷時憂國、探索重建祖國的動人心魄的傳統。
三十，1988.04.05	〈王拓大陸探遊筆記——少小離家老大回〉，攝影：張翼，撰文：王拓，pp. 58-63／總頁數145。目錄簡介說：「四十年的國土分裂、民族離散，造成多少兩岸離散家族錐心的企盼……」
三十，	〈雪國．界河．金溝〉，攝影：汪秧苗，撰文：史

1988.04.05	達，pp. 66-75／總頁數145。目錄簡介說：「黑龍江——我們中國北疆的國境線，千里冰封，和蘇聯咫尺相對的界河，遍地黃金的、神秘的傳說……」
三十，1988.04.05	〈鍾俊陞大陸採訪實錄——惠安女〉，攝影、撰文：鍾俊陞，pp. 78-85／總頁數145。
三十一，1988.05.01	〈鍾俊陞大陸紀行——傣族的小和尚〉，攝影、撰文：鍾俊陞，pp. 38-44／總頁數138。正文的前引言：「在中國泰緬邊境的傣族……艱苦地面對商品和貨幣的誘惑與教規戒律的衝突。在某一個意義上，有趣地象徵了中國大陸的抉擇與苦悶。」
三十一，1988.05.01	〈王拓看北京——到民間去吧〉，圖片：北京中央美術學院民間美術系，撰文：王拓，pp. 114-130／總頁數138。目錄介紹說：「中國民間藝術中歌頌生活、熱愛生命以及對於幸福、善意、情愛最虔誠的祈望，是最豐盛、最富於啓發的泉源。」
三十一，1988.05.01	〈是牛，牽到北京也還是牛——震撼北京的台灣政治家黃順興〉，攝影：張文森，撰文：王拓，pp. 133-137／總頁數138。
三十二，1988.06.01	〈鍾俊陞中國大陸紀行——北大荒，不再遙遠的地方〉，攝影、撰文：鍾俊陞，pp. 58-72／總頁數144。目錄簡介：礦產、藥材以及森林資源，在我們全中國佔有重要的地位，北大荒在冰雪中綿延伸展……
三十二，1988.06.01	〈黃皙暎．韓國民眾文學專輯：民眾生活和現場的文學〉，攝影：蔡明德，撰文：陳映眞，pp. 137-140／總頁數144。陳映眞指出：韓國民眾經過八〇年「光州革命」血的洗禮，其民眾文化、文學運動都向著反帝、民主和自主統一的方向展開雄偉斑斕的創作運動，處處讓台灣可資借境。
三十三，1988.07.01	〈當他在北京舉手發言……：黃順興在大陸七屆人大推動民主化進程〉，攝影：吳力田，撰文：李樹喜，pp. 156-161／總頁數171。目錄簡介說：「今年春，

	大陸七屆人大會議上，旅居大陸的台灣黨外宿將黃順興，嚴厲質詢主席團，建議採自由、民主、秘密的投票方式。」
三十四，1988.08.01	〈絲路之旅系列之一：遊走古老的傳說秘境〉，攝影、撰文：黃仁達，pp. 129-136／總頁數155。正文前引言說：「新疆的維吾爾族，是中國邊城的古老民族。位於天山北麓的烏魯木齊，意爲優美的牧場……」
三十四，1988.08.01	〈石飛仁旋風〉，攝影：吳仁麟，撰文：王墨林，pp. 147-152／總頁數155。該文最後結語說：「現在我們的社會對『七七』的冷漠，或對『南京大屠殺』的麻木，正如同日本社會對戰後責任的無視……石飛仁語重心長地說：『台灣人民和日本人民一樣對自己民族的歷史陌生，這都是冷戰結構下的犧牲產物！』」（頁152）
三十五，1988.09.01	〈海峽兩岸對談系列之一：歷史性的對話〉，攝影：林瑞含，撰文：王拓，pp. 10-13／總頁數159。目錄簡介說：「經由香港中文大學的安排，海峽兩岸的著名作家——劉賓雁與陳映眞初度謀面，這歷史性的時刻，引來香港傳播界少見的轟動……」
三十五，1988.09.01	〈海峽兩岸對談系列之二：親愛的劉賓雁同志……〉，攝影：林瑞含，撰文：陳映眞，pp. 14-17／總頁數159。
三十五，1988.09.01	〈海峽兩岸對談系列之三：民族文學的新的可能性〉，攝影：林瑞含，撰文：陳映眞，pp. 18-26／總頁數159。
三十五，1988.09.01	〈人間中國：北大的大學生〉，攝影：傅藍柏，撰文：屠克威，節譯：蔡右玫，pp. 27-32／總頁數159。
三十五，1988.09.01	「副刊人間」刊出〈幌馬車之歌〉，撰文：藍博洲，pp. 157-168／總頁數168。

三十六，1988.10.01	〈艋舺的新疆大漢〉，攝影：顏新珠，撰文：簡慧蓉，pp. 92-101／總頁數145。目錄簡介說：「在萬華窄仄的巷弄底，有那麼一位壯碩的漢子，大家稱他是『蒙古仔』，其實他是道地的新疆大漢。」
三十六，1988.10.01	〈絲路之旅系列之二：飛鳥千里不敢來〉，攝影、撰文：黃仁達，pp. 102-107／總頁數145。目錄簡介說：「齊天大聖的一腳，竟是千古不滅的火燄山，鑿井鑽渠亢旱頑強的坎兒井，依舊豐潤維吾爾的熱情……」
三十六，1988.10.01	〈爲中國人留下影像——專訪法國攝影記者賈斯曼〉，攝影：賈斯曼，撰文：林樂群，pp. 121-134／總頁數145。
三十六，1988.10.01	〈在大陸台灣人系列之一：望鄉遊子〉，攝影：鍾俊陞，事記整理：陸杰，pp. 137-140／總頁數145。正文前引言：「有漢族，有台灣原住民；有人是爲國府開赴大陸打內戰；有人被國府送至大陸上大學進修；有人是在保釣愛國熱潮中回歸了大陸。四十年，二十年過去，即使他們在大陸兒孫成群，也無法安慰刻骨銘心的鄉愁。」
三十六，1988.10.01	「副刊人間」刊出〈幌馬車之歌〉，撰文：藍博洲，pp. 141-147／總頁數147。
三十六，1988.10.01	〈在上海的老台胞〉，撰文：王墨林，pp. 148-152／總頁數152。
三十七，1988.11.01	《人間》雜誌爲慶賀創辦三周年，從「序曲」至「終曲」，全書推出特別企畫：「讓歷史指引未來，溯走40年來台灣民眾艱辛而偉大的腳踪。」。「終曲」的最後結論說：「歷史已經對面臨『重大歷史轉折』的兩岸中國民眾發出要求反省、批判、團結、探索和重新出發與奮鬥的召喚……」（頁156）

三十八， 1988.12.01	〈「望斷鄉關盼征人」系列：解放被朝野所歧視的台灣人〉，撰文：陳映眞，pp. 64-65／總頁數143。正文的結論說：「今天『統獨』的『爭論』的畸型化，恐怕是缺少對台灣戰後史的民眾觀點的調查吧。……在大陸上，征人凋零，征人已老。……而在解嚴之後，他們竟然還要在朝野雙方瘋狂的反共、反中國的歇斯底里中繼續遭到歧視。」（頁65）
三十八， 1988.12.01	〈「望斷鄉關盼征人」之一：遙望大海東南〉，攝影、撰文：林育德，pp. 66-81／總頁數143。
三十八， 1988.12.01	〈「望斷鄉關盼征人」之二：血稅〉，攝影：李文吉，撰文：陸傳傑，pp. 82-89／總頁數143。
三十八， 1988.12.01	〈「望斷鄉關盼征人」之三：寶山鄉的征夫〉，攝影：李文吉，撰文：陸傳傑，pp. 90-103／總頁數143。
三十八， 1988.12.01	〈民眾史：我走過南京大屠殺之地……〉，攝影、撰文：吉井孝史，pp. 90-103／總頁數143。
三十八， 1988.12.01	「副刊人間」刊出〈南京大屠殺在日本和中國〉，撰文：陳慶浩，pp. 137-144／總頁數144。
三十九， 1989.01.01	「台灣客家」專輯，pp. 28-129／總頁數135。在回溯客家移民史中，全系列仍不脫離特別強調其中國先民英勇抗日、獨特的中原原鄉情感與生活習俗保存的主調。「發行人（陳映真）的話」說：「我們將這特集獻給客系與非客系在台灣的中國民眾，爲的是去除因無知而來的誤解，尊重彼此的異質，從而共生、共榮和團結。」
四十， 1989.02.01	發表〈人間宣言：解放與尊嚴〉，指出：「40年『冷戰／國安體制／附從美日霸權』的總結構，造成了一代知識分子墮落，不以『模稜兩可、象牙塔、弔詭、反諷式的超脫』爲恥這樣一個血淋淋的事實！……從『冷戰／國安體制／附從美日霸權』的總結構中把自己解放出來，才是重建我們人格的尊嚴、文化的尊

	嚴、知識的尊嚴——以及民族尊嚴的不二法門。是的。解放與尊嚴。重新建設新歷史時期的台灣——從而中國以及亞洲的新人和新文明。這是《人間》和她的讀者在嶄新的歲月中新的標竿。」（頁8）pp. 8-9／總頁數146。
四十，1989.02.01	〈台灣的天皇論〉，圖片提供：吉井孝史，撰文：戴曇，pp. 20-21／總頁數146。該文批判許多台灣有力人士於日據時代爲日帝法西斯共犯，戰後脫逃歷史清算，又變身爲美日所塑造「親美日／反共／與中國分斷」的從犯。（頁21）
四十，1989.02.01	〈二二八系列之一：希望、幻滅與悲劇〉，原著：戴國煇，中譯：劉啓明，pp. 138-142／總頁數146。
四十，1989.02.01	〈二二八系列之二：二二八事件的悲劇與傷痕——從光復到二二八事變〉，原著：戴國煇，中譯：劉啓明，pp. 143-146／總頁數146。
四十一，1989.03.01	「台灣職業軍人」專輯，正文前引言說：「隨著海峽兩岸局勢的遷變，殺『共匪』卻演變成荒謬無比的一回事」（頁43）、「第二次世界大戰，美國史迪威來中國，碰到中國軍隊的日本操、德國戰法、俄國政工體制，大爲不滿……要中國人學美國戰略。今天『國民革命軍』仍無能擺脫這些帝國主義『外國鬼魂』的折騰。」（頁79）pp. 40-141／總頁數148。
四十二，1989.04.01	〈老師，您教我，教我！——京劇奇葩羅妙蓮的故事〉，照片提供：羅妙蓮，撰文：林今開，pp. 118-127／總頁數145。正文前引言說：「她38歲才開始學京戲。她滿口『台灣國語』……但她卻演遍了〈天女散花〉、〈霸王別姬〉……1988年，她悄悄地應邀到大陸參加了『第一屆海內外京劇大聯演』，讓大陸名伶梅葆玖、俞振飛、杜近芳等驚讚有加……」（頁119）

四十四， 1989.06.01	〈悲傷中的悲傷—— 寫給大陸學潮中的愛國學生們〉，攝影：鄭逸宇，撰文：陳映眞，pp. 19-24／總頁數137。陳映眞指出在韓國境內其民主化運動和民族統一運動是合而爲一的；而戰後海峽兩岸在國際冷戰、國家內戰下造成民族及政體的分斷情形與朝鮮局勢是有著許多明顯的共同點。但至爲痛惜的是，目前大陸知識分子與台灣部分人士長期以來對中國的發展與落後一向缺乏縱深化、全局化，沒有全球的、結構性的理解力，卻都只落得保守化和西方化（美國化）！
四十四， 1989.06.01	「陳映眞現地報告：激盪中的韓國民主化運動」專輯，系列一~系列十三，撰文：陳映眞，pp. 98-155／總頁數155。「發行人的話：韓國民眾的反對文化」單元說：「我們以這個〈激盪中的韓國民主化運動〉特集向偉大的韓國人民致最深的敬意。我們也以這個特集獻給海峽兩岸的民主改造運動。」（頁8）
四十四， 1989.06.01	〈返鄉十六拍〉，攝影、撰文：范毅舜，pp. 86-96／總頁數137。正文前引言：「一個在台灣出生，28歲的『外省』青年和母親回到大陸『天津東北角』上一個小村莊的『老家』去。……民族分斷40年的雲煙，化作淚光、歎息和木訥卻濃烈的親情……」
四十五， 1989.07.01	「民眾史：『赤獄』國特」系列一~系列三，攝影：張淑芬，撰文：楊憲宏、林坤榮、陳映眞，pp. 14-36／總頁數130。正文前引言：「受國民黨特工訓練的林坤榮一入大陸就被出賣，被共產黨關了24年。在此24年間，他的兒子林正杰成了台灣反對黨要角。他們家族史包含了半世紀中國人歷史的鬥爭血淚。」（頁15）
四十五， 1989.07.01	「血腥、荒謬的兩岸中國」專輯．現場一~現場四，攝影：劉灝、洪湖、何淑娟、蔡明德等，撰文：劉灝、洪湖、陳映眞、曾淑美、鍾喬，pp. 46-95／總頁

	數130。陳映眞作結說：「（六四）慘案已經造成。中國爲此在各方面蒙受的損失，是難以估計的。……分散在大陸、台灣和海外的中國革命的知識分子，有義務獨立地思考民族分裂時代中大陸、台灣和香港的社會性質，指出各社會中矛盾的構造，找到改革的力量和方向。從而找到民族統一的康莊大道。」（頁73）
四十六，1989.08.01	〈文益煥牧師的一首詩〉，撰文：陳映眞，pp. 16-17／總頁數132。陳映眞認爲韓國人都視造成民族的不幸分裂全爲外來勢力的干預，因此追求統一的願望只有愈趨堅定；但反觀「在台灣，分離主義者固不必論，廣泛的『自由派』文化人，率皆以日據時代和戰後兩次分斷的歷史；以『共匪落後、殘暴』；以兩岸社會制度與生活不同爲言，做爲民族分斷有理的根據，對中國和它的充滿挫折的社會主義，採取和西方資本主義同樣排斥、厭惡、甚至仇恨的態度，並從而走向事大、親美、反共和反華的各式各樣反民族道路。」（頁16）
四十六，1989.08.01	「等待解嚴的土地」系列一~系列五，攝影：李修瑋、曹志成、阮義忠、徐揚聰，撰文：陳映眞、劉灝、李修瑋、洪湖、曹志成，pp. 74-115／總頁數132。陳映眞指出：「戰後金門和馬祖的歷史，是戰後遠東冷戰過程的縮影。美國霸權以它自己的國家利益，干預他國內政，製造各國民族分斷、自相殘殺，並且和各國的美國附從互相結合，獲取巨大利益，阻滯、破壞了他國的自主、團結和發展。」（〈虛構的珍珠港——美國干涉主義下的金門與馬祖〉，頁77）
四十七，1989.09.01	〈老是缺席總不是辦法〉，撰文：陳映眞，pp. 18-19／總頁數132。由於八月時參加了橫濱一個由亞洲太平洋地區進步人士所召開的國際性會議，陳映眞深受這些亞洲窮朋友們的演講所感動，最後感嘆說：

	「是的，爲了共生、團結的人類，世界的窮人是如何熱切而溫柔、眞摯地呼喚著中國啊……」（頁19）
四十七，1989.09.01	〈大陸台胞系列〉之一~之四，照片提供：葉芸芸，攝影：何文德，撰文：黃樹人、林叔品、鄭一青，pp. 62-73 / 總頁數132。正文前引言說：「這是一系列有關中國大陸的台胞，活生生的現場記錄、報導……他們的遭遇，道出近代中國悲涼的一頁歷史……」（頁63）
四十七，1989.09.01	〈嚴殺盡兮棄原野── 爲中國同胞之生命傲骨悲悼〉，撰文：戴國煇，翻譯：陳映眞，pp. 73-77 / 總頁數132。正文前引言說：「對於反體制派，或者體制批判派，批判和糾彈中共黨幹部的腐敗現象，頗能引起我的共鳴。然而，對於他們……在理論認識上的淺薄，也一再地使我愕然……」（頁73）
四十七，1989.09.01	〈荷蘭中國人〉，攝影、撰文：Lambert，翻譯：曾伯堯，pp. 126-132 / 總頁數132。

附錄四

「人間出版社」出版品（1986~2011）之初步分類

		書名／作者／出版年
一、台灣社會性質研究	1、台灣政治經濟叢刊	◎日本帝國主義下的台灣（涂照彥著，李明俊漢譯，1992）（叢刊1） ◎台灣戰後經濟分析（劉進慶著，王宏仁、林繼文、李明俊漢譯，1992）（叢刊2） ◎台灣戰後經濟（段承璞主編，1992）（叢刊3） ◎台灣的工業化：國際加工基地的形成（谷蒲孝雄編著，雷慧英漢譯，1992）（叢刊4） ◎臺灣的依附型發展：依附型發展及其社會政治後果——臺灣個案研究（陳玉璽著，段承璞漢譯，1992）（叢刊5） ◎台灣之經濟：典型NIES之成就與問題（隅谷三喜男、劉進慶、涂照彥著，雷慧英、吳偉健、耿景華譯，1993）（叢刊6） ◎台灣政治經濟學諸論辯析（R. E. Barret等著，張苾蕪譯，1994）（叢刊7）
	2、台灣戰後史資料叢書	◎證言 2.28（葉芸芸編寫，1990）（叢書1） ◎證言2.28（葉芸芸編寫，增訂第2版，1993）（叢書1） ◎臺中的風雷——跟謝雪紅在一起的日子裡（古瑞雲，1990）（叢書2） ◎南京第二歷史檔案館藏台灣「二・二八」事件檔案史料（上・下卷）（陳興唐主編／戚如高・馬振犢編

		輯／萬仁元審校，1992）（叢書3） ◎李友邦文粹・台灣先鋒雜誌（共12冊）（李友邦）（叢書4）
	3、台灣史叢刊	◎台灣人民歷史：人民史的台灣・社會史的台灣（陳碧笙著，1993）（叢刊G5） ◎臍帶的證言：台灣與大陸的歷史淵源（林仁川著，1993）（叢刊G6） ◎台灣論：一個台灣籍共產黨人的知性與鄉愁（李純青著，1993）（叢刊G7） ◎望鄉：一個臺灣籍共產黨人的鄉愁與歷史知性（李純青著，1993）（叢刊G8） ◎史明台灣史論的虛構（許南村編，1994）（叢刊G9） ◎台灣歷史綱要：以科學的史論把握台灣地方的全史（陳孔立主編，1996）（叢刊G10） ◎《認識台灣》教科書評析：徹底論破《認識台灣》（歷史篇）的暴論！（許南村編，1999）（叢刊G11）
	4、台灣現當代進步人物研究	◎海峽兩岸皆我祖鄉：一個台灣知識分子的兩岸情結（葉紀東著，2000）（叢刊1） ◎一個台灣人的軌跡：楊春松傳（楊國光著，2001）（叢刊2） ◎吳克泰回憶錄（吳克泰著，2002）（叢刊3）
	5、保釣運動文獻	◎春雷聲聲──保釣運動三十週年文獻選輯（釣統運文獻編委會，2001） ◎春雷之後（壹）──保釣運動三十五週年文獻選輯（釣統運文獻編委會，龔忠武等編著，2006） ◎春雷之後（貳）──保釣運動三十五週年文獻選輯（釣統運文獻編委會，龔忠武等編著，2006） ◎春雷之後（參）──保釣運動三十五週年文獻選輯（釣統運文獻編委會，龔忠武等編著，2006）

	6、臺灣與世界系列	◎當代人物談台灣問題（葉芸芸主編，1988）系列1 ◎兩岸接觸與比較（葉芸芸主編，1988）系列2 ◎中共對臺政策與臺灣前途（葉芸芸主編，1988）系列3
	7、白色恐怖系列	◎白色角落——五〇年代白色恐怖系列1（戴獨行，1998） ◎烈火的青春：五〇年代白色恐怖證言——五〇年代白色恐怖系列2（王歡，1999）
二、中國現當代研究	1、中國學術叢刊	◎空間政治經濟學（葉光毅編，1995）叢刊1
	2、當代大陸思想叢書	◎把握進入歷史的瞬間（孫歌著，2010）叢書1
	3、當代中國叢刊系列	◎中國可以說不（宋強、張藏藏、喬邊等著，1996）叢刊1 ◎中國還是能說不（宋強等，1996）叢刊2 ◎拒絕就範的中國（陳鋒等共著，1998）叢刊3 ◎衝破圍堵的中國（陳鋒等共著，1998）叢刊4
	4、現代中國回憶錄叢刊	◎嫁給革命的中國（王安娜著，李良健、李希賢校譯，2010）叢刊1 ◎尋常百姓家（么書儀著，2010）叢刊2 ◎我仍在苦苦跋涉（牛漢著，2011）叢刊3
三、文藝創作與研究	1、人間思想與創作叢刊	◎（叢刊1）台灣鄉土文學‧皇民文學的清理與批判（曾健民編，施善繼、林一明執行編輯，1998） ◎（叢刊2）噤啞的論爭（陳映真編，施善繼、林一明執行編輯，1999） ◎（叢刊3）復現的星圖（陳映真編，施善繼、林一明執行編輯，2000） ◎（叢刊4）那些年，我們在台灣…（陳映真編，施

		善繼、林一明執行編輯，2001） ◎（叢刊5）因為是祖國的緣故（陳映真編，施善繼、林一明執行編輯，2001） ◎（叢刊6）告別革命文學？：兩岸文論史的反思（陳映真編，施善繼、林一明執行編輯，2003） ◎（叢刊7）爪痕與文學（陳映真編，2004） ◎（叢刊8）迎回尾崎秀樹（陳映真編，林哲元、陳麗娜執行編輯，2005） ◎（叢刊9）八・一五：記憶和歷史（陳映真編，2005） ◎（叢刊10）2.28：文學和歷史（陳映真編，人間出版社編委會主編，2006） ◎（叢刊11）日讀書界看藍博洲（陳映真編，2006） ◎（叢刊12）貪腐破解了台獨政權的神話（陳映真編，2006） ◎（叢刊13）復甦文藝變革的力量（陳映真編，2006） ◎（叢刊14）2.28六十周年特輯（陳映真編，陳乃慈執行編輯，2007） ◎（叢刊15）學習楊逵精神（陳映真編，2007） ◎（叢刊16）左翼傳統的復歸：鄉土文學論戰三十年（陳映真編，2008） ◎（增刊1）台灣文學問題論議集：1947-1949（陳映真、曾健民編，1999） ◎（增刊2）鵜仔：歐坦生作品集（歐坦生，2000） ◎（增刊3）遙念台灣：范泉散文集（范泉，2000）
	2、台灣作家研究	◎大地之子：黃春明的小說世界（肖成作，2007） ◎生命的思索與吶喊：陳映眞的小說氣象（趙遐秋，2007） ◎冰山底下綻放的玫瑰：楊逵和他的文學世界（樊洛平，2008） ◎眞實的追問：吳濁流的文學・思想・人格（石一

		寧，2008)
	3、台灣新文學史論叢刊	◎臺灣新文學思潮史綱（趙遐秋、呂正惠編，2002）叢刊1 ◎殖民地的傷痕：臺灣文學問題（呂正惠著，2002）叢刊2 ◎反對言僞而辯：陳芳明臺灣文學論、後現代論、後殖民論的批判（許南村編，2002）叢刊3 ◎張我軍全集（張光正編，2002）叢刊4 ◎簡明台灣文學史（古繼堂等合著，2003）叢刊5 ◎臺獨派的臺灣文學論批判（趙遐秋、曾慶瑞合著，2003）叢刊6 ◎台灣的憂鬱（黎湘萍著，2003）叢刊7 ◎舊殖民地文學的研究（尾崎秀樹著，陸平舟、間子譯，2004） 叢刊8 ◎後殖民理論與台灣文學（趙稀方著，2009）叢刊9 ◎雙鄉記——葉盛吉傳：一台灣知識分子之青春・徬徨・探索・實踐與悲劇（楊威理著，陳映真譯，1995）叢刊10 ◎台灣現代派小說研究（朱立立著，2011）叢刊11 ◎台灣文學創作思潮簡史（朱雙一著，2011）叢刊12
	4、中國近・現代文學叢刊	◎中國現代小說家論集（趙園著，2008）叢刊1 ◎中國現代詩人評傳（周良沛著，2009）叢刊2 ◎中西詩學的交融：七位現代詩人及其文學因緣（江弱水著，2009）叢刊3 ◎中國知識分子的世紀故事：現代文學研究論集（錢理群著，2009）叢刊4 ◎摩登主義：1927-1937上海文化與文學研究（張勇著，2010）叢刊5 ◎中國近代文學史（袁進著，2010）叢刊6 ◎魯迅精要讀本：小說、散文、散文詩卷（魯迅著，王得后等選編，李慶西注釋，2010）叢刊7 ◎魯迅精要讀本：雜文卷（魯迅著，王得后等選編，

		李慶西注釋，2010）叢刊8 ◎中國現代文學發展史（吳福輝，2010）叢刊9 ◎民族想像與國家統制：1928-1949年國民黨的文藝政策及文學運動（倪偉著，2011）叢刊10
	5、中國現代文學經典叢刊	魯迅創作精選（魯迅）叢刊001
	6、外國文學珍品系列	◎安魂曲／（俄）安娜・阿赫瑪托娃（Anna Akhmatova）著，烏蘭汗（本名高莽）譯，2011（系列1） ◎盲音樂家／（俄）柯羅連科（Korolenko）著，臧傳眞譯，2011（系列2） ◎沒有舌頭／（俄）柯羅連科（Korolenko）著，臧傳眞譯，2011（系列3） ◎在星空之間：費特詩選，（俄）費特（系列4） ◎海浪與思想：丘特切夫詩選，（俄）丘特切夫（系列5）
	7、人間傳記	◎卓別林傳（薩杜爾著，邵君牧譯，1987）傳記001 ◎布萊希特傳（弗克 Klaus Volker 著，李健鳴譯，1987）傳記002
	8、人間文叢	◎趙南棟及陳映眞短文選（陳映真，1987）文叢001 ◎第二種忠誠（一）（劉賓雁著，1987）文叢002 ◎人妖之間：劉賓雁報告文學精選（二）（劉賓雁著，1987）文叢003 ◎人血不是胭脂（三）（劉賓雁著，1987）文叢004 ◎傳統與中國人（劉再復、林崗著，1988）文叢L10 ◎情愛論（瓦西列夫著，趙永穆譯，1988）文叢L11 ◎智慧的痛苦（王若水著，1988）文叢12 ◎美學四講（李澤厚著，1988）文叢L13

<table>
<tr><td rowspan="3"></td><td>**9、林書揚文集**</td><td>◎回首海天相接處（林書揚著，2010）文集1
◎如何讓過去的成爲眞正的過去（林書揚著，2010）文集2
◎有了統一才能自決（林書揚著，2011）文集3</td></tr>
<tr><td>**10、陳映眞作品集（共十五冊，1988年4月）**</td><td>我的弟弟康雄（陳映真作品集1）
唐倩的喜劇（陳映真作品集2）
上班族的一日（陳映真作品集3）
萬商帝君（陳映真作品集4）
鈴璫花（陳映真作品集5）
思想的貧困（陳映真作品集6）
石破天驚（陳映真作品集7）
鳶山（陳映真作品集8）
鞭子和提燈（陳映真作品集9）
走出國境內的異國（陳映真作品集10）
中國結（陳映真作品集11）
西川滿與台灣文學（陳映真作品集12）
美國統治下的台灣（陳映真作品集13）
愛情的故事（陳映真作品集14）
文學的思考者（陳映真作品集15）</td></tr>
<tr><td>**11、陳映眞小說集（共五冊，1995年1月）**</td><td>我的弟弟康雄（修訂版）（陳映真作品集1）
唐倩的喜劇（修訂版）（陳映真作品集2）
上班族的一日（修訂版）（陳映真作品集3）
萬商帝君（修訂版）（陳映真作品集4）
鈴璫花（修訂版）（陳映真作品集5）
（基本上是1988年十五冊《陳映真作品集》之前五冊的訂正及少量的補充）</td></tr>
<tr><td>四、其他</td><td colspan="2">◎（人間新聞）新聞記者的風範與信念（牧內節男著， 林書揚譯）
◎（人間新聞）雜誌記者入門（豬野健治著， 周再添譯，1989）
◎（人間新聞）現場採訪的第一步（竹中勞著， 徐代德譯，1989）</td></tr>
</table>

◎（人間文化）公害大輸出：跨國公司和環境控制論文集（珍・艾弗思 Jane Ives 主編，林俊義、楊憲宏策劃，1987）
◎（人間攝影叢書）人間：非洲 蘇丹 依索比亞 = Africa. Sudan. Ethiopia（水禾田著，1986）叢書001
◎（人間攝影叢書）讓我牽著你的手：人間報導攝影精選集（李文吉等著，1987）叢刊002
◎（人間創意叢書）創意編輯：第一本完整的圖片編輯解析（懷特 Jan V. White著，沈怡譯，1987）
◎（美國體系研究叢刊）美夢難圓之國：美式文明在北美洲的確立（黃枝連著，1994）叢刊1
◎（美國體系研究叢刊）替天行道之國：美式文明在亞太地區的移植（黃枝連著，1994）叢刊2
◎人與土地：阮義忠攝影集 = Man and land: Juan I Jong photographs（阮義忠攝影，1987）
◎留下來的影像：洪裕正攝影集（洪裕正著，1987）
◎在血泊中航行（鍾喬著，1987）
◎植物之美（陳月霞攝影，陳玉峰撰文，1987）
◎墜入花叢的女子（曾淑美著，1987）
◎影象新銳：阮義忠暗房工作室影象報告（阮義忠暗房工作室著，1987）
◎臺北謠言：阮義忠攝影集 = Taipei rumor: Juan I Jong photographs（阮義忠攝，1988）
◎千年媽祖：湄洲到臺灣（黃美英編著，1988）
◎歸鴻：一個敵後情報員的回憶（林坤榮著，1989）
◎黃順興看大陸（黃順興著，1989）
◎背德的帝國：美帝國主義發展史話（徐代德編著，1990）
◎世界垃圾場：有毒廢棄物的國際性流通（美國・調查報導中心、比・莫伊爾合著，胡承渝等譯，1992）
◎中國歷代文學作品研究（王小虹著，1993）
◎李萬居評傳（楊錦麟著，1993）
◎中國大陸研究基本文件 =Mainland China studies: basic documents（張保民編輯，1994）

◎臺灣青年詩人論（古繼堂著，1996）
◎戰雲下的臺灣（許南村、林國炯等著，許南村編，1996）
◎中國向農村的貧窮開戰（龔忠武著，1996）
◎回歸的旅途：給文琪的十五封信（丹陽，1998）
◎歌德格言與反思集（歌德著，程代熙、張惠民譯，1999）
◎橄欖桂冠的召喚：參加西班牙內戰的中國人（1936-1939年）（倪慧如、鄒寧遠著，2001）
◎古籍校釋・今註・今譯評介論集（李振興，2001）
◎深情的海峽（張克輝著，2001）
◎故鄉的雲雀崗（張克輝著，2001）
◎南天之虹：把二二八事件刻在版畫上的人（橫地剛著，陸平舟譯，2002）
◎階級、民族與統獨爭議：統獨左右的上下求索（杜繼平著，2002）
◎我們爲什麼不歌唱（紀錄片DVD）攝製（關曉榮等，2004）
◎浪漫於現實的手記（周良沛著，2004）
◎我眼中的殖民時代香港（杜葉錫恩著，隋麗君譯，2005）
◎中國現代文學研究的基本視界（申正浩著，2005）
◎還我祖靈：台灣原住民和靖國神社（中島光孝著，陳喜儒等譯，2007）
◎台灣一九四六・動盪的曙光：二二八前的台灣（曾健民，2007）
◎蘭嶼報告1987-2007（關曉榮著，2007）
◎新日本軍國主義的新階段：從日美安保、美軍整編、惡改憲法的動態分析（纐厚著，韓燕明、申荷麗譯，2009）
◎何謂中日戰爭：天皇之言：日本輕視了支那（纐厚著，申荷麗譯，2010）
◎我們的戰爭責任：昭和初期二十年和平成時期二十年的歷史考察（纐厚著，申荷麗譯，2010）
◎美麗的稻穗（莫那能著，2010）
◎一個台灣原住民的經歷（莫那能口述，劉孟宜錄音整理，

2010）
◎中國走向社會主義的道路（陳明忠編著，2011）

【補充】陳映眞親自編選、插繪的《陳映眞小說選》（台北：人間雜誌社，1985.12）是做爲紀念《人間》雜誌創刊時全年訂户的收藏版，當時「人間出版社」尚未創辦，計收入：〈將軍族〉、〈唐倩的喜劇〉、〈第一件差事〉、〈夜行貨車〉、〈山路〉五篇。

附錄五

陳映真作品在台灣各式「文選」或藝文盛事中「缺席」之初步整理（扣除本文中陳映真「有案可稽」的「婉拒」案例）

書名／藝文活動	出版資料／說明
這一代的小說（1956－1967）	隱地編，台北：爾雅，1967
六十年小說選（全三集）	陳紀瀅編，台北：正中，1972
中國現代文學大系	余光中總編輯、朱西甯主編（小說卷），台北：巨人，1972
中國現代文學選集（上）、（下）	（1）齊邦媛、余光中、何欣、吳奚眞、李達三等編，書評書目，1976 （2）齊邦媛在「前言」提及：「自擬篇目到印刷成集間有許多改變；有些篇已選入而原作者不同意採用而放棄，另有若干篇是譯者指出技術上的困難而作罷。」（頁2）
當代小說精選	樂樵編，黎明，1976
台灣本地作家短篇小說選	劉紹銘編，大地，1976
中國（台灣）當代十大小說家選集	張漢良、張默等編撰，源成，1977
這一代的小說	聯合報編輯部，聯合報，1978

中國現代文學選集（上）、（下）（為「書評書目」版之翻印本）	齊邦媛、余光中、何欣、吳奚眞、李達三等編，爾雅，1983
台灣政治小說選	李喬、高天生編選，前衛，1984
1983台灣小說選	彭瑞金主編，前衛，1984
現代短篇小說選析	龍泉編，龍泉，1987
台灣小說半世紀	林雙不編，前衛，1987
二二八台灣小說選	林雙不選，自立晚報，1989
甜蜜買賣：台灣都市小說選	林燿德編，業強，1989
台灣文學入門文選	胡民祥（胡敏雄）編，前衛，1989
評論十家（I）	齊邦媛、余秋雨等著，爾雅，1993
評論十家（II）	席慕蓉、沈奇等著，爾雅，1995
台灣文學二十年集：小說二十家（1978－1998）	平路編，九歌，1998
台灣文學二十年集：評論二十家（1978－1998）	李瑞騰編，九歌，1998
中英對照讀台灣小說	齊邦媛主編，天下遠見，1999
台灣文學作家劇場	「民視」電視台於1999年開始製播上映一系列的「台灣文學作家劇場」，計有黃春明、楊青矗、鄭清文、七等生、小野、葉石濤、王禎和、李喬、汪笨湖、王拓、陳若曦、林雙不、廖輝英、阿盛等人作品，獨缺作品具強烈「圖像性」特色的陳映眞。
台灣報導文學十家	陳銘磻編選，業強，2000
小說教室	張曉風編，九歌，2000

台灣現代文學教程：報導文學讀本	向陽、須文蔚主編，二魚文化，2002
台灣現代文學教程：當代文學讀本（包括新詩、散文、短篇小說、極短篇小說卷）	唐捐、陳大爲主編，二魚文化，2002
當代中國短篇小說選（第二冊）	趙天儀等編，洪葉文化、國立編譯館，2003
無語的春天：二二八小說選	許俊雅編選，玉山社，2003
台灣文學讀本（一）、（二）	陳玉玲主編、導讀，玉山社，2003
最後的黃埔：老兵與離散的故事	齊邦媛、王德威編，麥田，2004
台灣：從文學看歷史	王德威編選，麥田，2005
國民文選（小說卷）	彭瑞金編，玉山社，2005
台灣現代文選．小說卷	林黛嫚，三民，2005
天下小說選（Ｉ）（II）	鍾怡雯、陳大爲編，天下遠見，2005
台灣文學讀本	田啓文等編，五南，2005
台灣文學50家	彭瑞金編，玉山社，2005
二十世紀台灣文學金典（小說卷．戰後時期1－3冊）	（1）向陽編選，聯合文學，2006 （2）主編向陽在〈導言〉曾提及過程中遇到原先預定選入的作家其聯繫及著作權同意等遺憾的問題（頁11）。
台灣政治小說選	邱貴芬編選，二魚文化，2006
台灣軍旅文選	唐捐主編，二魚文化，2006
（青少年台灣文庫Ｉ）小說讀本1——穿紅襯衫的男孩	陳芳明編，國立編譯館、五南圖書公司，2006

（青少年台灣文庫Ｉ）小說讀本2——大頭崁仔的布袋戲	范銘如編，國立編譯館、五南圖書公司，2006
（青少年台灣文庫Ｉ）小說讀本3——彈子王	梅家玲編，國立編譯館、五南圖書公司，2006
（青少年台灣文庫Ｉ）小說讀本4——飛魚的呼喚	陳芳明編，國立編譯館、五南圖書公司，2006
孕育台灣人文意識：50好書	李學圖編著，前衛，2007
閱讀文學地景：小說卷（上）（下）	許悔之總編輯，行政院文建會，2008
島嶼雙聲：台灣文學名作中英對照	邱子修，台北：書林，2008
小說30家（1）（2）	蔡素芬編，九歌，2008
散文30家（1）（2）	阿盛編，九歌，2008
評論30家（1）（2）	李瑞騰編，九歌，2008
（青少年台灣文庫II）小說讀本1——穿過荒野的女人	范銘如編，國立編譯館、五南圖書公司，2008
（青少年台灣文庫II）小說讀本2——約會	陳芳明編，國立編譯館、五南圖書公司，2008
（青少年台灣文庫II）小說讀本3——袋鼠族物語	郝譽翔編，國立編譯館、五南圖書公司，2008
（青少年台灣文庫II）小說讀本4——我的幸福生活就要開始	范銘如編，國立編譯館、五南圖書公司，2008

附錄六

台灣收有陳映真作品的各式「文選」之初步整理

書名	被收錄的陳映真作品	出版資料
中國現代小說選	**一綠色之候鳥**	尉天驄、何欣、郭楓等編，台南：新風，1972
現代文學小說選集（一）、（二）	**將軍族**	歐陽子編，台北：爾雅，1977（編選對象為原《現代文學》發表作品）
當代中國新文學大系（小說三集）	**夜行貨車**	尉天驄編，台北：天視，1979
六十七年短篇小說選	**夜行貨車**	李昂編，台北：爾雅，1979
台灣文藝小說選	**夜行貨車**	鍾肇政編，台北：台灣文藝出版社，1981（編選對象為原《台灣文藝》發表作品）
五十六年短篇小說選	**六月裡的玫瑰花**	丁樹南、馬各編，台北：爾雅，1983
中國現代短篇小說選析	**第一件差事、夜行貨車**	施淑、呂正惠、李豐楙等編，長安，1984
千金之邦	**第一件差事**	劉紹銘編，台北：時報，1984
改變大學生的書	**將軍族**	大學研讀社編，台北：前衛，1984
台灣現代小說選（中譯本）（1）	**鄉村的教師**	松永正義、戴國煇編，名流，1986

台灣現代小說選（中譯本）（3）	**山路**	松永正義、戴國煇編，名流，1986
世界中文小說選（上）（下）	**山路**	馬漢茂、劉紹銘策劃，台灣區編輯王德威，時報文化，1987
現代中國小說選（三）	**將軍族、山路**	鄭樹森編，台北：洪範，1989
台灣當代小說精選（一）~（四）	**將軍族、一綠色之候鳥、唐倩的喜劇、山路**	鄭清文、李喬主編，新地，1989
各領風騷：台灣歷年最受爭議的小說12篇	**將軍族**	蘇偉貞編，晨星，1990
台灣喜劇小說選	**唐倩的喜劇**	王文伶編，新地，1993
最後的麒麟：幼獅文藝四十年大系小說卷（一）	**喲！蘇珊娜**	陳長房、林燿德主編，幼獅，1994（編選對象為原《幼獅文藝》發表作品）
典律的生成：「年度小說選」三十年精編	**夜行貨車**	王德威編，爾雅，1998（編選對象為原「爾雅」版歷年年度短篇小說選的作品）
現代小說精讀	**將軍族**	游喚、徐華中編，五南，1998
八十九年散文選	**父親**	廖玉蕙編，台北：九歌，2001
台灣現代文學教程：小說讀本（上）	**山路**	梅家玲、郝譽翔主編，二魚文化，2002
台灣現代短篇小說精讀（上）	**夜行貨車**	蔡振念編，五南，2003

繁花盛景：台灣當代文學新選（小說卷）	**山路**	周芬伶編，正中，2003
現代小說讀本	**鄉村的教師**	應鳳凰、許俊雅等編，台北：揚智，2004
原鄉人：族群的故事	**將軍族**	王德威、黃錦樹主編，麥田，2004
台灣宗教文選	**加略人猶大的故事**	康來新主編，台北：二魚文化，2005
現代文學精選集：小說（I）	**文書：致耀忠畢業紀念**	柯慶明主編，台北：國立台灣大學出版中心，2009： （1）編選對象爲原《現代文學》發表作品 （2）主編柯慶明在序言的末尾提及：「雖然我們盡力尋索，但仍有部分作者音訊杳無。我們想不應因此，讓那些優美作品成爲未得展示其光華的遺珠，因而決定先行刊佈。希望藉此亦能夠和這些作者或其家屬取得連繫，補行授權。侵權之責，自當由我這位『主編』承擔。」（頁9）
現代文學精選集：小說（III）	**將軍族**	同上。

前衛頭家用本

來做前衛頭家

一種台灣素願的實踐
——本土尊榮的標誌

加入方法

做「前衛頭家」，年金一萬元（海外美金 500 元）即擁全年度出版新書（保證 30 種）。(可一人認多股，亦可自行揪團合一股，以一人代表）
頭家名號登載每本新書扉頁，永誌感恩，流傳萬世。

加入「前衛頭家」請至訂購頁填表，或電（02）2586-5708 有專人為您服務。

加入「前衛頭家」

鄭文煥先生	廖彬良先生	胡長松先生
陳盈如小姐	董峰政先生	蔡哲仁先生
林憶秋小姐	許明芳先生	李守仁先生
高松林先生	王孟亮老師	陳錫榮先生
林金地先生	許天純先生	錢秀足小姐
江美治小姐	王俊明先生	楊新一先生
林浩健醫師	PING HSU	邱若山教授
黎國棟總監	廖瑞銘教授	蔡金龍先生
陳金蕾小姐	李妙信小姐	楊維哲教授
吳冠儒先生	盧月鉛女士	林恩朋先生
蔡文富先生	江偉斌先生	蔡淑芬經理
陳榮興先生	李樹銘先生	周明偉醫師
紀竹國先生	陳啟祥先生	蔡竹旺先生
楊森安醫師	林鏗良先生	吳晟　老師
劉暄峰先生	陳寶惠小姐	王忠謙先生
林毅夫醫師	莊宗明醫師	李孟達 醫師
詹金興先生	蘇振輝董事長	蘇文慶醫師
林鏗良先生	高松林先生	林錦坤先生
賴怡秀小姐	王火旺先生	黃瑞華法官
陳月妙教授	江明勳先生	林美枝小姐
陳政崑先生	彭康寧先生	林麗貞小姐
黃千里先生	陳美玲醫師	

無情荒地有情天。台語文學冊革命性的出版！

（生耳孔不曾聽過，生目睭不曾看過！）

第一部獻予台灣人（尤其庄腳出身者）的囡仔時代感動、懷念記憶。

◉語言是民族的魂魄，失去了語言，民族就滅亡。

——世界第一位閩語學博士、台語研究大先覺：王育德(1924-85)

台語文學冊革命性的出版！欣賞、學習最合味範本！

第一部獻予台灣人(尤其庄腳出身者)的囡仔時代感動、懷念記憶。

陳明仁 Asia Jilimpo 彰化二林人 | 台語文漢羅寫作先行代作家，台語文復振運動先鋒草根志士。

台語文學有聲CD BOOK

《拋荒的故事》pha-hng ê kòo-sū

全六輯，一年內出齊

——重現舊時代台灣庄腳社會的人文情境和在地情景

第一輯〈田庄傳奇紀事〉

2CD +1書

NT.600元

教學、自享、贈品、送禮皆宜

陳明仁 原著唸讀
黃雅玲 配樂監製
日本KURI民族樂團等音樂提供
出版發行 前衛出版社

《拋荒的故事》全六輯有聲書出版計劃

第一輯／田庄傳奇紀事(已出版)
第二輯／田庄愛情婚姻紀事（2013.02出版）
第三輯／田庄浪漫紀事（2013.04出版）
第四輯／田庄囡仔紀事（2013.06出版）
第五輯／田庄人氣紀事（2013.08出版）
第六輯／田庄運氣紀事（2013.10出版）

講台語，學台文，自在、自信兼有自尊，聽台語口白唸讀+優美的配樂，
趣味、親切、自然、媠氣佮有深度。會ngiáu 動你的感情，打動你的心肝！
要做贈品、「等路」抑是「伴手禮」，也真有人情味哦！

【台灣經典寶庫】06

荷鄭台江決戰始末記

被遺誤的台灣

FC06／揆一著／甘為霖英譯／許雪姬導讀／272 頁／300 元

荷文原著 C.E.S《' t Verwaerloosde Formosa》(Amsterdam, 1675) 英譯 William Campbell《Formosa Under the Dutch》(London, 1903)

※ 特別感謝：**本書承棉品實業股份有限公司董事長洪清峰先生認養贊助出版。**

350 年前，荷蘭末代台灣長官揆一率領 1 千餘名荷蘭守軍，苦守熱蘭遮城 9 個月，頑抗 2 萬 5 千名鄭成功襲台大軍的激戰實況

350 年前，台灣島上爆發首次政權攻防戰

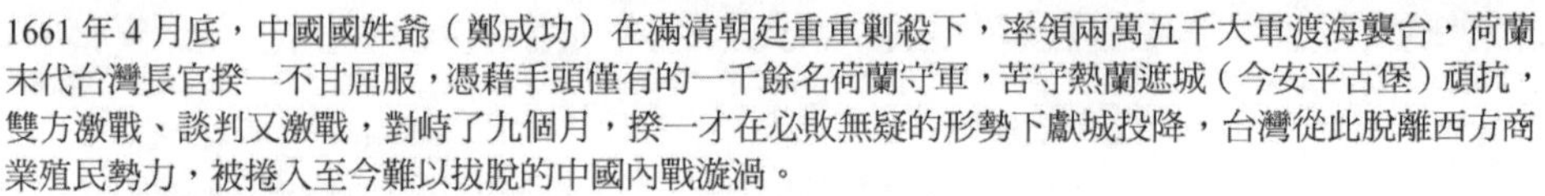
1661 年 4 月底，中國國姓爺（鄭成功）在滿清朝廷重重剿殺下，率領兩萬五千大軍渡海襲台，荷蘭末代台灣長官揆一不甘屈服，憑藉手頭僅有的一千餘名荷蘭守軍，苦守熱蘭遮城（今安平古堡）頑抗，雙方激戰、談判又激戰，對峙了九個月，揆一才在必敗無疑的形勢下獻城投降，台灣從此脫離西方商業殖民勢力，被捲入至今難以拔脫的中國內戰漩渦。

千夫所指的揆一，忍辱寫下這本台灣答辯書

揆一率領部眾返回巴達維亞後，立即遭起訴，被判處死刑、財產充公，最後改判終身監禁在僻遠小島 Ay，在島上度過八年悲苦的流放歲月後，才在親友奔走下獲得特赦，返國前夕（1675 年），揆一以匿名形式出版本書，替自己背負的喪失台灣之罪名，提出最鏗鏘有力的答辯書，更為這場決定台灣命運的關鍵戰役，留下不朽的歷史見證。

絕無僅有的珍貴文獻，再現荷蘭殖民當局的苦惱與應對

本書是第一手文獻中唯一以這場戰役為主題的專著，從交戰一方荷蘭統帥揆一的角度，完整敘述戰爭爆發前夕的整體情勢，以及雙方交戰的實際經過，透過這一敘述，讀者不僅可以清楚瞭解島上荷蘭當局所面臨的困難與決策過程，也能跳脫習慣上從中國鄭成功角度所看到的「收復」台灣，改從島上荷蘭長官的立場來認識鄭成功「攻台」的始末。

藉揆一之筆，我們窺見台灣先祖的隱約身影

站在當時島上最高統帥揆一身旁，我們隨著他的眼光四下梭巡，看見早期台灣人的身影：兵荒馬亂下，富裕、有名望的漢人移民各自選邊站，有人向荷蘭長官密告，有人對國姓爺通風報信，沒錢沒勢的漢人移民則隨風飄蕩，或是逃回中國，或是留下來拚命保全畢生心血；原住民則在威脅利誘下，淪為島上強權的馬前卒，時而幫荷蘭人鎮壓漢人起義，時而替漢人攻打落難的荷蘭人，台灣最初主人的地位與尊嚴蕩然無存。

歷久彌新的經典，唯一流通的漢文譯本

本書目前有德、法、日、英、漢等語的譯本；其中，英譯本有三種，日譯本也有三種，漢譯本則有四種。今年適逢 1662 年荷蘭人撤離福爾摩沙、國姓爺攻佔台灣的 350 周年，前衛出版社特推出《被遺誤的台灣》的第五種最新漢譯本，並委請中央研究院台史所研究員許雪姬教授撰寫導讀，以彰顯本書的不朽經典地位，讓這本與台灣命運密切相關的書籍，得以漢譯本的面貌重新在島上流通。

【台灣經典寶庫】07

李仙得台灣紀行

南台灣踏查手記

FC07 ／李仙得著／黃怡漢譯／陳秋坤校註／ 272 頁／ 300 元

原著李仙得 Charles W. LeGendre《Notes of Travel in Formosa》（1874）
校註者 / 陳秋坤（史丹福大學博士、中研院台史所研究員退休）

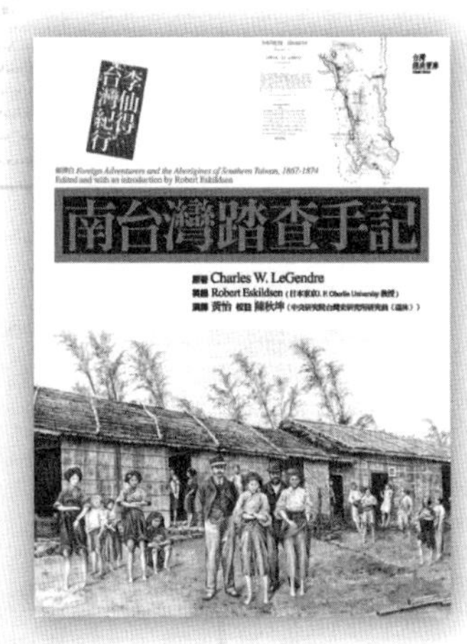

※ 特別感謝：**本書承財團法人世聯倉運文教基金會董事長黃仁安先生認養贊助出版。**

財團法人世聯倉運文教基金會近年持續投入有關蒐集及保存早期台灣文獻史料的工作。機緣巧合下，得知前衛出版社擬節譯李仙得原著《台灣紀行》 (Notesof Travel in Formosa , 1874) 第 15~25 章，首度以漢文形式出版，書名定為《南台灣踏查手記》。由於出版宗旨與基金會理念相符，同時也佩服前衛林社長堅持發揚台灣本土文化的精神，故參與了本書出版的認養。

希望這本書引領我們回溯過往，從歷史的角度，進一步認識我們的家鄉台灣；也期盼透過歷史的觀察，讓我們能夠以更客觀、更包容的態度來面對未來。

財團法人世聯倉運文教基金會　董事長 黃仁安

19 世紀美國駐廈門領事李仙得，被評價為「可能是西方涉台事務史上，最多采多姿、最具爭議性的人物」

李仙得在 1866 年底來到中國廈門，其領事職務管轄五個港口城市：廈門、雞籠（基隆）、台灣府（台南）、淡水和打狗（高雄）。不久後的 1867 年 3 月，美國三桅帆船羅發號（Rover）在台灣南端海域觸礁失事，此事件成為關鍵的轉折點，促使李仙得開始深入涉足台灣事務。他在 1867 年 4 月首次來台，之後五年間，前後來台至少七次，每次除了履行外交任務外，也趁機進行多次旅行探險，深入觀察、記錄、拍攝台灣社會的風土民情、族群關係、地質地貌、鄉鎮分布等。1872 年，李仙得與美國駐北京公使失和，原本欲過境日本返回美國，卻在因緣際會之下加入日本政府的征台機構。日本政府看重的，正是李仙得在台灣活動多年所累積的縝密、完整、獨家的情報資訊。為回報日本政府的知遇之恩，李仙得在 1874 年日本遠征台灣前後，撰寫了分量極重的「台灣紀行」，做為獻給當局的台灣報告書。從當時的眼光來看，這份報告絕對是最權威的論述；而從後世台灣人的角度來看，撇開這份報告背後的政治動機不談，無疑是重現 19 世紀清領時代台灣漢人地帶及原住民領域的珍貴文獻。

李仙得《南台灣踏查手記》內容大要

李仙得因為來台交涉羅發號事件的善後事宜（包括督促清兵南下討伐原住民、與當地漢番混生首領協商，以及最終與瑯嶠十八番社總頭目卓杞篤面對面達成協議等），與當時島上的中國當局（道台、總兵、知府、同知等）、恆春半島的「化外」原住民（豬勝束社頭目卓杞篤、射麻里頭目伊厝等）、島上活躍洋人（必麒麟、萬巴德、滿三德等）及車城、社寮、大樹房等地漢人混生（如彌亞）等皆有親身的往來接觸。這些經歷，當然也毫無遺漏地反映在李仙得「台灣紀行」之中。

它所訴說的，就是在 19 世紀帝國主義脈絡下，台灣南部原住民與外來勢力（清廷、西方人）相遇、衝突與交戰的精彩過程。透過本書，我們得以窺見中國政府綏靖南台灣（1875，開山撫番）之前的原住民社會，一幅南台灣生活的生動影像。而且，一改過往的視角，在中國政府與西方的外交衝突劇碼中，台灣原住民不再只是舞台上的小道具，而是眾人矚目的主角。

【台灣經典寶庫】出版計畫

台灣人當知台灣事，這是台灣子民天經地義的本然心願，也是進步台灣知識份子的基本教養。只是一般台灣民眾對於台灣這塊苦難大地的歷史認知，有人渾然不覺，有人習焉不察，而且歷史上各朝代有關台灣史料典籍汗牛充棟，莫衷一是，除非專業歷史研究者，否則一般民眾根本懶於或難於入手。

因此，我們堅心矢志為台灣整理一套【台灣經典寶庫】，留下台灣歷史原貌，呈現台灣山川、自然、人文、地理、族群、語言、政治、經濟、社會、文化、風土、民情等沿革演變的真實記錄，此乃日本學者所謂「台灣本島史的真精髓」，正可顯現台灣的人文深度與歷史厚度。

做為台灣本土出版機關，【台灣經典寶庫】是我們初心戮力的出版大夢。我們相信，這套【台灣經典寶庫】是恢弘台灣歷史文化極其珍貴保重的傳世寶藏，是新興台灣學、台灣研究者必備的最基本素材，也是台灣庶民本土扎根、認識母土的「台灣文化基本教材」。我們的目標是，每一個台灣人在一生當中，至少要讀一本【台灣經典寶庫】；唯有如此，世代之間才能萌生情感的認同，台灣文化與本土意識才能奠定宏偉堅實的基石。

目前已出版

福爾摩沙紀事：馬偕台灣回憶錄

FC01／馬偕著／林晚生譯／鄭仰恩校註／384 頁／360 元

田園之秋（插圖版）

FC02／陳冠學著／何華仁繪圖／全彩／360 頁／400 元

素描福爾摩沙：甘為霖台灣筆記

FC03／甘為霖著／阮宗興校訂／林弘宣等 譯／424 頁／400 元

福爾摩沙及其住民－19 世紀美國博物學家的台灣調查筆記

FC04／史蒂瑞著／李壬癸校訂／林弘宣譯／306 頁／300 元

歷險福爾摩沙：回憶在滿大人、海賊與「獵頭番」間的激盪歲月

FC05／必麒麟著／陳逸君譯／劉還月導讀／320 頁／350 元

被遺誤的台灣：荷鄭台江決戰始末記

FC06／揆一著／甘為霖英譯／許雪姬導讀／272 頁／300 元

南台灣踏查手記：李仙得台灣紀行

FC07／李仙得著／黃怡漢譯／陳秋坤校註／272 頁／300 元

即將出版：《蘭大衛醫生媽福爾摩故事集：風土、民情、初代信徒》

進行中書目：井上伊之助《台灣山地醫療傳道記》（尋求認養贊助出版）

甘為霖 (William Campbell)《荷治下的福爾摩沙》（尋求認養贊助出版）

黃昭堂《台灣總督府》（尋求認養贊助出版）

王育德《苦悶的台灣》（尋求認養贊助出版）

山本三生編《日本時代台灣地理大系》（尋求認養贊助出版）

前衛【台灣經典寶庫】計畫

【台灣經典寶庫】預定 100 種書。

【台灣經典寶庫】將系統性蒐羅、整理信史以來，各時代（包括荷蘭時代、西班牙時代、明鄭時代、滿清時代、日本時代、戰後國府時代）的台灣歷史文獻資料，暨各時代當政官人、文人雅士、東西洋學者、調查研究者、旅人、探險家、傳教士、作家等所著與台灣有關的經典著書或出土塵封資料，經本社編選顧問團精選，列為「台灣經典寶庫」叢書，其原著若是日文、西文，則聘專精譯者迻譯為漢文，其為中國文言古籍者，則轉譯為現代白話漢文，並附原典，以資對照。兩者均再特聘各該領域之權威學者專家，以現代學術規格，詳做校勘及註解，並佐配相關歷史圖像及重新繪製地圖，予以全新美工編排，出版流傳。

認養贊助出版：每本 NT$30 萬元。

＊指定某一部「台灣經典寶庫」，全額認養贊助出版。

- 認養人名號及簡介專頁刊載於本書頭頁，永誌感謝與讚美。
- 認養人可獲所認養該書 1000 本，由認養人分發運用。

預約助印全套「台灣經典寶庫」100 種，每單位 NT$30,000 元（海外 USD1500 元）。

- 助印人可獲本「台灣經典寶庫」100 本陸續出版之各書。
- 助印人大名寶號刊載於各書前頁，永遠歷史留名。

感謝認養【台灣經典寶庫】

FC01 馬偕《福爾摩沙紀事：馬偕台灣回憶錄》
（台灣基督長老教會總會助印 1000 本）

FC02 陳冠學《田園之秋》（大字彩色插圖版）
（屏東北旗尾社區營造協會黃發保先生認養贊助出版）

FC03 甘為霖《素描福爾摩沙：甘為霖台灣筆記》
（台北建成扶輪社謝明義先生認養贊助出版）

FC04 史蒂瑞《福爾摩沙及其住民：19 世紀美國博物學家的台灣調查筆記》
（北美台灣人權協會＆王康陸博士紀念基金會認養贊助出版）

FC05 必麒麟《歷險福爾摩沙：回憶在滿大人、海賊與「獵頭番」間的激盪歲月》
（北美台灣同鄉 P. C. Ng 先生認養贊助出版）

FC06 揆一《被遺誤的台灣：荷鄭台江決戰始末記》
（棉品實業股份有限公司洪清峰董事長認養贊助出版）

FC07 李仙得《南台灣踏查手記》
（財團法人世聯倉運文教基金會認養贊助出版）

FC08 連瑪玉《蘭大衛醫生娘福爾摩沙故事集》
（即將出版）（彰化基督教醫院認養贊助出版）

感謝預約助印全套【台灣經典寶庫】

鄭明宗先生　鄭文煥先生　廖彬良先生 林承謨先生

國家圖書館出版品預行編目資料

陳映真現象：關於陳映真的家族書寫及其國族認同
／陳明成著.
--初版.--台北市：前衛，2013.06
544面；15×21公分

ISBN 978-957-801-706-1（平裝）

1. 陳映真　2. 學術思想　3. 臺灣文學
4. 文學評論　5. 文集

863.07　　102006241

陳映真現象
關於陳映真的家族書寫及其國族認同

著　　者　陳明成
責任編輯　周俊男
美術編輯　宸遠彩藝
出 版 者　前衛出版社
10468 台北市中山區農安街153號4F之3
Tel：02-25865708　Fax：02-25863758
郵撥帳號：05625551
e-mail：a4791@ms15.hinet.net
http://www.avanguard.com.tw
出版總監　林文欽
法律顧問　南國春秋法律事務所林峰正律師
總 經 銷　紅螞蟻圖書有限公司
台北市內湖舊宗路二段121巷28、32號4樓
Tel：02-27953656　Fax：02-27954100
出版日期　2013年06月初版一刷

定　　價　新台幣550元

Printed in Taiwan　ISBN 978-957-801-706-1